鈴木健一［編］

100 books for 1000 years

千年の百冊

小学館

あらすじと
現代語訳でよむ
日本の古典100冊
スーパーガイド

千年の百冊

あらすじと現代語訳でよむ
日本の古典１００冊スーパーガイド

編・執筆――
鈴木健一

執筆（掲載順）――
中嶋真也
吉田幹生
鈴木宏子
室田知香
吉野瑞恵
君嶋亜紀
石澤一志
山本啓介
木下華子
菊池庸介
田代一葉
藤澤茜
津田眞弓

装丁――川上成夫
装画・挿画――松尾たいこ
本文デザイン――川上成夫・千葉いずみ
古典図版――須貝稔

はじめに

日常生活を送っていると気付きにくいことだが、過去から切り離されて現在があるわけではない。むしろ、そこまでずっと連続している時間の中に人は生かされている。だからこそ、現在を生きる上で、過去の文学作品を学ぶのは、たんに遺物を懐かしむことではなく、生きるための知恵をそこから汲み取る営みとなる。とくに数百年にわたって読み続けられている古典には英知が詰め込まれている。混迷を深める現代において、われわれはそれらの作品から多くを学ぶことができるはずだ。

『万葉集』には、

父母《ちちはは》が頭《かしら》かき撫《な》で幸《さ》くあれて言ひし言葉《けとば》ぜ忘れかねつる

という防人歌が載せられている(巻二〇)。「幸くあれ」「言葉ぜ忘れかねつる」など、一見とっつきにくい表現に見える。しかしその歌意は、父母が私の頭を撫でて、無事でいなさいと言った言葉は忘れることができない、というもので、今日にも通じるような親子の情愛が歌われている。もっとも、頭を撫でたり「幸くあれ」と口にするのは、祝福や無事を祈願するきわめて呪術的な行為であり、今日ではそういった意味はだいぶ薄れてしまった。逆に言えば、この万葉歌を読むことで、現代人の理屈を越えたなにものかを取り戻せるかもしれない。

『古今和歌集』(巻七)、『伊勢物語』には、藤原基経が四十歳になった時に、在原業平が詠んだ歌として、

桜花《さくらばな》散りかひ曇れ老《お》いらくの来《こ》むといふなる道まがふがに

という一首が載る。桜花に対して、「一面に散り乱れて、あたりを曇らせておくれ。老いがやってくるという道がまぎれて、見えなくなるように」と訴えかけているわけだ。生死の象徴でもある桜が散り乱れている光景の中、擬人化された老いというものがやって来ないようにとの願いをこめての詠なのである。老いへの恐れを華麗な桜花が隠蔽するというところが、このうえなく美しい。現代でも四十も半ばを越えると、老いへ向かう悲しみは誰もが抱くのではないか。そういう意味では、生への希求、老いへの恐れといったものを、この歌は普遍的にそして一回的な美しさによって表現しているのである。

ほかにもたとえば、『源氏物語』が描く恋愛の苦悩、『平家物語』が語る戦いの悲哀、『徒然草』が語る死生観、芭蕉が記した旅の魅力、どれをとっても、今日読んでもなるほどと思える思想や表現がこめられている。もちろん王朝貴族の恋愛も、武士の戦いも、隠者の生活も、昔の旅も、今のわれわれの暮らしと全く同じであるわけではない。

そこにこそ、古典の深みがある。現代にも通じる普遍性をもちながら、一方で今日とは異なる環境や価値観が内包されていることで、人間の本質や人生の意味について、少し距離をおいて見つめることが可能になる。共感しているだけでは成長がない。違和感だけでは親しみが湧かない。共感によって一体化しながらも、違和感によって享受する側の感じ方や考え方に広がりが生じる。「なるほどその通りだ」と「どうしてこうなるのか」という気持ちが同時に想起されるなかで、われわれは自らの思考と感情を深め、かつ広げていくことができるのである。

本書には、日本古典文学がその歴史を紡いできた約千年の間に作られた、百冊の作品の解説・あらすじ・読みどころを、わかりやすい形で収録した。時代も古代(奈良・平安)・中世(鎌倉・南北朝・室町・戦国)・近世(江戸)をほぼ均等に配し、散文・韻文・演劇の割合にも配慮し、また狭義の意味での文学から外れる、歴史的・宗教的な書も若干含めた。それらも言葉で記した古典だからである。

読者の方々には、これ一冊を身近に置き、折に触れ紐解くことで、日本の古典文学のおおよそを理解していただけるものと思う。また可能であれば、印象的な一文や一首・一句を口ずさめるようにしておくと、なにかの機会に思い出して力づけられるにちがいない。さらに、この本でとくに気に入った、あるいは気になる作品を見つけたら、その全文を読むことに挑戦していただきたい。

そのようにして、古典を我が物にして、今を生きることの豊かさを探究する、それが本書の最も重要な目的である。

編者　鈴木健一

目次

第三章

鎌倉時代・南北朝時代 室町時代・戦国時代

第四章

江戸時代

凡例

＊本書は、『古事記』から幕末まで、約一千年の間に生まれ、親しまれてきた日本古典文学の中から、とくに人口に膾炙し、読み継がれてきた作品百冊を選び、成立、あらすじ（あるいは内容紹介、作者紹介等）、読みどころの現代語訳と原文を掲出したものである。
＊全体を四つの時代（奈良時代、平安時代、鎌倉～戦国時代、江戸時代）に区切り、その中で作品を、ジャンルあるいは成立順に配列した。例外的に、『閑吟集』は室町時代の作品であるが、平安時代の『梁塵秘抄』の付録として、平安時代の最後に掲載した。
＊原則として一節一作品で構成したが、できるだけ多くの作品を紹介するため、『菅家文草・菅家後集』『保元物語・平治物語』『山陽詩鈔・山陽遺稿』『良寛と橘曙覧』は、複数の作品、複数の作者の作品をひとつの節にまとめた。
＊成立・あらすじ（あるいは内容紹介、作者紹介等）は書き下ろした。執筆者は、巻末の執筆者一覧に、担当作品とともに明示した。
＊現代語訳と原文は、小学館刊『新編日本古典文学全集』に収録されている作品については、おおむねその表現・表記に従った。ただし、現代語訳は、ダイジェストでも内容がわかるように、修正を加えた。そのほかの作品については、さまざまな注釈に鑑みながら、一般読者にわかりやすいように書き下ろした。
＊気に入った作品の全文を読みたい読者のために、巻末に、底本・参考文献一覧を掲載した。

第一章

奈良時代

1 天地初発から推古天皇までを記す、わが国最古の物語

古事記《こじき》

奈良時代の初め、和銅《わどう》五年(七一二)に成立した現存最古の歴史書。天武《てんむ》天皇(在位六七三～六八六)の命により稗田阿礼《ひえだのあれ》が暗誦《あんしょう》したものを、元明《げんめい》天皇の代に太安万侶《おおのやすまろ》が記録したという。序文のほか、上中下の三巻からなり、上巻は天地とが既に確立したところから始まる神話を収める。中・下巻は天皇代で、神武《じんむ》天皇から推古《すいこ》天皇までの、奈良時代には「古事《ふること》」とされた、歴代天皇の系譜、出来事などが記されている。

あらすじ

上巻―天地初発～天孫降臨

天地の初め、高天原《たかあまのはら》(天の世界)に、天之御中主神《あめのみなかぬしのかみ》・高御産巣日神《たかみむすひのかみ》らからはじめて伊耶那岐命《いざなきのみこと》・伊耶那美命《いざなみのみこと》まで多くの神々が現われた。天の神々から、地の世界の国を整えるようにとの命を受け、伊耶那岐命と伊耶那美命は、まだ形もない地上に降りたって夫婦となり、数々の島や自然をつかさどる神々を産んだ。しかし火の神を産んだため、伊耶那美命は死んでしまった。

悲しんだ伊耶那岐命は、妻のいる黄泉国《よもつくに》へ赴くが、変わり果てた妻の姿を見て逃げ帰り、黄泉国への通路を塞《ふさ》いだ。→よむ

黄泉国の穢《けが》れを祓《はら》うため伊耶那岐命が行なったみそぎから、天《あま》照大御神《てらすおおみかみ》、月読命《つくよみのみこと》、須佐之男命《すさのおのみこと》の三貴子《さんきし》が生まれる。三貴子はそれぞれ、高天原、夜之食国《よるのおすくに》、海原《うなはら》を治めるよう命じられるが、須佐之男命は根之堅洲国《ねのかたすくに》にいる母を恋い慕って泣き、追放される。

須佐之男命は天照大御神に別れを告げようと高天原を訪れるが、逆に国を奪いに来たかと疑われ、潔白を証明するために行なった二神のうけいから、天忍穂耳命《あめのおしほみみのみこと》などが生まれた。心の清さが証明された須佐之男命は、暴虐の限りを尽くした。怖れた天照大御神は天《あめ》の岩屋《いわや》に閉じこもり、高天原と葦原中《あしはらのなか》つ国《くに》(地上)は闇に包まれた。

そこで思金神《おもいかねのかみ》は、岩屋の前で天宇受売命《あめのうずめのみこと》におもしろおかしく踊らせた。八百万《やおよろず》の神はみな笑い、その賑やかさに思わず天照大御神が戸を少し開けたところ、怪力の天手力男神《あめのたぢからおのかみ》がその手を取って引き出し、ふたたび世界に光がもたらされた。

須佐之男命は天界から追放され、出雲《いずも》に降り立った。そこで八俣《やまた》のおろちに娘が食べられてしまうと嘆く老夫婦に出会う。須佐之男命はおろちを酔わせ、斬り殺し、尾から出てきた草なぎの剣《つるぎ》を天照

大御神に献上した。↓よむ その後、出雲に宮を作った。

須佐之男命の七代目、大穴牟遅神《おおあなむじのかみ》(大国主命《おおくにぬしのみこと》)は、兄弟神とともに因幡《いなば》の八上比売《やかみひめ》に求婚しに行く際、気多《けた》の岬で、傷ついた赤裸の兎を救った。↓よむ 兎は「あなたは八上比売を手に入れるでしょう」と預言し、そのとおり八上比売は大穴牟遅神を選んだ。嫉妬《しっと》した兄弟神に殺されかけた大穴牟遅神は、須佐之男命のいる根之堅洲国を訪れ、数々の試練の末、その娘を娶《めと》った。地上に帰還した大穴牟遅神は、国作りを完成させた。

高天原の天照大神は、完成した葦原中つ国の主として、天忍穂耳命を降すことを決定する。その前に地上の荒ぶる神々を平定するため遣わされた建御雷神《たけみかずちのかみ》は、大国主神を従えることに成功した。

この間、天忍穂耳命の子として、日子番能邇々芸命《ひこほのににぎのみこと》が生まれていた。天照大神より葦原中つ国の統治を命じられた邇々芸命は、天照大神の御魂《みたま》の鏡などとともに、筑紫《つくし》の日向《ひむか》の高千穂《たかちほ》の峰に降った。

邇々芸命は、木花之佐久夜毘売《このはなのさくやびめ》を娶ったが、その姉の石長比売《いわながひめ》との結婚は拒否したため、岩のように永久に続く命を失った。

邇々芸命の子、兄の火照命《ほでりのみこと》(海佐知毘古《うみさちびこ》)は海で、弟の火遠理命《ほおりのみこと》(山佐知毘古《やまさちびこ》)は山で、獲物を得ていた。兄弟は互いの道具を交換するが、弟は兄の釣り針をなくしてしまう。責められた弟は海中の綿津見神《わたつみのかみ》の宮《みや》へと赴く。海神の娘・豊玉毘売命《とよたまびめのみこと》を娶り、水をつかさどる玉を手に入れた火遠理命は、陸上に戻り、兄を従えた。その子、鵜葺草葺不合命《うかやふきあえずのみこと》は、豊玉毘売の妹玉依毘売《たまよりびめ》を娶り、神倭伊波礼毘古《かむやまといわれびこの》命《みこと》(神武《じんむ》天皇)を生んだ。

◆中巻—神武〜応神天皇

神倭伊波礼毘古命は、国を治めるのに適した土地を求め、高千穂から東に向かった。途中、戦いで兄の五瀬命《いつせのみこと》を失い、熊野《くまの》では山の神の気に当てられて気を失うが、高木大神《たかぎのおおかみ》の遣わした八咫烏《やあたがらす》の導きで、大和《やまと》に入り、畝火《うねび》の白檮原宮《かしはらのみや》にて初代神武天皇となった。

皇位は、綏靖《すいぜい》天皇、安寧《あんねい》天皇、懿徳《いとく》天皇、孝昭《こうしょう》天皇、孝安《こうあん》天皇、孝霊《こうれい》天皇、孝元《こうげん》天皇、開化《かいか》天皇と代々継承された。

第一〇代崇神《すじん》天皇の御代、国中に疫病《えきびょう》が流行したが、神の託宣《たくせん》どおり大物主神《おおものぬしのかみ》の子孫を探し出して神を祀《まつ》ると、疫病は鎮まった。また、北陸・東方を服属させ、税制など国家の基盤も整えた。

第一一代垂仁《すいにん》天皇の御代、后(沙本毘売《さほびめ》)の兄、沙本毘古《さほびこ》は天皇の暗殺を企てるが失敗し、兄妹は討たれた。天皇は晩年、不老不死の「ときじくのかくの木実《このみ》」を求めるため多遅摩毛理《たじまもり》を常世国《とこよのくに》に遣わしたが、入手して帰国した時、すでに天皇は崩じていた。

第一二代景行《けいこう》天皇の子の小碓命《おうすのみこと》は、兄大碓命《おおうすのみこと》を殺すほどの猛威の持ち主だった。その力を怖れた天皇は、九州の熊襲《くまそ》征伐に行かせた。小碓命は熊襲建《くまそたける》を討ち、倭建命《やまとたけるのみこと》の名を得て、出雲建《いずもたける》も討ち、帰還するが、すぐに東方十二道平定を命ぜられる。嘆く倭建命に、叔母で、伊勢《いせ》神宮に仕えている倭比売《やまとひめ》は草なぎの剣《つるぎ》などを与えた。

倭建命は、剣の威力、后弟橘比売命《おとたちばなひめのみこと》の助力で危難を切り抜け、東方を平定し、都への帰途についた。途中、尾張《おわり》国で美夜受比売《みやずひめ》と結婚した倭建命は、草なぎの剣を比売のもとに置いて、伊吹山《いぶきやま》の神を討ち取りに出かけたが、神を見誤り、故郷を偲《しの》びつつ落命した。その魂は「白《しろ》ち鳥《とり》」となり、天を翔《か》けた。↓よむ

第一三代成務《せいむ》天皇の御代、国境や国造《くにのみやつこ》・県主《あがたぬし》を定めた。

第一四代仲哀《ちゅうあい》天皇は倭建命の子である。天皇が熊襲の反乱を平定しようとした時、神功《じんぐう》皇后に神が託宣し、西方の宝の国を帰服させよと告げたが、天皇は従わず、神の怒りに触れて崩御《ほうぎょ》した。神功皇后は神命に従って新羅《しらき》に親征し、新羅と百済《くだら》を従えた。

第一五代応神《おうじん》天皇は三皇子に分担させ、天皇の支配を確立させた。

百済から、『論語《ろんご》』『千字文《せんじもん》』がもたらされた。

下巻―仁徳～推古天皇

第一六代仁徳《にんとく》天皇は、炊煙が立たないことから人民の貧窮を知った。三年間税役を免除し、国は豊かになった。天皇は異母妹の女鳥《めどりの》王《みこ》に求愛したが、皇后石之《いわの》日《ひ》売命《めのみこと》の嫉妬を怖《おそ》れた女鳥王は天皇の弟速総別王《はやぶさわけのみこ》の妻となり、夫に反乱を促した。天皇は二人を滅ぼした。

第一七代履中《りちゅう》天皇の御代、弟の墨江中王《すみのえのなかつみこ》が反乱を起こしたが、弟の水歯別命《みずはわけのみこと》が墨江中王を殺し、第一八代反正《はんぜい》天皇となった。

第一九代允恭《いんぎょう》天皇は反正天皇の弟で、天下の氏姓《うじかばね》を正した。天皇崩御後、皇太子の軽太子《かるのおおみこ》は同母妹の軽大郎女《かるのおおいらつめ》を愛したが、軽太子は捕らえられて伊予《いよ》の湯に流され、二人はその地で自害した。

軽太子の弟、第二〇代安康《あんこう》天皇は、仁徳天皇の子・大日下王《おおくさかのみこ》を討ち、その妻を奪って皇后としたが、大日下王の子の目弱王《まよわのみこ》に殺された。目弱王は、天皇の弟大長谷王《おおはつせのみこ》の追討を受け、殺された。

大長谷命は、皇位継承争いのライバル、履中天皇の子・忍歯王《おしはのみこ》を殺し、第二一代雄略《ゆうりゃく》天皇となった。天皇は、美しい乙女引田《ひけた》部赤《べのあか》猪子《いこ》にお召しを約束したが忘れてしまった。八十年後、老女となった赤猪子が参内すると、天皇は感動して歌を贈った。

第二二代清寧《せいねい》天皇には后も子もなかった。忍歯王の遺児である兄弟が第二三代顕宗《けんそう》天皇、第二四代仁賢《にんけん》天皇となった。

第二五代武烈《ぶれつ》天皇には子がおらず、応神天皇の子孫である袁本杼《おほどの》命《みこと》を仁賢天皇の皇女と結婚させ、第二六代継体《けいたい》天皇となった。天皇は筑紫君石井《つくしのきみいわい》を鎮圧した。その子は、第二七代安閑《あんかん》天皇、第二八代宣化《せんか》天皇、第二九代欽明《きんめい》天皇となった。欽明天皇の子は、第三〇代敏達《びだつ》天皇、第三一代用明《ようめい》天皇、第三二代崇峻《すしゅん》天皇、第三三代推古《すいこ》天皇となった。

よむ

伊耶那岐命、黄泉の国へ

〔上巻〕

さて、伊耶那岐命《いざなきのみこと》は妻の伊耶那美命《いざなみのみこと》に会いたいと思い、黄泉国《よもつくに》に追っていった。そうして、伊耶那美命が御殿から戸を閉じて出迎えた時、伊耶那岐命は語りかけて、「愛《いと》しいわが妻の命《みこと》よ、私とお前とで作った国は、まだ作り終わっていない。だから帰らなければならない」とおっしゃられた。

これに対し、伊耶那美命は、「残念なこと、あなたが早く来なかったので、私は黄泉国のかまどで煮たものを食べてしまいました。そうはいっても、愛しいわが夫の命《みこと》がこの国へおいでになるとは恐れ多いことですから、帰ろうと思います。しばらく黄泉神と相談しましょう。その間、私を見ないでください」と言って御殿の内に帰って行ったが、長い時間が経ち、伊耶那岐命は待ちかねた。

それで、左の束ね髪に挿していた爪櫛《つまくし》の端の太い歯を一本折り取り、それに一つ火をともして御殿の内に入って見た時に、伊耶那美命の体には蛆《うじ》がたかってコロコロと転がりうごめき、頭には大雷《おおいかずち》が、胸には火雷《ほのいかずち》が、腹には黒雷《くろいかずち》が、女陰には析雷《さくいかずち》がおり、左手には若雷《わかいかずち》が、右手には土雷《つちいかずち》が、左足には鳴雷《なるいかずち》が、右足には伏雷《ふすいかずち》がおり、合わせて八種の雷神が成っていた。

そこで伊耶那岐命はその姿を見て怖れ、黄泉国から逃げ帰る時に、妻伊耶那美命は「よくも私に恥をかかせましたね」と言い、直ちに黄泉国の醜女《しこめ》を遣わして追いかけさせた。伊耶那岐命が黒い髪飾りを取って投げ捨てると、たちまち山ぶどうの実がなった。これを醜女が拾って食べている間に、伊耶那岐命は逃げた。なおも追いかけてきた。そこで右の束ね髪に挿している神聖な爪櫛の歯を折り取って投げ捨てると、たちまち竹の子が生えた。それを醜女が抜いて食べている間に、伊耶那岐命は逃げのびていった。

そしてその後、伊耶那美命はあの八種の雷神に、大勢の黄泉の軍勢をそえて伊耶那岐命を追わせた。そこで伊耶那岐命は、腰に帯びた十拳《とつか》の剣《つるぎ》を抜き、それを後ろ手に振りながら逃げていったが、雷神たちはなおも追いかけてきた。

黄泉《よもつ》ひら坂（黄泉国と葦原中《あしはらのなか》つ国《くに》を隔てる坂）の麓《ふもと》に着いた時、伊耶那岐命はその坂の麓に生えていた桃の実を三個取って迎え撃つと、皆、坂を逃げ帰っていった。（略）

最後には、妻の伊耶那美命自身が追ってきた。そこで伊耶那岐命は千引《ちびき》の石《いわ》（千人力でやっと動く巨岩）を引っ張ってきて、黄泉ひら坂を塞《ふさ》ぎ、その岩を間にはさんで、めいめい向き合って事戸《ことど》（離別の言葉か）を渡す時、伊耶那美命は「愛しいわが夫よ。あなたがこんなことをするならば、私はあなたの住む国の人間を一日に千人絞《くび》り殺しましょう」と言った。これに対して伊耶那岐命は、「愛しいわが妻よ。お前がそんなことをするならば、私は一日に千五百の産《うぶ》屋《や》を建てよう」と仰せられた。こういうわけで、この世では、一日に必ず千人死に、千五百人生まれるのである。

原文（訓み下し）

是《ここ》に、其《そ》の妹《いも》伊《い》耶《ざ》那《な》美命《みのみこと》を相見《あひみ》むと欲《おも》ひて、黄泉《よもつ》国《くに》に追ひ往《ゆ》きき。爾《しか》くして、殿《との》より戸《と》を縢《と》ぢて出《い》で向《むか》へし時に、伊《い》耶《ざ》那《な》岐命《きのみこと》の語りて詔《のりたま》ひしく、「愛《うつく》しき我《あ》がなに妹《も》の命《みこと》、吾《あれ》と汝《なむち》と作れる国、未《いま》だ作り竟《をは》らず。故《かれ》、還《かへ》るべし」とのりたまひき。

爾《しか》くして、伊耶那美命の答へて白《まを》さく、「悔《くや》しきかも、速く来《こ》ねば、吾は黄泉《よもつ》戸《へ》喫《ぐひ》を為《し》つ。然《しか》れども、愛《うるは》しき我《あ》がなせの命の入《い》り来坐《きま》せる事、恐《かしこ》きが故《ゆゑ》に、還らむと欲ふ。且《しまら》く黄泉《よもつ》神《かみ》と相論《あひあげつら》はむ。我《あれ》を視《み》ること莫《なか》れ」と、如此《かく》白して、其《そ》の殿の内に還り入る間、甚久《いとひさ》しくして、待つこと難《かた》し。故《かれ》、左の御《み》みづらに刺せる湯津々間櫛《ゆつつまくし》の男柱《をばしら》を一箇《ひとつ》取り闕《か》きて、一つ火を燭《とも》して入り見し時に、うじたかれころろきて、頭《かしら》には大雷《おほいかづち》居り、胸には火雷《ほのいかづち》居り、腹には黒雷《くろいかづち》居り、陰には析雷《さくいかづち》居り、左の手には若雷《わかいかづち》居り、右の手には土雷《つちいかづち》居り、左の足には鳴雷《なるいかづち》居り、右の足には伏雷《ふすいかづち》居り、幷《あは》せて八《や》くさの雷の神、成り居りき。

是《ここ》に伊耶那岐命、見畏《みかしこ》みて逃げ還る時に、其の妹《いも》伊耶那美命の言はく、「吾《あれ》に辱《はぢ》を見しめつ」といひて、即《すなは》ち予母都志許売《よもつしこめ》を遣《つかは》して、追はしめき。爾《しか》くして、伊耶那岐命、黒き御縵《みかづら》を取りて投げ棄《う》つるに、乃《すなは》ち蒲子《えびかづらのみ》生りき。是《これ》を摭《ひり》ひ食《は》む間に逃げ行《ゆ》きき。猶《なほ》追ひき。亦《また》、其の右の御《み》みづらに刺せる湯津々間櫛《ゆつつまくし》を引き闕《か》きて投げ棄つるに、乃ち笋《たかみなな》生りき。是を抜き食む間に逃げ行きき。且《また》、後《のち》には其の八《や》くさの雷の神に千五百《ちいほ》の黄泉軍《よもついくさ》を副《そ》へて追はしめき。爾くして、御佩《みはか》しせる十拳《とつか》の剣《つるぎ》を抜きて、後手《しりへで》にふきつつ逃げ来つ。猶追ひき。黄泉《よもつ》ひら坂《さか》の坂本《さかもと》に到《いた》りし時に、其の坂本に在《あ》る桃子《もものみ》を三箇《みつ》取りて待ち撃ちしかば、悉《ことごと》く坂を返《かへ》りき。（略）

最《もと》も後《のち》に、其の妹伊耶那美命、身自《みづか》ら追ひ来《き》つ。爾くして、千引《ちびき》の石《いは》を其の黄泉ひら坂に引き塞《ふさ》ぎ、其の石を中に置き、各《おのおの》対《む》き立ちて、事戸《ことど》を度《わた》す時に、伊耶那美命の言《い》ひしく、「愛《うるは》しき我《あ》がなせの命《みこと》、如此《かく》為《せ》ば、汝《なむち》が国の人草《ひとくさ》を一日《ひとひ》に千頭絞《ちかしらくび》り殺さむ」といひき。爾くして、伊耶那岐命の詔《のりたま》ひしく、「愛《うつく》しき我がなに妹《も》の命、汝然為《なむちしかせ》ば、吾《あれ》一日に千五百《ちいほ》の産屋《うぶや》を立てむ」とのりたまひき。是《ここ》を以《もち》て、一日に必ず千《ち》人《たり》死に、一日に必ず千五百《ちいほ》人《たり》生《うま》るるぞ。

八俣のおろち退治

〔上巻〕

須佐之男命《すさのおのみこと》は追いやられて、出雲国の肥《ひ》の河（島根県の斐伊川《ひいがわ》）の上流、地名は鳥髪《とりかみ》というところに降《くだ》った。この時、箸《はし》がその河を流れ下ってきた。そこで、須佐之男命はその河の上流に人がいると思って、尋ね求めて上《のぼ》っていったところ、老人と老女が二人いて、女の子を間においで泣いていた。

そこで須佐之男命は、「お前たちは誰か」とお尋ねになった。すると その老人は答えて、「私は国《くに》つ神《かみ》（地上世界の神）で、大山津見《おおやまつみの》神《かみ》の子です。私の名は足名椎《あしなづち》といい、妻の名は手名椎《てなづち》といい、娘の名は櫛名田比売《くしなだひめ》といいます」と言った。須佐之男命はまた、「お前の泣くわけは何か」と尋ねた。足名椎は答えて、「私にはもともと八人の娘がいたのですが、高志《こし》（出雲市の古代の地名か）の八俣《やまた》のおろちが毎年やってきて食べてしまったのです。今、そのおろちがやって来ようという時です。だから泣いているのです」と申し上げた。

そこで、須佐之男命は、「そのおろちの姿形はどのようなものか」と尋ねた。足名椎は答えて、「その眼はほおずきのようで、一つの身体に八つの頭と八つの尾があります。またその体には日陰《ひかげ》かずらと檜《ひのき》・杉が生え、その長さは谷八つ、山八つにわたり、その腹を見ると、どこもいつも血が流れ、ただれています」と申し上げた。

そこで須佐之男命はその老人に、「このお前の娘を私に献上するつもりはないか」と仰せられた。老人は答えて、「おそれ多いことです。しかしまた、あなたのお名前を存じません」と申し上げた。そこで須佐之男命は、「私は天照大御神《あまてらすおおみかみ》の同母の弟である。今、天からお降りになったのだ」と仰せられた。すると、足名椎・手名椎の神は、「さようでいらっしゃいますならば、おそれ多いことです。娘を差し上げましょう」と申し上げた。

そこで、須佐之男命はその娘をたちまち神聖な爪櫛《つまくし》に変えて、束ね髪に刺し、足名椎・手名椎の神に告げて、「お前たちは、何度も繰り返し醸造した強い酒を造り、また垣を作り廻《めぐ》らし、その垣に八つの入り口を作り、その入り口ごとに八つの仮の棚を設け、その棚ごとに船型の酒の器を置き、器ごとにその強い酒を盛って待て」と仰せになった。それで仰せのとおりにして、そのように作り、準備して待っていると、その八俣のおろちが、本当に先ほどの言葉どおりやって来て、ただちに船型の大きな器ごとに自分の頭を垂らし入れて、その酒を飲んだ。そして、酒を飲んで酔い、動きを留め、突っ伏して寝てしまった。

そこで須佐之男命は、腰に帯びられた十拳《とつか》の剣《つるぎ》を抜き、その蛇を切り散らしたところ、肥の河は血の川となって流れた。そして、その蛇の中ほどの尾を斬った時に、御刀の刃が欠けた。そこで不審に思って御刀の切っ先で刺し、割いて見てみると、つむ羽《は》の大刀《たち》があった。それで、この大刀を取って、不思議なものと思い、天照大御神に申してこれを献上した。これは草なぎの大刀である。

原文（訓み下し） 故《かれ》、避《さ》り追《お》はえて、出雲国《いづものくに》の肥《ひ》の河上《かはかみ》、名は鳥髪《とりかみ》といふ地《ところ》に降《くだ》りき。此《こ》の時に、箸《はし》、其《そ》の河より流れ下《くだ》りき。是《ここ》に、須佐之男命《すさのをのみこと》、人《ひと》其の河上に有りと以為《おも》ひて、尋ね覓《もと》め上《のぼ》り往《ゆ》けば、老夫《おきな》と老女《おみな》と二人在《あ》りて、童女《をとめ》を中に置きて泣けり。

爾《しか》くして、問ひ賜《たま》ひしく、「汝等《なむちら》は、誰《たれ》ぞ」ととひたまひき。故《かれ》、其の老夫が答へて言ひしく、「僕《やつかれ》は国《くに》つ神《かみ》、大山津見神《おほやまつみのかみ》の子ぞ。僕が名は足名椎《あしなづち》と謂《い》ひ、妻《め》が名は手名椎《てなづち》と謂ひ、女《むすめ》が名は櫛《くし》名田比売《なだひめ》と謂ふ」といひき。亦《また》、問ひしく、「汝《なむち》が哭《な》く由《ゆゑ》は、何《なに》ぞ」ととひき。答へ白《まを》して言《い》ひしく、「我《あ》が女《むすめ》は、本《もと》より八《や》たりの稚女《をとめ》在りしに、是《これ》を、高志《こし》の八俣《やまた》のをろち、年ごとに来て喫《く》ひき。今、其《そ》が来《く》べき時ぞ。故《かれ》、泣く」といひき。

爾くして、問ひしく、「其の形は、如何《いか》に」ととひき。答へて白《まを》ししく、「彼《そ》の目は、赤かがちの如《ごと》くして、身一つに八《や》つの頭《かしら》、八つの尾《を》有り。亦《また》、其の身に蘿《ひかげ》と檜《ひ》・榲《すぎ》と生《お》ひ、其の長さは谿《たに》八《や》谷《たに》・峡《を》八《や》尾《を》に度《わた》りて、其の腹を見れば、悉《ことごと》く常に血《ち》え爛《ただ》れたり」とまをしき。

爾くして、速須佐之男命《はやすさのをのみこと》、其の老夫に詔《のりたま》ひしく、「是《こ》の、汝が女は、吾《あれ》に奉《まつ》らむや」とのりたまひき。答へて白《まを》ししく、「恐《かしこ》し。亦、御名《みな》を覚《さと》らず」とまをしき。爾くして、答へて詔ひしく、「吾は、天照大御神《あまてらすおほみかみ》のいろせぞ。故《かれ》、今天《あめ》より降《くだ》り坐《ま》しぬ」とのりたまひき。爾《しか》くして、足名椎・手名椎の神の白ししく、「然坐《しかいま》さば、恐し。立《た》て奉《まつ》らむ」とまをしき。

爾くして、速須佐之男命、乃《すなは》ち湯津爪櫛《ゆつつまくし》に其の童女《をとめ》を取り成して、御《み》みづらに刺して、其の足名椎・手名椎の神に告《の》らししく、「汝等《なむちら》、八《や》塩折《しほをり》の酒を醸《か》み、亦、垣《かき》を作り廻《めぐら》し、其の垣に八つの門《かど》を作り、門ごとに八つのさずきを結ひ、其のさずきごとに酒船《さかぶね》を置きて、船ごとに其の八塩折の酒を盛《も》りて、待て」とのらしき。故、告《の》らし随《まにま》に如此《かくまう》設け備へて待つ時に、其の八俣のをろち、信《まこと》に言《こと》の如《ごと》く来て、乃ち船ごとに己《おの》が頭《かしら》を垂れ入れ、其の酒を飲みき。是《ここ》に、飲み酔《ゑ》ひ留《とどま》り伏《ふ》して寝《い》ねき。

爾くして、速須佐之男命、其の御佩《みは》かしせる十拳《とつか》の剣《つるぎ》を抜き、其の蛇《へみ》を切り散《ちら》ししかば、肥河《ひのかは》、血に変《かは》りて流れき。故、其の中の尾を切りし時に、御刀《みはかし》の刃、毀《こほ》れき。爾くして、怪しと思ひ、御刀の前《さき》を以《もち》て刺し割《さ》きて見れば、つむ羽《は》の大刀《たち》在《あ》り。故、此の大刀を取り、異《け》しき物と思ひて、天照大御神に白《まを》し上げき。是《これ》は、草那芸之大刀《くさなぎのたち》ぞ。

◆大国主と白兎

大国主神《おおくにぬしのかみ》の兄弟の神々が因幡国《いなばのくに》の気多《けた》の岬に着いた時に、赤裸《あかはだか》の兎《うさぎ》が伏していた。そこで神々は兎に、「お前はこの海水を浴び、風の吹くのに当たって、高い山の頂に伏していなさい」と言った。それでその兎は、神々の教えに従って、山の頂に伏していた。すると、その海水の乾くにしたがって、その身体の皮がみな、風に吹かれて裂けた。それで痛くて苦しみ泣き伏していたところ、最後にやって来た大穴牟遅神《おおあなむじのかみ》(大国主神)がその兎を見て、「どうしてお前は泣き伏しているのか」と言った。

兎が答えて言うには、「私は隠岐島《おきのしま》にいて、ここへ渡ろうと思いましたが、渡る方法がありませんでした。それで、海にいるわに(鮫《さめ》の類か)をだまして、『私とお前と比べて、一族の多い少ないを数えたいと思う。だから、お前は自分の一族をいる限り全部連れて来て、この島から気多の岬まで、ずっと並び伏せよ。そうしたら、私がその上を踏んで、走りながら声に出して数えて渡ろう。そうすれば、私の一族とどちらが多いかわかるだろう』と言いました。このように言うと、わにたちがだまされて並び伏したので、私はその上を踏んで、声に出して数えて渡って来て、今まさに地面に降りようとする時に、私は、『お前たちは私にだまされたのだ』と言ったところ、言い終わったとたん、最も端に伏せていたわにが私を捕まえて、私の着物をすべて剝《は》いでしまいました。このため泣いて困っていたところ、先にやって来た大勢の神々が、私に教えて、『海水を浴びて風に当たって横たわっていよ』と仰せになりました。それで、教えのようにしたところ、私は体中傷ついたのです」と言った。

そこで、大穴牟遅神はその兎に教えて、「今すぐにこの河口に行き、真水でお前の身体を洗って、すぐにその河口の蒲《がま》の花を取り、敷きつめてその上に横たわり転がれば、お前の身体はきっともとの肌のように治るだろう」と仰せられた。それで、教えに従ったところ、兎の身体は元通りになった。これが稲羽《いなば》の素兎《しろうさぎ》である。今は兎神という。

原文（訓み下し）

是《ここ》に、気多之前《けたのさき》に到りし時に、裸《あかはだ》の菟《うさぎ》、伏せりき。爾《しか》くして、八十神《やそかみ》、其《そ》の菟に謂《い》ひて云《い》ひしく、「汝《なむち》が為《せ》まくは、此《こ》の海塩《うしほ》を浴《あ》み、風の吹くに当りて、高き山の尾上《をのへ》に伏せれ」といひき。故《かれ》、其の菟、八十神の教《をしへ》に従ひて、伏せりき。爾くして、その塩《しほ》の乾く随《まにま》に、其の身の皮、悉《ことごと》く風に吹き析《さ》かえき。故《かれ》、痛み苦しび泣き伏せれば、最《もと》も後《のち》に来《こ》し大穴牟遅神《おほあなむちのかみ》、其の菟を見て言ひしく、「何《なに》の由《ゆゑ》にか汝《なむち》が泣き伏せる」といひき。

菟が答へて言ひしく、「僕《やつかれ》、淤岐島《おきのしま》に在《あ》りて、此地《ここ》に度《わた》らむと欲《おも》ひしかども、度らむ因《よし》無かりき。故《かれ》、海のわにを欺《あざむ》きて言ひしく、『吾《あれ》と汝《なむち》と、競べて、族《うがら》の多さ少なさを計らむと欲《おも》ふ。故、汝は、其の族の在りの随《まにま》に、悉く率《ゐ》て来て、此の島より気多の前に至るまで、皆列《な》み伏し度《わた》れ。爾くして、吾《あれ》、其の上を踏み、走りつつ読み度らむ。是《ここ》に、吾《あ》が族と孰《いづ》れか多きを知らむ』といひき。如此《かく》言ひしかば、欺かえて列《な》み伏す時に、吾《あれ》、其の上を踏み、読み度り来て、今地《つち》に下《お》りむとする時に、吾《あ》が云《い》はく、『汝は、我《あれ》に欺かえぬ』と言ひ竟《をは》るに、即《すなは》ち最《もと》も端《はし》に伏せりしわに、我を捕《とら》へて、悉く我《あ》が衣服《ころも》を剥《は》ぎき。此《これ》に因《よ》りて泣き患《うれ》へしかば、先《ま》づ行《ゆ》きし八十神の命《みこともち》以て、誨《をし》へて告《の》らししく、『海塩《うしほ》を浴み、風に当りて伏せれ』とのらしき。故《かれ》、教《をしへ》の如《ごと》く為《せ》しかば、我が身、悉く傷《やぶ》れぬ」といひき。

是《ここ》に、大穴牟遅神、其の菟に教へて告《の》らししく、「今急《すむ》やけく此《こ》の水門《みなと》に往《ゆ》き、水を以《もち》て汝が身を洗ひて、即ち其の水門の蒲黄《かまのはな》を取り、敷き散《ちら》して其の上に輾転《こいまろ》ばば、汝が身、本《もと》の膚《はだ》の如く必ず差《い》えむ」とのらしき。故、教《おしへ》の如く為《せ》しに、其の身、本《もと》の如し。此《これ》、稲羽《いなば》の素菟《しろうさぎ》ぞ。今には菟神《うさぎがみ》と謂《い》ふ。

◆倭建命の最期

〔中巻〕

倭建命《やまとたけるのみこと》は、「この山の神は素手で直接討ち取ろう」とおっしゃって、伊吹山《いぶきやま》に登っていった時、白い猪《いのしし》と山のほとりで出会った。その大きさは牛のようだった。そこで、倭建命は言挙《ことあ》げして、「この白い猪に化けているのは、この山の神の使者である。今殺さなくても、山から帰る時に殺すことにしよう」と大声で言い立てられて、山を登っていらっしゃった。すると、山の神は激しい氷雨《ひさめ》を降らして、倭建命を前後不覚に陥《おちい》らせた。

そこで、山を下り帰っていらして、麓《ふもと》の玉倉部《たまくらべ》の清水に着いて休息していらっしゃるうちに、正気を次第に取り戻した。それでその清水を名づけて居寤清泉《いさめのしみず》という。そこから出発して、当芸野《たぎの》（岐阜県養老《ようろう》の滝付近か）のあたりに着いた時に、「私は心ではいつも空を飛んで行こうと思っている。しかし今、私の足は歩けなくなり、たぎたぎしくなってしまった」とおっしゃった。それでその地を名づけて当芸《たぎ》という。その地からほんの少し進んでいらっしゃったが、ひどく疲れたので杖《つえ》をついて、そろそろと歩いた。それでそこを名づけて杖衝坂《つえつきさか》という。（略）

三重村《みえのむら》（三重県四日市）に着いた時に、また、「私の足は三重に折れるようになって、ひどく疲れてしまった」とおっしゃった。それでその地を名づけて三重という。そこからさらに進んでいらっしゃって、能煩野《のぼの》（鈴鹿山脈の野登山辺りか）に着いた時に、故郷を思って歌っていうには、

倭《やまと》は 国の真秀《まほ》ろば たたなづく青垣《あをかき》 山籠《やまごも》れる 倭し麗《うるは》し
——大和《やまと》は国の中でも最もよいところだ。重なりあった青い垣根の山、その中にこもっている大和は美しい

(略)

そしてご病気が急変して、危篤になった。そうしてお歌いになっていうには、

嬢子《をとめ》の 床《とこ》の辺《べ》に 我《わ》が置きし 剣《つるき》の大刀《たち》 その大刀はや
——乙女の床《とこ》のあたりに私が置いてきた大刀。ああ、その大刀よ

と、歌い終わるや、お亡くなりになった。そこで早馬《はやうま》による急便をもって、急を報じ申し上げた。

そして、その報《しら》せを聞いて、大和にいらっしゃった后《きさき》たちと御子たちはみな下ってきて、そこに御陵を作って、その地の水に浸った田を這《は》いまわって泣いて、歌っていうには、

なづきの田の 稲幹《いながら》に 稲幹に 這《は》ひ廻《もとほ》ろふ 野老蔓《ところづら》
——水に浸った田の稲の茎に、その稲の茎に這いまつわっている、山芋の蔓《つる》よ

すると、倭建命は、大きな「白ち鳥」の姿となって、天空に羽ばたき、浜に向かって飛び去った。

原文(訓み下し)

是《ここ》に、詔《のりたま》はく、「茲《こ》の山の神は、徒手《むなで》に直《ただ》に取らむ」とのりたまひて、其《そ》の山に騰《のぼ》りし時に、白き猪《ゐ》、山の辺《へ》に逢《あ》ひき。其の大きさ、牛の如《ごと》し。爾《しか》くして、言挙為《ことあげし》て詔はく、「是《こ》の白き猪と化《な》れるは、其の神の使者《つかひ》ぞ。今殺さずとも、還《かへ》らむ時に殺さむ」とのりたまひて、騰り坐《ま》しき。是《ここ》に、大氷雨《おほひさめ》を零《ふら》して、倭建命《やまとたけるのみこと》を打ち或《まと》はしき。

故《かれ》、還《かへ》り下《くだ》り坐して、玉倉部《たまくらべ》の清泉《しみづ》に到りて息《いこ》ひ坐しし時に、御《み》心《こころ》、稍《やをや》く寤《さ》めき。故、其の清泉を号《なづ》けて居寤清泉《ゐさめのしみづ》と謂《い》ふ。其処《そこ》より発《た》ちて、当芸野《たぎの》の上《うへ》に到りし時に、詔ひしく、「吾《あ》が心、恒《つね》に虚《そら》より翔《かけ》り行《ゆ》かむと念《おも》ふ。然《しか》れども、今吾《あ》が足歩《あゆ》むこと得ずして、たぎたぎしく成《な》りぬ」とのりたまひき。故、其処を号けて当《た》芸《ぎ》と謂ふ。其地《そこ》より差少《ややすこ》し幸行《いでま》すに、甚《はなは》だ疲れたるに因《よ》りて、御《み》杖《つゑ》を衝《つ》きて、稍《やをや》く歩みき。故、其地《そこ》を号けて杖衝坂《つゑつきさか》と謂ふ。(略)

三重村《みへのむら》に到りし時に、亦《また》、詔ひしく、「吾が足は、三重《みへ》に勾《まが》れるが如《ごと》くして、甚だ疲れたり」とのりたまひき。故、其地を号けて三重《みへ》と謂ふ。其《そこ》より幸行《いでま》して、能煩野《のぼの》に到りし時に、国を思《しの》ひて、歌ひて曰《い》はく、

倭《やまと》は 国の真秀《まほ》ろば たたなづく 青垣《あをかき》 山籠《やまごも》れる 倭し麗《うるは》し

(略)

此《こ》の時に、御病《みやまひ》、甚急《いとには》かなり。爾《しか》くして、御歌《みうた》に曰はく、

嬢子《をとめ》の 床《とこ》の辺《べ》に 我《わ》が置きし 剣《つるき》の大刀《たち》 その大刀はや

歌ひ竟《をは》りて、即《すなは》ち崩《さ》りましき。爾くして、駅使《はゆまづかひ》を貢上《たてまつ》りき。是《ここ》に、倭《やまと》に坐《いま》しし后等《きさきたち》と御子等《みこたち》と、諸《もろもろ》 下《くだ》り到りて、御陵《みはか》を作りて、即ち其地のなづき田《た》を匍匐《はらば》ひ廻《めぐ》りて哭《な》き、歌為《うたよみし》て曰はく、

なづきの田の 稲幹《いながら》に 稲幹に 這《は》ひ廻《もとほ》ろふ 野老蔓《ところづら》

是に八尋《やひろ》の白《しろ》ち鳥《とり》と化《な》り、天《あめ》に翔《かけ》りて、浜に向ひて飛び行《ゆ》きき。

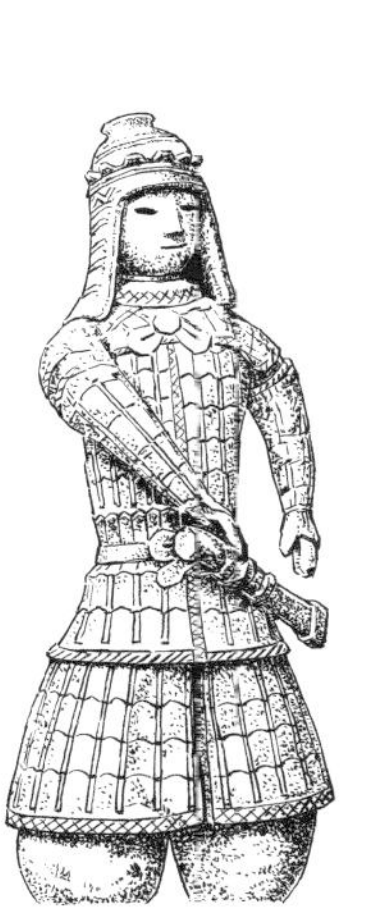

2

神代《じんだい》から持統《じとう》天皇までを漢文体で記す、日本初の正史《せいし》

日本書紀《にほんしょき》

『古事記』の八年後、元正《げんしょう》天皇の養老四年（七二〇）に奏上された、全三十巻の官制の歴史書。天地開闢《かいびゃく》の神話に始まり、『古事記』と筋が共通しても細部は異なることがままある。『古事記』は推古天皇で終わるが、『日本書紀』は大《たい》化《か》の改新《かいしん》、壬申《じんしん》の乱など、本書成立の二〜三十年前までの近い歴史も描く。『古事記』にはない聖徳太子の記述もある。

あらすじ

◆神代

天と地ができてから、国常立尊《くにのとこたちのみこと》など三神が生まれ、続いて伊奘諾尊《いざなきのみこと》と伊奘冉尊《いざなみのみこと》など四対の八神が生まれた。ここまでを神世《かむよ》七代《ななよ》という。伊奘諾尊と伊奘冉尊は、大八洲国《おおやしまくに》などを生み、続いて天照大神《あまてらすおおみかみ》、月夜見尊《つくよみのみこと》、蛭子《ひるこ》、素戔嗚尊《すさのおのみこと》を生んだ。素戔嗚尊は泣きわめき、人民を早死にさせ、山を枯れさせたので、根国《ねのくに》へ追放されることとなった。

天照大神に別れを告げようと訪れた時、素戔嗚尊は邪心があるのではと誤解され、潔白を証明するために二神はうけい（占いの一種）をした。天忍穂耳尊《あまのおしほみみのみこと》などの五柱の男神が生まれ、素戔嗚尊は潔白が証明され、さまざまな乱暴狼藉《らんぼうろうぜき》を働いた。

天照大神は立腹して天石窟《あまのいわや》に籠もり、世界は闇に包まれた。困った八十万神《やそよろずのかみ》は思案し、神事と滑稽な所作で大神の心を引き、外界に誘い出した。世界に光が戻った。

罪を全て科せられ、天上から追放された素戔嗚尊は、出雲国《いずものくに》で、八岐大蛇《やまたのおろち》に食べられようとしている娘奇稲田姫《くしいなだひめ》を持つ老夫婦と出会った。素戔嗚尊は姫を櫛《くし》にして大蛇を退治した。草薙剣《くさなぎのつるぎ》を得て天照大神に献上した。奇稲田姫との間に大己貴神《おおあなむちのかみ》（のちの大国主神《おおくにぬしのかみ》）を儲けた素戔嗚尊は、根国に赴いた。〔巻一〕

天忍穂耳尊の子、天津《あまつ》彦彦火瓊瓊杵尊《ひこひこほのににぎのみこと》が葦原中国《あしはらのなかつくに》の君主と決まった。国を平定させるために大己貴神の国譲りが行なわれ、瓊瓊杵尊は高千穂峰《たかちほのたけ》に天降《あまくだ》った。

瓊瓊杵尊の子、彦火火出見尊《ひこほほでみのみこと》（山幸《やまさち》）は海神の霊力のある珠をもって兄火闌降命《ほのすそりのみこと》（海幸《うみさち》）を服従させ、海神の娘豊玉姫《とよたまひめ》は竜の姿になり、彦火火出見尊の子彦波瀲武鸕鶿草葺不合尊《ひこなぎさたけうかやふきあえずのみこと》を生んだ。〔巻二〕

◆神武〜応神天皇

彦波瀲武鸕鷀草葺不合尊の第四子が、初代神武《じんむ》天皇である。神武は日向国《ひむかのくに》から東征に赴く。天照大神の遣わした頭八咫烏《やたからす》に導かれるなどして大和を平定し、橿原《かしはら》に宮を定め即位した。〔巻三〕

神武天皇崩御後、綏靖《すいぜい》、安寧《あんねい》、懿徳《いとく》、孝昭《こうしょう》、孝安《こうあん》、孝霊《こうれい》、孝元《こうげん》、開化《かいか》と、皇位は受け継がれた。〔巻四〕

崇神《すじん》天皇の時に疫病が流行したが、三輪《みわ》山の大物主神《おおものぬしのかみ》を祀《まつ》ることで治まった。箸墓《はしばか》古墳の由来が記される。〔巻五〕

垂仁《すいにん》天皇の時、その后狭穂姫《さほびめ》の兄狭穂彦《さほびこ》は謀反を企てたが、兄妹の死で失敗した。相撲の起源となる力比べが行なわれ、伊勢の祭祀《さいし》や殉死《じゅんし》の禁止と埴輪《はにわ》の設置が始まった。天皇の命で田道間守《たじまもり》は常世《とこよの》国《くに》に非時香菓《ときじくのかくのみ》を取りに行ったが、帰って来た時に天皇は没していた。田道間守は号泣の末に自死した。〔巻六〕

景行《けいこう》天皇は熊襲《くまそ》(九州南部)を平定した。だが熊襲はまた背き、天皇の子、日本武尊《やまとたけるのみこと》が女装して征討した。東国で反乱が起こり、日本武尊は伊勢神宮の倭姫命《やまとひめのみこと》から草薙剣《くさなぎのつるぎ》を授かり平定したが、妻の弟橘媛《おとたちばなひめ》を失った。そして、剣を置き、胆吹山《いぶきやま》で神を見誤り病となり、父に対面できないことを嘆きつつ崩じ、白鳥になった。〔巻七〕

景行天皇崩御後即位した成務《せいむ》天皇には子が無く、日本武尊の子が仲哀《ちゅうあい》天皇として即位した。〔巻八〕

仲哀天皇の后、神功《じんぐう》皇后は神の託宣を受けて熊襲を討伐し、新羅《しらぎ》を攻め、降伏させた。中国の歴史書『魏志《ぎし》』が引かれ、皇后は卑弥呼《ひみこ》に擬せられている。〔巻九〕

その子応神《おうじん》天皇の時に王仁《わに》が来朝し、典籍を講じた。天皇は大鷦鷯尊《おおさざきのみこと》(のちの仁徳《にんとく》天皇)など三皇子に仕事を分掌させた。〔巻一〇〕

◆仁徳〜推古天皇

仁徳天皇は善政を行ない、人民は豊かになった。皇后磐之媛命《いわのひめのみこと》は八田皇女《やたのひめみこ》に嫉妬し、別居したまま世を去る。〔巻一一〕

仁徳天皇の子、履中《りちゅう》天皇と反正《はんぜい》天皇が皇位を継いだ。〔巻一二〕

仁徳天皇と磐之媛命の子、允恭《いんぎょう》天皇の時、皇太子軽皇子《かるのみこ》が同母妹軽大娘皇女《かるのおおいらつめのひめみこ》と窃《ひそ》かに通じた。皇女は伊予《いよ》に流され、天皇崩御後、第二子の穴穂皇子《あなほのみこ》は軽皇子を自害させ、安康《あんこう》天皇となった。〔巻一三〕

雄略《ゆうりゃく》天皇は人を処刑することが多かった。ある時天皇は、葛城《かずらき》山《やま》で自分にそっくりな一言主神《ひとことぬしのかみ》に出会い、猟を楽しんだ。〔巻一四〕

清寧《せいねい》天皇、顕宗《けんぞう》天皇、仁賢《にんけん》天皇が皇位に就いた。〔巻一五〕

武烈《ぶれつ》天皇は残虐な暴君であった。〔巻一六〕

武烈天皇には子がなく仁徳天皇の皇統が断絶した。大伴金村大連《おおとものかなむらのおおむらじ》の尽力で応神天皇の五世の孫が継体《けいたい》天皇となった。筑紫国造《つくしのくにのみやつこ》磐井《いわい》の反乱を、物部大連麁鹿火《もののべのおおむらじあらかひ》に鎮圧させた。〔巻一七〕

継体天皇の子、安閑《あんかん》天皇、宣化《せんか》天皇が即位した。〔巻一八〕

欽明《きんめい》天皇十三年、百済《くだら》の聖明王が仏像等を献上し、仏教が伝来した。仏像の扱いをめぐり、崇仏派の蘇我《そが》氏と排仏派の物部《もののべ》氏が対立した。↓よむ〔巻一九〕

敏達《びだつ》天皇の時、蘇我氏と物部氏の対立は深まった。〔巻二〇〕

用明《ようめい》天皇元年、穴穂部皇子《あなほべのみこ》は物部守屋《もりや》とともに天皇の暗殺を試みるが、蘇我馬子《うまこ》に阻止された。天皇崩御後、馬子は穴穂部皇子一族を殺害し、物部守屋も滅亡した。馬子は飛鳥に法興寺《ほうこうじ》を創建した。崇峻《すしゅん》天皇は即位し、「嫌いな人を斬りたい」と述べたが、それを恐れた馬子に殺されてしまう。〔巻二一〕

欽明天皇皇女で敏達天皇后であった推古《すいこ》天皇が即位し、厩戸豊聡《うまやとのとよと》耳皇子《みみのみこ》(聖徳太子)を皇太子とし、政務を任せた。仏教が興隆した。皇太子は冠位十二階や憲法十七条を定めた。→よむ 小野妹子《おののいもこ》を隋《ずい》に派遣した。妹子は帰国したが、隋の煬帝《ようだい》からの返書が百済人に略奪されたという。天皇はそれを赦《ゆる》した。

〔巻二二〕

◆舒明～斉明天皇

蘇我蝦夷《そがのえみし》の推す舒明《じょめい》天皇が即位した。第一回目の遣唐使が派遣された。

〔巻二三〕

敏達《びだつ》天皇の曾孫で舒明天皇皇后である皇極《こうぎょく》天皇が即位した。蘇我蝦夷・入鹿《いるか》父子の専横が際立ち、中大兄皇子《なかのおおえのみこ》(皇極天皇の子、のちの天智《てんち》天皇)は、中臣鎌子《なかとみのかまこ》(藤原鎌足《かまたり》)とともに飛鳥板葺宮《いたぶきのみや》で入鹿を討ち、蝦夷も誅《ちゅう》した。→よむ

〔巻二四〕

皇極天皇同母弟である孝徳《こうとく》天皇が即位し、中大兄を皇太子とし、大化の年号を定めた。人口調査などを行ない、難波長柄豊碕《なにわのながらのとよさき》に遷都した。私地私民を廃するなど、四条にわたる改新の詔《みことのり》を発した(大化の改新)。民衆の貧困を解消するため薄葬令《はくそうれい》を出した。白雉《はくち》五年、天皇は難波で崩御した。

〔巻二五〕

譲位していた皇極天皇が飛鳥板葺宮において再び即位し、斉明《さいめい》天皇となった。大がかりな土木工事を行ない非難されることもあった。有間皇子《ありまのみこ》(孝徳天皇皇子)が謀反を企てたが、処刑された。皇太子の中大兄が初めて漏剋《ろうこく》(水時計)を作った。唐と新羅《しらぎ》の連合に百済は滅亡し、救援を求めてきた。天皇は自ら西に向かうが、九州の朝倉《あさくら》宮《のみや》にて崩御した。

〔巻二六〕

◆天智～持統天皇

皇太子中大兄は即位せず政務を執った。新羅を討つ軍を百済に派遣するが、白村江《はくすきのえ》で大敗し百済は壊滅。国内の防衛のため防人《さきもり》や烽火《のろし》を設置した。近江《おうみ》に遷都し、天智天皇として即位した。藤原氏を賜わった鎌足が亡くなり、大友皇子《おおとものみこ》(天智天皇皇子)を太政大臣とした。天皇は重い病にかかり、同母弟の東宮(大海人皇子《おおあまのみこ》)に後事を託そうとするが、皇子は従わず、出家して吉野に向かう。天皇は近江宮で崩御する。

〔巻二七〕

崩御後、大海人皇子は近江側の不穏な動きを知り、吉野で挙兵する。六月末から一か月ほど、各地で激戦が繰り広げられ、大友皇子は自決して、壬申《じんしん》の乱は終結する。

〔巻二八〕

大海人皇子すなわち天武《てんむ》天皇は、天武二年、飛鳥浄御原宮《あすかのきよみはらのみや》で即位した。八年、吉野に赴き、皇后(のちの持統天皇)と六名の皇子と盟約を結んだ。十年、律令制定の詔を発し、草壁皇子《くさかべのみこ》を皇太子とした。帝紀《ていき》及び上古《じょうこ》の諸事の記録を命じた。

〔巻二九〕

天武天皇崩御後は皇后が政務を執った。大津皇子《おおつのみこ》(天武天皇皇子)の謀反が発覚し処刑された。持統三年、皇太子草壁皇子が薨去《こうきょ》し、飛鳥浄御原令《あすかきよみはらりょう》が施行された。四年、皇后は持統天皇として即位した。八年、藤原宮《ふじわらのみや》へ遷都。十一年、皇太子軽皇子《かるのみこ》(草壁皇子の子、文武天皇)に譲位した。

〔巻三〇〕

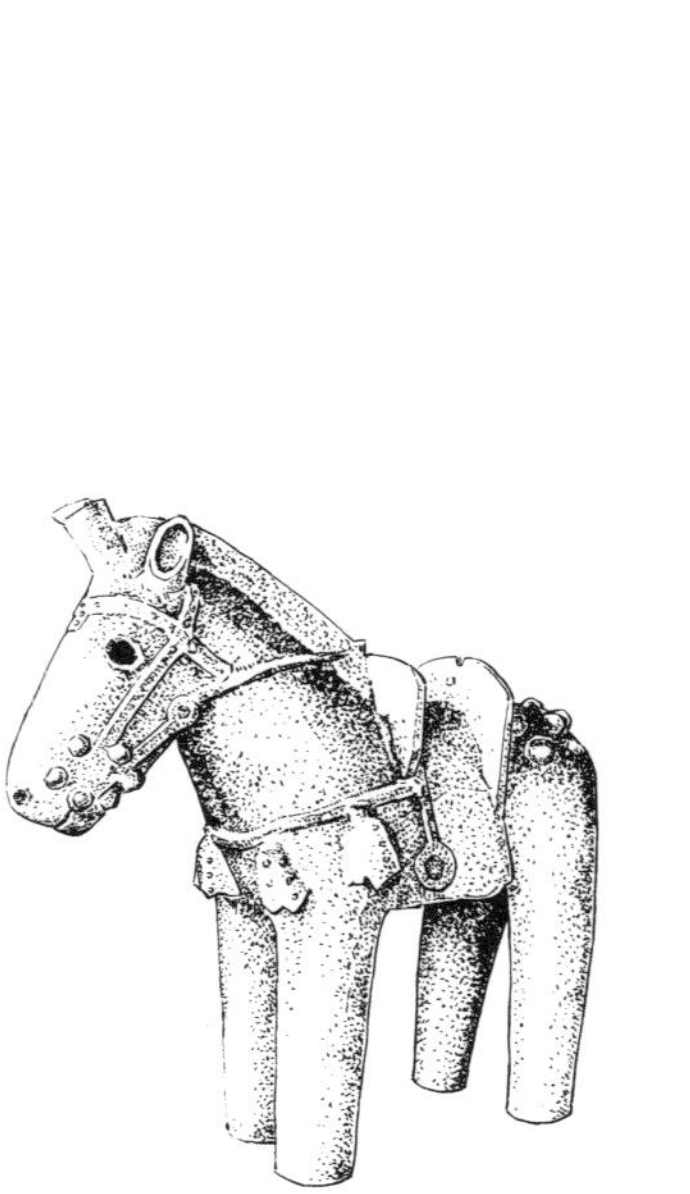

よむ

◆仏教伝来

〔巻一九〕

欽明《きんめい》天皇十三年冬十月に、百済《くだら》の聖明王《せいめいおう》は西部姫氏《せいほうきし》達率《だちそち》怒唎《ぬり》斯致《しち》契《けい》らを派遣して、釈迦仏《しゃかぶつ》の金銅像一躯《く》・幡蓋《ばんがい》若干・経論《きょうろん》若干巻を献上した。（略）

蘇我大臣稲目宿禰《そがのおおおみいなめのすくね》（馬子《うまこ》の父）は奏上して、「西蕃《せいばん》諸国（諸外国）はみなこぞって礼拝しております。豊秋日本《とよあきづやまと》だけが背くわけにはゆきません」と申し上げた。物部 大連尾輿《もののべのおおむらじおこし》・中臣 連鎌子《なかとみのむらじかまこ》は同じく奏上して、「我が国家の王は、常に天地の百《ももあまりや》 八十《そ》神《かみ》を春夏秋冬にお祭りしてこられました。今それを改めて、蕃神を礼拝なさるならば、おそらくは国神《くにつかみ》の怒りを受けるでしょう」と申し上げた。

天皇は、「願っている稲目宿禰《いなめのすくね》にこの仏像を授け、試みに礼拝させてみよう」と仰せられた。大臣《おおおみ》は跪《ひざまず》いてそれを受け、たいそう喜んで、小墾田《おはりだ》（奈良県高市郡明日香村）の家に安置した。ひたすら仏道の修行をし、そのために向原《むくはら》の家を清めて寺とした。

その後、国に疫病が流行し、人民が若くして死んでいった。疫病はやまず、死者はますます増え、治療できなかった。物部大連尾輿・中臣連鎌子は共に奏上して、「かつて、私どもの計を用いられなかったために、このような病死を招いたのです。今、速やかに元に戻したら、きっとよいことがあるでしょう。一刻も早く仏像を投げ棄《す》て、ひたすら、来るべき幸福を願うべきです」と申しあげた。天皇は、「奏上のとおりにせよ」と仰せられた。役人は仏像を難波《なにわ》の堀江《ほりえ》に流し棄て、また寺に火をつけた。寺は全焼して何も残らなかった。その時、天に風雲もないのに、突然宮の大殿に火災が起った。

原文（訓み下し）

冬十月に、百済《くだら》の聖明王《せいめいわう》、西部姫氏《せいほうきし》達率《だちそち》怒唎《ぬり》斯致《しち》契《けい》等を遣《まだ》して、釈迦仏《しやかぶつ》の金銅像《こんどうぞう》一躯《く》・幡蓋《ばんがい》若干・経論《きやうろん》若干巻を献《たてまつ》る。（略）

蘇我大臣稲目宿禰《そがのおほおみいなめのすくね》奏《まを》して曰さく、「西蕃《せいばん》の諸国《くにぐに》、一《もはら》に皆礼《みなゐやま》ふ。豊秋日本《とよあきづやまと》、豈独《あにひと》り背《そむ》かむや」とまをす。物部 大連尾輿《もののべのおほむらじをこし》・中臣 連鎌子《なかとみのむらじかまこ》、同じく奏して曰さく、「我が国家《みかど》の、天下《あめのした》に王《きみ》とましますは、恒《つね》に天地社稷《あめつちくにいへ》の百《ももあまりや》 八十《そ》神《かみ》を以《も》ちて、春夏秋冬《はるなつあきふゆ》、祭拝《まつ》りたまふことを事《わざ》とす。方今《いま》し、改めて蕃 神《あたしくにのかみ》を拝《をろが》みたまはば、恐《おそ》らくは国神《くにつかみ》の怒《いかり》を致《いた》したまはむ」とまをす。

天皇《すめらみこと》の曰《のたま》はく、「情願《ねが》ふ人《ひと》稲目宿禰に付《さづ》けて、試《こころみ》に礼拝《らいはい》せしむべし」とのたまふ。大臣《おほおみ》、跪《ひざまづ》きて受けたまはりて忻悦《よろこ》び、小墾田《をはりだ》の家に安置《ま》せまつる。懃《ねもころ》に出世《しゅっせ》の業《わざ》を修《をさ》め、因《よすか》として向原《むくはら》の家を浄捨《じやうしや》して寺《てら》とす。

後《のち》に、国に疫気《えやみ》行《おこ》りて、民《おほみたから》夭残《わかじに》を致《いた》す。久《ひさ》にして愈《いよいよ》多く、治療《をさめいや》すこと能《あた》はず。物部大連尾輿・中臣連鎌子、同じく奏《まを》して曰《まを》さく、「昔日《むかし》臣《やつこ》が計《はかりこと》を須《もち》ゐたまはずして、斯《こ》の病死《やみしに》を致《いた》せり。今し不遠《すむやけ》く復《かへ》さば、必ず慶《よろこび》有るべし。早《すむやけ》く投棄《なげす》てて、懃《ねもころ》に後《のち》の福《さきはひ》を求めたまふべし」とまをす。天皇の曰はく、「奏《まを》す依《まにま》に」とのたまふ。有司《つかさ》、乃《すなは》ち仏 像《ほとけのみかた》を以《も》ちて、難波《なには》の堀江《ほりえ》に流し棄て、復《また》火《ひ》を伽藍《てら》に縦《つ》く。焼燼《やきつ》きて更余無《またあまりな》し。是《ここ》に、天《あめ》に風雲《かぜくも》無くして、忽《たちま》ちに大殿《おほとの》に災《ひのわざはひ》あり。

◆十七条憲法

〔巻二二〕

推古天皇十二年夏四月の丙寅 朔《へいいんついたち》の戊辰《ぼしん》（三日）に、皇太子（聖徳太子）は、ご自分で初めて憲法十七条をお作りになった。

一にいう、和を尊び、逆らうことがないのを第一とせよ。人はみな党類を組むが、賢者は少ない。それゆえ、あるいは君父に従わず、あるいは近隣の人と諍《いさか》う。しかし、上下の者が和《なご》み睦《むつ》み合い、事を論じて合意に至れば、事の道理は自然に通る。どんな事が、成就しないのであろうかと。

二にいう、篤《あつ》く三宝《さんぼう》を敬え。三宝とは仏・法・僧である。すなわち一切の生類の行き着くところであり、すべての国々の究極の教えである。どの世、どの人が、この法を尊ばないだろうか、いや、みな尊ぶのである。人は極悪である者は少なく、よく教えると従うものである。そもそも三宝によらないでは、いったい何で邪悪を正せようかと。

三にいう、詔《みことのり》を承ったなら、必ず謹んで従え。君は天であり、臣は地である。天は覆い、地は載せる。そうして四季がめぐり、万物が生成するのである。地が天を覆おうとすれば、万物は破滅することになろう。そこで、君が命じる時は、臣は承る、上が行なう時は、下は従う。それゆえ、詔を承ったなら、必ず慎んで従え。謹んで従わないならば、自滅することになろうと。

四にいう、官僚は、礼をすべての根本とせよ。人民を治める根本は、必ず礼にある。上に礼がなければ、下は乱れ、下が礼を失えば、必ず罪を犯す者が現われる。それゆえ、群臣に礼があれば、位の序列は乱れない。人民に礼があれば、国家は自然に治まるであろうと。

（以下略）

原文（訓み下し） 夏四月の丙寅《へいいん》の朔《つきたち》にして戊《ぼ》辰《しん》に、皇太子《ひつぎのみこ》、親《みづか》ら肇《はじ》めて憲法十七条を作りたまふ。

一に曰《いは》く、和《わ》を以《も》ちて貴《たふと》しとし、忤《さか》ふること無きを宗《むね》とせよ。人皆《ひとみな》党《ともがら》有り、亦《また》達《さと》る者少なし。是《ここ》を以ちて、或《ある》いは君父《くんぷ》に順《したが》はず、乍《ある》いは隣里《りんり》に違《たが》ふ。然《しか》れども、上和《かみやはら》ぎ下睦《しもむつ》びて、事《こと》を論《あげつら》ふことに諧《かな》ふときは、事理《じり》自《おの》づからに通《かよ》ふ。何事《なにごと》か成《な》らざらむと。

二に曰く、篤《あつ》く三宝《さむぼう》を敬《ゐやま》へ。三宝とは仏《ぶつ》・法《ほふ》・僧《そう》なり。則《すなは》ち四《し》生《しやう》の終帰《しゅうき》、万国《ばんこく》の極宗《きよくそう》なり。何《いづれ》の世《よ》、何《いづれ》の人か、是《こ》の法を貴《たふと》びずあらむ。人、尤《はなは》だ悪《あ》しきもの鮮《すくな》し、能《よ》く教《をし》ふるをもちて従ふ。其《そ》れ三宝に帰《よ》りまつらずは、何《なに》を以ちてか枉《まが》れるを直《ただ》さむと。

三に曰く、詔《みことのり》を承りては必ず謹《つつし》め。君《きみ》は天《てん》なり、臣《しん》は地《ち》なり。天は覆《おほ》ひ地は載《の》す。四時《しじ》順行《じゅんかう》して、万気《ばんき》通《かよ》ふこと得《う》。地、天を覆はむとするときは、壊《やぶ》ることを致《いた》さむ。是《ここ》を以《も》ちて、君言《のたま》ふときは臣承《うけたまは》る、上行《かみおこな》ふときは下靡《しもなび》く。故《かれ》、詔を承りては必ず慎《つつし》め。謹《つつし》まずは自《おの》づからに敗《やぶ》れなむと。

四に曰く、群卿百寮《ぐんけいはくれう》、礼《れい》を以ちて本《もと》とせよ。其《そ》れ民《たみ》を治《をさ》むるの本は、要《かなら》ず礼に在《あ》り。上《かみ》礼なければ、下斉《しもととのほ》らず、下礼無ければ、必ず罪《つみ》有り。是《ここ》を以ちて、群臣礼有れば、位《くらゐ》の次《つぎて》乱れず、百姓《はくせい》礼有れば、国家《あめのした》自《おの》づからに治《をさま》ると。（以下略）

◆蘇我氏滅亡

〔巻二四〕

皇極天皇四年六月、戊《ぼ》申《しん》（十二日）に、天皇は大極殿《おおあんどの》にお出ましになった。古人大兄《ふるひとのおおえ》が傍《かたわ》らに控えた。中臣鎌子連《なかとみのかまこのむらじ》は、蘇《そ》我入鹿臣《がのいるかのおみ》が疑い深い性格で、昼夜に剣を携えていることを知り、滑稽《こっけい》な仕草《しぐさ》をする俳優《わざおき》に教えて、騙《だま》してその剣をはずさせようとした。入鹿臣は笑って剣をはずして入り、座についた。

倉山田麻呂臣《くらのやまだのまろのおみ》が玉座の前に進み出て、朝鮮半島三国の上表文を読み上げた。その時、中大兄《なかのおおえ》は衛門府《ゆげいのつかさ》に命じて、一斉に十二の通門をすべて封鎖して、行き来を禁じた。衛門府を一か所に召集して、賞禄を与えるふりをした。そうして中大兄は自ら長き槍《ほこ》を取って大極殿の傍らに隠れた。中臣鎌子連たちは弓矢を持って中大兄を守護した。海犬養連勝麻呂《あまのいぬかいのむらじかつまろ》に命じて、箱の中の両剣を佐伯連子麻呂《さえきのむらじこまろ》と葛城稚犬養連網田《かずらきのわかいぬかいのむらじあみた》とに授けさせ、「気を抜くな、不意を突いて斬れ」と言った。子麻呂らは水で飯を流し込んだが、恐怖のため嘔吐《おうと》した。中臣鎌子連は大声で励ました。

倉山田麻呂は上表文の読み上げも終わろうとするのに、子麻呂らが来ないことを不安に思い、全身汗みずくになって声を乱し手を震わせた。鞍作臣《くらつくりのおみ》(入鹿)は不審に思って、「どうして震えているのか」と尋ねたところ、山田麻呂は、「天皇のお側《そば》近いことが恐れ多く、不覚にも汗が流れたのです」と答えた。

中大兄は子麻呂らが入鹿の威勢に畏縮《いしゅく》して、逡巡《しゅんじゅん》して進まないのを見て、「やあ」と叫んで子麻呂らと共に入鹿の不意を突いて、剣で入鹿の頭と肩を斬り割いた。入鹿は驚いて立ち上がった。子麻呂は手で剣を振り回して、入鹿の片脚を斬った。

入鹿は転がりながら玉座にたどりつき、叩頭《こうとう》して、「皇位に坐《ざ》すべきは天の御子です。私に何の罪がありましょう。どうかお調べください」と申しあげた。天皇は大そう驚かれ、中大兄に詔《みことのり》して、「やっていることがわからない。いったい何事があったのか」と仰せられた。中大兄は地に伏して奏上して、「鞍作は天皇家をことごとく滅して皇位を傾けようとしました。どうして天孫を鞍作に代えられましょうか」と申しあげた。天皇は立って殿中にお入りになった。佐伯連子麻呂・稚犬養連網田は入鹿臣を斬り殺した。この日に、雨が降り、溢《あふ》れた水で庭は水浸しになった。

原文(訓み下し)

戊申《ぼしん》に、天皇《すめらみこと》、大極殿《おほあんどの》に御《おは》します。古人大兄《ふるひとのおほえ》侍《はべ》り。中臣鎌子連《なかとみのかまこのむらじ》、蘇我入鹿臣《そがのいるかのおみ》の為人《ひととなり》疑《うたがひ》多くして、昼夜剣《ひるよるたち》を持《は》けることを知りて、俳優《わざをき》に教へて、方便《はうべん》して解かしむ。入鹿臣、咲《わら》ひて剣を解き、入《い》りて座《しきゐ》に侍り。

倉山田麻呂臣《くらのやまだのまろのおみ》、進みて三韓《さんかん》の表文《ふみ》を読み唱《あ》ぐ。是《ここ》に中大兄《なかのおほえ》、衛門府《ゆけひのつかさ》に戒めて、一時《もろとも》に倶《とも》に十二通門《よものみかど》を鏁《さしかた》め、往来《かよ》はしめず。衛門府を一所《ひとところ》に召聚《めしあつ》めて、給禄《ものさづ》けむとす。時に中大兄、即《すなは》ち自《みづか》ら長槍《ながきほこ》を執《と》りて、殿《との》の側《かたは》らに隠れたり。中臣鎌子連等《ら》、弓矢を持ちて為助衛《ゐまも》る。海犬養連勝麻呂《あまのいぬかひのむらじかつまろ》をして、箱の中《うち》の両剣《ふたつのたち》を佐伯連子麻呂《さへきのむらじこまろ》と葛城稚犬養連網田《かづらきのわかいぬかひのむらじあみた》とに授けしめて曰《いは》く、「努力努力《ゆめゆめ》、急《あからさま》に斬るべし」といふ。子麻呂等、水を以《も》ちて送飯《いひす》き、恐《おそ》りて反吐《たま》ひつ。中臣鎌子連、嘖《せ》めて励ましむ。

倉山田麻呂、表文《ふみ》を唱《よみあ》ぐること尽きなむとして、子麻呂等の来《こ》ざることを恐《おそ》り、流汗《いづるあせ》身に沃《うるほ》ひて、声乱れ手動《わなな》く。鞍作臣《くらつくりのおみ》、怪《あや》しびて問《と》ひて曰《いは》く、「何《なに》の故《ゆゑ》にか掉《ふる》ひ戦《わなな》く」といふ。山田麻呂、対《こた》へて曰く、「天皇《すめらみこと》に近くはべることを恐《かしこ》み、不覚《おろか》にも汗流《い》づる」といふ。

中大兄、子麻呂等の入鹿が威《いきほひ》に畏《おそ》り、便旋《めぐら》ひて進まざるを見て曰く、「咄嗟《やあ》」といひ、即ち子麻呂等と共に、其《そ》の不意《ゆくりもな》きに出《い》で、剣《たち》を以ちて入鹿が頭肩《あたまかた》を傷《やぶ》り割《さ》く。入鹿驚きて起《た》つ。子麻呂、手を運《めぐら》し剣《たち》を揮《ふ》き、其の一脚《ひとつのあし》を傷る。

入鹿、御座《おほみもと》に転《まろ》び就《つ》き、叩頭《の》みて曰《まを》さく、「嗣位《ひつぎのみくらゐ》に居《ま》しますべきは天《あめ》の子《みこ》なり。臣罪《やつこつみ》を知らず。乞《こ》ふ垂審察《あきらめたま》へ」とまをす。天皇、大きに驚き、中大兄に詔《みことのり》して曰《のたま》はく、「作《す》る所を知らず。何事《なにごと》有りつるや」とのたまふ。中大兄、地《つち》に伏して奏《まを》して曰《まを》さく、「鞍作、天宗《きみたち》を尽《ことごと》くに滅《ほろぼ》して、日位《ひつぎのみくらゐ》を傾《かたぶ》けむとす。豈天孫《あにあめみま》を以ちて鞍作に代《か》へむや」とまをす。天皇、即ち起《た》ちて殿中《とののうち》に入《い》りたまふ。佐伯連子麻呂・稚犬養連網田、入鹿臣を斬りつ。是《こ》の日に、雨下《ふ》りて潦水《いさらみづ》庭《おほば》に溢《いは》めり。

3

伝承・神話・地名起源譚《たん》、地方からの古代の証言

風土記《ふどき》

和銅六年(七一三)、諸国の土地の名前の由来や古老が相伝してきた珍しい話などを報告するよう詔《みことのり》(天皇の命令)が下った。その報告書が『風土記』である。今残るものは常陸国《ひたちのくに》(茨城)、播磨国《はりまのくに》(兵庫)、出雲国《いずものくに》(島根)、豊後国《ぶんごのくに》(大分)、肥前国《ひぜんのくに》(佐賀・長崎)の五つで、そのほか逸文《いつぶん》が残る。その土地ならではの地名・産物にまつわる話、神々や天皇の逸話など、想像力がかきたてられ、今日読んでもおもしろい話が多い。

内容紹介

『風土記』は、和銅六年に出された詔に従って諸国から提出された、地名の由来や古老が相伝してきた珍しい話などの報告書(解文《げぶみ》)である。執筆者は中央から派遣された官僚と考えられ、漢文体である。常陸国(茨城)、播磨国(兵庫)、出雲国(島根)、豊後国(大分)、肥前国(佐賀・長崎)の五つが現存する。中身は郡《こおり》ごとにまとめられている。他に『万葉集』や『日本書紀』の注釈書など、後代の書籍に断片的に引用されて残ったものを「逸文《いつぶん》風土記」としている。

神々や伝説的な天皇の時代を舞台とする話が基本で、『古事記』や『日本書紀』には見られない話も多く有している。

常陸国風土記　「筑波の郡」では、神祖《みおや》の尊《みこと》が宿泊を所望した際の富士山と筑波山との対比がなされ、そしてその後の筑波山の繁栄のさまが壮大なスケールで描かれる。→よむ

播磨国風土記　総じて、地名の由来を語ることを主にしている。例えば「揖保《いぼ》の郡」の「上岡の里《かむのおか》」に関しては、次のエピソードが紹介されている。出雲《いずも》の国の阿菩《あぼ》の大神が、大倭《おおやまと》の国の畝火《うねび》・香山《かぐやま》・耳梨《みみなし》の三つの山が闘っているのを止めさせようと、上って来た時、この地に着いた時に闘いが止《や》んだと聞き、乗って来た船をくつがえしてそこに鎮座した。だから神《かむ》の阜《おか》と名づけた。阜《おか》の形は船をくつがえしたのに似ている、と。

出雲国風土記　完成が天平五年(七三三)二月であることがわかる。「意宇《おう》の郡」には、八束水臣津野《やつかみずおみずの》の命《みこと》が、海上にある余った国を太い綱で手繰り寄せ、国土を拡大させたとある。→よむ

豊後国風土記　「速見《はやみ》の郡」では、地名「田野《たの》」の起源が記される。民衆が余った米で思い上がり、餅を弓の的にまでして遊んでしまったところ、餅が白鳥に変わり飛び去った。その年に、民衆は死に絶え、水田は荒れてしまい、「田野」というようになった。

肥前国風土記　「松浦《まつら》の郡」では、「褶振《ひれふり》の峰」に関して、いわゆる佐用姫《さよひめ》伝説が紹介されている。大伴狭手彦《おおとものさでひこ》が任那《みまな》に渡った時に、妻の弟日姫子《おとひひめこ》が、峰に登って、褶《ひれ》(女性の装身具)を振った。これによって「褶振の峰」と名づけられた。二人が別れて五日後、夜ごとにやって来て、彼女と共に寝、夜明けに帰る人が現われた。姿形が、狭手彦に似ている。彼女は不思議だと思い、こっそりとつむいだ麻糸をその人の上衣の裾《すそ》につなぎ、麻糸にしたがって尋ねて行くと、この峰の沼のほとりに、横たわった蛇がいた。身は人間で沼の底に沈み、頭は蛇で沼の水ぎわに横たわっていた。突然に人に姿を変え、「一夜を共にできれば家に帰す」という歌を詠んだ。その時に、弟日姫子の侍女が、走り帰り親族に告げたので、親族は大勢を呼び集めて登って見ると、蛇と弟日姫子とは共に姿が消えている。そこで、その沼の底を見ると、人の屍《しかばね》だけがあった。みな口々に、弟日姫子の遺骸だと言って、やがてこの峰の南に墓を造った。その墓は今もある。このように、褶を振ることから、蛇神をからめ、切ない終焉《しゅうえん》を迎え、墓が現存することまで記し、リアリティを保つのである。

よむ

◆常陸国の筑波山の話

古老が言ったことは次のようである。

昔、神祖《みおや》の尊《みこと》が、多くの神々の所をご巡行になって、駿河《するが》の国福《ふ》慈《じ》の岳《やま》にお着きになり、とうとう日暮れになって、今夜の宿をお頼みになった。この時、福慈の神が答えて、「新穀《しんこく》のお祭をして、家の中は物忌《ものいみ》をいたしております。今日のところは、わかって頂きたいのですが、ご承諾いたすわけにはまいりません」と申し上げた。

さて、神祖の尊は、恨み泣いて大声で、「まさしくおまえの親なのだ。どうして泊めようと思わないのか。おまえが住んでいる山は、生きている限り、冬も夏も雪が降り、霜がおいて、寒さが次々と襲い、人々は登らず、飲食物を供える者はないであろう」と非難なさった。

また今度は、筑波《つくば》の岳《やま》にお登りになって、ここでも宿泊をお頼みになった。この時、筑波の神が答えて、「今夜は新嘗《にいなめ》の祭をしておりますが、しいてお気持ちに逆らうようなことは致しますまい」と申し上げた。そうして飲食物を用意して、恭《うやうや》しく拝みつつしんでお仕えした。そこで神祖の尊が、嬉《うれ》しさをつつみきれず、未来へのお約束をなさったのは、

愛《は》しきかも我《あ》が胤《すゑ》　巍《たか》きかも神《かむ》つ宮《みや》　天地《あめつち》の並斉《むた》　日月《ひつき》と共同《とも》に
人民《たみぐさ》集《つど》ひ賀《ほ》ぎ　飲食《をしもの》富豊《ゆたか》に　代々《よよ》に絶《た》ゆる無《な》く　日《ひ》に日《け》に弥栄《いやさか》え
千秋万歳《ちあきよろづよ》に　遊楽《たのしみ》窮《きはま》らじ

——いとしく思うぞ、わが子孫よ。高く聳《そび》え立つものかな、神の宮(筑波山)よ。天地・日月の無窮であるように、人民はこの神の山に登り集まって賀し、飲食物は豊かに、わが神とわが一族は、どんな時代になってもいついつまでも絶えず、日ましにいよいよ栄え、千年万年も遊楽は尽きないであろう

と歌われた。こういうわけで、福慈の岳は、常に雪が降って登ることができない。その筑波の岳は、人々が行き集まって歌い舞い飲み食うことが、今に至るまで絶えないのである。

原文(訓み下し)　古老《ふるおきな》の曰《い》へらく、昔、神祖《みおや》の尊《みこと》、諸神《もろがみ》たちの処《ところ》に巡《めぐ》り行《い》でまして、駿河《するが》の国福慈《ふじ》の岳《やま》に到りて、卒《つひ》に日暮《ひぐれ》に遇《あ》ひて、遇宿《やどり》を請欲《こ》ひたまひき。この時、福慈の神答へて曰《まを》しく、

「新粟《わせ》の初嘗《にひなへ》して、家内諱忌《やぬちものいみ》せり。今日《けふ》の間《ほど》は、冀《ねが》はくは許し堪《あ》へじ」とまをす。ここに神祖の尊、恨み泣き詈告《の》曰りたまはく、「すなわち汝《いまし》が親ぞ。何《な》ぞ宿《やど》さまく欲《ほ》りせぬ。汝《いまし》が居《をさ》むる山は、生《い》涯《き》の極《きは》み、冬も夏も雪ふり霜おきて、冷寒《さむ》さ重襲《しき》り、人民《ひと》登らず、飯食《をしもの》奠《たてまつ》ること勿《な》けむ」とのりたまひき。

更《さら》に筑波《つくは》の岳《やま》に登りまして、亦《また》容止《やどり》を請ひたまひき。この時、筑波の神答へて曰《まを》ししく、「今夜《こよひ》は新粟《にひな》嘗《へ》すれども、敢《あ》へて尊旨《みこと》に奉《つかへまつ》らずはあらじ」とまをしき。爰《ここ》に飲食《をしもの》を設《ま》けて、敬《ゐや》び拝《をろが》み祗《つつし》み承《つか》へまつりき。ここに、神祖の尊、歓然《よろこ》び諱曰《うけ》ひたまはく、

愛《は》しきかも我《あ》が胤《すゑ》　巍《たか》きかも神《かむ》つ宮《みや》　天地《あめつち》の並斉《むた》　日月《ひつき》と共《と》
同《も》に　人民《たみぐさ》集《つど》ひ賀《ほ》ぎ　飲食《をしもの》富豊《ゆたか》に　代々《よよ》に絶《た》ゆる無《な》く　日《ひ》に
日《け》に弥栄《いやさか》え　千秋万歳《ちあきよろづよ》に　遊楽《たのしみ》窮《きはま》らじ

とのりたまひき。是《ここ》を以《もち》て、福慈の岳は、常《つね》に雪《ゆきふ》りて登臨《のぼ》ることを得ず。その筑波の岳は、往《ゆ》き集《つど》ひて歌ひ舞ひ飲《さけのもの》み喫《くら》ふこと、今に至るまで絶えず。

◆出雲国の国引き神話

意宇《おう》と名づけたわけは、国をお引きになった八束水臣津野《やつかみずおみずの》の命《みこと》が、「八雲《やくも》立つ出雲の国は、幅の狭い布のように未完成の国であるなあ。初めてできた国だから、当時の神様が小さくお作りになっている。では、私が新しく作って縫いつけよう」とおっしゃって、「海のかなたの新羅《しらぎ》の岬を、国の余りがあるかと思って見ると、国の余りがある」とおっしゃって、童女《おとめ》の胸のように平らな鉏《すき》を手にされて、大魚のえらを突くように土地に突き刺して、魚の肉を切り離すように土地を切り離して、三本縒《よ》りの太い綱を投げ掛けて、霜《しも》つづらをたぐり寄せるようにぐいぐいと、河を行く船のようにそろりそろりと、国よ来ーい、国よ来ーいと引いて来て縫いつけられた国は、右に見える去豆《こず》（出雲市小津町）の山の線がすとんと落ちるあたりから（左に見える）杵築《きづき》の御埼《みさき》（出雲市日御碕《ひのみさき》）までである。こうして引いてきた国を動かぬように立てた杭《くい》は、後ろに見える石見《いわみ》の国と出雲の国との境にある、名は佐比売山《さひめやま》（三瓶山《さんべさん》）、まさにあれである。また、臣津野の命が持ち引かれた綱は、佐比売山の手前に見える薗《その》の長浜、あれなのである。

（略）

「今や国は引き終わった」とおっしゃって、意宇の杜《もり》に御杖《みづえ》を突き立てて、「よく出来た！」と仰せられた。だから、意宇という。

原文（訓み下し）

意宇《おう》と号《なづ》くる所以《ゆゑ》は、国引《くにひ》き坐《ま》しし八束水臣津野《やつかみづおみづの》の命《みこと》、詔《の》りたまひしく、「八雲《やくも》立つ出雲の国は、狭布《さぬの》の稚国《わかくに》なるかも。初国《はつくに》小さく作らせり。故《か》れ、作り縫《ぬ》はむ」と詔りたまひて、「栲衾《たくぶすま》志羅紀《しらき》の三埼《みさき》を、国の余りありやと見れば、国の余りあり」と詔りたまひて、童女《をとめ》の胸鉏《むなすき》取らして、大魚《おふを》の支《さ》太《だ》衝《つ》き別《わ》けて、波多須々支穂《はたすすきほ》振り別《わ》けて、三身《みつみ》の綱《つな》打ち挂《か》けて、霜黒葛《しもつづら》闇《くる》や闇《くる》やに、河船《かはふね》の毛曽呂毛曽呂《もそろもそろ》に、国来国来《くにこくにこ》と引き来《き》縫へる国は、去豆《こづ》の折絶《をりたえ》よりにして、八穂尓支豆支《やほにきづき》の御埼《みさき》なり。此《か》くて、堅《かた》め立てし加志《かし》は、石見《いはみ》の国と出雲の国との堺《さかひ》なる、名は佐比売《さひめ》山《やま》、是《これ》なり。亦《また》、持ち引ける綱は、薗《その》の長浜、是なり。

（略）

「今は国は引き訖《を》へつ」と詔りたまひて、意宇の杜《もり》に、御《み》杖《つゑ》衝《つ》き立てて、「意恵《おゑ》」と詔りたまひき。故れ、意宇と云《い》ふ。

4

古代人の喜びと悲しみを今に伝える、現存最古の歌集

万《まん》葉《よう》集《しゅう》

日本現存最古の歌集。飛鳥《あすか》時代から奈良時代中期までの四五〇〇首もの歌が収録されている。平仮名や片仮名はまだ成立しておらず、漢字のみで日本語が書かれていた。漢字を駆使して歌が作られていた。一般に賀茂真淵《かものまぶち》の言を承《う》けて「ますらをぶり」と男性的なおおらかな歌風と評されている。それとは真逆に繊細な感性が表われる歌も少なくない。そのような多様な歌を楽しめるのも『万葉集』の魅力である。

内容紹介

実際に詠まれたと推定される最も古い歌は、舒明《じょめい》天皇（在位六二九～六四一）の頃のものだが、多く詠まれるのは七世紀半ばの斉《さい》明《めい》・天智《てんじ》朝のころから。最も新しい歌は、巻末に収載された大伴家《おおともの や》持《かもち》の作で天平宝字《てんぴょうほうじ》三年（七五九）正月一日の歌。したがって平城遷都をはさむように、およそ百年間の歌が収められている。

歌は多様な場面で詠まれた。天皇の行幸において天皇を讃美する（雑歌《ぞうか》）、恋の思いを伝える（相聞《そうもん》）、人の死を嘆く（挽歌《ばんか》）という三大部立に対応するが、なぜそのような場面に歌が求められたか不明である。また我々の読む『万葉集』は文字テキストでしかなく、歌が本来持っていたはずのパフォーマンス的な要素は含まれていない。しかし文字のおかげで古代が今に伝えられているのである。

その文字も、平仮名と片仮名が生まれる前であり、漢字のみで日本語が書かれていた。書き方も様々で、「月船《つきのふね》」のように漢字自体の意味を重視したものや、「加奈之可利家理《かなしかりけり》」のように漢字の音だけを利用したものなどがある。外国語である漢字を用いての表現は、それなりに労苦を伴ったであろうが、漢字をどう用いて歌を記すかは知的な楽しみであったと思われる。

なお、『万葉集』が今のように漢字仮名交じりで楽しめるのは、漢字文献と真剣に、時に愚直に向き合った多くの先人たちの営為によるところが少なくない。鎌倉時代の僧侶仙覚《せんがく》、江戸時代の国学者、契沖《けいちゅう》、賀茂真淵《かものまぶち》などの功績は特に注目される。

この時代、出来事も多様にあった。『古事記《こじき》』成立（七一二）、『風土記《ふどき》』撰進《せんしん》の詔《みことのり》（七一三）、『日本書紀《にほんしょき》』成立（七二〇）、東大寺大仏開眼供養会《かいげんくようえ》（七五二）など国家的な事業と思われるが、『万葉集』はそのあたりに一切触れない。平城京遷都（七一〇）、度重なる遣唐使派遣に関しても、ほぼ『万葉集』には描かれていない。必ずしも

歴史を網羅的に描こうとする歌集ではないことがわかる。
　歌人は、奈良時代以前は柿本人麻呂《かきのもとのひとまろ》の歌が中心で、奈良時代以降は、撰者と目される大伴家持を中心に、その父旅人《たびと》、父方の叔母で姑《しゅうとめ》でもある坂上郎女《さかのうえのいらつめ》など、大伴氏の詠歌が一つの柱になっている。大伴氏のフィルターを経た奈良時代という見方をしておくのが歴史との関わりでは重要である。なお、大量の作者未詳の歌(奈良時代の官人の作かと考えられる)や、東国方言を有する東歌《あずまうた》、防人歌《さきもりうた》などを収めるのも『万葉集』の特徴である。
　では主要歌人別に、代表的な歌を鑑賞していこう。紙数の関係から、短歌、反歌(長歌のあとにつけられた短歌)を掲載した。

よむ

主要歌人別に紹介。題詞は現代語訳を掲載した。〈　〉は枕詞を示す。長歌に付された反歌の場合は、長歌の題詞を［　］に記した。

◆額田王《ぬかたのおおきみ》

鏡王《かがみのおおきみ》の娘。大海人皇子《おおあまのみこ》(天武天皇《てんむ》)の寵愛を受け、十市皇女《とおちのひめみこ》を生む。のちに天武の兄、天智天皇《てんじ》の寵愛を受けたらしい。生没年未詳。長歌三首、短歌九首が残る。国家的な行事に際し、宮廷全体を代表して歌を詠む人物であったようだ。

額田王の歌

熟田津《にきたつ》に　船乗《ふなの》りせむと　月待《つきま》てば　潮《しほ》もかなひぬ　今《いま》は漕《こ》ぎ出《い》でな
〔巻一・八　雑歌〕

熟田津で船出しようとして月の出を待っていると、潮も幸い満ちてきた。今、漕ぎ出そうよ。――斉明《さいめい》天皇七年(六六一)、天皇は唐・新羅《しらぎ》連合軍に苦しむ百済《くだら》の救援のため軍を率いて難波《なにわ》を出発、途中、伊予の熟田津(松山市内)に宿泊した。その熟田津から出発する時に詠んだ歌かとされる。

天智天皇が蒲生野《がもうの》で狩をなさった時に、額田王が作った歌

あかねさす　紫草野行《むらさきのゆ》き　標野行《しめのゆ》き　野守《のもり》は見《み》ずや　君《きみ》が袖振《そでふ》る
〔巻一・二〇　雑歌〕

〈あかねさす〉紫草野を行き、標野を行って、野守が見ているではありませんか。あなたが袖をお振りになるのを。――天智天皇七年(六六八)五月五日、天皇・皇太子(大海人皇子)らが参加した狩が、蒲生野(滋賀県内)で催された。「標野」は立ち入りを禁じられた場。野守は、標野の番人の意。「袖」を振る行為は、相手へ好意を示すことであったが、他人に見られるのは禁忌《タブー》であった。この額田王の歌に答える大海人皇子の歌が、「紫草《むらさき》の　にほへる妹《いも》を　憎《にく》くあらば　人妻故《ひとづまゆゑ》に　我恋《あれこ》ひめやも(紫草のように美しく輝くあなたを憎いと思ったら、人妻と知りながら恋しく思いましょうか)」である。

◆柿本朝臣人麻呂《かきのもとのあそみひとまろ》

経歴・生没年未詳。『古今和歌集』「仮名序《かなじょ》」で「歌の聖《ひじり》」と称された大歌人。『万葉集』からは、奈良時代以前に活動し、六位以下の官人で、石見《いわみ》(島根県)への地方官の経験があったこと

がわかる。天皇や皇子女に献《ささ》げる歌が多く、八十四首（うち長歌十八首）が載る。このほか「柿本朝臣人麻呂歌集」所出とされる歌が三百六十余首載る。

反歌《はんか》［軽皇子《かるのみこ》が安騎野《あきの》に宿られた時に、柿本朝臣人麻呂が作った歌］

東《ひむがし》の　野《の》にかぎろひの　立《た》つ見《み》えて　かへり見すれば
月傾《つきかたぶ》きぬ　〔巻一・四八　雑歌〕

東方の野にかげろうが立っていて、振り返って見ると、月は西に傾いた。――東の日の出をイメージさせる「かぎろひ」に、幼い軽皇子（文武《もんむ》天皇）が、西の空に傾く月に、皇子の父の故草《くさ》壁皇子《かべのみこ》が象徴されている。新しい時代の幕開《まくあけ》を予感させる。

反歌［柿本朝臣人麻呂が石見国《いわみのくに》から妻と別れて上京して来る時の歌］

笹《ささ》の葉《は》は　み山《やま》もさやに　さやげども　我《あれ》は妹思《いもおも》ふ　別《わか》
れ来《き》ぬれば　〔巻二・一三三　相聞〕

笹の葉は、全山さやさやと風に吹かれ乱れているが、それでも私は妻のことを思う、別れてきたので。――妻とは人麻呂が石見国（島根県西部）に滞在していた間に通った現地妻か。全山を顫動《せんどう》させるかのような笹の葉のそよぎに囲まれつつ、それは自己の心象《しんしょう》風景のように、妻への思いに沈潜《ちんせん》していく。

◆山部宿禰赤人《やまべのすくねあかひと》

経歴・生没年未詳。『古今和歌集』「仮名序」では人麻呂と同等の歌の名手として挙げられている。年代がわかる歌は神亀《じんき》元年（七二四）から天平八年（七三六）まで。身分の高くない官人であった。明確な輪郭を感じさせるような、景をデッサンすることに秀《ひい》でた歌人。五十首（うち長歌十三首）が載る。

反歌《はんか》［山部宿禰赤人が富士山《ふじのやま》を遠く見やって作った歌］

田子《たご》の浦《うら》ゆ　うち出《い》でて見《み》れば　ま白《しろ》にぞ　富士《ふじ》の高嶺《たかね》
に　雪《ゆき》は降《ふ》りける　〔巻三・三一八　雑歌〕

田子の浦越しに（視界が遮られていたところから広々としたところに）うち出て見ると、真っ白に、富士の高嶺に雪が降っている。――開けた視界の中に広がる、雪に覆われた富士の真っ白な印象を描き取る。ここの長歌で「高く貴《たふと》き」富士山には「時じくそ　雪は降りける（時期に関わりなく雪は降っている）」と詠嘆されている。冬ではない季節の「雪」への感動となっている。

山部宿禰赤人の歌

春《はる》の野《の》に　すみれ摘《つ》みにと　来《こ》し我《われ》そ　野《の》をなつかしみ
一夜寝《ひとよね》にける　〔巻八・一四二四　春雑歌〕

春の野に、すみれを摘みに来た私は、野から去りがたくなって、一晩寝てしまった。――すみれは春の野一面に咲き誇っていたのであろう。温かな光の中、摘めど摘めど終わらないすみれ咲く野に、心は奪われ時は過ぎてしまったのである。

◆大伴宿禰旅人《おおとものすくねたびと》

天智《てんじ》四年(六六五)〜天平三年(七三一)。長歌一首、短歌七十首ほどが『万葉集』には載るが、ほとんどは神亀五年(七二八)頃、大宰府《だざいふ》の長官として下向した後の作で還暦を迎えてからの歌。筑前《ちくぜん》国守山上憶良《やまのうえのおくら》との交流から文学センスは一層磨かれたのであろう。下向直後に妻を亡くし、妻を恋う情、都への思慕、現世の鬱屈《うっくつ》など暗部を詠じる一方で、部下との良好な関係を示す闊達《かったつ》な上司をうかがわせる陽気な歌も残す。

大宰帥《だざいのそち》大伴卿《きょう》が酒をほめ讃える歌

験《しるし》なき　物《もの》を思《おも》はずは　一坏《ひとつき》の　濁《にご》れる酒《さけ》を　飲《の》むべく
あるらし

〔巻三・三三八　雑歌〕

くだらない物思いをするくらいなら、一杯の濁った酒を飲むのがよいらしい。——酒を賞賛する十三首の冒頭。十三首に首尾一貫した論理は見いだせず、酔っ払いの戯言《たわごと》のような印象も抱かせ、堅苦しくは読ませない旅人の世界を感受させる。

故郷の家に還《かえ》ってから、すぐ作った歌

人《ひと》もなき　空《むな》しき家《いへ》は　草枕《くさまくら》　旅《たび》にまさりて　苦《くる》しかり
けり

〔巻三・四五一　挽歌〕

人もいない、空っぽの家は、〈草枕〉旅にまして苦しいものだ。——天平二年(七三〇)冬、大納言に昇進した旅人は、大宰府から帰京した。望郷の念を強く抱いていた旅人であったが、故郷の家は、旅以上に苦しいものであることに気づかされたのである。そこは、亡き妻の思い出が、生前のままに封じ込められた空間であった。

◆山上臣憶良《やまのうえのおみおくら》

斉明《さいめい》六年(六六〇)〜天平五年(七三三)。遣唐使を経験し、筑前《ちくぜんの》守《かみ》として赴任していた時、大宰府に下向した長官大伴旅人《たびと》と出会い、詩歌によって交流が深まる。現世に生きることの意味をリアルに問う作品が多く、「貧窮問答歌《びんぐうもんどうか》」も有名。長歌十一首、短歌六十八首、旋頭歌《せどうか》一首、漢詩二首、漢文一編が載る。

反歌〔子供らを思う歌〕

銀《しろかね》も　金《くがね》も玉《たま》も　なにせむに　優《まさ》れる宝《たから》　子《こ》に及《し》かめや
も

〔巻五・八〇三　雑歌〕

銀も金も珠玉も、どうして子に優る宝といえよう、子に及ぼうか。——どんな宝玉よりも子供が一番大切なのである。

反歌〔貧窮問答の歌〕

世《よ》の中《なか》を　憂《う》しとやさしと　思《おも》へども　飛《と》び立《た》ちかねつ
鳥《とり》にしあらねば

〔巻五・八九三　雑歌〕

世の中を、いやなものだ、消え入りたいと思うけれど、飛び去ることもできない、鳥ではないので。——人は鳥ではないから、どんなに苦しくても、この地上ではいつくばってでも生きていかねばならない。『古事記』のヤマトタケルがそうであるように、鳥と死は時に関わる。つらくても死ねない、貧しい人々の叫びを憶良は形象したのかもしれない。

◆大伴坂上郎女《おおとものさかのうえのいらつめ》

大伴旅人の異母妹。生没年未詳。穂積皇子《ほづみのみこ》の寵《ちょう》を受け、その死後、藤原麻呂《ふじわらのまろ》に求婚される。異母兄宿奈麻呂《すくなまろ》の妻となり二人の娘を産む。長女坂上大嬢《おおいらつめ》は、歌からは大らかな性格がうかがえるが、旅人の息子家持《やかもち》の妻となる。坂上里《さかのうえのさと》に居住したことから坂上郎女の名がある（「郎女《いらつめ》」とは万葉時代の女性の呼称）。『万葉集』中、女性歌人の中で最も多い、長歌六首、短歌七十七首、旋頭歌一首が載る。恋歌を中心に残す。激情的な表現も少なくないが、時に親類と虚構の恋歌を楽しんでいる。

大伴郎女の歌

来《こ》むと言《い》ふも　来《こ》ぬ時《とき》あるを　来《こ》じと言《い》ふを　来《こ》むとは
待《ま》たじ　来《こ》じと言《い》ふものを

〔巻四・五二七　相聞〕

来ようと言っても、来ない時があるのに、来ないよと言うのを、来るだろうと思って待つまい。来ないよと言うのに。——来ないとわかっているのに、待ってしまう自分に自ら言い聞かせる歌。相手は求婚してきた藤原麻呂。重い決意のようであり、またことば遊びのようでもあり、どこか甘えたような表現。

大伴坂上郎女の歌

恋《こ》ひ恋《こ》ひて　逢《あ》へる時《とき》だに　愛《うつく》しき　言尽《ことつ》くしてよ　長《なが》
くと思《おも》はば

〔巻四・六六一　相聞〕

恋し続けて、やっと逢えた時ぐらいは、愛ある言葉をいっぱい並べてください。いつまでもと思うのなら。——親類の大伴駿河麻呂《するがまろ》とのやりとり。仮想《ヴァーチャル》の恋歌ではあるが、かえって恋愛の真実が現われる。言葉だけの恋情への批判、うわさへの嫌悪といった「言《こと》」というものへの不信感を抱いている中で、逢っている時にせめて「愛しき言」、それも「尽くしてよ」とすべてをそれで覆ってほしいという願望、実は結局「言」に頼らざるをえない心境を詠じる能力は見事。

◆湯原王《ゆはらのおおきみ》

生没年未詳。「石走《いはばし》る　垂水《たるみ》の上《うへ》の　さわらびの　萌《も》え出《い》づる春に　なりにけるかも（岩の上を激しく流れる垂水《たるみ》のほとりの早蕨《さわらび》が萌《も》え出る春になったなあ）」（巻八・一四一八）などで知られる志貴皇子《しきのみこ》（天智《てんじ》天皇皇子、七一六没）の子。すべて短歌で十九首。父譲りの歌の名手で、視覚と聴覚とを絡み合わせる感性でスタイリッシュにをまとめるところに妙味がある。

湯原王の鳴く鹿を詠んだ歌

秋萩《あきはぎ》の　散りのまがひに　呼び立てて　鳴くなる鹿の
声《こゑ》の遥《はる》けさ

〔巻八・一五五〇　秋雑歌〕

秋萩の散り乱れているところ、妻を呼び鳴いている鹿の声が遠いことよ。——萩と鹿は、『万葉集』の秋の代表的景物で、萩は鹿の妻とみなされ、鹿はその散るのを惜しんで鳴くとも表現された。この歌では湯原王は眼前の萩の散り乱れるさまをまず詠じた上で、遠くで鳴いている鹿の鳴き声を詠む。萩により視覚は遮断され、鹿は声だけで登場するのである。

◆大伴宿禰家持《おおとものすくねやかもち》

養老《ようろう》二年(七一八)?~延暦四年(七八五)。旅人の長男。長歌四十六首、短歌四百三十二首、旋頭歌《せどうか》一首、七言詩一首と、『万葉集』中に抜群の数の作品を残す。越中国(富山県)の国守として赴任してから、一層の創作活動に励む。景物とそこからイメージされる感覚をことばに巧みに集約していく。防人歌《さきもりうた》の収集も家持の功があった。『万葉集』の編纂《へんさん》者と想定されている。ただ、『万葉集』の最後の歌、天平宝字三年(七五九)は四十歳を過ぎた程度で、その後の家持の歌人としての活動は知られない。エリートの自覚を持ちながら、自己の表現世界を修練していく歌人であった。

天平勝宝二年(七五〇)三月一日夕方、春苑《しゅんえん》の桃李《とうり》の花を眺めて作った二首より

春《はる》の苑《その》　紅《くれなゐ》にほふ　桃《もも》の花《はな》　下照《したて》る道《みち》に　出《い》で立《た》つ娘子《をとめ》

〔巻一九・四一三九〕

春の園《その》、紅色に咲いている、桃の花の、下も輝く道に、出てくる乙女。——桃は漢詩的な素材。夕日の中、遠くに見える、紅色の桃の花が美しく咲き誇る中、その木の下から女の子が出てくる一瞬を視覚的に捉えている。紅色に輝く世界である。

天平勝宝五年二月二十五日に作った歌一首

うらうらに　照《て》れる春日《はるひ》に　ひばり上《あ》がり　心悲《こころがな》しも
ひとりし思《おも》へば

〔巻一九・四二九二〕

うららかに照る春の日に、ひばりが舞い上がり、心は悲しいことだ。独りで思うと。——越中から帰京後の歌。春の穏やかな陽差《ひざ》しと対照的なような悲しい思いを詠む。春の悲しみは家持の生み出した表現様式の一つである。このような悲しみにふける自らに陶酔しているかのようでもある。

天平宝字三年の春正月一日に、因幡国《いなばのくに》の庁で、国司郡司《こくしぐんじ》らに饗応《きょうおう》した宴の歌一首

新《あら》しき　年《とし》の初《はじ》めの　初春《はつはる》の　今日《けふ》降《ふ》る雪《ゆき》の　いやしけ
吉事《よごと》

〔巻二〇・四五一六〕

新しい年の初めの初春の、今日降る雪のように、もっと積もれ、よいこと。——『万葉集』最後の歌。天平宝字三年(七五九)正月一日、当時因幡国(鳥取県の一部)の長官だった家持が、因幡国庁での朝拝の席上、詠んだ歌。この日は立春でもあった。その重なりのように、また、この雪の降り積もるように、よいことよ重なれ、と願って、『万葉集』は終わる。家持はその場のリーダーとして、その地位にふさわしい、皆の幸せをも願うような堂々とした歌を詠じたのである。

5

因果応報と超常現象を描く、日本最古の仏教説話集

日《に》本《ほん》霊《りょう》異《い》記《き》

『日本国現報善悪《げんぽうぜんあく》霊異記』が正式名称。上中下三巻から成る。奈良の薬師寺《やくしじ》の僧景戒《きょうかい》作。平安時代初期成立。内容は、雄略天皇の時代から奈良時代末までの日本の奇妙な話を集めたもので、基本的な姿勢は、善悪は必ず報いを受けるというもの。仏教的な色合いも話によって濃淡が異なる。公的な歴史書でもなく、貴族の楽しみの歌集でもないため、当時の生活の状況を垣間見ることもできる貴重な作品である。

内容紹介

『日本霊異記』は、作者景戒《きょうかい》（「けいかい」とも）自身、上巻の序に『日本国現報善悪霊異記』と記し、それが正式名称である。上中下三巻からなる。各巻ごとに、序文と説話が収められている。

説話ごとに「〜縁」という標題を有し、第一から順番が付けられる。三巻で百十六話を収める。下巻序に延暦六年（七八七）が明記され、編纂《へんさん》時期を示唆するが、下三十九縁に嵯峨《さが》天皇（在位八〇九—八二三）が登場し、年号「弘仁《こうにん》」（八一〇—二四）も用いられ、成立は平安時代初期、弘仁年間と考えられている。ただ、描かれるのは主に奈良時代であり、また漢文体であることからも（ただしうまくはない）、上代の作品の一つとして扱われる。作者景戒に関しては、本書以外から情報は得られない。奈良の薬師寺《やくしじ》の僧で、密《ひそ》かに出家した私度僧《しどそう》と考えられている。

『霊異記』は、雄略天皇の時代から奈良時代末までの説話を時代順に収め、内容の基本的な姿勢は、善悪は必ず報いを受けるというものであった。仏教が民衆にどのように受容されていったのかを描くことが、景戒の本来の関心事であったろう。ただ、民衆目線ゆえか、仏教の教義など理念的な側面はほぼ語られず、奇妙奇天烈《きてれつ》な超常現象も織り込まれてしまう。仏教が関わらない説話もある。それは仏教説話としての価値を下げるが、逆に今なお多くの人を魅了している要素でもある。民衆に聞かせる唱導資料であったとする説もある。公的な歴史書でも、貴族の楽しみの歌集でもないため、当時の生活の状況を垣間見ることもできる意味でも貴重な作品である。以下、いくつか具体的な話を紹介しておこう。

上一縁は少子部栖軽《ちいさこべのすがる》が雷《いかずち》を捉《とら》える話で、仏教的要素はなく、天皇の絶対性が説かれる。→よむ 上四縁では聖徳太子が登場し、凡人にはわからない「隠身《いんじん》」の聖《ひじり》が描かれる。また光を放つ高僧も登場

する。上五縁では仏像が光を放つ。上十五縁のみならず、私度僧への迫害と私度僧の擁護は『霊異記』にしばしば見られる。一方で上二十七縁は邪悪な心を持つ私度僧が地獄の火に焼かれる。

中一縁は長屋親王《ながやのおおきみ》が自死に至る因《いん》を、私度僧を笏《しゃく》で殴打したことに求める。中三縁は防人《さきもり》になった男が妻に逢いたいがため、母を殺そうとする。母は仕方なくそれに従おうとするが……。→よむ 中十二縁は女性が蟹《かに》を蛇から救い、蟹の恩返しを受ける話だが、景戒が深い敬意を抱いていた行基《ぎょうき》の指示が大きい意味を持つ。中十三縁は優婆塞《うばそく》(在俗の修行者)が吉祥天女《きっしょうてんにょ》像に恋をする。

下十縁は火事でも焼けなかった法華経《ほけきょう》の話。下三十八縁は景戒の自伝的な記述で、自身の見た二つの夢が語られる。一つ目は仏道への思いを深くするもの。二つ目は火葬にされる景戒に、その霊魂が自ら小枝を取って焼き、周囲に焼き方を教えるというシュールなものであるが、それにより「伝灯住位《でんとうじゅうい》」を得たとする。

よむ

◆雷をつかまえた話

〔上一縁〕

小子部《ちいさこべ》の栖軽《すがる》は、初瀬(奈良県桜井市)にあった朝倉の宮で二十三年間天下をお治めになった雄略天皇の護衛官で、天皇の腹心の侍者であった。天皇が磐余《いわれ》の宮(奈良県磯城《しき》郡)に住んでおられた時のこと、后《きさき》と宮殿で一緒にお寝《やす》みになっておられたのを、栖軽はそれと気づかず、御殿に入ってしまった。天皇は恥ずかしがって、事をやめてしまわれた。

ちょうどその時、空に雷が鳴った。天皇は栖軽に、「おまえは雷をお連れできるか」と仰せになった。栖軽は「お迎えして参りましょう」とお答えした。天皇は、「ではおまえ、お連れしてこい」とお命じになった。栖軽は勅命を受けて、宮殿から退出した。

赤色の鬘《かずら》を額《ひたい》につけ、赤い小旗をつけた桙《ほこ》を持って馬に乗り、阿部村の山田の前の道から豊浦寺《とようらでら》の前の道を走って行った。軽の諸越《もろこし》(奈良県橿原《かしはら》市西南部)の町なかに行き着くと、「天の鳴神《なるかみ》よ、天皇がお呼びであるぞ」と大声で呼んだ。そして、ここから馬を返して、走りながら、「たとえ雷神《なるかみ》であっても、どうして天皇のお呼びを聞かないでいられようか」と言った。

走り帰って来ると、ちょうど豊浦寺と飯岡との中間の所に、雷が落ちていた。栖軽はこれを見て、ただちに神官を呼んで、雷を輿《こし》に乗せて宮殿に運び、天皇に「雷神をお迎えして参りました」と申しあげた。その時、雷は、光を放ち、明るくパッと光り輝いたのであった。天皇はこれを見て恐れ、たくさんの供え物を捧げて、雷を、落ちた所にお返しなさった。その落ちた場所を、今でも雷《いかずち》の岡(奈良県高市郡明日香村)と呼んでいる。

その後、栖軽は死んだ。天皇は、命じて遺体を七日七夜仮葬にして祭られ、栖軽の忠信ぶりをしのばれ、雷の落ちた同じ場所に彼の墓を作られた。栖軽の栄誉を長くたたえるために碑文を書いた柱を立てて、そこに、「雷を捕らえた栖軽の墓」と記された。雷は憎み恨んで、雷鳴をとどろかせて落ちてきて、碑文の柱を蹴とばし、踏みつけたところ、雷は柱の裂け目にはさまれて、ふたたび捕らえられてしまった。天皇はこれをお聞きになり、雷を裂け目から引き出して許してやった。雷は死を免れた。しかし雷は七日七夜も放心状態で地上に留まっていた。天皇は勅を下して、もう一度、碑文の柱を立てさせ、これに、「生きている時も死んでからも雷を捕らえた栖軽の墓」と書いた。

世間でいう古京の時代、つまり飛鳥京の時代に、この場所が雷の岡と名づけられた話の起こりは、以上のような次第である。

原文（訓み下し）

少子部《ちひさこべ》の栖軽《すがる》は、泊瀬《はつせ》の朝倉《あさくら》の宮に、二十三年天《あめ》の下治《をさ》めたまひし雄略天皇の随身《ずいじん》にして、肺脯《しふ》の侍者なりき。天皇、磐余《いはれ》の宮に住みたまひし時に、天皇、后《きさき》と大安殿《おほやすみどの》に寐《ね》て婚合《くながひ》したまへる時に、栖軽知らずして参《ま》ゐ入りき。天皇恥ぢて輟《や》みぬ。

時に当《あた》りて、空に電《いかづち》鳴りき。即《すなは》ち天皇、栖軽に勅《みことのり》して詔《のたま》はく、「汝《なむぢ》、鳴雷《なるかみ》を請《う》け奉《まつ》らむや」とのたまふ。答へて白《まう》さく、「請けまつらむ」とまうす。天皇詔言《のたま》はく、「爾《しか》らば汝《なむぢ》請け奉れ」とのたまふ。栖軽 勅《みことのり》を 奉《うけまつ》りて宮より罷《まか》り出《い》づ。緋《あけ》の縵《かづら》を額《ぬか》に著《つ》け、赤き幡桙《はたほこ》を擎《ささ》げて、馬に乗り、阿倍の山田の前《さき》の道と豊浦寺《とよらでら》の前の路とより走り往きぬ。軽の諸越《もろこし》の衢《ちまた》に至り、叫囁《さけ》びて請けて言《まう》さく、「天の鳴電神《なるかみ》、天皇請け呼び奉《まつ》る云々《しかしか》」とまうす。然して此《ここ》より馬を還《かへ》して走りて言《まう》さく、「電神《なるかみ》と雖《いへど》も、何の故にか天皇の請けを聞かざらむ」とまうす。

走り還る時に、豊浦寺と飯岡との間に、鳴電《なるかみ》落ちて在り。栖軽見て神司《かみづかさ》を呼び、轝籠《こしこ》に入れて大宮に持ち向《むか》ひ、天皇に奏《まう》して言《まう》さく、「電神《なるかみ》を請け奉《まつ》れり」とまうす。時に電《いかづち》、光を放ち明《て》り炫《かかや》けり。天皇見て恐り、偉《たた》しく幣帛《みてぐら》を進《たてまつ》り、落ちし処《ところ》に返さしめたまひきと者《い》へり。今に電《いかづち》の岡と呼《よ》ぶ。

然《しか》る後《のち》時に、栖軽卒《う》せぬ。天皇勅して七日《なぬか》七夜《ななよ》留めたまひ、彼が忠信を詠《しの》ひ、電の落ちし同じ処に彼《そ》の墓を作りたまひき。永く碑文の柱を立てて言はく、「電を取りし栖軽が墓なり」といへり。此の電、悪《にく》み怨《うら》みて鳴り落ち、碑文の柱を踊《く》ゑ践《ふ》み、彼の柱の析《さ》けし間に、電揲《はさま》りて捕へらゆ。天皇、聞《きこ》して電を放ちしに死なず。雷慌《ほ》れて七日七夜留《とどま》りて在り。天皇の勅使、碑文の柱を樹《た》てて言はく、「生きても死にても電を捕《と》れる栖軽が墓なり」といひき。所謂古時《いはゆるそのかみ》、名づけて電の岡と為《い》ふ語《こと》の本、是れなり。

◆防人とその母の話

〔中三縁〕

吉志火麻呂《きしのひまろ》は武蔵国多磨郡《むさしのくにたまのこおり》の鴨《かも》の里の人であった。火麻呂の母は日下部真刀自《くさかべのまとじ》といった。聖武天皇の御代、火麻呂は、役人の大伴某に筑紫《つくし》の防人《さきもり》に指名され、任地に赴いて三年の月日が経とうとしていた。母は従者として子の火麻呂についていき、その面倒をみた。法の定めで妻は国に留まり、留守宅を守っていた。

ところが火麻呂は、妻と離れ、妻の愛《いと》しさに耐えられず、道ならぬ考えを起こした。自分の母を殺し、喪に服すという名目で、服役を免れて帰り、妻とともに住もうと思ったのである。母は生まれつき仏の信心あつく、行ないの正しい人であった。

火麻呂は母に、「東の方の山の中で、七日間法華経を講義する大法会があるということです。さあ、母上、行ってお聞きなさい」と言った。母はだまされて、お経の話を聞こうと思い、発心し、お湯で体を洗い清めて、一緒に山中に入っていった。

すると火麻呂は牛のような目つきで母をにらみ、「おい、地にひざまずけ」と言う。母は子の顔を見つめ、「どうしてそのようなことを言うのか。もしやおまえ、魔物にでも取り憑《つ》かれたか」と言った。火麻呂は太刀《たち》を抜いて母を斬り殺そうとした。母は火麻呂の前にひざまずいて言った。「木を植えるのは、その木の実を採り、さらにその木陰に憩うため。子を養うのは、子の力を借り、さらに子に養ってもらうため。頼みとした木から雨が漏るように、なんでおまえは思いもよらないおかしな心を起したのか」。火麻呂はいっこうに聞き入れない。そこで母は困りはて、着ていた着物を脱いで三か所に置き、火麻呂の前にひざまずいて遺言し、「わたしの気持ちを思い、この着物を包んでおくれ。一つの衣は長男のおまえが取りなさい。もう一つの衣は二番目の息子に贈っておくれ。最後の一つの衣は、末の息子に渡しておくれ」と頼んだ。

極道者の火麻呂が母の前に進み、首を斬ろうとするや、大地はたちまち裂けて落ち込んだ。母はとっさに立ち上がり、落ち込もうとする火麻呂の髪をつかみ、天を仰いで泣き叫び、「わが子は魔物に取り憑《つ》かれてしたのです。正気ではなかったのです。お願いですから、この罪はお許しください」と訴えた。母はなおも髪を握って引き留めたが、とうとう落ちていってしまった。いつくしみ深い母は髪を持って家に帰り、子のために法事を営んだ。火麻呂の髪を箱におさめて仏像の御前に置き、つつしんで僧を招き追善の供養をした。

母の慈愛は深い。深いがゆえに道ならぬ不孝の子にまで哀れみをかけ、子のために供養を行なった。不孝の報いはてきめんに現れる。道ならぬ行ないにはかならず罪の報いがあるということが、ほんとうにわかるというものである。

原文（訓み下し）

吉志火麻呂《きしのひまろ》は、武蔵国多麻郡《むさしのくにたまのこほり》鴨の里の人なりき。火麻呂の母は、日下部真刀自《くさかべのまとじ》なりき。聖武天皇の御世《みよ》に、火麻呂、大伴《おほとも》に、筑紫の前守《さきもり》に点《さ》されて、応《まさ》に三年経《みとせへ》むとす。母は子に随《したが》ひて往きて相節《あひか》ひ養《ひだ》しき。其《そ》の婦《め》は国に留《とど》りて家を守る。

時に火麻呂、己《おのれ》が妻を離《か》れ去《ゆ》きて、妻《め》の愛《いとしさ》に昇《た》へずして逆《さかしま》なる謀《はかりこと》を発《おこ》し、我が母を殺し、其の喪に遭《あ》ひて服《したが》ひ、役《え》を免《まぬか》れて還《かへ》り、妻《め》と倶《とも》に居むと思へり。母の自性《ひととなり》、善《よきこと》を行《おこな》ふを心とす。

子、母に語りて言はく、「東の方の山の中に、七日《なぬか》法花経を説き奉《まつ》る大会有りなり。率《いざ》、母よ、聞きたまへ」といふ。母、欺《あざむ》かれ、経を聞かむと念《おも》ひ、心を発《おこ》し、湯に洗ひ身を浄め、倶に山の中に至りき。

子、牛のごとき目を以て母を眦《にら》みて言はく、「汝《なむち》、地に長跪《ひざまづ》け」といふ。母、子の面《おもて》を瞻《まぼ》りて答へて曰はく、「何の故にか然《しか》言ふ。若し、汝《なむち》、鬼《もの》に託《くる》へるにや」といふ。子、横刀《たち》を抜きて母を殺《き》らむとす。母、即《すなは》ち子の前に長跪《ひざまづ》きて言はく、「木を殖《う》ゑむ志《こころ》は、彼《そ》の菓《このみ》を得、並《しかしなが》ら其の影に隠れむが為なり。子を養はむ志《こころ》は、子の力を得、幷《しかしなが》ら子の養《やしなひ》を被《かがふ》らむが為なり。恃《たの》みし樹の雨漏るが如くに、何ぞ吾が子の思ひしに違ひて今異《け》しき心の在る」といふ。子遂《つひ》に聴《ゆる》さず。時に母侘《わ》祭びて、身に著《き》たる衣《きぬ》を脱ぎて三処《みところ》に置き、子の前に長跪《ひざまづ》き、遺言して言はく、「我が為に詠《しの》ひ裹《つつ》め。以《おも》ふに、一つの衣は、我が兄《せ》の男《をのこ》、汝、得む。一つの衣は、我が中の男に贈り貺《たま》はむ。一つの衣は、我が弟の男に贈り貺はむ」といふ。

逆《さかしま》なる子、歩《あゆ》み前《すす》みて、母の項《うなじ》を殺《き》らむとするに、地裂けて陥《おちい》る。母即ち起《た》ちて前《すす》み、陥る子の髪を抱《うだ》き、天を仰ぎて哭《な》きて、願はくは、「吾が子は物に託《くる》ひて事を為《な》せり。実《まこと》の現《うつ》し心には非《あら》ず。願はくは罪を免《ゆる》し貺《たま》へ」といふ。猶《なほ》し髪を取りて子を留《とど》むれども、子終《つひ》に陥《おちい》る。慈母、髪を持ちて家に帰り、子の為に法事を備《まう》け、其の髪を筥《はこ》に入れ、仏像の前《まへ》に置きて、謹みて諷誦《ふじゅ》を請《こ》ふ。

母の慈《あはれみ》は深し。深きが故に悪逆の子にすら哀愍《かなしび》の心を垂れて、其《そ》れが為に善を修しき。誠に知る、不孝《ふけう》の罪報は甚《はなは》だ近し。悪逆の罪は彼《そ》の報《むくい》無きには非《あら》ずといふことを。

第二章

平安時代

6

「物語の祖《おや》」と称される、竹から生まれたかぐや姫の話

竹取《たけとり》物語

誰もが知っているかぐや姫の話。現存最古の、平仮名で書かれた作り物語である。作者未詳。『源氏物語』絵合《えあわせ》巻に「物語の出《い》で来《き》はじめの祖《おや》なる竹取の翁《おきな》」と出るほか、『うつほ物語』(一〇世紀成立)にも竹取物語への言及があり、成立は平安前期の九世紀末頃と考えられる。「天の羽衣《はごろも》」のテーマを核に、かぐや姫をめぐる求婚者の話、帝《みかど》の愛、翁・嫗《おうな》との親子の情を描く、古来から愛された物語である。

あらすじ

竹取の翁はある日、光る竹の中にとても小さな女の子を発見する。連れ帰って養育すると、三か月ほどで美しい女性に成長した。

かぐや姫と名づけられたこの女性の噂《うわさ》を聞き、世の男性たちが求婚に訪れる。その中には、とくに熱心な五人の求婚者がいた。かぐや姫は翁に説得され、それを入手できたら結婚すると、五人に難題を提示する。難題とは、石作《いしつくり》の皇子《みこ》には仏の御石の鉢《はち》、くらもちの皇子《みこ》には蓬莱《ほうらい》の玉の枝、阿倍《あべの》右大臣《うだいじん》には火鼠《ひねずみ》の皮衣《かわぎぬ》、大伴大納言《おおとものだいなごん》には龍《たつ》の頸《くび》の玉、石上《いそのかみの》中納言《ちゅうなごん》には燕《つばめ》の子《こ》安貝《やすがい》である。

石作の皇子は、ふつうの寺の鉢を仏の御石の鉢と偽って差し出すが、偽物《にせもの》と見破られる。くらもちの皇子は工匠《たくみ》たちにみごとな玉の枝を作らせるが、披露の場に代金を要求する工匠たちが現われ、嘘《うそ》が露見する。阿倍右大臣は、唐の商人から火鼠の皮衣と称する品を購入するが、あっけなく燃えてしまい、偽物を買わされたと露呈する。大伴大納言は、家来を派遣するが龍の頸の玉を入手できず、自ら出かけて暴風雨に遭い、逃げ帰る。石上中納言は自ら子安貝を取ろうとするが、落ちて腰の骨を折り、死んでしまう。

ついに帝がかぐや姫に出仕を要請する。かぐや姫は拒否するが、あきらめきれない帝は狩を装いかぐや姫を垣間見《かいまみ》る。その美しさに心奪われた帝は歌を贈り、二人は文《ふみ》をやりとりするようになる。

そのようにして三年がたった秋のこと、人知れず思い悩むかぐや姫に、翁が理由を問うと、月から迎えが来るという。迎えを阻止するため、翁と帝は邸《やしき》の内外を兵で固めるが、天人の前では無力であった。かぐや姫は翁との別れを惜しみ、帝に文と不死の薬を贈る。しかし、天の羽衣を着ると、人間界での記憶も消え去り、かぐや姫は月へと帰って行った。↓よむ 帝はその不死の薬を、天に最も近い山で燃やしてしまった。それがふじの山である。

よむ

◆かぐや姫の昇天

一人の天人が、「壺《つぼ》に入っているお薬をお飲みください。汚い地上の物をお召し上がりになられたのでご気分が悪いことでしょう」と言って、薬を持ってそばに寄ったところ、姫はいくらかおなめになって、残りの少しの薬を形見として、脱ぎおく着物に包もうとするが、そこにいる天人が包ませない。天《あま》の羽衣《はごろも》を取り出してかぐや姫に着せようとする。その時にかぐや姫は「しばらく待て」と言う。「天の羽衣を着た人は、心が常人とは変わってしまうといいます。ひと言いっておかなければならぬことがあるのでした」と言って、手紙を書く。天人は「遅い」といらいらなさる。かぐや姫は「わからぬことをおっしゃるな」と言って、はなはだ静かに、帝《みかど》にお手紙を書き申しあげる。あわてず落ち着いた様子である。「このようにたくさんのご家来をお遣わしくださり、私をお留めさせなされましたが、避けることのできぬ迎えが参り、私を捕らえて連れてゆきますことゆえ、残念で悲しいことです。おそばにお仕え申しあげられなくなってしまいましたのも、このように常人とは異なった面倒な体ゆえのことなのです。わけのわからぬことだとお思いになられたことでしょうが。私が強情にご命令に従わなかったことにつき、無礼な奴《やつ》めとお心にお留めなさっていることが、今も心残りになっております」と書いて、

　今はとて天《あま》の羽衣《はごろも》着るをりぞ君《きみ》をあはれと思ひいでける

　　——今はもうこれまでと天の羽衣を着るときになり、あなた様のことをしみじみと思い出しているのでございます

と歌を付け加えて、その手紙に壺の中に入った不死の薬を添えて、頭中将《とうのちゅうじょう》を呼び寄せて帝に献上させる。(略)

天人がかぐや姫にさっと天の羽衣を着せてさしあげると、翁《おきな》を気の毒だ、不憫《ふびん》だと思っていたことも抜け落ちてしまった。この天の羽衣を着た人は物思いが消滅してしまうので、そのまま飛ぶ車に乗って、百人ばかりの天人を引き連れて、月の世界に昇ってしまった。

原文

一人の天人いふ、「壺《つぼ》なる御薬たてまつれ。穢《きたな》き所の物きこしめしたれば、御心地《ここち》悪《あ》しからむものぞ」とて持《も》て寄りたれば、いささかなめたまひて、すこし、形見とて、脱ぎ置く衣《きぬ》に包まむとすれば、在《あ》る天人包ませず。御衣《みぞ》をとりいでて着せむとす。その時に、かぐや姫、「しばし待て」といふ。「衣《きぬ》着せつる人は、心異《こと》になるなりといふ。物一言《ひとこと》いひ置くべきことありけり」といひて、文《ふみ》書く。天人、「遅し」と心もとながりたまふ。かぐや姫、「物知らぬこと、なのたまひそ」とて、いみじく静かに、朝廷《おほやけ》に御文奉《たてまつ》りたまふ。あわてぬさまなり。「かくあまたの人を賜《たま》ひて、とどめさせたまへど、許さぬ迎へまうで来《き》て、取り率《ゐ》てまかりぬれば、口惜《くちを》しく悲しきこと。宮仕《みやづか》へ仕《つか》うまつらずなりぬるも、かくわづらはしき身にてはべれば。心得《こころえ》ず思《おぼ》しめされつらめども。心強くうけたまはらずなりにしこと、なめげなるものに思《おぼ》しめしとどめられぬるなむ、心にとまりはべりぬる」とて、

　今はとて天《あま》の羽衣《はごろも》着るをりぞ君《きみ》をあはれと思ひいでける

とて、壺の薬そへて、頭中将《とうのちゅうじゃう》呼び寄せて奉らす。(略)

ふと天の羽衣うち着せたてまつりつれば、翁《おきな》を、いとほし、かなしと思しつることも失《う》せぬ。この衣《きぬ》着つる人は、物思ひなくなりにければ、車に乗りて、百人ばかり天人具《ぐ》して、のぼりぬ。

7 宮廷文化の精華が薫りたつ、日本初の勅撰《ちょくせん》和歌集

古《こ》今《きん》和歌集

華やかな王朝文学の時代の幕開けを宣言する、初めての勅撰和歌集。勅撰和歌集とは、天皇あるいは上皇・法皇の命によって編まれた歌集をいう。醍醐《だいご》天皇の命によって紀貫之《きのつらゆき》、紀友則《きのとものり》、凡河内躬恒《おおしこうちのみつね》、壬生忠岑《みぶのただみね》の四人が編纂《へんさん》し、延喜五年(九〇五)に成立した(延喜五年を勅命の下った年とする説もある)。全二〇巻からなり、春夏秋冬の四季、恋や雑などの部立《ぶだて》に整然と分けられている。

内容紹介

『古今集』は全二〇巻から成り、紀貫之によって仮名で書かれた仮《か》名序《なじょ》と、紀淑望《きのよしもち》によって漢文で書かれた真名序《まなじょ》を持つ。仮名序には「万葉集に入らぬ古き歌」や、撰者たち自身の歌を集めて編んだと記されており、おおむね九世紀から十世紀初頭にかけての百年あまりの歌から名歌を選んだと考えられる。

収録された歌は一一一一首。その四割近い約四六〇首が「読人《よみびと》知らず(作者不明)」の歌である。これらは『古今集』の中でも「古」に属する歌である。次に九世紀半ばから後半にかけてを、この時期に活躍した六人の歌人にちなんで「六歌仙《ろっかせん》時代」と呼ぶ。在原業《ありわらのなり》平《ひら》(三〇首)、小野小町《おののこまち》(一八首)、僧正遍昭《へんじょう》(一七首)らの個性的な六歌仙の歌によって、『古今集』の世界はより豊かなものとなった。そして『古今集』の主要な部分を占めるのが、撰者と同時代である「今」に活躍した人々の歌である。代表的な歌人には貫之(一〇二首)、躬恒(六〇首)、友則(四六首)、忠岑(三六首)、素性《そせい》法師(三六首)、伊勢《いせ》(二二首)、藤原敏行《としゆき》(一九首)などがいる。撰者四人の歌は計二四四首にのぼり、『古今集』成立にあたって撰者たち、とりわけ仮名序の筆者でもある紀貫之が、大きな役割を果たしたことが知られる。

全二〇巻は、春(上・下)、夏、秋(上・下)、冬、賀、離別、羇《き》旅《りょ》、物名《もののな》、恋(一～五)、哀傷、雑《ぞう》(上・下)、雑躰《ざってい》、大歌所御《おおうたどころのおおん》歌《うた》・神遊《かみあそ》びの歌・東歌《あずまうた》からなる。なかでも、四季歌(六巻)と恋歌(五巻)が二つの柱をなしている。四季歌は四季折々の花鳥風月を愛《め》でる歌で、立春の歌から始まり歳暮の歌でしめくくられている。恋歌は恋する思いを詠じた歌であるが、女を見初めた歌から始まり、人に知られぬ恋の歌、逢瀬の前後の歌、男の訪れを待ちかねる歌、失われた恋を哀惜する歌……と、恋の時間的な変化を映し出すよう

な配列上の工夫が見られる。全二〇巻という組織や、配列の工夫は、後続の勅撰集にも継承されている。

『古今集』の歌は枕詞《まくらことば》・序詞《じょことば》・掛詞《かけことば》・縁語《えんご》・見立て・擬人法などのレトリックを駆使した、優美な言葉の工芸品である。たとえば「霞《かすみ》立《た》ち木《こ》の芽もはるの雪降れば花なき里も花ぞ散りける」(春上・九・紀貫之)を例にとろう。この歌は本来、春雪を詠んでいるのだが、①「霞立ち木の芽も」が「(木の芽も)張る」ことから同音によって「春」を導く序詞となる、②雪を花に見立てる、という二つのレトリックを併用することで、春爛漫《はるらんまん》の景を作り出している。こうした表現の背後には、雪の中にいて本格的な春の訪れを待ち望む思いが潜んでいるのであろう。『古今集』には、感動をひとひねりして、思考を経由して再構成するという特徴が認められる。

近代短歌の黎明《れいめい》期に正岡子規《まさおかしき》から「くだらぬ集」と批判されて以来、『古今集』の人気は今一つであるが、精緻《せいち》に組立てられた言葉を一つ一つ解きほぐすなかから、王朝人の洗練された美意識や繊細な心の動きが立ちあらわれてくる。表現のなりたちを知的に分析してみることが『古今集』を読む楽しみの一つであろう。

『古今集』から始まった勅撰集の伝統は平安時代、鎌倉時代を通じて継承されていく。勅撰集を編纂することは、文化的な営みであると同時に、時の政権の力を内外に示すデモンストレーションでもあった。『古今集』成立からほぼ三〇〇年後の鎌倉時代初頭には、八番目の勅撰集『新古今集』が成立し、和歌の歴史は一つの頂点を迎える。『古今集』から『新古今集』までを八代集《はちだいしゅう》と称する。室町時代になっても勅撰集は作られ続けたが、二十一番目の『新続《しんしょく》古今集』の成立(一四三九年)後に、応仁の乱が勃発《ぼっぱつ》し、ここで歴史は途絶えた。全勅撰集を総称して二十一代集という。

よむ

仮名序—冒頭部

詞書は現代語訳を掲載した。

やまとうたと申しますものは、人の心を種《たね》にたとえますと、それから生じて口に出て無数の葉《は》となったものであります。

この世に暮らしている人々は、さまざまの事にたえず応接しておりますので、その心に思うことを、見たこと聞いたことに託して言いあらわしたものが、歌であります。花間にさえずる鶯《うぐいす》、清流にすむ河鹿《かじか》(鳴き声の美しい蛙《かえる》)の声を聞きますと、自然の間に生を営むものにして、どれが歌を詠《よ》まないと申せましょうか。

力ひとつ入れないで天地《あめつち》を動かし、目に見えない霊魂や神を感激させ、男女の間に親密の度を加え、猛々《たけだけ》しい武人の心さえもなごやかにするのが歌であります。

原文　やまとうたは、人の心を種《たね》として、万《よろづ》の言《こと》の葉《は》とぞなれりける。

世の中にある人、ことわざ繁《しげ》きものなれば、心に思ふことを、見るもの聞くものにつけて、言ひ出《いだ》せるなり。花に鳴く鶯《うぐひす》、水に住む蛙《かはづ》の声《こゑ》を聞けば、生きとし生けるもの、いづれか歌をよまざりける。

力をも入《い》れずして天地《あめつち》を動かし、目に見えぬ鬼神《おにがみ》をもあはれと思はせ、男女《をとこをんな》の中をも和《やは》らげ、猛《たけ》き武士《もののふ》の心をも慰むるは、歌なり。

立春の日に詠んだ歌　紀貫之《きのつらゆき》

袖《そで》ひちてむすびし水《みづ》のこほれるを春立《はるた》つけふの風《かぜ》やとくらむ
〔春上・二〕

暑かった夏の日、袖の濡《ぬ》れるのもいとわず、両手にすくって楽しんだ山の清水――それが寒さで凍《こお》っていたのを、立春の今日の風が解かしていることでしょうか。

北に帰る雁《かり》を詠んだ歌　伊勢《いせ》

春霞《はるがすみ》立《た》つを見《み》すてて行《ゆ》く雁《かり》は花《はな》なき里《さと》に住《す》みやならへる
〔春上・三一〕

春霞が立つのを見捨てて北の国に帰ってゆく雁は、花の咲かない里に住みなれているのだろうか。

詠歌事情不明の歌　読人知らず

五月《さつき》まつ花橘《はなたちばな》の香《か》をかげば昔《むかし》の人《ひと》の袖《そで》の香《か》ぞする
〔夏・一三九〕

五月を待って咲いている橘の花の香りをかぐと、ああ懐かしい、昔親しかったあの人の袖の香りが思い出されることです。

立秋の日に詠《よ》んだ歌　藤原《ふじわらの》敏行《としゆき》

秋来《あきき》ぬと目《め》にはさやかに見えねども風《かぜ》の音《おと》にぞおどろかれぬる
〔秋上・一六九〕

「ああ、秋が来たな」と目にははっきりとは見えませんが、風の音によってふと気づかされることです。

白菊の花を詠んだ歌　凡河内躬恒《おおしこうちのみつね》

心《こころ》あてに折《を》らばや折《を》らむ初霜《はつしも》の置《お》きまどはせる白菊《しらぎく》の花《はな》
〔秋下・二七七〕

どうしても折ろうというのなら、当て推量で折ってみようか。初霜が一面に白く置いて、紛らわしく見せている白菊の花を。

堀河《ほりかわ》の太政大臣（藤原《ふじわらの》基経《もとつね》）の四十の賀（四十歳を祝う会）が、その九条の邸《やしき》で催された時に詠んだ歌　在原業平《ありわらのなりひら》

桜花《さくらばな》散《ち》りかひくもれ老《お》いらくの来《こ》むといふなる道《みち》まがふがに
〔賀・三四九〕

桜の花よ、散り乱れてあたりを曇らせよ。老齢がやってくると人々が言う道が、花びらで隠されてわからなくなるように。

詠歌事情不明の歌　素性法師《そせいほうし》

音《おと》にのみきくの白露《しらつゆ》夜《よる》はおきて昼《ひる》は思《おも》ひにあへず消《け》ぬべし
〔恋一・四七〇〕

あなたの噂《うわさ》ばかりを聞く私は、菊に置かれた白露と同様で、夜は起き、昼は露が日に消えるように、切なさに耐えられず、消え入ってしまいそうです。

春日《かすが》神社の祭礼に行った時に、祭見物に出ていた女のところに、あとで家を探して贈った歌　壬生忠岑《みぶのただみね》

春日野《かすがの》の雪間《ゆきま》をわけておひいでくる草《くさ》のはつかに見《み》えし君《きみ》はも

春日野の雪間を分けて萌《も》えはじめた若草をかろうじて見るように、ほんのわずかに見たあなたであることよ。〔恋一・四七八〕

詠歌事情不明の歌　小野小町《おののこまち》

思《おも》ひつつ寝《ぬ》ればや人《ひと》の見えつらむ夢《ゆめ》と知りせば覚《さ》めざらましを

しきりに恋しく思いながら寝たので、あの人が夢に現われたのでしょうか。それが夢だと知っていたなら私は目を覚まさなかったでしょうに。〔恋二・五五二〕

五条《ごじょう》の后《きさき》(藤原順子)の邸宅の西の対屋《たいのや》に住んでいた女性(順子の姪《めい》の高子《たかいこ》か)と思うにまかせぬ状態で逢瀬《おうせ》を続けていたが、どうしたことか一月の十日過ぎに、よそに隠れてしまった。彼女の居所《いどころ》は聞いていたが、文通さえもすることができず、翌年の春のこと、梅の花が盛りで月がきれいに照っていた夜、去年のことを恋い慕い、あの西の対屋に行って、月が西に傾くまでがらんとした板敷きの間《ま》に横たわって詠んだ歌　在原業平《ありわらのなりひら》

月《つき》やあらぬ春《はる》や昔《むかし》の春《はる》ならぬわが身《み》ひとつはもとの身にして

この月は去年の月ではないのか。春は去年と同じ春ではないのか。かくいう私の身ひとつだけは、あの人がいなくなった今も、もとのままの身であって。〔恋五・七四七〕

深草《ふかくさ》の帝《みかど》(仁明《にんみょう》天皇)の御代《みよ》に、蔵人頭《くろうどのとう》として昼夜、帝の身辺にお仕えしていたが、帝が亡くなって世は諒闇《りょうあん》(天皇がその父母の喪《も》に服す期間)になってしまったので、以来まったく世間づきあいを絶ち、比叡山《ひえいざん》に登って出家してしまった。その翌年、人々はみな喪服を脱いで、ある者は官位が昇進したりなどして、喜んでいるのを耳にして詠んだ歌　遍昭《へんじょう》

みな人《ひと》は花《はな》の衣《ころも》になりぬなり苔《こけ》の袂《たもと》よかわきだにせよ

人々はみな喪があけたので、花のようなきれいな着物に戻ったそうだ。私は依然として僧衣のままであるが、わが衣の袂よ、せめて涙に濡れていないで、乾いてほしいものだ。〔哀傷・八四七〕

詠歌事情不明の歌　読人知らず

紫《むらさき》のひともとゆゑに武蔵野《むさしの》の草《くさ》はみながらあはれとぞ見る

なじみの紫草《むらさきぐさ》がただ一本あることから、武蔵野に生えているすべての草が懐かしいものに見えるのです。〔雑上・八六七〕

8

多感な魂を持つ「男」を主人公とする、雅《みやび》やかな歌物語

伊《い》勢《せ》物語

在原業平《ありわらのなりひら》（八二五〜八八〇）が主人公に仮託された、平安時代の歌物語。作者・成立年代は未詳。全一二五章段から成る。物語の中心は在原業平の歌を持つ章段であり、これらを要《かなめ》として他の章段が増補され、十世紀後半頃に現在の形になったと考えられている。成立過程で業平の子孫にあたる在原氏の人々や、『古今集』『土佐日記』の中で業平追慕の姿勢を示す紀貫之《きのつらゆき》が関与した可能性もある。

内容紹介

『伊勢物語』は、主人公の「男」の初冠《ういこうぶり》（元服）の段から始まり、辞世の歌「つひに行《ゆ》く道とはかねて聞きしかど昨日今日《きのふけふ》とは思はざりしを」を詠む段で終わる。個々の章段は独立しているものの、全体として一人の貴族男性の一代記として読むこともできる。多くの章段が「むかし、男《をとこ》ありけり」という決まり文句で始まることから、主人公を「昔男《むかしおとこ》」と称することもある。

『伊勢物語』の世界は、業平の歌を持つ章段と、それ以外とに大別できる。在原業平の歌を持つ章段には、①二条后《にじょうのきさき》との恋、②東下《あずまくだ》り、③伊勢斎宮《さいぐう》との恋、④惟喬親王《これたかのみこ》との交友、という四つの柱がある。①は、妃《きさき》候補として大切に育てられている藤原高子《たかいこ》（清和天皇の女御《にょうご》、二条后と呼ばれる）らしき女に「男」が危険な恋を仕掛ける話で、悲劇に終わる段とハッピーエンドを迎える段、後日談を語る段がある。②は、みずからを無用者と認識した「男」が、数人の知己とともに東国に下っていく話。→よむ ③は、恋を禁じられている伊勢斎宮と「男」が一夜限りの恋をする話。→よむ ④は、文《もん》徳《とく》天皇の第一皇子でありながら皇位を望めない惟喬親王と、年長の「男」が主従の枠を越えた心の交流を持つ話で、水無瀬《みなせ》の離宮において桜狩《さくらがり》を楽しむ段や、出家してしまった親王が暮らす雪深い小野の地を訪ねた「男」が、「忘れては夢かとぞ思ふ思ひきや雪踏みわけて君を見むとは」と嘆く段がある。これらの章段には、現実の秩序の中に安住し得ない多感な「男」の魂が語られている。それ以外の章段には、幼なじみの男女の結婚と波乱、歌の力による絆《きずな》の復活を語る「筒井筒《つついづつ》」の段や、宮仕えに出たまま音信不通となった夫を待ちかねた女の悲劇を語る「梓弓《あずさゆみ》」の段などがある。これらは実在の業平とはかけ離れた内容であるが、一読して忘れがたい愛の物語であり、『伊勢物語』の大切な構成要素である。

◆東下《あずまくだ》り　〔九段〕

昔、男がいた。その男は、わが身を無用のものであると思いこんで、京にはいるまい、東国の方に居住できる国を探そうと思って出かけて行った。古くからの友人、一、二人とともに行った。道を知った人もおらず、さまよいつつ行ったのであった。

三河《みかわ》国の八橋《やつはし》(愛知県知立市)という所に行き着いた。そこを八橋と名づけたわけは、水が八方に流れ分かれているため、橋を八つ渡してあるので、八橋といったのであった。その沢のほとりの木陰に馬から下りてすわり、乾飯《かれいい》を食った。その沢に燕子花《かきつばた》がたいそう風趣あるさまで咲いている。それを見て同行のある人が言うには、『かきつばた』という五文字を句の頭に置いて旅の思いを詠《えい》じてごらんなさい」とのことだったので、男は詠んだ。

から衣《ころも》きつつなれにしつましあればはるばるきぬるたびをしぞ思
ふ

——唐衣《からころも》は着ていると萎《な》れる、私にはそのように、馴れ親しんできた愛《いと》しい妻が京にいるので、はるばるやってきた旅をしみじみ物悲しく思うのだよ

と、こう詠んだので、人々はみな、乾飯の上に涙を落として、乾飯はふやけてしまった。(略)

一行がなお旅をつづけてゆくと、武蔵《むさし》国と下総《しもうさ》国との間にたいそう大きな川がある。それを隅田川《すみだがわ》という。その川のほとりに集まりすわって、京に思いをはせると、果てしなく遠くも来てしまったなあ、という気持ちで心細く思いあっているところに、隅田川の渡しの船頭が、「早く船に乗れ、日が暮れてしまう」と言うので、乗って渡ろうとするが、人々は皆なんとなくつらい思いで、というのも、京に愛する人がいないわけでもない。そういう折も折、白い鳥で、くちばしと脚《あし》とが赤い、鴫《しぎ》ほどの大きさの鳥が、水上に遊びながら魚を食う。京には見られぬ鳥なので、誰も見知らない。船頭に尋ねると、「これが都鳥《みやこどり》だ」と言うのを聞いて、

名にしおはばいざ言問《こと》はむみやこどりわが思ふ人はありやなし
やと

——都という名を持っているなら、都鳥よ、さあおまえに尋ねよう。私の愛する人はすこやかに暮しているかどうかと

と詠んだところ、船中の人は、みな泣いてしまった。

原文

むかし、男ありけり。その男、身をえうなきものに思ひなして、京にはあらじ、あづまの方《かた》にすむべき国もとめにとてゆきけり。もとより友とする人、ひとりふたりしていきけり。道しれる人もなくて、まどひいきけり。三河《みかは》の国八橋といふ所にいたりぬ。そこを八橋といひけるは、水ゆく河のくもでなれば、橋を八つわたせるによりてなむ、八橋といひける。その沢《さは》のほとりの木のかげにおりゐて、かれいひ食ひけり。その沢にかきつばたいとおもしろく咲きたり。それを見て、ある人のいはく、「かきつばた、といふ五文字《いつもじ》を句のかみにすゑて、旅の心をよめ」といひければ、よめる。

から衣《ころも》きつつなれにしつましあればはるばるきぬるたびを
しぞ思ふ

とよめりければ、みな人、かれいひの上に涙おとしてほとびにけり。(略)

なほゆきゆきて、武蔵《むさし》の国と下《しも》つ総《ふさ》の国とのなかにいと大《おほ》きなる河あり。それをすみだ河といふ。その河のほとりにむれゐて、思ひやれば、かぎりなく遠くも来《き》にけるかな、とわびあへるに、渡守《わたしもり》、「はや船に乗れ、日も暮れぬ」といふに、乗りて渡らむとするに、みな人ものわびしくて、京に思ふ人なきにしもあらず。さるをりしも、白き鳥の、はしとあしと赤き、鴫《しぎ》の大きさなる、水の上に遊びつつ魚《いを》を食ふ。京には見えぬ鳥なれば、みな人見しらず。渡守に問ひければ、「これなむ都鳥《みやこどり》」といふを聞きて、

名にしおはばいざ言問《ことと》はむみやこどりわが思ふ人はありやなしやと

とよめりければ、船こぞりて泣きにけり。

◆狩《かり》の使《つかい》 〔六九段〕

昔、男がいた。その男が伊勢国に狩の使(朝廷で用いる鳥獣を狩るために諸国に派遣される役)に行ったときに、あの伊勢の斎宮《さいぐう》だった人の親が、「いつもの勅使《ちょくし》の方《かた》より、この人をよくおもてなししてあげなさい」と言ったので、斎宮は親の言うことだったから、たいそう心をこめてもてなした。朝には狩に出かけられるように世話して送り出し、夕方は帰ってくると自分の御殿に来させるというふうにした。このように心をこめてお世話した。

二日目という夜、男が、「お逢《あ》いしたい」と無理に言う。女もまた、それほど固く、逢うまいとも思っていない。けれど人目が多かったので、思うようにすらすらとは逢えない。男は正使《せいし》として来ている人だから、離れた場所にも泊めない。そこは女の寝室の近くだったので、女は、人が寝静まってから、子《ね》の一刻のころ(午後十一時頃)に、男のもとに来たのだった。男もまた、女を思って寝られなかったので、外の方を見やって臥《ふ》していると、月のおぼろな光の中に、小さい召使の童女を先に立てて、人が立っている。男はたいそううれしくて、自分の寝所に連れて入り、子《ね》の一刻から丑《うし》の三刻(午前二時頃)まで一緒にいたが、まだ何も心とけて話しあわぬうちに、女は帰ってしまった。男はひどく悲しくて、そのまま寝ないで起きていたのだった。

翌朝、男は気がかりであったが、こちらからの使いをやれるものでもないので、たいそう落ち着かない気持ちで待っていると、夜がすっかり明けてしばらくたったころに、女のもとから、手紙の詞《ことば》はなくて、歌だけ贈ってきた。

君や来《こ》しわれやゆきけむおもほえず夢かうつつか寝《ね》てかさめてか

——あなたがおいでになったのか、私が伺いましたのか、判然といたしません。いったい昨夜のことは夢だったのでしょうか、目覚めてのことでしょうか

男は、たいそうはげしく泣いて詠じた。

かきくらす心のやみにまどひにき夢うつつとは今宵《こよひ》さだめよ

——悲しみに真っ暗になった私の心は、乱れ乱れて、分別もつきませんでした。夢か現実《うつつ》かは、今晩おいでくださって、それで、はっきりお決めください

こう詠んで女に贈り、狩に出た。野に狩してまわるが、心はうわの空で、せめて今晩だけでも、人をすぐ休ませて早く逢おうと思っていると、伊勢国の守《かみ》で、斎宮寮《さいぐうりょう》の長官を兼ねた人が、狩の使が来ていると聞いて、一晩中、酒宴を催したので、まったく逢《あ》うこともできず、夜が明けると尾張《おわり》の国へ出立する予定なので、男も心中悶々《もんもん》として、悲しみのあまりひそかに血の涙を流すが、逢えない。夜が

だんだん明けようとするころに、女の側《がわ》から出すお別れの盃《さかずき》の皿に、歌を書いてよこした。取って見ると、

かち人の渡れど濡《ぬ》れぬえにしあれば

——このたびは、徒歩《かち》で河渡りする人が渡っても、裾《すそ》が濡《ぬ》れない流れのような、浅い、浅いご縁ですので

と書いて、歌の下《しも》の句はない。男はその盃の皿にたいまつのもえかすの炭で、歌の下の句を書き続ける。

またあふ坂《さか》の関《せき》はこえなむ

——私はまた逢坂《おうさか》の関を越えるでしょう。人が逢うという逢坂の関を越えて、ふたたびお逢いしましょう

と詠んで、夜が明けると尾張国へ越えて行ってしまった。斎宮は清《せい》和天皇の御時《おんとき》の方で、文徳天皇の皇女であり、惟喬《これたか》の親王《みこ》の妹である。

原文　むかし、男ありけり。その男、伊勢の国に狩《かり》の使《つかひ》にいきけるに、かの伊勢の斎宮《さいぐう》なりける人の親、「つねの使よりは、この人よくいたはれ」といひやれりければ、親の言《こと》なりければ、いとねむごろにいたはりけり。朝《あした》には狩にいだしたてやり、夕さりはかへりつつ、そこに来させけり。かくて、ねむごろにいたつきけり。

二日といふ夜《よ》、男、われて「あはむ」といふ。女もはた、いとあはじとも思へらず。されど、人目しげければ、えあはず。使ざねとある人なれば、遠くも宿《やど》さず。女のねや近くありければ、女、人をしづめて、子《ね》一《ひと》つばかりに、男のもとに来《き》たりけり。男はた、寝《ね》られざりければ、外《と》の方《かた》を見いだしてふせるに、月のおぼろなるに、小さき童《わらは》をさきに立てて人立てり。男、いとうれしくて、わが寝《ぬ》る所に率《ゐ》て入りて、子一つより丑《うし》三《み》つまであるに、まだ何ごとも語らはぬにかへりにけり。男、いとかなしくて、寝ずなりにけり。

つとめて、いぶかしけれど、わが人をやるべきにしあらねば、いと心もとなくて待ちをれば、明《あ》けはなれてしばしあるに、女のもとより、詞《ことば》はなくて、

君や来《こ》しわれやゆきけむおもほえず夢かうつつか寝《ね》てかさめてか

男、いといたう泣きてよめる、

かきくらす心のやみにまどひにき夢うつつとは今宵《こよひ》さだめよ

とよみてやりて、狩にいでぬ。野に歩《あり》けど、心はそらにて、今宵《こよひ》だに人しづめて、いととくあはむと思ふに、国の守《かみ》、斎《いつき》の宮《みや》の頭《かみ》かけたる、狩の使ありと聞きて、夜《よ》ひと夜、酒飲みしければ、もはらあひごともえせで、明けば尾張《をはり》の国へたちなむとすれば、男も人しれず血の涙を流せど、えあはず。夜《よ》やうやう明けなむとするほどに、女がたよりいだす盃《さかづき》のさらに、歌を書きていだしたり。取りて見れば、

かち人の渡れど濡《ぬ》れぬえにしあれば

と書きて末《すゑ》はなし。その盃のさらに続松《ついまつ》の炭して、歌の末を書きつぐ。

またあふ坂《さか》の関《せき》はこえなむ

とて、明くれば尾張の国へこえにけり。斎宮は水《みづ》の尾《を》の御時、文《もん》徳《とく》天皇の御女《むすめ》、惟喬《これたか》の親王《みこ》の妹。

9

宮廷社会で語られた、歌にまつわる人間模様と伝説

大和物語《やまと》

平安時代の歌物語。さまざまな階層の人の物語、全一七三段から成る。作者未詳。成立年代も不明だが、天暦五年(九五一)頃に原形ができ、一〇〇〇年頃には現在の形に近づき、のちに細かい増補や改訂が行なわれたらしい。内容は大きく二つの部分に分けることができる。一四〇段までの第一部は十世紀半ばの貴族社会に流布していた歌にまつわる噂話を収め、第二部は古くから語り伝えられた昔物語を集める。

内容紹介

『伊勢《いせ》物語』が、在原業平《ありわらのなりひら》の歌を中心に据えつつ、匿名の「男」の話を語るという姿勢を貫くのに対して、同じ歌物語ではあるが、『大和物語』の語り口はまったく異なっている。

第一部は、十世紀前半から半ばにかけての貴族社会に生きた人々の歌を実名とともに語っており、「誰が、どのような状況で、その歌を詠んだか」という事実への興味が強く働いている。しばしば名の挙がる人物には、宇多《うだ》上皇、とし子(藤原千蔭の妻)、桂《かつら》の皇女《みこ》(宇多上皇の皇女)、監《げん》の命婦《みょうぶ》(宮中に仕えた女房)、堤《つつみ》中納言藤原兼輔《かねすけ》、元良《もとよし》親王などがおり、総じて宇多上皇(八六七~九三一)の社交圏の人々が多い。主要な登場人物は権力の中心から距離をおいた風流な人、失意の人であり、人との別れ、思うままにならない恋などのしみじみとした情感が基調になっている。

第二部には、古くから語り継がれてきた昔物語が収められており、名もない人々の哀歓が語られている。よく知られた話には、生田《いくた》川《がわ》伝説(ある女が二人の男に求婚されたが、どちらか一人を選ぶことができずに生田川に身を投げ、二人の男も後を追って入水、事の成り行きを人々は痛ましく思った)、蘆刈《あしかり》伝説(相思相愛の男女が貧しさのために別れ、女は見初められて貴人の妻になったが、男は蘆を売って日々を暮らす身に零落《れいらく》する。のちに偶然再会したものの互いに運命の変転を嘆くばかりだった)、猿沢《さるさわ》の池の采女《うねめ》入水伝説(奈良《なら》の帝の寵愛《ちょうあい》を受けた采女は、もう一度お召しがあることを願うが帝に忘れられ、絶望して猿沢池に身を投げる。それを知った帝は哀れに思い、人々に歌を詠ませた)、姨捨山《おばすてやま》伝説(年老いた伯母を持つ男が、妻にそそのかされて伯母を山に棄てるが、月を眺めるにつけて悲しみに耐えられず、結局連れて帰ってきた)などがある。

よむ

◆ほたる　〔四〇段〕

桂《かつら》の皇女《みこ》(宇多天皇皇女孚子《ふし》内親王)に、式部卿《しきぶきょう》の宮《みや》(敦慶《あつよし》親王)が通いつづけていらっしゃったとき、その皇女にお仕えしていた少女が、この男宮をほんとにすてきなお方《かた》とお慕い申しあげていたことをも、男宮はお気づきになることができなかった。蛍《ほたる》が飛びまわっていたのを、「あれをとらえて」と、この少女におっしゃったので、少女は、汗衫《かざみ》の袖に蛍をとらえて、つつんでご覧にいれるということで、こう申しあげた。

つつめどもかくれぬものは夏虫の身よりあまれる思ひなりけり

——つつんでも隠しきれないものは、蛍の火のように、身一つに満ちあふれて、しぜんに外にあらわれてしまうせつない思ひでございます

原文　桂《かつら》のみこに、式部卿《しきぶきやう》の宮《みや》すみたまひける時、その宮にさぶらひけるうなゐなむ、この男宮《をとこみや》をいとめでたしと思ひかけたてまつりけるをも、え知りたまはざりけり。蛍《ほたる》のとびありきけるを、「かれとらへて」と、この童《わらは》にのたまはせければ、汗衫《かざみ》の袖《そで》に蛍をとらへて、つつみてご覧ぜさすとて聞《きこ》えさせける。

つつめどもかくれぬものは夏虫の身よりあまれる思ひなりけり

◆心のやみ　〔四五段〕

堤《つつみ》の中納言《ちゅうなごん》の君《きみ》(藤原兼輔)が、第十三の皇子《みこ》の母君である御息《みやすん》所《どころ》(藤原桑子《そうし》。兼輔の娘で醍醐《だいご》天皇の更衣となり、第十三皇子章明親王を生む)を、先帝(醍醐天皇)に奉りなさったはじめのころ、「帝はあの子をどのようにお思いになっているだろうか」などと、たいそうふかく気づかっておいでになった。そこで、次の歌を帝に詠んで奉りなさった。

人の親の心はやみにあらねども子を思ふ道にまどひぬるかな

——子を持つ親の心は分別《ふんべつ》がないわけではありませんけれども、子供のことを思いますと、闇夜《やみよ》の道にまようように、思いまよってしまうものでございますよ

先帝は、たいそうしみじみとしたお気持にひたっておいでになった。お返事はあったのだが、世間の人は知ることができない。

原文　堤《つつみ》の中納言《ちゆうなごん》の君《きみ》、十三のみこの母御息所《みやすどころ》を、内に奉《たてまつ》りたまひけるはじめに、帝《みかど》はいかがおぼしめすらむなど、いとかしこく思ひなげきたまひけり。さて、帝によみて奉りたまひける。

人の親の心はやみにあらねども子を思ふ道にまどひぬるかな

先帝《せんだい》、いとあはれにおぼしめしたりけり。御返《かへ》しありけれど、人え知らず。

10

継《まま》母《はは》に苛《いじ》められた姫君が幸せをつかむシンデレラ物語

落《おち》窪《くぼ》物語

平安時代、十世紀後半に成立した物語。作者未詳。物語文学が成立してからおよそ百年、この間、数多くの物語が書かれたが、それらは非現実的な絵空事が中心であった。そのようななか、『落窪物語』は、当時流行の継子《ままこ》苛《いじ》め譚《たん》の話型にのっとりながら、神仏などの超自然的な力に依《よ》るのではなく、姫君を取り巻く人間たちの活躍を通してシンデレラストーリーを描き出すことに成功した。

あらすじ

中納言は、皇族出身の女性との間に女子を設けたが、母親が死んだこともあり、自邸に引き取って育てていた。しかし、継母に当たる中納言の北の方は、彼女を実子と同様には扱わず、床の落ちくぼんだ部屋に住まわせ、「落窪の君」と呼ばせて、裁縫などに酷使するのであった。→よむ　生きていくことに絶望する姫君であったが、侍女のあこぎだけは姫君に忠実で優しい。あこぎは帯刀惟成《たちはきこれなり》と夫婦になり、帯刀が右近少将《うこんのしょうしょう》道頼《みちより》の乳母子《めのとご》だった縁で、姫君の噂《うわさ》は道頼のもとに伝わることになる。

姫君に興味を持った道頼は、中納言一家が石山詣《いしやまもう》でに出かけた隙に、帯刀の手引きで姫君のもとに忍び込み、姫君と契りを結んだ。物思いに沈む姫君に代わり、あこぎは人並みに近い結婚にするために大いに活躍した。その結婚三日目の夜はあいにくの大雨であったが、これを冒して出かけた道頼と帯刀は、途中で盗人と疑われ、糞《くそ》の上に倒れる憂き目にあうのであった。

当初は姫君との関係を遊び程度にしか考えていなかった道頼だが、「落窪の君」という名の一件や継母による苛《いじ》めの事実を知り、姫君への同情を深めていく。ある夜、姫君の部屋をのぞき見して、道頼と姫君の関係を知った継母は、夫中納言に姫君が帯刀と関係していると嘘《うそ》の報告をし、姫君を物置のような部屋に幽閉させてしまう。道頼やあこぎは途方に暮れるのであった。

一方、継母は幽閉した姫君を、叔父の典薬助《てんやくのすけ》に襲わせる計画を立てていた。あこぎの機転で、姫君は仮病を装い、なんとかその晩は危機をしのいだ。翌晩も典薬助は通ってくるが、今度は内側から仕掛けをし、扉が開かないように閉ざしておいたので、典薬助は姫君の部屋に入ることができない。そうこうしているうちに、夜の寒さに下痢を起こしてしまい、尻をかかえて退散することになる。あこぎは帯刀と相談して姫君救出の計画を立て、中納言一家が賀茂《かも》の臨《りん》時祭《じさい》の見物に出かけた隙に道頼を招き入れ、幽閉されていた部屋から姫君を助け出して、二条邸へと向かう。中納言一家は姫君の失踪《しっそう》に驚くが、どうしようもない。

二条邸に迎えとられた姫君は幸せな生活を送る一方で、道頼は中納言一家への復讐《ふくしゅう》を考える。その手始めとして、継母の四女との縁談話が来たのでこれを利用し、自分の身代わりに、面白《おもしろ》の駒《こま》との異名を持つ、馬面で愚か者の兵部少輔《ひょうぶのしょう》と結婚させる。結婚三日目の露顕の場でそのことが明らかになり、中納言家は大慌てとなるが、面白の駒に捨てられたという噂を恐れて、やむなく彼を通わせることにする。やがて四女は面白の駒の子を妊娠する。また、道頼は継母の三女の夫の蔵人少将《くろうどのしょうしょう》を自分の妹と縁づけることで、三女の夫婦仲を疎遠にし、さらに清水詣《きよみずもう》での時には、継母の乗る車を壊したり、参詣場所を横取りしたりするのであった。

一方の姫君は、道頼の乳母が持ち込んだ道頼と右大臣の娘との縁談話に心を痛めるが、道頼がこれを一蹴《いっしゅう》し、たとえ帝の娘を賜《たまわ》るようなことがあっても断わるつもりだと姫君への深い愛情を誓うと安心する。やがて道頼の子を妊娠し、母親との対面も果たしていよいよ大切に扱われていく。道頼も順調に昇進し、姫君も続けて二人目を妊娠する。道頼は、賀茂祭でも継母の車を破壊するなどして復讐を続ける。中納言一家は、理由がわからずに困惑する。

姫君の行方もわからず、死んでしまったのだろうと思った中納言は、姫君が亡き母から譲り受けていた三条邸を修理し、立派に改装する。このことを聞いた道頼は、姫君が三条邸の地券を持っているので、中納言が移ってくる前に三条邸を占拠してしまう。驚いた中納言は、道頼の父の右大臣に訴えたり、長男の越前守《えちぜんのかみ》を道頼との交渉に当たらせたりするが、どうしようもない。しかし、この交渉の過程で、道頼の妻が落窪の姫君であることが判明する。継母北の方の当惑と憤慨ぶりは言うまでもないが、父中納言は娘が生きていたことに安堵《あんど》し、やがて父娘の対面も叶《かな》う。これで復讐も終わり、中納言家の人々は道頼の庇護《ひご》を受けるようになる。

復讐が終われば姫君のために中納言に親孝行をしようと考えていた道頼は、中納言の算賀《さんが》に合わせて法華八講《ほっけはっこう》を中納言邸で開催する。この時、姫君は継母と久しぶりに再会し、和解も成立した。道頼はさらに中納言の七十の賀を三条邸で盛大に催した。

重病に陥った中納言は、大納言になって死にたいとの希望を述べる。大納言に昇進していた道頼は、自身の官職を中納言に譲ることにした。中納言は道頼に感謝し、遺産の大部分を道頼夫婦に贈ることに決める。やがて大納言に昇進して死去すると、道頼は手厚くその死を弔うのであった。道頼はその遺産を理想的に分配するが、継母北の方は不満である。

道頼は左大臣に昇進し、亡き大納言(昔の中納言)の子供たちもそれぞれ昇進の恩恵に浴する。道頼一家も大いに栄え、姫君との間にも多くの子供に恵まれる。道頼はかつて復讐のために犠牲になった、大納言の三女および四女のことを気にかけ、四女に、上達部《かんだちめ》でもあり人柄も立派な大宰権帥《だざいのごんのそち》との再婚を勧める。この縁談話は継母北の方も満足のいくものであり、三条邸で道頼の娘分としての婚儀が行なわれた。式後、権帥邸に移った四女は、筑紫《つくし》に下るための準備を依頼されて窮地に陥るが、落窪の姫君の尽力によりこの困難もうまく克服する。そして、権帥と四女は、道頼たちに別れを告げ、筑紫へと下っていく。

道頼と姫君の間に産まれた女子はやがて成長し、入内《じゅだい》することになる。道頼は父から太政大臣の地位を譲られ、入内した娘も立后《りっごう》するなどして、一家はいよいよ繁栄していくことになる。

よむ

苛《いじ》められる姫君

〔巻一〕

落窪の姫君は何もすることがなくて、もの寂しく暇のあるにつけて裁縫を習ったので、苦心しながらもたいそう上手にお縫いになるのであった。継母にあたる北の方は「縫い物をするとはたいへん結構なことですね。容貌《ようぼう》が格別すぐれていない女は、何かを地味に習っておくのが身のためですから」と言って、二人の娘婿の装束を、少しの暇もなくかき集めて縫わせなさるので、姫君は何かと忙しかったけれども、北の方は夜も寝ないで縫わせるのだった。ほんの少しでも遅い時は、「このくらいのことさえ不承不承になさるのは、何を自分の仕事にするつもりですか」と北の方が責めなさるので、姫君は、ああやはり、どうかして死んでしまいたいものよ、と嘆く。

父中納言は、娘の三の君に裳着《もぎ》の式(成人の儀)を挙げさせ、すぐに蔵人少将と結婚させ申しあげなさって、このうえもなく大切にお世話なさる。落窪の姫君はなおさら暇がなく、苦しいことがふえる。若く美しい女房たちの多くは、こんな手のかかる仕事をする者も少なかったのであろうか、軽蔑《けいべつ》されがちで、たいそうつらいから、縫い物をしながら泣いて、歌を詠むのであった。

世の中にいかであらじと思へどもかなはぬものは憂き身なりけり

——この世の中にはもう生き長らえまいと思うけれども、どうにもならないものは、はかないわが身であるよ

原文　つくづくと暇《いとま》のあるままに、物縫《ぬ》ふことを習ひければ、いとをかしげにひねり縫ひたまひければ、「いとよかめり。ことなるかほかたちなき人は、物まめやかに習ひたるぞよき」とて二人《ふたり》の婿《むこ》の装束《さうずく》、いささかなるひまなく、かきあひ縫はせたまへば、しばしこそ物いそがしかりしか、夜も寝《い》も寝《ね》ず縫はす。いささかおそき時は、「かばかりのことをだに、ものうげにしたまふは、何《なに》を役《やく》にせむとならむ」と責《せ》めたまへば、嘆きて、いかでなほ消えうせぬるわざもがなと嘆く。

三の君に御裳《も》着せたてまつりたまひて、やがて蔵人《くらうど》の少将《せうしやう》あはせたてまつりたまひて、いたはりたまふこと限りなし。落窪の君、まして暇《いとま》なく、苦しきことまさる。若くめでたき人は、多くかやうのまめわざする人や少なかりけむ、あなづりやすくて、いとわびしければ、うち泣きて縫ふままに、

世の中にいかであらじと思へどもかなはぬものは憂き身なりけり

落窪の間(落窪物語絵巻より)

11

秘琴《ひきん》の技を伝える一族の命運を描く大長編

うつほ物語

『源氏物語』に先立つ平安朝の長編物語。作者不詳。物語は、異郷で天人から琴《きん》の奏法を伝授された清原俊蔭《きよはらのとしかげ》の一族の命運と、絶世の美女あて宮《みや》に恋する男たちの求婚譚《たん》を主軸として展開していく。秘琴をめぐる天変地異や、異郷における俊蔭と天人たちの交流など、伝奇的な内容を多く含む物語である。人気のある物語であったらしく、主人公仲忠《なかただ》は『枕草子』の著者清少納言のお気に入りのキャラクターでもあった。

あらすじ

清原俊蔭は十六歳のとき、遣唐使に選ばれて唐の国に旅立つ。しかし、船は途中で嵐に合い、かろうじて波斯国《はしこく》に流れ着いた。この地で俊蔭は天人に会い、琴《きん》の琴《こと》の奏法を伝授される。また、龍角風《りゅうかくふ》、細緒風《ほそおかぜ》等々といった秘琴を授けられ、自分の子孫は天人たちの生まれ変わりであると告げられる。日本を出て二十三年ののち、これらの秘琴を携えて俊蔭は帰国したが、すでに父母は世になく、俊蔭の悲嘆はこの上なかった。時の帝《みかど》（嵯峨《さが》帝）が俊蔭に東宮《とうぐう》（のちの朱雀《すざく》帝）の琴の師となることを請うが、俊蔭は官位を辞して邸《やしき》に籠《こも》るようになる。そして一人娘にだけ琴の技を伝授し、世を去った。

やがて、荒れ果てた邸に住む俊蔭女《としかげのむすめ》を、時の太政大臣の愛息であった少年、藤原兼雅《ふじわらのかねまさ》がみつけ、一夜を共にする。この一夜の契りによって俊蔭女は懐妊し、仲忠《なかただ》を産んだ。そののち、いよいよ生活に困窮した俊蔭女は、仲忠とともに都を離れ、山の大杉のうつほ（空洞）を住まいとして暮らしはじめる。ここで二人はさまざまな奇跡に守られて過ごし、後年、兼雅と再会し、引き取られる。仲忠は母の琴の奏法をすべて習い覚え、光り輝くような美しさとすぐれた才覚を有する若者に成長していた。

その頃、源正頼《みなもとのまさより》という人望厚い一世源氏《いっせいげんじ》がいた。多数の子女に恵まれ、なかでも九女あて宮《みや》は、世の男性たちがこぞって求婚するほどの美女であった。じつに多種多様な男たちが求婚する。仲忠も例外ではなく、正頼邸に出入りし、あて宮に思いを寄せている。また、嵯峨院の落し胤《だね》であり紀国《きのくに》で育った皇子、源涼《みなもとのすずし》も、都に上ったのち、あて宮の求婚者の一人となる。涼は、仲忠同様、音楽の才に富む、眉目秀麗《びもくしゅうれい》なすぐれた貴公子であった。

仲忠は琴の琴《こと》や箏の琴など、さまざまな楽器の名手であったが、琴《きん》の琴《こと》だけは人前ではほとんど奏でることがなかった。朱雀帝はこれを惜しみ、神泉苑《しんせんえん》で紅葉《もみじ》の賀《が》を催した折、仲忠と涼に琴の弾奏を懇請し、二人は帝の仰せに応えて見事な演奏を披露する。すると、天地が震動し、月や星が騒ぎ、雹《ひょう》・雪・雷《いかづち》が降り注ぎ、天人が舞い降りるという奇瑞が生じたのであった。

あて宮も、琴の腕前をはじめとして、仲忠には一目を置いていた。しかし、やがてあて宮は東宮に入内《じゅだい》することになる。求婚者たちの嘆きは深く、世を捨てて山に籠もる者までいた。また、同母兄妹でありながらあて宮を恋慕していた源仲澄《なかずみ》は悲しみのあまり病死する。あて宮は東宮の寵愛《ちょうあい》を一身に受け、次々に皇子を産むが、心中、憂いを抱え続けている。

俊蔭女は兼雅に大事にされる一方、朱雀帝の尚侍《ないしのかみ》となり、朱雀帝から殊遇される。また、仲忠も朱雀帝のおぼえめでたく、朱雀帝の皇女である女一宮《おんないちのみや》(あて宮の姉である仁寿殿女御《じじゅうでんのにょうご》の所生)を妻として得、中納言へと昇進する。同じ頃、仲忠は祖父清蔭の住んでいた京極《きょうごく》邸を訪れ、不思議な蔵をみつけた。蔵の錠前は仲忠が手を触れると開き、中には清蔭が所蔵していた先祖代々の書籍や日記があった。こののち、仲忠は京極邸を修理しはじめる。

しばらくして、仲忠と女一宮のあいだに長女いぬ宮《みや》が産まれた。仲忠のあて宮への思いは絶えることがなかったが、あて宮が入内したのちは、穏やかな交誼《こうぎ》を結んでいる。

仲忠はいぬ宮に秘琴の技を伝授した。いぬ宮が秘琴の技を習得しきったのち、嵯峨院や朱雀院が仲忠の京極邸に御幸《ぎょこう》し、いぬ宮は琴の技を披露する。仲忠にもまさる技量であった。嵯峨院は、昔切望していた俊蔭の琴の音色を、今はいぬ宮がその奏法を受け継いで聞くことができたと喜ぶ。朱雀院は故俊蔭に中納言を追贈し、父嵯峨院とともに、美しくよみがえった京極邸の姿を愛でるのであった。

よむ

琴《きん》の伝授——俊蔭女から仲忠へ

〔俊蔭〕

こうして山の大杉のうつほに住み、この琴を母が弾くのを聞いているうちに、この子(仲忠)は七歳になった。

あの祖父が習得してきた七人の仙人の秘手は、そっくりそのまますべて習得しきってしまったので、母はこの子とともに夜となく昼となく琴を合奏して、春は美しい草々の花を見、夏はすがすがしく涼しい木陰で思いにふけり、花・紅葉のもとで心を澄ましながら、「わが生涯は命あるかぎり、このまま天命に任せて過ごそう」と思っている。

この子は琴の手法を一つ残らず習い取ってしまった。この子は変化《へんげ》の者(神仏や天人の生まれ変わり)であるから、子の琴の腕前は母にもまさり、母はまた父の手にもまさっていて、普通なら芸事は代々劣っていくものであるが、この一族は、次の世代へと伝わるごとに、いよいよ際限もなく腕前がまさっていくのである。

原文

かくしつつ、この琴《きん》を弾くを聞くほどに、この子、七つになりぬ。

かの祖父《おほぢ》が弾きし七人の師の手、さながら弾き取り果てつれば、夜昼と弾き合はせて、春はおもしろき草々の花、夏は清く涼しき陰に眺めて、花、紅葉の下に心を澄ましつつ、「わが世は限り、命あらむに従はむ」と思ふ。

琴は、残る手なく習ひ取りつ。この子変化《へんげ》の者なれば、子の手《て》母にもまさり、母は父《てて》の手にもまさりて、ものの次々は劣りこそすれ、この族《ぞう》は、伝はるごとにまさること限りなし。

仲忠とあて宮

〔祭の使〕

月の美しい夜、今宮(＝女一宮)とあて宮が御簾《みす》のそばまで出ていらっしゃって、琵琶《びわ》と箏《そう》の琴《こと》をすばらしい音色でお弾きになり、月を御覧になったりなどしている。それを、仲忠の侍従は物陰で立ち聞く。すると、調子から何から、寸分違《たが》うところなく、自分の弾き方そっくりではないか、と聞き知るにつけ、仲忠の心はまったく落ち着きを失ってしまう。「たとえこの身は破滅しても、あて宮を奪い去ってどこかに隠してしまおうか」などとも思うが、しかし、そのようなことを考えるにつけても、母北の方がどんなにお嘆きになるだろうかと思うと、やはりおいたわしいことと思わずにはいられないのであった。

思い悩んで、物蔭の簀子《すのこ》の方に歩み入って、仲忠は女房の孫王の君に、「どうして先日のお返事はくださらないままになってしまったのですか」と尋ねる。すると孫王の君は、「ちょうどお兄様の侍従の君と御碁《ご》をなさっているときでしたから」と答える。

仲忠はまた、「ちょうど風がない折のせいだからだろうか、琴の音がよく聞こえて、ああ、弾く手つきが想像できるほどすばらしい演奏をなさっておいででしたよ。箏の御琴は、あて宮のようだね。琵琶はどなたがお弾きですか」と尋ねる。すると、孫王の君は、「今宮でおいでででしたでしょうか」と答える。

仲忠が「今ですらこんなにも上手に弾かれるのですから、末はどんなになられるでしょう。さあ、恋とはこれほど心惑わせるものだから、人が過ちを犯すことにもなるのでしょう。この上なく堪え忍んでいるけれど、もう我慢できなくなりましたよ」と言う。すると、孫王の君は、「良からぬ者こそ、そのような気持ちを抱くものです。あなたがそんなことをおっしゃるなんて、まあいやですわ」と言う。対して仲忠は言う。「これまでどれほど思いとどまってきたことか。けれど、そんなにがまんしてばかりもいられなさそうです。どうしたらいいのだろう」。

原文 月のおもしろき夜、今宮、あて宮、簾《す》のもとに出《い》でたまひて、琵琶《びは》、箏《さう》の琴《こと》、面白き手を遊ばし、月見たまひなどするを、仲忠の侍従、隠れ立ちて聞くに、「調べより始め、違《たが》ふ所なく、わが弾く手と等しく」と聞くに、静心《しづごころ》なし。「身はいたづらになるとも、取りや隠してまし」など思ふにも、母北の方の御ことを思ふに、なほ、いとほしく思ほゆ。

思ひわづらひて、隠れたる簀子《すのこ》に立ち入りて、孫王の君に、「などか、一日の御返りはのたまはずなりにし」。いらへ、「侍従の君と、御碁遊ばす折なりしかばなむ」。

侍従、「風間《かざま》からにやありけむ、あはれ、手つき思ひやられても遊ばすなるかな。箏の御琴は、さなり。琵琶は、誰《た》が遊ばすぞ」。いらへ、「一の宮にやおはしますらむ」。

侍従、「今だにかかる御琴ども、いかにあらむとすらむ。いでや、かく、物のおぼゆればや、人の誤りをもすらむ。限りなく思ひ忍べど、え堪ふまじくもあるかな」。いらへ、「よくもあらぬ者こそ、さる心もあれ。うたてものたまふかな」。侍従、「いくそ度《たび》か、思ひ返さぬ。されど、さてのみは、えこそあるまじけれ。いかがせむ」。

12

きらめく感性が平安朝の風物と定子後宮《こうきゅう》の華やぎを伝える

枕《まくらの》草《そう》子《し》

平安時代中期の一〇〇〇年頃に、一条天皇中宮定子《ていし》に仕える女房清少納言《せいしょうなごん》によって書かれた随筆。清少納言は三十六歌仙に数えられた大歌人、清原元輔《きよはらのもとすけ》の娘である。本名や生没年はわからない。当時は随筆という観念はなく、「うつくしきもの」を並べた物尽くしの章段もあれば、宮中生活を日記ふうに記した章段もあり、内容はさまざま。その独創性と、滲《にじ》み出る清少納言の感性の鋭さから、古来、人気の高い作品である。

内容紹介

約三百の章段から成り、多彩な内容を含む随筆集であるが、通常、内容は大きく三つに分類されている。「ありがたきもの」「うつくしきもの」「虫は」「降るものは」など同種類のものを連想によって並べた類聚《るいじゅう》的章段、四季折々の自然や日常生活の趣を観察し、感想を添えた随想的章段、清少納言の主人である中宮定子の後宮の様子を語った日記的章段である。この分類法については異論もあるが、ここではこの三種の分類に従い、それぞれから二三の章段を読みどころとして掲げた。

類聚的章段は、「……もの」のかたちで始まる諸章段のほか、「虫は」「木の花は」「鳥は」など、「〜は」で始まる諸章段がある。その連想の仕方も、実生活上のイメージだけでなく、外国のことや昔の伝説に思いを馳せたり、文学上のイメージで空想したり、時には、「川は……耳敏《みみと》川《がわ》。いったい何を利口ぶって聞きつけたのだろうと思うと面白い。……名取《なとり》川《がわ》。どんな名を取ったのだろうと聞きたくなる」（六〇段）など、名前の面白さに惹かれて連想を繰り広げるものもある。**随想的章段**は、類聚的章段に似るものもあるが、筆者が日常生活で出会った四季折々の風物や人事を観察し、感想を述べているものである。

日記的章段には、中宮藤原定子のほか、定子の父道隆《みちたか》や定子の同母兄弟伊周《これちか》・隆家《たかいえ》ら、いわゆる中関白家《なかのかんぱくけ》の人々の華やかで教養に富む姿がたびたび描かれている。清少納言が定子に出仕した最初期の頃、定子やその兄弟たちの美しい風姿を見、風雅な会話を間近に聞いた清少納言は、物語の男女のような人々が本当にいるのだと感動したという。

よく知られる「香炉《こうろ》峰《ほう》の雪」など、清少納言自身の当意即妙な機知を記した章段も多々あり、有名であるが、その清少納言も、出仕した初期の頃は奥手の恥ずかしがり屋で、顔を見せたがらず、朝が来ると早々に下局に下がろうとしたため、「葛城《かづらき》の神」(夜だけ働いて朝になると姿を隠したという伝説の神)とからかわれていたという(一七七段「宮にはじめてまゐりたるころ」)。

史実としては、定子の父道隆が死去したのちは、藤原道長《みちなが》の一族が繁栄し、定子の兄弟である伊周や隆家は配流《はいる》(公には左遷)となるなど、中の関白家の命運は暗いものであった。しかし、『枕草子』は当時起こっていたこうした不穏な事態をほとんど描くことなく、機知に富み快活な人柄であった中宮定子とその周辺の明るく華やかな様子を中心にとりあげている。

また、漢詩文の知識にまつわるエピソードで有名な清少納言であるが、その父は歌人として有名な清原元輔であった。清少納言はその父の名に遠慮して、和歌を詠むことに関しては慎重であったとみずから語る逸話なども収録されている(九五段)。

清少納言が中宮の命を受けて女房仲間たちと山里にホトトギスの声を聞きに行く九五段(「五月の御精進のほど」)、庭先に作った雪山が何日残るか賭けをしあう八三段(「職の御曹司におはしますころ」)など、仲間の女房たちとの宮廷生活を描いた章段も多い。牛車で出かける楽しさは、あとの「よむ」に挙げた章段以外にも、たとえば二一六段「月が皓皓《こうこう》と明るい夜、牛車で川を渡ると、牛の歩みに合わせて、水晶が砕けたように水しぶきが散るのは素敵だ」(「月のいと明かきに」)などとも語られている。藤原公任《きんとう》や藤原行成《ゆきなり》など、当時随一の文化人たちとのやりとりを描く諸章段も魅力的である。

清少納言の瑞々しい感性と文章が、当時の宮廷生活を生き生きと今に伝えている。『枕草子』や『源氏物語』、また、多数のすぐれた歌人・詩人を輩出した、一条朝の華やかな趣を存分に伝えてくれる作品である。

*章段番号は『新編日本古典文学全集』によった。

よむ

春はあけぼの 〔一段〕

春はあけぼの。だんだん白んでくっきりとしてゆく山ぎわの空が、少し赤みを帯びて明るくなって、紫がかった雲が細く横にたなびいているの。

夏は何といっても夜。月の出ている頃は言うまでもない。闇夜も、蛍《ほたる》がたくさん入り乱れて飛びかっているの。また、たくさんではなくて、ただ一つ二つなど、かすかに光って飛んで行くのも、夏の夜の快い風情がある。雨などの降るのもおもしろい。

秋は夕暮。夕日が射して、もう山の端すれすれになっているときに、烏《からす》がねぐらへ行くというので、三つ四つ、二つ三つなど、急いで飛んで帰るその姿までもが、しみじみと胸を打つ感じがする。まして、雁《かり》などの列をなしている姿が、夕空にとても小さく見えるのは、ほんとうに素敵だ。日が沈みきってしまってからの、風の音、虫の音《ね》なども、また、ことばには言いつくせないほどのすばらしさがある。

冬は早朝。雪の降った朝は言うまでもない。霜がとても白く置いているのも、また、そうでなくてもとても寒い朝に、火などを急いでおこして人々が炭火を持って行き来するのも、いかにも冬の早朝に似つかわしい。いい風情だ。昼になって、はりつめていた寒さがゆるんでくると、火鉢の火も白い灰ばかりが目立つようになってしまって、良い感じがしない。

原文 春はあけぼの。やうやうしろくなりゆく山ぎはは、すこしあかりて、紫だちたる雲のほそくたなびきたる。

夏は夜。月のころはさらなり、闇もなほ、蛍《ほたる》のおほく飛びちがひたる。また、ただ一つ二つなど、ほのかにうち光りて行くもをかし。雨など降るもをかし。

秋は夕暮。夕日のさして山の端《は》いと近うなりたるに、烏《からす》のねどころへ行くとて、三つ四つ、二つ三つなど飛びいそぐさへあはれなり。まいて雁《かり》などのつらねたるが、いと小さく見ゆるは、いとをかし。日入《い》り果てて、風の音《おと》、虫の音《ね》など、はた言ふべきにあらず。

冬はつとめて。雪の降りたるは言ふべきにもあらず、霜のいと白きも、またさらでもいと寒きに、火などいそぎおこして、炭持《すみも》てわたるも、いとつきづきし。昼になりて、ぬるくゆるびもていけば、火桶《ひをけ》の火も、白き灰がちになりてわろし。

めったにないもの 〔七二段〕

めったにないもの
舅《しゅうと》にほめられる婿。また、姑《しゅうとめ》にかわいがられる嫁君《よめぎみ》。毛がよく抜ける銀の毛抜き。主人の悪口を言わない従者。ほんのちょっとした癖《くせ》もない人。容貌も気立ても風姿《ふうし》もすぐれていて、世間を渡っていく上でまったく非難される点のない人。

同じところで宮仕えしている女房仲間で、恥じらいをもちあって過ごし、いささかのすきもなく気遣いをしていると思う人が、最後まで仲間にあられもない姿を見せないというのも、まずないことだ。

物語や歌集などを書き写すときに、もとの本に墨をつけないで書き写すこと。立派な綴《と》じ本などは、たいへん気をつけて書き写すのだけれども、かならずきたならしくなるようである。

男と女の間柄のことはここでは言うまい。が、女どうしでも、ずっと仲良くしようと言い合って親しくしている人で、しまいまで仲のよい人はめったにいない。

原文　ありがたきもの
舅《しうと》にほめらるる婿。また、姑《しうとめ》に思はるる嫁の君。毛のよく抜くるしろがねの毛抜き。主《しゆう》そしらぬ従者《ずさ》。つゆの癖《くせ》なき。かたち、心、ありさますぐれ、世に経《ふ》るほど、いささかのきずなき。

同じ所に住む人の、かたみに恥ぢかはし、いささかの隙《ひま》なく用意したりと思ふが、つひに見えぬこそ、かたけれ。

物語、集など書き写すに本に墨つけぬ。よき草子《さうし》などは、いみじう心して書けど、かならずこそきたなげになるめれ。

男女《をとこをんな》をばいはじ、女どちも、契り深くて語らふ人の、末までなかよき人かたし。

くらげの骨 〔九八段〕

中宮様の弟君、中納言隆家《たかいえ》様が参上なさって、御扇《おうぎ》を中宮様にお差し上げあそばすのに、「この隆家は、たいへんすばらしい骨をば手に入れましてございます。それに紙を張らせて差し上げようと思うのですが、いいかげんな紙はとても張るわけにはいきませんから、良い紙を探しているのでございます」と申しあげなさった。

中宮様が、「いったいその骨はどのような骨なのですか」とおたずね申しあげあそばされると、隆家様は、「何から何まで、ほんとうにすばらしいのでございます。『まったくまだ見たこともない骨のようだ』と皆が申します。ほんとうにこれほどのは見たことがございません」と、声も高らかにおっしゃるので、私が、「さては、それは扇の骨ではなくて、くらげの骨のようですね」と申しあげると、隆家様は、「これは隆家の言ったことにしてしまおう」と言ってお笑いになる。

このような自慢めいたことこそは、「かたはらいたきこと（聞き苦しくていたたまれない感じがすること）」の段に入れてしまうべきであろうけれども、「ひとことも書きもらさないでほしい」と皆が言うので、どうしようもなくて、ここに書きつけておく。

原文 中納言まゐりたまひて、御扇《あふぎ》奉《たてまつ》らせたまふに、「隆家こそいみじき骨は得てはべれ。それを、張らせてまゐらせむとするに、おぼろけの紙はえ張るまじければ、もとめはべるなり」と申したまふ。

「いかやうにかある」と問ひきこえさせたまへば、「すべていみじう侍《はべ》り。『さらにまだ見ぬ骨のさまなり』となむ人々申す。まことにかばかりのは見えざりつ」とこと高くのたまへば、「さては扇のにはあらで、くらげのななり」と聞《きこ》ゆれば、「これは隆家がことにしてむ」とて、笑ひたまふ。

かやうの事こそは、かたはらいたき事のうちに入れつべけれど、「一つなおとしそ」と言へば、いかがはせむ。

◆かわいらしいもの

〔一四五段〕

かわいらしいもの

瓜に描いた子どもの顔。雀《すずめ》の子が、ちゅっちゅっと舌を鳴らして呼ぶと、はねて来るの。数え年で二つか三つくらいの子どもが、急いで這《は》って来る途中に、とても小さいごみのあったのを目ざとく見つけて、とても愛らしげな指につまんで、大人たちに見せているのは、ほんとうにかわいらしい。おかっぱ頭の幼い女の子が、目に髪がかぶさっているのをかきあげないで、ちょっと首をかしげて、物などをじっと見ているのもかわいらしい。

それほど大きくはない殿上童《てんじょうわらわ》（宮中に作法見習いに出仕した公卿《くぎょう》の子弟）が、装束を立派に着せられて歩きまわるのも、かわいらしい。美しい顔立ちの子どもが、ついちょっと抱いてあやしているうちに、胸に抱きついて寝たのも、とてもいじらしてくかわいらしい。

人形遊びの道具。蓮の浮き葉のとても小さいのを、池から取り上げたの。葵のとても小さいの。何もかも、小さいものは、みなかわいらしい。

とても色白でふっくらとした子どもで、二つくらい（満〇歳〜一歳くらい）の子が、赤紫の薄織の着物の長いのを着て、袖《そで》を襷《たすき》に結んで這い出してきたのも、また、着物の丈は短いが、袖ばかりが目立つようなのを着てあちこち這いまわっているのも、みなかわいらしい。八つ、九つ、十ぐらいの年ごろの男の子が、声はまだ幼い子どもらしい高い声で、難しい漢籍を読みあげているのも、とてもかわいらしい。

鶏のひなが、足長く、白く愛らしく、裾をからげたようなかっこうで、ぴよぴよとやかましく鳴いて、人の前・後ろにくっついて歩きまわるのも、かわいらしくておもしろい。また、親鳥が一緒に連れて走るのも、みなかわいらしい。かるがもの卵。瑠璃《るり》（青いガラス）の壺。

原文 うつくしきもの

瓜にかきたるちごの顔。雀《すずめ》の子のねず鳴きするにをどり来る。二つ三つばかりなるちごの、いそぎて這《は》ひ来る道に、いと小さき塵《ちり》のありけるを、目ざとに見つけて、いとをかしげなる指《および》にとらへて、大人《おとな》ごとに見せたる、いとうつくし。頭《かしら》はあまそぎなるちごの、目に髪のおほへるを、かきはやらで、うちかたぶきて物など見たるも、うつくし。
大きにはあらぬ殿上童《てんじやうわらは》の、装束《さうぞ》きたてられてありくもうつくし。をかしげなるちごの、あからさまに抱《いだ》きて、遊ばしうつくしむほどに、かいつきて寝たる、いとらうたし。
雛《ひひな》の調度《てうど》。蓮《はちす》の浮き葉のいと小さきを、池より取りあげたる。葵《あふひ》のいと小さき。何も何も、小さきものは、みなうつくし。
いみじう白く肥《こ》えたるちごの、二つばかりなるが、二藍《ふたあゐ》の薄物など、衣長《きぬなが》にて襷結《たすきゆ》ひたるが、這ひ出でたるも、また短きが袖《そで》がちなる着てありくも、みなうつくし。八つ九つ十ばかりなどのをのこ子の、声は幼げにて文よみたる、いとうつくし。
鶏《にはとり》の雛《ひな》の、足高《あしだか》に、白うをかしげに、衣《きぬ》短かなるさまして、ひよひよとかしがましう鳴きて、人の後先《しりさき》に立ちてありくもをかし。また、親の、ともに連れて立ちて走るも、みなうつくし。かりのこ。瑠璃《るり》の壺《つぼ》。

〔一六〇段〕

◆近いくせに遠いもの

近いくせに遠いもの
宮のめの祭(正月及び十二月の上《かみ》の午《うま》の日という接近した日に行なわれた。十二月の祭が終わると正月の祭がすぐあるが、正月の祭のあと十二月の祭までは長い)。情愛のない兄弟や親類の間柄。鞍《くら》馬《ま》の「つづら折り」という曲がりくねった山道。十二月の大晦日《おおみそか》と正月一日の間。

原文 近うて遠きもの
宮のべの祭。思はぬはらから、親族《しぞく》の仲。鞍馬《くらま》のつづらをりといふ道。師走《しはす》のつごもりの日、正月《むつき》のついたちの日のほど。

〔一六一段〕

◆遠いくせに近いもの

遠いくせに近いもの
極楽。舟の旅。男女の仲。

原文 遠くて近きもの
極楽。舟の道。人の仲。

〔一八九段〕

◆野分《のわき》の翌日は

野分(台風)の吹いた翌日は、たいへんしみじみとした趣があって素敵だ。立蔀《たてじとみ》(格子の裏に板を張ったしきり)や透垣《すいがい》(間を透かして作った垣根)などが乱れているので、庭先のあちこちの植込みは、見た感じも気の毒だ。大きな木々が倒れ、枝などが吹き折られているのが、萩《はぎ》や女郎花《おみなえし》などの上に横倒しになってかぶさっているのは、まったく思いがけないありさまだ。格子の小間《こま》などに、風が木の葉を、わざわざ一つ一つ仕切って入れているように、丁寧に吹き入れているのは、荒々しかった風のしわざとは思えない。(後略)

原文 野分《のわき》のまたの日こそ、いみじうあはれにをかしけれ。立《たて》蔀《じとみ》、透垣《すいがい》などの乱れたるに、前栽《せんざい》どもいと心苦しげなり。大きなる木どもも倒《たふ》れ、枝など吹き折られたるが、萩《はぎ》、女郎花《をみなへし》などの上に、よころばひ伏せる、いと思はずなり。格子《かうし》の壺などに、木の葉をことさらにしたらむやうに、こまごまと吹き入れたるこそ、荒かりつる風のしわざとはおぼえね。(後略)

五月頃の山里

〔二〇七段〕

五月頃などに山里に出かけるのはとても素敵だ。草の葉も水の色も一面とても青く見えていて、表面はさりげなくただ草が生い茂っているように見えるところを、まっすぐ牛車で通って行くと、その草の下には相当な量の水があって、深くはないものの、従者などが徒歩で行くと、ほとばしり出るように水がはねあがっているのは、とてもおもしろい。

左右の垣根にある木の枝などが車の屋形などに入って来るのを、急いでつかまえて折ろうとしているうちに、ふと行き過ぎてはずれてしまうのはとても残念だ。蓬《よもぎ》が、牛車に押しひしげられていたのが、車輪が回った拍子に座席の近くで引っかかって、ふと香りを漂わせているのもおもしろい。

原文

五月ばかりなどに山里にありく、いとをかし。草葉も水もいと青く見えわたりたるに、上はつれなくて、草生《お》ひしげりたるを、ながながと、たたざまに行けば、下はえならざりける水の、深くはあらねど、人などの歩むに、走りあがりたる、いとをかし。

左右《ひだりみぎ》にある垣にあるものの枝などの車の屋形《やかた》などにさし入るを、いそぎてとらへて折らむとするほどに、ふと過ぎてはづれたるこそ、いとくちをしけれ。蓬《よもぎ》の、車に押しひしがれたりけるが、輪の廻《まは》りたるに、近うちかかりたるもをかし。

香炉《こうろ》峰《ほう》の雪

〔二八〇段〕

雪がたいへん深く降り積もっているのを、いつもとちがって、御《み》格子《こうし》（つり上げて開閉する格子組みの建具）をお下ろししたまま、わたしたち女房が火鉢に火をおこして、おしゃべりなどをして集まっていると、中宮様が、「少納言よ。香炉峰の雪はどんなであろう」と仰せになるので、白楽天の「遺愛寺《いあいじ》の鐘は枕をそばだてて聴き、香炉峰の雪は簾《すだれ》をかかげて看《み》る」とあるその詩句のとおりに、女官に御格子を上げさせて御簾《みす》を高く巻き上げたところ、中宮様はお笑いあそばす。

ほかの女房たちもこう言ったことであった。「その詩句は知っており、歌などにまでも詠みこむのだけれど、ここでは思いつきもしませんでした。やはり、この宮にお仕えする人としては、そうでなければいけないようね」と。

原文

雪のいと高う降りたるを、例《れい》ならず御格子《みかうし》まゐりて、炭櫃《すびつ》に火おこして、物語などしてあつまりさぶらふに、「少納言よ。香炉峰《かうろほう》の雪いかならむ」と仰せらるれば、御格子上げさせて、御《み》簾《す》を高く上げたれば、笑はせたまふ。

人々も「さる事は知り、歌などにさへうたへど、思ひこそよらざりつれ。なほこの宮の人にはさべきなめり」と言ふ。

13

光《ひかる》源氏《げんじ》の波乱万丈の人生を描く、日本文学史最大の古典

源《げん》氏《じ》物語

平安時代の十一世紀初頭に成立した物語。作者は紫式部《むらさきしきぶ》。帝の第二皇子として生まれた光源氏が、皇位継承の可能性を断たれて臣下となりながらも、多くの女性との恋愛関係を通して次第に栄華への道を歩み、六条院を築いて准太上《じゅんだいじょう》天皇になるまでを描いた第一部、その六条院に女三宮《おんなさんのみや》が降嫁したことによる光源氏や紫の上の苦悩を描く第二部、薫《かおる》と宇治の姫君との恋模様を描く第三部からなる。

あらすじ

◆ **桐壺《きりつぼ》・帚木《ははきぎ》・空蟬《うつせみ》・夕顔《ゆうがお》・若紫《わかむらさき》・末摘花《すえつむはな》**

ある帝《みかど》の御代、帝から格別な寵愛《ちょうあい》を受けた一人の更衣《こうい》がいた。桐《きり》壺更衣《つぼのこうい》である。皇子も生まれたが、更衣は他の女性たちの嫉妬《しっと》から迫害を受けた(→よむ)末、皇子が三歳の年に亡くなった。帝は、優れた資質を持つ皇子を東宮《とうぐう》にしたいと願ったが、後見《うしろみ》もなかったため、弘徽殿女御《こきでんのにょうご》の生んだ第一皇子が東宮に即位した。皇子の異常なまでの資質ゆえに政争の種となることを案じた帝は、皇子に「源」の姓を与え、皇族から臣下に下した。光源氏である。亡き更衣を忘れがたい帝は、更衣に面《おも》ざしの似ている藤壺《ふじつぼ》を寵愛するようになる。光源氏も、初めは藤壺に亡き母の面影を求めたが、しだいに女性として意識するようになる。→よむ　十二歳になり元服を迎えた源氏は、左大臣家の姫君葵《あおい》の上《うえ》と結婚したが、源氏はこの妻になじめず、藤壺への思いを募らせる。〔桐壺〕

青年となった源氏は、友人たちとの女性談義(「雨夜の品定め」)に触発されて、中流の女性にも関心を抱きはじめる。受領《ずりょう》の妻である空蟬《うつせみ》と出会い、一度は逢瀬《おうせ》を遂げるものの、身分差を痛感する空蟬は夫の任地へ同行する。〔帚木・空蟬〕

源氏は、友人頭中将《とうのちゅうじょう》のかつての恋人夕顔《ゆうがお》に強くひかれるが、連れ出した廃院で夕顔は物《もの》の怪《け》に襲われて死ぬ。〔夕顔〕

十八歳の春、療養のため北山《きたやま》へ出かけた源氏は、藤壺そっくりの少女に出会う。→よむ　少女が藤壺の姪《めい》だと知った源氏は引き取ろうとするが、祖母の尼君は承知しない。その頃、源氏は、病気で里下がり中の藤壺のもとに忍びこんで密通、藤壺は懐妊する。北山の尼君が亡くなり、少女が父宮に引き取られる前に、源氏は少女を盗み出して自邸に迎えた。のちの紫の上である。〔若紫〕

同じ頃《ころ》、源氏は、荒れ果てた邸《やしき》に住む、故常陸宮《ひたちのみや》の姫君末摘花《すえつむはな》を訪れる。この姫君は会話もはずまず、たしなみに欠けているうえ、大きな赤い鼻の持ち主だった。源氏は落胆したが、貧しい姫君の生活を援助してゆく。〔末摘花〕

◆紅葉賀《もみじのが》・花宴《はなのえん》・葵《あおい》・賢木《さかき》・花散里《はなちるさと》

十月の朱雀院《すざくいん》行幸の試楽《しがく》(予行練習)で、源氏は青海波《せいがいは》を舞う。それを見つめる藤壺《ふじつぼ》は物思いに沈む。行幸当日も源氏の舞は際立っていた。年が明け、予定日をはるかに過ぎて、藤壺は源氏に生き写しの皇子を出産。帝《みかど》の喜びように源氏と藤壺の苦悶《くもん》は深まる。帝は皇子を次の東宮にと考え、藤壺を中宮に、源氏を参議に据えた。弘徽殿女御の心中は穏やかではなかった。〔紅葉賀〕

二月、宮中で催された桜の宴の夜、源氏は一人の女と出会うが、名も聞けぬまま扇を取り替えて別れた。後日、右大臣家の藤の宴に招かれた源氏は女と再会、東宮に入内《じゅだい》予定の右大臣家の六の君(弘徽殿女御の妹)とわかった。朧月夜《おぼろづきよ》の君である。〔花宴〕

新帝朱雀《すざく》帝(源氏の兄)の時代となり、藤壺の生んだ皇子が東宮についた。右大臣と弘徽殿大后《こきでんのおおきさき》が実権を握る世となった。新帝即位にともない斎院《さいいん》が賀茂川《かもがわ》で禊《みそ》ぎを行なう、その行列見物に多くの人が集まるなか、源氏の愛人六条御息所《ろくじょうのみやすどころ》の一行と葵の上《あおいのうえ》一行が衝突し、車争いが起きる。車を壊された六条御息所の屈辱はすさまじく、生霊《いきりょう》となって葵の上に取り憑《つ》く。葵の上は夕霧《ゆうぎり》を生んで死去。源氏は悲しむが、やがて紫の上《むらさきのうえ》と結ばれる。〔葵〕

六条御息所は源氏との仲に絶望し、娘の斎宮《さいぐう》とともに伊勢《いせ》に下向する。桐壺院が崩御。源氏のわが身への執着が破滅につながりかねないと考えた藤壺は、桐壺院の一周忌に出家する。右大臣方からの圧迫は強まり、左大臣も引退する。こうした逆境に抗《あらが》うかのように源氏は、今は女官《にょかん》として帝の側近く仕える朧月夜《おぼろづきよ》と逢瀬《おうせ》を持つが、弘徽殿大后はこれを口実に源氏追放を企《たくら》む。〔賢木〕

源氏はまた、亡き桐壺院の麗景殿《れいけいでん》女御の妹、花散里《はなちるさと》と再会し、桐壺院生前の時代をなつかしむ〔花散里〕

◆須磨《すま》・明石《あかし》・澪標《みおつくし》・蓬生《よもぎう》・関屋《せきや》・絵合《えあわせ》・松風《まつかぜ》・薄雲《うすぐも》・朝顔《あさがお》

源氏は罪に問われる前に、自ら須磨へと退去した。↓よむ 謫居《たくきょ》のわびしさは身にしみ、弘徽殿大后《こきでんのおおきさき》を恐れて都からの便りも途絶えた。翌春には宰相中将(昔の頭中将)が須磨を訪れ、漢詩や和歌に心通わせた。三月、激しい暴風雨が襲来した。〔須磨〕

暴風雨と落雷のなか、亡き桐壺《きりつぼ》院の霊が現われ、須磨を離れるよう諭《さと》した。源氏は、明石《あかし》の入道《にゅうどう》に迎えられて明石へ移り、入道の娘明石《あかし》の君《きみ》と結ばれる。都では天変地異が続き、右大臣が死去、朱雀《すざく》帝も弘徽殿大后も病に苦しむ。譲位の意向を固めた帝は新帝の後見として源氏を召還、源氏は権大納言《ごんのだいなごん》に昇進した。〔明石〕

冷泉《れいぜい》帝が即位した。源氏は内大臣に昇進し、藤壺《ふじつぼ》は女院《にょいん》となる。女児を出産した明石の君は、源氏との身分差に苦しむ。その頃、六条の御息所母娘《おやこ》も帰京したが、まもなく御息所は死去、遺言によって源氏は御息所の娘の前斎宮を養女とする。〔澪標〕

源氏は末摘花《すえつむはな》や空蟬《うつせみ》とも偶然再会、つらい生活を送っていた二人は、のちに源氏の二条東院に引き取られる。〔蓬生・関屋〕

前斎宮が帝に入内《じゅだい》、先に入内していた権中納言(昔の頭中将)の娘弘徽殿女御《こきでんのにょうご》と帝寵《ていちょう》を争う。帝御前で催された絵合《えあわせ》で、源氏の須磨の絵日記を差し出した斎宮《さいぐうのにょうご》 女御方が勝利した。〔絵合〕

明石の君は、母君と娘とともに大堰《おおい》河畔の邸へ移る。源氏は所用にかこつけて明石の君と会うが、紫の上は嫉妬する。〔松風〕

明石の君は、姫君(明石姫君《あかしのひめぎみ》)の将来を考え、姫君を源氏に引き渡す。藤壺が死去。藤壺に仕えた護持僧から自らの出生の秘密を知らされた冷泉帝は煩悶《はんもん》し、源氏への譲位をほのめかすが、驚いた源氏は固辞する。源氏は、斎宮女御が秋を好み、紫の上が春を愛好することから、四季の町をもつ六条院を構想する。〔薄雲〕

源氏は朝顔《あさがお》の姫君に懸想《けそう》するが、拒絶される。〔朝顔〕

◆少女《おとめ》・玉鬘《たまかずら》・初音《はつね》・胡蝶《こちょう》・蛍《ほたる》・常夏《とこなつ》・篝火《かがりび》・野分《のわき》・行幸《みゆき》・藤袴《ふじばかま》・真木柱《まきばしら》・梅枝《うめがえ》・藤裏葉《ふじのうらは》

源氏の長男夕霧《ゆうぎり》が元服。斎宮女御《さいぐうのにょうご》は中宮(秋好《あきこのむ》中宮)、源氏は太政大臣、権中納言は内大臣となった。権中納言は娘雲居雁《くもいのかり》の東宮(朱雀院皇子)入内をもくろむが、夕霧と恋仲にあることを知り、二人の仲を裂く。壮麗な六条院《ろくじょういん》が落成した。→よむ 〔少女〕

亡き夕顔の遺児玉鬘《たまかずら》は筑紫《つくし》で成人していた。土地の豪族の求婚を逃れて上京する途中参詣した長谷《はせ》寺で、かつて夕霧の侍女で今は源氏に仕える右近《うこん》と出会い、六条院に引き取られる。〔玉鬘〕

六条院は新年を迎え、源氏は四季の各町をめぐる。〔初音〕

三月、春の町で華麗な船楽《ふながく》が催された。夏、玉鬘のもとには求婚者がひしめき、源氏もしだいに玉鬘にひかれていく。〔胡蝶〕

源氏の弟兵部卿宮《ひょうぶきょうのみや》が訪れた時、源氏はかねて用意していた蛍《ほたる》を放ち、その光で玉鬘の姿を見せた。〔蛍〕

源氏は内大臣の子息たちに、内大臣が引き取った近江《おうみ》の君のことを話題にして皮肉る。〔常夏〕

源氏は、篝火《かがりび》の煙に託して、玉鬘に恋情を訴える。〔篝火〕

八月、激しい野分《のわき》(台風)が六条院を襲う。見舞いに訪れた夕霧は紫の上の姿を垣間《かいま》見て、あまりの美しさに驚嘆する。〔野分〕

源氏は玉鬘を尚侍《ないしのかみ》として東宮に入内させようと思う。内大臣に玉鬘の裳着《もぎ》の腰結《こしゆい》役を頼み、内大臣の娘だと打ち明けた。〔行幸〕

姉弟でないと知った夕霧は玉鬘に恋するが自制する。〔藤袴〕

出仕も近づいた日、鬚黒《ひげくろ》が玉鬘をわがものとする。〔真木柱〕

明石の姫君の東宮入内の準備が進む。姫君のために書の手本を集めた源氏は、当代の女性の仮名を論評する。〔梅枝〕

内大臣は、ついに夕霧と雲居雁との結婚を許す。明石の姫君が東宮に入内。源氏は准太上天皇《じゅんだいじょう》となり、六条院に冷泉帝、朱雀院そろっての行幸を迎えるという栄華の極みに至る。〔藤裏葉〕

◆若菜《わかな》上・若菜《わかな》下・柏木《かしわぎ》

病重い朱雀院は、母のない女三宮《おんなさんのみや》を源氏に託すと決め、紫の上は苦悩する。盛大な婚儀で迎えた女三宮の幼さに源氏は失望した。源氏の四十賀の祝いが華やかに催された。明石女御《あかしのにょうご》が東宮の皇子を生んだ。女三宮の婿候補の一人であった太政大臣(かつての内大臣)の嫡男柏木《かしわぎ》は、六条院での蹴鞠《けまり》で女三宮を垣間見る。〔若菜上〕

冷泉帝は跡継ぎを得ないまま退位、東宮が即位した。朱雀院の五十賀の準備が進み、六条院で女性の合奏「女楽《おんながく》」が催されたその夜、紫の上は病に倒れる。危篤に陥った枕元に六条御息所の死霊が現われるが、なんとか調伏《ちょうぶく》される。柏木は、女三宮の姉の落葉宮《おちばのみや》と結婚したが、女三宮への思いやまず、ついに寝所に忍び込んで契りを交わしてしまう。懐妊した宮の見舞いに訪れた源氏は、柏木の文を発見し憤るが、桐壺院も藤壺と自分との過ちを知っていたのではないかと思い、戦慄《せんりつ》する。→よむ 六条院で催された朱雀院の五十賀の試楽の宴席で、源氏は柏木に痛烈な皮肉を浴びせる。柏木はその夜から病の床についた〔若菜下〕

女三宮は薫を生むが、源氏の冷たい対応に耐えられず出家した。柏木は女三宮の出家を知っていよいよ弱り、夕霧に後事を託して死

ぬ。源氏は、罪の子である薫《かおる》を抱き、感慨に沈む。〔柏木〕

◆横笛《よこぶえ》・鈴虫《すずむし》・夕霧《ゆうぎり》・御法《みのり》・幻《まぼろし》

柏木から落葉宮の世話を託された夕霧は、しだいにひかれてゆく。宮の母御息所《ははみやすどころ》から柏木遺愛の笛を託され自宅に持ち帰ったところ、夢に柏木が現われ、その笛を渡したい人がいると告げた。夕霧はその笛を源氏のもとに持参し、柏木と女三宮の一件について探りを入れるが、源氏は笛を預かるのみであった。〔横笛〕

仲秋の名月のもと、六条院で管絃《かんげん》の遊びが催された夜、源氏は冷泉院からの誘いを受けて出向き、しみじみと語り合う。源氏はさらに秋好中宮《あきこのむちゅうぐう》と対面、成仏できないでいる母六条御息所のために出家を願い出る中宮を戒める。〔鈴虫〕

落葉宮は、その母御息所と出かけた小野《おの》の山荘で、夕霧に迫られる。御息所は、二人の間に契りが交わされたと思いこみ、夕霧に手紙を送るが、その手紙を夕霧の妻雲居雁《くもいのかり》が取り上げてしまう。夕霧からの返事が来ないため、娘が捨てられたと誤解した御息所は悲嘆のあまり亡くなる。その葬儀を終えて戻った落葉宮を、夕霧は待ちかまえ、契りを交わした。〔夕霧〕

紫の上の病は重く、紫の上は匂宮《におうのみや》に二条院を譲ると遺言する。秋、紫の上は源氏と明石中宮に看取《みと》られてその生涯を終えた。八月十五日の晩、紫の上は荼毘《だび》に付された　〔御法〕

年が改まっても源氏の悲嘆は深まるばかり。外出もせず、紫の上との思い出に浸る日々。その心には出家への思いが萌《きざ》していた。年の暮れの仏名会《ぶつみょうえ》の日、源氏は紫の上の死後、初めて人々の前に姿を現わした。その姿は以前にもまして光り輝くように見えたが、源氏は、世俗での暮らしの終わりを予感していた。〔幻〕

◆匂兵部卿《におうひょうぶきょう》・紅梅《こうばい》・竹河《たけかわ》・橋姫《はしひめ》・椎本《しいがもと》・総角《あげまき》・早蕨《さわらび》

源氏はすでにこの世から去り、世の中では、匂宮《におうのみや》と薫《かおる》が「匂《にお》う兵部卿《ひょうぶきょう》」「薫《かお》る中将《ちゅうじょう》」ともてはやされていた。しかし薫は出生への疑惑から、出家生活への憧れを持っていた。〔匂兵部卿〕

柏木の弟按察使大納言《あぜちのだいなごん》は、妻を亡くしたあと真木柱《まきばしら》と結ばれ、それぞれの子供の処遇に悩む。また、玉鬘《たまかずら》も鬚黒《ひげくろ》を亡くしたあと娘たちの結婚に悩むが、結局、宮仕えをさせた。〔紅梅・竹河〕

橋姫巻から宇治《うじ》十帖が始まる。桐壺院の八《はち》の宮《みや》は、かつて冷泉院の東宮時代、弘徽殿大后《こきでんのおおきさき》によって冷泉を廃して東宮につけられようとしたことがあったが、その策謀が失敗したため、世から忘れられていた。二人の娘、大君《おおいきみ》・中《なか》の君《きみ》と、宇治でひっそりと暮らし、勤行生活に励む宮に、薫は私淑《ししゅく》し、宇治に通うようになる。ある日、娘たちの姿を垣間見た薫は、大君にひかれる。また、この邸に仕えていた弁《べん》の尼《あま》から自らの出生の秘密を聞く。〔橋姫〕

薫に誘われ匂宮も中の君と文を交わす仲となる。宮は娘たちに愚かな結婚をしないよう遺言し、薫に後を託して没した。〔椎本〕

薫は大君の寝所に忍び込み胸中を訴えるが、大君はこれを拒む。翌朝、大君は中の君を身代わりとし、自身は独身を通すことを決意する。→よむ　薫は匂宮を中の君のもとに導き、二人は契りを交わすが、自由に出歩けない身分の匂宮は通いが途絶えがち。大君は父の遺言を守れなかったと自らを責める。薫は匂宮を連れ出そうと宇治への紅葉狩りを催すが、従者が多すぎて宇治の宮に立ち寄れず、かえって姉妹の嘆きを深めてしまう。大君は嘆きのあまり病床に臥《ふ》し、この世を去る。薫は悲嘆に暮れた。〔総角〕

春を迎え、中の君は匂宮の二条院へと移り住む。〔早蕨〕

◆宿木《やどりぎ》・東屋《あずまや》・浮舟《うきふね》・蜻蛉《かげろう》・手習《てならい》・夢《ゆめの》浮橋《うきはし》

薫は、今上帝《きんじょうてい》の女二宮《おんなにのみや》を迎えたが、大君を忘れられず、中の君は、匂宮が夕霧の六の君を迎えたため嘆きがちの日々を送っていた。中の君は、大君に生き写しの異母妹浮舟《うきふね》の存在を薫に教える。薫は、宇治で、初瀬詣《はつせもうで》帰りの浮舟を垣間見る。〔宿木〕

浮舟の母は、八《はち》の宮《みや》の召人《めしうど》であった中将《ちゅうじょう》の君《きみ》で、八の宮に疎まれて母子で邸《やしき》を出た後、常陸介《ひたちのすけ》と結婚した。しかし浮舟が常陸介の実子でないため縁談もうまくいかず、傷ついた母子は二条院の中の君を頼る。しかし匂宮に迫られそうになり、浮舟母子は三条の小家に移る。そこに薫が現われ、宇治へと連れ出す。〔東屋〕

薫が浮舟を宇治に隠していると知った匂宮は、薫を装って侵入、浮舟と契りを結んでしまう。浮舟はやがて匂宮の情熱の虜《とりこ》となるが、二人の関係は薫の知るところとなる。薫と匂宮の間で追い詰められた浮舟は宇治川への入水《じゅすい》を決意する。〔浮舟〕

浮舟失踪の知らせは都にも届いた。宇治の女房たちは、浮舟の悩んでいた様子から入水をしたと判断し、遺骸のないまま葬儀を執り行なった。薫の嘆きぶりは痛々しいほどだった。〔蜻蛉〕

浮舟は生きていた。倒れていたところを横川《よかわ》の僧都《そうず》の一行に助けられたのだった。僧都の妹尼とともに比叡山《ひえいざん》の麓《ふもと》の小野《おの》へと移り住むが、けっして素性は明かさない。妹尼の亡くなった娘の婿に懸想された浮舟は、僧都に懇願して出家を果たす。そのことが僧都から明石《あかし》の中宮に伝えられ、やがて薫の耳にも入る〔手習〕

薫は、横川の僧都を尋ねる。僧都は、出家させた女がいまや権大納言兼右大将である薫の恋人と知り動揺、浮舟に還俗を勧める手紙を送る。薫も、浮舟の弟の小君《こぎみ》を使いとして遣わす。浮舟は心動かされるが、けっして面会せず、物語は閉じる。〔夢浮橋〕

◆桐壺更衣《きりつぼのこうい》

帝《みかど》はどなたの御代《みよ》であったか、女御《にょうご》や更衣《こうい》が大勢お仕えしておられた中に、最高の身分とはいえぬお方で、格別に帝のご寵愛《ちょうあい》を受けていらっしゃるお方があった。宮仕えの初めから我こそはと自負しておられた女御方、このお方を、目に余る者とさげすんだり憎んだりなさる。同じ身分、またはそれより低い地位の更衣たちは、女御方にもまして気持がおさまらない。朝夕の宮仕えにつけても、そうした人々の胸をかきたてるばかりで、恨みを受けることが積もり積もったためだったろうか、まったく病がちの身となり、どことなく頼りなげな様子で里下がりも度重なるのを、帝はいよいよたまらなく不憫《ふびん》な者とおぼしめされて、他人の非難に気がねなさる余裕さえもなく、これでは世間の語りぐさとならずにはすまぬもてなされようである。

公卿《くぎょう》や殿上人《てんじょうびと》なども、あらずもがなに目を背け背けしていて、まったく正視にたえぬご寵愛ぶりである。唐土《もろこし》でもこうしたことから世の中も乱れ、不都合な事態にもなったものだと、しだいに世間の人々の間でも苦々しく持てあましぐさになり、はては楊貴妃《ようきひ》の例でも引合いに出しかねないなりゆきであるから、更衣はまったくいたたまれないことが多いけれども、畏《おそ》れ多い帝のまたとないお情けを頼りにしてお仕えしていらっしゃる。（略）

帝との前世からのご宿縁が深かったゆえだろうか、世にまたとなく清らかに美しい玉のような皇子《みこ》までがお生まれになった。帝は、その若宮をまだかまだかと待ち遠しくお思いあそばして、急ぎ宮中に参上させてごらんになると、これは尋常ならざるご器量である。

〔桐壺〕

第一皇子は右大臣家の弘徽殿女御《こきでんのにょうご》のお産みになった方で、後見《うしろみ》もしっかりとしており、疑いもない世継《よつぎ》の君として世間でも大切にお扱い申しあげているけれども、この弟宮のお美しさにはとてもお並びになりようもなかったから、帝は、兄宮のほうは一通り大切におぼしめされるだけで、この弟宮のほうをご自身の秘蔵子としてご寵愛になること、このうえもない。(略)

　更衣のお部屋は桐壺である。帝が、多くの女御、更衣方のお部屋の前を素通りなさってひっきりなしにお出向きあそばすので、その方々がやきもきなさるのもなるほど無理からぬことと思われる。更衣が御前《おまえ》に参上なさるにつけても、あまり度重なる折々は、打橋《うちはし》や渡殿《わたどの》のあちこちの通り道にけしからぬことをしかけては、送り迎えの女房たちの着物の裾《すそ》が耐えられない状態になることもあり、ある時には、どうしても通らねばならぬ馬道《めどう》の両端の戸を閉めて更衣を閉じ込め、両方で示し合わせて進むも退《ひ》くもならぬようにして困らせたりなさることもしばしばである。

　何かにつけて、数えきれぬほどつらいことばかりが重なるので、更衣がひどく苦にしているのを、帝はますます不憫におぼしめして、後涼殿《こうろうでん》にもとから仕えておられる更衣の局《つぼね》をほかにお移しになって、そのあとを控えの間として桐壺更衣に下さる。追われた更衣の恨みはほかの方々にもまして晴らしようもない。

原文　いづれの御時《おほむとき》にか、女御《にょうご》、更衣《かうい》あまたさぶらひたまひける中《なか》に、いとやむごとなき際《きは》にはあらぬが、すぐれて時めきたまふありけり。はじめより我はと思ひあがりたまへる御方々《かたがた》、めざましきものにおとしめそねみたまふ。同じほど、それより下臈《げらふ》の更衣たちはましてやすからず。朝夕《あさゆふ》の宮仕《みやづかへ》につけても、人の心をのみ動かし、恨みを負ふつもりにやありけん、いとあつしくなりゆき、もの心細げに里《さと》がちなるを、いよいよあかずあはれなるものに思《おも》ほして、人の譏《そし》りをもえ憚《はばか》らせたまはず、世の例《ためし》にもなりぬべき御もてなしなり。上達部《かむだちめ》、上人《うへびと》などもあいなく目を側《そば》めつつ、いとまばゆき人の御おぼえなり。唐土《もろこし》にも、かかる事の起こりにこそ、世も乱れあしかりけれと、やうやう、天《あめ》の下《した》にも、あぢきなう人のもてなやみぐさになりて、楊貴妃《やうきひ》の例《ためし》もひき出《い》でつべくなりゆくに、いとはしたなきこと多かれど、かたじけなき御心《みこころ》ばへのたぐひなきを頼みにてまじらひたまふ。(略)

　前《さき》の世にも御契《ちぎ》りや深かりけん、世になくきよらなる玉の男御子《をのこみこ》さへ生《う》まれたまひぬ。いつしかと心もとながらせたまひて、急ぎ参らせて御覧ずるに、めづらかなる児《ちご》の御容貌《かたち》なり。一の皇子《みこ》は、右大臣の女御《にょうご》の御腹《はら》にて、寄せ重く、疑ひなきまうけの君と、世にもてかしづききこゆれど、この御にほひには並びたまふべくもあらざりければ、おほかたのやむごとなき御思ひにて、この君をば、私物《わたくしもの》に思ほしかしづきたまふこと限りなし。(略)

　御局《みつぼね》は桐壺《きりつぼ》なり。あまたの御方々を過ぎさせたまひて隙《ひま》なき御前渡《まへわた》りに、人の御心《みこころ》を尽くしたまふもげにことわりと見えたり。参上《まうのぼ》りたまふにも、あまりうちしきるをりをりは、打橋《うちはし》、渡殿《わたどの》のここかしこの道にあやしきわざをしつつ、御送り迎への人の衣《きぬ》の裾《すそ》たへがたくまさなきこともあり、また、ある時には、え避《さ》らぬ馬道《めだう》の戸を鎖《さ》しこめ、こなたかなた心を合はせてはしたなめわづらはせたまふ時も多かり。

　事にふれて、数知らず苦しきことのみまされば、いといたう思ひわびたるをいとどあはれと御覧じて、後涼殿《こうらうでん》にもとよりさぶらひたまふ更衣の曹司《ざうし》をほかに移させたまひて、上局《うへつぼね》に賜《たまは》す。その恨みましてやらむ方なし。

◆藤壺《ふじつぼ》との出会い

〔桐壺〕

源氏の君は、父帝のおそばをお離れにならないので、帝がときたまお通いの方もそうだが、しげしげとお越しになるお方は、なおさら君に対して恥ずかしがってばかりはいらっしゃれず、どのお方も、ご自分が人より劣っていると思っておられる方があろうか、それぞれにおきれいでいらっしゃるけれども、みな多少若い盛りを過ぎておいでになるところに、藤壺はほんとに若くかわいらしくいらっしゃって、懸命にお顔をお隠しになるものの、君は、そのお顔だちをしぜんにお見かけ申しあげる。

母御息所《ははみやすどころ》のことは、面影すらも覚えていらっしゃらないけれども、「まことによく似ておいでになります」と典侍《ないしのすけ》が申しあげていたので、幼心《おさなごころ》にもほんとうに懐かしくお思い申しあげられて、いつもおそばにまいっていたい、親しくお近づきしてお姿を拝していたいと思わずにはいらっしゃれない。

帝とても、このお二方は、またとなくたいせつな方々なので、藤壺に、「この君をよそよそしくなさいますな。なぜか不思議なほど、あなたをこの君の母にお見立て申してもよさそうな気がします。無礼なとお思いにならず、かわいがってください。この君と亡《な》き母君とは、顔つきやまなざしなどは、ほんとうによく似ていたのだから、あなたが母のようにお見えになるのも、けっして不似合いなことではないのです」などとお頼み申されるので、源氏の君は、幼心にも、この宮に対してなにほどのこともない春の花、秋の紅葉につけても、お慕いしている心のほどをお見せ申しあげられる。

こうして格別に好意をお寄せ申されるので、弘徽殿女御《こきでんのにょうご》は、またこの藤壺の宮ともお仲は険悪なので、これに加えて前々からの憎しみもよみがえって、このお間柄をおもしろからずお思いになる。この女御がこの世にかけがえないお方とお立て申され、また世間の評判も高くていらっしゃる東宮のお顔だちに比べても、やはり源氏の君のつややかなお美しさはたとえようもなく、いかにも愛らしいので、世の中の人々は「光る君」とお呼び申しあげる。藤壺の宮はこの君と肩をお並べになって、帝《みかど》のご寵愛《ちょうあい》もそれぞれに厚いので、「輝く日《ひ》の宮」とお呼び申しあげる。

原文 源氏の君は、御あたり去りたまはぬを、ましてしげく渡らせたまふ御方《かた》はえ恥ぢあへたまはず、いづれの御方も、我《われ》人に劣らむと思《おぼ》いたるやはある、とりどりにいとめでたけれど、うちおとなびたまへるに、いと若ううつくしげにて、切《せち》に隠れたまへど、おのづから漏り見たてまつる。

母御息所《ははみやすどころ》も、影だにおぼえたまはぬを、「いとよう似たまへり」と典侍《ないしのすけ》の聞こえけるを、若き御心地にいとあはれと思ひきこえたまひて、常に参らまほしく、なづさひ見たてまつらばやとおぼえたまふ。

上《うへ》も、限りなき御思ひどちにて、「な疎《うと》みたまひそ。あやしくよそへきこえつべき心地なんする。なめしと思さで、らうたくしたまへ。つらつき、まみなどはいとよう似たりしゆゑ、かよひて見えたまふも似げなからずなむ」など聞こえつけたまへれば、幼《をさな》心地《ごこち》にも、はかなき花紅葉《もみち》につけても心ざしを見えたてまつる。

こよなう心寄せきこえたまへれば、弘徽殿女御《こきでんのにょうご》、また、この宮とも御仲《なか》そばそばしきゆゑ、うち添へて、もとよりの憎さも立ち出《い》でてものしと思したり。世にたぐひなしと見たてまつりたまひ、名高うおはする宮の御容貌《かたち》にも、なほにほはしさはたとへむ方《かた》なく、うつくしげなるを、世の人光る君と聞こゆ。藤壺ならびたまひて、御おぼえもとりどりなれば、かかやく日の宮と聞こゆ。

紫《むらさき》の上《うえ》を見初める

〔若紫〕

春の日も暮れがたくて、所在ないものだから、夕暮れのたいそう霞《かす》んでいるのに紛れて、源氏の君は例の小柴垣《こしばがき》のあたりにお立ち出でになる。供人たちはお帰しになり、惟光朝臣《これみつのあそん》と垣の中をお覗《のぞ》きになると、すぐそこの西面《にしおもて》の部屋に持仏をお据え申してお勤めをしている尼君が目に入った。簾《すだれ》を少し巻き上げて花をお供えしているようである。中柱に身を寄せて座り、脇息《きょうそく》の上に経巻を置いて、じつに大儀そうに読経《どきょう》していた尼君は、並の身分の人とも見えない。四十過ぎぐらいで、ほんとに色が白く気品があり、ほっそりしているけれども頬《ほお》はふくよかで、目もとのあたりの髪の見るからに美しく切りそろえてあるのも、なまじ長いのよりも格別当世風で気がきいているなと、君は感じ入ってごらんになる。

　こざっぱりした女房が二人ほど、それから女童《めのわらわ》が出たり入ったりして遊んでいる。その中に、十歳くらいかと見えて、白い下着に山《やま》吹襲《ぶきがさね》などの着なれた表着《うわぎ》を着て走って来た女の子(のちの紫の上)は、大勢姿を見せていた子供たちとは比べものにならず、成人後の美貌もさぞかしと思いやられて、見るからにかわいらしい顔だちである。髪は扇を広げたようにゆらゆらとして、顔は手でこすってひどく赤くして立っている。

「何事ですの。子供たちと諍《いさか》いをなさったのですか」と言って尼君が見上げた、その面《おも》ざしにどこか似ているので、この少女は娘なのかなと、君はごらんになる。「雀《すずめ》の子を犬君《いぬき》(召使いの名)が逃がしてしまったのです。籠《かご》の中にちゃんと入れておいたのに」と言って、いかにも残念そうにしている。そこに座っている女房が、「また、あのうっかり者が、そんな悪さをしてお叱りを受けるなんて、ほんとうにいけませんね。雀はどこへ行ってしまったのでしょう。ほんとうにだんだんかわいらしくなってきておりましたのに。烏《からす》などが見つけたら大変です」と言って立ってゆく。髪がゆったりとしてとても長く、感じのよい人のようである。少納言の乳母《めのと》と呼ばれているらしいこの人は、この子の世話役なのであろう。

　尼君は、「まあ、なんと年がいもない。たわいなくていらっしゃるのですね。わたしがこうして今日明日とも知れない命であるのを、なんともお思いにならないで、雀を追いかけていらっしゃるなんて。罰があたりますよといつも申しておりますのに、情けないこと」と言って、「こちらへおいでなさい」と言うと、女の子はそこに膝《ひざ》をついて座る。

　顔つきはまことにいじらしく、眉のあたりはほんのりと美しく、あどけなくかき上げている額の様子、髪の生えざまが、たいそうかわいらしい。これからどんなに美しく成人していくか、その様子を見届けたいような人よと、君はじっと見入っていらっしゃる。というのも、じつは、限りなく深い思いをお寄せ申しあげている藤壺の御方にほんとうによくお似申しているので、しぜん目をひきつけられるのだ、と思うにつけても涙がこぼれてくる。(略)

「しみじみと心ひかれる人を見たものよ。これだから、この好色《すき》な連中は、こうした隠れ歩きばかりをして、意外な女を、うまく見つけだすというわけか。まれに出かけただけでも、このとおり思いがけないことに出くわすのだから」とおもしろくお思いになる。それにしても、ほんとにかわいらしい子であったな、どういう人なのだろう、藤壺の御方のお身代わりに、明け暮れの心の慰めとしても見たいものよ、と思う心に深くとりつかれた。

原文　日もいと長きにつれづれなれば、夕暮のいたう霞《かす》みたるにまぎれて、かの小柴垣《こしばがき》のもとに立ち出《い》でたまふ。人々は帰したまひて、惟光朝臣《これみつのあそむ》とのぞきたまへば、ただこの西面《にしおもて》にしも、持仏《ぢぶつ》すゑたてまつりて行ふ尼《あま》なりけり。簾《すだれ》すこし上げて、花奉るめり。中の柱に寄りゐて、脇息《けふそく》の上に経を置きて、いとなやましげに読みゐたる尼君、ただ人と見えず。四十余《よ》ばかりにて、いと白うあてに痩《や》せたれど、つらつきふくらかに、まみのほど、髪のうつくしげにそがれたる末《すゑ》も、なかなか長きよりもこよなういまめかしきものかな、とあはれに見たまふ。

きよげなる大人《おとな》二人ばかり、さては童《わらは》べぞ出で入り遊ぶ。中に、十ばかりやあらむと見えて、白き衣《きぬ》、山吹などの萎《な》えたる着て走り来たる女子《をむなご》、あまた見えつる子どもに似るべうもあらず、いみじく生《お》ひ先《さき》見えてうつくしげなる容貌《かたち》なり。髪は扇《あふぎ》をひろげたるやうにゆらゆらとして、顔はいと赤くすりなして立てり。

「何ごとぞや。童べと腹立ちたまへるか」とて、尼君の見上げたるに、すこしおぼえたるところあれば、子なめりと見たまふ。「雀《すずめ》の子を犬君《いぬき》が逃がしつる、伏籠《ふせご》の中《うち》に籠《こ》めたりつるものを」とて、いと口惜《くちを》しと思へり。このゐたる大人、「例の、心なしのかかるわざをしてさいなまるるこそいと心づきなけれ。いづ方《かた》へかまかりぬる、いとをかしうやうやうなりつるものを。烏《からす》などもこそ見つくれ」とて立ちて行く。髪ゆるるかにいと長く、めやすき人なめり。少納言の乳母《めのと》とぞ人言ふめるは、この子の後見《うしろみ》なるべし。

尼君、「いで、あな幼《をさな》や。言ふかひなうものしたまふかな。おのがかく今日明日《けふあす》におぼゆる命をば何とも思《おぼ》したらで、雀慕《した》ひたまふほどよ。罪得《つみう》ることぞと常に聞こゆるを、心憂《こころう》く」とて、「こちや」と言へばついゐたり。

つらつきいとらうたげにて、眉《まゆ》のわたりうちけぶり、いはけなくかいやりたる額《ひたひ》つき、髪《かむ》ざしいみじううつくし。ねびゆかむさまゆかしき人かな、と目とまりたまふ。さるは、限りなう心を尽くしきこゆる人にいとよう似たてまつれるがまもらるるなりけり、と思ふにも涙ぞ落つる。(略)

あはれなる人を見つるかな、かかれば、このすき者どもは、かかる歩《あり》きをのみして、よくさるまじき人をも見つくるなりけり、たまさかに立ち出づるだに、かく思ひの外《ほか》なることを見るよ、とをかしう思《おぼ》す。さても、いとうつくしかりつる児《ちご》かな、何人ならむ、かの人の御かはりに、明け暮れの慰めにも見ばや、と思ふ心深《ふか》うつきぬ。

◆須磨《すま》の秋

〔須磨〕

須磨では、ひとしおものを思わせる秋風が吹いて、海は少し離れているけれど、かの在原行平《ありわらのゆきひら》の中納言が「旅人は袂《たもと》涼しくなりにけり関《せき》吹き越ゆる須磨の浦風《うらかぜ》」と詠んだという浦風に荒れる波音が、夜ごとにいかにもすぐ近く聞こえて、またとなく心にしみるものは、こういうところの秋なのであった。

御前《おまえ》にはまったく人数も少なくて、誰もみな寝静まっている中を、源氏の君はひとり目を覚まして、枕から頭《かしら》をもたげて四方のはげしい風を耳にしていらっしゃると、波がすぐここまで打ち寄せてくるような心地がして、涙がこぼれているとも気づかぬのに、枕が浮くばかりになってしまうのであった。琴を少しかき鳴らしてごらんになったのが、我ながらじつにもの寂しく聞こえるので、半ばでおやめになって、

恋ひわびてなく音《ね》にまがふ浦波は思ふかたより風や吹くらん

――恋しさに堪えかね泣く声かと聞こえる浦波の音は、わたし

のことを思っている人たちのいる都の方から風が吹いてくるせいであろうか

とお歌いになると、人々も目を覚まして、おみごとなと感嘆するにつけ、悲しさをこらえきれなくなって、ただわけもなく起き出しては次々にそっと鼻をかんでいる。

原文 須磨《すま》には、いとど心づくしの秋風に、海はすこし遠けれど、行平《ゆきひら》の中納言の、関吹き越ゆると言ひけん浦波《うらなみ》、夜々《よるよる》はげにいと近く聞こえて、またなくあはれなるものはかかる所の秋なりけり。

御前にいと人少《ひとずく》なにて、うち休みわたれるに、独《ひと》り目をさまして、枕をそばだてて四方《よも》の嵐《あらし》を聞きたまふに、波ただここもとに立ちくる心地して、涙落つともおぼえぬに枕浮くばかりになりにけり。琴《きん》をすこし掻《か》き鳴らしたまへるが、我ながらいとすごう聞こゆれば、弾《ひ》きさしたまひて、

恋ひわびてなく音《ね》にまがふ浦波は思ふかたより風や吹くらん

とうたひたまへるに人々おどろきて、めでたうおぼゆるに忍ばれで、あいなう起きゐつつ、鼻を忍びやかにかみわたす。

◆六条院《ろくじょういん》落成

〔少女〕

八月には、六条院の造営が終わってお引き移りになる。西南の秋の町は、もともと梅壺中宮《うめつぼのちゅうぐう》（秋好《あきこのむ》中宮のこと）の伝領されたお邸《やしき》なので、そのまま中宮がお住まいになるはずである。東南の春の町は、源氏の殿のお住まいになる町である。東北の夏の町は二条院の東の院の対《たい》の御方（花散里《はなちるさと》）、西北の冬の町は明石《あかし》の御方《おんかた》とお定めおきになった。もとからあった池や山なども、具合のわるい所にあるのは崩して位置を移し、水の流れや山のたたずまいを改めて、四つの町それぞれに住む御方々のご希望にそうような風趣をお凝らしになった。

原文 八月にぞ、六条院造りはてて渡りたまふ。未申《ひつじさる》の町は中宮の御旧宮《ふるみや》なれば、やがておはしますべし。辰巳《たつみ》は殿のおはすべき町なり。丑寅《うしとら》は、東《ひむがし》の院に住みたまふ対《たい》の御方、戌亥《いぬゐ》の町は、明石《あかし》の御方と思《おぼ》しおきてさせたまへり。もとありける池山をも、便《びん》なき所なるをば崩しかへて、水のおもむき、山のおきてをあらためて、さまざまに、御方々の御願ひの心ばへを造らせたまへり。

◆女三宮《おんなさんのみや》と柏木《かしわぎ》の不義《ふぎ》

〔若菜下〕

源氏の君は、「それにしても、この宮（女三宮）をどうお扱いしたものだろうか。普通でないお体でいらっしゃる（懐妊をさす）というのも、こうした忍び事の結果だったのだ。なんとまあ情けないことか。このようにじかにはっきりといやな秘密を知ってしまいながら、これまでと変わらずお世話申しあげるというのか」と、ご自分の心ながら、とても思い直すことはおできになれぬお気持ちであるが、「はじめからいいかげんな気まぐれの相手と考えて、そうたいして打ち込んでいるのでもない女であっても、ほかにも好きな男があるのだろうと思うとなれば、おもしろくなくて遠ざけたくもなるものを、まして今の場合はなんとも特別で、よくぞあの男（柏木）は身の程知らぬ大それた了簡《りょうけん》を起こしたものだ。なるほど帝のお后と過《あやま》ちを犯す例も昔はあったけれど、それはそれなりにまた話が別というもので、宮仕えということで男も女も同じ主君に親しくお仕えしているうちに、どうかすると何かそうした事情もあって思

いを交わすようになり、なんぞ間違いもいろいろと起りうるというものだろう。女御《にょうご》や更衣《こうい》といった高い身分の人であっても、あれやこれやと何かの点でこれはどうかと困る人もいないわけではなく、思慮の必ずしも深いとはいえぬ人もなかにはあって、思いがけない失態をしでかすことがあっても、格別の不始末が露顕しない間は、そのまま宮仕えを続けていくことにもなろうから、そうすぐにはその間違いも表沙汰《おもてざた》にはならずじまいにもなるのだろう。しかしこの宮の場合、このようにまたとなくたいせつにお扱い申して、内輪の気持ちとしてはずっとまさっている対《たい》のお方(紫の上)よりも、立派にもったいないお方として丁重にお世話申しているこの自分をさしおいて、こうしたことをしでかすとは、まったくこんなことは例があるまい」と爪弾《つまはじ》きせずにはいらっしゃれない。

「帝と申しあげるようなお方が相手でも、ただおとなしく表向きお仕えしているというだけの気持ちから、宮仕えの日々もなんとなくおもしろくないあまり、親切に内々言い寄ってくる男の訴えにほだされて、それぞれお互いに思いを交わし、黙って見過ごせない折の返事もするようになって、しぜんとなじみあうようになっていく間柄は、同じ不都合な筋ではあっても同情の余地があるというもの。自分のことながら、あれぐらいの男に宮が心をお割《さ》きになろうとは思われないのに」と、まことにおもしろくないけれども、だからといって、やはり顔色に出すべきことでもないのだ、などと思案に乱れていらっしゃるにつけても、「故院の上(桐壺院)も、今の自分と同じように、あの密事《みそかごと》(源氏と藤壺の密通)をお心のうちにはご承知でいらっしゃって、知らぬふりをしておいでになったのだろうか。思えば、あの頃のことはまったく恐ろしく、あるべからざる過ちであった」と、近々のご自分の例をお思いになるにつけて、「恋の山路」はとても非難できるものではないというお気持ちにもなられるのであった。

原文 さても、この人をばいかがもてなしきこゆべき、めづらしきさまの御心地もかかることの紛れにてなりけり、いで、あな、心憂《こころう》や、かく人づてならず憂きことを知る知る、ありしながら見たてまつらんよ、とわが御心ながらも、え思ひなほすまじくおぼゆるを、なほざりのすさびと、はじめより心をとどめぬ人だに、また異《こと》ざまの心分くらむと思ふは心づきなく思ひ隔てらるるを、まして、これは、さま異《こと》に、おほけなき人の心にもありけるかな、帝の御妻《みめ》をも過《あやま》つたぐひ、昔もありけれど、それは、また、いふ方異《かたこと》なり、宮仕《みやづかへ》といひて、我も人も同じ君に馴《な》れ仕うまつるほどに、おのづからさるべき方につけても心をかはしそめ、ものの紛れ多かりぬべきわざなり、女御《にょうご》、更衣《かうい》といへど、とある筋かかる方につけてかたほなる人もあり、心ばせかならず重からぬうちまじりて、思はずなることもあれど、おぼろけの定かなる過《あやま》ち見えぬほどは、さてもまじらふやうもあらむに、ふとしもあらはならぬ紛れありぬべし、かくばかりまたなきさまにもてなしきこえて、内々《うちうち》の心ざし引く方よりも、いつくしくかたじけなきものに思ひはぐくまむ人をおきて、かかることはさらにたぐひあらじ、と爪《つま》はじきせられたまふ。

帝と聞こゆれど、ただ素直に、公《おほやけ》ざまの心ばへばかりにて、宮《みや》仕《づかへ》のほどもものすさまじきに、心ざし深き私《わたくし》のねぎ言《ごと》になびき、おのがじしあはれを尽くし、見過ぐしがたきをりの答《いら》へをも言ひそめ、自然《じねん》に心通ひそむらむ仲らひは、同じけしからぬ筋なれど、寄る方ありや、わが身ながらも、さばかりの人に心分けたまふべくはおぼえぬものを、といと心づきなけれど、また気色《けしき》に出だすべきことにもあらずなど思《おぼ》し乱るるにつけて、故院の上《うへ》も、かく、御心には知ろしめしてや、知らず顔をつくらせたまひけむ、思へば、その世のことこそは、いと恐ろしくあるまじき過《あやま》ちなりけれ、と近き例《ためし》を思すにぞ、恋の山路《やまぢ》はえもどくまじき御心まじりける。

◆大君《おおいきみ》、妹を薫《かおる》にと決意 〔総角〕

大君は、女房たちがどう思っているだろうかときまりがわるくて、すぐにもお寝《やす》みになれず、誰一人頼りになる人もなく生きている身の上が情けないのに、まわりの者たちまでが、けしからぬ縁談をあれこれと頼まれては次々ともち出してくるようなので、これではどんな心外なことも起こりかねない世の中なのだと思案なさるにつけても、「あのお方(薫)のお人柄やご器量は厭《いと》わしいところもおありにならぬようだし、亡き父宮も先方にそうしたお気持ちがあるのならと、ときどきお口になさり、そうお思いでいらっしゃったようだけれど、自分としてはやはりこのまま独り身を通すことにしよう。自分より姿や器量も今が若盛りで美しく、このままではもったいないような中《なか》の宮《みや》を、人並みに縁づかせることができたらどんなにうれしいことか。この妹宮をそうさせてあげて、思い及ぶかぎりたいせつに世話をしてあげよう。もし自分がそういうことになったとしたら、ほかの誰が面倒を見てくれるだろうか。あのお方が世間並みのありふれたお人柄であるのだったら、こうして長年なじんできたのだし、それだけにお受けする気持ちになったかもしれないけれど、しかしあまりにもご立派で近づきがたいお人柄なのもかえってひどく気がひけてならないのだから、やはり自分は一生このままで通すことにしよう」と考え続けて、ともすれば忍び泣きの声をもらして朝をお迎えになるが、そのあとほんとうに気分がわるいので、中の宮が寝《やす》んでいらっしゃる奥の部屋で、そのそばで横におなりになる。

原文 姫宮は、人の思ふらむことのつつましきに、とみにもうち臥《ふ》されたまはで、頼もしき人なくて世を過ぐす身の心憂《こころう》きを、ある人どもも、よからぬこと何やかやと次々に従ひつつ言《い》ひ出づめるに、心より外《ほか》のことありぬべき世なめりと思《おぼ》しめぐらすには、この人の御けはひありさまの疎《うと》ましくはあるまじく、故《こ》宮《みや》も、さやうなる心ばへあらばと、をりをりのたまひ思すめりしかど、みづからはなほかくて過ぐしてむ、我よりはさま容貌《かたち》も盛りにあたらしげなる中の宮を、人並々に見なしたらむこそうれしからめ、人の上《うへ》になしては、心のいたらむ限り思ひ後見《うしろみ》てむ、みづからの上《うへ》のもてなしは、また誰《たれ》かは見あつかはむ、この人の御さまの、なのめにうち紛れたるほどならば、かく見馴《みな》れぬる年ごろのしるしに、うちゆるぶ心もありぬべきを、恥づかしげに見えにくき気《け》色《しき》も、なかなかいみじくつつましきに、わが世はかくて過ぐしはててむ、と思ひつづけて、音《ね》泣きがちに明かしたまへるに、なごりいとなやましければ、中の宮の臥したまへる奥の方に添ひ臥したまふ。

14

狭衣の君の悲恋と憂愁を描く、平安朝後期物語の傑作

狭衣物語《さごろも》

平安朝後期物語の一つ。皇族出身の両親のあいだに生まれた、光り輝くような狭衣の君の、恋の遍歴を描く。『源氏物語』の影響が色濃いが、従妹《いとこ》である源氏の宮への遂げられぬ恋に始まり、飛鳥井《あすかい》の女君《おんなぎみ》や女二宮《おんなにのみや》との悲恋、それぞれの女性たちが狭衣の君との恋ゆえに身を破滅させる展開など、作品全体に深い憂愁が漂う物語である。作者については諸説あるが、現在では六条《ろくじょう》斎院宣旨《さいいんせんじ》の作とする説が有力である。

あらすじ

狭衣の君は、実の兄妹同様に育った従妹の源氏《げんじ》の宮《みや》をひそかに思慕し、物思いに沈んでいた。その思いは、当の源氏の宮も含め、誰にも言えない思いである。→よむ

狭衣の君は光り輝くような美しい容貌を持ち、あらゆる才芸に秀でた、大臣家の一人息子であった。両親は皇子・皇女という、非常に高貴な血筋である。何不自由ない暮らしであったが、かなわぬ恋ゆえに狭衣の君は厭世《えんせい》的な思いを強く抱いている。

あるとき、狭衣の君は思いあまって源氏の宮に恋心を打ち明けた。が、狭衣の君を兄と慕う源氏の宮は困惑し、拒絶する。同じ頃、嵯《さ》峨《が》帝《てい》皇女女二宮との縁談が生ずるが、源氏の宮を思う狭衣の君は気が進まない思いであった。

そのような折、狭衣の君は、法師に誘拐されかかっていた飛鳥井《あすかい》の女君を偶然助け、その可憐さに惹《ひ》かれてひそかに通いはじめる。飛鳥井の女君は、早くに両親と死別したため、今は乳母を頼って暮らしている零落《れいらく》貴族であった。飛鳥井の女君はやがて、狭衣の君の子を懐妊するが、素姓を隠そうとする狭衣の君の愛情を信じきれないでいる。そしてやがて、乳母に欺《あざむ》かれ、筑紫《つくし》に下る船に乗せられ、別の男性との結婚を強いられる。追い詰められた飛鳥井の女君はとうとう入水《じゅすい》自殺を図った。都の狭衣の君は、女君の失踪を知って悲嘆に暮れ、やがて、入水したとの噂《うわさ》を伝え聞く。

女二宮との縁談には返事をしぶっていたものの、狭衣の君はあるとき女二宮の美しい姿をかいまみ、正式な結婚を待たず強引に契りを結んだ。女二宮はこれによって懐妊する。母后《ははきさき》は娘が疵物《きずもの》になったことを嘆き、側近の女房たちと申し合わせてその秘密を隠し通す。表向きは母后自身が嵯峨帝の子を懐妊したふうを装い、女二宮にひそかに出産させたのである。女二宮の出産後、母后は精根尽きはて

て息を引き取った。女二宮もこの母后の死に衝撃を受け、衰弱し、生死の境にあって出家した。狭衣の君は、今さらながらに後悔し悲しむのであった。

嵯峨帝が新帝に譲位して隠棲《いんせい》した頃、源氏の宮が賀茂《かも》の斎院《さいいん》となり、未婚のまま賀茂の明神に奉仕する身となった。狭衣の君は、恋の苦しみを逃れられぬ我が宿縁を嘆く。

あるとき、狭衣の君は、飛鳥井の女君が入水しようとしたが人に助けられ、姫君を出産したのち病死したという噂を伝え聞く。その姫君は一品《いっぽん》の宮に引き取られていた。姫君会いたさに狭衣の君は一品の宮の邸《やしき》に忍び入る。が、その姿を目撃され、一品の宮との仲を噂されて、やむなく一品の宮と結婚する羽目に陥る。二人の夫婦仲は当初から冷えきっていた。さらに、一品の宮は、狭衣の君が姫君目当てで結婚したのだと知り、絶望する。

悲しみの中、狭衣の君は出家を決意した。ところが、狭衣の君が出奔しようとしていた矢先、父堀川《ほりかわ》の大臣が賀茂の明神の夢告げによって駆けつけ、狭衣の君を泣く泣く制した。かろうじて俗世に留まった狭衣の君は、そののち、故式部卿宮《しきぶきょうのみや》の姫君と出会う。源氏の宮によく似た容貌を持ち、身分も教養も申し分ない女性であった。この女性と狭衣の君ははじめて幸福な愛情関係を築く。

やがて新帝が譲位を考えはじめ、嵯峨院《さがいん》の第二皇子を次期帝にと考える。が、じつはこの皇子は狭衣の君と女二宮のあいだの子であった。新帝はその事実を知らないが、このとき、伊勢の斎宮に神託が下り、まずは狭衣の君を帝にせよとの神意が奏上される。

狭衣の君の即位後、故式部卿宮の姫宮が中宮となり、狭衣の君は恵まれた自分の運命を自覚する。が、栄華の頂点にありながら、源氏の宮や女二宮のことを思い、常に憂愁を抱え続けている心の内であった。

よむ

狭衣の君の登場　〔巻一〕

青春の日々のようにはかなく過ぎ去ってしまう春は、どれほど惜しんでもとどまることのないものだから、三月も半ばが過ぎてしまった。

お庭先の木々がどの木もただ無心に青やかな若葉を茂らせている中で、池の中島の藤だけは、「まつわりつくなら松」とばかり思いこんでいるような風情で、松に絡みついて咲き誇り、山ほととぎすが訪れてくるのを待ちわびている顔つきである。また、池の水際の八重の山吹は、山吹の名所の井手《いで》の辺りかと見まがうほど、みごとに咲き匂っている。

あの『源氏物語』の光源氏が朧月夜《おぼろづきよ》の君に、藤の花を添えて、「この美しい花のためには身も投げてしまおう」と歌を詠みかけられたのも、このように趣深い折であったのだろうか、などと思うと、狭衣の君はひとりでご覧になるのも物足りない気がするので、そば仕えの童の中でも年少の童《わらわ》に言いつけ、山吹と藤とを一枝ずつ折らせなさって、源氏の宮のお部屋の方に参上しなさる。すると、源氏の宮の御前では、中納言、少将、中将などといった女房たちが、墨で絵を描き、絵具で彩色を施しなどして遊んでいる。源氏の宮御自身は、お習字をしたり和歌を書きすさんだりなどなさりつつ、脇息に寄りかかっておいでになる。

狭衣の君が、「この花々が夕暮れの光の中に照り映えている姿は、いつもよりもいっそう美しいものですね。東宮《とうぐう》様が、花盛りの折にはかならず見せよと仰せでしたが、ぜひとも一枝お目にかけたいものです」とおっしゃって、お持ちになった山吹と藤の枝をそこにお置きになった。すると、源氏の宮がちょっと起き上がりなさって、こちらを御覧になったその目元、顔立ちなどの愛らしさは、花の色々の美しさもかなわないほど際立ってお見えになる。

狭衣の君はいつものように胸が高鳴り、源氏の宮をじっとおみつめにならずにはいられない。源氏の宮が、「花こそ花の…」と歌を口ずさみながら、山吹の花の方を選んでお取りになった、そのお手のしぐさなどが、またとないほど愛らしいのを、狭衣の君は周りの者たちの目も忘れて、「自分の身近く引き寄せてしまいたい」とお思いになる。その思慕の深さといったら、狂おしいほどである。

狭衣の君が、「山吹の花が、『梔子色《くちなし》』だなんて、何も自由に物を言えないかのような名前の色に咲くよう生まれついてしまったのは、口惜しい運命です。何も言えないその胸のうちは、どんなに苦しいことでしょう」とおっしゃると、女房である中納言の君が、「そうは申しましても草木なのですから、言葉という葉はたくさん繁ることでしょうに」と茶々を入れて言う。

狭衣の君は心の内で、

いかにせん言はぬ色なる花なれば心の中《うち》を知る人はなし

——いったいどうすればよいのだろう。私も物言えぬ「くちなし」の色に咲く花と同じ、この思いを秘めるほかない身だから、胸のうちを分かってくれる人は一人もいない。

と思い続けていらっしゃるが、まったくそのとおり、その狭衣の君の思いを知る者は誰一人としていないのであった。

原文 少年の春惜しめども留《とま》らぬものなりければ、三月《やよひ》も半ば過ぎぬ。

御前《おまへ》の木立、何《なに》となく青みわたれる中に、中島《なかじま》の藤は、松にとのみ思ひ顔に咲きかかりて、山ほととぎす待ち顔なり。

池の汀《みぎは》の八重山吹《やへやまぶき》は、井出《ゐで》のわたりにやと見えたり。光源氏、身も投げつべし、とのたまひけんも、かくやなど、独り見たまふも飽かねば、侍童《さぶらひわらは》の小さきして、一房づつ折らせたまひて、源氏の宮の御方《かた》へ持《も》て参りたまへれば、御前に中納言、少、中将などいふ人々、絵描《ゑか》き彩りなどせさせて、宮は御手習《てならひ》せさせたまひて、添ひ臥《ふ》してぞおはしける。

「この花どもの夕映《ゆふばえ》は、常よりもをかしう侍《はべ》るものかな。東宮の、盛りには必ず見せよ、とのたまひしを、いかで一枝御覧ぜさせてしがな」とて、うち置きたまふを、宮少し起き上がりたまひて、見おこせたまへるまみ、つらつきなどのうつくしさは、花の色々にもこよなく優《まさ》りたまへり。

例の胸うち騒ぎて、つくづくとうちまもられたまふ。「花こそ花の」と、とりわきて山吹を取らせたまへる御手つきなどの、世に知らずうつくしきを、人目も知らず、我が身に引き添へまほしく思《おぼ》さるるさまぞ、いみじきや。

「くちなしにしも咲きそめけん契りぞ口惜《くちを》しき。心の中《うち》、いかが苦しからむ」とのたまへば、中納言の君、「さるは言《こと》の葉《は》も繁《しげ》く侍《はべ》るものを」と言ふ。

いかにせん言はぬ色なる花なれば心の中《うち》を知る人はなし

と思ひ続けられたまへど、げにぞ知る人なかりける。

15 さまざまな人生が垣間見《かいまみ》られる魅力的な短編集

堤中納言《つつみちゅうなごん》物語

「虫めづる姫君」「逢坂《おうさか》越えぬ権中納言《ごんちゅうなごん》」などの一〇の物語と一つの断簡から成る、短編物語集。書名の由来や編纂《へんさん》された時期などの詳細は不明。『源氏物語』に代表される王朝物語の型を前提にしつつも、それをずらしたりひと捻《ひね》りしたりすることで、おもしろさを狙った作品が多い。写本によって作品の配列は異なるが、春から冬へと季節の推移に従って配列した形態のものが多く流布してきた。

あらすじ

『堤中納言物語』は、「花桜折る少将」「このついで」「虫めづる姫君」「ほどほどの懸想《けそう》」「逢坂越えぬ権中納言」「貝あはせ」「思はぬ方《かた》に泊りする少将」「はなだの女御《にょうご》」「はいずみ」「よしなしごと」の一〇の短編物語と一つの断簡を収める。それぞれに独立した作品で、相互の関連性はないものの、春を舞台にした物語(「花桜折る少将」「このついで」「虫めづる姫君」)、夏を舞台にした物語(「ほどほどの懸想」「逢坂越えぬ権中納言」)、秋を舞台にした物語(「貝あはせ」「思はぬ方に泊りする少将」「はなだの女御」「はいずみ」)、冬を舞台にした物語(「よしなしごと」)、残る一つの断簡も「冬ごもる空のけしきに」と始まっている)と、時間の流れに添った緩やかな繋《つな》がりが意図されていたかと思われる。ここでは、その中でも最も知られた「虫めづる姫君」のあらすじを記す。

虫めづる姫君　蝶《ちょう》の好きな姫君の住む隣の邸《やしき》に、按察使大納言《あぜちのだいなごん》の娘が住んでいた。彼女は、「人々が蝶よ花よともてはやすのはまったくばかげたこと。物の本体を突き止めることこそ大切だ」と言って、さまざまな恐ろしい虫を採集し、それらを眺めては暮らしている。特に、毛虫への愛着はひとしおであった。また「人は自然が一番」という主義で、眉《まゆ》を抜くことも歯を黒く染めることもしない。心配した両親が「気味悪い毛虫をかわいがっているなどという噂《うわさ》が立つとみっともない」と諭しても、姫君はまったく気にする様子もなく、自分の主張を繰り返すばかりであった。↓よむ　このような会話を聞いて、女房たちも毛虫に興味を示す姫君の愚痴を言い合っているが、姫君は童《わらわ》たちに命じて虫集めに熱中する毎日である。

ある時、このような姫君の噂を聞いて興味を持った上達部《かんだちめ》の御曹子《おんぞうし》(右馬佐《うまのすけ》)がいた。彼は、この姫君を驚かそうと、帯の端を蛇《へび》の形に似せて動くような仕掛けを作り、それに懸想文《けそうぶみ》をつけて姫君のもとに贈ったのであった。手紙を受け取った姫君は、動く蛇に驚く女房たちをしり目に余裕のある態度を見せるが、声は震えていた。やがて、この蛇が偽物《にせもの》だとわかって安心した姫君方は返事を認《したた》めるが、カタカナで書かれたその風変わりな手紙にさらに興味をそそられた右馬佐は、按察使大納言の留守を狙って、友人の中将と一緒に垣間見に出向いてくる。そして、毛虫と遊んでいる姫君の姿を見て、「化粧をすればきっときれいになるだろうに」と思い、虫好きの気性を残念がる。垣間見に気づいた童が報告すると、女房が簾《すだれ》の外にいる姫君に室内に入るように注意するが、毛虫収集をやめさせようとして言うのだと思う姫君は言うことを聞かない。しかし、垣間見が本当だとわかると、一目散に奥に引っ込んでしまうのであった。

姫君の器量に感心した右馬佐は、姿を見たことを告げる挨拶《あいさつ》の歌を詠み贈り、笑いながら帰っていく。この続きは、二の巻にあるはずである——と、締めくくられる。

よむ

◆虫めづる姫君—冒頭部

蝶の好きな姫君の住んでおられる邸の隣に、按察使大納言の姫君の邸がある。世間並の深窓の姫君などは足もとにも及ばぬほど、両親はこの姫君をこの上もなく大切に育てておられる。

この姫君のおっしゃることが変わっている。「世の人々が、花よ蝶よともてはやすのは、まったくあさはかでおかしな了見です。人間たるもの、誠実な心があって、物の本体を追究してこそ、心ばえもゆかしく思われるというものです」とおっしゃって、いろいろな虫の恐ろしそうなのを採集して、「これが変化する様子を観察しよう」と言って、さまざまな観察用の虫籠《むしかご》などに入れさせなさる。なかでも「毛虫が思慮深そうな様子をしているのが奥ゆかしくて心惹かれる」とおっしゃって、朝夕、額髪《ひたいがみ》を忙しいおかみさんのように耳にかきあげて、毛虫を手のひらの上で愛撫《あいぶ》して、飽かず見守っておられる。

若い女房たちは、恐れをなし途方にくれるので、下仕えの童で、物おじしない、幼い少年たちを身近に呼び寄せて、箱から虫を取り出させ、虫の名を問い尋ね、新種の虫には名前をつけて、おもしろがっておられる。

「人間たるもの、すべて自然のままがよいのだ」という主義で、眉毛を抜き取って眉墨《まゆずみ》で眉を描くような普通のお化粧はいっさいなさらない。また、お歯黒《はぐろ》をつけるなど、「まったくわずらわしいし、汚らしいわ」というわけで、いっこうにおつけにならず、真っ白い歯を見せてお笑いになりながら、ひたすらこの虫どもを、朝に夕にかわいがっておいでになる。侍女《じじょ》たちがあまりにこわがって逃げ出すとなると、姫君のお部屋は、もうまったく尋常ではない、上を下への大騒ぎになるのであった。こわがるこんな侍女たちを、「言語道断、品のない騒ぎはやめて！」と、姫君は黒々とした毛深い眉をしかめておにらみになるので、侍女たちは、ますます身も世もあらぬ心地であった。

両親は、「まことに風変りで、世の姫君とは違っていらっしゃる。困ったこと」とはお思いになったが、「きっとお悟りになるところがおありになってのことなのだろう。不思議なことよ。姫君のためを思って何か申しあげることは、真剣に、いかにも悟りきった確信をもって返事なさるのだから、まことに恐れ多くて手が出せぬ」と言って、このような姫のふるまいをも、たいそう気おくれのする言い分と思っていらっしゃる。

「しかしそうはいっても、外聞が悪いよ。世の人は見た目が美しいのを好むものなのだ。『気味悪そうな毛虫を飼って、可愛がっているんだとさ』とでも世間の人たちが聞いてごらん、たいそうみっともないよ」と親たちがお諭《さと》しになると、姫君は、「かまわないわよ、噂なんか。万事を追究して、その変化の行く末を見届ければこそ、個々の物事はしかるべき意味をもってくるのよ。見た目が美しいのが良いなんて、とても幼稚なことよ。世の人は蝶を愛でて毛虫を嫌うけれど、毛虫が蝶となるのよ」と言って、毛虫が蝶に変化するところを、ほら、このとおりと取り出してお見せになっている。「絹といって人々が着用するものも、蚕《かいこ》がまだ羽の生えぬ時期に身から作りだしたもので、その蚕が蝶になってしまうと、それはもうまったくのご臨終の装いで、露の命の果てなのよ」と姫君がおっしゃると、親たちは返す言葉もなく、すっかり途方に暮れるのであった。

　そんな常識破りの姫君ではあるが、さすがにやはりお姫様、ご両親にも直接顔をさらして向かい合うようなことはなさらず、「鬼と女とは人に顔を見せないのがいいんだわ」と独自の思慮をはたらかせていらっしゃる。今日の会話も、母屋の簾を少し巻き上げて、几《き》帳《ちょう》を押しだし、つつましやかに身をお隠しになって、そのように利口そうな理屈を並べていらっしゃるのであった。

原文

蝶《てふ》めづる姫君の住みたまふかたはらに、按察使《あぜち》の大納言の御むすめ、心にくくなべてならぬさまに、親たちかしづきたまふこと限りなし。

　この姫君ののたまふこと、「人々の、花、蝶やとめづるこそ、はかなくあやしけれ。人は、まことあり、本地《ほんち》たづねたるこそ、心ばへをかしけれ」とて、よろづの虫の、恐ろしげなるを取り集めて、「これが、成らむさまを見む」とて、さまざまなる籠箱《こばこ》どもに入れさせたまふ。中にも「烏毛虫《かはむし》の、心深きさましたるこそ心にくけれ」とて、明け暮れは、耳はさみをして、手のうらにそへふせて、まぼりたまふ。若き人々はおぢ惑《まど》ひければ、男の童《わらは》の、ものおぢせず、いふかひなきを召し寄せて、箱の虫どもを取らせ、名を問ひ聞き、いま新しきには名をつけて興《きよう》じたまふ。

「人はすべてつくろふところあるはわろし」とて、眉《まゆ》さらに抜きたまはず。歯黒《はぐろ》め、「さらにうるさし、汚し」とてつけたまはず、いと白らかに笑《ゑ》みつつ、この虫どもを朝夕《あしたゆふ》べに愛したまふ。

　人々おぢわびて逃ぐれば、その御方はいとあやしくなむののしりける。かくおづる人をば、「けしからず、ばうぞくなり」とて、いと眉黒《まゆぐろ》にてなむ睨《にら》みたまひけるに、いとど心地なむ惑《まど》ひける。

　親たちは、「いとあやしく、さまことにおはするこそ」と思《おぼ》しけれど、「思し取りたることぞあらむや。あやしきことぞ。思ひて聞こゆることは、深く、さ、いらへたまへば、いとぞかしこきや」と、これをも、いと恥づかしと思したり。

「さはありとも、音聞《おとぎ》きあやしや。人はみめをかしきことをこそ好むなれ。『むくつけげなる烏毛虫《かはむし》を興ずなる』と世の人の聞かむもいとあやし」と聞こえたまへば、「苦しからず。よろづの事どもをたづねて、末を見ればこそ、事はゆゑあれ。いとをさなきことなり。烏毛虫の蝶とはなるなり」そのさまのなり出《い》づるを、取り出でて見せたまへり。「きぬとて人々の着るも、蚕《かひこ》のまだ羽つかぬにし出《い》だし、蝶になりぬれば、いともそでにて、あだになりぬるをや」とのたまふに、言ひ返すべうもあらず、あさまし。

　さすがに、親たちにもさし向ひたまはず、「鬼と女とは、人に見えぬぞよき」と案じたまへり。母屋《もや》の簾《すだれ》を少し巻き上げて、几帳《きちやう》いでたて、しかくさかしく言ひ出《い》だしたまふなりけり。

16

男装の女君と女装の男君の波乱に満ちた宮廷生活を描く

とりかへばや物語

平安時代後期に成立した物語。原型は十一世紀後半から十二世紀初め頃に成立したとされるが、その後、改作され、現代に伝わる。今「とりかへばや物語」に比べ、古「とりかへばや物語」は怪奇性の強い内容であったらしい。主人公である男君と女君が、自己の性に違和感を感じ、男女入れ替わって宮廷社会を生きはじめる、という設定は、現代人にとっても興味深いものだろう。

あらすじ

権大納言《ごんだいなごん》の子に、たいへん美しい、瓜二《うりふた》つの顔立ちの異母兄妹がいた。若君(男君)はひどく内気で人見知り、優しい性格で、御簾《みす》の内に閉じこもって女の子の遊びばかりをしている。姫君(女君)は活発で外交的、屋外で男の子の遊びばかりをしている。権大納言はこの子どもたちの様子を思い悩み、やがて若君を〝娘〟、姫君を〝息子〟であるかのように扱うようになっていく。そしてとうとう、二人はそのまま、男女入れ替わって裳着《もぎ》の儀・元服の儀を終えた。

男装の姫君は官吏として宮中に出仕し、帝《みかど》のおぼえもめでたく、やがて三位中将、さらに権中納言へと栄進する。が、女である身を思って心中は晴れない思いである。成人したとなれば縁談も来る。時の右大臣から、愛娘の四の君の婿にと望まれた姫君は、本性を隠したまま、実の伴わない結婚生活を始める。男装の姫君の美男子ぶりは、親友である宮の中将もほれぼれとするほどで、色めいた性格の宮の中将は、「女にして見てみたいものだ」と妄想している(じつに的を射た妄想である)。世間になじみきれぬ秘密を抱えた姫君は、やがて、仏道に篤《あつ》い吉野の宮やその娘たちと出会い、親しくなっていく。

女装の若君も、その美貌《びぼう》ゆえに後宮への出仕を懇請《こんせい》されるが、父権大納言は拒み続けていた。やがて新帝が即位し、新帝の妹である皇女が東宮《とうぐう》となる。その東宮の尚侍《ないしのかみ》にと切望されて、女装の若君は宮中に入ることになる。そして、東宮と寝食を共にするうち、男性の本性を表わしてひそかに契りを交わす関係となった。

女装の若君の美貌を聞いて惹《ひ》かれていたのは帝だけではなく、例の好色家、宮の中将もその一人であった。宮の中将は、今は尚侍となった若君に近づく機会をねらっていた。が、拒まれ続け、友人である男装の姫君の姿を見ては、「尚侍もこのような容貌だろうか」

と想像している。そしてあるとき、尚侍に拒まれ鬱憤《うっぷん》を抱えていた宮の中将は、男装の姫君に戯れかかり、戯れ続けるうち、姫君がじつは女であることを知る。そしてそのまま情交に及ぶのである。秘密を知られた姫君は、こののち、やむなく宮の中将と関係を続ける。

宮の中将は、男装の姫君の妻である四の君にもかねてから関心を抱いていた。四の君と密通に及んだ宮の中将は、四の君が処女であることを知っていぶかしんでいたのだが、男装の姫君がじつは女であったことを知り、納得したのであった。

男装の姫君は、四の君とも自分とも関係を持ち続ける宮の中将に対し、けっして良い印象を抱いてはいない。が、宮の中将の子を懐妊した姫君は、無事秘密裏に出産を終えられるよう、宮の中将の計画に従順に従い、宇治の地で出産準備を始める。

姫君が姿を消したのち、都の人々の嘆きは深かった。中でも若君は、実際は女である姫君が気丈にも跡を絶とうとするほどまで思いつめていたことに胸を打たれ、みずからこの異母妹を捜索するため旅立とうと決意する。若君は女の装束と髪形を捨て、都を旅立つ。

男の風貌に戻った若君は、やがて、宇治の地で、女の風貌に戻った姫君と再会する。姫君は無事出産し、吉野の宮の協力を得て宇治を脱出した。以後、二人は、互いの立場を入れ替えて都の生活に戻る。

二人が入れ替わったことを知る者はごくわずかであった。若君は四の君にもその事実を知らせず近づき、男女の交わりを持つに至る。四の君は夫の突然の変化に驚き、当惑する。また、若君は、東宮には自分がもとの尚侍であることを明かして、中納言として新たに通いはじめ、帝にもその関係を容認されることになった。こうして若君は東宮と四の君を妻としたのであったが、若君が以後、一番大事にしていた妻は、吉野の宮の姫であった。

一方、女の風貌に戻った姫君は、尚侍として宮仕えを続けるうち、帝に見出され、やがて中宮となる。宮の中将は、今は中納言が正真正銘の男であると知り、自分が関係を持っていた女中納言がゆくえも知れず消えてしまったと嘆いている。

若君と姫君が男女入れ替えて暮らすことになったのは、天狗《てんぐ》（仏法を妨げる精霊の類《たぐい》）のしわざであったという。しかし、若君、姫君ともに、若い一時期の波乱ののち、こうして比類ない栄華を手にすることになったのである。

よむ

男と女を取り替えばや

お二人ともしだいに成長していかれるにつれて、若君はあきれるほど人見知りばかりなさっていて、女房などにさえ、少し馴染《なじ》みの薄い者には顔をお見せになることもなく、父の大納言殿に対しても、よそよそしく恥ずかしいとばかりお思いになっていて、大納言殿がしだいに漢籍を勉強させ、男子としての教養などをお教えしなさろうとしても、まるでその気におなりにならず、ただひどく恥ずかしいとばかりお思いになって、いつも御帳台《みちょうだい》の中に籠っては、絵を描いたり、人形遊びや貝覆《かいおお》いなどをしていらっしゃる。それを大納言殿は何ともあきれたこととお思いになり、不満を口になさっていつもお叱りになるので、若君はしまいには涙までこぼして、ただひどくきまりが悪く気恥ずかしいとお思いになりながら、もっぱら母上や御乳母《めのと》、そうでなければごく幼い女童《めのわらわ》などにだけお顔を見せていらっしゃる。それ以外の女房などが御《み》前に参上しようものなら、御几帳《きちょう》の陰に隠れこんで、恥ずかしく困ったこととばかりお思いになっているので、大納言殿はまったく聞いたこともない話だと思い嘆いていらっしゃった。一方、姫君のほうは、今からひどくいたずら好きで、めったに部屋の中にもじっとしておいでにならず、いつも外においでになっては、若い下男や下仕えの少年たちなどと蹴鞠《けまり》や小弓《こゆみ》などの遊びばかりをしておいでになる。お客間でも、人々が参上して、漢詩を作ったり、笛を吹き、歌をうたったりするときにも、その場に走り出てこられて、一緒になって、誰がお教え申したわけでもないのに、琴や笛の音も見事に吹いたり弾き鳴らしたりなさる。詩を吟じ、唱歌をうたったりなさるのを、参上なさった殿上人《てんじょうびと》や上達部《かんだちめ》などは、ほめそやしてかわいがりながら、一方では教えてもさしあげて、「こちらの北の方のお子様を姫君とお噂していたのは間違いだったのだ」などと、皆、思いあっていた。大納言殿が居合わせてご覧になっている折には、取り押さえてでも姫君をお隠しになるのだが、人々が参上すると、大納言殿がお召し物を整えたりなさる間に、真っ先に走って出てこられて、このように客人たちになついて一緒にお遊びになるので、大納言殿も容易にお止めすることがおできにならない。それで、人々はすっかり若君と思い込んで、おもしろがりかわいがり申しあげているので、大納言殿もそのように思わせたままで過ごしていらっしゃる。しかしお心の中《うち》では、まことに情けなく、かえすがえす、「若君と姫君をとりかえたい」と思っていらっしゃるのだった。

原文

いづれもやうやう大人《おとな》びたまふままに、若君はあさましうもの恥ぢをのみしたまひて、女房などにだに、すこし御前《まへ》遠きには見えたまふこともなく、父殿《ちちとの》をもうとく恥づかしくのみ思《おぼ》して、やうやう御文《ふみ》習はし、さるべきことどもなど教へきこえたまへど、思しもかけず、ただいと恥づかしとのみ思して、御帳《みちやう》のうちにのみ埋《うづ》もれ入《い》りつつ、絵かき、雛《ひいな》遊び、貝覆《かひおほ》ひなどしたまふを、殿はいとあさましきことに思しのたまはせて常にさいなみたまへば、果て果ては涙をさへこぼして、あさましうつつましとのみ思しつつ、ただ母上、御乳母《めのと》、さらぬはむげに小さき童《わらは》などにぞ見えたまふ。さらぬ女房などの、御前へも参れば、御几帳《きちやう》にまつはれて恥づかしいみじとのみ思したるを、いとめづらかなることに思し嘆くに、また姫君は、今よりもいとさがなくて、をさをさうちにものしたまはず、外《と》にのみつとおはして、若き男《をのこ》ども、童《わらはべ》などと、鞠《まり》、小弓《こゆみ》などをのみもて遊びたまふ。御出居《いでゐ》にも、人々参りて文《ふみ》作り笛吹き歌うたひなどするにも、走り出《い》でたまひて、もろともに、人も教へきこえぬ琴笛《ことふえ》の音《ね》もいみじう吹きたて弾き鳴らしたまふ。ものうち誦《ずん》じ歌うたひなどしたまふを、参《まゐ》りたまふ殿上人《てんじやうびと》、上達部《かんだちめ》などはめでうつくしみきこえつつ、かたへは教へたてまつりて、この御腹《はら》のをば姫君ときこえしは僻言《ひがごと》なりけりなどぞ、皆思ひあへる。殿の見あひたまへる折こそ取りとどめても隠したまへ、人々の参るには、殿の御装束《さうぞく》などしたまふほど、まづ走り出でたまひてかく馴《な》れ遊びたまへば、なかなかえ制しきこえたまはねば、ただ若君とのみ思ひてもて興じうつくしみきこえあへるを、さ思はせてのみものしたまふ。

御心のうちにぞ、いとあさましく、かへすがへす、とりかへばやと思されける。

17

浜《はま》松《まつ》中《ちゅう》納《な》言《ごん》物語

夢《む》告《こく》と転《てん》生《せい》を駆使して人々の運命を描くファンタジー

平安時代後半、十一世紀に成立した物語。中納言を軸に唐后《からきさき》や吉野《よしの》の姫君たちとの数奇な関係を語る。全六巻と考えられるが、冒頭部分は散《さん》逸《いつ》しており、今日には伝わっていない。作者は未詳だが、『更級《さらしな》日記』を書いた菅原孝標女《すがわらのたかすえのむすめ》との説もある。『源氏物語』とりわけ宇治十帖《うじじゅうじょう》の影響が強いが、舞台を中国にまで広げたり、夢や転生を取り込んだりしている点は、この物語の特徴である。

あらすじ

父式部卿宮《しきぶきょうのみや》の死後、出家を願う男君であったが、母君を気遣い、朝廷に出仕すると、たちまち中納言にまで昇進する。一方、母君のもとへは、左大将が密《ひそ》かに通って来るようになった。これを快く思わない中納言だが、左大将邸での垣間見《かいまみ》を機に、大君《おおいきみ》に恋心を抱くようになり、ある夜、通じてしまう。亡き父宮が唐土《もろこし》の第三皇子に転生していると知り、渡唐を決意していた中納言は、大君に未練を残しながらも唐土に出発したのだが、日本では大君の妊娠が発覚して大君は出家、女児を出産する。（以上、散逸部分）

唐土に渡った中納言は、河陽県《こうようけん》の離宮で第三皇子に転生した父宮との再会を果たす。同年十一月に河陽県を訪れた中納言は、第三皇子の母に当たる唐后を垣間見し、心動かされる。翌年、一の大臣の五女が中納言への恋煩《こいわずら》いから病臥《びょうが》し、中納言は彼女のもとで一夜を過ごすことになったが、関係を持つことはなかった。中納言は、偶然訪れた山陰《さんゆう》で唐后に似た女性を見つけ、関係を持つが、じつは彼女こそ河陽県から身を隠していた唐后その人であった。しかし、正体を知らない中納言は、女との再会もかなわず途方に暮れる。一方、この時懐妊した唐后は、蜀山《しょくざん》に籠もり、その年の冬に、人知れず男子を出産する。年が変わり、中納言が帰国する日が近づいてくる。唐帝は、正体を隠して唐后の琴の演奏を聴かせるが、これをきっかけに、山陰の女が唐后であったことを知った中納言は、唐后から事の次第を聞き、若君を託されて日本に帰ることになる。

大宰府《だざいふ》に到着した中納言は、乳母《めのと》に若宮を預けた際、大君のその後の顚末《てんまつ》を聞かされ自責の念にかられる。また、大宰大弐《だざいのだいに》は娘を差し出すが、ここでも中納言は何事もなく一夜を過ごし、再会を約束して上京する。都に戻った中納言は、母君や出家した大君(尼姫君)たちと再会し、尼姫君には終生清らかな交際を誓うのであった。また、年末には娘の児姫君のために着袴《ちゃっこ》の儀を取り行なう。このような対応に、左大将も安堵《あんど》する。一方、唐后から託されていた文箱《ふばこ》を開けた中納言は、生き別れた母への思いを知り、吉野へと出発する。

三月下旬に吉野に赴いた中納言は、そこで吉野の聖《ひじり》に対面する。じつは唐后は、秦《しん》の親王が日本にやって来た時に知り合った女性との間に生まれた子供であった。聖は、后の母(尼君)が出家して吉野で暮らすようになったいきさつを語り、今は帥宮《そちのみや》との間に生まれた姫君と一緒に生活していることを知らせる。中納言は尼君に対面し、今後の援助を約束して帰京した。その頃、上京して来た大宰大弐の娘が衛門督《えもんのかみ》と結婚させられると聞いた中納言は、娘のもとに忍び込む。七月、帝《みかど》は参内《さんだい》した中納言に皇女降嫁《こうか》の内意を伝えるが、これを伝え聞いた尼姫君は苦悩を深める。また、八月に吉野を訪れた中納言は、尼君から姫君の後事を託され、唐后を連想させる姫君に心騒ぐのであった。

降嫁に消極的な中納言の様子を伝え聞いた帝は、この件を断念する。同年冬、吉野の尼君が死去。中納言は、姫君を都に迎え取って世話をしようと考えるが、吉野の聖は、姫君が二十歳以前に男性と関係を持っては不吉な事が起きると警告する。都への道中、中納言が唐后との秘事を語ると、ようやく姫君の心もほぐれてくる。都で姫君は唐后の若君と対面。若君は姫君を母と慕う。翌年正月、式部卿宮と女性談義に興じた中納言は、好色な宮に警戒するよう姫君に注意したが、跡をつけていた宮は姫君の居所を知ってしまう。その頃、中納言は唐后のことを毎夜夢に見るようになり、三月に亡くなったことを知る。悲嘆にくれる中納言は千日の精進を始め、また病に悩む吉野の姫君を清水寺に参籠《さんろう》させた。

ある日、清水寺から姫君が失踪《しっそう》し行方不明になる。一方、大弐の娘は中納言の子を懐妊し、男児を出産する。その頃、唐后が中納言の夢に現われ、自分は吉野の姫君の腹に転生すると告げる。↓よむ。次期東宮となった式部卿宮は、清水寺から連れ去った姫君を梅壺《うめつぼ》に隠した。とはいえ、姫君は憔悴《しょうすい》する一方であり、関白の娘の宮への入内《じゅだい》準備も進む中、処置に窮した式部卿宮は、事の次第を中納言に告白した。

中納言のもとに戻った姫君にやがて妊娠の兆候が出る。中納言は、聖の戒めや唐后の言葉を思い合わせて、後見役になることを決意するものの、時に自制心を失いそうになり、添い遂げられぬ宿命を嘆く。翌年、唐土から消息があり、第三皇子が立太子したことなどが伝えられた。

よむ

◆唐后《からきさき》の転生

中納言が、

「思ひ出《い》づる人《ひと》しもあらじふるさとに心をやりてすめる月かな

——私のことなど思い出す人はいないだろうよ。姫君が住みなれたこの家に、私のつらい思いも気にしないで、平気で澄んでいる月だよなあ

霜ののちの夢」と吟詠して、うとうとと眠りこんだその傍らに、唐土の河陽県《こうようけん》の唐后《からきさき》が、菊を御覧になった夕べの姿で現われて、「あなたが生まれ変わってでも私と同じ国で一緒にいたいと祈願なさる心に引かれて、もうしばらくあったはずの寿命が尽きて天にしばらくいましたけれど、私も深く心にしみてあなたを慕わしくお思い申し上げたので、あなたがそんなに思い嘆いておられる相手の方

のおなかに宿ってしまったのです。私は法華経薬王品《やくおうほん》をとても大切に護持してきたので女身を離れて往生するはずだったのですが、あなたの並々ならぬほど見境のない情愛に引かれて、女の身として生まれるはずです」とおっしゃると見るなり、中納言は涙にむせんで目が覚めてみると、夢であったかと思うにつけても、もっとお逢《あ》いしたくて悲しくて、現実にも涙をせきとめきれようすべもない。

　自分が涙の海に浮かび上がるような気がして、中納言はわけがわからないで、やはりお告げは夢や幻のような、実体のないものかと疑う心もあったのに、本当に、それではこの世からお亡くなりになってしまったのであるよと思うと、自分こそが生まれ変わって、唐后のおそばにいたいと思い願っていたのに、あれほど申し分なく照り輝き世の光のようでいらした御身を生まれ変わらせなさろうとは思いも寄らなかったのに、などと、不満で悲しいと思うにつれても夜が明けてしまうので、中納言は、あちらこちらの寺々で読経をさせ、普段よりも仏道修行をし祈願しながらも、二度とこの世でいつ唐后に逢えるというのか、逢えるわけもないのだ、と思い続けると、近頃自分の心をお乱しになる姫君もほかの人と結ばれる因縁がおありになったのだよ、と、あれやこれやと胸が痛く、悔しいことに、姫君を他人のものと見る羽目になろうとは思わなかったのに、と、一体どんな人の所に今おいでか、自分よりほかに知る人もいない御身の上なので、自分こそが聞き出し、探し出して居所を知ろうよ。姫君ご自身のお心は言うまでもなく、現に一緒にいる男も、姫君を粗略には扱わず、親身になってうまく言いくるめなれなれしく寄り添って、気がとがめる思いは絶えないとしても、つとめてお世話申し上げているであろう。

原文

「思ひ出《い》づる人《ひと》しもあらじふるさとに心をやりてすめる月かな

霜ののちの夢」とうち誦《ずん》じて、まどろみ入《い》りたまへるかたはらに、河陽県《かうやうけん》の后《きさき》、菊《きく》見たまひし夕べのさまにて、「身を代へても一つ世にあらむこと祈りおぼす心にひかれて、今しばしありぬべかりし命尽きて、天にしばしありつれど、われも、深くあはれと思ひ聞こえしかば、かうおぼしなげくめる人の御腹になむやどりぬるなり。薬王品《やくわうほん》をいみじう保ちたりしかども、われも人も浅からぬあいなき思ひにひかれて、なほ女の身となむ生《む》まるべき」とのたまふと見るままに、涙におぼれて覚めたれば、夢なりけりと思ふに、あかずかなしうて、うつつにもせきやるかたなし。

　涙に浮び出づる心地して、ものもおぼえず、なほ夢かまぼろしかとも疑ふ心もありつるを、まことに、さは、世に亡くなりたまひにけるにこそはと思ふに、われこそ身を代へて、御あたりにあらむと思ひ願はれつれ、さばかりめでたく照りかかやき、世のひかりとおはせし御身を代へさせむとは思ひ寄らざりしをなど、あかずかなしう思ふままに、明けぬれば、ところどころに誦経《ずきやう》せさせ、つねよりもおこなひ祈りつつも、またはこの世にいつかは、と思ひつづくるに、このころ、わが心乱したまふ人も、ことざまの契りのおはしけるよと、かたがた胸いたう、口惜《くちを》しう、よそに思ひなさむとは思はざりしをと、いかなる人のもとにおはすらむ、われよりほかに知る人もなき御身なれば、聞き出でてたづね知らむ。わが御心はさらなり、ただ、見む人も、もて離れず、うとかるまじきさまに言ひなしてこそは、むつび寄りて、胸いたき思ひは絶えずとも、せめてこそ思ひあつかひ聞こえめ。

18

眠れぬ夜々の嘆き――宿命の恋に揺れる女君の心の物語

夜《よる》の寝《ね》覚《ざめ》

平安後期物語の一つ。作者は『更級日記《さらしなにっき》』の筆者である菅原孝標女《すがわらのたかすえのむすめ》かともいわれる。寝覚の上の心内語に見る嫋々とした心情描写、「心のほかの心」(心の奥底の無意識の心情)への言及など、『源氏物語』の表現を継ぐ心の描写を真骨頂とする物語である。「夜半《よわ》の寝覚」ともいう。「(夜の)寝覚」とは、物思い尽きせぬ寝覚めがちな夜を意味し、作中しばしば用いられている表現である。中間・末尾に欠巻がある。

あらすじ

源氏《げんじ》の太政大臣《だいじょうだいじん》には四人の子どもたちがいた。娘は大君《おおいきみ》と中《なか》の君《きみ》の二人、息子は左衛門督《さえもんのかみ》と宰相中将《さいしょうのちゅうじょう》である。中でも、年若い中の君は大臣の鍾愛《しょうあい》の娘であった。

中の君十三歳の年の八月十五夜、天人が中の君の夢に現われ、琵《び》琶《わ》の奏法を授ける。その翌年の八月十五夜、再び天人が中の君の夢に現われ、続きを教えた。帰り際に、天人は、美しい中の君の悲傷苦悩の人生を予言して嘆き、消え去った。

太政大臣は大君の縁談をととのえた。相手は関白左大臣家の長男、権中納言《ごんちゅうなごん》である。ところが、権中納言は、中の君の美しい姿を偶然かいまみ、中の君とは知らずに強引に契りをかわしてしまう。これによって中の君は懐妊する。やがて権中納言と中の君は互いの素姓を知り、苦悩する。二人の不幸な恋の始まりである。

権中納言は大納言に昇進した。中の君が自分の子を懐妊していることを知った大納言はいっそう慕情を募らせるが、中の君は大納言を近づけまいと警戒する。中の君はひそかに女児を出産した。大納言は姫君を引き取り、母の素姓を隠したまま、大納言の親である関白夫妻に預けた。関白夫妻は初孫の誕生を喜ぶが、姫君と引き裂かれた中の君は悲痛な思いである。また、大君も、大納言の通いが途絶えがちであることに加え、関白夫妻が大納言の子を迎えたと聞いて深く嘆く。やがて、大納言と中の君の関係が世に噂《うわさ》されるようになり、世間を騒がす醜聞《しゅうぶん》となった。大納言と大君の結婚生活は破綻《はたん》し、中の君も深く傷つく。

〔このあと、欠巻部分があり、諸資料に残る記録によるとおおよその筋はこうである。――大納言の恋慕は続き、中の君も大納言に惹《ひ》かれるようになっていたが、中の君は老関白の奥方――寝覚《ねざめ》の上《うえ》となる。寝覚の上は我が身を恥じるが、夫の優しい人柄にしだいに心を開く。関白の逝去後も、関白の連れ子であった娘たちの愛育に専念する日々であった。大納言は朱雀院《すざくいん》の女一宮《おんないちのみや》と結婚し、内大臣に昇進する。大君は恨みを残して病死した〕

今は若い未亡人となった寝覚の上は、故関白の長女が尚侍《ないしのかみ》として入内《じゅだい》するのに付き添って参内《さんだい》した折、帝《みかど》に強引に迫られた。寝覚の上は拒みきって逃れたものの、この一件が自分の内大臣への思いを自覚させる。ふたたび内大臣も寝覚の上に近づくようになるが、女一宮の母大皇《たいおう》の宮《みや》がこれに憤慨し、寝覚の上の醜聞を広めさせたことから、寝覚の上にとってはつらい日々が続いた。

その頃、女一宮が病床に臥《ふ》し、さまざまなもののけが顕われた中に、寝覚の上の生霊《いきすだま》と名のるものがあった。そのもののけは、寝覚の上らしからぬ怨《うら》み言を言い散らす。内大臣は寝覚の上の生霊とは信じないが、寝覚の上は、その生霊の噂を聞き、内大臣がどう思っているかを忖度《そんたく》して恥ずかしさに堪《た》えず、過去から現在に至る内大臣とのつらい関係をつくづくと思う。↓よむ

疲れ果てた寝覚の上は広沢に隠棲《いんせい》する父のもとに移り、出家を決意した。内大臣はその知らせを聞いて驚き、広沢の寝覚の上を訪ね、出家を思いとどまるよう説く。また、寝覚の上の父入道に対面し、これまでの自分と寝覚の上の仲をすべて打ち明けた。この折、内大臣は、寝覚の上が懐妊していることに気づき、寝覚の上を連れてみずからの新邸に帰った。

寝覚の上は晴れて内大臣の奥方となった。しかし、帝の寝覚の上への執心は絶えず、右大臣の嫉妬《しっと》も依然として変わらない。寝覚の上は、さまざまな絆《ほだ》しにまつわれて生きねばならないこと、現世ではもはや満ち足りた思いを得られないであろうことを思う。せめて来世での安寧を願うが、出家すらもかなわないことを嘆き、苦悩深く寝覚めがちな憂わしい夜はいつまでも続くのであった。

よむ

寝覚の上、生霊《いきすだま》の噂《うわさ》に悩む

寝覚の上は思いをめぐらす。「昔から今に至るまで、物思いの限りを尽くしてきて、和泉式部《いずみしきぶ》の歌にあるように『何のために生きている身か』と嘆かずにはおれない我が身の上ではあるけれど、もともと心も愚かに浅く生まれついたせいであろうか、よくよく考えることもせずに、さまざまの憂き瀬をただただ無心に堪え忍んで過ごしてきて、その果てに、このような、言いようもなくおぞましい、不吉な噂までも聞かねばならぬとは」。そしてさらに思うには、「まことに、あの内大臣様がめったとないくらい好もしい人柄の方だというほどには私にもわかりかけてきた頃に、比べものにならぬほどお年を召した、あの平凡な関白様のもとに嫁がせられて、わが身を恥ずかしく悲しいものと思いつめたあの頃、恋のつらさを知り初めたばかりに、内大臣様が折にふれ、恋しさに堪えかねておよこしになるお手紙にも、わかったつもりになってお返事を差し上げるようになったのだが、関白様が亡くなられた今となっては、内大臣様に打ち解けておすがりしてよいものなどとは考えてもみないのに……。ほんとうに、どんなにつらい時にも、わが身を恨みこそすれ、他人を恨めしく思うあまりに魂が身から抜け出てさまよい歩くなどということは、自分では意識して抑えられない心の奥の心であっても、あるはずもない思いなのに……。世間では他人についての良い噂はさほどもてはやさずすぐ立ち消えになるようだ。なのに、良からぬこととなると大騒ぎして言いたてるものらしいから、今ごろ、私の噂をどんなにひどく聞き伝えて、取沙汰《とりざた》しているのであろう」と思うと、「ほんとうに、内大臣様も、ご自分の目の前で奥方様がも

ののけに悩まされているお姿をご覧になり、看護に尽くしておられるそのご心痛からすれば、もののけがいかにももっともらしく私の生霊と名のっているとかいうのを、『なるほど、うわべはなにげないふうを装ってはいるが、内心の恨みはさもあらん。いやな女よ』とも、私のことを思っていらっしゃるにちがいない」。そして、そのように考えるにつけても、内大臣様に対して、何とも面目ないという気持ちが、いつにもましてまさってくるのであった。「まあ、なんと情けないわが心よ。この幾月か、自分自身でも、内大臣様にこれ以上近づいたならばきっとつらいことが多く、具合の悪いことも出てくるだろうと思って、遠ざかり、世をすっかりあきらめ捨てて隠遁《いんとん》したい気持ちになっていたのに……。帝にむりやり言い寄られたあの事件の折の、どうにもならず、つらく、苦しく、途方に暮れた気持ちから、内大臣様におすがりして宮中を出てしまおうとしたあのときに、気弱にも心がまた乱れはじめてしまって、そのまま今日までずるずると日を過ごしてきて、挙句《あげく》、このような噂を聞くとは、我ながら何とも物わかりが悪く、頼りない、口惜しいこの心のせいだ」と、つくづく考え続けておられる。そう思う夜な夜な、「だが、それにしても、世のつらい思いに馴れてしまって、それでいて何かあるたびごとにひどく心が乱れるというのは、あの、かつての十五夜の夢、天女が私の不幸な人生を予告したあの夢が、現実になったということなのだろうか」と、その夜の夢をお思い出しになるにつけても、前世までも恨めしくなる内大臣様との御宿縁なのであった。

原文

「昔より今にとり集めて、なれる我《わ》が身と言ひ顔にあれど、もとより、心のいとおろかに、浅うなりにければ、よく思ひも入れで、千々《ちぢ》の憂き節《ふし》をあまり思ひ過ぐし来て、言ひ知らず疎《うと》ましう、音聞《おとぎ》きゆゆしき耳をさへ聞き添ふるかな」と、「げに、人がらの、なべてならず目やすきとばかり見知りにしに、こよなうさだ過ぎたまへりし、世のつねの人ざまに、ひき移され、我が身をば恥づかしう、かなしう思ひ入りしほどに、憂きを知り始めしばかりにこそ、をりをり堪へぬあはれをば見知り顔なりしかど、今となりては、うちとけ頼みきこゆべきものとは思ひだに寄らぬことにて、まことに、いみじうつらからむ節にも、身をこそ恨みめ、人をつらしと思ひあくがるる魂《たましひ》は、心のほかの心といふとも、あべいことにもあらぬものを。人の上《うへ》、よきことをば、さももてはやさず、消えぬめり。よからぬことをだにいへば、言ひ扱ふものなめるを、いかにいみじう聞き伝へ、世にも言ふらむ」と思ふに、「げに、大臣《おとど》も、さしあたりたる御心地《ここち》を見たてまつり、扱ひたまふらむ御心尽くしは、つきづきしう名のり言ふらむを、『げに、さりげなくて、さもやあらむな。疎《うと》まし』とも、聞き思ひたまふらむかし」と思ふに、恥づかしさは、例《れい》の、よろづよりもさし進むを、「いで、あな心憂《こころう》の心や。この月ごろ、我ながらも、かならずつらき節多く、便《びん》なきことも出《い》で来なむものをと、思ひ離れ、飽き果て、籠《こも》り居なむと思ひ寄りしものを。内《うち》の上の御事の、せむかたなく、わびしう思ひまどはれしままに、かの人の御陰《かげ》につきて、誘はれ出でなむとせしほどに、心弱く乱れたちて、今まで長らへて、かかることを聞くが、我ながら、思ひとるかた強からず、口惜《くちを》しう、ものはかなき心のおこたりなり」、つくづくとおぼしつづくる夜《よ》な夜《よ》な、「さるは、面馴《おもな》れて、さすがに度《たび》ごとに、いみじう心の乱るるこそは、かの十五夜の夢に、天《あま》つ乙女《をとめ》の教へしさまの、かなふなりけれ」とおぼし出づるぞ、前《さき》の世まで恨めしき御契りなるや。

19

紀貫之《きのつらゆき》が仮名で記した、土佐《とさ》から都までの船旅日記

土《と》佐《さ》日記

平安時代の日記。筆者は紀貫之。土佐の国司《こくし》となった貫之が、任期を終えて帰京する際の、約二か月にわたる船旅の記録である。成立は旅が終わった承平五年(九三五)二月以降の数年の間か。「男もすなる日記といふものを、女もしてみむとてするなり」と宣言されるとおり、男性官人貫之が、みずからを女性に仮託して、和歌を織り交ぜた仮名文によって自由な心情を綴《つづ》っている。日記文学の先駆けと評される。

内容紹介

『古今集』撰者《せんじゃ》である紀貫之は、その後も歌人として活躍していたが、晩年、思いがけず土佐国司に任命された。四年間の任期を終えた貫之は懐かしい都に帰る日を迎える。『土佐日記』は、承平四年十二月二十一日に土佐の国庁を出発してから、翌年二月十六日に都の屋敷に到着するまでの五十五日間の旅を、一日も欠かさずに書き記した日記である。当時の男性官人は漢文による公務日記を執筆するのが習慣であった。『土佐日記』も貫之の漢文日記を素材とするらしいが、筆者を女性であると設定することによって、漢文日記の「事実の記録」という性格から離れて、日々の出来事や心の動きを仮名文によって自在に綴る「日記文学」の先駆けとなった。

『土佐日記』は一日の記述を一単位として進行し、各単位の中には多様な心情が盛り込まれている。たとえば早く都に帰り着きたいという望郷の念、任国の土佐で亡くした女児を哀惜する思い、海上で目にする月や波への感動、現金な世俗の人々に対する風刺などである。こうした心情は、散文によっても記されるが、船内の人々が折々に詠んだとされる(実際はすべて貫之作であろう)五九首にもおよぶ歌を要として表現されている。歌の巧拙についての批評の言葉も随所に見られ、作歌指南書として読むこともできる。歌人貫之の実力が存分に発揮されているといえよう。

『土佐日記』は、何を目的として誰に読んでもらうために執筆されたものなのか、さまざまな説がある。土佐赴任中に貫之は、醍醐《だいご》天皇、宇多《うだ》上皇、堤中納言藤原兼輔《かねすけ》、右大臣藤原定方《さだかた》など、彼を引き立ててくれた有力者に先立たれている。「土佐で亡くした女児」とは、こうした人々への哀惜の思いの象徴ではないかと考える説もある。また、ひさびさに都にカムバックする貫之の手土産が、この作品であったと見ることもできよう。

よむ

序

男も書くと聞いている日記というものを、女である私も試みてみようと思って書くのである。某年の十二月の二十一日、午後八時頃に門出する。その旅のことを、少しばかり書きつける。

原文　男もすなる日記《にき》といふものを、女《をむな》もしてみむとてするなり。それの年の師走《しはす》の二十日《はつか》あまり一日《ひとひ》の日の、戌《いぬ》の時に門出《かどで》す。そのよし、いささかにものに書きつく。

水底の月

一月十七日。曇っていた雲がなくなり、夜明け方の月がたいへんに趣があるので、船を出して漕《こ》いで行く。この時は、雲の上にも海の底にも月が輝いて、まるで同じようであった。なるほど昔の詩人賈島《かとう》は「舟の棹《さお》は波の上の月を突き、舟は海に映った空を圧《おさ》える」とはよく言ったものだ。女である私は漢詩がよくわからぬままにいいかげんに聞いたのである。また、ある人が詠んだ歌は、

水底《みなそこ》の月の上より漕ぐ舟の棹にさはるは桂《かつら》なるらし

——水底に映っている月の上を漕いで行く舟の棹にさわるのは、きっと月に生えているという桂なのだろう

これを聞いて、別のある人がまた、詠んだ歌は、

影《かげ》見れば波の底なるひさかたの空漕ぎわたるわれぞわびしき

——水に映る影を見ると波の底にも空があるが、その空を漕いで渡る我が身はまったく頼りなく、なんとわびしいことか

こう言っている間に、夜がだんだん明けてゆくにつれて、楫取《かじとり》たちは、「黒い雲がにわかに出てきた。風が吹くに違いない。今のうちに御船《みふね》を返してしまおう」と言って、船はもとの所に戻った。そのうち、雨が降った。ひどくわびしい。

原文　十七日。曇《くも》れる雲なくなりて、暁月夜《あかつきづくよ》、いともおもしろければ、船を出《い》だして漕《こ》ぎ行《ゆ》く。この間に、雲の上も、海の底も、同じごとくになむありける。むべも、昔《むかし》の男《をとこ》は、「棹《さを》は穿《うが》つ波の上の月を、舟は圧《おそ》ふ海の中《うち》の空を」とはいひけむ。聞き戯《ざ》れに聞けるなり。また、ある人のよめる歌、

水底《みなそこ》の月の上より漕ぐ舟の棹にさはるは桂《かつら》なるらし

これを聞きて、ある人のまたよめる、

影《かげ》見れば波の底なるひさかたの空漕ぎわたるわれぞわびしき

かくいふ間に、夜やうやく明けゆくに、楫取《かぢとり》ら、「黒き雲にはかに出《い》で来《き》ぬ。風吹きぬべし。御船《みふね》返してむ」といひて船返る。この間に、雨降りぬ。いとわびし。

住吉明神《すみよしみょうじん》

また、住吉《すみよし》(大阪市住吉区、住吉神社のあたり)のあたりを漕《こ》いで行く。ある人が詠んだ歌は、

今見てぞ身をば知りぬる住江《すみのえ》の松より先にわれは経《へ》にけり

——今、松を見てあらためて我が身を知った。千歳経《ふ》る住江の松より多く、自分は齢《よわい》を重ねてしまった、と

その時、亡き子の母が、一日片時も亡き子のことを忘れないので詠んだ歌は、

住江《すみのえ》に船さし寄せよ忘草《わすれぐさ》しるしありやと摘《つ》みて行《ゆ》くべく

——住江に船を寄せてください。忘れ草というものが、はたして亡き子のことをすっかり忘れ去る効用があるかどうか、摘んで行ってみたいから

と。それはひたすらに亡き子を忘れてしまおうというのではなくて、恋しいという気持ちを、しばらく休めて、またいずれ恋しく思う力にしよう、というのであろう。このように言って思いにふけりながら行くうちに、思いがけなく風が吹いてきて、漕いでも漕いでも、船は後ろに退き退きして、危うく海にはまりこんでしまいそうである。楫取《かじとり》が言うには「この住吉の明神は例の神ですよ。何か欲しいものがおありなのでしょう」とは、なんと当世ふうであることよ。そして「御幣《ごへい》をさしあげてください」と言う。言うままに、御幣を奉る。だがそのように奉っても、いっこうに風はやまず、ますます吹きつけ、ますます波立ち、風波は危険なほどまでになったので、楫取がまた言うには、「御幣ではご満足なさらぬので、御船も進まないのです。やはり、もっと神がうれしいとお思いになるような物をさしあげてください」と言う。それでまた、楫取の言うままに、今はしかたがないというわけで、「眼でさえ二つあるのに、ただ一つしかない鏡を奉る」ということで、鏡を海に落とし込んだので、悔しい。そうしたらとたんに、海はまるで鏡の面のように凪《な》いだので、ある人の詠んだ歌は、

ちはやぶる神の心を荒るる海に鏡を入れてかつ見つるかな

——荒れ狂う神の本心を、荒れる海に鏡を入れることによって、鎮める一方では、しっかり見てしまったなあ

どうもこの神は、「住江《すみのえ》」とか「忘れ草」とか「岸の姫松」などと歌に詠むような優雅な神ではないようなのだ。まのあたり、鏡に映して神の本心を見てしまった。そして楫取の心というものは、神の御心そのままなのであった。

原文

また、住吉《すみよし》のわたりを漕《こ》ぎ行《ゆ》く。ある人のよめる歌、

今見てぞ身をば知りぬる住江《すみのえ》の松より先にわれは経《へ》にけり

ここに、昔《むかし》へ人《びと》の母、一日片時《ひとひかたとき》も忘れねばよめる、

住江《すみのえ》に船さし寄せよ忘草《わすれぐさ》しるしありやと摘《つ》みて行《ゆ》くべく

となむ。うつたへに忘れなむとにはあらで、恋しき心地しばしやすめて、またも恋ふる力にせむとなるべし。かくいひてながめつつ来る間に、ゆくりなく風吹きて、漕げども漕げども後《しり》へ退《しぞ》きに退《しぞ》きて、ほとほとしくうちはめつべし。楫取《かぢとり》のいはく、「この住吉の明神《みやうじん》は例の神ぞかし。ほしき物ぞおはすらむ」とはいまめくものか。さて、「幣《ぬさ》を奉《たいまつ》り給《たま》へ」といふ。いふに従ひて幣奉《たいまつ》る。かく奉《たいまつ》れれども、もはら風やまで、いや吹きにいや立ちに、風波のあやふければ、楫取またいはく、「幣《ぬさ》には御心《みこころ》のいかねば御船《みふね》も行《ゆ》かぬなり。なほうれしと思ひ給《た》ぶべきもの奉《たいまつ》り給《た》べ」といふ。また、いふに従ひて、いかがはせむとて、「眼《まなこ》もこそ二つあれ、ただ一つある鏡を奉《たいまつ》る」とて海にうちはめつれば、口惜《くちを》し。されば、うちつけに、海は鏡の面《おもて》のごとなりぬれば、ある人のよめる歌、

ちはやぶる神の心を荒るる海に鏡を入れてかつ見つるかな

いたく、「住江《すみのえ》」「忘草《わすれぐさ》」「岸の姫松」などいふ神にはあらずかし。目もうつらうつら、鏡に神の心をこそは見つれ。楫取の心は、神の御心《みこころ》なりけり。

20

上流貴族の御曹司《おんぞうし》と結婚した誇り高き女性の半生記

蜻蛉《かげろう》日記

摂関家の御曹司と結婚した女性が、二十年間にわたる結婚生活の現実を綴った自伝的な日記。三巻。作者の藤原道綱母《ふじわらのみちつなのはは》は中流貴族出身で、和歌に堪能であった。成立は平安時代中期の十世紀後半と考えられる。みずからの心のありようを自在に表現する散文が成熟していなかった時代に、和歌を書き連ねるところから出発して、模索を重ねながら新たな散文表現の可能性を切りひらいた作品と評価されている。

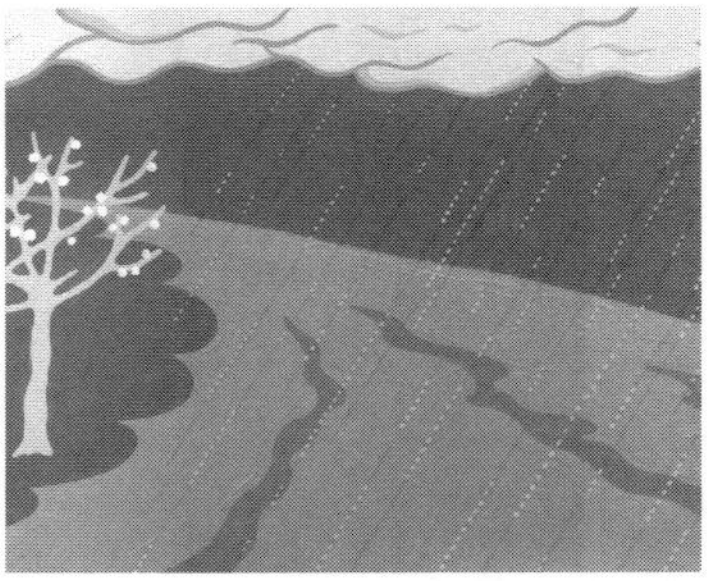

あらすじ

道綱母は、時の右大臣の三男である藤原兼家《かねいえ》から求婚される。和歌の贈答を繰り返したのちに結婚が成立し、兼家は彼女の屋敷に通ってくるようになる。翌年には息子(道綱)も誕生するが、兼家は町の小路に住む女に心を奪われ、道綱母のもとから足が遠のいてしまう。道綱母は久しぶりにやってきた兼家を門の中に入れず、「なげきつつひとり寝《ぬ》る夜のあくるまはいかに久しきものとかは知る」という歌を贈る。町の小路の女は兼家の子を身ごもり、出産が近づいた頃、兼家と同じ牛車《ぎっしゃ》に乗って道綱母の屋敷の前を通って行き、彼女の怒りは頂点に達する。しかし、この女性はその後に兼家の寵愛《ちょうあい》を失ったばかりか、生まれたばかりの男の子まで死んでしまい、道綱母は「自分が悩んでいるよりは、もう少し深く嘆いているだろう」と考え、胸がすく思いを味わう。

兼家はまた通って来るようになり、しばらくは平穏な日々が続く。しかし、兼家の第一の妻は時姫であり、道綱以外に子供に恵まれない道綱母の嘆きは深い。そのような道綱母にとって母親は頼りになる存在であったが、その母も長患いの末に亡くなった。

兼家との結婚生活は心安らぐものではなかったが、病気の兼家を見舞いに行き、二人の愛情が深まるという出来事もあった。そのような日々を過ごすなか、思うようにもならぬ身の上を嘆くこともたびたびであった。→よむ そして、この日記を「あるかないかはっきりしないかげろうのようにはかない女の日記ということになるだろう」とする跋文で、上巻は終わる。〔上巻〕

結婚して十五年あまり経った頃、時の左大臣だった源高明《たかあきら》が流罪になり、都は騒然となる。この悲劇に同情した作者は高明の妻(兼家の妹・愛宮《あいみや》)に長歌《ちょうか》を贈った。道綱も成長して宮廷の催しなどで活躍するようになっていたが、兼家は近江《おうみ》という女性に熱中して、道綱母のもとへの通いが再び途絶えがちになる。嘆いてばかりいても仕方がないと決心した道綱母は、夜明けに徒歩で石山詣《いしやまもう》でに出かける。切迫した気持ちなので、賀茂川の河原には死体がころがっていると聞いても恐ろしいとも思わない。石山寺に到着して、本堂を取り巻く自然の風情を見ると、時には悲しみをかきたてられ、時には心を慰められるのだった。帰宅後も兼家の訪れは間遠で、元日にも道綱母の家の前を素通りしていくありさまである。兼家の仕打ちにたえかねた道綱母は、道綱をともなって西山の山寺に籠もってしまう。親族が説得しに来ても帰ろうとしなかった道綱母は、迎えに来た兼家に強引に連れ戻される。帰る道中、兼家は冗談を連発し、道綱母も思わず笑いそうになるが、顔色には出さない。ありとあらゆる物思いをしたと感慨にふけるうちに年は暮れていく。〔中巻〕

結婚して二十年近い歳月が流れた。道綱しか子がなく、行く末を不安に思った道綱母は、兼家が源兼忠《かねただ》の娘に生ませた子を養女として引き取ることを考える。兼家に内緒でこの子を引き取った道綱母は、父子を引きあわせる。兼家は消息もわからなくなっていた我が子と対面し、涙をこぼすのだった。

父親のはからいで道綱母が転居してからは、兼家の訪れもない。そんな頃、道綱の上司にあたる藤原遠度《とおのり》（兼家の異母弟）が養女に求婚してくる。養女の幼さを考えて道綱母はとりあわなかったが、兼家は結婚することを許す。結婚を目前にひかえた頃、遠度は人の妻を盗み出すという事件を起こして結婚話は立ち消えになった。

賀茂《かも》の臨時祭《りんじのまつり》を見物に行った道綱母は、兼家の立派さに驚き、道綱が大事にされているのを見て、面目をほどこす。天延二年（九七四）の年末、元日の準備をしながら物思いにふけっている場面で『蜻蛉日記』は幕を閉じる。〔下巻〕

よむ

荒れゆく夫婦の仲　〔巻上〕

こんなふうにして、見た目には好ましい仲の夫婦といった状態で、私たちの結婚生活は十一、二年が過ぎた。けれども実際のところは、明け暮れ、世間並みでない夫婦の状態を嘆きながら、尽きせぬ物思いをしつづけて暮らしているのだった。それもそのはず、わが身のありさまといったら、夜になってもあの人（兼家）が訪れて来ない時には、人少なで心細く、今ではただひとり頼みにしている父は、この十年あまり受領《ずりょう》として地方まわりばかりしていて、たまに京にいる時も四条や五条あたりに住んでいたし、わが家は左近の馬場の片側に隣接していたので、ずいぶん隔たっている。こんな私の家も、修理し世話してくれる人などもいないから、だんだんひどく荒れてゆくばかりである。これを平気であの人が出入りしているのは、私がひどく心細い思いをしているだろうとは、たいして気にかけてはいないらしいなどと、さまざまに思い乱れる。公務で忙しいと言っているのは、とんでもない、この荒れたわが家に生い茂っている蓬《よもぎ》よりも仕事が多そうな口ぶりだと、物思いに沈んでいるうちに、八月頃になってしまった。

のんびりした気分で過ごしていたある日、些細《ささい》なことを言い合ったあげくに、私もあの人も気まずくなるようなことまで言ってしまって、あの人がぶつぶつ言って出て行くはめになった。縁先のほうに歩み出て、子供（道綱）を呼び出し、「私はもう来ないつもりだ」などと言い残して出て行ってしまうとすぐに、あの子が入って来て、大声をあげて泣く。「いったいどうしたの、何があったの」と言葉をかけても、なんとも答えないので、きっとあの人がひどいことを言ったのだろうと察しはつくけれども、まわりの人に聞かれるのもいやな、まともでないさまなので、尋ねるのはやめて、あれこれと言いなだめているうちに、五、六日ばかり過ぎたが、なんの音沙汰《おとさた》もない。例の隔たりどころではなくなってしまったので、まあ、なんてことかしら、冗談だとばかり私は思っていたのに、でも、はかない二人の仲だから、このまま絶えてしまうようなこともあるかもしれない、と思うと、心細くてぼんやり思い沈んでいる時に、ふと見ると、あの人が出て行った日に使った泔坏《ゆするつき》の水（洗髪用の水）は、そのままになっていた。水面にほこりが浮いている。こんなになるまでと、あきれて、

絶えぬるか影だにあらば問ふべきをかたみの水は水草《みくさ》ゐにけり

――二人の仲はもう絶えてしまったのだろうか。せめてこの水にあの人の影なりとも映っていたら、尋ねることもできるだろうに、形見の水には、水草がはえていて、影を見ることさえできはしない

などと思っていたちょうどその日に、姿を見せた。例によって、一緒にいながらしっくりと心とけないままで過ごしてしまった。こんなふうにはらはらする不安な時ばかりで、少しも心休まることのないのが、やりきれないことであった。

原文

かくて、人憎《にく》からぬさまにて、十《とを》といひて一つ二つの年はあまりにけり。されど、明け暮れ、世の中の人のやうならぬを嘆きつつ、つきせず過ぐすなりけり。それもことわり、身のあるやうは、夜《よる》とても、人の見えおこたる時は、人少なに心細う、いまはひとりを頼むたのもし人は、この十余年《じふよねん》のほど、あがたありきにのみあり、たまさかに京なるほども、四五条《でう》のほどなりければ、われは左近の馬場《むまば》をかたきしにしたれば、いとはるかなり。かかるところも、とりつくろひかかはる人もなければ、いと悪《あ》しくのみなりゆく。これをつれなく出で入《い》りするは、ことに心細う思ふらむなど、深う思ひよらぬなめりなど、ちぐさに思ひみだる。ことしげしといふは、なにか、この荒れたる宿《やど》の蓬《よもぎ》よりもしげげなりと、思ひながむるに、八月《はづき》ばかりになりにけり。

心のどかに暮らす日、はかなきこと言ひ言ひのはてに、われも人も悪《あ》しう言ひなりて、うち怨《えん》じて出《い》づるになりぬ。端《はし》のかたに歩《あゆ》み出でて、幼き人を呼び出でて、「われはいまは来《こ》じとす」など言ひおきて、出でにけるすなはち、はひ入りて、おどろおどろしう泣く。「こはなぞ、こはなぞ」と言へど、いらへもせで、ろんなう、さやうにぞあらむと、おしはからるれど、人の聞かむもうたてものぐるほしければ、問ひさして、とかうこしらへてあるに、五六日ばかりになりぬるに、音《おと》もせず。例ならぬほどになりぬれば、あなものぐるほし、たはぶれごととこそわれは思ひしか、はかなき仲なれば、かくてやむやうもありなむかし、と思へば、心細うてながむるほどに、出でし日使ひし泔坏《ゆするつき》の水は、さながらありけり。上に塵《ちり》ゐてあり。かくまでと、あさましう、

絶えぬるか影だにあらば問ふべきをかたみの水は水草《みくさ》ゐにけり

など思ひし日しも、見えたり。例のごとにてやみにけり。かやうに胸つぶらはしきをりのみあるが、世に心ゆるびなきなむ、わびしかりける。

21

冷静な目で自己の内面と周囲の人々を分析し記録した日記

紫式部日記《むらさきしきぶにっき》

『源氏物語』の作者、紫式部の日記。十一世紀初頭に成立。一条天皇の中宮となった藤原彰子《しょうし》（道長の娘）に仕えた日々を中心に描く。女房としての立場から主家の繁栄をつぶさに記録する一方で、華やかな生活に浸り切ることができない自己を冷静に見つめ、分析する。また、周囲の女房たちの様子を描く筆致も、物語作者らしい観察眼に支えられており、人物批評も鋭く辛辣である。

内容紹介

この作品は、半生記のような体裁をとっている『蜻蛉《かげろう》日記』や『更級《さらしな》日記』とは異なり、宮仕え先の繁栄を描く記録的な部分、友人にあてた手紙の体裁をとる女房批評の部分、宮仕えをする一方で孤独な自己に沈潜する内省的な部分などが混在する複雑な構造を持っている。

中心となるのは寛弘五年（一〇〇八）の敦成《あつひら》親王誕生の記事である。紫式部が仕えていた藤原彰子《しょうし》は、内裏から土御門《つちみかど》邸（彰子の父・藤原道長の邸宅）に里下がりして、待望の皇子（一条天皇の第二皇子敦成親王）を出産した。安産を待ち望む日々から九月十一日の皇子誕生、誕生後のさまざまな儀式が詳細に描かれている。待ちに待った皇子が誕生し喜色満面の道長は、おしっこをかけられても、「若宮のおしっこに濡れるのは嬉《うれ》しいことだ」と言うほどの有頂天ぶりである。また十月十六日には一条天皇が皇子に対面するために土御門邸に行幸した。池に浮かべられた船の中では音楽が演奏され、女房たちもそれぞれ工夫をこらし衣装で盛装し、居並んだ。道長は、自邸に天皇を迎えた光栄に感激の涙を流す。

寛弘六年正月の宮中での御戴餅《いただきもちい》の儀（元旦に子どもの頭の上に餅を置いて、前途を祝う詞《ことば》を唱える儀式）に列席した女房たちの様子を記すうちに、話題は女房たちの人物批評に移っていく。作者は、同僚の女房たちの容姿や髪の様子をはじめとして、雰囲気や性格まで事細かに描き出す。さらに筆は斎院《さいいん》（賀茂神社に仕える皇族女性、この時の斎院は村上天皇皇女選子《せんし》内親王）に仕える女房と、中宮に仕える女房の気質の違いに及ぶ。俗事から離れた斎院の風雅な生活ぶりを反映して、斎院に仕える女房たちが優雅な気風であるのに対して、中宮の生真面目《きまじめ》な性格を反映して、中宮に仕える女房たちは引っ込み思案で、それが気のきいた応対ができないという評判につながっているとする。

女房評のあたりからは、親しい人にあてた手紙のような体裁で書かれており、そのためか、現代でも有名な三人の才女たち(和泉《いずみ》式《しき》部《ぶ》・赤染衛門《あかぞめえもん》・清少納言《せいしょうなごん》)を評する箇所は、歯に衣《きぬ》を着せない率直な書きぶりになっている。特に『枕草子』の作者・清少納言は、「そのように利口なふりをして風流ぶっている人の行く末はろくなものではない」と徹底的にこき下ろされている。→よむ

女房批評に続く部分では、夫を亡くして孤独をかこつ紫式部自身の日々の思いが内省的に書き記されている。宮仕えの場でも、自分を理解してくれそうもない人と話すのは億劫《おっくう》だと思い、言いたいことも言わずにいると、「近づきにくく、人を人とも思わないような人だと思っていたのに、実際に会ってみるとおっとりした人だ」と評されたりするという。

また、作者は小さい頃から漢籍の理解に秀でており、文人として知られていた父為時《ためとき》が、「この子が男の子ではなかったことが残念だ」と嘆くほどだった。しかし、学識をひけらかすのはどうかと思い、一という漢字を書くことさえせず、中宮に『白氏文集《はくしもんじゅう》』を講じていることも知られないように隠したという。

この日記にはまた、紫式部がこの頃すでに『源氏物語』を執筆し、この物語が宮廷の人々の間で読まれていたことを示す記事がある。一つは、左衛門督《さえもんのかみ》(藤原公任《きんとう》)が作者に「あなかしこ、このわたりに若紫やさぶらふ」と呼びかけたとするもの、もう一つは作者が部屋に隠していた物語の手直し前の原本を道長がこっそりと持って行って、次女の妍子《けんし》に渡したというもの、また、一条天皇が「源氏の物語」を人に読ませて聞き、この作者は歴史に精通していると評したとする記事である。『源氏物語』がすでに宮廷の人々の間で流通し、女性たちのみならず男性貴族にも読まれていたことがうかがえる。

よむ

女房たちを批判する

和泉式部という人は、じつに趣深く手紙をやりとりしたものです。しかし和泉には感心しない面があります。気軽に手紙を走り書きした場合、その方面の才能のある人で、ちょっとした言葉にも色艶《いろつや》が感じられるようです。和歌はたいそう興深いものですよ。でも古歌の知識や歌の理論などは、本当の歌人というふうではないようですが、口にまかせて詠んだ歌などに必ず興ある一点の目にとまるものが詠みそえてあります。

それほどの歌を詠む人でも、他人の詠んだ歌を非難したり批評したりするようなことになると、さあ、それほど和歌に精通してはいないようです。口をついて自然にすらすらと歌が詠み出されるらしい、と思われるたちの人なのですね。こちらが引け目を感じるほどのすばらしい歌人とは思われません。

丹波《たんば》の守《かみ》(大江匡衡《まさひら》)の北の方(正妻)を、中宮さま(彰子)や殿(道長)などのあたりでは匡衡衛門《まさひらえもん》(赤染衛門《あかぞめえもん》)といっています。歌は格別にすぐれているほどではありませんが、じつに由緒ありげで、歌人だからといって何事につけても歌を詠みちらすことはしませんが、世に知られている歌はみな、ちょっとした折の歌でも、それこそこちらが引け目を感じるような立派な詠みぶりです。

それにつけても、どうかすると上の句と下の句が離れてしまいそうな腰折れがかった歌を詠み出して、何ともいえぬ由緒ありげなことをしてまでも、自分こそ上手な歌詠みだと得意になっている人は、(赤染衛門と比較すると)憎らしくもまた気の毒にも思われるというものです。

清少納言は得意顔をして偉そうにしていた人です。あれほど利口ぶって漢字を書きちらしておりますが、その程度はよく見ればまだひどく足りない点がたくさんあります。このように人より特別に優れようと思い、またそうふるまいたがる人は、きっと後には見劣りがし、ゆくゆくは悪くばかりなってゆくものですから、いつも風流ぶっていてそれが身についてしまった人は、まったく殺風景でつまらないときでも、しみじみと感動しているようにふるまい、興あることも見逃さないようにしているうちに、自然とよくない軽薄な態度にもなるのでしょう。そういう軽薄なたちになってしまった人の行く末が、どうしてよいことがありましょう。

原文

和泉式部《いづみしきぶ》といふ人こそ、おもしろう書きかはしける。されど、和泉はけしからぬかたこそあれ。うちとけて文《ふみ》はしり書きたるに、そのかたの才《ざえ》ある人、はかない言葉の、にほひも見えはべるめり。歌は、いとをかしきこと。ものおぼえ、うたのことわり、まことの歌詠《よ》みざまにこそはべらざめれ、口にまかせたることどもに、かならずをかしき一ふしの、目にとまる詠みそへはべり。それだに、人の詠みたらむ歌、難じことわりゐたらむは、いでやさまで心は得じ。口にいと歌の詠まるるなめりとぞ、見えたるすぢにはべるかし。恥づかしげの歌詠みやとはおぼえはべらず。

丹波《たんば》の守《かみ》の北の方をば、宮、殿などのわたりには、匡衡衛門《まさひらゑもん》とぞいひはべる。ことにやむごとなきほどならねど、まことにゆゑゆゑしく、歌詠みとて、よろづのことにつけて詠みちらさねど、聞こえたるかぎりは、はかなきをりふしのことも、それこそ恥づかしき口つきにはべれ。

ややもせば、腰はなれぬばかり折れかかりたる歌を詠《よ》み出《い》で、えもいはぬよしばみごとしても、われかしこに思ひたる人、にくくもいとほしくもおぼえはべるわざなり。

清少納言こそ、したり顔にいみじうはべりける人。さばかりさかしだち、真名《まな》書きちらしてはべるほども、よく見れば、まだいとたらぬこと多かり。かく、人にことならむと思ひこのめる人は、かならず見劣りし、行末《ゆくすゑ》うたてのみはべれば、艶《えん》になりぬる人は、いとすごうすずろなるをりも、もののあはれにすすみ、をかしきことも見すぐさぬほどに、おのづからさるまじくあだなるさまにもなるにはべるべし。そのあだになりぬる人のはて、いかでかはよくはべらむ。

土御門邸の船楽と藤原道長（紫式部日記絵巻より）

22

物語のような人生を夢見た女性の、堅実な人生の記録

更級日記《さらしな》

平安時代末期に、中流貴族出身の菅原孝標女《すがわらのたかすえのむすめ》によって書かれた自伝。父親の任国である上総《かずさの》国《くに》から上京した十三歳の時の旅から始まり、夫を亡くして物思いに沈む晩年まで、四十年近くの人生の歩みを、回想によって描く。登場人物のような人生を送りたいと夢見つつ『源氏物語』に熱中した少女時代を印象深く描く本作品は、『源氏物語』の早い享受の例としても注目される。

あらすじ

都から遠く離れた上総国での少女時代から、この日記は始まる。

作者の心を占めていたのは、『源氏物語』をはじめとする物語の世界への憧れだった。都に戻れば思う存分物語を読めると期待する日々を送っていた十三歳の時、父親の国司としての任期が終わり、都に向けて旅立つことになった。道中ではその土地に伝わる不思議な伝説に耳を傾けることもあった。武蔵国《むさしのくに》では、朝廷に兵士として出仕していた土地の男が、彼の故郷の話に興味を持った皇女を背負って武蔵国まで連れて戻り、そこに住み着いたという伝説を耳にする。足柄山《あしがらやま》では闇の中から現われて美しい歌声で歌う遊女たちに出会う。こうして上総《かずさ》を発《た》って三か月余りしてようやく都に到着した。

都に戻ると、ますます物語を読みたい気持ちが強くなるが、なかなか手に入らない。そんな時、おばが『源氏物語』を贈ってくれたので、一日中読みふけった。物語に熱中する喜びは后《きさき》の位にも変えられないくらいである。成長したら『源氏物語』に登場する姫君たちのように美しくなり、貴公子に愛されるのではないかと期待したが、それも今思えばあきれ果てた望みだった。→よむ

帰京後には身近な人々との別れもあった。一緒に上総国に下った継母《ままはは》は、父と別れて転居することになった。仲のよかった姉も出産後に亡くなってしまう。父は遠い常陸国《ひたちのくに》の国司となり、旅立っていった。そうした日々のなか、母は自分たちの代わりに僧を長谷寺《はせでら》に参詣させる。娘の行く末を示す夢を見てもらうためだった。僧が見てきた夢は、気高い女性が鏡を持って現われ、鏡の半分には泣いている姿が映り、もう半分には女房たちが御簾《みす》の向こうに居並び、梅や桜が咲いている様子が映っているというものだった。

父が国司の任期を終えて都に戻ったものの、母はすでに出家しており、父も隠退したため、作者は心細い日々を送る。そんな時、作

者に祐子《ゆうし》内親王（後朱雀《ごすざく》天皇皇女）に宮仕えするようにとの依頼が舞い込む。人付き合いも少なく、ひっそりと家居を続けてきた作者にとって、宮仕えは気詰まりで恥ずかしいものだった。とぎれとぎれではあるものの宮仕えを続けるうちに、三十歳をこえていた作者は親のはからいによって中流貴族の男性（橘 俊通《たちばなのとしみち》）と結婚することになる。現実の結婚生活は、物語に出てくる男女の姿とは程遠いものだった。

その後、内親王家に再び出仕することになった作者のもとを、時雨《しぐれ》の夜に殿上人《てんじょうびと》（源資通《すけみち》）が訪れる。この殿上人は、四季の風情や、勅使として伊勢に赴いた折の冬の夜の思い出などを、作者と同僚の女房に向かって物静かに語り、和歌を詠み交わして立ち去る。作者の記憶に美しく刻まれたこの殿上人との交流も、その後、進展がないままはかなく終わってしまう。物語への憧れは過去のものとして、子供を立派に育て上げ、豊かな生活をしようと望む作者は、現世での繁栄と後世での往生を祈願するため、石山寺《いしやまでら》・長谷寺・鞍馬寺《くらまでら》などに次々と参詣する。

月日が流れ、年齢を重ねた作者は、病気にかかり、物詣《ものもう》でもできなくなり、出仕もやめて、ひたすら子供の行く末を案じるようになる。夫は信濃《しなの》の国司となり、息子を伴って任地に赴任する。翌年、任地から戻ってきていた夫は、病に臥《ふ》し、あっけなく亡くなってしまった。悲嘆に沈む作者は、物語や和歌にばかり熱中しないで、仏道修行に励んでいればこのような思いをしなかっただろうと後悔する。そして夫の死去の二年前、天喜三年（一〇五五）十月十三日に見た阿弥陀仏《あみだぶつ》の夢だけを後世の頼みとして生きることになる。こうして十一世紀の貴族社会で物語の世界を夢見つつ、現実の生活にも根を下ろして生きたひとりの女性の人生の物語は終わりを迎える。

よむ

◆源氏物語を読みふける

こんなふうにふさぎ込んでばかりいる私を、なんとか慰めてやろうと心配して、母が物語などを捜し求めて見せてくださるので、これに親しむうちに、なるほど心も自然に慰められていった。

『源氏物語』の紫《むらさき》の上《うえ》にまつわる巻を読んで、その続きが見たくてならなかったが、人に頼むことなどもできなかった。家の者は皆まだ都になじみが浅くて、そんなものを探すことなど、とてもできはしない。たいそうもどかしく、ただもう見たくてたまらないので、「この『源氏物語』を、一の巻から終わりまで全部お見せ下さい」と心の中で祈っていた。

親が祈願のために太秦《うずまさ》（広隆寺）に参籠《さんろう》なさるときにもお伴をして、ほかのことは何も願わず、このことばかりをお願いして、お寺から下がると、すぐにでもこの物語を全部通読するつもりで意気込んではいたけれど、そう簡単に見ることはできなかった。たいそう残念に思い嘆いていたところ、ある日のこと、母が、おばにあたる人で地方から上京して来た人の家に私を連れていってくれた。するとそのおばが、「たいそうかわいらしく成人されたこと」などと、なつかしがり珍しがって、帰りしなに、「何を差し上げましょう。実用向きのものはつまらないでしょう。欲しがっておいでだとか伺ったものを差し上げましょう」と言って、『源氏物語』の五十余帖を櫃《ひつ》に入ったままそっくり、それに『伊勢物語』『とほぎみ』『せり河』『しらら』『あさうづ』などという物語をひと袋に納めてくださった。それをいただいて帰るときのうれしさは天にも昇る心地だった。

今までとびとびに読みかじって、話の筋も納得がゆかず、じれったく思っていた『源氏物語』を、一の巻から読み始めて、邪魔も入らずたった一人で几帳《きちょう》の内に伏せって、櫃から一冊ずつ取り出しては読む気持ち、この幸福感の前には后の位も何になろう。昼はひねもす、夜は目のさめている限り、灯火《ともしび》を近くにともして、この『源氏物語』を読むことのほかは、何もしないので、しぜんとその文章がそらでも浮んでくるのを、われながらまことにすばらしいことと悦に入っていた。するとある夜の夢に、たいへんきれいなお坊様で黄色地の袈裟《けさ》を着た人が立ち現われて、「法華経の五の巻を早く学びなさい」と言った、と見えたけれども、人にも話さず、そんなものを学ぼうなどとは思いもしなかった。ただ物語のことだけにうちこんで、私は今のところ容貌も美しくないけれども、年ごろになったら顔だちもこのうえなく美しく、髪もずいぶんと長くなるにちがいない、そして光源氏の寵愛《ちょうあい》を受けた夕顔や、薫の大将の想い人である浮舟の女君のようになるだろう、と思っていた私の心は、いま考えてみると、なんともまず、たわいのない、あきれはてたものだった。

原文

かくのみ思ひくんじたるを、心もなぐさめむと、心苦しがりて、母、物語などもとめて見せたまふに、げにおのづからなぐさみゆく。紫《むらさき》のゆかりを見て、つづきの見まほしくおぼゆれど、人かたらひなどもえせず。たれもいまだ都なれぬほどにて、え見つけず。いみじく心もとなく、ゆかしくおぼゆるままに、「この源氏の物語、一の巻よりしてみな見せたまへ」と、心のうちにいのる。

　親の太秦《うづまさ》にこもりたまへるにも、ことごとなくこのことを申して、出《い》でむままにこの物語見はてむと思へど見えず。いとくちをしく思ひ嘆かるるに、をばなる人の田舎《ゐなか》より上《のぼ》りたる所にわたいたれば、「いとうつくしう生《お》ひなりにけり」など、あはれがり、めづらしがりて、かへるに、「何をかたてまつらむ。まめまめしき物はまさなかりなむ。ゆかしくしたまふなる物をたてまつらむ」とて、源氏の五十余巻《よまき》、櫃《ひつ》に入りながら、在中将《ざいちゅうじゃう》、とほぎみ、せり河《かは》、しらら、あさうづなどいふ物語ども、一ふくろとり入れて、得てかへる心地のうれしさぞいみじきや。はしるはしるわづかに見つつ、心も得ず心もとなく思ふ源氏を、一の巻よりして、人もまじらず、几帳《きちゃう》の内にうち臥《ふ》して引き出《い》でつつ見る心地、后《きさき》の位も何にかはせむ。昼は日ぐらし、夜は目のさめたるかぎり、灯《ひ》を近くともして、これを見るよりほかのことなければ、おのづからなどは、そらにおぼえ浮かぶを、いみじきことに思ふに、夢にいと清げなる僧の、黄なる地の袈裟《けさ》着たるが来て、「法華経五の巻をとく習へ」といふと見れど、人にも語らず、習はむとも思ひかけず。物語のことをのみ心にしめて、われはこのごろわろきぞかし、さかりにならば、かたちもかぎりなくよく、髪もいみじく長くなりなむ。光の源氏の夕顔、宇治の大将の浮舟《うきふね》の女君《をんなぎみ》のやうにこそあらめと思ひける心、まづいとはかなくあさまし。

23

二十九歳で夭逝《ようせつ》した天皇を看取《みと》った、宮廷女房の日記

讃《さぬ》岐《きの》典《す》侍《け》日記

平安時代末期、十二世紀初頭に書かれた宮廷女房の日記。作者は、堀河天皇に典侍《ないしのすけ》として仕えた藤原長子（「讃岐典侍」は長子の女房名）。典侍は内侍所《ないしどころ》の次官で天皇の身近に仕えたが、天皇と男女の関係にある例もみられ、長子もそうだったと考えられている。死を前にして苦しさのあまり周囲の人々にあたり、また時には看病する作者に優しい心遣いを見せる天皇の姿を作者は愛情をこめて描いている。

あらすじ

堀河天皇の発病から死去までを描く上巻と、幼い鳥羽《とば》天皇（堀河天皇皇子）に再出仕し、亡き堀河天皇を追慕する下巻からなる。

堀河天皇が発病したのは嘉承二年（一一〇七）六月二十日。七月六日には病状が悪化したが、身分の高い女房たちはそれぞれの事情で参内できず、天皇の身近で看病する女房は作者を含めて三人だけだった。一時、人事不省に陥った天皇は、関白（藤原忠実《ただざね》）に譲位の意向を伝える。天皇は苦しみのあまり、付き添いの乳母に「おまえは私が今日明日にも死のうとしているのがわからないのか」と訴えたりすることもあったが、作者はひたすら天皇に寄り添って、泣きながら看病を続ける。→よむ　天皇の枕元に関白が来た時には、そばに付き添う作者の姿があらわにならないよう、膝を高くしてその陰に隠そうとするなど、優しい気遣いを忘れない。中宮（堀河天皇后・篤子内親王）も見舞いに訪れて天皇と語り合う。

死期が近くなった堀河天皇は気力をふりしぼって仏教の戒を受け、僧侶の読経に声を合わせる。天皇は、作者の身体に足をもたせかけて、手を首にかけているので、作者は身動きすることができない。なおも苦しさがまさってくると、天皇は「私は今死のうとしているのだな」と言い、阿弥陀仏の名を唱え、「大神宮、お助けになって下さい」と、伊勢神宮に助けを求めたが、その甲斐もなく、発病から一か月余りの七月十九日に、二十九歳の若さで臨終を迎えてしまった。女房たちはみな障子をがたがたと揺らすほど激しく泣いている。中でも、病気のために里下がりをしていて、臨終に立ち会えなかった天皇の乳母の藤三位《とうさんみ》（作者の姉）の悲嘆は深く、遺体に取りすがって離れようとしないほどだった。その一方、作者は、声を上げて泣くこともできず、天皇の汗をぬぐった紙を顔に押し当てたまま座っているばかりである。

十月になり、白河院(堀河天皇の父)から作者に、鳥羽天皇に出仕するようにとの命が伝えられる。十二月の即位式に参列した作者は大役を務め、翌年の元旦に鳥羽天皇に出仕することになった。初出仕の翌朝には雪が降っており、天皇の御座所の方から「降れ降れ粉雪」とあどけない声で言うのが聞こえるので、誰の子なのだろうと不思議に思っていると、それが鳥羽天皇だった。六歳の幼い天皇を主君として仕えなければならない作者の胸中は複雑である。

堀河天皇の死から一年あまりが経ったものの、ともに過ごした日々のことばかりが思い出される。ある日のこと、鳥羽天皇を抱っこして障子の絵を見せているうちに、寝室の壁に堀河天皇が笛の楽譜を貼っておいた跡があるのを見つけて、思わず涙が流れたのを、鳥羽天皇が不思議そうに見る。「あくびをしたので涙が出たのです」とごまかす作者に、「ほ文字と、り文字のことを思い出しているんだね」と言い当てたので、そのかわいらしさに悲しみも忘れて思わず微笑んでしまうのだった。

堀河天皇と過ごした思い出の中でも、忘れがたかったのは、天皇に侍して夜を過ごした翌朝、戸を開けて寝起きの姿のまま、ともに庭の雪景色を見たことであった。また、実家に退出しようとする作者を引き止めようと堀河天皇がわがままを言い、「兄(前和泉守)が困りますから」と作者が言うと、「泉も困れ、池も困れ。私は困らないよ」と冗談で応じて笑っていたことも思い出される。

最後に作者は、この日記を読ませるべき人の条件を挙げる。堀河天皇を自分と同じように深く偲《しの》んでいること、自分と理解し合っていること、自分のほかにも親しい友がいること。この三つの条件を満たすのは、ともに堀河天皇に仕えた常陸殿(堀河天皇の乳母大弐《だいにの》三位《さんみ》の妹・藤原房子)だけだった。その常陸殿と「日暮らしに(一日中)語らい暮らして」という一文でこの作品は終わる。

よむ

病床の天皇を見守る 〔上巻〕

誰も一睡もせずお見守り申しあげていると、ご様子がたいそうお苦しそうで、わたしに御足をうち掛けておっしゃるには、「私ほどの人間が、今日明日にも死のうとしているのを、このように目にもとめないでいてよいものであろうか。どう思うか」とお尋ねになる。それを聞く私の心地は、ただもう涙にむせ返るばかりで、お返事もできない。我慢できないような辛い様子で私が見守っている気配がはっきりおわかりになるのであろうか、お尋ねになるのをおやめになって、大弐の三位(藤原家子・天皇の乳母)が長押《なげし》のもとに控えておられるのに目をおやりになって、「おまえはひどく怠けているな。おまえは私が今日明日にも死のうとしているのがわからないのか」とおっしゃったので、「どうして怠けたりしましょうか。怠けてはおりませんが、私の力の及びますことでございましたら力を尽くしましょうが……」と申しあげられると、「いや、たった今怠けていたぞ。今、見ていてやろう」とおっしゃって、そのうちにも、たいそう苦しくお思いになるご様子なので、片時もおそばをお離れ申しあげず、ひたすら私が乳母などのようにお添い臥《ふ》し申しあげて、泣くばかりである。

「ああ大変だ、このままお亡くなりになってしまいになるとしたら、まことに恐れ多いことだ、またとないほどお仕え申しあげやすかったお心づかいのすばらしさよ」などと何とはなしに思い続けて、目も非常の場合には心のままになるものなので、少しも眠ることができないまま、お見守り申しあげて、季節までも堪えきれないほど暑いころで、御障子と横になっておられる天皇との間に押し詰められたままお寄り添い申しあげて、お眠りになっておられるお顔をじっとお見つめ申しあげて、ただひたすら泣いているばかりである。ほんとうにどうしてこんなにも親しくお仕え申しあげてきたのだろうと、くやしく思われる。初めて出仕した夜から今日までのことを次から次へと思い続ける、その気持ちを、ただ推し量ってほしい。これはいったいどうしたことなのか、と悲しく思われる。ふとお目覚めになった御目元などが、日のたつにつれて弱々しいご様子にお見えになる。お眠りになったご様子であるけれど、私は、ひたすらお見守り申しあげていよう、ふとお目覚めになるようなことがあった時に、みな寝入っているな、とお思いになったとしたら、不安にお思いになるだろう、さっきと同じように眠らずに付き添っていたのだな、ともご覧になっていただこうと思って、お見守り申しあげていたところ、弱々しく見える御目で、私の目をご覧になって、「どうしてこのように寝ないでいるのか」と仰せになるので、わたしの心を見抜いておいでになるようだ、と思うにつけても、堪えきれぬほどいたわしくて、「藤三位(藤原兼子・作者の姉)の御もとから、『前々のご病気の折も、おそばにいつも仕えている人がお世話申しあげるのがよかったのだから、よくお世話申しあげなさい。折悪しく病気になって参内《さんだい》できないのが、何ともやりきれません』と申して来ておりますので」と申しあげるけれど、終わりまで言葉を続けることができない。

原文

たれも寝《い》も寝ずまもりまゐらせたれば、御けしきいと苦しげにて、御足をうちかけて、おほせらるるやう、「わればかりの人の今日明日《けふあす》死なんとするを、かく目も見立てぬやうあらんや。いかが見る」と問はせたまふ。聞く心地、ただむせかへりて、御いらへもせられず。堪へがたげにまもりゐるけはひのしるきにや、御間ひやませたまひて、大弐《だいに》の三位《さんみ》、長押《なげし》のもとにさぶらひたまふを見つかはして、「おのれは、ゆゆしくたゆみたるものかな。われは、今日明日《けふあす》死なんずるは知らぬか」とおほせらるれば、「いかでたゆみさぶらはねど、力のおよびさぶらふことにさぶらはばこそ」と申さるれば、「何か。今たゆみたるぞ。今こころみん」とおほせられて、いみじう苦しげにおぼしたりければ、片時御かたはら離れまゐらせず、ただ、われ、乳母《めのと》などのやうに添ひ臥《ふ》しまゐらせて泣く。

あないみじ、かくてはかなくならせたまひなんゆゆしさこそ、ありがたくつかうまつりよかりつる御心のめでたさ、など思ひつづけられて、目も心にかなふものなりければ、つゆも寝られず、まもりまゐらせて、ほどさへ堪へがたく暑きころにて、御障子《みさうじ》と臥《ふ》させたまへるとにつめられて、寄り添ひまゐらせて、寝入らせたまへる御顔をまもらへまゐらせて、泣くよりほかのことぞなき。いとかく何しになれつかうまつりけんと、くやしくおぼゆ。参りし夜より今日までのこと思ひつづくる心地、ただおしはかるべし。こはいかにしつることぞとかなし。おどろかせたまへる御まみなど、日ごろの経《ふ》るままに、弱げに見えさせたまふ。御殿《おんとの》ごもりぬる御けしきなれど、われは、ただまもりまゐらせて、おどろかせたまふらんに、みな寝入りてとおぼしめさば、ものおそろしくぞおぼしめす、ありつるおなじさまにてありけるとも御覧ぜられんと思ひて、見まゐらすれば、御目弱げにて御覧じあはせて、「いかにかくは寝ぬぞ」とおほせらるれば、御覧じ知るなめりと思ふも、堪へがたくあはれにて、「三位《さんみ》の御もとより、『さきざきの御心地のをりも、御かたはらに常にさぶらふ人の見まゐらするがよきに、よく見まゐらせよ。をりあしき心地を病みて参らぬが、わびしきなり』」と申せど、えぞ続けやらぬ。

24

本《ほん》朝《ちょう》文《もん》粋《ずい》

平安時代の優れた漢詩文を収録した瞠目《どうもく》すべきアンソロジー

弘仁(八一〇～二四)から長元(一〇二八～三七)まで、約二百年間にわたる六十九名もの作者の詩文四三二編を収録するアンソロジー。「文粋」とはまさに文章の精粋の意。編者は藤原明衡《あきひら》で、康平年間(一〇五八～六五)に成立したか。平安時代の代表的な漢文を提示することで、これから漢文を書く人々の規範となるようにとの編集意図があり、その目的は、本書が後代にわたって影響を与え続けたことで十分に達成された。

内容紹介

全一四巻三八部から成る。巻一は賦《ふ》・雑詩。巻二は詔《みことのり》や勅書など。巻三は対冊。巻四は論奏・表。巻五は表・奏状。巻六は奏状。巻七は奏状・書状。巻八～一一は詩序や和歌序など。巻一二は記・伝など。巻一三は発願文《ほつがんもん》など。巻一四は諷誦文《ふじゅもん》などである。

作者としては、大江匡衡《おおえのまさひら》・大江朝綱《あさつな》・菅原文時《すがわらのふみとき》・紀長谷雄《きのはせお》・菅原道真《みちざね》・源 順《みなもとのしたごう》・大江以言《ゆきとき》・慶滋保胤《よししげのやすたね》・兼明《かねあきら》 親王など、延喜(九〇一～二三)、天暦(九四七～五七)、寛弘(一〇〇四～一二)に活躍した人々が多い。

著名な作品は、源順「尾無き牛の歌」、紀長谷雄「白箸翁《はくちょおう》」、兼明親王「座左銘」、都良香《みやこのよしか》「富士山の記」など。下に掲げた「白箸翁」も原文はもちろん漢文であるが、訓《よ》み下しを掲げたので、ぜひその彫琢《ちょうたく》を凝らした表現を味わっていただきたい。

よむ

◆紀長谷雄「白箸翁」

貞観《じょうがん》の末に、一人の老人がいた。どこの人かも知らないし、また姓名もわからない。いつも市場をめぐり歩き、白木の箸《はし》を売るのを仕事としていた。その時代の人々は白箸翁《はくちょおう》と呼んでいた。人々は皆いやがってその箸を買わなかった。老人はそのことを知っていたが、少しも気にかけなかった。

冬夏の衣服ともに黒い色を変えることはなかった。その体は枯れ木のようで、その行動は浮雲のように飄々《ひょうひょう》として定まらない。鬢髪《びんぱつ》は雪のように白く、冠やくつは破れている。人が年齢を尋ねると、いつも七十歳と答える。

ある時、市場のやぐらの下に、易者がいた。年は八十歳ばかりである。密《ひそ》かに人に語ることには、「私が昔、子どもだった時、この老人を道で見かけた。衣服や容貌は、今と全く変わっていない」と。聞いた人はこれを奇怪に思った。白箸翁は百歳をすぎた人ではないかと疑った。

しかも、生まれつきの人柄は寛大で慈悲深い。いままで一度も喜びや怒りを顔色で表わしたことはない。思うままに大げさなことを言ったり、慎み深くしたり、その時々の気分しだいで一定ではない。人が酒を勧めれば、多少にかかわりなく十分に酔ったところを限度とした。あるいは何日も食べることがなくても飢えた様子もない。市場の人は皆、翁の際限を量り知ることができない。

のちに、急に病んで市場の門の側で死んだ。市場の人々は長い間顔を合わせていたので哀れに思い、なきがらを移して鴨川《かもがわ》の東に埋めさせた。

その後二十年余りたって、一人の老僧がいた。人に言うことには、「去年の夏、南山(吉野山)を食物を乞いながら修行していたが、思いがけなくも昔の翁が石室の中にいて、一日中香をたき、法華経を誦《とな》えているのを見た。近づいてお目にかかり言うことには、『居士《こじ》よ、ご無事でしたか』と。翁は笑って答えなかった。去った後、再びさがしたが、とうとう居所を知ることはできなかった」と。

私はいよいよこの話を伝え聞いても、まだでたらめではないかと疑った。しかし梅福(漢代の仙人)は死んでいず、赤松子(神農時代の仙人)は生きているとも言われる。昔にはこのようなことがあり、全くでたらめだととがめることもできない。またこのことは、おそらく消滅して世に伝わらないだろう。

そのため、聞いたことを書き記して後世に残すのである。

原文(訓み下し)

貞観《ぢやうぐわん》の末《すゑ》に、一老父《いちらうふ》有《あ》り。何《いづ》くの人《ひと》といふことを知《し》らず、亦《ま》た姓名《せいめい》を得《え》ず。常《つね》に市《いち》の中《うち》に遊《あそ》びて、白箸《しらはし》を売《う》るを以《もつ》て業《げふ》と為《な》す。時《とき》の人《ひと》白箸翁《はくちよおう》と号《がう》す。人皆相厭《ひとみなあひいと》ひて、其《そ》の箸《はし》を買《か》はず。翁自《おきなみづか》ら之《これ》を知《し》りて、以《もつ》て憂《うれ》へと為《せ》ず。

寒暑《かんしよ》の服《ふく》、皁《くろ》き色変《いろか》はらず。其《そ》の形《かたち》を枯木《こぼく》にして、其《そ》の跡《あと》を浮《ふ》雲《うん》にす。鬢髪雪《びんぱつゆき》の如《ごと》く、冠履全《くわんりまた》からず。人如《ひとも》し年《とし》を問《と》へば、常《つね》に自《みづか》ら七十《しちじふ》と言《い》ふ。

時《とき》に市楼《しろう》の下《もと》に、卜《うらなひ》を売《う》る者有《ものあ》り、年八十可《としはちじふばか》りなり。密《ひそ》かに人《ひと》に語《かた》りて曰《い》はく、

「吾嘗《われかつ》て児童《じどう》たりし時《とき》、此《こ》の翁《おきな》を路中《ろちゆう》に見《み》る。衣服容貌《いふくようばう》、今《いま》と異《こと》なること無《な》し」

と。聞《き》く者之《ものこれ》を怪《あや》しむ。疑《うたが》ふらくは其《そ》れ百余歳《ひやくよさい》の人《ひと》なり。

然《しか》も性《せい》を持《ぢ》すること寛仁《くわんじん》なり。未《いま》だ曾《かつ》て喜怒《きど》の色《いろ》を見《あらは》さず。放《はう》誕慎謹《たんしんきん》、時《とき》に随《したが》ひて定《さだ》まらず。人或《ひとある》いは酒《さけ》を勧《すす》むれば、多少《たせう》を言《い》はず、酔《ゑ》ひ飽《あ》くを以《もつ》て期《ご》と為《な》す。或《ある》いは日《ひ》を渉《わた》りて食《しよく》せざれども、亦《ま》た飢《う》ゑたる色無《いろな》し。市《いち》に満《み》てる人《ひと》、其《その》の涯涘《がいし》を量《はか》り知《し》ることを得《え》ず。

後《のち》に頓《には》かに病《や》みて市門《しもん》の側《かたはら》に終《を》はりぬ。市《いち》の人其《ひとそ》の久時相見《きうじあひみ》ることを哀《あは》れみて、尸《し》を移《うつ》して東河《とうか》の東《ひがし》に埋《うづ》めしむ。

後二十余年《のちにじふよねん》に及《およ》びて、一老僧有《いちらうそうあ》り。人《ひと》に謂《い》ひて云《い》はく、「去年《きよねん》の夏中《げちゆう》に、南山《なんざん》に頭陀《づだ》せしに、忽《たちま》ちに昔《むかし》の翁《おきな》の石室《せきしつ》の中《うち》に居《ゐ》て、終日《しゆうじつ》香《かう》を焚《た》きて、法華経《ほけきやう》を誦《じゆ》するを見《み》る。近《ちか》づきて相謁《あひえつ》して曰《い》はく、『居士《こじ》恙無《つつがな》きや』と。翁咲《おきなわら》ひて答《こた》へず。去《さ》りて亦《ま》た相尋《あひたづ》ねしに、遂《つひ》に在所《ざいしよ》を失《うしな》へり」と。

余転《ようた》た此《こ》の言《げん》を聴《き》きて、猶《な》ほ虚誕《きよたん》かと疑《うたが》ふ。然《しか》れども梅生《ばいせい》死《し》なず、松子猶《しようしな》ほ生《い》く。古《いにしへ》既《すで》に之有《これあ》り、全《また》く責《せ》むべきこと難《かた》し。亦《ま》た恐《おそ》らくは消没《せうぼつ》して世《よ》に伝《つた》はらざらん。

故《ゆゑ》に聞《き》ける所《ところ》を記《き》して、来葉《らいえふ》に貽《のこ》すと爾云《しかい》ふ。

25

菅家文草《かんけぶんそう》 菅家後集《かんけこうしゅう》

平安時代最高の詩人、菅原道真《すがわらのみちざね》の詩文集二冊

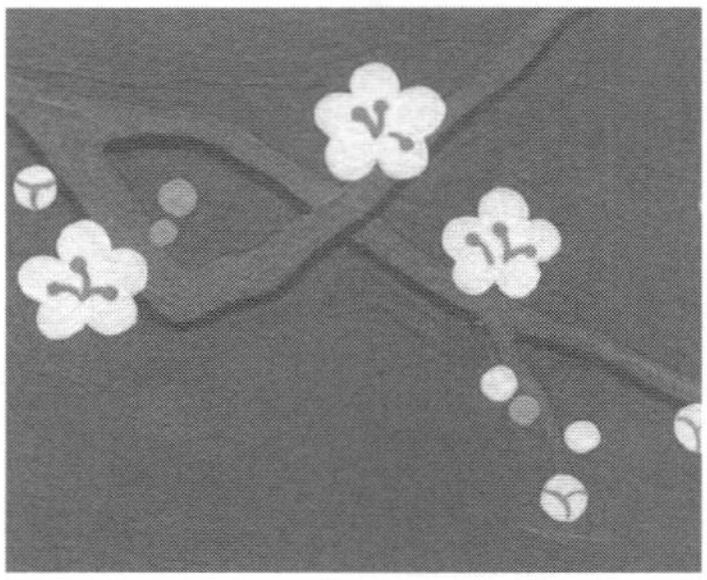

平安時代に活躍した数多くの漢詩人の中でも最高の評価が与えられている菅原道真。その詩は格調高く、深い内容を持ち、また、日本人の漢詩作品としてもこなれている。『菅家文草』は、道真が五十六歳の昌泰三年（九〇〇）に、それまでの自作を時代順に配列し、醍醐《だいご》天皇に献上したもの。『菅家後集』は、延喜三年（九〇三）、死期を悟った道真が、大宰府《だざいふ》に流謫《るたく》中の作品を集めて、詩友の紀長谷雄《きのはせお》に贈ったものとされる。

詩人紹介

菅原道真は承和十二年（八四五）、菅原是善《これよし》の子として生まれた。菅原氏は代々学者の家柄で、父是善も文章博士であった。貞観十二年（八七〇）、二十六歳の時に方略試に合格し、元慶元年（八七七）には文章博士となった。なお同七年には二人の男子が次々と没しており、その時詠んだ「阿麿《あまろ》を夢みる」は哀切極まりない。

順調に昇進しつづけ、私塾菅家廊下《かんけろうか》も栄えていたものの、四十二歳の時には、讃岐守《さぬきのかみ》に任ぜられ、地方に転出している。しかし、そこでも、庶民の貧しい生活を扱った「寒は早し」という詩を詠むなど、内省的なありかたを深めていった。→よむ

四年後には帰京し、その後は宇多天皇に信頼され、活躍の場が与えられていった。五十歳の時には遣唐大使に任ぜられるが、道真の進言によって、遣唐使派遣自体が中止された。

昌泰二年（八九九）、五十五歳の時に右大臣・右大将に任ぜられた。その一方、藤原氏の反発も強まっていく。同三年九月九日の翌日の詩宴で詠んだ「九日後朝、同じく『秋思』を賦《ふ》して、製に応ず」では、政治政局についての道真の憂愁が若い醍醐天皇に対して訴えかけられており、読む者の心を打つ。→よむ

そして五十七歳の時、藤原時平の讒言《ざんげん》によって、道真は大宰権帥《だざいのごんのそち》に左遷された。その一年前には宮中の清涼殿において「秋思」の詩を詠んだことに思いを馳《は》せ、「恩賜《おんし》の御衣《ぎょい》は今此に在り／捧持して毎日余香を拝す（醍醐天皇から賜った御衣は今も大切にしてここにある。毎日それを捧げ持って、残っている香りを拝しているのである）」と詠んだその詩句は、道真の作品の中でもとくに人口に膾《かい》炙《しゃ》している。同じく大宰府の地で詠んだ「門を出《い》でず」もよく知られている。大宰府の地で、悲嘆と望郷の思いに暮れつつ、二年後の延喜三年に、道真はその地で五十九年の生涯を終える。

よむ

原文（漢文）の訓み下しを掲げ、その後に現代語訳を示した。

寒《かん》は早《はや》し　其《その》四《し》

何《いづ》れの人《ひと》にか　寒気《かんき》早《はや》き
寒《かん》は早《はや》し　夙孤《しゆくこ》の人《ひと》に
父母《ふぼ》は　空《むな》しく耳《みみ》に聞《き》き
調庸《てうよう》は　未《いま》だ身《み》を免《まぬか》れず
葛衣《かつい》　冬服《とうふく》薄《うす》く
蔬《そ》食《し》　日資《につし》貧《まづ》し
毎《つね》に風霜《ふうさう》に苦《くる》しめられ
親《おや》を思《おも》ひては　夜《よる》に夢《ゆめ》みること頻《しき》りなり

誰のところに寒さは早く来るのだろう。
寒さはいち早くやって来る。早く親を亡くした人に。
父母のことは空しく話に聞くだけで、
貢物と労役は、いまだ免除にならない身の上。
夏の葛衣《かつい》は冬服としては寒すぎるし、
粗末な食事で、日々の生活費も乏しい。
いつも厳しい風や霜の苦しみをまともに受けて、
親を思って夜の夢に見ることがしきりである。

〔菅家文草〕

九日後朝《ここのかこうてう》、同《おな》じく「秋思《しうし》」を賦《ふ》して、製《せい》に応《おう》ず

丞相《じようしやう》年《とし》を度《わた》りて　幾《いく》たびか楽《たの》しみ思へる
今宵《こよひ》は物《もの》に触《ふ》れて　自然《おのづから》に悲《かな》し
声《こゑ》は寒《さむ》し　絡緯《らくゐ》風《かぜ》吹《ふ》く処《ところ》
葉《は》は落《お》つ　梧桐《ごとう》雨《あめ》打《う》つ時《とき》
君《きみ》は春秋《しゆんじう》に富《と》み　臣《しん》は漸《やうや》く老《お》いたり
恩《おん》は涯岸《がいがん》無《な》くして　報《むく》ゆること猶《な》ほ遅《おそ》し
知《し》らず　此《こ》の意《い》何《いづ》くにか安慰《あんゐ》せん
酒《さけ》を飲《の》み琴《きん》を聴《き》き　又《また》詩《し》を詠《えい》ぜん

私が右大臣就任以来、どれだけ楽しいことがあっただろう。

今宵は見るもの聞くものなんとなく悲しみが募《つの》る。

こおろぎが秋風の吹きだまりで寒々と鳴いている。

あおぎりの葉が雨に打たれて落ちてくる。

天皇はまだお若いが、私はいつしか次第に老いてしまった。

天子のご恩は果てしないのに、私はまだまだご恩返しをしていない。

この深い物思いをどのようにして落ち着かせたらよいだろう。

白居易《はくきょい》のように酒を飲み、琴を聴き、詩を詠じて慰めることとしよう。

——昌泰三年の重陽《ちょうよう》の翌日の詩宴で、秋に感じる物思いについて詠めという天皇の命に応《こた》えて作った詩である。

〔菅家後集〕

26

漢詩文の佳句と名歌を収める平安時代のアンソロジー

和《わ》漢《かん》朗《ろう》詠《えい》集《しゅう》

藤原公任《きんとう》が、朗詠のために編んだ漢詩と和歌のアンソロジーで、寛弘九年(一〇一二)頃に成立した。白居易《はくきょい》や菅原文時《すがわらのふみとき》らによる中国と日本の漢詩文の佳句五八八首、紀貫之《きのつらゆき》ら歌人の和歌二一六首の合計八〇四首が、部立《ぶだて》に分かれて配列されている。漢詩文の佳句と和歌という異なる世界が公任の審美眼によって選択され融合し、新たな美を生み出していく。後代の文学にも大きな影響を与えた。

内容紹介

構成は上下巻から成り、上巻は春・夏・秋・冬、下巻は雑部で、その中でさらに部立に分かれる。上巻の春ならば立春・鶯・梅等、夏ならば納涼・花橘《はなたちばな》・郭公《ほととぎす》等、秋ならば七夕・萩・紅葉・雁《かり》・虫等、冬ならば歳暮・霜・雪等といった具合である。下巻の雑部は、風・雲などの天象、松・竹・草などの植物、鶴・猿などの動物、管絃・文詞・酒などの遊宴といったように分類される。これら部立＝主題に応じて、漢詩文の佳句と和歌が配される。

漢詩文の佳句については、当時、対句の技巧がきわめて重視されていたことから、本書でも対句が多く採用されている。

主だった作者は、中国の詩人では、白居易(白楽天)が中国詩文二三四首中一三九首と六割を占め、圧倒的。日本の詩人では三五四首中、菅原文時の四四首が最も多く、菅原道真の三八首が続く。和歌二一六首中では、紀貫之の二六首が最も多い。

本書は漢詩と和歌のすぐれた表現を集めたアンソロジーとして愛読され、収録された漢詩の対句はさまざまな文学作品に登場した。能の詞章にも取り込まれ、そこから二次的に伝播していった表現も多い。江戸時代には書道の手本としても親しまれた。

とくに本書の受容を通して、白居易の作品が人々になじみ深いものになっていったことは注意すべきであろう。そのいくつかを以下に挙げておこう。聞き知っているものもあるはずである。

「燭《ともしび》を背《そむ》けては共に憐《あは》れむ深夜の月／花を踏んでは同じく惜しむ少年の春」(「春夜」)、「林間に酒を煖《あたた》めて紅葉を焼《た》く／石上に詩を題して緑苔《りょくたい》を掃《はら》ふ」(「秋興」)、「三五夜中の新月の色／二千里の外の故人の心」(「十五夜」)、「遺《ゐ》愛寺《あいじ》の鐘は枕を欹《そばだ》てて聴く／香炉峰《かうろほう》の雪は簾《すだれ》を撥《かか》げて看《み》る」(「山家」)、「琴詩酒の友皆我を抛《なげう》つ／雪月花の時に最も君を憶《おも》ふ」(「交友」)。

よむ

訓み下しを掲げ、その後に現代語訳を示した。作者は実名を載せた。

早春《さうしゅん》 〔巻上・春〕

先《ま》づ和風《くわふう》をして消息《せうそく》を報《ほう》ぜしむ
続《つ》いで啼鳥《ていてう》をして来由《らいいう》を説《と》かしむ

白居易

ようやくめぐり来った春は、まず穏やかな風を吹かせて、その訪れを伝えてくれた。それに続いて今度は、鶯の美しい鳴き声でもって、春が来たよと教えてくれる。

気《き》霽《は》れては風《かぜ》新柳《しんりう》の髪《かみ》を梳《けづ》る
氷《こほり》消《き》えては浪《なみ》旧苔《きうたい》の鬚《ひげ》を洗《あら》ふ

都良香《みやこのよしか》

天気も晴れあがり、新芽を出したばかりの柳の枝を春風がそよがせるのは、あたかも緑の黒髪をくしけずっているかのようだ。池の氷も解けはじめ、岸辺に寄せる波は水苔《みずごけ》をそよがせ、まるで去年のまま伸びた鬚《ひげ》を洗っているかのようだ。

石《いは》そそく垂氷《たるひ》のうへのさわらびの萌《も》えいづる春《はる》になりにけるかな

志貴皇子《しきのみこ》

岩にそそぐような形のまま凍りついてしまった氷柱のそばに、蕨《わらび》がようやく芽を出して、待ちに待った春が来たことだ。

梅《うめ》 〔巻上・春〕

誰《たれ》か言《い》ひし春《はる》の色《いろ》は東《ひんがし》より到《いた》ると
露暖《つゆあたた》かにして南枝《なんし》花《はな》始《はじ》めて開《ひら》く

菅原文時

いったい誰が言ったのだろう、春の景色は東からやってくると。大庾嶺《たいゆうれい》の梅は露も暖かな南の枝から咲きはじめている。

香《か》を尋《と》めてたれ折《を》らざらむ梅《むめ》の花《はな》あやなし霞《かすみ》たちな隠《かく》しそ

凡河内躬恒《おおしこうちのみつね》

梅の香をたよりに尋ねていけば、梅の枝を折りとれない人がいようか。無意味なのだから霞よ、梅の花を隠すのはやめなさい。

落花《らつくわ》 〔巻上・春〕

落花《らつくわ》狼藉《らうぜき》たり風《かぜ》狂《きやう》じて後《のち》
啼鳥《ていてう》竜鐘《りようしよう》たり雨《あめ》の打《う》つ時《とき》

大江朝綱《おおえのあさつな》

落花が地上に散乱している、風が激しく吹き荒れたあとは。鳥の鳴き声までが疲れ果てて萎れている、雨が強く降る時は。

さくら散《ち》る木《こ》の下風《したかぜ》はさむからでそらに知《し》られぬ雪《ゆき》ぞ降《ふ》りける

紀貫之

花が散る桜の木の下を通る風はいっこうに寒くもないのに、空に関わりのない雪(花吹雪)が降ってくることよ。

27

極楽往生という「理想の死」に向けての手引書

往生要集《おうじょうようしゅう》

天台宗の学僧だった源信《げんしん》が著した念仏往生の入門書。永観二年(九八四)に筆を起こし、翌年に完成。さまざまな経典を引用しながら、苦悩に満ちた人間の世界から離れて、極楽浄土(阿弥《あみ》陀仏《だぶつ》の住む国)に向かうべきだと説いた。そこに行くための方法として、念仏の意義を述べる。浄土教の成立を促すなど、後世に大きな影響を与えた。本書はまた、凄惨《せいさん》な地獄の描写でも有名である。

内容紹介

『往生要集』は「厭離穢土《おんりえど》」「欣求浄土《ごんぐじょうど》」「極楽の証拠」「正修《しょうじゅ》念仏」「助念《じょねん》の方法」「別時《べつじ》念仏」「念仏の利益《りやく》」「念仏の証拠」「往生の諸《しょ》行《ぎょう》」「問答料簡《もんどうりょうけん》(これまでの内容に関する疑問に答える章)」の十章から成っている。

最初の二章で、人間の世界をはじめとする俗世界では苦から逃れられないこと、それに対して、阿弥陀仏《あみだぶつ》の国である極楽浄土はさまざまな楽しみに満ちた素晴らしい世界であることを述べ、四章以下で極楽浄土に行くための具体的な方法として、仏の功徳や姿を思い浮かべる念仏(観想《かんそう》念仏)を勧める。

「厭離穢土」では、この俗世界は地獄、餓鬼《がき》、畜生(動物の世界)、阿修羅、人、天の六道からなっているとする。この中でも特に筆が割かれているのは、地獄の描写である。地獄には等活《とうかつ》、黒縄《こくじょう》、衆合《しゅごう》、叫喚《きょうかん》、大叫喚、焦熱《しょうねつ》、大焦熱、無間《むげん》の八種類があり、人間が暮らしている世界の下に層をなして存在しているという。それぞれの地獄の場所、広さ、その地獄に落ちる理由と受けることになる責め苦、地獄にいなければならない時間(一番短い等活地獄でも一兆六千億年以上)を詳細に述べる。この描写は、地獄の具体的なイメージを喚起し、地獄の恐ろしさをまざまざと感じさせるもので、後世に大きな影響を与えることになった。本書の描写に基づいた地獄絵も多く生まれた。次頁に引用した箇所は「焦熱地獄」の様子を述べた部分である。

地獄に比べれば平穏に見える人道《じんどう》(人間の世界)もまた、苦に満ちた世界であることが強調される。人道においても、不浄・苦・無常が真実の姿であり、それらから逃れられないという。「不浄」とは、人間の体が穢《けが》れたもので、どんなに外面が美しく見えても内部はさまざまな臓器で満たされ、「画ける瓶に糞穢を盛れるが如し」だという。また、病苦などの苦や死から逃れることはできず、このような世界を速やかに厭《いと》い捨てて、浄土を願うべきだとする。

続く「欣求浄土」と「極楽の証拠」では、極楽往生の素晴らしさを説き、浄土(仏の国)の中でも特に極楽(阿弥陀仏の国)が優れている証拠を示す。死んで極楽浄土に生まれ変わると、身体は黄金色に変わり、神通力を得て、衣食住にも困ることもない。いつでも阿弥陀如来をはじめとする仏の姿を見、その法を聞くことができる。人間世界につきものの生老病死などの苦を味わうこともなく、永遠の命を得るという。

そのうえで、第四章にあたる「正修念仏」から、第八章「念仏の証拠」までは、極楽往生するための念仏の正しいあり方、念仏の利益や、念仏を勧める理由を示す。源信が重視した念仏とは、仏の名を唱える称名《しょうみょう》念仏ではなく、仏の姿を一心に思い浮かべる観想念仏であった。阿弥陀仏の姿を肉髻《にくけい》(頭の上の盛り上がった部分)から足の裏に至るまで、四十二段階に分けて詳細に思い浮かべ、最後にはそれらを総合して、阿弥陀仏が広大な蓮の葉の上に座り、光り輝いている様子を思い浮かべよという。また、第六章にあたる「別時念仏」では、普段の念仏と臨終の念仏に分けて、念仏のあり方を示す。次頁引用の「臨終の過ごし方」は、臨終の際の念仏の作法(臨終行儀)を述べた部分である。病人が極楽往生できるよう助けるために、臨終の際にどのような準備をし、看病している人たちは何をすべきかが具体的に示されている。安らかな死を迎えるための智恵として、現代人にも共感できる部分であろう。

第九章にあたる「往生の諸行」では、念仏以外の行によって往生することもできるとする。最終章で、想定される疑問を列挙し、それに対する答えを示し、本書は終わる。

よむ

◆焦熱地獄

〔厭離穢土〕

六番目の焦熱地獄は、大叫喚《だいきょうかん》地獄の下にある。大きさは前の大叫喚地獄と同じである。

地獄の鬼たちは、罪人をつかまえて熱い鉄でできた地面の上に寝かせ、ある者は仰向けに、ある者はうつぶせにし、頭から足に至るまで、大きな熱い鉄棒で、ある者は打ちすえ、ある者は突いて、肉のかたまりのようにしてしまう。また、ある者は、非常に熱い大きな鉄の釜の上に身を置いて猛火でこれを炙《あぶ》り、左右に転がし、表裏から焼いたりする。またある者は大きな鉄串で下からその身を貫いて頭のてっぺんから串の先を出し、繰り返しその身を炙り、罪人たちのさまざまな器官、毛穴、口の中にはことごとく炎が燃え立っている。ある者は熱い釜に入れ、ある者は鉄の高殿に置かれるが、鉄を焼く火は燃えさかり、骨髄にまで達する。

原文

六に焦熱地獄とは、大叫喚《だいけうくわん》の下にあり。縦広《たてひろさ》、前に同じ。獄卒、罪人を捉《とら》へて熱鉄の地の上に臥《ふ》せ、或《ある》は仰むけ、或は覆《うつぶ》せ、頭より足に至るまで、大いなる熱鉄の棒を以て、或は打ち、或は築《つ》いて、肉摶《にくだん》の如《ごと》くならしむ。或は極熱《ごくねつ》の大いなる鉄鏊《てつがう》の上に置き、猛《たけ》き炎にてこれを炙《あぶ》り、左右にこれを転がし、表裏より焼き薄《うす》む。或は大いなる鉄の串を以て下よりこれを貫き、頭を徹《とほ》して出し、反復してこれを炙り、かの有情《うじやう》の諸根・毛孔、及《お》以《よ》び口の中に悉《ことごと》く皆炎を起さしむ。或は熱き鑊《かなへ》に入れ、或は鉄の楼《たかどの》に置くに、鉄火猛く盛んにして骨髄に徹る。

臨終の過ごし方

〔別時念仏〕

臨終に行なう念仏の作法としては、初めに行事を明らかにし、次に念仏を勧める。

初めに行事については、『四分律行事抄《しぶんりつぎょうじしょう》』(中国で翻訳された戒律集のうち、行事を規定した部分)の看病と葬送について述べた章に、『中国本伝』を引用して述べるには、「祇園精舎《ぎおんしょうじゃ》(古代インドコーサラ国にあった僧坊)の西北の角、太陽の沈むところに、無常院《むじょういん》という建物を造った。もし病人がいたらその中に静かに寝かせる。愚かな人は煩悩《ぼんのう》を起こし、いつもの僧房の中の衣服、食器やさまざまな道具を見て、多くは愛着《あいじゃく》を生じ、心にこの世を厭《いと》うことがないから、決まりをつくって別の場所に行かせるのである。この堂を無常と名付ける。ここに来る者は極めて多いが、還っていく者は一人か二人である。こうした日没の姿に即して、進んで心を集中して無常について思いを深めるのである。その堂の中に一体の立像が安置されている。金箔《きんぱく》で塗り、顔を西の方角に向けてある。その仏像の右手は挙げ、左手には先が垂れ下がって地面に長く曳く五色の幡《ばん》(細長い布)をつなぐ。病人の気持ちを安らかにするため、病人を仏像の後ろに置き、左手に五色の幡の先を握らせ、仏に従って浄土に往く思いを起こさせなければいけない。看病をする人は、香を焚《た》き、花を撒《ま》いて、病人をおごそかに飾る。あるいは、もし病人が大小便・嘔《おう》吐《と》・唾《つば》などをもよおした時は、その都度これを取り除く」という。あるものには、「仏像を東に向け、病人をその前に置く」と説いている。

私個人の考えを言うと、もし別に病人を隔離する所がなければ、ただ病人の顔を西に向けさせ、香を焚き花を撒いて、いろいろと念仏を勧めなさい。あるいはおごそかな仏像を見せるべきである。

善導和尚《ぜんどうかしょう》(中国浄土教の大成者)は、「念仏の修行者たちは、病気である者もそうでない者も、命が終わろうとする時は、ただひとえに先に説いたように、心静かに念仏に専念することによって、正しく身と心を一致させ、顔を西に向け、心もまた集中して阿弥陀仏を観想し、心と口とを相応させて、念仏の声が途絶えないようにし、浄土に生まれるという想いと、蓮華《れんげ》の台にのった菩薩《ぼさつ》たちがやってきて極楽に迎えとってくださるという想いとを、かならず抱きなさい。病人は、もしまのあたりに現われた姿を見た時は、看病している人に向かって、そのことを説明しなさい。説明するのを聞き終わったら、看病している人はすぐ言ったとおりを記録しなさい。また、もし病人がものを言うことができない場合には、看病しながら必ず何度も病人に、どのような様子が見えたか、尋ねなければならない。もし罪の報いを受けて苦しむ姿を説明したならば、傍らの人がすぐ病人のために念仏し、病人を助けて同じように懺悔《ざんげ》し、必ず罪が消えるようにさせなさい。もし罪を消すことができて、蓮華の台にのった菩薩たちが、念仏するにつれて眼前に現われてきた時は、前に準じて要点を記しなさい。また念仏の修行者たちの親族や縁戚が、もし来て看病するような場合には、酒や肉や五種の臭《くさ》みや辛味のある野菜(ねぎ・にら・あさつき・にんにく・らっきょう)を食べた人を、立ち会わせてはならない。もし、そういう人がいたら、けっして病人のそばに近づけてはならない。もし近づけると、すぐに正しい想念は失われ、鬼神がかわるがわる病人の心をかき乱し、病人は狂い死にをし、三つの悪道(地獄道・餓鬼道《がきどう》・畜生道)に墜ちるだろう。どうか、念仏の修行者たちはよく自ら謹んで仏の教えを奉じ、病人と同じように仏をまのあたりに拝する因縁《いんねん》を作るようにせよ」と言っている。極楽往生する想いと、極楽浄土に迎え取られるという想いとを抱くことは、道理として当然なことである。

原文(訓み下し)

臨終《りんじゆ》の行儀《ぎやうぎ》とは、まづ行事を明《あか》し、次に観念を明す。

初《はじめ》に行事とは、四分律抄の瞻病送終《せんびやうそうじゆ》の篇に、中国本伝を引きて云《いわ》く、「祇園《ぎをん》の西北の角、日光の没する処《ところ》に無常院を為《つく》れり。もし病者あらば安置して中に在《お》く。およそ貪染《とんぜん》を生ずるものは、本房の内の衣鉢《えはつ》・衆具《しゆぐ》を見て、多く恋着《れんぢやく》を生じ、心に厭背《えんぱい》することなきを以ての故《ゆゑ》に、制して別処《べつしよ》に至らしむるなり。堂を無常と号《なづ》く。来る者は極めて多く、還反《かへ》るもの一、二なり。事に即《つ》きて求め、専心に法を念ず。その堂の中に一《ひとつ》の立像を置けり。金薄《こんぱく》にてこれに塗り、面《おもて》を西方に向けたり。その像の右手は挙げ、左手の中には、一の五綵《ごさい》の幡《はた》の、脚は垂れて地に曳《ひ》けるを繋《つな》ぐ。当《まさ》に病者を安んぜんとして、像の後に在《お》き、左手に幡の脚を執《と》り、仏に従ひて仏の浄刹《じやうせつ》に往く意《おもひ》を作《な》さしむべし。瞻病の者は、香を焼《た》き華を散らして病者を荘厳《しやうごん》す。乃至《ないし》、もし尿屎《にようし》・吐唾《とだ》あらば、あるに随《したが》ひてこれを除く」。と。或は説《と》かく、「仏像を東に向け、病者を前に在く」と。

私に云く、もし別処なくは、ただ病者をして面を西方に向けしめ、香を焼き花を散らし、種々に勧進《くわんじん》せよ。或は端厳《たんごん》なる仏像を見せしむべし。

導和尚《だうかしやう》の云く、「行者等、もしは病み、病まざらんも、命終らんと欲する時は、一《もは》ら上の念仏三昧《ねんぶつざんまい》の法に依《よ》りて、正しく身心に当てて、面を廻《めぐ》らして西に向け、心もまた専注して阿弥陀仏を観想し、心と口と相応して、声々《しやうしやう》絶ゆることなく、決定《けつぢやう》して往生の想、花台《けだい》の聖衆《しやうじゆ》の来りて迎接《がうせふ》するの想を作《な》せ。病人、もし前《ぜん》境《きやう》を見れば、則ち看病人に向ひて説け。既に説くを聞き已《をは》らば、即ち説に依りて録記せよ。また病人、もし語ることあたはずは、看病して、必ずすべからくしばしば病人に問ふべし。いかなる境界を見たると。もし罪相《ざいさう》を説かば、傍《かたはら》の人、即ち為に念仏して、助けて同じく懺悔《さんげ》し、必ず罪をして滅せしめよ。もし罪を滅することを得て、花台の聖衆、念に応じて現前《げんぜん》せば、前に准《じゆん》じて抄記せよ。

また行者等の眷属《けんぞく》・六親《ろくしん》、もし来りて看病せんには、酒・肉・五辛《ごしん》を食せる人をあらしむることなかれ。もしあらば、必ず病人の辺《ほとり》に向ふことを得ざれ。即ち正念を失ひ、鬼神交乱《きじんけうらん》し、病人狂死して、三悪道《さんまくだう》に堕《だ》せん。願はくは、行者等、好《よ》く自ら謹慎して仏教を奉持《ぶぢ》し、同じく見仏《けんぶつ》の因縁を作せ」と。往生の想、迎接の想を作すこと、その理《り》然《しか》るべし。

地獄の猛火(地獄草紙より)

28

芥川龍之介に「野生の美しさ」と評された壮大な説話集

今《こん》昔《じゃく》物語集

天竺《てんじく》(インド)・震旦《しんだん》(中国)・本朝《ほんちょう》(日本)の地域別に、伝承された話を体系的に集めた説話集。編者については、古来、源隆国《みなもとのたかくに》をはじめとして、学者として名を知られた大江匡房《おおえのまさふさ》、鳥獣戯画《ちょうじゅうぎが》の作者とされる鳥羽《とば》僧正覚猷《かくゆう》など、さまざまな名前が挙がってきたが、どれも確証がなく、不明である。成立年代もわかっていないが、依拠した資料などから、一一二〇年以降と推定されている。

内容紹介

千話以上の説話を集めた三一巻(そのうち三巻は欠巻)からなるこの作品は、全体が天竺(インド)・震旦(中国)・本朝(日本)の三部に分かれている。この時代の「異国」といえば、中国やインドであったため、この三部で当時の日本人にとっての全世界をカバーすることになるわけである。

三部のそれぞれは、仏法《ぶっぽう》部(仏教説話)と世俗《せぞく》部(世俗説話)に分かれているほか、巻ごとに主題が設けられており、ひとつの巻の中では内容的に関連する説話が隣り合わせにされるなど、膨大な説話を体系的にまとめようとしたことが明らかである。

芥川龍之介が王朝物の短編小説の典拠として用いて有名になったのが、本朝部の説話であったため、本朝部、なかでも世俗部の説話がよく知られているが、仏教説話の重要性も見逃すことができない。

また、三巻の欠巻があるほか、表題のみがあって本文が欠けている説話、本文が途中で終わっている説話などもあることから、『今昔物語集』は未完成であったと推定されている。

天竺部(巻一〜五)と震旦部(巻六〜一〇、巻八は欠巻)では、仏教説話が大きな位置を占める。これらを読むと、インドで仏教が生まれ、中国に伝わり、やがて日本にまで広がっていった、仏教の歴史的な展開が理解できるようになっている。世俗説話の数は少ないとはいえ、震旦の世俗説話(巻一〇)には、始皇帝《しこうてい》、項羽《こうう》と劉邦《りゅうほう》、王昭君《おうしょうくん》、孔子《こうし》といった、おなじみの人物の逸話が集められている。

本朝部(巻一一〜三一、巻一八と巻二一は欠巻)は最も長く、巻一一〜二〇が仏教説話になっている。仏教の伝来と広まりを示す説話から始まり、霊験譚《れいげんたん》、極楽往生譚などからなる。本書に掲載した「魚が法華経に変じた話」は、巻一二に収められた法華経の霊験を語る説話のひとつである。→よむ 仏法部の末尾を飾る巻二〇には、天狗《てんぐ》・異類譚が集められており、「天狗に捕まった竜の話」は、そのひとつである。当時、天狗は仏法に敵対する魔物と考えられており、天狗を撃退することは、仏法の力を示すことでもあった。→よむこの巻にはそのほかにも、悪業の報いで、牛や蛇に生まれ変わったり、地獄に落ちてしまった人々の話が収められている。

一般読者の興味をひくのは、何といっても巻二一～三一の世俗説話だろう。芥川龍之介が『羅生門《らしょうもん》』『鼻』『芋粥《いもがゆ》』『藪《やぶ》の中《なか》』などの材を得たのも本朝世俗部に収められた説話である。巻二三は武勇譚や怪力の男女の話を集め、相撲人《すまいびと》と呼ばれた相撲たちの勝負の話なども収められている。この巻の一四話は、三井寺《みいでら》の高僧・明尊が深夜に都と三井寺を往復するため、平致経《むねつね》に護衛される話である。出発した時には下人とたった二人だった致経に、道中の闇の中から弓矢を帯びた者が二人ずつ現われて整然と一行に加わっていき、三井寺に着く時には三〇人ばかりになっていたが、三井寺から都への帰途には二人ずつ減っていき、戻った時には最初の二人だけになっていたという。『今昔物語集』の時代に武士が存在感を増していたことが生々しく伝わってくる話である。巻二五は武家の棟梁《とうりょう》となった平氏と源氏を中心とする合戦譚などで、平将門《まさかど》の乱や、源頼義《よりよし》が安《あ》倍貞任《べのさだとう》を討った前九年の役の逸話などが収められている。巻二七は怪異談を集めた巻で、平安京を跋扈《ばっこ》する百鬼夜行や、美女に化けて橋の上に現われる鬼の話、狐《きつね》が人間を化かす話など、鬼や幽霊や動物たちが不思議な力を発揮し、時には人々を恐怖に陥れるありさまが描かれている。巻二八は笑話を集めた巻である。芥川の小説『鼻』は、この巻の「池尾《いけのお》の禅智《ぜんち》内供《ないぐ》の鼻のこと（巨大な鼻を持つ僧の話）」をもとにしている。巻二九には、盗賊の話を中心とした犯罪の話や動物の奇談が集められ、男を誘惑して盗賊の仲間に引き入れる妖しい魅力を漂わせた盗賊の美しい女首領の話なども出てくる。巻二九の一四話が一二三頁に掲載した「羅生門の盗人の話」で、芥川の小説『羅生門』の出典として広く知られている。→よむ

ひとつひとつの説話は完結しているので、まずは興味を引かれる主題の巻を手に取ってみることをお勧めしたい。

よむ

魚が法華経に変じた話

〔巻一二〕

今は昔、大和国《やまとのくに》の吉野山に一つの山寺があった。そこを海部峰《あまべのみね》といっている。さて、称徳天皇の御代《みよ》（在位七六四～七七〇）に一人の僧がいた。その山寺に長年住んでおり、心身を清浄に保ち仏道修行に勤めていた。

ところで、この聖人《しょうにん》が病を得、体は衰弱し起居も思うようにならない。飲食も自由にできず、命のほどもおぼつかなくなった。そこで聖人はこう思った。「わたしは病気になり、仏道修行もできない。何とか病気を治して、気持ちよく修行したいものだ。だが、病を治すには肉食がいちばんいいと聞いている。それなので魚を食べてみよう。これは重い罪には当たらない」。聖人はそっと弟子を呼んで相談した。「わたしは病にかかっているので、魚を食べて命を全うしようと思っている。お前は魚を買ってきて、わしに食べさせてくれ」。

弟子はこれを聞いて、ただちに紀伊国《きいのくに》の海辺に魚を買わせに一人の召使いの少年をやった。少年はその海辺に行き、新鮮な鯔《なよし》（ボラの幼魚）を八匹買いとり、小箱に入れて帰ってくるその途中の道で少年の顔見知りの男三人に出会った。男が少年に「お前さんの持っているものは何だい」と尋ねる。少年はこう聞かれて、「これは魚

です」と答えるのはひどく具合の悪いことだと思い、ただ口から出まかせに、「これは法華経です」と答えた。だが男が見ると、この小箱から汁がしたたり落ち、臭《くさ》いにおいがしている。どう見てもこれは魚だ。そこで男は「それはお経ではない。魚にちがいない」と言うが、少年は「やはりお経です」と言い、道々たがいに言い争いながら、ある市《いち》の中にやって来た。

男たちはここで足をとめ、少年を引きとめて責めて言うには、「お前の持っているものは何と言おうと経ではない。魚にちがいない」。少年は「でも魚ではない。お経です」と言う。男たちはこれを信用せず、「では箱を開いてみよう」と言う。少年は開くまいとしたが、男たちが力ずくで開かせてしまった。少年は言いようもなく恥ずかしく思った。ところが、箱の中を見ると法華経八巻がおわすではないか。男たちはこれを見るや震《ふる》えあがって恐れ、立ち去っていった。少年も「不思議なことだ」と思いながらも喜んでそこから帰っていった。

この男たちの中の一人は、やはりこのことを怪しみ、「正体を見破ってやろう」と思い、そっと少年の後をつけていった。少年は山寺に帰り着き、師の聖人に向って事細かにこれまでの出来事を話した。師はこれを聞き、不思議に思うとともに、また喜び、「これはひとえに天がわたしを助けお守りくださったにちがいない」と考えるのであった。

その後、聖人はこの魚を食べたが、様子をうかがいながら後をつけてきた男は、山寺に来てこのやりとりを見て、五体を土にすりつけて拝し、聖人に向かって言うには、「まことにこれは魚の姿をしているが、お聖人様の食べ物なので、お経に姿を変えたのでした。私らは愚かな邪《よこしま》な心を持ち、因果の道理を知らないために、このことを疑って何度も責め悩ましました。どうぞお聖人様、私のあやまちをお許しください。今後はお聖人様を私の師僧と思い、深く敬い供養し申し上げようと思います」と言って、泣く泣く帰っていった。その後、この男は聖人の大檀那《おおだんな》(寺院を経済的に援助する信者)となり、つねに山寺に行き熱心に供養するようになった。これはまったく不思議な話である。

これを思うと、仏法を修行しながら体を保っていこうとする者には、たとえさまざまの毒を食べることがあってもそれがかえって薬となり、いろいろの肉食をしても罪を犯すことにはならないと知るべきである。それゆえ魚もたちまち経と変じたのである。決してこのようなことをそしってはならぬ、と、こう語り伝えているということだ。

原文

今昔《いまはむかし》、大和国《やまとのくに》の吉野の山に一《ひとつ》の山寺有り。海部峰《あまべのみね》と云《い》ふ。阿倍《あべ》の天皇の御代《みよ》に、一《ひとり》の僧有《あり》けり。彼《か》の山寺に年来《としごろ》住す。清《しやう》浄《じやう》にして仏の道を行ふ。

而《しか》る間に、此《こ》の聖人《しやうにん》身に病有《やまひあり》て、身疲れ力弱くして起居《おきゐる》事思《おもひ》の如《ごと》くに非《あ》らず。亦《また》、飲食《おむじき》心に叶《かな》はずして命難《そんしがた》存し。然《しか》るに、病を令癒《いえしめ》る事は、聖人の思はく、「我《わ》れ身に病有て道を修《しゆ》するに堪《た》へず。病を令癒る事は、伝へ聞く、肉食《にくじき》に過《すぎ》たる は無《な》かなり。然《さ》れば、我れ魚《いを》を食《じき》せむ。此れ重き罪に非《あら》ず」と思《おもひ》て、但《ただ》し、竊《ひそか》に弟子に語《かたり》て云《いは》く、「我れ病有るに依《より》て、魚を食して命を存せむと思ふ。汝《なむ》ぢ魚を求めて我れに令食《じきせしめ》よ」と。

弟子此れを聞《きき》て、忽《たちまち》に紀伊《きい》の国の海辺《うみのほとり》に一《ひとり》の童子を遣《つかはし》て魚を令買《かはし》む。童子彼の浦に行《ゆき》て鮮《あざやか》なる鯔《なよし》八隻《しやく》を買取て、小《ひ》き櫃《ひつ》に入れて返来《かへりきた》る間、道にして、本《もと》より童子を相《あ》ひ知れる男《をのこ》三人会《あひ》ぬ。男童子に問《とひ》て云《いは》く、「汝《なむぢ》が持たる物は、此れ何物ぞ」と。童子此れを聞て、「此れ魚也《いをなり》」と云はむ事を頗《すこぶ》る憚《はばか》り思て、只《ただ》口に任せて「此れは法花経也《ほふくゑきやうなり》」と答ふ。而《しか》るに、男見るに此の小櫃《ちひさきひつ》より汁垂《たり》て、臭き香《か》有り。既に此れ魚也。然《しか》れば、男の云《いは》く、「其《そ》れ経に非《あら》ず。正《まさ》しく魚也」と。童、「尚《なほ》経也」と諍《あらそひ》て行《ある》き具《ぐ》して行くに、一《ひとつ》の市《いち》の中に至《いたり》ぬ。

男等《をのこら》此に息《やす》むで、童を留めて責《せめ》て云く、「汝が持たる物は尚経には非ず。正しく魚也」と。童は、「尚魚には非ず。経也」と云ふ。男等此れを疑《うたがひ》て、「筥《はこ》を開《ひらき》て見む」と云ふ。童開《ひら》かじと為《す》れども、男等強《あながち》に責て令開《ひらかし》む。童恥《はぢ》思ふ事無限《かぎりな》し。而《しかる》に、筥の内を見れば、法華経八巻在《まし》ます。男等此れを見て、恐れ怖《あやし》むで去《さり》ぬ。童も「奇異《きい》也」と思て、喜《よろこび》て行く。

此の男の中に一人有て、尚此の事を怪むで、「此れを見顕《みあらは》さむ」と思て、伺《うかがひ》て童の後《しりへ》に立《たち》て行く。童既に山寺に至て、師に向《むかひ》て具《つぶさ》に此の事の有様を語る。師此れを聞て、一度《ひとたび》は怪《あやし》び、一度は喜ぶ。「此れ偏《ひとへ》に、天の我れを助けて守護し給《たま》へりける也」と知《しり》ぬ。

其の後、聖人既に此の魚を食《じき》するに、此の伺ひて来《きた》れる一人の男、山寺に至て此れを見て、聖人に向《むかひ》て五体を地に投《なげ》て、聖人に申《まう》して言《まう》さく、「実《まこと》に此れ、魚の体也《ていなり》と云へども、聖人の食物《じきもつ》と有るが故《ゆゑ》に化《くゑ》して経と成れり。愚痴邪見《ぐちじやけん》にして因果を知らざるに依《より》て、此の事を疑て度々《どど》責め悩ましけり。願《ねがは》くは聖人此の過《とが》を免《ゆる》し給へ。此《これ》より後は、聖人を以《もつ》て我が大師《だいし》として、懃《ねむごろ》に恭敬供養《くぎやうくやう》じ奉《たてまつ》らむ」と云《いひ》て、泣く泣く返《かへり》ぬ。其の後は、此の男聖人の為に大檀越《だいだんをつ》と成《なり》て、常に山寺に行て心を至《いた》して供養じけり。此れ奇異の事也。

此れを思ふに、仏法を修行して身を助けむが為には、諸《もろもろ》の毒を食《くら》ふと云ふとも返《かへり》て薬と成る、諸《もろもろ》の肉《しし》を食ふと云ふとも罪を犯すに非ず、と可知《しるべ》し。然れば、魚も忽《たちまち》に化して経と成れる也。努々如此《ゆめゆめかくのごとく》ならむ事を誹《そし》るべからずとなむ語り伝へたるとや。

◆天狗に捕まった竜の話　〔巻二〇〕

今は昔、讃岐国《さぬきのくに》に万能《まの》の池という非常に大きな池があった。その池は、弘法大師《こうぼうだいし》がこの国の民衆を哀れんでお造りになった池である。池の周囲は遥かに広々としており、堤を高く築いて巡らしてある。池は底知れぬほど深いので、大小の魚は数知れず、海のように見えた。池には見えず、とても池には見えず、

ある時、その池に住んでいた竜が日光を浴びようと思ったのであろうか、池から出てひと気のない堤の上で、小さな蛇の姿となってとぐろを巻いていた。

ちょうどその時、近江国比良山《おうみのくにひらさん》にすむ天狗《てんぐ》が鵄《とび》の姿になってその池の上を飛び回っていたが、堤にこの小蛇がとぐろを巻いているのを見て、身をそらすように降下して、両の爪であっという間にひっさらい、大空高く舞い上がった。

竜はもともと力の強いものではあるが、思いがけずだしぬけにつかまれたのでどうするすべもなく、ただつかまれたままになっていく。天狗は小蛇をつかみ砕いて食おうとするが、竜であるから力が強く、思うようにつかみ砕いて食うことができず、もて余して、はるか遠く、もとの住処《すみか》の比良山にまで持っていった。そして狭い洞窟の中の身じろぎもできない所に押し込めたので、竜はびっしり押しつけられてどうしようもない思いでいた。一滴の水もないので、大空に飛び出すこともできない。ただこのまま死期を待つばかりで四、五日たった。

ところで、この天狗のほうは、「比叡山《ひえいざん》に行って、隙《すき》をうかがい、尊い僧をさらってやろう」と思い、夜、東塔の北谷《きただに》にある高い木の上にとまって様子をうかがっていた。その真正面に物陰に片寄せて造った僧坊があったが、そこの僧が縁側に出て小便をし、手を洗う

ために持っている水瓶《すいびょう》の水で手を洗い、中に入ろうとする、その瞬間、この天狗が木から飛んできて、僧をひっつかんで、はるか遠く比良山の住処の洞窟に持っていき、竜のいる所に投げ降ろした。僧は水瓶を持ったまま茫然《ぼうぜん》としていた。「わたしの命もこれでおしまいか」と思っていると、天狗は僧を置くや、そのままどこかへ行ってしまった。

その時、暗い所から声がして僧に聞いた。「あなたはいったいどなたですか。どこから来たのですか」。僧は、「わたしは比叡山の僧です。手を洗おうと僧坊の縁側に出たところ、だしぬけに天狗がひっつかみ、ここへ連れてきたのです。だから水瓶を持ったまま来ています。それにしても、そのように言うあなたはどなたですか」と答えた。すると竜は、「わたしは讃岐国の万能の池にすむ竜です。堤に這《は》い出ていたのを、この天狗が空から飛んできて、だしぬけにつかんでこの洞窟に連れ込んだのです。動きもならず押しつぶされて、どうするすべもないのですが、一滴の水もないので空に飛び出すこともできません」と答えた。

僧が、「ここに持っている水瓶に、もしかしたらひと滴《しずく》くらいの水は残っているかもしれません」と言うと、竜はこれを聞いて喜び、「わたしはもうここに何日もいて、今や命も絶えようとしているのですが、幸いここにおいでくださったので、お互い命が助かることができましょう。もしひと滴の水があるなら、あなたを必ずもとの住まいにお連れします」と言った。僧も喜んで水瓶を傾けて竜に与えると、竜はひと滴ほどの水を受けた。

竜は喜んで僧に教えた、「けっしてこわがらずに、目をつぶってわたしにおぶさってください。あなたのご恩は生々世々《しょうじょうせぜ》けっして忘れません」。こう言うや、竜はたちまち小童《こわらわ》の姿と化し、僧を背負って洞窟を蹴破《けやぶ》って飛び出した。同時に雷鳴がとどろき、一天にわかにかき曇って雨が降りだしたとは、まことに奇怪である。僧は震えだし、肝をつぶして恐怖におののいたが、竜を深く頼みにしているので、じっと我慢して背負われていくうち、あっという間に比叡山のもとの僧坊に着いた。竜は僧を縁側に置くや飛び去った。

僧坊の人々は、雷鳴がとどろいて僧坊に落雷したと思った瞬間、にわかにあたりが闇夜のようになった。しばらくして晴れたので見れば、昨夜突如行方知れずになった僧が縁側にいる。僧坊の人々は不審に思い、わけをきくと、事の次第をくわしく話した。皆はこれを聞いて驚き、不思議に思った。

その後、竜はかの天狗に仕返しをしてやろうと思い、天狗を捜し求めていると、天狗は京で寄進を募る荒法師(荒行を修する修験僧)の姿に化けて歩いていた。それを見つけた竜は空から舞い降り、蹴殺してしまった。すると天狗は翼の折れた糞鵄《くそとび》になって、道行く人に足蹴《あしげ》にされた。あの比叡山の僧は竜の恩に報いようと、経を誦《ず》し、善根功徳の行を修め続けた。

まことに、竜は僧のおかげで命を全うし、僧は竜の力により山に帰ることができた。これもみな前世の縁によるものであろう。

この話は、かの僧が語ったのを聞き継いで、こう語り伝えているということだ。

原文 今昔《いまはむかし》、讃岐国《さぬきのくに》、□(欠字。以下同)郡《こほり》に、万能《まの》の池と云《い》ふ極《きはめ》て大きなる池有り。其《その》池は、弘法大師《こうぼふだいし》の、其国の衆生《しゆじやう》を哀《あはれび》つれか為《ため》に築給《きづきたま》へる池也《いけなり》。池《いけ》の廻《めぐ》り遥《はるか》に広《ひろく》して、堤《つつみ》を高築《たかくきづ》き廻《めぐら》したり。池などゝは見えずして、海とぞ見えけり。池の内底ゐ無く深ければ、大小の魚共量無《いをどもはかりな》し。亦竜《またりう》の栖《すみか》としてぞ有ける。而《しか》る間、其池に住《すみ》ける竜、日に当《あた》らむと思《おもひ》けるにや、池より出《いで》て、人離《はなれ》たる堤《つつみ》の辺《ほとり》に、小蛇《ちひさきへみ》の形にて、蟠《わだかま》り居《ゐ》たりけり。

其時に、近江《あふみ》の国比良《ひら》の山に住《すみ》ける天狗、鵄《とび》の形として其池の上を飛廻《とびめぐ》るに、堤に此《こ》の小蛇の 蟠《わだかまり》て有るを見て、□鵄反下《そりくだり》て、俄《にはかにか》 掻き抓《つかみ》て、遥《はるか》に空に昇《のぼり》ぬ。

竜力《ちから》強き者也と云へども、思懸《おもひかけ》ぬ程に俄に被抓《つかまれ》ぬれば、更《さら》に術尽《ずつつき》て、只被抓《ただつかまれ》て行《ゆ》くに、天狗小 蛇《ちひさきへみ》を抓砕《つかみくだき》て食《じき》せむとすと云《い》へども、竜《りう》の用力《ようりよく》 強きに依《より》て、心に任せて抓み砕き散《ちらさ》む事能《あた》はずして、遼《あつかひ》て、遥《はるか》に本《もと》の栖《すみか》の比良の山に持行《もてゆき》ぬ。狭《せば》き洞《ほら》の可動《うごくべ》くも非《あら》ぬ所に打籠置《うちこめおき》つれば、竜狭く□破《わりな》無くして居《ゐ》たり。一滞《いってい》の水も無《なけれ》ば、空を翔《かけ》る事も無し。亦《また》死なむ事を待《まち》て、四五日有り。

而《しか》る間《あひだ》、此の天宮《てんぐ》、「比叡《ひえ》の山に行《ゆき》て、短《ひま》を伺《うかがひ》て、貴《たふと》き僧を取らむ」と思《おもひ》て、夜《よ》る東唐《とうたう》の北谷《きただに》に有《あり》ける高き木に居て伺ふ程に、其向《そのむかひ》に造り懸《かけ》たる房有《ばうあり》、其坊《そのばう》に有僧《あるそう》、延《えん》に出《いづる》に、小便《せうべん》をして手を洗はむが為《ため》、水瓶《すいびやう》を持《もち》て、手を洗《あらひ》て入《い》るを、此の天狗《てんぐ》木より飛《とび》来《きたり》て、僧を掻き抓《つかみ》て、遥に比良の山の栖《すみか》の洞《ほら》に将《ゐ》て行《ゆき》て、竜の有る所に打置《うちおき》つ。僧水瓶《すいびやう》を持《もち》ち乍《なが》ら、我《わ》れにも非《あら》で居たり。「我《われ》今は限《かぎり》ぞ」と思ふ程に、天狗は僧を置くままに去《さり》ぬ。

其時《そのとき》に、暗き所に音有《こゑあり》て、僧に問《とひ》て云《いは》く、汝《なむぢ》は此れ、誰人《たれひと》ぞ。何《いどこ》より来《きたる》ぞ」と。僧答《こたへ》て云《いはく》、「我れは比叡の山の僧也。手を洗はむが為に、坊の延《えん》に出《いで》たりつるを、天狗の俄《にはか》に抓《つか》み取《とり》て、将来《ゐてきた》れる也。然《さ》れば、水瓶を持乍《もちながらきた》 来れる也《なり》。抑《そもそ》も此《か》く云《いふ》は又誰ぞ」と。竜答て云く、「我は讃岐の国万能の池に住竜也《すむりうなり》。堤に這ひ出たりしを、此《この》天狗空より飛来《とびきたり》て、俄《にはか》に抓《つかみ》て此洞《このほら》に将来れり。狭く□て、為《せ》む方無しと云へども、一滞《いってい》の水も無《な》ければ、空をも翔《かけら》ず」と。僧の云く、「此の持《もち》たる水瓶に若《も》し一滞の水や残《のこり》たらむ」と。竜此を聞《きき》て、喜《よろこび》て云《いは》く、「我此所《このところ》にして日来《ひごろへ》経て、既《すで》に命終《いのちをはり》なむと為《す》るに、幸《さひはひ》に来会《きたりあ》ひ給《たまひ》て、互《たがひ》に命を助く事を可得《うべ》し。若し一滞の水有らば、必《かならず》 汝本《もと》の栖《すみか》に可将至《ゐていたるべ》し」と。僧又喜《よろこび》て、水瓶を傾《かたぶ》けて、竜に授くるに、一滞許《ばかり》の水を受《うけ》つ。

竜喜て、僧に教《をしへ》て云く、「努々怖《ゆめゆめおそる》る事無《なく》して、目塞《ふさぎ》て我れに負《おは》れ可給《たまふべ》し。此恩《このおん》更に世々《せせ》にも難忘《わすれがた》し」と云《いひ》て、竜忽《たちまち》 に小童《こわらは》の形と現《げん》じて、僧を負《おひ》て、洞を蹴破《くゑやぶり》て出《いづ》る間、雷電霹靂《らいでんへきれき》して、空陰《くも》り雨降る事甚《はなは》だ怪《あや》し。僧身振《みふる》ひ肝迷《きもまどひ》て、「怖《おそろ》し」と思ふと云へども、竜を睦《むつ》び思ふが故《ゆゑ》に、念じて被負《おはれ》て行《ゆ》く程に、須臾《しゆゆ》に比叡の山の本の坊に至《いたり》ぬ。僧を延《えん》に置《おき》て、竜は去《さり》ぬ。彼《か》の房の人、雷電霹靂して房に懸《かかる》と思程《おもふほど》に、俄に坊の辺暗《あたりやみ》の夜《よる》の如《ごと》く成《なり》ぬ。暫《しばしばかりあり》 許有て晴《はれ》たるに見《みれ》ば、一夜俄《いちやにはか》に失《うせ》にし僧延《えん》に有り。坊の人々奇異《あやし》く思《おもひ》て問《とふ》に、事有様《ことのありさま》を委《くはし》く語る。人皆此《これ》を聞《きき》て驚《おどろき》て奇異《あさまし》がりけり。

其後《そののち》、竜彼《か》の天狗の怨《あた》を報《ほう》ぜむが為に、天狗を求むるに、天宮《てんぐ》、京《きやう》に知識を催《もよほ》す荒法師《あらほふし》の形と成《なり》て行《あるき》けるを、竜降《おり》て蹴殺《くゑころ》してけり。然《しか》れば、翼折《つばさを》れたる屎鵄《くそとび》にてなむ、大路《おほぢ》に被踏《ふまれ》ける。彼《か》の比叡山《ひえのやま》の僧は、彼の竜の恩を報ぜむが為に、常に経を誦《じゆ》し、善を修《しゆ》しけり。

実《まこと》に此《こ》れ、竜は僧の徳に依《より》て命を存《そん》し、僧は竜の力に依て山に返る。此《これ》も皆前生《ぜんしやう》の機縁《きえん》なるべし。

此事《このこと》は彼の僧の語伝《かたりつたふる》 を聞継《ききつぎ》て、語り伝へたるとや。

◆羅生門の盗人の話　〔巻二九〕

今は昔、摂津国《せつつのくに》のあたりから、盗みを働こうと京に上ってきた男が、まだ日が暮れないので羅城門《らじようもん》(朱雀《すざく》大路の南端にある平安京の正門)の下に立ち隠れていたが、朱雀大路の方はまだ人の行き来が激しい。そこで人通りが静まるまでと思い、門の下に立って時刻を待っていると、南の山城《やましろ》の方から大勢の人がやってくる声がしたので、見つからないようにと門の二階にそっとよじ登った。見れば、ぼんやりと灯がともっている。

盗人は、おかしなことだと思い、連子窓《れんじ》からのぞいてみると、若い女が死んで横たわっている。その枕元に灯をともし、ひどく年老いた白髪の老婆がそこにすわって、死人の髪を手荒く抜き取っているのだった。

盗人はこの様子を見て、どうにも合点がいかず、「もしやこれは鬼ではなかろうか」と思い、ぞっとしたが、「もしかしたらすでに死者の霊かもしれない。脅して試してみよう」と気を取り直し、そっと戸を開け刀を抜いて、「こいつめ、こいつめ」と叫んで走りかかると、老婆はあわてふためき、手をすり合わせて狼狽《ろうばい》する。そこで盗人が、「婆《ばば》あ、おまえはいったい何者だ。何をしているのだ」ときくと、老婆は、「この方は私の主人でいらっしゃいましたが、お亡くなりになって、弔いをしてくれる人もおりませんので、こうしてここにお置きしているのです。そのお髪《ぐし》が背丈に余るほど長いので、それを抜き取って鬘《かつら》にしようと思って抜いているのです。どうぞ、お助けください」と言うので、盗人は、死人の着ていた着物と老婆の着衣、それに抜き取ってあった髪の毛まで奪い取って二階から駆け降り、逃げ去った。

ところで、この二階には死人の骸骨がたくさん転がっていた。葬式などできない死人をこの門の上に捨てて置いたのである。

このことはその盗人が人に語ったのを聞き継いで、こう語り伝えているということだ。

原文

今昔《いまはむかし》、摂津《つ》の国辺《くにのほとり》より盗《ぬすみ》せむが為に京に上《のぼり》ける男《をのこ》の、日の未《いま》だ明《あか》かりければ、羅城門《らせいもん》の下に立隠れて立てりけるに、朱《しゅ》雀《じゃく》の方《かた》に人重《しげ》く行《ありき》ければ、人の静まるまでと思《おもひ》て、門の下に待立《まちた》てりけるに、山城《やましろ》の方より人共《ども》の数来《あまたき》たる音のしければ、其《そ》れに不見《み》えじと思て、門の上層《うはこし》に和《やは》ら掻《かか》つり登《のぼり》たりけるに、見れば、火髴《ほのか》に燃《とも》したり。

盗人《ぬすびと》、「怪《あやし》」と思て、連子《れんじ》より臨《のぞき》ければ、若き女の死《しに》て臥《ふし》たる有り。其の枕上《まくらがみ》に火を燃《とも》して、年極《いみじ》く老《おい》たる嫗《おうな》の白髪《しらが》白きが、其の死人の枕上に居て、死人の髪をかなぐり抜き取る也《なり》けり。盗人此《こ》れを見るに、心も得ねば、「此れは若《も》し鬼にや有らむ」と思て怖《おそろし》けれども、「若し死人にてもぞ有る。恐《おど》して試《こころみ》む」と思て、和《やは》ら戸を開《あけ》て、刀を抜《ぬき》て、「己《おのれ》は、己は」と云《いひ》て走り寄ければ、嫗手迷《てまど》ひをして、手を摺《すり》て迷《まど》へば、盗人、「此は何ぞの嫗の此《かく》はし居《ゐ》たるぞ」と問《とひ》ければ、嫗、「己が主《あるじ》にて御《おはし》ましつる人の失給《うせたま》へるを、繚《あつか》ふ人の無ければ、此《かく》て置奉《おきたてまつり》たる也。其の御髪《おほむかみ》の長《たけ》に余《あまり》て長《なが》ければ、其《それ》を抜取《ぬきとり》て鬘《かつら》にせむとて抜く也。助け給へ」と云ければ、盗人、死人の着たる衣《きぬ》と嫗の着たる衣と抜取てある髪とを奪取《ばひとり》て、下走《おりはしり》て逃て去《さり》にけり。

然《さ》て其の上の層《こし》には死人の骸骨《がいこつ》ぞ多かりける。死《しに》たる人の葬《はうぶり》など否不為《えせぬ》をば、此の門の上にぞ置《おき》ける。

此の事は其の盗人の人に語《かたり》けるを聞継《ききつぎ》て、此《か》く語り伝へたるとや。

29

十世紀に東国で起こった平将門《たいらのまさかど》の乱を描く軍記物語

将《しょう》門《もん》記《き》

平安中期成立の軍記物語。冒頭部を欠いているため、正式名称は不明。作者についても諸説あるが未詳である。承平五年（九三五）に関東で起こった承平天慶《しょうへいてんぎょう》の乱（平将門の乱）の顚末《てんまつ》を漢文体で描く。一族の争いに巻き込まれながらも、やがて能動的に事態に介入し、自らを「新皇《しんのう》」と称して東国世界に君臨しようとした平将門が、朝廷への反逆者として追討される過程を通して、人間の運命を見つめる。

あらすじ

平将門は、第五十代桓武《かんむ》天皇の末裔《まつえい》である。その将門は、延長九年（九三一）以来、伯父にあたる平良兼《よしかね》との間に女性をめぐる争いを起こしていた。

承平五年（九三五）二月、常陸国《ひたちのくに》の前大掾《さきのだいじょう》源　護《みなもとのまもる》の子の扶《たすく》たちは将門を待ち構え合戦を仕掛けるが、返り討ちにされてしまう。この戦乱で父国香《くにか》が死んだと聞いた平貞盛《さだもり》は、都から常陸国に帰ってくる。平良正《よしまさ》は妻の父にあたる護の嘆きに同情し、甥の将門を討とうとして、同年十月に常陸国川曲《かわわ》村で戦《いくさ》となった。これに惨敗した良正は兄の良兼に援軍を要請する。翌承平六年六月、良兼は兵とともに常陸国に入り、貞盛を味方につけて、下野《しもつけ》国に向かう。将門はこれを迎え討ったが、縁者ゆえに良兼を逃がすことにする。また、源護の告訴状により将門は上洛《じょうらく》し取り調べを受けるが、恩赦により放免。翌承平七年に東国へ戻ってくる。しかし、雪辱の機会をうかがう良兼に同年八月に襲撃され、妻子と生き別れる。その後も良兼との戦は続いたが、十一月に良兼や貞盛らを追捕すべしとの官符が将門のもとに届く。

一方、このまま東国にいては悪名が立つと考えた貞盛は、承平八年二月上洛を決意する。将門は貞盛を討とうとするが、なんとか難を逃れ都にたどり着いた貞盛は、将門を訴える。将門を糾問する官符を携えて貞盛は帰ってきたが、将門の暴悪は収まらず、武蔵《むさし》国の内紛に介入していく。その過程で、将門には謀反の疑いありと訴えられることになる。その間にも、常陸国の無法者、藤原玄明が将門のもとに逃げてきていたが、常陸介《ひたちのすけ》の要請を無視して逮捕を拒んでいた。やがて、天慶二年（九三九）十一月、将門は常陸国の国庁を襲い合戦となる。そして、そのまま坂東《ばんどう》諸国を制圧し、都へも攻め上ろうと考えるようになる。

こうして下野国から上野国《こうづけ》へと入った将門の前に巫女《みこ》が現われ、将門に天皇位を授けるとの八幡大菩薩《はちまんだいぼさつ》の託宣を告げる。喜んだ将門は「新皇」を名乗るようになる。→よむ。それにともない、将門は朝廷に書状を提出し、ことの経緯を説明した。弟の将平は帝王の業は天命によるものだと諫《いさ》めるが、武力を頼みとする将門はこれを聞かず、勝手に諸国の除目《じもく》を発令する。京都は大騒ぎとなるが、時の朱雀《すざく》天皇は神仏に将門調伏《ちょうぶく》の祈祷《きとう》をする。

天慶三年正月、将門は残敵を掃討するために常陸国に向かうが、とうとう貞盛を見つけることはできなかった。そこで諸国から来た兵士を帰国させたところ、その噂《うわさ》を聞きつけた貞盛および押領使《おうりょうし》の藤原秀郷らが突如戦いを仕掛けてきた。将門はこれを迎え撃つが、とうとう同年二月十四日、下総《しもうさ》国北山《きたやま》での戦いにおいて、鏑矢《かぶらや》に当たり絶命した。残りの者も次々と討たれ、貞盛や秀郷らの論功行賞が行なわれた。死後、冥界から将門の消息が届いた。

よむ

◆将門《まさかど》、新皇《しんのう》と称する

将門は天慶二年十二月十五日に上毛野《かみつけぬ》の国(群馬県)に移ったが、その間に上野介《こうづけのすけ》藤原尚範朝臣《ひさのりあそん》は国印と鍵を奪われてしまった。十九日には前と同様、使いの者をつけて都へ追い上げてしまった。その後、将門は、国府を占領して庁舎に入り、四方の門の警備を厳重にして、坂東諸国の除目《じもく》(官位任命)を勝手に発令した。

ちょうどその時、一人の巫女《みこ》が現われ、「われは八幡大菩薩《はちまんだいぼさつ》の使いであるぞ」と口ばしり、さらに語をついで「朕《ちん》の位を蔭子《おんし》平将門に授け奉る。その位記は、左大臣正二位菅原道真《みちざね》朝臣の霊魂が取次ぎ上書《じょうしょ》として捧げ奉るものであるぞ。先の八幡大菩薩は八万の軍《いくさ》を催して朕の位を授けるであろう。今、ただちに、三十二相の音楽をかなでて、早くこれをお迎え申し上げよ」と告げた。

事ここに至り、将門は位記《いき》を頭上にうやうやしく捧げ持ち、再度礼拝を繰り返した。言うまでもなく、四つの門を守っていた軍兵はみな立ち上がって歓声を上げ、数千の者どもは一斉に伏し拝んだ。また、武蔵権守興世王《おきよおう》と常陸掾《ひたちのじょう》藤原玄茂《はるもち》らは、その時の幹事役として大いに喜び満足すること、たとえば、貧者が富を手にしたようであり、また、ほほえみ笑うさま、あたかも、蓮華《れんげ》の花びらの開きひろがるようであった。ここにおいて、彼らは自らおくり名をつくり奏上し、将門を名づけて「新皇《しんのう》」と称した。

原文 将門《まさかど》は、同月十五日を以《もっ》て、上毛野《かみつけぬ》に遷《うつ》るの次《ついで》に、上毛《かみつけ》野介藤原《ぬのすけふぢはらの》尚範朝臣《ひさのりあそん》、印鎰《いんやく》を奪はる。十九日を以て、兼ねて使ひを付けて官堵《くわんと》に追ふ。其《そ》の後、府を領して庁に入り、四門の陣を固めて、且つ諸国の除目《ぢもく》を放つ。

時に、一昌伎《かむなぎ》有りて云《い》へらく、「八幡大菩薩《はちまんだいぼさつ》の使ひなり」と憒《くちばし》り、「朕《ちん》が位を蔭子《おんし》平将門《たひらのまさかど》に授け奉る。其《そ》の位記《ゐき》は、左大臣正二位菅原《すがはら》朝臣の霊魂表すらく、右八幡大菩薩、八万の軍《いくさ》を起して、朕の位を授け奉らむ。今、須《すべから》く卅二相の音楽を以て、早くこれを迎へ奉るべし」と。爰《ここ》に将門は頂《いただき》に捧《ささ》げて再拝す。況《いは》むや四の陣を挙《こぞ》りて立ちて歓び、数千併《しかしなが》ら伏して拝す。又武蔵権守《またむさしのごんのかみ》幷《ならび》に常陸掾《ひたちのじょう》藤原玄茂《はるもち》等、其《そ》の時の宰人《さいじん》として、喜悦《きえつ》すること譬《たと》へば貧人《ひんじん》の富を得るが如《ごと》し。美咲《びせう》すること宛《さなが》ら蓮華《れんげ》の開き敷くが如し。斯《ここ》において自ら製して謚号《いみな》を奏す。将門を名づけて新皇《しんくわう》と曰《い》ふ。

30

逸話の積み重ねでつづる、平安時代の摂関政治史

大鏡《おおかがみ》

平安後期の歴史物語。作者未詳。文徳《もんとく》天皇から後一条《ごいちじょう》天皇治世まで、十四代一七六年間の歴史を描くが、執筆の目的は藤原道長《みちなが》が栄華を獲得するまでの過程を描くことにある。文徳天皇から後一条天皇までの十四代の天皇について記した帝紀《ていき》、藤原冬嗣《ふゆつぐ》から道長までの摂関大臣の列伝、藤原氏の繁栄の跡を系譜的に総括した藤原氏の物語、最後に風流譚《たん》、神仙譚などを収めた昔物語《むかしものがたり》が置かれている。

あらすじ

雲林院《うりんいん》(京都市北区紫野にあった寺)の菩《ぼ》提講《だいこう》で、老翁二人と老女が偶然に出会う。今年百九十歳の大宅世継《おおやけのよつぎ》と、百八十歳にはなろうかという夏山繁樹《なつやまのしげき》とその妻であった。そこに若い侍が加わり、講師《こうじ》の到着を待つ間、歴史語りをすることになった。

世継は、卓越した藤原道長の栄華を語るにはまず、帝や后《きさき》、大臣、公卿たちの話からと、第五十五代文徳天皇から語っていく。歴代の帝の話は、清和、陽成、光孝《こうこう》、宇多、醍醐《だいご》、朱雀《すざく》、村上《むらかみ》、冷泉《れいぜい》、円融、花山《かざん》、一条、三条天皇と続き、当代の後一条天皇は、その父一条天皇が、第一皇子敦康《あつやす》親王に後見がいないため第二皇子敦成《あつひら》親王を東宮に立てたのだと結ぶ。世継は、道長の栄華がすべて帝との繋《つな》がりによることを述べ、藤原氏の大臣たちへと話題を移す。

閑院《かんいん》の大臣《おとど》と呼ばれた冬嗣《ふゆつぐ》からはじめ、藤原氏で初めて太政大臣・摂政となった良房《よしふさ》、良相《よしみ》、長良《ながら》、基経《もとつね》。基経の長男時平《ときひら》は左大臣となって右大臣菅原道真《すがわらのみちざね》を大宰府《だざいふ》に左遷したが、客死した道真の怨霊《おんりょう》のために時平の一族は短命に終わることになった。四男忠平は小一条《こいちじょう》太政大臣と呼ばれ、摂政・関白となった。その子には長男実《さね》頼《より》、二男師輔《もろすけ》、四男師氏、五男師尹《もろまさ》がいた。〔天の巻〕

世継は次に、右大臣師輔とその子たち、長男伊尹《これまさ》、二男兼通《かねみち》(同二男)、九男為光《ためみつ》(同九男)、十一男公季《きんすえ》、そして三男兼家《かねいえ》とその子、長男道隆《みちたか》、三男道兼《みちかね》までを語る。

村上天皇女御《にょうご》となった師輔長女安子《あんし》は、気性が激しいが思いやりも深く、冷泉天皇・円融天皇・為平親王と女宮四人の母后となり、代々の帝・東宮や摂政・関白は師輔(九条殿)の血統であった。為平親王は源高明《たかあきら》の婿で、源氏に政権が移るのを怖《おそ》れた伯父たちにより、弟守平《もりひら》親王(後の円融天皇)が東宮に立った(安和《あんな》の変)。師輔は内裏からの帰路で百鬼夜行に出くわしたが、尊勝陀羅尼《そんしょうだらに》を読誦《どくじゅ》し無事

やり過ごした。→よむ

伊尹は太政大臣となったが翌年没。息男義孝《よしたか》の子は名筆で名高い行成《こうぜい》である。堀河の関白と呼ばれた太政大臣兼通は兼家と不仲で、兼家は一時降格されたが、摂政・太政大臣となった。内大臣道隆は関白になり六年ほどで没。その長女定子《ていし》は一条天皇に十五歳で入内《じゅだい》し、中宮となっていた。道兼が関白となったが七日で没し、政権は兼家五男で道隆・道兼の弟である道長に移った。

道隆の子内大臣伊周《これちか》は、花山院不敬事件で大宰権帥《だざいのごんのそち》に左遷、弟隆《たか》家《いえ》も出雲権守《いずものごんのかみ》に左遷され、二人は恩赦によって召還されたが、道隆の子孫は繁栄しなかった。〔地の巻〕

道長の妻二人はともに源氏出身で、倫子《りんし》は二男四女に恵まれ、その長女彰子《しょうし》は一条天皇の中宮となった。明子《めいし》は、四男二女がおり、その一人、顕信《あきのぶ》は出家した。道長は三十歳で関白、五十一歳で摂政・太政大臣となり、五十四歳で出家したその年に、准三宮《じゅさんぐう》(太皇太后宮・皇太后宮・皇后宮に準ずる位)となった。後一条天皇・東宮(後の後朱雀天皇)の祖父であり、三后・関白左大臣、内大臣、その他大勢の納言の父となり、政務を執ること三十一年に及び、子孫は繁栄した。

栄華を極めた道長は、若い頃から大変すぐれていた。花山天皇の御代、ある雨の夜に帝の命令で兄の道隆・通兼と肝試《きもだめ》しをすることになったが、怖気《おじけ》づく二人の兄とは対照的に難なく帝の命令を実行した。→よむ　世継の話は、藤原氏の歴史から道長の法成寺《ほっしょうじ》造営に及び、禎子《ていし》内親王誕生の頃に見た夢のお告げのことを母后妍子《けんし》にしたいと語る。そしてさらに、孝光天皇即位の日のことや鶯宿梅《おうしゅくばい》などの逸話へと続いていくのであった。〔人の巻〕

よむ

◆師輔《もろすけ》、百鬼夜行《ひゃっきやぎょう》にあう

〔地の巻〕

この九条殿(師輔)は、百鬼夜行におあいになられましたよ。それは、何月ということははっきり承っておりません。

たいそう夜が更けて、宮中からご退出なさった時、大宮通から南の方に向けていらっしゃいますと、あははの辻《つじ》の辺りで、突然、お車の簾《すだれ》をお下げになり、「車の牛を取り外し、轅《ながえ》を下ろせ、轅を下ろせ」と、せきたてておっしゃいますので、御車副《みくるまぞい》の者どもは不思議だとは思いましたが、轅を下ろしました。

御随身《みずいじん》や御前駆《ごぜんく》の者どもも、何事が起きられたのかと、お車の側《そば》近くへ参りますと、九条殿はお車の下簾をきちんと引き下ろされ、御笏《しゃく》を両手に持って、うつ伏《ぶ》しておられるご様子で、ひたすら誰かにかしこまっておられる様子でいらっしゃいます。「車は榻《しじ》に載せかけてはならぬぞ。ただ随身どもは、轅の左右、軛《くびき》の辺りにできるだけ近く控えて、先を高い声で払え。雑色《ぞうしき》どもも先払いをして声を絶やすな。御前駆《ぜんく》の者どもも近くにおれ」とおっしゃって、ご自身は尊勝陀羅尼《そんしょうだらに》を一心不乱にご読誦申されました。牛はお車の陰の方へ引き立てさせておかれました。

それから一時間ほどだたち、やっと簾《すだれ》をお上げになって、「さあもうよい、牛をかけて車を進ませよ」とおっしゃいましたが、お供の人々は少しもわけがわかりませんでした。ずっと後になってから、「これこれのこと(妖怪の群れ、百鬼夜行に遭遇した)があった」などと、親しい人々にだけ内々《ないない》でお話しなさったのでしょうが、こういう珍しい事件は、しぜんと世間へも漏れ伝わったのでしょうよ。

原文 この九条殿は、百鬼夜行《ひやくきやぎやう》にあはせたまへるは。いづれの月といふことは、えうけたまはらず。

いみじう夜ふけて、内《うち》より出《い》でたまふに、大宮《おほみや》より南ざまへおはしますに、あははの辻《つじ》のほどにて、御車の簾《すだれ》うち垂《た》れさせたまひて、「御車牛《くるまうし》もかきおろせ、かきおろせ」と、急ぎ仰せられければ、あやしと思へど、かきおろしつ。

御随身《ずいじん》・御前《ごぜん》どもも、いかなることのおはしますぞと、御車のもとに近くまゐりたれば、御下簾《したすだれ》うるはしくひき垂れて、御笏《しやく》とりて、うつぶさせたまへる気色《けしき》、いみじう人にかしこまり申させたまへるさまにておはします。「御車は榻《しぢ》にかくな。ただ随身どもは、轅《ながえ》の左右の軛《くびき》のもとにいと近くさぶらひて、先《さき》を高く追へ。雑色《ざふしき》どもも声絶《た》えさすな。御前《ごぜん》どもも近くあれ」と仰せられて、尊勝陀羅尼《そんしようだらに》をいみじう読みたてまつらせたまふ。牛をば御車の隠《かく》れの方《かた》にひき立てさせたまへり。

さて、時中《ときなか》ばかりありてぞ、御簾《すだれ》あげさせたまひて、「今は、牛かけてやれ」と仰せられけれど、つゆ御供《とも》の人は心えざりけり。後々《のちのち》に、「しかじかのことありし」など、さるべき人々にこそは、忍びて語り申させたまひけめど、さるめづらしきことは、おのづから散りはべりけるにこそは。

〔人の巻〕

◆花山院《かざんいん》の肝試し

花山院《かざんいん》のご在位の時、五月下旬の闇夜《やみよ》に、五月雨《さみだれ》といっても程度がひどく、たいそう気味悪くはげしく雨の降る夜のこと、天皇は手持ち無沙汰《ぶさた》で寂しくお思いになられたのでしょうか、殿上の間《てんじょうま》にお出ましになられ、殿上人たちと管絃の遊びなどしていらっしゃって、人々がお話し申しあげておられるうちに、いつしか昔のいろいろと恐ろしかったことなどに話が移っていきました。

その時、帝が、「今夜はひどく気味の悪い感じのする晩だな。こんなに人が大勢いてさえ、不気味な感じがする。まして、遠く離れた人気のない所などはどんなものだろう。そんな所へ一人で行けるだろうか」とおっしゃいました。

皆が、「とても参れますまい」と申しあげなさったのに、入道殿（道長）は、「どこへなりとも参りましょう」と申されましたから、そうしたことをおもしろがられるご性格のおありの帝ですので、「まことにおもしろい。それならば行け。道隆《みちたか》は豊楽院《ぶらくいん》、道兼《みちかね》は仁《じ》寿殿《じゅうでん》の塗籠《ぬりごめ》、道長は大極殿《だいこくでん》へ行け」と仰せられたので、関わりのない君達《きんだち》は、「道長殿はつまらぬことをも奏上したことよ」と思っています。また一方、勅命を承った殿たち（道隆と道兼）お二人は、お顔色が変わって、「困ったことだ」と思っていらっしゃるのに、入道殿は、とんとそのようなご様子もなく、「私個人の従者は連れていきますまい。この近衛《このえ》の陣《じん》の吉上《きちじょう》なり、滝口《たきぐち》の武士なり、だれか一人に、『昭慶門《しょうけいもん》まで送れ』という勅命をお下し願います。その昭慶門から内へは、私一人で入りましょう」と申しあげられました。すると帝は、「それでは証拠がないことだ」とおっしゃいましたので、「そう仰せられるのもごもっとも」と、帝が御手箱に入れておおきになった小刀をお借りして、お出かけになりました。（中略）

中関白殿（道隆）は、右衛門の陣までは我慢していらっしゃったものの、宴《えん》の松原の辺りで、なんとも得体《えたい》の知れぬ声々が聞こえたので、どうしようもなくて、戻ってこられました。粟田殿（道兼）は、紫宸殿《ししんでん》の北の露台《ろだい》の外まで、震え震えおいでになりましたところ、仁寿殿《じじゅうでん》の東側の敷石の辺りに、軒に届くほどの丈《たけ》の高い人がいるようにご覧になりましたので、無我夢中で、「命があってこそご奉公も勤まるというものだ」と言って、それぞれ引き返してこられました。

それを帝は、御扇をたたいて、お笑いになりましたが、入道殿はたいそう長くお見えにならないので、「どうしたのか」とお思いになっていらっしゃる、ちょうどその時に、まことに平然と、なんでもないというようなご様子で帰っておいでになりました。

帝が、「どうであった、どうであった」とお尋ねになりますと、まことに落ち着いて、御小刀に、削られた物をそろえて差し上げなさいます。「これはなんだ」と仰せられますと、「何も持たずに帰ってまいりましては、証拠がございませんから、高御《たかみ》座《くら》の南側の、大《だい》極殿《こくでん》の柱の下の所を削り取ってまいったのでございます」と、平気な顔をして申しあげられたので、帝もあまりのことに、あきれていらっしゃいました。

原文

花山院《くわざんゐん》の御時に、五月下《しも》つ闇《やみ》に、五月雨《さみだれ》も過ぎて、いとおどろおどろしくかきたれ雨の降る夜、帝《みかど》、さうざうしとや思《おぼ》し召《め》しけむ、殿上《てんじやう》に出《い》でさせおはしまして遊びおはしましけるに、人々、物語申しなどしたまうて、昔恐ろしかりけることどもなどに申しなりたまへるに、「今宵《こよひ》こそいとむつかしげなる夜なめれ。かく人がちなるだに、気色《けしき》おぼゆ。まして、もの離れたる所などいかならむ。さあらむ所に一人《ひとり》往《い》なむや」と仰せられけるに、「えまからじ」とのみ申したまひけるを、入道殿は、「いづくなりともまかりなむ」と申したまひければ、さるところおはします帝にて、「いと興《きよう》あることなり。さらば行け。道隆《みちたか》は豊楽院《ぶらくゐん》、道兼《みちかね》は仁寿殿《じじゅうでん》の塗籠《ぬりごめ》、道長《みちなが》は大極殿《だいこくでん》へ行け」と仰せられければ、よその君たちは、便《びん》なきことをも奏《そう》してけるかなと思ふ。また、うけたまはらせたまへる殿《との》ばらは、御気色変はりて、益《やく》なしと思したるに、入道殿は、つゆさる御気色もなくて、「私《わたくし》の従者《ずさ》をば具《ぐ》しさぶらはじ。この陣《ぢん》の吉上《きちじやう》まれ、滝口《たきぐち》まれ、一人《ひとり》を、『昭慶門《せうけいもん》まで送れ』と仰《おほ》せ言賜《ごとた》べ。それよりうちには一人入りはべらむ」と申したまへば、「証《そう》なきこと」と仰せらるるに、「げに」とて、御手箱《てばこ》に置かせたまへる小刀《こがたなま》申して立ちたまひぬ。（中略）

中関白殿《なかのくわんばくどの》、陣まで念じておはしましたるに、宴《えん》の松原《まつばら》のほどに、そのものともなき声どもの聞こゆるに、術《ずち》なくて帰りたまふ。粟田殿《あはたどの》は、露台《ろだい》の外《と》まで、わななくわななくおはしたるに、仁寿《じじゅう》殿《でん》の東《ひんがし》面《おもて》の砌《みぎり》のほどに、軒《のき》とひとしき人のあるやうに見えたまひければ、ものもおぼえで、「身のさぶらはばこそ、仰《おほ》せ言《ごと》もうけたまはらめ」とて、おのおのたち帰りまゐりたまへれば、御扇《あふぎ》をたたきて笑はせたまふに、入道殿はいとひさしく見えさせたまはぬを、いかがと思《おぼ》し召すほどにぞ、いとさりげなく、ことにもあらずげにてまゐらせたまへる。

「いかにいかに」と問はせたまへば、いとのどやかに、御刀に、削《けづ》られたる物を取《と》り具《ぐ》して奉らせたまふに、「こは何《なに》ぞ」と仰せらるれば、「ただにて帰りまゐりてはべらむは、証《そう》さぶらふまじきにより、高御《たかみ》座《くら》の南面《みなみおもて》の柱のもとを削りてさぶらふなり」と、つれなく申したまふに、いとあさましく思し召さる。

百鬼夜行（百鬼夜行絵巻より）

31

藤原道長の栄華を中心に、平安時代の歴史を仮名で描く

栄《えい》花《が》物語

平安時代後半に成立した、最初の歴史物語。宇多天皇から堀河天皇までの約二百年の歴史を、年次を追って記していく。全四〇巻からなるが、最初の三〇巻(正篇)は十一世紀前半に赤染衛《あかぞめえ》門《もん》によって書かれたと考えられている。後半一〇巻(続篇)の作者は未詳。藤原道長の生涯を光源氏になぞらえながら、その栄華獲得の要因を後見の問題と絡めて描き出すところに独自の歴史観がうかがえる。

あらすじ

宇多《うだ》・醍醐《だいご》・朱雀《すざく》に続き即位した村上《むらかみ》天皇は、醍醐天皇とならぶ聖帝であった。その后《きさき》として藤原師輔息女の安子《あんし》が立后《りつごう》し、その子憲平《のりひら》親王が東宮となった。

村上天皇が崩御し、冷泉天皇が即位、安子の子守平《もりひら》親王が東宮となった。兄宮為平《ためひら》親王は立太子できず、舅《しゅうと》の源高明《みなもとのたかあきら》は不満を抱く。高明がそれを根にもって朝廷を転覆《てんぷく》させようとしているという噂《うわさ》がたち、高明は左遷された。円融《えんゆう》天皇が即位し、師輔《もろすけ》次男の兼通《かねみち》は、摂政、太政大臣となった。〔巻一〕

兼通は、不仲であった弟の兼家《かねいえ》を治部卿《じぶきょう》に降格させたが、兼家は兼通薨去《こうきょ》後に再び右大臣となり、その息女詮子《せんし》は円融天皇に入内《じゅだい》した。円融天皇が譲位し花山《かざん》天皇が即位する。懐妊中の女御祇子《しし》が亡くなり、失意にくれた天皇は花山寺で出家、詮子の子の懐仁《やすひと》親王が即位し、一条天皇となった。〔巻二〕

兼家は摂政となり、皇太后詮子の兄弟である道隆・道兼・道長はそれぞれ昇進したが、なかでも道長は抜きん出ていた。道長は源雅信の息女倫子《りんし》と結婚し、彰子《しょうし》が誕生した。また道長は、源高明の息女明子《めいし》とも結婚した。一条天皇は元服し、道隆の長女定子《ていし》が入内。病のために出家した兼家に代わり、道隆が摂政となり、娘の定子は立后した。〔巻三〕

正暦二年(九九一)、詮子は出家し、初の女院《にょいん》となった。やがて道隆は関白に、その息男伊周《これちか》は内大臣となったが、道隆は病のため出家、薨去した。道隆弟の道兼は関白の宣旨を受けたがほどなく薨去、七日関白と呼ばれた。その後、その弟の道長に内覧《ないらん》の宣旨《せんじ》がくだった。折しも、伊周が、自分の通う為光の三女に花山院も通っていると誤解したことから、弟隆家《たかいえ》とともに花山院に矢を射かける事件が起こった。また、伊周が詮子を呪って大元帥《だいげんの》法《ほう》を行なったという噂《うわさ》

もたち、伊周は大宰権帥《だざいのごんのそち》に、隆家は出雲権守《いずものごんのかみ》に配流された。懐妊していた定子は、兄弟二人の出立後に出家し、脩子《しゅうし》内親王を出産した。なお寵愛《ちょうあい》を受ける定子は、その後再び懐妊し、一条天皇の第一皇子となる敦康《あつやす》親王を出産、その恩赦で伊周・隆家は召還された。

〔巻四・五〕

長保元年(九九九)、道長の長女彰子は十二歳で一条天皇に入内、藤壺に入った。翌年、彰子は立后して中宮となり、定子は皇后となった。定子はまた懐妊し、媄子《びし》内親王を出産するが、崩御した。

〔巻六・七〕

寛弘五年(一〇〇八)九月、彰子は道長の土御門《つちみかど》邸で敦成《あつひら》親王を出産した。道長の喜びはこのうえなく、十月に一条天皇の行幸があり、十一月に盛大な五十日《いか》の祝いが催された。翌年、道長二女妍子《けんし》が東宮居貞《いやさだ》親王に入内した。ふたたび懐妊した彰子は敦良《あつなが》親王を出産、道長の喜びはひとしおであった。譲位の近づいた一条天皇は、敦康親王の処遇に悩む。↓よむ
〔巻八〕

寛弘八年、一条天皇譲位。居貞親王が即位し、三条天皇となった。東宮に立ったのは敦康親王ではなく、敦成親王であった。寛弘九年、妍子は立后し懐妊、翌年に禎子《ていし》内親王を出産した。

〔巻九・一〇〕

長和五年(一〇一六)、三条天皇は病から譲位を決意、敦成親王が即位し後一条天皇となった。東宮に娍子《せいし》の子の敦明《あつあきら》親王が立った。長和六年、道長は左大臣を辞し、内大臣となった頼通に摂政を譲った。

〔巻一一・一二〕

東宮敦明親王は退位、敦良親王が東宮となった。翌寛仁二年(一〇一八)、道長三女威子《いし》が後一条天皇に入内し立后、道長息女三人が后《きさき》に立った。暮れに敦康親王が薨去した。

〔巻一三〕

寛仁三年、道長は病を患い出家、仏事に勤しむ。↓よむ　治安元年(一〇二一)、道長四女嬉子《きし》が東宮に入内し、翌二年には、法成寺金堂供養が盛大に行なわれた。

〔巻一四〜二四〕

万寿二年(一〇二五)、嬉子が親仁《ちかひと》親王を出産し薨去。四年に妍子が崩御、その法要後、道長は薨去した。

〔巻二六〜三〇〕

長元九年(一〇三六)、敦良親王が即位し後朱雀天皇となり、寛徳二年(一〇四五)には親仁親王が即位し、後冷泉天皇となった。道長五男の教通《のりみち》は、生子・歓子をそれぞれ入内させたが、子に恵まれず。治暦四年(一〇六八)頼通は宇治に籠居《ろうきょ》。時代は後三条天皇・堀河天皇の御代へと移っていった。

〔巻三一〜四〇〕

よむ

◆敦康《あつやす》親王元服

〔巻八「はつはな」〕

今上《きんじょう》の一の宮(敦康親王)が御元服《げんぶく》なさったので、式部卿《しきぶきょう》にとお思いになるけれども、それには東宮の一の宮(敦明親王)がすでにおなりでいらっしゃるし、また中務《なかつかさきょう》卿にしても二の宮(敦儀親王)がいらっしゃるので、目下のところ空きがあるままに、今上の一の宮を、帥宮《そちのみや》と申しあげることになった。

御学才も深く、思慮も深くいらっしゃるにつけても、帝(一条天皇)は心底からお可愛《かわい》くて人知れず秘蔵子《ひぞっこ》とお思い申しあげあそばして、「万事どこまでもふびんなことよ、こんなことになろうとは思いもしなかった」とお見守り申しあげていらっしゃる。この一の宮へのご愛情の深さから、一品《いっぽん》におさせ申しあげあそばしたのだった。何事をも長幼の順序どおりにとのおぼしめしでありながらも、しっかりした御後見もないとあっては、立坊《りつぼう》の件もすっかり断念してしまわれたにつけても、かえすがえす残念でならぬ御宿運でもあったことよと、しきりに悲しくお思いになるのであった。

原文 内《うち》の一の宮、御元服せさせたまひて、式部卿《しきぶきやう》にと思《おぼ》せど、それは東宮の一の宮にておはします、中務《なかつかさ》にても二の宮おはすれば、ただ今あきたるままに、今上の一の宮をば、帥宮《そちのみや》とぞ聞こえける。

御才《ざえ》深う、心深うおはしますにつけても、上《うへ》は、あはれに人知れぬ私物《わたくしもの》に思ひきこえさせたまて、よろづに、飽かずあはれなるわざかな、かうやは思ひしとのみぞ、うちまもりきこえさせたまへる。御心ざしのあるままにとて、一品《いっぽん》にぞ、なしたてまつらせたまひける。よろづを次第《しだい》のままに思しめしながら、はかばかしき御後見《うしろみ》もなければ、その方にもむげに思し絶えはてぬるにつけても、かへすがへす、口惜《くちを》しき御宿世《すくせ》にもありけるかなとのみぞ悲しう思しめしける。

◆道長出家

〔巻一五「うたがひ」〕

こうして殿《との》の御《お》前《まえ》（道長）は、「今はこれまで」というので、院源《いんげん》僧都《そうず》を召して、御髪《みぐし》をお下ろしになった。北の方（倫子）も年来の御本意であるから、すぐ続いてと思われもし、そのことをお口にされるけれど、「尚侍《ないしのかみ》殿の御事（四女嬉子の東宮参入）が済んでから」と申しあげられるので、まことに残念なことと途方に暮れておられるのもほんとうにいたましいことである。

院源僧都が殿の御髪《みぐし》をお下ろしになろうとして、「長年の間、天下の柱石として、すべての人々の父として万民を撫育《ぶいく》し、仏法の正しい教えをもって国を治め、非道の政《まつりごと》もなく過ごしてこられたのに、いま最高の地位を去り、りっぱなお住まいを捨てて、出家入道なさるのを、三世《さんぜ》（前世、現世、来世）の諸仏たちは喜び、現世ではご寿命が延び、後生《ごしょう》は極楽世界の上品上生《じょうぼんじょうしょう》（往生を九分類したうちの最高位）にお上りなさることは必定である。三帰五戒《さんきごかい》（仏法僧の三宝に帰依し、不殺生などの五つの戒めを保つこと）を受ける人でさえ、三十六天の神祇《しんぎ》（三帰を受けた者の守護神）、十億恒河沙《ごうがしゃ》の鬼神（三十六天の神祇の眷属《けんぞく》である鬼神）の護《まも》りがあるものである。まして、真実の出家においてはなおさらである」などと語られるのは、しみじみと尊くも哀《かな》しいことはこのうえない。宮たちや殿方も惜しみ悲しみ申しあげられるのは、それも無理からずたいそう悲しいことである。帝（後一条天皇）や東宮（敦良親王）からお使者の絶え間がない。

原文 かくて、今はとて院源僧都《ゐんげんそうづ》召して、御髪《みぐし》おろさせたまうつ。上も年ごろの御本意《ほい》なれば、やがてと思《おぼ》しのたまはすれど、「督《かむ》の殿《との》の御事の後《のち》に」と申させたまへば、いと口惜《くちを》しと思しまどふもいといみじ。

僧都《そうづ》の、御髪《みぐし》おろしたまふとて、「年ごろの間、世《よ》の固《かた》め、一切衆生《いっさいしゅじやう》の父としてよろづの人をはぐくみ、正法《しやうぼふ》をもて国を治め、非道の政《まつりごと》なくて過ぐさせたまふに、かぎりなき位《くらゐ》を去り、めでたき御家を捨てて、出家入道せさせたまふを、三世諸仏たち喜び、現世《げんぜ》は御寿命延《の》び、後生《ごしやう》は極楽の上品上生《じやうぼんじやうしやう》に上らせたまふべきなり。三帰五戒《さむきごかい》を受くる人すら、三十六天の神祇《しんぎ》、十億恒河沙《ごうがしや》の鬼神護《まも》るものなり。いはんや、まことの出家をや」など、あはれに尊《たふと》くかなしきことかぎりなし。宮々、殿《との》ばら惜しみ悲しびきこえたまふ、ことわりにいみじう悲し。内《うち》、東宮より御使《つかひ》隙《ひま》なし。

32

「一家三后《いっかさんごう》」を成し遂げた藤原道長の日記

御堂関白記《みどうかんぱくき》

摂関政治の最盛期を生きた藤原道長の日記。道長は、内覧《ないらん》となり政権を獲得した長徳元年（九九五）から日記をつけ始めたが、現存するのは長徳四年から治安元年（一〇二一）までの部分。なお、書名は後代の人が付けたもので、道長自身は「関白」にはなっていない。朝廷から賜《たまわ》った具注暦《ぐちゅうれき》にその日の出来事を漢文体で書き込んでいく体裁だが、時に興が乗ってくると、暦《こよみ》の裏にまで書き記すこともあった。

あらすじ

長保元年(九九九)二月九日。長女彰子《しょうし》(十二歳)裳着《もぎ》。十月二十一日。彰子入内《じゅだい》の調度品として準備した屛風《びょうぶ》に書く和歌を詠むように人々に依頼する。十一月一日。彰子が一条天皇(二十歳)のもとに入内。十一月七日。彰子に女御《にょうご》の宣旨《せんじ》が下る。長保二年二月二十五日。彰子立后《りつごう》。宮中では夕刻に立后宣命《せんみょう》が読まれる。

長保六年(一〇〇四)二月五日。長男頼通《よりみち》(十三歳)が春日《かすが》祭使として、春日大社へ出立する。十一月二十七日。女官除目《にょかんじもく》があり、次女妍子《けんし》(十一歳)が尚侍《ないしのかみ》に任じられる。

寛弘四年(一〇〇七)閏五月十七日。金峰山詣《きんぷせんもう》でのための潔斎《けっさい》に源高雅《たかまさ》邸に籠《こも》る。八月二日。金峰山に出発する。↓よむ

寛弘五年四月十三日。妊娠五か月となった彰子が、道長の土御門《つちみかど》邸に退出する。九月十一日。彰子が敦成《あつひら》親王(後の後一条《ごいちじょう》天皇)を出産する。寛弘六年十一月二十五日。再び妊娠した彰子が、敦良《あつなが》親王(後の後朱雀《ごすざく》天皇)を出産する。

寛弘七年二月二十日。妍子が東宮居貞《いやさだ》親王に入内。寛弘八年六月十三日。一条天皇の譲位儀が行なわれる。定子の子の敦康《あつやす》親王立太子。長和四年(一〇一五)十月二十七日。准摂政《じゅんせっしょう》の宣旨が下る。長和五年正月二十九日。三条天皇譲位・敦明《あつあきら》親王立太子・道長を摂政とする宣旨が下る。長和六年(一〇一七)三月十六日。摂政の辞表を提出して受理される。頼通を摂政にする詔《みことのり》が下る。十二月七日。辞表を提出して左大臣を解任される。

寛仁二年(一〇一八)正月三日。後一条天皇元服。加冠《かかん》の役を務める。三月七日。四女威子《いし》(十九歳)が後一条天皇に入内する。十月十六日。威子立后の宣命が下る。それにともない、故三条天皇中宮の妍子が皇太后となり、正月七日に太皇大后になっていた彰子とあわせて、一家に三后が鼎立《ていりつ》することになった。

よむ

◆金峯《きんぶ》山《せん》参詣《さんけい》

八月二日。

金峯山に参詣するため土御門邸《つちみかどてい》を出立した。丑の刻(午前一時～三時頃)に出立した。一条天皇の御物忌《ものいみ》の日ではあったが、出立した。

門を出るとき、塩湯《しおゆ》を衆人《しゅうじん》に灑《そそ》いだ。中御門大路《なかみかどおおじ》を西に向かい、大宮大路を南に折れた。二条大路を進んで朱雀《すざく》大路に到り、礼橋《らいばし》の下で解除《げじょ》(祓《はらえ》を行なった。羅城門《らじょうもん》から出て、鴨川尻《かもがわじり》で舟に乗った。時に辰《たつ》の刻(午前七時～九時頃)。

石清水八幡宮《いわしみずはちまんぐう》に参詣した。午《うま》の刻(午前十一時～午後一時頃)に奉《ほう》幣《へい》を行なった。諷誦《ふじゅ》を行ない、信濃布《しなののぬの》三十端《たん》を納めた。

八幡宮を出立した。身主渡《みぬしのわたし》で木津川《きづがわ》を東に渡った。内記堂《ないきどう》という場所に宿をとった。

八月十一日。

早朝、金峯山寺の湯屋《ゆや》に着き、水を十枚浴びた。解除を行なったのち、献上品を御前に立てた。小守三所《こもりさんしょ》に参上した。金銀・五色(青・赤・黄・白・黒)の絹の幣《ぬさ》や紙の御幣《ごへい》、紙、米を献上した。護法社にも、また同じく献上した。

三十八所に詣でた。同じくまた、幣などを供した。五師《ごし》の朝仁《ちょうじん》が献上物を申上《しんじょう》し、被物《かずけもの》を賜った。

続いて蔵王権現《ざおうごんげん》御在所に参詣し、綱二十条と細盖《ほそきぬがさ》十流を献上した。御灯明を供し、経を供養した。経供養したのは、『法華経』百部・『仁王経《にんのう》』□(欠字)は三十八所の神々の御ため、ならびに主上(一条天皇)、冷泉院《れいぜいいん》、中宮(彰子)、東宮(居貞親王)等の御ために『理趣分《りしゅぶん》』八巻、八大竜王《はちだいりゅうおう》のために『般若心経』百十巻である。七《しち》僧《そう》と凡僧《ぼんそう》を招請して供養し、終わった。

原文(訓み下し)

二日、乙巳。

金峰《きんぶ》山《せん》に参る。丑時《うしのとき》を以《もち》て出立す。御物忌《ものいみ》に立つ。

門を出《い》づる間、塩湯《しほゆ》を以て衆人《しゅうじん》に灑《そそ》ぐ。中御《なかみ》門《かど》より西に行き、大宮《おほみや》より南に出づ。二条より朱雀門大路《すざくもんおほじ》に到り、礼橋《らいばし》の下にて解《げ》除《じょ》す。羅城門《らじやうもん》より出でて、鴨河尻《かもがはじり》にて舟に乗る。時に辰《たつ》。

八幡宮《はちまんぐう》に参る。午時《うまのとき》に奉幣《ほうへい》す。諷誦《ふじゅ》す。信布三十端《たん》。

宮より出づ。身主渡《みぬしのわたし》より東に渡る。内記《ないき》堂《だう》と云《い》ふ処に宿す。

十一日、甲辰。

早旦《さうたん》、湯屋《ゆや》に着し、水十杪を浴す。解除して、御物の前に立つ。小《こ》守三所《もりさんしよ》に参上す。金銀・五色の絹幣・紙御幣等、紙、米等を献ず。護法《ごほふ》、又同じ。

三十八所に詣《まう》づ。同じく又幣等を供す。五師《ごし》朝仁《てうじん》、之《これ》を申す。被物《かづけもの》を賜《たま》ふ。

次いで御在所に参り、綱廿條・絹盖十流を献ず。御明燈を供し、経を供養す。法華経百部・仁王経□(欠字)は三十八所の御為《ため》、并《なら》びに主上・冷泉院・中宮・東(宮)等の御為に理趣分《りしゅぶん》八巻、八大《はちだい》龍王《りうわう》の為に心経百十巻なり。七僧・百僧を請《しやう》じ、供養し了《をは》んぬ。

33

王朝女流文学の実りを受けて誕生、女性歌人の集う勅撰《ちょくせん》集

後拾遺《ごしゅうい》和歌集

「三代《さんだい》集」と呼ばれる『古今集』『後撰《ごせん》集』『拾遺集』に続く、第四番目の勅撰和歌集。撰者は藤原通俊《みちとし》。白河天皇の命令によって、応徳三年（一〇八六）九月十六日に撰進された。十世紀後半から十一世紀末頃までの、およそ一三〇年間に詠まれた一二一八首の歌を、二〇巻に編集する。仮名書きの序文を持つ。三代集の伝統を受け継ぎつつ、中世和歌につながる新風を示した歌集と評価される。

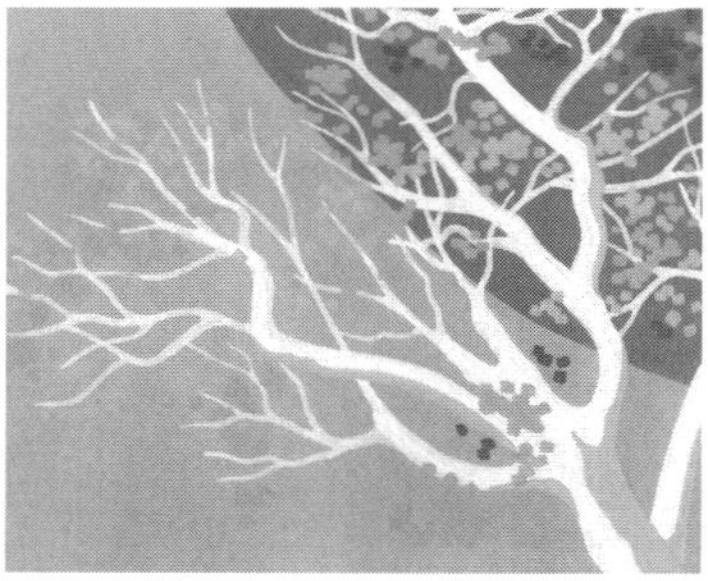

内容紹介

『後拾遺集』と、その前の『拾遺集』との間には、約八十年におよぶ勅撰集空白期がある。この時期は藤原氏摂関政治の最盛期にあたり、『枕草子』や『源氏物語』などの王朝女流文学の白眉となる作品が生み出された。『後拾遺集』は、摂関政治に翳《かげ》りが生じた十一世紀末に、久々に編まれた勅撰集である。春（上・下）、夏、秋（上・下）、冬、賀《が》、別《べつ》、羇旅《きりょ》、哀傷、恋（一～四）、雑《ぞう》（一～六）からなり、雑六には神祇《じんぎ》・釈教《しゃっきょう》という下位分類がある。

歌風には豊かな多様性があるが、その特徴は大きく三つにまとめられる。第一は、三代集的な伝統を受け継いで、ことばを巧みに組立てて温雅な世界を詠んだ歌があること。第二は、中世和歌につながる新たな動向を先取りした歌があること。第三は、十一世紀前半の女流文学の実りを反映して、女性の歌が多く収められていることである。

主要歌人は収録歌数順に、和泉式部《いずみしきぶ》（六八首）、相模《さがみ》（三九首）、赤《あか》染衛門《ぞめえもん》（三二首）、能因《のういん》法師（三一首）、伊勢大輔《いせのたいふ》（二六首）と、女性が圧倒的に多い。一位の和泉式部（九七八？～一〇二〇頃）は、『和泉式部日記』の筆者としても知られる女流歌人である。主な歌には、「岩つつじ」という新しい景物を鮮やかな比喩によって捉えた「岩つつじ折りもてぞ見る背子《せこ》が着し紅染《くれなゐぞ》めの色に似たれば」（春下）、最愛の恋人である敦道《あつみち》親王に先立たれた時の悲嘆を詠じた「捨てはてむと思ふさへこそ悲しけれ君に馴《な》れにし我が身と思へば」（哀傷）、恋部の巻末という重要な位置に置かれた「白露《しらつゆ》も夢もこの世も幻もたとへていへばひさしかりけり」（恋四）などがある。

久々の勅撰集は貴族社会の大きな関心を呼び、源経信《つねのぶ》著『難《なん》後拾遺』のような、集の出来栄えを批判する書物も登場した。

よむ

詞書は現代語訳を掲載した。

正月ごろ、摂津《せっつ》国におりましたころに、ある人のもとに言い送った歌

能因《のういん》法師

心あらむ人に見せばや津《つ》の国の難波《なには》わたりの春のけしきを 〔春上・四三〕

情趣を解するであろう人に見せたいものです。ここ津の国の難《なに》波《わ》(淀川の河口付近)のあたりの、美しい春の景色を。

橘《たちばな》の花を詠んだ歌

相模《さがみ》

五月雨《さみだれ》の空なつかしくにほふかな花《はな》橘《たちばな》に風や吹くらむ 〔夏・二一四〕

五月雨《さみだれ》の空に、しみじみと心ひかれる芳香が広がっています。どこかの橘の花に、いま風が吹いているのでしょうか。

詠歌事情不明の歌

曾禰好忠《そねのよしただ》

鳴けや鳴け蓬《よもぎ》が杣《そま》のきりぎりす過ぎ行《ゆ》く秋はげにぞ悲しき 〔秋上・二七三〕

鳴けよ鳴け。生い茂った蓬の下にいる、小さなキリギリスよ。秋が過ぎ去るのは、きみが嘆くように本当に悲しいことだね。

娘の小式部内侍《こしきぶのないし》が亡くなって、孫たちがおりますのを見て詠みました歌

和泉式部

とどめおきて誰《たれ》をあはれと思ふらむ子はまさるらむ子はまさりけり 〔哀傷・五六八〕

亡くなったあの子は、この世に残していった者の中で誰を愛しく思っているでしょうか。子を思う心がまさっていることでしょう。私にとっても、なにより大切なのはあの子だったのだから。

詠歌事情不明の歌

和泉式部

黒髪の乱れも知らずうちふせばまづかきやりし人ぞ恋しき 〔恋三・七五五〕

黒髪が乱れるのもかまわずうち臥《ふ》していると、何も言わずにまず優しく髪を掻《か》きやってくれたあの人が恋しく思われます。

恋人に顧みられなくなった頃、貴船《きぶね》神社に参って、御手洗河《みたらしがわ》に蛍が飛んでおりますのを見て詠んだ歌

和泉式部

物《もの》思へば沢の蛍《ほたる》も我《わ》が身よりあくがれいづる魂《たま》かとぞ見る 〔雑六・一一六二〕

思い悩んでいると、水辺に飛び交う蛍の明滅する光も、私の身体からさまよい出た魂かと見ることです。

34

和歌史の屈折点を今に伝える、源俊頼《みなもとのとしより》による作歌の入門書

俊《とし》頼《より》髄《ずい》脳《のう》

平安時代後期の歌学書。「俊秘抄《しゅんびしょう》」ともいう。筆者は源俊頼。成立は天永二年（一一一一）から永久三年（一一一五）の間かと推定される。奥書《おくがき》によれば、関白藤原忠実《ただざね》の命令によって、忠実の娘である高陽院《かやのいん》泰子の妃《きさき》教育のための書物として編まれたという。筆者の俊頼は宇多源氏の出身。五番目の勅撰集『金葉《きんよう》集』の撰者で、『散木奇歌《さんぼくきか》集』という私家集（個人の歌集）もある。父の経信《つねのぶ》、子の俊恵《しゅんえ》も歌人として有名。

内容紹介

『俊頼髄脳』は、若い貴族女性が読む作歌手引き書として書かれたものだが、大歌人源俊頼の著作であることから、本書によって平安時代後期の人々の和歌に関する知見の一端を伺うことができる。

構成はやや雑然としているが、序文から始まり、和歌の種類（短歌・旋頭歌《せどうか》・長歌《ちょうか》などの歌体）、歌病《かびょう》（「同心の病」「文字病」などと称される和歌を詠むときに避けねばならない言葉遣い）、歌人の範囲、和歌の効用（歌の力によって雨乞いに成功する話など）、実作のさまざまな姿、歌題と詠み方、秀歌の例、和歌の技法の解説、歌語とその表現の実態などが、豊富な例歌とともに記されている。『万葉集』の流れを汲《く》む難解な歌語や、漢詩文に由来する故事の解説なども試みられている。また、さまざまな歌人たちの逸話も書き留められており、説話集に通じる面白さもある。

文学史的な側面から特に注目されるのは、「歌題と詠み方」の項目である。以下、題詠についての箇所を現代語訳で掲載する。

だいたい和歌を詠もうとする時は、課せられた歌題をしっかり理解しなければならない。歌題の文字数は、三字でも、また四字五字以上に多くても、歌の中に詠み込むべき文字、必ずしも詠み込まなくともよい字、それとなく遠回しに表現して意を表わす字、確実明瞭《めいりょう》に詠まねばならない文字と、区別があることをよく承知しなければならない。意味を間接的に表現すべき題の字を、端的に歌の中に表現するのもいけないし、そのままはっきりと詠み込むべきものを、遠回しに表現するのも題意が弱くなるのでよくないことである。このような歌題の詠み方は、簡単に人から習い伝えられるべきことではない。もっぱら自分で研鑽《けんさん》して察知すべきことである。考えてみると、歌題をよく理解して詠み、またその場その時に応じてふさわしい歌に仕立て

ることは、容易なことであろう。

これは、題詠について解説した最も初期の例である。平安時代後期には、あらかじめ設定された歌題に応じて歌を詠む「題詠」が盛んに行なわれていた。歌題の中には「海上明月」「不被知人恋（人に知られざる恋）」のように複雑な内容を圧縮したものもあり、それらをどのように詠みこなすかが歌人たちの関心事であった。題詠はこののちの和歌史の主流となっていく。

よむ

和泉《いずみ》・赤染《あかぞめ》優劣論

歌の良否を本当に知ろうとすることは、たいへんな試みなのであろう。四条大納言藤原公任《きんとう》卿に、その子中納言定頼《さだより》が、「和泉式部《いずみしきぶ》と赤染衛門《あかぞめえもん》と、歌人としてはどちらが優れておりますか」と質問なさったところ、公任卿はこう答えた。

「一口《ひとくち》で優劣を云々《うんぬん》できる歌人ではない。和泉式部は『津《つ》の国のこやとも人をいふべきにひまこそなけれあしの八重《やへ》ぶき』（摂津の国の昆陽《こや》という地名のように「来《こ》や」、来てほしい、とあなたに言うべきなのですが、蘆《あし》の八重葺《やえぶ》きの小屋《こや》に隙間《すきま》がないように、人目の隙がなくて言えないのです）という秀歌を詠んでいる人である。非常に特別な歌人である」

そこで定頼は不思議だと思って、申しあげた。

「和泉式部の歌の中では『暗きより暗き道にぞ入《い》りぬべきはるかに照らせ山の端《は》の月』（私は煩悩《ぼんのう》の闇《やみ》から、さらに闇夜の世界へと迷いこんでしまいそうです。はるかかなたまで照らしてください、山の端にかかる真如《しんにょ》の月よ）という歌が、非常によい歌だと世間の人は言うようですよ」

すると公任卿は、

「その世評、なんと人は十分知りもしないことを言うものだ。『暗きより暗き道にぞ』と表現した初二句は、『法華経』の「冥《くら》きより冥きに入る、永く仏名《ぶつみやう》を聞かず」という文言そのままではないか。そうであれば、式部が苦心して考えついた表現とも考えられない。また下句の『はるかに照らせ』云々という表現は、上句に引きつけられて、やすやすと詠むことができたのであろう。それに対して私の挙げた歌の『津《つ》の国の昆陽（来や）とも人を』と表現して、さらに小屋を連想させ、『隙《ひま》こそなけれ』と表現した詞は、凡人の考えつけるようなことではない。すばらしい発想なのである」

と強調されたという。

原文 歌のよしあしをも知らむ事は、ことのほかのためしなめり。四条大納言《しでうだいなごん》に、子の中納言の、「式部《しきぶ》と赤染《あかぞめ》と、いづれかまされるぞ」と尋ね申されければ、「一口《いつこう》にいふべき歌よみにあらず。式部は、ひまこそなけれあしの八重ぶきと、詠めるものなり。いと、やんごとなき歌よみなり」とありければ、中納言は、あやしげに思ひて、「式部が歌をば、はるかに照らせ山の端《は》の月と申す歌をこそ、よき歌とは、世の人申すめれ」と申されければ、「それぞ、人のえ知らぬ事をいふよ。くらきよりくらき道にぞといへる句は、法華経《ほけきやう》の文《もん》にはあらずや。されば、いかに思ひよりけむとも覚えず。末《すゑ》の、はるかに照らせといへる句は、本《もと》にひかされて、やすく詠まれにけむ。こやとも人をといひて、ひまこそなけれといへる詞《ことば》は、凡夫の思ひよるべきにあらず。いみじき事なり」とぞ申されける。

35

梁塵秘抄《りょうじんひしょう》 付録 閑吟集《かんぎんしゅう》

貴族から庶民にまで愛好された、平安・中世の歌謡集2冊

曲節をつけて歌う歌を歌謡といい、儀式や宴席で歌うものから、気楽に口ずさむものまである。古くは平安時代の神楽歌《かぐらうた》や催馬楽《さいばら》があり、平安末には今様《いまよう》、鎌倉時代には早歌《そうか》、室町時代には小歌《こうた》が流行した。本作『梁塵秘抄』は今様の集大成である。また、中世を代表する歌謡集『閑吟集』も付録として載せる。いずれも庶民の哀歓や生態、世相を写しとっており、同時期の宮廷和歌には見られない世界が広がっている。

内容紹介

◆梁塵秘抄

平安末期に流行し、広い階層の人々に愛唱された「今様《いまよう》」の集大成。今様とは、「今めかしさ」——現代風で目新しく、派手な魅力——をもつ歌で、遊女や傀儡《くぐつ》などの芸能者を歌い手とした。この今様に熱中した後白河院《ごしらかわいん》が編纂《へんさん》し、嘉応元年（一一六九）から治承二（一一七八）、三年頃にかけて成立。もとは歌詞集一〇巻、口伝集一〇巻の計二〇巻あったらしいが、現存するのは歌詞集が巻一の一部と巻二、口伝集が巻一の一部と巻一〇のみ。歌詞集は長い間埋れていて、明治末年に発見された。長歌《ながうた》、古柳《こやなぎ》、今様、法文歌、四句神《しくのかみ》歌《うた》、二句神歌、計約五六〇首を収める。仏教讃歌をはじめ、恋愛の機微や世相の活写、当時の庶民のさまざまな生業《なりわい》や生活を歌い、哀歓を誘う。また、口伝集・巻一〇は後白河院が自伝風に、老傀儡乙《おと》前《まえ》を師とした今様修練や、自身の今様の弟子たちの評、今様霊験譚などを語ったもので、今様に熱中した院の情熱が伝わってくる。

◆閑吟集

短詩形の世俗的な歌謡——中世小歌《こうた》を中心に、大和節《やまとぶし》、近江《おうみ》節、田楽《でんがく》節、吟詩句、早歌《そうが》、放下《ほうか》歌、狂言小歌を収める、室町時代の歌謡集。一巻。全三一一首を、春・夏・秋・冬・雑の流れをつくり、連想やことばの連鎖によって配列する。永正一五（一五一八）年成立。編者は未詳だが、序文には富士山を遠望する地に庵を結ぶ世捨て人が、かつて都や地方の宴席で歌った歌謡を集めたものとある。詩型は一定せず自由で、和歌や漢詩を典拠とするものと、民謡風のものや庶民の会話を写しとったようなものがある。恋の歌が多く、中世後期の現世謳歌の世相を反映している。

よむ

梁塵秘抄

仏《ほとけ》は常《つね》にいませども　現《うつつ》ならぬぞあはれなる　人の音せぬ暁《あかつき》に　ほのかに夢に見えたまふ

み仏は常におわすというけれど、凡夫には現実にお姿を拝することができないのは、尊くも悲しいことだ。人が寝静まった暁に、かすかに夢の中に姿をお見せになるよ。

〔巻二・二六〕

われらは何《なに》して老いぬらん　思へばいとこそあはれなれ　今は西方極楽《さいはうごくらく》の　弥陀《みだ》の誓《ちか》ひを念ずべし

〔巻二・二三五〕

私はいったい何をして老いてしまったのだろう。考えてみると、ひどく悲しいことだ。今となっては、西方極楽浄土《さいほうごくらくじょうど》の阿弥陀如来《あみだにょらい》の誓願におすがりするしかない。

——神崎の遊女とねくろが海賊に襲われた際、この今様を歌って極楽往生を遂げた、という伝承がある。

君が愛せし綾藺笠《あやゐがさ》　落ちにけり落ちにけり　賀茂川《かもがは》に川《かは》中《なか》に　それを求むと尋ぬとせしほどに　明けにけり明けにけり　さらさらさやけの秋の夜は

〔巻二・三四三〕

あなたが大事にしていた綾藺笠《あやいがさ》、ほら、落ちてしまった、落ちてしまった、賀茂川《かもがわ》に、川の中に。それを捜そうと尋ねようとしているうちに、明けてしまった、明けてしまった、さらさら爽やかな秋の夜は。

遊びをせんとや生《う》まれけむ　戯《たはぶ》れせんとや生《む》まれけん　遊ぶ子どもの声聞けば　わが身さへこそ揺《ゆ》るがるれ

〔巻二・三五九〕

遊びをしようとして、生まれてきたのだろうか。戯れをしようとして、生まれてきたのだろうか。無心に遊ぶ子どもたちの声を聞くと、わが身までつられて揺れ動きだすよ。

舞へ舞へ蝸牛《かたつぶり》　舞はぬものならば　馬《むま》の子や牛の子に蹴《く》ゑさせてん　踏み破《わ》らせてん　実《まこと》に美しく舞うたらば　華《はな》の園《その》まで遊ばせん

〔巻二・四〇八〕

舞え舞え、蝸牛《かたつむり》。舞わないのなら、馬の子や牛の子に蹴らせちゃおう、踏み割らせちゃおう。ほんとにかわいく舞ったなら、花の園まで遊びに連れて行こう。

◆閑吟集

世間《よのなか》はちろりに過ぐる　ちろりちろり

世の中はちろりと瞬く間に過ぎてゆく。ちろちろっとね。〔四九〕

なにせうぞ　熅《くす》んで　一期《いちご》は夢よ　ただ狂へ

どうしようっていうんだい、まじめくさって。所詮《しょせん》、一生は夢よ。さあ、遊び狂え。〔五五〕

思ひのたねかや　人の情《なさけ》

物思いの種《たね》になるのかな、人の愛情というものは。〔八一〕

人買《ひとか》ひ舟《ぶね》は沖を漕《こ》ぐ　とても売らるる身を　ただ静かに漕げよ　船頭殿《せんどうどの》

人買い舟は沖を漕いでゆく。どうせ売られるこの身だもの、せめて静かに漕いでおくれ、船頭さん。〔一三一〕

——人買いは中世に横行した。これは琵琶湖《びわこ》を航行する人買い舟の歌という。

うしろかげを見んとすれば　霧《きり》がなう　朝霧が

あの方《かた》の後ろ姿を見ようとしたら、霧がね、朝霧が立ちこめて……。〔一六七〕

——後朝《きぬぎぬ》に去って行く恋人を思う、女の歌。

あまり言葉《ことば》のかけたさに　あれ見《み》さいなう　空行《ゆ》く雲の速さよ

あまりに言葉をかけたいばかりに、「ほら、ごらんなさいよ、空行く雲の速いこと」。〔二三五〕

——思う相手に声をかけたい、けれど気のきいた言葉も思いつかない、男の歌とも女の歌ともとれる。

第三章

鎌倉時代
南北朝時代
室町時代
戦国時代

36

新古今《しんこきん》和歌集

源平の争乱のさなか、王朝文化の理想を追い求めた勅撰集

後鳥羽院《ごとばいん》の命により撰《せん》された、第八番目の勅撰和歌集。特徴的な歌風を示すことから、文学史上『万葉集』『古今集』と合わせて「三大集」と称されることもある。元久二年（一二〇五）、形式的な完成披露（竟宴《きょうえん》）が行なわれるが、その後改訂作業（切継《きりつぎ》）が続き、定家《ていか》を始めとする撰者はいたものの、後鳥羽院自身が積極的にそれに関わったことから「親撰《しんせん》」とも言われ、隠岐《おき》遷幸《せんこう》後に再撰された「隠岐本」も知られる。

内容紹介

『新古今和歌集』は、第八番目の勅撰集である。その名称が示すように『古今和歌集』を多分に意識しており、古今集成立の三〇〇年後にあたる元久二年（一二〇五）に合わせて竟宴が行なわれたのも、その故《ゆえ》である。しかしその歌風は相当に異なり、極めて独自の、特徴的な歌風を示している。

最も新古今的な詠歌上の特徴としては、いわゆる「本歌《ほんか》取《ど》り」が挙げられよう。古い名歌の一部を自詠に取り入れることでイメージを重層化させ、表現の幅と奥行きを広げるその技法は、この時代に最も先鋭化された形で顕《あらわ》れた。それに一番意識的であったのが、撰者の一人である、藤原定家であった。

『新古今集』は撰集下命者の後鳥羽院と定家の邂逅《かいこう》によって出現したとも言えるが、両者をそこに導いた人物として、後京極《ごきょうごく》摂政九条《くじょう》（藤原）良経《よしつね》の存在を忘れてはならないだろう。良経は和歌を媒介としてさまざまな人を後鳥羽院の下に引き寄せた。定家と並び称された、歌人で撰者の藤原家隆《いえたか》もその一人である。

後鳥羽院は『新古今集』の編纂《へんさん》に自ら積極的に関わり、その全てを暗記していたと伝えられるが、約二〇〇〇首（通行の本は、一九七八首）の和歌を選定するためには、その数倍の和歌が頭に入っていたものと思われ、その熱意と記憶力は驚嘆に値する。

承久《じょうきゅう》の乱に敗れて隠岐国に配流されて以後、この集こそが、隠岐島での院の無聊《ぶりょう》を慰める唯一無二の存在であったことは想像に難くない。それは、改めて一六〇〇首を撰《えら》び直した隠岐本『新古今集』として結実し、今に伝わる。そこに付された後鳥羽院自身の言葉によれば、集に加除を施すと元の「序」を損なうことになる、よってそれを避け、新たに撰《えら》び直すのだ、と。院が最も慮を配ったその「序」を記した人物こそが、九条良経なのであった。

よむ

詞書は現代語訳を掲載した。

廷臣たちが漢詩を作って歌に合わせました時に、「水郷《すいきょう》の春望《しゅんぼう》」という題を

後鳥羽院《ごとばいん》

見《み》わたせば山《やま》もとかすむ水無瀬川《みなせがは》夕《ゆふ》べは秋《あき》となに思《おも》ひけん

〔春上・三六〕

見わたすと、山の麓《ふもと》が霞んで、そこを水無瀬川が流れている眺めはすばらしい。夕べの眺めは秋がすばらしいと、どうして思ったのであろうか。

和歌所《わかどころ》で歌を詠進した時、春の歌として詠んだ歌

寂蓮《じゃくれん》法師

葛城《かづらき》や高間《たかま》の桜《さくら》咲《さ》きにけり立田《たつた》の奥《おく》にかかる白雲《しらくも》

〔春上・八七〕

葛城《かずらき》の高間山《たかまやま》の桜が咲いたのだな。立田山《たつたやま》の奥にかかっている花の白雲よ。

千五百番の歌合《うたあわせ》に

藤原俊成女《ふじわらのとしなりのむすめ》

風《かぜ》通《かよ》ふ寝覚《ねざ》めの袖《そで》の花《はな》の香《か》にかをる枕《まくら》の春《はる》の夜《よ》の夢《ゆめ》

〔春下・一一二〕

風が庭から吹き通ってきて、ふと目覚めたわたしの袖が、風の運んできた桜の花の香でかおっており、枕もまたその花の香でかおっている、この枕で、今まで見ていた春の夜の美しい夢よ。

百首の歌をさしあげた時

藤原忠良《ただよし》

あふち咲《さ》く外面《そとも》の木陰《こかげ》露《つゆ》落《お》ちて五月雨《さみだれ》晴《は》るる風《かぜ》わたるなり

〔夏・二三四〕

栴檀《せんだん》の花の咲く戸外の木陰に露が落ち、五月雨が晴れるのを告げる風の、吹き渡っている音がする。

題知らず

西行《さいぎょう》法師

心《こころ》なき身《み》にもあはれは知《し》られけり鴫《しぎ》立《た》つ沢《さは》の秋《あき》の夕暮《ゆふぐれ》

〔秋上・三六二〕

ものの情趣を感じる心のないこの出家の身にも、しみじみとした情趣はおのずから知られることだ。鴫の飛び立つ沢の、秋の夕暮れよ。

「擣衣《とうい》」の趣を

藤原雅経《まさつね》

み吉野《よしの》の山《やま》の秋風《あきかぜ》さ夜《よ》更《ふ》けて故郷《ふるさと》寒《さむ》く衣《ころも》打《う》つなり

〔秋下・四八三〕

吉野の山に吹く秋風がすぐに夜更けを感じさせ、古京《こきょう》には、寒々と衣を打つ音が聞こえる。

摂政太政大臣（藤原良経《よしつね》）の家の歌合に「湖上の冬月《ふゆのつき》」　藤原家隆《いえたか》

志賀《しが》の浦《うら》や遠《とほ》ざかりゆく波間《なみま》より凍《こほ》りて出《い》づる有明《ありあけ》の月《つき》〔冬・六三九〕

志賀の浦では岸辺から凍り、遠ざかっていく波の間から、凍りついたような冷たい光を放って出てくる有明の月よ。

十月ごろ、水無瀬《みなせ》にいましたころ、前大僧正慈円《じえん》のもとへ、歌で、「濡れて時雨《しぐれ》の」などと申し贈って、次の年の十月に、無常の歌をたくさん詠んで贈りました中に　後鳥羽院

思《おも》ひ出《い》づる折《を》り焚《た》く柴《しば》の夕煙《ゆふけぶり》むせぶもうれし忘《わす》れがたみに〔哀傷・八〇一〕

亡き人を思い出す折、折って焚く柴の夕煙にむせぶことも、あの人の火葬の煙が思い出されてうれしい、その夕煙が忘れがたいあの人の形見と思うと。

東国のほうへ下《くだ》りました時に、詠みました歌　西行法師

年《とし》たけてまた越《こ》ゆべしと思《おも》ひきや命《いのち》なりけりさやの中山《なかやま》〔羇旅・九八七〕

年老いて再び越えることができると思ったろうか、思いはしなかった。命があったからなのだ。佐夜《さや》の中山よ。

百首の歌の中に、「忍ぶる恋」を　式子《しょくし》内親王

玉《たま》の緒《を》よ絶《た》えなば絶《た》えねながらへば忍《しの》ぶることの弱《よわ》りもぞする〔恋一・一〇三四〕

わたしの命よ。絶えてしまうというなら絶えてしまっておくれ。生き長らえていたならば、秘めている力が弱って、秘めきれなくなるかもしれない。

雨の降る日、女に詠《よ》み贈った歌　藤原俊成《としなり》

思《おも》ひあまりそなたの空《そら》をながむれば霞《かすみ》を分《わ》けて春雨《はるさめ》ぞ降《ふ》る〔恋二・一一〇七〕

恋しい思いに耐えかねて、あなたのいる方角の空を見入っていると、霞を分けて春雨が降ることです。

題しらず　小侍従《こじじゅう》

待《ま》つ宵《よひ》に更《ふ》けゆく鐘《かね》の声《こゑ》聞けばあかぬ別《わか》れの鳥《とり》はものかは〔恋三・一一九一〕

通ってくる人を待つ宵《よい》に、夜の更けていく時を告げる鐘の声を聞くと、満足せずに別れる夜明けを告げる鶏の声はものの数とも思われません。

「暁の恋」の趣を　前大僧正慈円

暁《あかつき》の涙《なみだ》や空《そら》にたぐふらん袖《そで》に落《お》ちくる鐘《かね》の音《おと》かな　〔恋四・一三三〇〕

一晩じゅう恋人を思い明かした、この暁の涙が、空で鐘の音といっしょになっているのであろうか。袖に、涙とともに落ちてきて、身にしみて響く鐘の音であることよ。

水無瀬の恋の十五首の歌合に　藤原定家《さだいえ》

白妙《しろたへ》の袖《そで》の別《わか》れに露落《つゆお》ちて身《み》にしむ色《いろ》の秋風《あきかぜ》ぞ吹《ふ》く　〔恋五・一三三六〕

白栲《しろたえ》の袖を分かつ暁《あかつき》の別れに、袖の上には紅の涙の露が落ち、身にしみる色の秋風が吹くことだ。

和歌所《わかどころ》の歌合に、「深山《みやま》の暁の月」という題を　鴨長明《かものちょうめい》

夜《よ》もすがらひとりみ山《やま》の槙《まき》の葉《は》に曇《くも》るも澄《す》める有明《ありあけ》の月《つき》　〔雑上・一五二三〕

一晩じゅう一人見ていると、深山の槙の葉にさえぎられて曇っていた光も、夜が更けた今は、槙の葉を離れて、澄んでいる有明の月よ。

東国の方へ修行の旅をしていました時に、富士《ふじ》の山を詠みました歌　西行法師

風《かぜ》になびく富士《ふじ》の煙《けぶり》の空《そら》にきえてゆくへも知《し》らぬわが思《おも》ひかな　〔雑中・一六一五〕

風になびく富士の煙が空に消えていくが、ちょうどあのように、どうなっていくかもわからない、わたしの思いよ。

住吉社の歌合に「山を」　後鳥羽院

奥山《おくやま》のおどろが下《した》も踏《ふ》み分《わ》けて道《みち》ある世《よ》ぞと人《ひと》に知《し》らせん　〔雑中・一六三五〕

奥山の茨の下をも踏み分けていって、どのようなところにも道がある世だと、人に知らせよう。

鴨社《かもしゃ》の歌合とて、人々が歌を詠みました時に「月」を　鴨長明

石川《いしかは》や瀬見《せみ》の小川《をがは》の清《きよ》ければ月《つき》も流《なが》れを尋《たづ》ねてぞすむ　〔神祇・一八九四〕

石川《いしかわ》の瀬見の小川が清いので、月もまた賀茂《かも》の神と同じように、その流れを尋ねて、澄んで宿っていることだ。

37

藤原俊成《しゅんぜい》が和歌の歴史を通して読みとく、秀歌の本質

古《こ》来《らい》風《ふう》躰《てい》抄《しょう》

平安末期、歌道家《かどうけ》である御子左家《みこひだりけ》を確立し、勅《ちょく》撰《せん》集『千載《せんざい》和歌集』の撰者となり、艶《えん》や幽玄《ゆうげん》という美意識を唱えて和歌史の中世を切り拓《ひら》いた歌人藤原俊成（一一一四〜一二〇四、定家の父）の主著たる歌論書。初撰本は俊成八十四歳の建久八年（一一九七）、再撰本は建仁元年（一二〇一）の成立で、前者は子孫の冷泉家《れいぜいけ》に俊成自筆本が伝えられる。皇族（式子内親王《しょくしないしんのう》か守覚法親《しゅかくほっしん》王《のう》と推定）の依頼により執筆し、献上された。

内容紹介

本文中で著者みずから書名を「古来風躰抄」（初撰本）、「古《いにしへ》よりこの方《かた》の歌の姿の抄」（再撰本）と名づけているように、本書は、昔から今に至る歌の「姿」を提示して、そのよしあしを読者に悟らせようという目的で書かれている。はじめに序文があり、続いて和歌の歴史的変遷について概観したあと、『万葉集』および『古今集』以下の七つの勅撰集から例歌を抄出する、という内容で、例歌の抄出が本書の大部分を占めている。

俊成の歌論の骨子は序文に記されている。序文は『古今集』の序文をふまえて、和歌の歴史性と現在まで続いてきた連続性に思いを馳《は》せるところから語り起こされる。折々の情趣を解し、思いを他者に伝えるという和歌の機能を述べ、歌のよさとは、技巧を凝らして精緻《せいち》に作り上げた点にではなく、読み上げた時に「何となく艶にもあはれにも聞《きこ》ゆる」ところにあると主張する。→よむ　歌の「姿《すがた》詞《ことば》」のよしあしや心の深さは「言葉をもて述べがたき」（言葉では説明しがたい）と繰り返し、『天台止観《てんだいしかん》』を引用して、歌の奥深さや歴史性を仏道に通わせてとらえようとしている。

本論では、和歌の起源を神代に見出した後、上《かみ》は『万葉集』から始めて、中古の『古今集』『後撰集《ごせんしゅう》』『拾遺集《しゅういしゅう》』、下《しも》は『後拾遺集』以降『金葉集《きんようしゅう》』『詞花集《しかしゅう》』を経て俊成自身が撰者となった『千載集』まで、「姿詞」に注目して、和歌の歴史的変遷を概観する。続いて、以上の八つの歌集から例歌を抄出し、時代の変遷に従って「姿も詞《ことば》も改まりゆく有様」を感得させようとする。上巻には『万葉集』、下巻には七代の勅撰集の例歌を並べ、一部に注釈や歌評を付し、『万葉集』の特徴や歌病《かへい》、長歌短歌の説、関連説話などを織り込んでゆく。和歌を歴史的視野からとらえ、その「姿」を例歌を通して読者に具体的に会得させようとする姿勢に特徴がある。

よむ

◆序

和歌が起こり、それが現在まで伝わって来た歴史の、なんと遠いことか。神代から始まって、この日本の国の言葉による営みとなって以来、和歌によって表現される内容は、自然と漢詩の六義《りくぎ》に通じ、和歌に詠まれた言葉は、永久に朽ちることがない。かの『古今集』序文にいうように、和歌は「人の心を種として、多くの言葉となった」ものなので、春の花を尋ね、秋の紅葉を見ても、歌というものがなかったら、折々の風物の情趣を正しく理解することもできず、抱いた思いを正しく伝えることもできないだろう。このために、代々の帝も和歌をお捨てにならず、家々の人々も競ってこれを賞翫《しょうがん》しないということはない。よって、昔も今も和歌式《わかしき》といい、髄脳《ずいのう》・歌枕《うたまくら》などといって、あるいは歌に詠まれた名所を記し、あるいは歌病や歌体など歌の作法について疑わしい点を明らかにした書物は、家々で我も我もと書き残しているので、同じような内容のものが世間に数多く見られるのである。ただ、この和歌の「姿詞《すがたことば》」において、良いとはどのようなものをいい、悪いとはどのようなものをそう見分けられるのかということは、むしろ非常に説明しがたく、理解している人も少ないようである。

原文　倭歌《やまとうた》の起《おこ》り、そのきたれること遠いかな。千早振《ちはやぶる》神代よりはじまりて、敷島《しきしま》の国のことわざとなりにけるよりこのかた、その心おのづから六義《りくぎ》にわたり、そのことば万代《よろづよ》に朽《く》ちず。かの古今集の序にいへるがごとく、人の心を種《たね》としてよろづの言《こと》の葉《は》となりにければ、春の花をたづね、秋の紅葉《もみぢ》を見ても、歌といふものなからましかば、色をも香《か》をも知る人もなく、なにをかは本《もと》の心ともすべき。この故《ゆゑ》に、代々《よよ》の御門《みかど》もこれを捨て給はず、氏《うぢ》氏《うぢ》の諸人《もろびと》も争《あらそ》ひ翫《もてあそ》ばずといふことなし。よりて、昔も今も歌の式《しき》といひ、髄脳《ずいなう》・歌枕《うたまくら》などいひて、あるいは所の名を記《しる》し、あるいは疑はしき事を明《あか》しなどしたるものは、家々、我も我もと書き置きたれば、同じことのやうながら、数多《あまた》世に見ゆるものなり。ただ、この歌の姿詞《すがたことば》におきて、吉野《よしの》川善《よ》しとはいかなるをいひ、難《なに》波江《はえ》の蘆《あし》の悪《あ》しとはいづれを分《わ》くべきぞといふことの、なかなかいみじく説《と》き述《の》べ難《がた》く、知れる人も少なかるべきなり。

◆歌の理想

歌の良さを言おうとして、四条大納言藤原公任卿《きんとうきょう》は自分が編纂《へんさん》した撰集に『金玉集《きんぎょくしゅう》』と名づけ、藤原通俊卿《みちとしきょう》は『後拾遺集』の序文で「詞《ことば》は刺繍《ししゅう》のように華麗で、心は海よりも深い」などと言っているようだけれど、必ずしも豪華な錦や刺繍のように精巧に織り上げられたものでなくても、歌はただ声に出して読み上げたり、朗詠したりした時に、何となく「艶《えん》」にも「あはれ」にも聞こえることがあるものであろう。もともと詠歌といって、読み上げる時の声によって、良くも悪くも聞こえるものである。

原文　歌のよきことをいはんとては、四条大納言公任《きんたふ》卿は金《こがね》の玉《たま》の集《しふ》と名付け、通俊《みちとし》卿の後拾遺の序には、「ことば縫物《ぬひもの》のごとくに、心海《うみ》よりも深し」など申したれど、必《かなら》ずしも錦縫物《にしきぬもの》のごとくならねども、歌はただよみあげもし、詠《えい》じもしたるに、何となく艶《えん》にもあはれにも聞《きこ》ゆる事のあるなるべし。もとより詠歌といひて、声につきて善《よ》くも悪《あ》しくも聞ゆるものなり。

38

漂泊の歌人、西行《さいぎょう》が自ら編集した抒情《じょじょう》あふれる家集

山《さん》家《か》集

平安朝末期の動乱の時代を生き抜いた歌人、西行の家集。『山家集』は「山里なる人の集」という意味で、西行が晩年に自ら編纂《へんさん》した家集だと考えられている。ほかに『聞書集《ききがきしゅう》』『残集《ざんしゅう》』『西行上人集』『山家心中集』『御裳濯河歌合《みもすそがわうたあわせ》』『宮河歌合《みやがわうたあわせ》』があり、収録歌は約二千首にものぼる。また、『新古今集』に九四首入集し、集中第一の歌人となった。その他、勅撰《ちょくせん》集に選ばれた西行歌は計二六六首である。

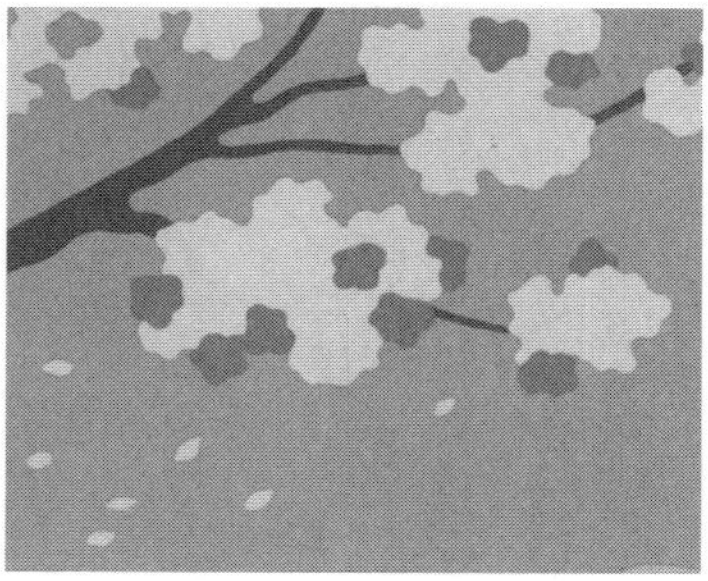

歌人紹介

西行は鳥羽《とば》天皇の永久六年(一一一八)に生まれ、後鳥羽天皇の文治六年(一一九〇)に没した。法諱《ほうい》は円位《えんい》、俗名は佐藤義清《のりきよ》。父は左《さ》衛門尉《えもんのじょう》佐藤康清、母は監物《けんもつ》源清経の娘である。左衛門尉を務め、院御所を警備する下北面《げぼくめん》の武士として鳥羽院に仕えた。

前途有望と目されていた彼は、保延六年(一一四〇)二十三歳の若さで突如出家を遂げ、世を驚かせた。その契機は明らかではないが、同僚の急死、高貴な女性への失恋、草庵の生活への憧れなどの説がある。『西行物語』には、出家をする際、後を慕う幼い娘を縁から蹴落として俗世への未練を振り切ったとの挿話が載る。

出家当初は東山や鞍馬《くらま》など都の周辺を転々としていたが、久安二年(一一四六)頃、約二年間にわたって東国の名所を巡り、数々の名歌を詠んだ。帰京後は真言宗に帰依し高野山を本拠地としたが、吉野や熊野に赴いたり、蓮花乗院《れんげじょういん》創設や東大寺再建などのために諸国勧進《かんじん》の旅に出たりした。仁安二(一一六七)、三年頃には中国・四国を巡り、弘法大師《こうぼうだいし》空海ゆかりの聖地や讃岐国《さぬきのくに》で没した崇徳院《すとくいん》の墓所を訪れている。治承四年(一一八〇)頃、本拠地を伊勢に移した。広く知られる「何事《なにごと》のおはしますをば知らねどもかたじけなさに涙こぼるる」は西行の真作ではないが、彼の伊勢への信仰を詠じた歌として伝承されている。

文治六年二月十六日、河内国《かわちのくに》の弘川寺《ひろかわでら》で没したが、かねてからの願いどおりに釈迦入滅《しゃかにゅうめつ》と同じ日に亡くなったことは、人々に深い感銘を与えたという。武士として生まれながら、俗世を捨てて信仰と旅と歌に生きたその人生は、同時代の人々はもちろん、芭蕉《ばしょう》をはじめとする後世の人々にも、強い印象を与えた。何気ない詠みぶりの中にも、おのずから彼独特の抒情があらわれる、天性の歌人であったといえよう。

よむ

詞書は現代語訳を掲載した。

出家をしようと思った頃、京都の東山において人々が、霞《かすみ》に託して思いを詠じたときに

空《そら》になる心は春の霞《かすみ》にて世《よ》にあらじとも思ひ立つかな 〔雑・七二三〕

上の空になった私の心は、春の空に立つ霞も同然で、憂き世にはとどまるまいと思い立ったのだった。

陸奥《みちのく》へ修行の旅に出かけたときに、白河の関に泊まって、場所柄であろうか、月がいつもよりも美しく趣深く思われたので、かつてこの地を訪れた能因《のういん》法師が「都をば霞とともに立ちしかど秋風ぞ吹く白河の関」と歌ったのはいつだったのだろうかと思い出されて、名残惜しく感じられたので、関守《せきもり》の番小屋の柱に書き付けた歌

白河《しらかは》の関屋《せきや》を月の漏《も》る影は人の心を留《と》むるなりけり 〔雑・一一二六〕

白河の古びた関屋に漏れ入る月の光は、まるで関守であるかのように、旅人の心を引き留めるのであったなあ。

白峯寺《しろみねでら》という所に、崇徳院の御陵がありましたが、そこに参詣して

よしや君《きみ》昔の玉《たま》の床《ゆか》とてもかからむ後《のち》は何《なに》にかはせむ 〔雑・一三五五〕

わが君よ、たとえ流された讃岐の地ではなく昔のままの玉座にいらっしゃったとしても、崩御なさった後はどうなるというのでしょうか。どうぞ安らかにお鎮まりください。

月の歌を数多く詠んだ中に

ゆくへなく月に心の澄《す》み澄みて果《は》てはいかにかならむとすらむ 〔秋・三五三〕

月を見ていると私の心はどこまでも澄みきっていって、ついにはどうなろうとするのだろうか。

花の歌を数多く詠んだときに

願《ねが》はくは花の下《した》にて春死《し》なむそのきさらぎの望月《もちづき》のころ 〔春・七七〕

願い望むのは、満開の桜の下で春に死にたいということだ。釈迦が入滅したのと同じ、二月十五日の満月のころに。

39

和歌に生きた悲劇の将軍、源実朝《さねとも》の絶唱集

金《きん》槐《かい》和歌集

鎌倉幕府三代目将軍、右大臣源実朝の家集。『鎌倉右大臣集』とも。「金槐」の「金」は鎌倉の鎌の偏をとったもので、「槐」は大臣の意。約七〇〇首を春・夏・秋・冬・恋・雑に部類して収める。その作風は、ほとんどが古今・新古今風の、温雅で優美なもの。ただしそれらの中に、鎌倉の地で生まれ育った独自の感性で万葉集風を咀嚼《そしゃく》した、力強く大らかな作がある。これらが実朝の代表歌として高く評価されている。

歌人紹介

建久三年（一一九二）に源頼朝《よりとも》の次男として誕生。母は北条政子《ほうじょうまさこ》。八歳の時に父頼朝を失い、二代将軍となった兄頼家《よりいえ》が北条時政《ときまさ》らに廃されると、建仁三年（一二〇三）に十二歳で征夷大将軍となる。

政治の実権はすでに北条氏にある状況下で、実朝の情熱は和歌へと向かう。元久二年（一二〇五）に十四歳で十二首を詠んだものが記録上の初作。この年、京では『新古今集』撰集の竟宴《きょうえん》が行なわれた。実朝は早くも同年に鎌倉でこれを入手していて、新古今歌壇への傾倒の程が知られる。十八歳になると京の藤原定家《ていか》に三〇首の和歌を送り、合点《がってん》と歌論書『近代秀歌《きんだいしゅうか》』を得ている。二十二歳で家集（『金槐集』）をまとめ、定家へ献上している。これには六六三首が収められている。

建保七年（一二一九）正月二十七日、鶴岡八幡宮で右大臣拝賀の式に臨んだ帰路、石階段の傍らの大銀杏《おおいちょう》の陰に潜んでいた頼家の遺児である甥の公暁《くぎょう》に暗殺された。二十八歳の生涯であった。

よむ

詞書は現代語訳を掲載した。

霰《あられ》

もののふの矢並《やなみ》つくろふ籠手《こて》の上に霰《あられ》たばしる那須《なす》の篠原《しのはら》　〔冬・三四八〕

武士達が箙《えびら》に挿した矢の並びを整えている、その籠手の上に、激しく霰が降りかかる、那須の篠が茂る野原よ。

舟

世の中は常《つね》にもがもな渚《なぎさ》こぐ海人《あま》の小舟《をぶね》のつなでかなしも　〔雑・五七二〕

世の中はいつまでも変わらないでいて欲しい。渚を漕いで行く漁夫の小船の引き綱を見ていると、切なくなるよ。

箱根の山路を越えて見ると、波が打ち寄せる小島がある。供の者に、「この海の名を知っているか」と尋ねたところ、「伊豆の海と申します」と答えたのを聞いて

箱根路《はこねぢ》をわが越え来《く》れば伊豆の海や沖の小島に波の寄る見ゆ　〔雑・五九三〕

箱根の山路を越えて来ると、急に視界が開けて一面が伊豆の海となり、その沖の小島には白波が打ち寄せるのが見えるよ。

太上天皇（後鳥羽《ごとば》上皇）の御手紙を頂戴した時の歌

山は裂け海はあせなむ世《よ》なりとも君にふた心《ごころ》わがあらめやも　〔雑・六八〇〕

山が裂けて崩れ、海が干上がってしまうような世になったとしても、私が上皇様を裏切るようなことがあるでしょうか、いえ、絶対にございません。

荒磯に波が打ち寄せるのを見て詠んだ歌

大海《おほうみ》の磯もとどろに寄する波割《わ》れて砕けて裂けて散るかも　〔雑・六九七〕

大海の磯もとどろかせて激しく打ち寄せる波は、割れて、砕けて、裂けて、飛び散るよ。

山の端に日が沈むのを見て詠んだ歌

くれなゐの千入《ちしほ》のまふり山の端《は》に日の入《い》るときの空にぞありける　〔雑・七〇二〕

紅で何度も何度も染めて振り出した色は、山の稜線に太陽が沈む時の、空の色であったよ。

建暦元年（一二一一）七月、洪水が天地を覆い、庶民が嘆き悲しむことを思って、ひとり本尊に向かい奉って、わずかながら祈念をして、歌を詠んだ

時《とき》により過《す》ぐれば民《たみ》の嘆きなり八大竜王《はちだいりゅうわう》雨やめたまへ　〔雑・七一九〕

時によって、度を越すと民の嘆きとなります。八大竜王よ、雨をお止めください。

40

小倉《おぐら》百人一首《ひゃくにんいっしゅ》

今日まで読み継がれる王朝和歌の詞華集《アンソロジー》

藤原定家《ていか》原撰《げんせん》の、著名歌人百人につき一首ずつ、計百首の秀歌集。定家の日記『明月記《めいげつき》』文暦二年(一二三五)五月二七日条に、息子為家《ためいえ》の岳父《がくふ》宇都宮頼綱《うつのみやよりつな》入道(蓮生《れんしょう》)に、その小倉山荘《おぐらさんそう》の障子に貼るための色紙を依頼され、奈良時代から鎌倉時代初期までの秀歌を撰《えら》び、揮毫《きごう》して蓮生に送ったとあり、その頃の成立。室町時代後期以降現代に至るまで、和歌入門の書として、また歌がるたの遊戯として人々に親しまれてきた。

内容紹介

『小倉百人一首』に収録された和歌は、口に出して詠んでみると実に声調のよいものが多く、王朝和歌の精髄とも言うべき、秀歌たちである。中では、恋の歌が多く、四季の歌がそれに次ぐ。

選ばれた百人の歌人とその配列(ほぼ時代順)は、以下の通り。1天智天皇《てんじ》、2持統天皇《じとう》、3柿本人麻呂《かきのもとのひとまろ》、4山部赤人《やまべのあかひと》、5猿《さる》丸大夫《まるだゆう》、6大伴家持《おおとものやかもち》、7阿倍仲麻呂《あべのなかまろ》、8喜撰《きせん》、9小野小町《おののこまち》、10蟬丸《せみまる》、11小野篁《おののたかむら》、12遍昭《へんじょう》、13陽成院《ようぜいいん》、14源融《みなもとのとおる》、15光孝天皇《こうこう》、16在原行平《ありわらのゆきひら》、17在原業平《なりひら》、18藤原敏行《としゆき》、19伊勢《いせ》、20元良親王《もとよし》、21素性《そせい》、22文屋康秀《ふんやのやすひで》、23大江千里《おおえのちさと》、24菅原道真《みちざね》、25藤原定方《さだかた》、26藤原忠平《ただひら》、27藤原兼輔《かねすけ》、28源宗于《むねゆき》、29凡河内躬恒《おおしこうちのみつね》、30壬生《みぶの》忠岑《ただみね》、31坂上是則《さかのうえのこれのり》、32春道列樹《はるみちのつらき》、33紀友則《きのとものり》、34藤原興風《おきかぜ》、35紀貫之《きのつらゆき》、36清原深養父《きよはらのふかやぶ》、37文屋朝康《あさやす》、38右近《うこん》、39源等《ひとし》、40平兼《かね》盛《もり》、41壬生忠見《ただみ》、42清原元輔《もとすけ》、43藤原敦忠《あつただ》、44藤原朝忠《あさただ》、45藤原伊尹《これまさ》、46曾禰好忠《そねのよしただ》、47恵慶《えぎょう》、48源重之《しげゆき》、49大中臣能宣《おおなかとみのよしのぶ》、50藤原義孝《よしたか》、51藤原実方《さねかた》、52藤原道信《みちのぶ》、53右大将道綱母《みちつなのはは》、54高階貴子《たかしなのきし》、55藤原公任《きんとう》、56和泉式部《いずみしきぶ》、57紫式部《むらさきしきぶ》、58大弐三位《だいにのさんみ》、59赤染衛門《あかぞめえもん》、60小式部内侍《こしきぶのないし》、61伊勢大輔《いせのたいふ》、62清少納言《せいしょうなごん》、63藤原道雅《みちまさ》、64藤原定頼《さだより》、65相模《さがみ》、66行尊《ぎょうそん》、67周防内侍《すおうのないし》、68三条院、69能因《のういん》、70良暹《りょうぜん》、71源経信《つねのぶ》、72祐子内親王家紀伊《ゆうし》《きい》、73大江匡房《まさふさ》、74源俊頼《としより》、75藤原基俊《もととし》、76藤原忠通《ただみち》、77崇徳院《すとくいん》、78源兼昌《かねまさ》、79藤原顕輔《あきすけ》、80待賢門院堀河《たいけんもんいんほりかわ》、81徳大寺実定《とくだいじさねさだ》、82道因《どういん》、83藤原俊成《しゅんぜい》、84藤原清輔《きよすけ》、85俊恵《しゅんえ》、86西行《さいぎょう》、87寂蓮《じゃくれん》、88皇嘉門院別当《こうかもんいんべっとう》、89式子内親王《しょくし》、90殷富門院大輔《いんぷもんいんのたいふ》、91九条良経《くじょうよしつね》、92二条院讃岐《さぬき》、93源実朝《さねとも》、94飛鳥井雅経《あすかいまさつね》、95慈円《じえん》、96西園寺公経《さいおんじきんつね》、97藤原定家《ていか》、98藤原家隆《いえたか》、99後鳥羽院、100順徳院

成立の当初は、承久《じょうきゅう》の乱に敗れ配流《はいる》された後鳥羽院と順徳院の歌

は含まれていなかった可能性が高いため、現在の『百人一首』は、定家の息子の為家によって一部改訂されたものとの説もある。

『百人一首』は室町時代後期、連歌師宗祇《そうぎ》によって大きく取り上げられ、古典和歌のわかりやすい入門的作品として知られるようになった。近世に入るとさらに一般に広まり、北村季吟《きぎん》、契沖《けいちゅう》、賀茂真淵《かものまぶち》、香川景樹《かがわかげき》など、多くの人が注釈書を著している。また、歌がるたに仕立てられて遊戯として定着し、近代以降には、競技かるたの形式も成立して、今日《こんにち》までその愛好者は少なくない。

よむ

天智天皇

秋《あき》の田《た》のかりほの庵《いほ》の苫《とま》をあらみわが衣手《ころもで》は露《つゆ》にぬれつつ　〔一〕

秋の田に作った仮小屋の、苫ぶきの屋根の目が粗いので、番をしている私の袖は夜露にぬれそぼっているよ。

持統天皇

春《はる》過《す》ぎて夏来《なつき》にけらし白妙《しろたへ》の衣《ころも》干《ほ》すてふ天《あま》の香具山《かぐやま》　〔二〕

春が過ぎて、夏がやってきたらしいよ。白妙の衣を干すという天の香具山(奈良県橿原《かしはら》市)に、真っ白な衣が干されている。

柿本人麻呂

あしひきの山鳥《やまどり》の尾《を》のしだり尾のながながし世をひとりかも寝む　〔三〕

山鳥の長く垂れた尾、そのように長い夜を、わたしはひとりさびしく寝るのであろうか。

僧正遍昭

天《あま》つ風雲《かぜくも》の通《かよ》ひ路《ぢ》吹きとぢよ乙女《をとめ》の姿しばしとどめむ　〔一二〕

空を行く風よ、雲の中の通り路を吹きふさいでおくれ。天に昇っていこうとする乙女の姿をいましばらくとどめおこうと思うので。

在原業平朝臣

ちはやぶる神代《かみよ》も聞かず竜田川《たつたがは》からくれなゐに水くくるとは　〔一七〕

はるか昔、不思議なことの多かったという神の代にも聞いたことがないよ。竜田川の水を、このようにくくり染めにするなどということは。

坂上是則

朝ぼらけ有明《ありあけ》の月とみるまでに吉野《よしの》の里に降れる白雪《しらゆき》　〔三一〕

夜が明けるころ、有明の月の光かとみまごうばかりに、吉野の里に降り積もっている白雪よ。

紀友則

ひさかたの光のどけき春の日にしづ心《ごころ》なく花の散るらむ　〔三三〕

大空の日の光がのどかな春の日に、どうして落ち着いた心もなく、桜の花は散るのだろうか。

平兼盛

忍ぶれど色に出《い》でにけりわが恋はものや思ふと人の問ふまで　〔四〇〕

忍びこらえていたけれど、とうとう素振りに顕《あらわ》れてしまったのだな、私の恋心は。「誰かを想っているのですか」と、人が尋ねるほどまでに。

藤原実方朝臣

かくとだにえやはいぶきのさしも草さしも知らじな燃ゆる思ひを　〔五一〕

このようにあなたのことを好きだなんて、どうして口に出して言えるでしょうか。いいえ、言えるはずがない。だから、伊吹山のさしもぐさではないが、そうだともあなたは知らないでしょうね。火が熾《いぶ》り燃えるようなこの私の思いを。

赤染衛門

やすらはで寝なましものを小夜更《さよふ》けてかたぶくまでの月を見しかな　〔五九〕

ためらわずに寝てしまえばよかった。それなのに私はあなたのおいでをお待ちして起きていたので、西の空に傾くまでの月をずっと見ておりましたよ。

小式部内侍

大江山《おほえやま》いく野の道の遠《とほ》ければまだふみも見ず天《あま》の橋立《はしだて》　〔六〇〕

大江山《おおえやま》を行く、生野《いくの》越えの道は遥か遠いので、踏んでみたこともない天《あま》の橋立《はしだて》ですし、丹後にいる母(和泉式部《いずみしきぶ》)からの文なども見てはおりません。

崇徳院

瀬《せ》をはやみ岩にせかるる滝川《たきがは》のわれても末《すゑ》に逢《あ》はむとぞ思ふ　〔七七〕

瀬の流れが早いので、岩に堰き止められた滝川は二つに割れる、割れてもその末にはもう一度流れ合う、そのように私は、恋しいあの人とたとえいったんは別れても、いつかはきっと逢おうと思うよ。

後徳大寺左大臣（藤原実定）

ほととぎす鳴きつる方《かた》をながむればただ有明《ありあけ》の月ぞ残れる　〔八一〕

ほととぎすが一声鳴き過ぎていった方を眺めやるとそこには、ただ有明の月だけが暁の空に残っている。

後京極摂政前太政大臣（藤原良経）

きりぎりす鳴くや霜夜《しもよ》のさむしろに衣《ころも》かたしきひとりかも寝む　〔九一〕

きりぎりす（こおろぎ）が鳴く、霜の降る寒い夜、閨の狭筵の上に衣を片敷いて、わたしはひとりさびしく寝るのであろうか

従二位家隆（藤原家隆）

風そよぐ楢《なら》の小川《をがは》の夕暮《ゆふぐれ》は御禊《みそぎ》ぞ夏のしるしなりける　〔九八〕

風が楢の葉の上を吹きそよがせる、上賀茂《かみがも》の御社の御手洗川、楢の小川のほとりの夕暮れは、さながら秋のような涼しさだけれど、みそぎをしているのがわずかに夏であることのしるしであることだよ。

後鳥羽院

人も愛《を》し人も恨《うら》めしあぢきなく世を思ふゆゑにもの思ふ身は　〔九九〕

人のことが愛おしくも、また恨めしくも思われる。おもしろくないことに世のなりゆきを思うがゆえに、いろいろと思い悩むこの身には。

順徳院

百敷《ももしき》や古き軒端《のきば》のしのぶにもなほ余《あま》りある昔なりけり　〔一〇〇〕

宮中の古い建物の軒端に生えている忍ぶ草、その「しのぶ」ではないが、いくら偲《しの》ぶにつけても余りある昔であるなあ。

41

大歌人、藤原定家《ふじわらのていか》が残した、五十六年にわたる日記資料

明《めい》月《げつ》記《き》

鎌倉時代の大歌人、藤原定家の日記。原文は漢文体。定家十九歳の治承四年（一一八〇）から七十四歳の嘉禎元年（一二三五）までの、五十六年間に及ぶ記事が伝わる。定家の生涯の大部分にわたる日々の記録であり、時に美文調で折々の心情が吐露されている。また、当時の政治・文化を知る上でも貴重な資料でもあり、『新古今和歌集』撰集の事情などもうかがえる。定家自筆本が冷泉家《れいぜいけ》時雨亭《しぐれてい》文庫に伝わっている。

内容紹介

著者の藤原定家《ていか》（正式には「さだいえ」）は、応保二年（一一六二）に生まれ、仁治二年（一二四一）に八十歳で没した。歌壇の指導者であった藤原俊成《しゅんぜい》の子として生まれ、早くから新風歌人として頭角をあらわし、『新古今集』『新勅撰集《しんちょくせん》』の二つの勅撰集の撰者となった。『小倉百人一首』も彼の撰とされている。

歌人としての実力・名声は言うまでもないが、多くの古典籍を後代に伝えるべく書写した古典学者としての事績も膨大。官職としては民部卿《みんぶきょう》に任ぜられ、権中納言《ごんちゅうなごん》に至った。

『明月記』は、定家の青年期から晩年までの大部分を記した日記である。その時代の公武関係、和歌を初めとする文事、典礼故実なども詳細に記されていて、歴史資料としても極めて評価が高い。

左頁の→よむ に掲出したものは、治承四年（一一八〇）九月、定家十八歳の時の記事である。この年は、木曾義仲《きそよしなか》、源頼政《よりまさ》と以仁王《もちひとおう》が相次いで挙兵し、六月には平清盛による福原遷都が断行され、八月には源頼朝が挙兵し鎌倉に入るなど、これまで全盛を誇った平氏政権が大きく揺らいだ、治承・寿永の内乱の始まりの年であった。記事は、源頼朝の挙兵と、その追討に関する混乱について触れるものであるが、定家は「これを注さず（記さない）」と切り捨て、「吾《わ》が事《こと》にあらず（関心がない）」と言い放つ。世の動きに背を向け、「吾が事」すなわち和歌に生きる覚悟を高らかに叫んだ一文である。ただし、この前後にも世上の事件は詳細に記されている。定家も世の中を完全に無視できたわけではなかった。それでもあえてこの思いを残したかったのであろう。当該部分については定家が晩年に追記したとする説もある。

続く十五日の記事は福原遷都後の寂寞《せきばく》とした京と流星の様子。流星は大乱を予感させるものか。

よむ

紅《こう》旗《き》征《せい》戎《じゅう》吾《わ》が事《こと》にあらず

九月

世の中には、源氏の反乱や、それを平家が追討する噂《うわさ》で満ちていて、それはかり耳に入ってくるが、そのようなことはここには書かない。

紅旗征戎——官軍が紅の旗を翻《ひるがえ》して、逆賊を征する——ということも、私には関わりのないことである。

かつて、秦《しん》の時代に陳勝《ちんしょう》と呉広《ごこう》が大沢で反乱を起こした時に、秦の公子扶蘇《こうしふそ》や、楚の名将項燕《こうえん》の名を自称したのと同じことだ。源氏は以仁王の命令と称して、周辺の国々を従えようとしているという。また、頼朝は勝手に国司を任命しているともいうが、そのようなさまざまな噂はあてにならない。

右近衛少将維盛朝臣《うこんえのしょうしょうこれもりあそん》が、追討使として東国へ向かうという噂である。

十五日

夜になり、満月が青く輝いている。（福原遷都により）旧都となった京は寂寞《せきばく》として、車馬の音も聞こえない。私の歩みはゆったりとしたもので、六条院の辺りをさまよう。

しだいに真夜中になろうとする頃、天の中央に光るものがある。その大きさは鞠《まり》くらいだろうか。その色は燃える炎のようである。突然踊るようにして、南西から東北へと向かって動くようだ。たちまち破裂し、炉の火を打ち破るかのように、空中で散り散りになった。もしやこれは大流星であろうかと驚き、不思議に思った。大夫《だいぶ》忠信《ただのぶ》や青侍《あおざむらい》たちとこれを見た。

原文（訓み下し）

九月

世上《せじやう》、乱逆・追討耳《みみ》に満つといへども、これを注さず。

紅旗征戎、吾が事にあらず。

陳勝・呉広、大沢に起こるに、公子扶蘇・項燕と称するのみ。最勝親王《さいしやうしんわう》の命と称し、郡県《ぐんけん》に徇《とな》ふと云々。

或《ある》いは国司を任ずるの由《よし》、説々憑《たの》むべからず。

右近少将維盛朝臣、追討使として東国に下向《げかう》すべきと云《い》ふ由、その聞こえあり。

十五日〈甲子〉

夜に入《い》りて、明月蒼然《さうぜん》たり。故郷寂《せき》として車馬《しやば》の声を聞かず。歩み縦容《しやうやう》として六条院の辺りに遊ぶ。夜漸《やうや》く半ばならんと欲す。天中に光る物あり。その勢鞠《まり》の程《ほど》か。その色燃ゆる火のごとし。忽然《こつぜん》として躍るがごとく、坤《ひつじさる》より艮《うしとら》に赴くに似たり。須臾《しゆゆ》にして破烈し、炉火を打ち破るがごとく、空中に散じをはんぬ。もしはこれ大流星か。驚き奇《あや》しむ。大夫忠信、青侍等と相共にこれを見る。

42

保元《ほう げん》物語 平治《へい じ》物語

親子が、兄弟が敵味方に分かれて闘う軍記物語二篇

保元の乱・平治の乱を題材とした、軍記物語。共に三巻。両物語は内容的に連接していることから姉妹編的な関係にあり、かつては同一作者説も行なわれたが、成立の前後関係なども含めて不明な点が多い。少なくとも鎌倉時代前期ごろには成立し、琵琶《びわ》法師たちによって語られて流布したようで、その過程で物語は流動と変容を繰り返しつつ、最終的な完成形態へと収斂《しゅうれん》していったと考えられる。

あらすじ

◆保元物語

近衛《このえ》天皇が崩御した際、崇徳院《すとくいん》は子の重仁《しげひと》親王の即位を期待したが、弟の後白河《ごしらかわ》天皇が即位し、崇徳院は深く恨みを抱く。

父鳥羽《とば》法皇の崩御を機に、崇徳院は皇位を重仁のものとするべく計画を練りはじめ、これに、兄藤原忠通《ただみち》と反目する頼長《よりなが》が加担する。後白河天皇方と崇徳院方の対立は深まり、それぞれの陣営に有力な武士が集う。崇徳陣営は、源為義《ためよし》、源為朝《ためとも》、平家弘《いえひろ》、平忠正《ただまさ》ら、これに頼長が加わる。後白河陣営は、源義朝《よしとも》、平清盛《きよもり》、源義康《よしやす》、源頼《より》政《まさ》らである。源氏と平氏が入り乱れ、また、為義・義朝の親子、忠正・清盛の叔父と甥も、敵味方に分かれることになる。崇徳側は夜襲をかけようという為朝の意見を退け、白河殿に籠もる持久戦を選ぶ。逆に後白河方は、義朝の夜襲作戦を取り上げ、その夜のうちに義朝や清盛が白河殿を包囲した。

戦端が開かれるや、両陣営の武士たちは互いに一歩も譲らぬ戦いを繰り広げる(→よむ)が、後白河院方の義朝の火責めに、崇徳院たちは白河殿を脱出して、如意山《にょいさん》へ落ち延び、頼長は流れ矢を首に受けて重傷を負う。落胆した院は出家して仁和寺《にんなじ》に居を移す。一方、頼長は父の忠実《ただざね》に庇護《ひご》を求めるが父は拒否。頼長は怒りのあまり舌の先端をかみきって吐き出し、後に絶命する。

崇徳側についた武士たちは次々に捕らえられ、死罪となる。平忠正は甥の清盛を、源為義は子の義朝を命の綱と思うが、清盛は、義朝が為義を斬らざるをえない状況に追い込むため、自ら叔父の忠正を斬った。そして為義は頸《くび》を打たれ、乙若《おとわか》ら四人の子も、兄義朝の命で処刑された。頼長の死の報せを受けた信西《しんぜい》は頼長の遺骸を掘り確かめ、路傍に棄てた。厳しい処断は崇徳院にも及び、讃岐国《さぬきのくに》

（香川県）へ配流された。崇徳側についた公卿《くぎょう》や頼長の息子たちも流される。ただ一人逃げ延びていた為朝もついに生け捕られたが斬罪は免れ、弓が引けないよう、剛腕で知られた腕を痛められた上で配流された。

讃岐で悲嘆の日々を送る崇徳院は、世の安寧のため、大乗経五部の写経を血書し、京に奉納することを申し出る。しかし信西の意向を受けて後白河はこれを拒否、それを聞いた崇徳院は激怒して、永遠に後白河方に仇する大悪魔となることを誓い、舌先を噛み切った血で誓状をしたためて海底に投げ入れた。長寛二年（一一六四）崇徳院は崩御し、白峯《しらみね》という所に葬られたが、その荼毘《だび》の煙も都を指してたなびいたという。さらにその後、西行が諸国修行の途中に白峯を訪れ、その荒廃しきったさまを嘆き、菩提《ぼだい》を弔ったことで、その霊魂も鎮まった。

平治物語

保元の乱の後、院の近臣として威を振るったのが、藤原信頼《のぶより》と少納言入道信西であった。両者は次第に反目するようになり、信頼が大将を望んだ際、信西の意見で沙汰止《さたや》みになったことで恨みを抱き、信頼は信西を殺害することを画策するようになる。そして、藤原経《つね》宗《むね》や惟方《これかた》、源義朝を味方につける。

その頃武威を誇った平清盛が、嫡男重盛《ちゃくなんしげもり》とともども熊野参詣《くまのさんけい》に向かった機を狙って、信頼・義朝は信西を襲撃し宿所を焼き払った。信西は南都（奈良）を指して落ち延びるも、追い詰められて自害し、死体は後に掘り返されて首を取られる。首は都大路《みやこおおじ》を渡され、晒《さら》されて獄門に懸けられた。子息は配流される。

異変を知らされた清盛と重盛は、京へ取って返し、六波羅《ろくはら》へ入る。信頼は僭上《せんじょう》の振る舞いを続けていたが、後白河院は夜陰《やいん》に紛れて御所を脱出して仁和寺の覚性法親王《かくしょうほっしんのう》の下にかくまわれた。一方、二条天皇も女房の姿に身をやつして内裏《だいり》を脱出、六波羅《ろくはら》へ行幸し、清盛たちに迎えられた。油断して享楽にふけっていた信頼は、院、天皇ともどもいなくなったことに気づき狼狽《ろうばい》するが後の祭りであった。これにより、形勢は大きく逆転する。

内裏の待賢門《たいけんもん》を挟んで重盛と義朝の嫡男、悪源太義平《あくげんたよしひら》が激闘を繰り広げる。信頼は全く使い物にならず、義朝は与《くみ》したことを後悔する。平氏の計略により内裏から出て六波羅で合戦に及ぶが、義朝はついに敗走し、息男たちとも別れ別れになる。信頼も捕らえられ、尋問の末に河原で首をはねられ、晒し者にされた。

義朝は関東へ逃れ再起を計ろうとするが、尾張国《おわりのくに》野間で御家人《ごけにん》の長田忠致《おさだただむね》の手により入浴中、殺害される。長男義平も捕らえられ、六波羅へ連行されて誅伐《ちゅうばつ》される。三男の頼朝《よりとも》も生捕りにされたが、池禅尼《いけのぜんに》のはからいで、助命されて伊豆へ配流されることになる。また、義朝の妾《しょう》、常葉御前《ときわごぜん》は、今若《いまわか》・乙若《おとわか》・牛若《うしわか》（義経）の三人の幼子を連れて、雪の降る寒さのなか逃避行を続けた（→よむ）が、ついに清盛のもとに出頭することになる。常葉に引見した清盛はその美貌に心奪われ、三人の子供の助命と引き替えに、常葉を妻妾とした。

よむ

保元物語——義朝と為朝の対決

義朝は間近く駆け寄って、「この門を警護するのは誰か。かく申すは、下野守《しもつけのかみ》源義朝、宣旨《せんじ》をいただいて参ったぞ、さあどうだ」と呼びかけた。為朝は、「同族の源氏、鎮西《ちんぜい》八郎為朝、こちらは院《いん》宣《ぜん》を得て警護しておる」と答える。

義朝は、「これはどうしたことか。宣旨を得て向かったと聞けば、急いで退くのが常と言うべきものを。勅命といい、どうして兄に向かって弓を引くのに道理があるものか。冥加《みょうが》の尽きてしまったのも知らないのか」と挑発する。一方、為朝もまた、ひややかに笑い、「為朝が兄に向かって弓を引くので冥加尽きたというのなら、さて、兄よ、あなたは実父に向かって弓を引いているのだぞ。あなたは、宣旨に従って攻め寄せたとおっしゃる。しかし、為朝とて、院宣に従って警護していることに変わりはない。院宣と宣旨の勝劣はいかに」と言いながら見渡したところ、義朝とは五段ほど離れていたが、義朝の馬上のさま、たたずまい、あたりを圧するかと見え、「さすが大将軍よ」と見受けられた。

言葉戦いに邪魔とばかり甲《かぶと》を立てすかしているのが、夜明けになったこととてはっきり見えたので、為朝は、「ああ射るには好都合。天が助けてくださるからには一矢で仕留めよう」とばかり、いつもの先細の矢をつがえて弓をあげ、構えたが、「しばし待つべきか。戦はまだ半ばなのに、敵の大将をただ一矢で仕留めるなどは、礼を失することになろうか。しかも主上と上皇も御兄弟、また関白殿と左大臣殿も御兄弟。あるいは、判官殿と下野殿はひそかに相談して、『お前は内裏方へ、自分は院方へ参ろう。もし主上側が勝ったなら、その時はお前を頼りに降参する。もし院側が勝ったなら、自分を頼りにしてお前は降参しろ』などと約束しているかもしれない。そこまでは知らないことであるが、また敵にもよるというもの、自分は義朝のはるか末弟。それが、簡単に射とめるなどしたからには、後悔することもあろう」と思い直して、つがえた矢を外した。そして、上差《うわざし》の鏑矢《かぶらや》につがえ直して、「首藤《すどう》九郎よ、これを見よ、家季《いえすえ》よ。中差《なかざし》の矢で下野殿を仕留めようとは思ったが、少々考えたことがあり、下野殿に矢傷負わせることはやめにした。矢風だけをひびかせて、肝つぶさせてやろう」とばかり、拳《こぶし》を高々と差し上げ、鏑《かぶら》の上までからりと音させて引きかけ、放った。

原文

間近く打ち寄せて、「この門を固められて候ふは、誰人《たれひと》ぞ。かう申すは、下野守《しもつけのかみ》源義朝、宣旨《せんじ》を蒙《かうぶ》りて向ひ候ふはいかに」。八郎、「同じ氏《うぢ》、鎮西《ちんぜい》八郎為朝、院宣《ゐんぜん》を奉《うけたまは》りて固めて候ふ」。

義朝、「こはいかに。宣旨に依《よ》りて向ひたりと云《い》はば、急ぎ退《しりぞ》き候へかし。争《いか》でか、勅命《ちよくめい》と云ひ、兄に向ひて弓を引くべき。冥《みやう》加《が》の尽きんずるは何《いか》に」。八郎、あざ咲《わら》ひて、「為朝が兄に向ひて弓を引き、冥加尽き候はば、いかに、殿は、現在の父に向ひて弓をば引かれ候ふぞ。殿は宣旨に随《したが》ひて向ひたりと仰せられ候ふ。為朝は院宣を奉《うけたまは》りて固めて候ふ。院宣と宣旨と、いづれ甲乙か候ふ」と云《い》ひ云ひ、見渡して見れば、五《ご》段《たん》ばかりは隔てたるらんと思《おぼ》ゆるに、馬居《むまゐ》・事柄《ことがら》、群《くん》に抜けて、「あつぱれ大将軍や」とぞ見えし。

詞戦《ことばたたか》ひすとて、立ち透《すか》したる内甲《うちかぶと》、夜の明くるに随《したが》ひて、白々《しらじら》と見ゆれば、「あつぱれ、射よげなるものかな。天の授けたまへる上は、ただ一矢《ひとや》に射落して捨てん」とて、例の先細《さきぼそ》を打ち番《つが》ひ、打ち上げ、引かんとしけるが、「待てしばし。軍《いくさ》も未《いま》だ半ばなるに、大将軍をただ一矢に射落さん事、無下《むげ》に情けなかるべし。なかんづくに、主上・上皇も御兄弟にてまします。関白殿と左大臣殿とまた御兄弟。判官《はんぐわん》殿と下野殿と、内々云ひ合せて、『汝《なんぢ》は内裏へ参れ。我は院へ参らん。主上軍《いくさ》に勝ちたまはば、汝を頼みて我は参らん。院軍《いくさ》に勝たせたまはば、我を頼みて汝は参れ』と、約束などをやしたまひつらん。そも知らず。また、敵《かたき》も敵にこそよれ、我が身はいやいやの弟なり。あへなく射落し奉りては、もし後悔する事もや」とて、刎《は》げたる矢をはづす。また、表矢《うはや》の鏑《かぶら》を矧《は》げ替《か》へて、「首《す》藤《どう》九郎、これ見よ、家季《いへすゑ》。中差《なかざし》にて下野殿を射落し奉らんと思へども、旁々《かたがた》存ずる旨《むね》あれば、疵《きず》は付け申すまじ。矢《や》風《かぜ》ばかりを引かせ奉りて、肝《きも》つぶさせ申さん」とて、拳高《こぶしだか》に差し上げて、鏑の上までからりと引き懸けて放たれたり。

◆平治物語─常葉《ときわ》の逃避行

ころは二月十日のことである。余寒はまだ厳しく、雪はしきりに降っている。今若《いまわか》殿を先頭に、常葉は乙若《おとわか》殿の手を引いて、牛若《うしわか》殿を懐に抱いて、二人の幼い子供は履《は》き物もはかず、氷の上を裸足で歩いていた。「寒いよ、冷たいよ、お母《かあ》さま」と子供が泣き悲しむと、常葉は衣を子供に着せかけて、吹く風が弱いほうに子供を立て、風の強いほうには自分が立つなど、精一杯子供を世話しているさまは、気の毒といったらない。

小袖《こそで》を解いて脚《あし》を包もうとしながら、常葉は、「もう少し行くと、棟門《むなもん》の立った家があります。それは、敵《かたき》清盛の家なのです。声を出して泣いたら、捕らえられて殺されますよ。命が惜しかったら、泣いてはいけません」と言い含める。棟門の立っている所を見て、今若が、「これが敵の門」と聞くので、常葉は泣く泣く「そうよ」とうなずく。「さあ、乙若殿も泣いてはいけません。私だって、もう泣きません」と言いながら歩き始めたが、小袖で脚は包んだものの、氷の上のことで、いつしか切れてしまい、通り過ぎる跡は血に染まり、顔は涙で濡れ、とかくしているうちに、伏見の伯母の家に着いた。「いつもは、源氏の大将軍左《さ》馬頭《まのかみ》殿の北の方として、一門のなかでも、最も位の高い者として接待した。まして、たまの来訪はこの上なき光栄と喜んでいたのだが、今となっては謀《む》叛人《ほんにん》の妻子ということになり、どうしたものか」と伯母は案じて、居留守をつかい、いない旨《むね》を答えた。常葉は、「それでもお帰りにならないことはありますまい」と日が暮れるまで、じっと待っていたが、だれも声をかけてくれない。そこで、とうとう常葉は幼い子供たちを連れて、泣く泣くそこを出たのであった。

原文

比《ころ》は二月《きさらぎ》十日なり。余寒猶《なほ》烈《はげ》しくて、雪は隙《ひま》なく降りにけり。今若《いまわか》殿を先に立て、乙若《おとわか》殿を手を引き、牛若《うしわか》殿を懐に抱《いだ》き、二人《ににん》の幼い人々には物も履《は》かせず、氷の上を裸足《はだし》にてぞ歩ませける。「寒や、冷たや、母御前《ははごぜん》」とて、泣き悲しめば、衣をば幼い人々に打ち着せて、嵐ののどかなる方《かた》に立てて、我が身は烈《はげ》しき方に立ち、はぐくみけるぞあはれなる。

小袖《こそで》を解きて脚を包むとて、常葉、言ひけるは、「いま少し行きて、棟門《むなかど》立ちたる所あり。これは、敵《かたき》清盛の家なり。声を出だして泣くならば、捕らはれて、失はれんず。命惜しくは、泣くべからず」と言ひ含めて、歩ませける。棟門立ちたる所を見て、今若殿、「これ候《ざうら》ふか、敵の門は」と問へば、泣く泣く、「それなり」と打ち頷《うなづ》く。「さては、乙若殿も泣くべからず。我も泣くまじき」と言ひながら、歩みけるに、小袖にて脚は包みたれども、氷の上なれば、程《ほど》なく切れ、過ぎ行く跡は血に染《そ》みて、顔は涙に洗ひかね、とかうして、伏見《ふしみ》の姨《をば》を尋ねて入りにけり。「日頃《ひごろ》、源氏の大将軍左《さ》馬頭殿《まのかうのとの》の北《きた》の方《かた》とて、一門中の上臈《じやうらふ》にして、もてなしき。まして、自《おの》づから来たりしをば、世になきことのやうに思ひしに、今は謀叛《むほん》の人の妻子《めこ》なれば、いかがあらんずらん」とて、姨は、ありしかども、なき由《よし》をこそ答《いら》へける。「さりとも、来たらぬことはあらじ」とて、日の暮れまで、つくづくと待ち居たれども、言問《こと》ふ者もなかりければ、幼い人々引き具して、常葉、泣く泣く出でにけり。

43

平《へい》家《け》物語

平家と源氏の激戦と運命を描く軍記物語の最高傑作

中世初期の軍記物語の白眉。平清盛《たいらのきよもり》を中心とした平家一門の興亡を描く。古くは「治承《じしょう》物語」の名で知られ、琵琶《びわ》法師によって語られた三巻ないし六巻ほどの規模のものが次第に増補され、現在の一二巻の形に整えられたものと考えられる。作者については様々な伝承があるが、『徒然草《つれづれぐさ》』二二六段が伝える、慈円《じえん》に扶持された信濃《しなの》前司行長《のぜんじゆきなが》が作り、東国出身の琵琶法師・生仏《しょうぶつ》に語らせた、とする説が最も有名である。

あらすじ

巻一～巻四　栄華の翳《かげ》り

冒頭、祇園精舎《ぎおんしょうじゃ》の鐘の諸行無常の響きに、平家の栄華と滅亡を重ねあわせる。→よむ

平清盛の父忠盛《ただもり》は、下級武士でありながら、公家社会へ進出する。忠盛没後、清盛は太政大臣に至り、平家は栄える。

仁安三年（一一六八）、後白河院の寵愛《ちょうあい》した建春門院（清盛義妹）の生んだ高倉天皇が即位する。院らは清盛の権勢を疎ましく思うようになる。嘉応二年（一一七〇）、清盛が摂政へ乱暴をはたらく殿下乗合《てんがののりあい》事件が起こる。院の寵臣藤原成親《なりちか》は切望した右大将に平宗盛《むねもり》がついたことから平家を恨み、安元《あんげん》三年（一一七七）、俊寛の別荘に院の近臣を集め、平家打倒計画を練る（鹿谷《ししがたに》事件）。

後白河院近臣の西光法師の子息二人が、加賀の白山の末寺で乱暴をはたらいたことから、本山延暦寺は引渡しを朝廷に要求するが、拒絶される。業を煮やした延暦寺の衆徒は強訴し、要求に屈した朝廷は二人を処罰する。西光《さいこう》法師の讒言《ざんげん》で、院は天台座主《ざす》明雲を流罪とするが、不服とする衆徒は明雲を奪還した。

この騒動のために成親たちの反平家運動は中断していたが、計画に加わっていた多田蔵人行綱《ただのくらんどゆきつな》が五月二十九日夜、清盛に密告する。驚いた清盛は、翌朝、西光と成親を捕えて拷問《ごうもん》し、その全容を知る。西光は詮議の場で清盛の成り上がりを罵《のの》り、口を裂かれて惨殺される。

西光の白状をもとに首謀者が次々に捕えられる。清盛は後白河院にまで追及の手をのばそうとするが、清盛長男の重盛は、院の恩を説いて清盛を思い止まらせる。成経《なりつね》・平康頼《やすより》・俊寛《しゅんかん》は鬼界《きかい》が島に流される。成親は山深い有木《ありき》に移され、処刑される。

治承二年（一一七八）、高倉《たかくら》天皇中宮徳子《とくこ》が懐妊したが、死霊や生霊に苦しめられる。安産を願って大赦《たいしゃ》が行われ、鬼界が島の三人のうち成経と康頼の帰京が赦《ゆる》されたが、俊寛は赦されなかった。ところが皮肉にも島で赦免の使いを迎えたのは俊寛だった。すがる俊寛を一人置き去りにし、船は島を出て行く。

十一月十二日に徳子は無事に皇子（のちの安徳《あんとく》天皇）を出産する。

翌三年五月、京に突風が吹き荒れる。凶事が占われたことから、重盛は熊野に参詣し、自分の命と引き換えに一族の繁栄を祈る。帰京後、重盛は病に倒れるが、治療も断り、八月一日に没した。

清盛は重盛を失った悲しみから福原《ふくはら》（神戸市）に籠っていたが、十一月、朝廷を恨んで数千騎の軍勢とともに都へ入り、後白河院を鳥《と》羽《ば》の離宮に幽閉する。清盛の独裁政治が始まる。

翌四年二月、安徳帝が即位する。清盛は帝《みかど》の祖父となり、栄華の絶頂を迎える。後白河院の皇子以仁王《もちひとおう》のところに、源頼政《よりまさ》が訪れ、平家打倒を勧める。以仁王は全国の源氏に、平家打倒を呼びかける令旨《りょうじ》（命令書）を書く。それを、熊野《くまの》に隠れていた源行家《ゆきいえ》が伊豆の頼朝に渡す。親平家方の熊野別当湛増《くまののべっとうたんぞう》は行家の動向を察知し、清盛に注進する。清盛は驚き、以仁王の捕縛を急ぐ。

平家方の動きを知った頼政は、五月十五日夜、急ぎ以仁王を三井《みい》寺《でら》（園城寺）に逃がす。翌日夜には頼政一族も結集、興福寺・東大寺・延暦寺《えんりゃくじ》にも援軍を依頼する。興福寺は承諾したが、延暦寺は平家側に懐柔されていた。以仁王は、興福寺の衆徒と合流しようと奈良に向かうが、途中の平等院で平家方が追いつき、逆巻く宇治川を渡って平等院に攻め入る。激しい攻防戦の末、頼政父子は落命。以仁王は奈良に向かう途中で矢を射られ、落馬して首を取られる。三井寺は平家軍に焼き払われた。

◆巻五～巻七　源平の激戦

六月、清盛は突然、福原に遷都する。平安京遷都以来四百年間、天皇でさえ行なえない暴挙であった。その後、不吉な怪異が続く。

伊豆で頼朝が挙兵したとの報せが、九月二日に福原に届く。頼朝に謀反を決意させたのは、清盛追討の院宣《いんぜん》を戴いた文覚だった。

九月十八日、大将軍平維盛《これもり》（重盛長男）、副将軍忠度《ただのり》（清盛弟）の頼朝追討群は三万余騎で出発、途中七万余騎に増え、源氏軍二〇万余騎と富士川を隔てて陣を取る。しかし合戦前夜の十月二十三日、平家軍は川面を飛び立つ水鳥の音に怖じ気づき、我先にと逃げ去った。

十二月二日、諸寺社や公卿の訴えに屈した清盛は、都を京に戻す。平家は再び騒動を起こした興福寺を鎮めようとするが、事態は悪化する。二十八日、大将軍平重衡《しげひら》、副将軍通盛《みちもり》以下四万余騎が発向する。夜の闘いとなり、明かりをとるために付けた火が瞬く間に燃え広がり、東大寺、興福寺、大仏殿まで焼き滅ぼした。

翌五年一月十四日、高倉院《たかくら》が崩御。生前の逸話のなかでも、清盛の妨害にあって引き裂かれた、小督《こごう》との悲恋は涙を誘う。

木曾《きそ》で源義仲《よしなか》（頼朝の従兄弟）が挙兵し、全国に反乱が広がる。

清盛が突然高熱を発し、数日間苦しんだ挙げ句に、閏《うるう》二月四日に悶絶死する。経《きょう》の島《しま》築港に関する偉業、白河院の落胤《らくいん》という生誕にまつわる秘話など、生前の逸話が語られる。

清盛没後、平氏の総帥《そうすい》となった息子の宗盛は、院の幽閉を解き、三月には大仏殿の再建にかかるが、反平家の火の手は衰えない。

寿永二年（一一八三）四月十四日、義仲追討軍は総勢十万余騎で京を発進、五月八日、加賀と越中の境の砺《と》波山《なみやま》で対陣する。十一日、義仲軍は岩山に囲まれた猿《さる》の馬場《ばば》に平家軍をおびき寄せて夜を待ち、倶梨迦羅《くりから》が谷《たに》に追い詰め、谷から落とす。大手七万騎のうち六万八千騎が谷を埋めた凄惨《せいさん》さであった。さらに追撃されて加賀篠原《しのはら》まで退却したが、五月二十一日大敗し、斎藤実盛《さねもり》も討死した。

七月二十四日夜、平家は西国に落ちて軍勢を立て直すことにするが、後白河院は密かに脱出する。翌朝、安徳天皇を奉じて行幸が出発、維盛は妻子を都に残し、忠度《ただのり》は歌の師、藤原俊成《しゅんぜい》に自詠を渡して未練を断ち切る。一門は翌日、福原に火をかけ、西海へと発つ。

◆巻八〜灌頂巻《かんちょうのまき》　平家の滅亡

七月二十八日、後白河院は義仲に護衛されて都に戻る。

一方、平家一門は筑前国大宰府に着くが、平家追討軍に追われて四国の屋島《やしま》を御所と定める。

後白河院は鎌倉の頼朝に征夷大将軍を授ける。院は都で乱暴狼藉《ろうぜき》を行なう義仲の追討を決意するが、逆に義仲に捕らえられる。

翌三年正月、源義経・範頼《のりより》を大将軍とする義仲追討軍は宇治・勢田を突破して入京、義経は院御所を守護する。敗色濃い義仲は、乳母子の今井兼平《かねひら》の安否を気遣って勢田に向かい、大津の打出《うちで》の浜で巡り会う。女武者巴《ともえ》を逃がし、二人は最期を遂げる。→よむ

平家は勢力を回復し、難攻不落の一《いち》の谷《たに》(神戸市)に居を構えていた。二月四日、義経と範頼を大将とする平家追討軍が出発。義経は播磨と丹波の境、三草で夜討ちをかけ、七日、勝ちに乗じて鵯越《ひよどりごえ》の背後に迂回《うかい》して一気に駆け降り、屋形に火をかける。平家は総崩れとなり、忠度は自害、重衡は捕虜となり、敦盛《あつもり》は熊谷次郎直実《なおざね》に討たれ、知盛《とももり》は逃れた。十二日、平家の人々の首が都で獄門に懸けられ、重衡《しげひら》は大路を引き廻《まわ》される。

朝廷は、平家が奉じる三種の神器と重衡との交換を提案するが、平家方は拒絶。重衡は梶原景時に伴われて鎌倉に下向する。

一方、維盛《これもり》は都に残してきた妻子への思い止み難く、屋島を逃れたが京に入れず高野山に向かい、那智《なち》の沖で入水する。

七月二十八日、後鳥羽天皇が三種の神器なく即位する。九月、範頼軍は備前藤戸《びぜんふじと》で平家と対戦する。

元暦二年(一一八五)二月、義経は平家追討のため都を発ち、摂津国渡辺《せっつのくにわたなべ》で舟揃《ふなぞろ》えするが、大暴風で出発が延期となり、義経は梶原景時と逆櫓《さかろ》をめぐって口論をする。夜、義経は強引に五艘《そう》の少勢で出航し、三日の航路を六時間程で渡って阿波勝浦《あわかつうら》に到着、一気に北上して、十八日には讃岐国屋島《さぬきのくにやしま》城まで進攻する。

この屋島の合戦では、上総悪七兵衛景清が源氏方の錣《しころ》を引きちぎった話、義経が自分の弱弓を流され、危険を冒して取り戻した話など、数々の逸話が生まれる。なかでも那須与一《なすのよいち》が扇の的を射た話は有名である。→よむ

四国から完全に敗退した平家軍千余艘は、長門国《ながとのくに》の壇浦《だんのうら》で最後の合戦を待つ。対する源氏は三千余艘。決戦は三月二十四日。最初は、潮流に乗った平家軍が優位であったが、異変や寝返りが続き、平家の敗戦は決定的となる。二位尼《にいのあま》は安徳《あんとく》帝と宝剣を抱き入水。建礼門院徳子《けんれいもんいんとくこ》も続くが、引き上げられる。教盛《のりもり》・経盛《つねもり》兄弟は鎧《よろい》に碇《いかり》を背負い手を組んで入水。宗盛《むねもり》父子は生け捕られる。教経《のりつね》は源氏の武士三人を道連れに入水。知盛は皆を最後まで見届けて入水。平家は滅亡し、壇浦の合戦は終る。

三種の神器《じんぎ》のうち神璽《しんじ》・神鏡は無事に都に戻り、義経は四月二十六日に凱旋《がいせん》する。高まる義経の評判に、頼朝は不安を募らせる。五月七日、義経は宗盛父子を伴い鎌倉に向かうが、梶原の讒言《ざんげん》を信じた頼朝は、義経に対面しなかった。宗盛は斬首《ざんしゅ》され、重衡《しげひら》は奈良に護送される途中、処刑された。

七月九日、京を大地震が襲い、人々は平家の怨霊と恐れた。義経と頼朝の亀裂は次第に深まり、身の危険を感じた義経は十一月三日

に京を出る。以後、吉野から平泉へと、苦難の逃避行の日々が始まる。頼朝の叔父の行家《ゆきいえ》、義憲《よしのり》も粛清《しゅくせい》される。

平家一門の残党狩りが行なわれる。建久十年(一一九九)正月、頼朝が没する。維盛の子の六代《ろくだい》も処刑され、平家は断絶した。

さて、壇浦で引きあげられた建礼門院徳子は出家し、大原の寂光院で先帝と一門の菩提《ぼだい》を弔う日々を送っていた。そこに文治二年(一一八六)、突然後白河院が訪れる。女院(徳子)は生きながら六道《ろくどう》を体験した、自分の数奇な半生を語る。女院はその後、静かに余生を送っていたが、建久二年(一一九一)二月、往生を遂げる。

よむ

◆祇園精舎《ぎおんしょうじゃ》 〔巻一〕

祇園精舎の鐘の音は、諸行無常の響きをたてる。釈迦入滅のとき白色に変じたという沙羅双樹《さらそうじゅ》の花の色は、盛者必衰の理をあらわしている。おごり高ぶった人も末永くおごりふけることはできない、それはただ春の夜の夢のようにはかない。勇猛な者もついには滅びる、それは風の前の塵《ちり》とまったく同じである。

遠く外国の例をみると、秦の趙高《ちょうこう》、漢の王莽《おうもう》、梁《りょう》の朱异《しゅい》、唐の安禄山など、これらの人々は皆、旧主先皇の政治にも従わず、楽しみを極め、人の諫言《かんげん》も心にとめて聞き入れることもなく、天下の乱れることも悟らないで、民衆の嘆き憂いを顧みなかったので、末長く栄華を保てず滅びてしまった者どもである。

近くわが国にその例をみれば、承平《しょうへい》の平将門《まさかど》、天慶《てんぎょう》の藤原純友《すみとも》、康和《こうわ》の源義親、平治の藤原信頼、これらの人々はおごり高ぶる心も、猛悪なことも、皆それぞれに甚だしかったが、やはり間もなく滅びてしまった者どもである。

ごく最近では、六波羅《ろくはら》の入道前太政大臣平朝臣清盛公と申した人のおごり高ぶり、横暴なありさまを伝聞すると、なんとも想像もできず、とても言い尽くせないほどである。

原文

祇園精舎の鐘の声、諸行無常《しよぎやうむじやう》の響《ひびき》あり。娑羅双樹《しやらさうじゆ》の花の色、盛者必衰《じやうしやひつすい》の理《ことわり》をあらはす。おごれる人も久しからず、唯《ただ》春の夜《よ》の夢のごとし。たけき者も遂《つひ》にはほろびぬ、偏《ひとへ》に風の前の塵《ちり》に同じ。

遠く異朝をとぶらへば、秦《しん》の趙高《てうかう》、漢《かん》の王莽《わうまう》、梁《りやう》の周伊《しうい》、唐《たう》の禄山《ろくさん》、是等《これら》は皆旧主先皇《きうしゆせんくわう》の政《まつりごと》にもしたがはず、楽しみをきはめ、諫《いさめ》をも思ひいれず、天下《てんか》の乱れむ事をさとらずして、民間の愁《うれ》ふる所を知らざッしかば、久しからずして、亡《ばう》じにし者どもなり。

近く本朝をうかがふに、承平《しようへい》の将門《まさかど》、天慶《てんきやう》の純友《すみとも》、康和《かうわ》の義《ぎ》親《しん》、平治《へいぢ》の信頼《のぶより》、此等《これら》はおごれる心もたけき事も、皆とり〴〵にこそありしかども、まぢかくは六波羅《ろくはら》の入道前太政大臣平《にふだうさきのだいじやうだいじんたひらの》朝臣清盛公《あつそんきよもりこう》と申しし人の有様《ありさま》、伝へ承るこそ、心も詞《ことば》も及ばれね。

◆木曾最期《きそのさいご》 〔巻九〕

今井四郎と木曾義仲殿と主従二騎になって、木曾殿が言われるには、「これまではなんとも感じなかった鎧《よろい》が、今日は重くなったぞ」。今井四郎は、「お体もまだお疲れではございません。御馬も弱っておりません。なんで一領の鎧を重いと思われるはずがありましょう。それは味方の軍勢がおりませんので、気弱になっていらっしゃるからでしょう。兼平一人でございましても他の武者千騎とお思いください。矢が七、八本ありますので、しばらく防ぎ矢をいたしましょう。あそこに見えますのが粟津《あわづ》の松原と申しますが、あの松の中でご自害なさいませ」と申して、馬を急がせて行くうちに、また、新手の武者が五十騎ほど出て来た。

「殿はあの松原にお入りください。兼平はこの敵を防ぎましょう」と申したところ、木曾殿は「義仲は都で最後の合戦をするはずだったのだが、ここまで逃げて来たのはお前と同じ所で死のうと思ったからだ。別々に討たれるより同じ所で討死にしよう」といって馬の鼻を並べて駆けようとなさるので、今井四郎は馬から飛び降り、主君の馬の口に取り付いて申すには、「弓矢取りは常日頃、どんな功名がありましても、最期の時に不覚をすると、長い間の瑕《きず》となるものです。お体はお疲れになっておられます。後続の味方はありません。敵に間を押し隔てられ、つまらぬ者の家来に組み落とされて、お討たれになったら、『あれほど日本国にその名が聞こえておられた木曾殿を、誰それの家来がお討ち申した』などと人が申すのは残念です。ともかくあの松原にお入りください」と申したので、木曾殿は「それならば」といって、粟津の松原へ馬を走らせて行かれる。

　今井四郎はたった一騎で、五十騎ほどの中に駆け入り、鐙《あぶみ》を踏んばり立ち上がり、大声をあげて名のるには、「日頃は話にも聞いていただろう、今は目でも御覧なされ。木曾殿の御乳母子《めのとご》、今井四郎兼平、生年三十三になる。そのような者ありとは、鎌倉殿（源頼朝）までもご存じであろうぞ。兼平を討って鎌倉殿の御覧にいれよ」といって、射残した八本の矢を、弓につがえては引き、つがえては引き、矢継ぎ早にさんざんに射る。わが命は顧みず、あっという間に敵を八騎射落とす。その後、刀を抜いてあちらに馳せ合い、こちらに馳せ合い、斬ってまわるが、まともに相手をする者がない。数多く分捕った。敵側はただ「射取れ」といって、取り囲んで雨の降るように射たけれども、鎧がよいので裏まで届かない。鎧の隙間を射ないので傷も負わない。

　木曾殿はただ一騎で粟津の松原に駆け入られたが、正月二十一日日没頃のことなので、薄氷は張っていたし、深田があるとも知らずに、馬をざんぶと入れたところ、馬の頭も見えなくなった。鐙で馬の腹をあおってもあおっても、鞭《むち》で打っても打っても馬は動かない。今井の行方が気がかりで、振り仰いだ甲《かぶと》の内側を、三浦の石田次郎《いしだのじろう》為久《ためひさ》が追いついて、弓を引きしぼって矢をひょうふっと射抜いた。深傷なので、甲の鉢の前面を馬の頭にあててうつぶされたところに、石田の郎等二人が落ち合って、ついに木曾殿の首を取ってしまった。

　太刀の先に貫いて高く差し上げ、大声をあげて、「この日頃日本国にその名が聞こえておられた木曾殿を、三浦の石田次郎為久がお討ち申したぞ」と名のったので、今井四郎は戦っていたが、これを聞いて、「今は誰をかばうために戦おうか。これを御覧なされ、東国の殿方、日本一の剛《ごう》の者の自害する手本」といって、太刀の先を口にくわえ、馬からさかさまに飛び落ち、太刀に貫かれるようにして死んでしまった。

原文　今井の四郎、木曾殿、主従二騎になッて宣《のたま》ひけるは、「日来《ひごろ》はなにともおぼえぬ鎧《よろひ》が今日《けふ》は重うなッたるぞや」。今井四郎《いまゐのしらう》申しけるは、「御身《おんみ》もいまだつかれさせ給はず。御馬もよわり候はず。なにによッてか、一両の御着背長《おんきせなが》を重うはおぼしめし候べき。それは御方《みかた》に御勢《おんせい》が候はねば、臆病《おくびやう》でこそさはおぼしめし候へ。兼平一人《かねひらいちにん》候とも、余《よ》の武者千騎《むしやせんぎ》とおぼしめせ。矢七つ八つ候へば、しばらくふせぎ矢仕《つかまつ》らん。あれに見え候、粟津《あはづ》の松原《まつばら》と申す、あの松の中で御自害候へ」とて、うッてゆく程に、又あら手《て》の武者五十騎ばかり出できたり。「君はあの松原へいらせ給へ。兼平は此敵《このかたき》ふせぎ候はん」と申しければ、木曾殿宣ひけるは、

「義仲都にていかにもなるべかりつるが、これまでのがれくるは、汝《なんぢ》と一所《いっしょ》で死なんと思ふ為《ため》なり。所々《ところぐ》でうたれんよりも、一所《ひとところ》でこそ打死《うちじに》をもせめ」とて、馬の鼻をならべてかけむとし給へば、今井四郎馬よりとびおり、主の馬の口にとりついて申しけるは、「弓矢とりは年来《としごろ》日来《ひごろ》いかなる高名候へども、最後の時不覚《ふかく》しつれば、ながき疵《きず》にて候なり。御身はつかれさせ給ひて候。つづく勢《せい》は候はず。敵《かたき》におしへだてられ、いふかひなき人の郎等《らうどう》にくみおとされさせ給ひて、うたれさせ給ひなば、『さばかり日本国《にっぽんごく》にきこえさせ給ひつる木曾殿をば、それがしが郎等のうち奉《たてま》ッたる』なンど申さん事こそ口惜しう候へ。ただあの松原へいらせ給へ」と申しければ、木曾、「さらば」とて、粟津の松原へぞかけ給ふ。

今井四郎只《ただ》一騎、五十騎ばかりが中《なか》へかけ入り、鐙《あぶみ》ふンばりたちあがり、大音声《だいおんじやう》あげてなのりけるは、「日来《ひごろ》は音にも聞きつらん、今は目にも見給へ。木曾殿の御《おん》めのと子《ご》、今井《いまゐ》の四郎《しらう》兼平《かねひら》、生年《しやうねん》卅三にまかりなる。さる者ありとは、鎌倉殿《かまくらどの》までもしろしめされたるらんぞ。兼平うッて見参《げんざん》にいれよ」とて、射のこしたる八《や》すぢの矢を、さしつめ引きつめ、さん〴〵に射る。死生《ししやう》は知らず、やにはにかたき八騎射おとす。其後《そののち》打物《うちもの》ぬいてあれにはせあひ、これに馳《は》せあひ、きッてまはるに、面《おもて》をあはする者ぞなき。分《ぶん》どりあまたしたりけり。只《ただ》、「射とれや」とて、中にとりこめ、雨のふるやうに射けれども、鎧よければうらかかず、あき間《ま》を射ねば手も負はず。

木曾殿は只一騎、粟津の松原へかけ給ふが、正月廿一日、入相《いりあひ》ばかりの事なるに、うす氷《ごほり》ははッたりけり、ふか田《た》ありとも知らずして、馬をざッとうち入れたれば、馬の頭《かしら》も見えざりけり。あふれどもあふれども、うてどもうてどもはたらかず。今井がゆくゑのおぼつかなさに、ふりあふぎ給へる内甲《うちかぶと》を、三浦石田《みうらのいしだ》の次郎《じらう》為久《ためひさ》おッかかッてよッぴいてひやうふつと射る。いた手《て》なれば、まッかうを馬の頭《かしら》にあててうつぶし給へる処《ところ》に、石田が郎等二人《ににん》落ちあうて、つひに木曾殿の頸《くび》をばとッてンげり。太刀のさきにつらぬきたかくさしあげ、大音声《だいおんじやう》をあげて、「此《この》日ごろ日本国《にっぽんごく》に聞えさせ給ひつる木曾殿をば、三浦の石田の次郎為久がうち奉《たてま》ッたるぞや」となのりければ、今井四郎いくさしけるが、これを聞き、「今は誰《たれ》をかばはむとてかいくさをもすべき。これを見給へ、東国の殿原《とのばら》、日本一《にっぽんいち》の剛《かう》の者の自害する手本《てほん》」とて、太刀のさきを口にふくみ、馬よりさかさまにとび落ち、つらぬかッてぞうせにける。

◆那須与一《なすのよいち》

〔巻一一〕

沖の方から立派に飾った小船を一艘《いっそう》、水際へ向いて漕ぎ寄せた。磯から七、八段(約八〇m)ほどのところで船を横向けにした。「あれはなんだ」と見ると、船の中から、年齢十八、九ぐらいのいかにも優雅で美しい女房が、柳の五衣《いつつぎぬ》の上に紅《くれない》の袴《はかま》を着て、紅一色の扇のまん中に金色の日の丸を描いたのを船棚にはさんで立て、陸に向かって手招きをした。

判官《ほうがん》義経が後藤兵衛実基《びょうえさねもと》を呼んで、「あれはなんだ」とお聞きになると、「射よ、ということでございましょう。ただし大将軍が矢面に立って美人を御覧になったら、弓の上手に狙わせて射落とせとの計略と思われます。それはともかく、扇を射させられるのがようございましょう」と申す。「射ることのできる者は味方に誰かいるか」と言われると、「上手な者はいくらもおりますが、なかでも下《しも》野国《つけのくに》の住人、那須太郎資高《なすのたろうすけたか》の子の与《よ》一宗高《いちむねたか》が、小兵ですが腕ききでございます」。「証拠はどうだ」と言われると、「飛ぶ鳥などを射るのを競うと、三羽のうち二羽は必ず射落とす者です」。「それなら呼べ」といってお呼びになった。

与一はその時は二十ぐらいの男である。赤地の錦で前襟や端袖《はたそで》を彩った濃紺の布直垂《ひたたれ》に、萌黄縅《もえぎおどし》の鎧《よろい》を着て、銀の飾りをした太刀をさし、その日の戦に射て少々残っていた切斑《きりふ》(白黒の矢羽根)の矢を、頭の上に出るように背負い、薄い切斑に鷹《たか》の羽をまぜて作った鹿角の鏑矢《かぶらや》を、それに添えてさしていた。幹を籐《とう》で巻いて漆を塗った滋《しげ》籐《どう》の弓を脇にはさみ、甲《かぶと》をぬいで高紐にかけ、判官の前に畏まった。「どうだ宗高、あの扇のまん中を射て、平家に見物させてやれ」。与一が畏まって申すには、「うまく射切ることができるかどうかわかりません。射損ないましたら長く源氏方の疵《きず》となりましょう。確実にできそうな人に仰せつけられるのがよろしいのではないでしょうか」。判官はたいそう怒って、「鎌倉をたって西国へ出向く連中は、義経の命に背いてはならぬ。少しでもあれこれ文句を言おうと思う者は、さっさとここから帰るがよい」と言われた。

与一は再度辞退したらよくないだろうと思ったのか、「はずれるかもしれませんが、御言葉ですからいたしてみましょう」といって御前を下がり、太くたくましい黒い馬に小房のついた鞦《しりがい》をかけ、まろぼやの紋様を摺《す》りこんだ鞍《くら》をつけて乗った。弓を持ち直し、手綱を繰りながら、水際へ向って馬を進めたので、味方の軍兵たちはその後ろ姿を見送って、「この若者は必ずやりとげると思われます」と申したので、判官も頼もしそうに見ておられた。

矢を射るには少し遠かったので、海へ一段ぐらい乗り入れたが、まだ扇との間隔が七段ぐらいあろうと見えた。時は二月十八日の午後六時頃のことであるが、ちょうどその時、北風がはげしく吹いて、磯に打ち寄せる波も高かった。船は波にゆられて上下に動きふらふらと漂っているので、扇も竿《さお》に固定されず、ひらひらとひらめいている。沖では平家が船を一面に並べて見物している。陸では源氏が轡《くつわ》を並べてこれを見ている。どちらを見ても晴れがましくないということはない。

与一は目をつぶって、「南無《なむ》八幡《はちまん》大菩薩《だいぼさつ》、わが国の神、日光権現、宇都宮大明神、那須の湯《ゆ》泉《ぜん》大明神、どうぞあの扇のまん中を射当てさせてくださいませ。これを射損なったならば、弓を切り折って自害して、人に二度と顔を合わせるつもりはありません。もう一度本国へ迎えてやろうとお思いでしたら、この矢をはずさせないでください」と心の中で祈念して、目を開いて見ると、風も少し弱って、扇も射やすそうになった。

与一は鏑矢を取って弓につがえ、十分引きしぼってひゅうっと射放した。小兵ということで、普通より指三本分だけ長い十二束三伏《そくみつぶせ》の矢だが、弓は強弓だ、鏑矢は浦一帯に響くほど長く鳴りわたって、あやまりなく扇のかなめの際から一寸(三cm)ぐらい上を、ひいふっと射切った。鏑矢が海へ入ると、扇は空へ舞い上がった。しばらくは大空にひらひらとひらめいたが、春風に一もみ二もみもまれて、海へさっと散ったのであった。

夕日が輝いているなかに、金の日輪を描いた紅一色の扇が白波の上に漂い、浮いたり沈んだりしてゆらゆら揺られていたので、沖では、平家が船ばたをたたいて感嘆した。陸では、源氏が箙《えびら》をたたいてどよめいた。

原文 おきの方より尋常《じんじやう》にかざッたる少舟《せうしう》一艘《さう》、みぎはへむいてこぎ寄せけり。磯へ七八段《たん》ばかりになりしかば、舟を横様《よこさま》になす。「あれはいかに」と見る程に、舟のうちよりよはひ十八九ばかりなる女房の、まことに優《いう》にうつくしきが、柳の五衣《いつつぎぬ》に紅《くれなゐ》の袴《はかま》着て、みな紅《ぐれなゐ》の扇《あふぎ》の日いだしたるを、舟のせがいにはさみたてて、陸《くが》へむいてぞまねいたる。判官、後《ご》藤兵衛《とうびやうゑ》実基《さねもと》を召して、「あれはいかに」と宣《のたま》へば、「射よとにこそ候《さうらふ》めれ。ただし大将《たいしやう》軍《ぐん》、矢おもてにすすんで傾城《けいせい》を御覧ぜば、手たれにねらうて射おとせとのはかり事《こと》とおぼえ候。さも候へ、扇をば射させらるべうや候らん」と申す。「射つべき仁《じん》はみかたに誰《たれ》かある」と宣へば、「上手《じやうず》どもいくらも候なかに、下野国《しもつけのくに》の住人、那須太郎資高《なすのたらうすけたか》が子に与一宗高《よいちむねたか》こそ小兵《こひやう》で候へども手ききで候へ」。「証拠《しようこ》はいかに」と宣へば、「かけ鳥《とり》なンどをあらがうて、三《み》つに二《ふた》つは必ず射おとす者で候」。「さらば召せ」とて召されたり。

与一其比《そのころ》は廿《にじふ》ばかりの男子《をのこ》なり。かちに、赤地《あかぢ》の錦《にしき》をもッておほくび、はた袖《そで》いろへたる直垂《ひたたれ》に、萌黄威《もよぎをどし》の鎧《よろひ》着て、足白《あしじろ》の太刀《たち》をはき、切斑《きりふ》の矢の、其日のいくさに射て少々のこッたりけるを、頭高《かしらだか》に負ひなし、うす切斑《ぎりふ》に鷹《たか》の羽《は》はぎまぜたるぬた目の鏑《かぶら》をぞさしそへたる。滋籐《しげどう》の弓脇にはさみ、甲《かぶと》をばぬぎ高紐《たかひも》にかけ、判官の前に畏《かしこま》る。「いかに宗高、あの扇のまンなか射て、平家に見物せさせよかし」。与一畏ッて申しけるは、「射おほせ候《さうら》はむ事、不定《ふぢやう》に候。射損じ候ひなば、ながきみかたの御《おん》きずにて候べし。一定《いちぢやう》仕《つかまつ》らんずる仁《じん》に仰せ付けらるべうや候らん」と申す。判官大きにいかッて、「鎌倉をたッて西国《さいこく》へおもむかん殿原《とのばら》は、義《よし》経《つね》が命《めい》をそむくべからず。すこしも子細を存ぜん人は、とう〳〵是《これ》よりかへらるべし」とぞ宣《のたま》ひける。与一かさねて辞せばあしかりなんとや思ひけん、「はづれんは知り候はず、御定《ごぢやう》で候へば、仕《つかま》ッてこそ見候はめ」とて、御《おん》まへを罷立《まかりた》ち、黒き馬のふとうたくましいに、小《こ》ぶさの鞦《しりがい》かけ、まろぼやすッたる鞍《くら》おいてぞ乗ッたりける。弓とりなほし、手綱《たづな》かいくり、みぎはへむいてあゆませければ、みかたの兵《つはもの》共うしろをはるかに見おくッて、「この若《わか》者《もの》一定《いちぢやう》仕り候ひぬと覚え候」と申しければ、判官もたのもしげにぞ見給ひける。

矢ごろすこしとほかりければ、海へ一段《たん》ばかりうちいれたれども、猶《なほ》扇のあはひ七段ばかりはあるらむとこそ見えたりけれ。ころは二月十八日の酉剋《とりのこく》ばかりの事なるに、をりふし北風はげしくて、磯うつ浪《なみ》もたかかりけり。舟はゆりあげゆりすゑただよへば、扇も串《くし》にさだまらずひらめいたり。おきには平家舟《ふね》を一面にならべて見物す。陸《くが》には源氏くつばみをならべて是を見る。いづれも〳〵晴《はれ》ならずといふ事ぞなき。与一目をふさいで、「南無《なむ》八幡大《はちまんだい》菩薩《ぼさつ》、我国の神明《しんめい》、日光権現《につくわうのごんげん》、宇《う》都宮《つのみや》、那須《なす》のゆぜん大明神《だいみやうじん》、願はくはあの扇のまンなか射させてたばせ給へ。これを射損ずる物ならば、弓きり折り自害して、人に二《ふた》たび面《おもて》をむかふべからず。いま一度《いちど》本国《ほんごく》へむかへんとおぼしめさば、この矢はづさせ給ふな」と、心のうちに祈念して、目を見ひらいたれば、風もすこし吹きよわり、扇も射よげにぞなッたりける。与一鏑《かぶら》をとッてつがひ、よッぴいてひやうどはなつ。小兵《こひやう》といふぢやう十二束三伏《そくみつぶせ》、弓は強し、浦ひびく程長鳴《ながなり》して、あやまたず扇のかなめぎは一寸ばかりおいて、ひィふつとぞ射きッたる。鏑《かぶら》は海へ入りければ、扇は空へぞあがりける。しばしは虚空《こくう》にひらめきけるが、春風に一《ひと》もみ二《ふた》もみもまれて、海へさッとぞ散ッたりける。夕日《ゆふひ》のかかやいたるに、みな紅《ぐれなゐ》の扇の日いだしたるが、白浪《しらなみ》のうへにただよひ、うきぬ沈みぬゆられければ、興《おき》には、平家ふなばたをたたいて感じたり。陸《くが》には、源氏箙《えびら》をたたいてどよめきけり。

44

平家の公達《きんだち》の恋人であった女房が詠んだ、追憶の歌

建《けん》礼《れい》門《もん》院《いん》右《う》京《きょうの》大《だい》夫《ぶ》集

平清盛《きよもり》の娘で高倉《たかくら》天皇の中宮となり安徳《あんとく》天皇を産んだ建礼門院徳子《とくこ》に仕えた、右京大夫の家集。平安末期の平家文化圏の中にあった作者が、平家の栄華、源平の争乱、平家の滅亡という、激動の時代に詠んだ歌を収める。往事を懐古する色彩が強く、とくに平資盛《すけもり》との恋、そしてその別離の歌の数々は悲哀を誘う。所収和歌は計約三五〇首。成立は鎌倉初期である。

作者紹介

生年は未詳だが、保元二年（一一五七）頃の生とされる。父は能書の家の世尊寺流の藤原伊行《これゆき》。母は箏《そう》の名手夕霧。承安三年（一一七三）に建礼門院に仕え、栄雅を極める平家一門の周辺で優雅な宮廷生活を送る。その中で平家嫡流の平重盛《しげもり》の子である資盛と恋人となる。しかし、源氏の侵攻により、平家一門は都落ちする。右京大夫は都にあって、親しく交流した平家一門の人々の訃報に触れながら、資盛の身を案じる。しかし、壇浦《だんのうら》の合戦でその資盛も戦死した。その後の右京大夫は、文治二年（一一八六）の冬に、大原寂光院の建礼門院を訪ね、建久五年（一一九四）から同八年までの間、後鳥羽天皇に仕えた。晩年には藤原定家《ていか》に家集を要請され、この『建礼門院右京大夫集』を提出した。嘉禎元年（一二三五）ごろまでは生存したと見られるが、没年未詳。

よむ

詞書は現代語訳を掲載した。歌の後に歌番号を付した。

平家の人達が都落ちをした後、何とも言えぬ心持ちで、秋が深まる様子にますます耐えて生きていられる心地がしない。月が明るい夜、空の様子、雲のたたずまい、風の音などがとりわけ悲しく感じられるのをぼんやりと見聞きしながら、あの人は行くあてもない旅先でどのような心地でいるのだろうと、そればかり思って涙にくれて、

いづくにていかなることを思ひつつ今宵《こよひ》の月に袖《そで》しぼるらむ　〔二〇六〕

あの人は、どこで何を思いながら、今宵の月を見て、涙で袖を濡らしているのだろうか。

恐ろしい源氏の荒武者達が、西国へと大勢攻め下って行く。何かと聞くにつけ、どのような悲しいことを、いつ聞くことになるのだろうかと、悲しくつらくて、泣く泣く寝た夢に、あの人がいつも見ていたままの直衣《のうし》姿で、風がひどく激しく吹くところに、たいそうもの思いに沈んだ様子で何かを見つめているのを見て、胸騒ぎがして目覚めた心地は何とも言いようがない。あの人は今も、本当に夢と同じようにしているのではと想像してしまって、

波風《なみかぜ》の荒き騒ぎにただよひてさこそはやすき空《そら》なかるらめ　〔二〇八〕

波風の荒い騒ぎの中を漂いながら、あの人はきっと安らかな気持ちさえもないことだろう。

十二月一日頃だったろうか、夜になって、雨とも雪ともわからないものが散り落ちて、むら雲が忙しく動いて、完全には曇りきらないものの、あちこちの星が見えなくなっていた。私は衣を引きかぶって横になっていたが、夜が更けた、丑《うし》二つ（午前二時半）頃だろうと思う時分に衣を引き退けて、空を見上げたところ、特別によく晴れて、薄青色で光がとりわけ強い大きい星が空一面に出ていることが、たいそう趣深くて、花色の紙に金銀の箔《はく》を散らしたのによく似ている。今宵初めて見たような気がする。以前も星が月のように明るい夜は見慣れていたけれど、これは折しもだからだろうか、とりわけすばらしい心地がするにつけても、ただもの思いばかりしてしまう。

月をこそながめなれしか星の夜の深きあはれを今宵《こよひ》知りぬる　〔二五二〕

もの思いにふけりながら月を見つめることには慣れてきたけれど、星の夜の深い趣を今宵知ったよ。

三月二十日過ぎの頃、私とははかない縁だったあの人が水の泡と消えた日なので、いつものように私の心一つであれこれ思って供養の支度をするにつけても、私が死んだ後に誰がこれほどあの人を思うだろうか。私がこのように思っていたからとあの人の命日を思い出してくれそうな人もいないことが、たまらなく悲しくて、しくしくとただ泣くばかりだった。私自身が死ぬことよりも、それが悲しく思えて、

いかにせむ我《わ》がのちの世《よ》はさてもなほ昔の今日《けふ》を問ふ人もがな　〔二六九〕

どうしたらよいのだろう。私の後世はどうなっても構わないけれど、それでもやはり、むかし契りを交わしたあの人の、今日の命日を弔ってくれる人がいればいいのに。

かつてのことを、見た人も、知っている人も、もしかするといるかも知れないけれど、語りあうすべもない。ただ、私の心の中だけで思い続けてしまうことが、気持ちの晴らしようもなく悲しくて、

わが思ふ心に似たる友もがなそよやとだにも語り合はせむ　〔三二六〕

私が思う心と、似た心を持つ友達がいればいいのに。せめて「そうでしたね」とだけでも語りあいたいものよ。

45

曾《そ》我《が》物語

幼くして父を殺された兄弟による仇討《あだう》ち物語

幼くして父を暗殺された、曾我十郎祐成《そがじゅうろうすけなり》と、五《ご》郎時宗《ろうときむね》の兄弟による仇討ち物語。武家社会に新たな秩序を構築した頼朝《よりとも》時代の前後の境界にあって、仇討ちという方法でしか生きられなかった二人の兄弟と、それを取り巻く人々の情と悲劇を描く。作者・成立は諸説あるが、事件の当時から世間の耳目を集めて人々に語られ、鎌倉後期にはその原型が成立していたものと見られている。本書は古態に近い訓読本による。

あらすじ

平安末期、伊豆国の伊東祐親《いとうすけちか》は同族の工藤祐経《くどうすけつね》と所領の相続をめぐって争っていた。祐経は、祐親とその子祐通の暗殺を郎等《ろうどう》に命じる。伊豆での狩りの帰路、祐通は射殺されてしまった。祐通には五歳になる一万《いちまん》と、三歳になる箱王《はこおう》という二人の男子がいた。母親は膝に抱えた二人の我が子に、父の仇祐経を討てと語る。この母の悲嘆ぶりを案じた義父祐親は、彼女に曾我祐信との再婚を勧め、母親は二人の子を連れて曾我の里へと嫁いだ。祐親の不運は続いた。祐親の三女が当時伊豆に流されていた源頼朝と恋仲となり、子を産んでしまう。祐親は平家を憚《はばか》って、二人の仲を裂き、幼子を川底に沈めた。この後、頼朝は北条政子を妻とし、挙兵、関東を平定する。祐親は頼朝に召し出されるが、自害した。

やがて頼朝の時代が到来し、工藤祐経は頼朝側近として権勢を得る。一万と箱王は曾我祐信の継子として成長するが、秋空を飛び行く雁の親子の群れを眺め、実父のいないことを悲しみ、祐経を討つことを誓い合う。それを知った母は、かつての自分の言葉を悔い、頼朝側近である祐経を討つなどもっての外だと戒めるが、兄弟は人目を忍んで敵討《かたきう》ちを語りあう。一万は元服し、曾我十郎祐成と名乗る。一方、箱王は仇討ちを思い留まらせようと願う母によって、十一歳で箱根権現に稚児《ちご》として入ることとなる。

箱根権現に入った箱王は権現に復讐《ふくしゅう》の成就を祈念する。折しも頼朝が奉幣《ほうへい》に訪れ、祐経も同行して来た。箱王は祐経を狙うが、軽くあしらわれてしまう。十七になった箱王は、十郎と語り合い、箱根山を下りて元服し、曾我五郎時宗と名乗る。五郎は曾我の里へ赴くが、母に勘当されてしまった。

十郎は祐経を狙って街道に通ううちに、大磯の遊女虎《とら》と結ばれる。あるとき祐経が大磯の宿に寄ったことを知った兄弟は、これを追いかけるが、敵が多勢なため、襲撃を諦めざるを得なかった。

やがて、頼朝が信濃浅間や三原での狩りを催す。兄弟はかつて父が暗殺されたのも狩場の帰りであったと、祐経を狙う。しかし頼朝の狩りは、かつての粗野なものではなく、整然として隙のないものであった。兄弟は祐経を狙い続けるが、果たせないままに頼朝一行は宇都宮から那須野を経て鎌倉へと帰った。続いて頼朝は富士野で狩りを催す。兄弟は命を捨てた仇討ちを決意する。十郎は虎を曾我の里へ連れ帰り、最後の別れを告げる。夏の夜が明け、大磯へ帰る虎を十郎は見送り、山彦山《やまびこやま》の峠で二人は別れた。十郎は曾我へ戻り、母を説得して五郎の勘当を解いてもらう。五郎は母と対面して小袖《こそで》をもらい、これが形見だと思うのだった。

兄弟は富士野へ向かう。狩りの途中、祐経が十郎の前に現われるが、十郎は馬の足を根にかけてしまって射損なう。機会のないまま、明日頼朝達が鎌倉へ帰ることを知った兄弟は、その夜の討ち入りを決める。十郎はひそかに祐経の屋形を窺《うかが》ったところ、見付けられて招き入れられる。祐経は自分が祐通を暗殺したというのは濡れ衣だから、和解しようと盃《さかずき》を勧める。十郎は怒りを押し殺してその場をやり過ごすが、去り際に再び屋形の中を窺うと、祐経は、自分が祐通を暗殺させたことは間違いないが、あの兄弟に仇討ちなどできるわけはないと放言していた。戻った十郎は五郎と語らい、母への最後の手紙をしたため、祐経の屋形へと向かう。宴の後の人気のない屋形で、祐経は前後不覚に眠っていた。兄弟は祐経を打ち起こし、ついに二人で敵討ちを果たす。復讐は遂げたが、場所は頼朝の本営。逃げ延びることは不可能だった。五月雨の闇の中、警護の武士たちは明かりの松明《たいまつ》に火を付け、松明のない者は蓑《みの》や笠にも火をつけて投げだした。炎に照らされながら、兄弟は次々に押し寄せる武士達と切り合う。→よむ 十郎は遂に力尽き、新田四郎《にったしろう》に討たれた。五郎は頼朝の屋形に侵入するが、捕らえられてしまった。頼朝は捕縛された五郎を直々に尋問する。堂々と返答する五郎の見事さに、頼朝は助命して配下にしようとするが、梶原景時《かじわらかげとき》に、もし許せば今後の秩序が保てないと諫《いさ》められ、処刑が決まる。五郎は無惨に断首された。事件を知った母は、あれが最後の別れだったのかと嘆き悲しむ。虎は曾我を訪れて母と対面し、出家を遂げ、十郎を弔いながら諸国を彷徨《さまよ》う。三周忌の法要後、曾我の母は往生を遂げた。虎は念仏を怠らず、多くの人々の帰依《きえ》を受ける。月日は過ぎ、六十四歳のある夕暮れ時、虎は庭の桜の小枝が斜めに垂れ下がっているのを、十郎の姿と見て、走り寄って抱きつこうとし、うつぶしざまに倒れた。そして苦しみも少なく、永眠したのだった。

よむ

◆十郎の最期

時分は五月二十八日の夜中過ぎのことで、雨は激しく降り、真っ暗である。御家人《ごけにん》たちが、たった今寝ぼけて起き上がって慌てて歩き回っている中に、兄弟たちは紛れ込んで、向ってくればさっと打ち、かかってくればふっと切って進むうちに、その数もわからないほどの敵を切った。

そうしているうちに、誰が言い出したのであろうか、「あまりにも暗くて敵も味方も区別が付かないから、松明《たいまつ》に火をつけて投げ出せ」と叫んだところ、御厩舎人《みうまやどねり》の時武《ときたけ》が、これを聞いて、松明を一本投げ出したので、一、二千のすべての屋形《やかた》から、我も我もと競うように投げ出す。松明を持ち合せていない者は、蓑《みの》・笠《かさ》に火をつけて投げ出す者もいる。すでに、一、二万におよぶ火の明るさは、太陽が隈《くま》なく照らすよりもさらに明るい。

その後、松明の火を頼りとして、用樹三郎《ようきのさぶろう》が押し寄せた。五郎の打つ太刀に、右の肩を切られて引き退《の》く。こうしたところに市川《いちかわの》別当次郎《べっとうのじろう》が走り向かう。「どんなばか者であるから、君のお屋形の内に参って憚《はばか》りもなく、このような狼藉《ろうぜき》をいたすのだ。名乗れ、名乗れ」と言うと、五郎が、走りかかって、「いまさらのことを言う男だ。曾我の冠者たちが、親の仇《かたき》の工藤左衛門尉を討って罷《まか》り出《で》たと言っているのに、今さら何を聞こうというのだ。親の仇討ちのときは、御陣内でもかまわないのがならわしだ。言うのは誰だ。名乗れ。聞こう」と言うと、「甲斐国《かいのくに》の住人の市川別当大夫の次男、別当次郎宗光《むねみつ》」と名乗るところを、最後まで言わせずに、「それでは、そなたは盗賊ばかりやりなれているであろう。このような正式の戦いは決して知るまい。初めて習え」と言うや躍りかかって、はったと打つ太刀に、宗光は左右の股を一方は深く一方は浅く膝口《ひざぐち》まで切り下げられ、尻《しり》を高くして這《は》って逃げた。

その次に伊豆国《いずのくに》の住人の新田四郎忠経《ただつね》は、屋形の入口で横になっていたが、滋目《しげめ》結《ゆい》の小袖《こそで》に、白い大口袴《おおぐちばかま》の股立《ももだち》を取って帯に挟み、太刀を急いで取って、さっと参ったが、名を知られた兵《つわもの》であったから、敵のようすを見極めようと思ったのであろうか、しばらく控えて側《そば》に立って、「どうしようもない殿たちの戦い方よ。小勢《こぜい》の敵をそのように攻めるということがあろうか。敵が二人ならば、一人ずつに引き離して、大勢で囲み、前後から太刀を揃《そろ》えて打てよ。殿たち」と言うや、さっと進み出た。忠経の言葉に従って、武士たちは兄弟を一人ずつ引き離して、大勢で囲んだ。

新田四郎が、進み出て、「これ、十郎殿でいらっしゃるか。そなたは親類の中の血族である。見苦しい死に方をなさるな」と大声で叫んだので、十郎は聞いて、「言うまでもない。夜が更けたのに、まだまともな優れた敵には会っていない。そなたと戦うことを願っていた。同じことならば、一族のしるしとして、そなたの手に掛かろう」と言って、火が出るほどに打ち合った。

十郎の太刀の方が少し長かったので、躍りかかって打つ太刀で新田の鬢《びん》を切り、次の太刀で右の腕の肘《ひじ》先を切った。しかし、新田も優れた兵《つわもの》だったので、少しもひるまなかった。互いに刀剣の名手で、名誉を大切にする武士であったので、どちらもひるむとも見えなかった。けれども、新田はたった今出て来た新手《あらて》なので、腕も下がらず、太刀の打ち込みもしっかりとしており、一方十郎は宵から多くの敵と打ち合っていたので、身も疲れ力も弱っていた上に、赤銅《しゃくどう》作りの太刀の柄《つか》に血がついて、ひどく滑ったので、太刀を横にして退いた。忠経が、勝ちに乗じて打って来たので、「今はこれまで」と思って、忠経に組もうとするところに、脇腹《わきばら》を切られて小柴垣《こしばがき》の蔭《かげ》に太刀を杖《つえ》に突いて寄りかかって立っていた遠江国《とおとうみのくに》の住人原三《はらのさぶ》郎《ろう》が、すっと近寄ると太刀を持ち直して、十郎の右肘の先を強く刺したので、十郎の太刀さばきが乱れたところを、忠経は、十郎の左の肩先から右の乳の下にかけて切り付けたのだった。

十郎は、最後の言葉に、「五郎はいないか。祐成《すけなり》は新田四郎の手にかかって討たれた。お前はまだ傷を負っていないなら、鎌倉殿《かまくらどの》のお側《そば》近くに参上して、しっかりと拝謁を賜れ」と言って、念仏を十遍ほど声高く唱えて、西に向かって倒れた。

原文　頃《ころ》は五月二十八日夜半《やはん》過ぎのことなるに、雨は頻《しき》りに降り、闇《くら》さは闇し。ただ今、寝おびれて起き上がりつつ、慌《あわ》て行《あり》く中に掻《か》い紛れ、向へばしとと打ち、懸かればふつと切つて、うち通りけるほどに、その数知らずぞ切つたりける。
さるほどに、何者か言ひ出《い》だしたりけん、「あまりに暗うて敵《かたき》も味方も見え分かぬに、続松《ついまつ》に火を付けて投げ出だせや」と喚《よ》ばはりければ、御厩舎人《みうまやとねり》の時武《ときたけ》、これを聞いて、続松一つ投げ出だしければ、上下一、二千の屋形《やかた》屋形より、我劣らじと投げ出だす。続松を持ち合せぬ者は、蓑《みの》・笠《かさ》に火を付けて投げ出だす者もあり。すでに、一、二万の火の明《あか》さは、天日《てんじつ》の、隈《くま》もなく照らすよりもなほ明し。

その後《のち》、続松の火を頼りとして、用樹三郎《ようきのさぶらう》押し寄せたり。五郎が打つ太刀に、右の肩を切られて引き退《の》く。かかるところに、市《いち》川別当次郎《かはのべつたうのじらう》走り向ふ。「いかなる痴《し》れ者なれば、君の御屋形《おやかた》の内に参りて恐れをもなさず、かかる狼藉《らうぜき》をば仕《つかま》る。名乗れや、名乗れや」と言ひければ、五郎、走り懸《かか》つて、「事新らしき男《をとこ》が詞《ことば》かな。曾我《そが》の冠者《くわじや》ばらが、親の敵《かたき》工藤左衛門尉《くどうさゑもんのじよう》を討つて罷《まか》り出づると言ふ上は、何条《なんでふ》のことを問ふべきぞ。親の敵には、御陣内《ごちんない》をも嫌はぬ例《ためし》なり。かく言ふは誰《た》ぞ。名乗れ。聞かん」と言ひければ、「甲斐国《かひのくに》の住人に市川別当大夫《たいふ》が次男、別当次郎宗光《むねみつ》」と名乗るところを、言はせも果てず、「さては、和君《わぎみ》は盗賊《たうぞく》ばかりぞ仕習《しなら》ひたるらん。かやうの晴《はれ》の戦《いくさ》はよも知らじ。初めて習へ」と言ふままに躍《をど》りかかつて、しとと打つ太刀に、左右《さう》の股《もも》を、一方は深く一方は浅く、膝口《ひざぐち》まで切り下げられ、高這《たかば》ひしてぞ逃げたりける。

その次に、伊豆国《いづのくに》の住人に新田四郎忠経《にったのしらうただつね》は屋形の口に伏したりけるが、滋目結《しげめゆひ》の小袖《こそで》に、白き大口《おほくち》のそば取つて挟《はさ》み、太刀おつ取つて、つと参りけるが、名を得たる兵《つはもの》なれば、敵の有様を弁《わきま》へ見んとや思ひけん、暫《しばら》く扣《ひか》へつつ、傍《かたは》らに立つて申しけるは、「無下《むげ》なる殿ばらの振舞かな。小勢《こぜい》の敵をそれ体《てい》に攻むるやうやある。敵二人あらば、一人づつ立ち隔てて、多勢《たせい》をもつて引き囲み、前後より太刀を揃《そろ》へて打てや。殿ばら」と言ふままに、つと進みて出でにけり。忠経が詞《ことば》に付きて、一人づつ押し隔てて、多《た》勢《せい》をぞ引き回しける。

新田四郎、進み出でて喚《よ》ばはりけるは、「いかに、十郎殿《じふらうどの》にておはしけるや。親類の中に、一家《いつけ》の族《やから》なり。汚《きたな》き死ばしし給ふな」と言ひければ、十郎聞きて、「沙汰《さた》に及ばず。夜《よ》は更《ふ》けぬれども、いまだ尋常《じんじやう》なる敵《かたき》に会はず。殿をこそ心に懸けつれ。同じくは、一門のしるしに、和殿《わどの》の手に懸るべし」とて、火出づるほどにぞ打ち合ひける。

十郎が太刀は少し寸延《すんの》びたれば、躍《をど》り懸つて打つ太刀に、新田四郎が小鬢《こびん》を切つて、次の刀《かたな》に右の小腕《こがひな》を切つてんげり。されども、究竟《くつきやう》の兵《つはもの》なれば、少しも面《おもて》は振らざりけり。互ひに打物《うちもの》の上手《じやうず》にて、名を惜しむ兵なれば、いづれ白《しら》むとも見えず。されども、新田はただ今出でたる新手《あらて》なれば、腕《かひな》も垂れず、太刀の打所《うちど》もたしかに覚え、十郎は宵《よひ》より多くの敵に打ち合ひたれば、身も疲れ力も弱りたる上に、赤銅作《しやくどうづくり》の太刀の柄《つか》に血付きつつ、いたく滑《ぬめ》りける間、太刀を平《ひら》めて退きける。忠経《ただつね》、勝つに乗つて打ちければ、「今はかう」と思ひてうち組まんとするところに、遠江国《とほたふみのくに》の住人原三郎《はらのさぶらう》が、片腹《かたはら》を切られて、小柴《こしば》の蔭《かげ》に太刀を杖《つゑ》に突きつつ寄り立つたりけるが、つと寄るままに太刀をおつ取り直して、右の肘《ひぢ》のはづれをしたたかに刺したりければ、太刀の手あばらになるところを、忠経、左の肩先《かたさき》より右の乳《ち》の下《しも》に切り付けたり。

十郎、最後の詞《ことば》に申しけるは、「五郎はなきか。祐成《すけなり》こそ新田四郎が手にかかつて討たるれ。いまだ手負《てお》はぬものならば、君の御前《ごぜん》近くうち上《のぼ》つて具《つぶさ》に見参《げんざん》に入り参らせよ」とて、念仏十遍《ねんぶつじつぺん》ばかり高声《かうしやう》に唱へけるが、西枕《にしまくら》にぞ伏しにける。

46

悲劇の英雄、源義経の一生を描く軍記物語

義経記《ぎけいき》

源義経の誕生から死までを描く一代記。源平合戦での活躍は極めて簡潔で、義経が成長して頼朝の麾下《きか》に参ずる前半と、頼朝と不和となって没落し、奥州で討死《うちじに》する後半を中心に構成されている。作者は不明。成立は室町時代前半と推定されている。『平家物語』の描く義経に比べ、悲劇の英雄、貴公子としての色合いが強い。各地で様々な階層によって語られて成長した義経伝承が集約されたものと見られている。

あらすじ

平治元年(一一五九)に源義朝《よしとも》は平治の乱を起こすが、平清盛に敗れた。義朝の愛妾常磐御前《あいしょうときわごぜん》は義朝との間に設けた三人の子を連れて逃げるが、とらえられた。しかし、清盛は常磐の美貌に魅せられ、子たちを助命する。

末弟の牛若《うしわか》は鞍馬寺《くらまでら》に預けられ、美しい稚児《ちご》として成長するが、やがて源氏の遺臣である少進坊《しょうしんぼう》が接近してきて、平家打倒を心に描くようになる。牛若は鞍馬の奥の貴船《きぶね》明神に詣で、平家打倒を祈念し、早業《はやわざ》の武芸を修練する。しかし、このことを師に知られ、別の坊へと移り、遮那王《しゃなおう》と名乗りを変えることとなる。

十六歳になった遮那王の前に、金商人の吉次《きちじ》が現われる。吉次は毎年下る奥州の様子を遮那王に語る。奥州を治める藤原秀衡《ひでひら》が十八万騎を抱えていることを知った遮那王は、それを手勢として平家を討つことを夢みて、吉次に連れられて奥州へ下ることとなる。遮那王は鏡の宿《しゅく》(滋賀県竜王町)で強盗を撃退、熱田神宮で元服し源九郎義経となる。途中吉次と別れた義経は上野《こうづけ》国で出会った伊勢三郎義盛を家臣に加える。秀衡は奥州に着いた義経に数々の引出物を贈って大歓迎した。義経はその年を奥州で過ごし、学問と情報収集のために再び都へと上り、鬼一法眼《きいちほうげん》を出し抜いて秘伝の兵法『六韜《りくとう》』を手に入れる。

一方その頃、武蔵坊弁慶《むさしぼうべんけい》は洛中を行く人々の太刀を奪い取っていた。弁慶は熊野の別当の子であったが、母親の胎内に十八か月もいて二、三歳ほどの体で産まれてきた。それを父にうとまれ、比叡山《ひえいざん》に預けられてしまう。学問は優れていたが、収まりきれない乱暴者で、やがて山を出て諸国をさすらい、書写山(姫路市)では騒動の挙げ句に山を炎上させてしまうほどであった。

この弁慶が、五条天神の帰りの堀河小路南で、たまたま通りかか

った義経を襲う。義経は軽やかな身のこなしで弁慶を退治する。その後も清水坂《きよみずざか》で、さらには清水寺の舞台で弁慶は義経に挑むのだが、義経の早業に退けられる。三度も打ち負かされた弁慶は、義経に忠誠を誓うのだった。

その後、義経は再び奥州へ下ったが、兄頼朝が挙兵したことを聞いて馳せ参じ、兄弟は感動の対面を果たす。そして義経は将軍として戦い、ついに壇《だん》ノ浦《うら》で平家を滅亡させた。

しかし、この義経と不仲であった梶原景時《かじわらかげとき》が頼朝に讒言《ざんげん》をする。義経は頼朝の勘気をこうむり、鎌倉に入ることを許されず、留め置かれた腰越《こしごえ》(鎌倉市)で、無実を訴える書状をしたため陳弁する。しかし、頼朝の許しは得られず、京都へと戻る。

義経は頼朝からの刺客土佐坊正尊《とさのぼうしょうぞん》を京都で返り討ちにするが、頼朝がさらなる大軍を送るとの噂《うわさ》が立ったので、後白河院から院宣を得て西国へ下ることにする。しかし暴風雨に遭い、大物《だいもつ》の浦で引き返して、吉野山に引きこもる。

吉野からのさらなる逃避行のため、義経はこれまで伴ってきた愛妾の静御前《しずかごぜん》を都へ帰す。吉野衆徒たちが鎌倉側につき、攻め寄せてきたため、義経一行は吉野山からも落ち行くこととなるが、その中で佐藤忠信は一人留まり、義経の鎧《よろい》を着て身代わりとなって奮戦し、義経一行は危うく逃れる。忠信も逃亡に成功して、都の愛人のもとに潜伏するが、女の心変わりの密告により、六波羅《ろくはら》の軍勢に囲まれて壮絶な討ち死にを遂げた。

一方、吉野で一行と別れた静御前も吉野山中で捕らえられ、鎌倉で取り調べを受ける。そのうちに静は身ごもっていた義経の子を出産するが、男子であったため、由比ヶ浜(鎌倉市)で殺された。さらに静は若宮八幡で舞うことを命じられる。頼朝とその妻政子の前で、静は気丈にも義経への思いを歌って舞った。頼朝は不快に思うが、政子がこれをかばう。許された静は都へと戻り、出家し、翌年に往生した。

義経の逃避行は続く。十六名となった一行は奥州へ落ち行くため、山伏姿に身をやつして旅をする。道中でも大津・愛発山《あらちやま》(敦賀市)・三の口・平泉寺《へいせんじ》(勝山市)・如意《にょい》の渡《わたし》・直江津《なおえつ》などで度々危機にあうが、弁慶の活躍によってこれを乗り越えて、苦難の果てに奥州へとたどり着く。義経一行は秀衡によって手厚い歓待を受けたが、間もなく秀衡が病となる。秀衡は子の泰衡《やすひら》に何があろうと義経を庇護《ひご》するようにと遺言して没する。

しかし、後を継いだ泰衡は、朝廷と鎌倉の圧力に屈して遺言に背き、衣川《ころもがわ》の館《たち》(岩手県平泉町)の義経を攻め立てた。わずか八人の義経郎党は奮戦してこれを防ぐが、力尽き次々に討死する。

ついに弁慶も義経の籠もる持仏堂の前で、無数の矢を受けて立ったまま往生した。→よむ 義経も持仏堂の中で自害し、その一生を終えた。義経を討った泰衡も、ほどなく頼朝によって追討され、奥州藤原氏は滅亡した。

よむ

◆武蔵坊弁慶の最期

武蔵坊は敵を追い払い、義経の御前へやって来て、長刀《なぎなた》を脇に挟み、「弁慶が参りました」と申し上げると、判官《ほうがん》義経は法華経の八巻目の読経にかかっておられたが、「どうだ」と言って弁慶に目を向けられたので、「戦《いくさ》は最早ここまでになりました。備前平四郎《びぜんのへいしろう》、鷲尾《わしのお》、増尾《ましお》、鈴木兄弟、伊勢三郎《いせのさぶろう》は、思う存分戦って討死《うちじに》をいたしました。今は弁慶と片岡《かたおか》だけになってございます。殿にもう一度お目にかかりたくてやって参りました。殿が先立たれましたならば、死出の山で私をお待ちください。弁慶が先立ち申し上げましたならば、三途《さんず》の川でお待ちいたしましょう」と申し上げると、判官が「どうしたものか。お経をすべて読み上げ終わりたいが」とおっしゃったので、「心静かにお読みになられてください。それまでの間は、弁慶が矢を射て防ぎ申し上げましょう。たとえ死んでも、殿がお経を読み終えなさいますまでは、お守り申し上げましょう」と言って、御簾《みす》を引き上げて、主君の顔をつくづくと見申し上げて、御前を立ったが、また引き返して来てこう歌を詠んだ。

六道《ろくどう》の道の衢《ちまた》に君待ちて弥陀《みだ》の浄土へすぐに参らん

——死者が向かうという六道の分かれ所で殿を待って、阿弥陀如来のおわします浄土へ、すぐにともに参りましょう

こうして来世のことまで約束を交わし、弁慶は外に出て、片岡と背中合わせになってしめし合わせて、一町ほどの距離を二手に分かれて攻め込んだところ、この二人に追い立てられて、寄せ手の武士は三町ほど堀から外のところに畏縮してしまった。

しかし、片岡は六騎の敵に包囲され、そのうちの三騎を討ち取り、残りの三騎と戦っていたが、肩も腕も弱ったので、たくさん疵《きず》を負って、もうこれまでと思ったのだろう、腹を掻《か》き切って自害した。

弁慶は、長刀の柄を長いと思ったのだろう、一尺ほど踏み折って、がばと投げ捨てて、長刀の真ん中を握り、「ああ、かえってよいものよ。頼りない味方がいたのは足手まといでやりにくかったからなあ」と言って、木戸口に立って、敵が突入して来るのを、近づいてはばったと斬り、ふっと斬り、馬の太腹をぐさっと突き、敵が馬から落ちるところを、兜《かぶと》の内部に長刀を突き入れて首を刎《は》ね落し、あるいは刀の背《みね》打ちで打ち、刃で斬った。縦横無尽に斬ったので、武蔵坊と正面切って相手をする者は誰もいなかった。鎧《よろい》には無数の矢が立ち、それを折り曲げ折り曲げしていたので、蓑《みの》を逆さまに着たような姿になっていた。黒羽《くろは》・白羽《しらは》・染羽《そめは》の矢などが色とりどりに風に吹かれて見える様子は、さながら武蔵野の薄《すすき》の花穂を秋風が吹きなびかすかのようである。八方を走りまわって暴れるのを見て、寄せ手の者たちが「敵も味方もみな討死したのに、この法師だけはどんなに暴れまわっても死なないのが不思議だ。我々の手にかけなくても、鎮守《ちんじゅ》大明神様、厄神様、力を貸して殺してください」と言って祈ったのは笑止なことであった。

武蔵坊は敵を打ち払うと、長刀を逆さまに、杖《つえ》にして突き、敵の方を睨《にら》んで仁王立ちに立った。まるで金剛力士のようであった。一声笑って立ったので、敵は、「あれをご覧あれ。あの法師が我々を討とうとして、こちらをにらんで薄気味悪い笑い方をしているのは、ただごとではないぞ。近くへ寄るな」と一人が言うと、ある者が、「猛者は立ったままで死ぬことがあるぞ。おのおの方、戦ってみられよ」と言った。誰もが自分は戦うまい戦うまいと尻ごみをしているところを、ある若武者が馬で弁慶の近くを駆けたところ、弁慶はとっくに死んでしまっていたので、馬に当たって倒れた。長刀を握ったままで硬直していたので、倒れながら長刀を前へ突き出すように見えたので、「それそれ、また暴れるぞ」と、みな跳び退《の》き跳び退き、身構えた。けれども倒れたままで身動きしなかったので、その時になって、われ先にと攻め寄せたさまは、見苦しいものだった。立ったまま動かなかったのは、主君が自害されるまでの間、敵を御館《やかた》に近づけまいとして、立死《たちじに》をしたのであろうかと、人々を感動させた。

原文

武蔵《むさし》坊《ばう》は敵《かたき》追ひ払ひ、御方《かた》へ参り、長刀《なぎなた》を脇《わき》に挟み、

「弁慶《べんけい》こそ参りて候《さうら》へ」と申しければ、判官《はうぐわん》は、法《ほ》華経《けきやう》の八の巻にかからせ給ひけるが、「いかに」とて見やり給へば、「軍《いくさ》ははや限りになりぬ。備前平四《びぜんのへいし》郎《らう》、鷲尾《わしのを》、増尾《ましを》、鈴木《すずき》兄弟、伊勢三郎《いせのさぶらう》、思ふままに軍して討死仕《うちじにつかまつ》り候ひぬ。今は弁慶と片岡《かたをか》ばかりになりて候。君を今一度見《み》参《まゐ》らせん為《ため》に参りて候。君先立たせ給ひ候はば、死《し》出《で》の山にて待たせ給ひ候ふべし。弁慶先立ち参らせて候はば、三途《さんづ》の川にて待ち参らせ候ふべし」と申しければ、判官「いかがすべき。御経読みはてばや」と仰せければ、「静かにあそばしはてさせ給へ。その程は弁慶防矢《ふせぎや》仕り候はん。たとひ死にて候ふとも、君の御経あそばしはてさせ給ひ候はんまでは守護し参らせ候ふべし」とて、御簾《すだれ》を引き上げて、君をつくづくと見参らせて、御前《まへ》を立ちけるが、また立ち帰りてかくぞ申しける。

六道の道の衢《ちまた》に君待ちて弥陀《みだ》の浄土へすぐに参らん

来世をさへ契り申して、立ち出で、後ろ合はせに差し合はせて、ちやうまちを二手《ふたて》に分かちて駆けたりければ、これら二人に駆けられて、寄せ手の武士は三町《ちやう》ばかり堀《ほり》より外《そと》にしらみけり。

片岡敵《かたき》六騎が中に取り籠《こ》められて、三騎討ち取りて、今三騎が中にて戦ひけるが、肩も腕《かひな》も弱りければ、疵数多《きずあまた》負ひて叶《かな》はじとや思ひけん。腹掻き切りて死ににけり。

弁慶は長刀の柄を長くや思ひけん、一尺ばかり踏み折りて、がばと捨て、長刀の真中《まなか》取りて、「あはれなかなかよき物かな。えせ片人《かたうど》のありつるは、足に紛れて悪《わろ》かりつるに」とて、木戸口《きどぐち》に立ちて、敵《かたき》の馳《は》せ入りけるを、寄り合ひてははたと斬《き》り、ふつと斬り、馬《むま》の太腹《ふとばら》をがばと突き、敵の落つるところをば、内兜《うちかぶと》に長刀《なぎなた》を突き入れて、首を刎《は》ね落とし、背《みね》にて打ち、刃にて斬る。十方《ばう》八方《ばう》を斬りければ、武蔵坊《むさしばう》に面《おもて》を合はする者ぞなき。鎧《よろひ》に矢の立つ事《こと》数を知らず。折りかけ折りかけしたりければ、蓑《みの》を逆さまに着たるが如《ごと》し。黒羽《くろは》、白羽《しろは》、染羽《そめは》の矢《や》共《ども》の、色々に風に吹かれて見えけるは、武蔵《むさし》野《の》の尾花の末《すゑ》を秋風の吹き靡《なび》かすが如くなり。八方を走り廻《まは》りて狂ひけるを、寄せ手の者共申しけるは、「敵も味方も皆討死《うちじに》すれども、この法師ばかりいかに狂へども死なぬは不思議なり。我々が手にこそかけずとも、鎮守大明神《ちんじゆだいみやうじん》、厄神与《やくじんよ》力《りき》して殺し給へ」と祈りけるこそをかしけれ。

武蔵坊は敵打ち払ひて、長刀を逆さまに杖《つゑ》に突き敵の方《かた》を睨《にら》みて、仁王立ちにぞ立ちたりける。偏《ひと》へに力士の如くなり。一口笑ひて立ちたれば、敵は「あれ見給へ。彼《か》の法師の我らを討たんとて此方《こなた》をまぼらへて痴《し》れ笑ひてあるは只事《ただごと》ならず。近くな寄りそ」と申しければ、ある者の言ひけるは「剛《かう》の者は立ちながら死ぬる事のあるぞ。殿ばら当たりて見給へ」と申しければ、我も当たらじ我も当たらじとする所に、ある若武者の馬にて辺りを馳せければ、疾《と》くより死にたる者なれば、馬に当たりて転《まろ》びけり。長刀を握りすくみてあれば、転び様《さま》に先へ打ち返す様にしたれば、「すは、すは、また狂ふは」とて馳せ退《の》き馳せ退き控へたり。されども転びたるままにて動《はたら》かざりければ、その時我も我もと馳せ寄りけるこそ痴《をこ》がましく見えけれ。立ちながらすくみける事は、君の御自害の程、敵を御館《やかた》へ寄せじとて立死《たちじに》にしたりけるかとあはれなり。

版本挿絵より

47

物語評論のかたちで、宮廷で生きる心構えを示す教養書

無《む》名《みょう》草《ぞう》子《し》

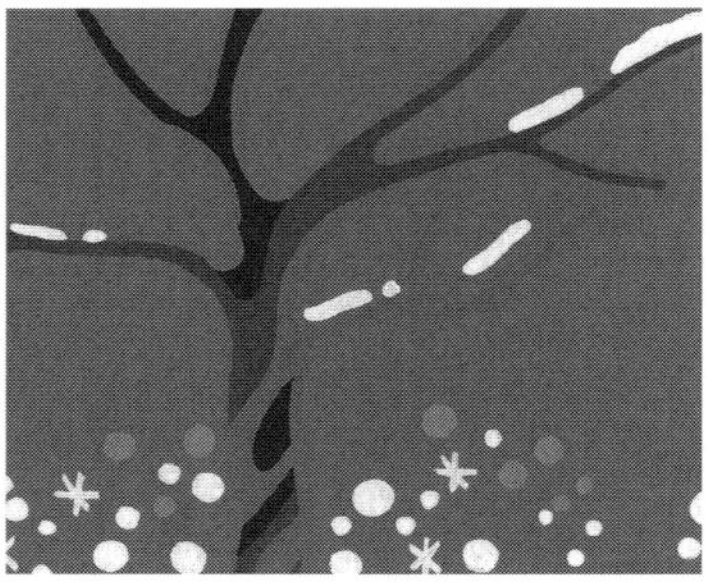

鎌倉時代初期に、宮廷女性に向けて作られた教養書・教訓書。一般に物語評論書だと考えられてきたが、当時にあって物語とは姫君や若い女性を教育するための社会的テクストでもあった。つまり『無名草子』は物語論・人物論を通して、宮廷社会に生きる女性が持つべき態度を教示する作品といえる。正治二年(一二〇〇)七月〜建仁元年(一二〇一)一一月の成立か。作者は藤原定家《ていか》や隆信《たかのぶ》の身近にいた女性と考えられている。

あらすじ

かつて宮廷に仕えた八三歳の老尼が、京の東山近くの家で、女房たちの語り合う話を聞き、筆録したという体裁をとる。

最初にこの世で一番捨てがたいものとして、月・文(手紙)・阿弥陀仏などを挙げ、そこから二七の物語と登場人物の論、『万葉集』以下のさまざまな歌集の寸評、小野小町など実在した女性十二人の批評へと続く。

本書の大きな見所は物語論、特に『源氏物語』の論だろう。各巻、女性、男性、さまざまな場面が取り上げられている。たとえば光源氏は浮わついていて慎みがないと手厳しく批判される一方で、紫の上は自制心があってすばらしいとされ、友人の頭中将《とうのちゅうじょう》や息子の夕《ゆう》霧《ぎり》・薫《かおる》などの評価も高い。このような批評眼は、自分を律し、穏便に事を収められる心や態度を重視する姿勢に発しており、そのような身の処し方は、宮廷女性にとって必須の心用意だったと言える。

歌集を論じた箇所に、勅撰集《ちょくせんしゅう》や私撰集を撰《えら》んだ女性はおらず、女ほど口惜《くちお》しいものはないとの発言がある。それに対して、他の女性は、物語の多くは女性の手に成るのだから、女である自分は「捨てがたきもの」だと言う。彼女たちの話がこの世で一番捨てがたいものから始まったことを思うと見過ごせない箇所だ。今も昔も女性が社会的存在であることにはそれなりの苦労があるが、ここには当時の女性の女性であることへの矜持《きょうじ》が垣間見られて、とても興味深い。

よむ

光源氏を批判する

光源氏の大臣《おとど》の御事については、善し悪しを評価するのも本当に

今さらと気がひけて申すこともないのですが、何もそこまでと思われる点はたくさんございます。まず、大内山《おおうちやま》の大臣《おとど》(頭中将)に対してです。大内山の大臣は若いころから、源氏の君とは互いに心隔てず慣れ親しみ、心を交わしておりました。たとえば雨夜《あまよ》の品定《しなさだ》めの御物語をはじめとして、こっそりと末摘花《すえつむはな》を訪ねようとする源氏を恨んで詠んだ歌、「もろともに大内山《おほうちやま》を出《い》でつれど行《ゆ》く方《かた》見せぬいさよひの月(一緒に連れ立って宮中を出たのに、どこへ行かれるのか、十六夜《いざよい》の月よ行先をお隠しになるなんて……。ひどい方《かた》です)」や、好色な源典侍《げんないしのすけ》のもとで太刀《たち》を抜いて源氏を脅し申したようなことなど、親密な間柄を示す話は枚挙に暇もないほどです。何よりも、あれほど世を騒がせた面倒事(須磨流謫《すまるたく》)にもかかわらず、あの大臣が須磨の仮住いをご訪問申しあげなさった情愛の深さは、後々まで忘れることはできません。ところがそれを何とも思わず、源氏があの秋好中宮《あきこのむちゅうぐう》を養女にするようなつまらない事をして、同じく冷泉帝《れいぜいてい》に入内《じゅだい》した、あの大臣の息女弘徽殿女御《こきでんのにょうご》と競争させなさったのは、なんとも嫌なお心です。その絵合《えあわせ》の席上、須磨で描かれた絵を二巻取り出して弘徽殿女御方を負かすなど、本当に残念なお心です。また須磨に、あれほどつらく思い悩んでいらした紫の上もお連れ申しあげず、せめて心を清めてただ一筋に仏道修行をなさっていらっしゃるかと思えば、明石《あかし》の入道の娘婿《むすめむこ》になり、一日中琵琶《びわ》法師然とした入道と向かいあってひたすら琴を弾いていらっしゃるあたりは、何ひとつ悩みもなさそうなご様子です。また、さまざまな女性関係も収まって今は紫の上一筋に落ち着くかと思われる晩年に、まるで昔に返ったかのように女三《おんなさん》の宮《みや》を妻として若やがれる、それさえ不似合いと思われるのに、女三の宮と柏木《かしわぎ》右衛《え》門督《もんのかみ》との不倫を見破って、柏木があれほど源氏を怖《おそ》れて参上しないのを、むりにお呼び出しになってはちくちく嫌みを言い、ついには睨《にら》みつけて皮肉を言い、柏木を病ませ、死に至らしめたあたりは、まったくよろしくないお心ですよ。だいたいこのように、落ち着いたお心が足りなくていらっしゃると思われるのです。

原文

「源氏の大臣《おとど》の御事は、よし悪《あ》しなど定めむも、いとこと新しくかたはらいたきことなれば、申すに及ばねども、さらでもとおぼゆるふしぶし多くぞはべる。まづ、大内山《おほうちやま》の大臣《おとど》。若くよりかたみに隔てなくて慣《な》れ睦《むつ》び思ひ交《か》はして、雨夜《あまよ》の御物語をはじめ、もろともに大内山を出《い》でつれど行《ゆ》く方《かた》見せぬいさよひの月と言へる、また、源典侍《げんないしのすけ》のもとにて太刀《たち》抜きて脅《おど》しきこえしやうのことは、言ひ尽くすべくもなし。何事よりも、さばかり煩《わづら》はしかりし世の騒ぎにも障《さは》らず、須磨《すま》の御旅住みのほど尋ねまゐりたまへりし心深さは、世々を経《ふ》とも忘るべくやはある。それ思ひ知らず、よしなき取り娘《むすめ》して、かの大臣《おとど》の女御《にょうご》と挑《いど》みきしろはせたまふ、いと心憂《こころう》き御心なり。絵合《ゑあはせ》の折、須磨の絵二巻《ふたまき》取り出でて、かの女御負けになしたまへるなど、返す返す口惜《くちを》しき御心なり。また須磨へおはするほど、さばかり心苦しげに思ひ入りたまへる紫《むらさき》の上《うへ》も具《ぐ》しきこえず、せめて心澄まして一筋に行ひ勤めたまふべきかと思ふほどに、明石《あかし》の入道《にふだう》が婿《むこ》になりて、日暮らし琵琶《びは》の法師と向かひゐて、琴《こと》弾き澄ましておはするほど、むげに思ひどころなし。また、さまざまなりし御事静まりて、今はさる方《かた》に定まり果てたまふかと思ふ世の末に、たち返りて、女三の宮設けて若やぎたまふだにつきなきに、右衛《ゑ》門督《もんのかみ》のこと見あらはして、さばかり怖《お》ぢはばかりまうでぬものを、強《し》ひて召し出でて、とかく言ひまさぐり、果てには睨《にら》み殺したまへるほど、むげにけしからぬ御心なりかし。すべてかやうの方《かた》に、づしやかなる御心のおくれたまへりけるとぞおぼゆる。

48

方《ほう》丈《じょう》記《き》

人の世の無常を流麗な文でつづる、鴨長明《かものちょうめい》の名随筆

「ゆく河の流れは絶えずして、しかももとの水にあらず」で始まる、鴨長明による名作。人の世の無常を大きなテーマとし、それを、人の住まいや都など、人が居住する空間に託して述べる「家居《いえい》の記」である。成立は、建暦二年（一二一二）三月下旬。出家後の長明（法名蓮胤《れんいん》）が日野《ひの》の草庵《そうあん》で執筆した。そこから四年後の建保四年（一二一六）、長明はこの日野の草庵で最期を迎えたと思われる。

あらすじ

鴨長明（一一五五〜一二一六）は、賀茂御《かものみ》祖《おや》神社（下鴨《しもがも》神社）の正禰宜《しょうねぎ》（神官）の子として生まれ、賀茂川のほとり、下鴨の地で育った。『方丈記』の冒頭文には、幼少期から青年期を過ごした下鴨の地と賀茂川の記憶が、深く反映しているのかもしれない。

前半では、不安で移ろいやすい世の実例として、自らが体験した五つの大事が綴《つづ》られる。平安京（左京）の三分の一が焼失した安元三年（一一七七）の大火、竜巻で多くの家が吹き飛ばされた治承四年（一一八〇）の辻風《つじかぜ》、同年六月頃の平清盛《きよもり》による慌ただしい福原遷都《ふくはらせんと》と同年十二月の京への還都《かんと》、干魃《かんばつ》や疫病などが引き起こされた養和年間（一一八一〜八二）の大飢饉《だいききん》、都を壊滅状態にした元暦二年（一一八五）の大地震である。これらの惨事はいずれも、人の命と彼らが住む家の生滅に視点を置いて記され、この世そのものが生きにくく、はかないのだと結論づけられる。

後半に入ると、長明の来歴と草庵《そうあん》での生活が語られる。長明は三十歳を過ぎてから、継承していた祖母の家を出て、賀茂川の河原に庵《いおり》を結び、五十歳の春に出家遁世《とんせい》して、大原で五年の歳月を送ったのち、日野（京都市伏見区）に移った。この日野の庵こそが、「広さはわずかに方丈」として作品名の由来となる方丈の庵である。さらに、庵の作り、室内のしつらえ、持ち込んだ品々、四季の景物、仏道修行に加えて管絃《かんげん》や遊行《ゆぎょう》を楽しむ穏やかな生活のさまが記され、草庵の理想的な日々を、私たちに美しく想起させてくれる。

しかし、草庵への愛着は執心を戒める仏教に反するものだった。長明自身、重々承知していたにちがいない。内省した長明の心が選んだ答えは、「不請阿弥陀仏」（衆生《しゅじょう》が請わずとも救いの手を差しのべる阿弥陀仏《あみだぶつ》）と我が舌に唱えさせることだった。そのような阿弥陀仏への帰依《きえ》の言葉をもって、作品は終結するのである。

よむ

◆ゆく河の流れは絶えずして

ゆく河は絶えることなく流れ続けるものであり、しかも、その流れをなす水はもとのままの水ではない。淀《よど》みに浮かぶ水の泡は、あちらで消えたかと思うと、こちらで生まれ、永く同じ状態にとどまっているということはない。世の中に存在する人も、その人々の住まいも、またこのようなものだ。

玉を敷きつめたように美しい都のうちに、棟《むね》を並べ、甍《いらか》を争うような身分の高い人、低い人の住居は、何代たっても尽きないもののようだが、本当にそうなのかと尋ねまわってみると、昔からある家というのは稀《まれ》だ。去年焼けて今年建てたのもあれば、大きな家が没落して小さくなったのもある。住んでいる人にしても、同じこと。所は同じ京であり、人は相変らず大勢だが、昔会ったことがある人は、二、三十人のうち、わずかに一人か二人になっている。朝死ぬ人があるかと思えば、夕方生まれる子がある。それは、ただ、水の泡のようなものである。ああ、私は知らぬ、こうして生まれたり死んだりする人がどこから来て、どこへ消えてゆくのか、を。また、いったい、仮の宿であるこの世で、誰のために苦心して家を作り、何のためにその住まいを見て喜ぶのか。家の主とその住居とが、互いに無常を争うようにして消えてゆく姿は、朝顔とそこに宿る露に同じだ。ある時は、露が先に落ちて花が残る。残って咲いているといっても、朝日に照らされて花は枯れる。ある時は、花が先にしおれて、露が消えずに残ることもある。消えないとはいっても、夕方までもつわけではない。

原文

ゆく河《かは》の流れは絶えずして、しかももとの水にあらず。よどみに浮《うか》ぶうたかたは、かつ消え、かつ結びて、久しくとどまりたるためしなし。世の中にある人と栖《すみか》と、またかくのごとし。

たましきの都のうちに棟《むね》を並べ、甍《いらか》を争へる高き賤しき人の住《すま》ひは、世々を経《へ》て尽きせぬものなれど、これをまことかと尋ぬれば、昔ありし家は稀《まれ》なり。或《あるい》は去年《こぞ》焼けて今年《ことし》作れり。或は大家《おほいへ》ほろびて小家《こいへ》となる。住む人もこれに同じ。所も変らず、人も多かれど、いにしへ見し人は、二三十人が中にわづかにひとりふたりなり。朝《あした》に死に夕《ゆふべ》に生《うま》るるならひ、ただ水の泡《あわ》にぞ似たりける。知らず、生れ死ぬる人いづかたより来《きた》りて、いづかたへか去る。また知らず、仮《かり》の宿り、誰《た》がためにか心を悩まし、何によりてか目を喜ばしむる。その主《あるじ》と栖と無常を争ふさま、いはばあさがほの露《つゆ》に異ならず。或は露落ちて、花残れり。残るといへども、朝《あさ》日《ひ》に枯れぬ。或は花しぼみて、露なほ消えず。消えずといへども、夕《ゆふべ》を待つ事なし。

◆安元の大火

私が世の中の道理を知るようになってから四十年あまりの年月を送るうちに、判断も及ばぬような不可思議な事を体験することが、度重なった。

あれは安元《あんげん》三年(一一七七)の四月二十八日だったかと思う。風が激しく吹いて穏やかならざる夜、午後八時ごろ、平安京の東南から火が出て、西北の方向へ燃え広がった。しまいには、朱雀門《すざくもん》、大極殿《だいごくでん》、大学寮《だいがくりょう》、民部省《みんぶしょう》などにまで延焼し、一晩のうちに全ては灰となってしまった。火元は樋口富《ひぐちとみ》の小路《こうじ》だったとか、舞を舞う人を泊めた仮屋《かりや》から出火したのだという。

吹き乱れる風に、火はあちこちと燃え移り、扇をひろげたような末広の形に都を焼いていった。火から遠い家は煙にむせ、近いところでは炎は激しく地面に吹き付けられている。風が空に灰を吹き上げたため、その灰が火の光に反射して、夜空一面を紅《くれない》に染める。その中を、風に吹きちぎられた炎が、一町(約一〇九メートル)も二町も空を飛び、また燃え移る。そういう中にいる人が、どうして正気のままでいられようか。ある者は煙にむせて倒れ、ある者は炎に目がくらみ、そのまま死んでしまう。身一つでかろうじて逃げた者も、家財道具を持ち出す余裕はない。金銀珠玉の宝物も、そっくり灰になってしまった。その被害がいかほどか、おそらくはかりしれないだろう。公卿《くぎょう》の家だけでも、その時は十六も焼けた。まして、そのほかの小さな家は数えきることもできない。全体で、平安京の三分の一が焼失したという。男女数十人が焼死し、馬や牛などにいたってはどれほど死んだかもわからない。

人間のすることはみな愚かであるが、こんなにも危ない都の中に家を建てるといって、財産を費やし、心を悩ませるなど、特に無益なことだと思われるのです。

原文

予《よ》、ものの心を知れりしより、四十《よそぢ》あまりの春秋《はるあき》を送れるあひだに、世の不思議を見る事ややたびたびになりぬ。

去《いにし》安元三年四月《うづき》廿八日かとよ、風烈《はげ》しく吹きて、静かならざりし夜、戌《いぬ》の時ばかり、都の東南《たつみ》より火出《い》で来て、西北《いぬゐ》に至る。はてには、朱雀門《すざくもん》、大極殿《だいごくでん》、大学寮《だいがくれう》、民部省《みんぶしやう》などまで移りて、一夜のうちに塵灰《ちりはひ》となりにき。火元《ほもと》は樋口富《ひぐちとみ》の小路《こうぢ》とかや。舞人《まひびと》を宿《やど》せる仮屋《かりや》より出で来たりけるとなん。

吹きまよふ風に、とかく移りゆくほどに、扇をひろげたるがごとく末広《すゑひろ》になりぬ。遠き家は煙にむせび、近きあたりはひたすら焔《ほのほ》を、地に吹きつけたり。空には灰を吹き立てたれば、火の光に映じて、あまねく紅《くれなゐ》なる中に、風に堪へず、吹き切られたる焔飛ぶがごとくして、一二町を越えつつ移りゆく。その中の人現《うつ》し心あらむや。或《あるい》は煙にむせびて倒《たふ》れ伏《ふ》し、或は焔にまぐれてたちまちに死ぬ。或は身ひとつからうじてのがるるも、資財を取り出づるに及ばず。七珍万宝《しつちんまんぼう》さながら灰燼《くわいじん》となりにき。その費《つひえ》いくそばくぞ。そのたび、公卿《くぎやう》の家十六焼けたり。ましてその外《ほか》数へ知るに及ばず。惣《す》べて都のうち三分が一に及べりとぞ。男女《なんによ》死ぬるもの数十人、馬牛のたぐひ辺際《へんさい》を知らず。

人のいとなみ皆愚《おろ》かなるなかに、さしも危《あや》ふき京中《きやうちゅう》の家を作るとて、宝を費《つひや》し、心を悩ます事は、すぐれてあぢきなくぞ侍《はべ》る。

元暦の大地震

また、たしか養和の飢饉と同じ頃だったかと思うが(史実は養和の飢饉の三年後の一一八五年のこと)、すさまじい大地震があった。その有様は尋常のものではなく、山が崩れて川を埋め、海が傾くような津波が起こって陸地を水に漬《つ》からせる。地面が裂けて水が噴き出し、岩が割れて谷にころがりこむ。浜伝いの船は波に流されて漂流し、道を歩いている馬は足もとが定まらない。都の近辺では、そこかしこでお寺のお堂や塔が被害を受け、満足に残ったのは一つもなく、あるものは崩れ、あるものは倒れた。その塵灰《ちりはい》の立ちのぼるさまは、盛んな煙のようだった。地面が動き、家のこわれる音は、雷鳴と変わらない。家の中にいれば、あっという間に押しつぶされそうになる。外へ駆けだせば、地割れが走る。羽がないから、空も飛べない。竜ならば雲にも乗れようが、それもできない人間の悲しさ。恐ろしいものの中でも最も恐ろしいと思うべきなのは地震であったと痛感したことです。

このような激しい揺れはしばらくして止んだが、その名残《なごり》(余震)はしばらくは絶えず、平時なら驚くほどの地震が、一日に二、三十回も起こらない日はない。十日、二十日と過ぎた頃、やっと間遠になって、一日に四、五回、あるいは二、三回くらいになり、やがて一日おき、二、三日に一回程度になり、だいたい、三か月くらい、その余震が続いていたでしょうか。

この世を成り立たせている四大種——地・水・火・風のなかで、水と火と風はいつも災いをなすが、大地だけはいつでも動かず、変わったことはしないものと、誰しも安心しきっていたのに。昔、文《もん》徳《とく》天皇の斉衡《さいこう》年間(八五四〜五七)だったか、大地震で東大寺の大仏の頭が落ちたというひどいことがあったそうですが、それさえ今度の地震には及ばないと聞く。地震の後しばらくは、人々もみな、この世の営みのかいのなさを述べ、少しは欲望にまみれた心も洗われたかのように見えたが、月日がたち、年数がたつと、そんなことを口に出して言う者さえいない。

原文 また同じころかとよ、おびたたしく大地震《おほなゐ》ふること侍《はべ》りき。そのさま世の常ならず、山は崩《くづ》れて河を埋《うづ》み、海は傾《かたぶ》きて陸地をひたせり。土裂《さ》けて水涌《わ》き出で、巌《いはほ》割れて谷にまろび入《い》る。なぎさ漕《こ》ぐ船は波にただよひ、道行く馬は足の立ち処《ど》を惑《まど》はす。都のほとりには、在々所々堂舎塔廟《だうしやたふめう》ひとつとして全《また》からず、或《あるい》は崩《くづ》れ或は倒《たふ》れぬ。塵灰《ちりはひ》たちのぼりて、盛りなる煙のごとし。地の動き、家の破《やぶ》るる音、雷《いかづち》に異ならず。家の内にをれば忽《たちまち》にひしげなんとす。走り出づれば、地割《わ》れ裂《さ》く。羽《はね》なければ、空をも飛ぶべからず。竜《りゅう》ならばや雲にも乗らむ。恐れのなかに恐るべかりけるはただ地震《なゐ》なりけりとこそ覚え侍りしか。

かくおびたたしくふることは、しばしにて止《や》みにしかども、その名残《なごり》しばしは絶えず、世の常驚くほどの地震、二三十度ふらぬ日はなし。十日廿日《はつか》過ぎにしかば、やうやう間遠《まどほ》になりて、或は四五度、二三度、もしは一日まぜ、二三日に一度など、おほかたその名残三月《みつき》ばかりや侍りけむ。

四大種《しだいしゅ》のなかに、水火風《すいくわふう》は常に害をなせど、大地にいたりては、異なる変をなさず。昔、斉衡《さいかう》のころとか、大地震ふりて、東大寺の仏の御首《みぐし》落ちなど、いみじき事ども侍りけれど、なほこのたびにはしかずとぞ。すなはちは人みなあぢきなき事を述べて、いささか心の濁りもうすらぐと見えしかど、月日かさなり、年経《へ》にし後《のち》は、ことばにかけて言ひ出づる人だになし。

◆方丈《ほうじょう》の住まい

さて、私は六十歳という人生の終わり近くになって、今また余生の住まいを作ることになった。その愚かなことといったら、いわば旅人が一夜を過ごす宿を作ったり、老いた蚕《かいこ》が繭《まゆ》を作ったりするようなものである。これを三十歳頃までの住みかとくらべれば、百分の一にもならない。とかく言ううちにどんどん年をとり、住まいは引っ越すたびに狭くなったわけだ。その家の有様は、世間一般の家とは似ても似つかない。広さはたった一丈四方(四畳半くらい)、高さは七尺(二メートル強)にも満たない。定住する場所を決めたわけではないので、土地を占有して作るわけでもない。土台を組み、簡単な屋根を葺《ふ》いて、板の継ぎ目ごとに金具を掛けている。もし、おもしろくないことが起こったら、たやすくよそへ引っ越すためである。家の移築には何ほどの面倒なことがあろうか。車に積んで、たった二台。その運び賃さえ払えば、あとは何の費用もいらないのである。

原文 ここに六十《むそぢ》の露消えがたに及びて、さらに末葉《すゑは》の宿りを結べる事あり。いはば旅人の一夜の宿を作り、老いたる蚕《かひこ》の繭《まゆ》をいとなむがごとし。これをなかごろの栖《すみか》にくらぶれば、また、百分が一に及ばず。とかくいふほどに齢《よはひ》は歳々《としどし》にたかく、栖は折々に狭《せば》し。その家のありさま、世の常にも似ず。広さはわづかに方丈、高さは七尺が内《うち》なり。所を思ひ定めざるがゆゑに、地を占《し》めて作らず。土居《つちゐ》を組み、うちおほひを葺《ふ》きて、継目《つぎめ》ごとにかけがねを掛けたり。もし心にかなはぬ事あらば、やすく外《ほか》へ移さむがためなり。そのあらため作る事、いくばくの煩《わづら》ひかある。積むところわづかに二両、車の力を報《むく》ふほかには、さらに他のようとういらず。

◆山の暮らし

また、私の庵《いおり》のある日野山の麓《ふもと》に、一軒の柴《しば》の庵がある。ここの山守が住んでいるのだ。そこに男の子がいて、時々やって来て顔を見せる。何となく無聊《ぶりょう》な折には、この子を友としてあちこち歩き回る。むこうは十歳、こちらは六十歳。年はたいへん離れているが、心を慰めることは同じである。茅花《つばな》の白い穂を抜いたり、こけももを取ったり、むかごをもいだり、芹《せり》を摘《つ》んだりする。あるいは山すその田に行って落穂を拾い、それを組んでおくこともある。天気のよい日は、山の頂上に登って遠く故郷の空を眺め、木幡山《こはたやま》、伏見の里、鳥羽《とば》、羽束師《はつかし》などを見る。風光明媚《ふうこうめいび》な地には持ち主はいないと言われているから、この景色を見て心を慰めるのに、何の妨げもない。歩きわずらうこともなく、遠くまで心を馳せる時には、ここから峰伝いに炭山を越え、笠取山《かさとりやま》を過ぎて、岩間寺《いわまでら》(滋賀県大津市)に詣《まい》ったり、石山寺《いしやまでら》(大津市)に詣ったりする。時には、粟津《あわづ》の原を通って蟬丸《せみまる》(平安初期の歌人)の旧跡をたずね、田上川《たなかみがわ》を渡って猿丸大夫《さるまるだゆう》の(三十六歌仙の一人)墓に参ることもある。帰り途《みち》は、季節につけて、桜を狩り、紅葉《もみじ》を求め、蕨《わらび》を折り、木の実を拾って一つには仏に奉り、一つには自宅への土産《みやげ》にする。

もし、夜が静かならば、窓越しの月に昔の友人をしのび、山にこだまする猿《さる》の鳴き声に涙で袖を濡らす。近くの草むらの蛍の光は遠くの槙《まき》の島のかがり火と見まがい、明け方の雨の音は自然と木の葉を散らす風の音のように聞こえてくる。山鳥がほろと一声鳴くのを聞いても父か母かと思われ、峰の鹿《しか》が馴《な》れて寄って来るのを見るにつけても、どのくらい世間から離れてしまったかを悟る。ある時はまた、埋《うず》み火《び》を掻《か》きおこして、老い故に眠りから覚めてしまった時の友とする。恐ろしいような深い山ではないから、梟《ふくろう》の声をしみじみと聞くにつけても、山中の趣は、四季折々に尽きない味がある。

私のような者にとってさえそうなのだから、まして、物事の情趣を深く思い、深く弁《わきま》えている人にとっては、これ以上のものがあるはずだ。

原文 また麓《ふもと》に一つの柴《しば》の庵《いほり》あり。すなはち、この山守《やまもり》がをる所なり。かしこに小童《こわらは》あり。ときどき来《きた》りてあひとぶらふ。もしつれづれなる時はこれを友として遊行《ゆぎやう》す。かれは十歳、これは六十、その齢《よはひ》ことのほかなれど、心をなぐさむることこれ同じ。或《あるい》は茅花《つばな》をぬき、岩梨《いはなし》をとり、零余子《ぬかご》をもり、芹《せり》をつむ。或はすそわの田居《たゐ》にいたりて、落穂《おちぼ》を拾ひて、穂組《ほぐみ》を作る。もしうららかなれば、峰《みね》によぢのぼりて、はるかにふるさとの空をのぞみ、木《こ》幡山《はたやま》、伏見《ふしみ》の里《さと》、鳥羽《とば》、羽束師《はつかし》を見る。勝地《しようち》は主《ぬし》なければ、心をなぐさむるにさはりなし。歩《あゆ》み煩《わづら》ひなく、心遠《とほ》くいたるときは、これより峰つづき、炭山《すみやま》を越え、笠取《かさとり》を過ぎて、或は石間《いはま》にまうで、或は石山《いしやま》ををがむ。もしはまた粟津《あはづ》の原を分けつつ、蟬歌《せみうた》の翁《おきな》が跡をとぶらひ、田上河《たなかみがは》をわたりて、猿丸大夫《さるまろまうちぎみ》が墓をたづぬ。かへるさには、折につけつつ桜を狩り、紅葉《もみぢ》をもとめ、わらびを折り、木《こ》の実を拾《ひろ》ひて、かつは仏にたてまつり、かつは家づとにす。

もし夜静《しづ》かなれば、窓の月に故人をしのび、猿の声に袖《そで》をうるほす。くさむらの蛍《ほたる》は、遠く槙《まき》のかがり火《び》にまがひ、暁《あかつき》の雨はおのづから木《こ》の葉《は》吹く嵐《あらし》に似たり。山鳥《やまどり》のほろと鳴くを聞きても、父か母かとうたがひ、峰の鹿の近く馴《な》れたるにつけても、世に遠ざかるほどを知る。或はまた埋《うづ》み火《び》をかきおこして、老いの寝覚《ねざめ》の友とす。おそろしき山ならねば、梟《ふくろふ》の声をあはれむにつけても山中の景気《けいき》折につけて尽《つ》くる事なし。

いはむや、深く思ひ深く知らむ人のためには、これにしても限るべからず。

◆みずから心に問う

思えば私の一生も、月が山の端《は》に入ろうとしているようなもので、もう余命いくばくもない。またたく間に、三途《さんず》の闇《やみ》に向かおうとしている。そのような身であるというのに、今さら何事についてあれこれ言おうとするのか。仏が教えられた趣旨とは、何につけても執着心を持つなということだ。今、この草庵を愛することも、静けさに執着することも、往生の妨げであろう。どうして、無用な楽しみを述べて、もったいなくも、残されたわずかな時間を過ごそうか（そんなことでよいわけがあるまい）。

静かな暁、この道理を思い続けて、自分で自分の心に問いかけてみた。「遁世《とんせい》して、山林に入ったのは仏道修行をするためだ。そういうはずだったのに、お前は風体《ふうてい》だけは聖人だが、心は世俗の濁りに染まっている。住み処《どころ》は維摩《ゆいま》（方丈の住居で法を説いたというインドの在家仏教者）の方丈をなぞりながら、保ち続けていることは、仏弟子のうち最も愚鈍であった周利槃特《しゅりはんどく》の修行にさえ及ばない。前世の報いとしての貧しさ・卑しさが自らを悩ませているのか、それとも心が煩悩《ぼんのう》に汚されきって狂ったのか」と。その時、問われた心は決して答えることをしない。ただ、心はその傍らに舌を雇い、請われずとも衆生を救済して下さる阿弥陀仏《あみだぶつ》の名を二、三度唱えて、この問答は終わった。

建暦二年（一二一二）三月《やよい》の下旬、沙門蓮胤《しゃもんれんいん》、日野の外山《とやま》の庵にてこれを記す。

原文 そもそも一期《いちご》の月影《つきかげ》かたぶきて、余算《よさん》の山の端《は》に近し。たちまちに三途《さんづ》の闇《やみ》に向はんとす。何のわざをかかこたむとする。仏の教《をし》へ給ふおもむきは、事にふれて執心なかれとなり。今、草庵《さうあん》を愛するも、閑寂《かんじやく》に著《ぢやく》するも、さばかりなるべし。いかが要《えう》なき楽しみを述べて、あたら時を過《す》ぐさむ。

静かなる暁《あかつき》、このことわりを思ひつづけて、みづから心に問ひていはく、世を遁《のが》れて山林に交《まじは》るは、心ををさめて道を行はむとなり。しかるを汝《なんぢ》、すがたは聖人にて、心は濁《にご》りに染《し》めり。栖《すみか》はすなはち浄名居士《じやうみやうこじ》の跡をけがせりといへども、たもつところはわづかに周利槃特《しゆりはんどく》が行《ぎやう》にだに及ばず。もしこれ貧賤《ひんせん》の報《むくい》のみづから悩ますか、はたまた妄心《まうしん》のいたりて狂せるか。そのとき心さらに答ふる事なし。ただかたはらに舌根《ぜつこん》をやとひて、不請阿弥陀仏《ふしやうあみだぶつ》両三遍《べん》申してやみぬ。

時に建暦《けんりやく》の二年《ふたとせ》、弥生《やよひ》のつごもりごろ、桑門《さうもん》の蓮胤《れんいん》、外山《とやま》の庵《いほり》にしてこれをしるす。

49

夢の不可思議さを教えてくれる、明恵《みょうえ》による夢の記録

夢《ゆめの》記《き》

高山寺《こうざんじ》の中興の祖、明恵（一一七三〜一二三二、華厳《けごん》宗）が、自らの夢を記録した書。明恵は、建久二年（一一九一）頃から死の直前の寛喜三年（一二三一）に至る約四〇年間、夢を記録し続けた。その密度は一定ではなく、詳述されている時期もあれば、空白の時期もある。しかし、これほどの夢の記録は他例を見ず、人にとって、夢がいかに不可思議で大きな存在なのかを知らしめてくれる書である。

内容紹介

古代や中世の人々にとって、夢は非現実的な空想の世界ではなく、現実のもう一つの形であり、私たちが生きる世界を形成する大きな要因であった。たとえば平安時代において、寺社への参籠《さんろう》は、霊夢《れいむ》を授かるためであることも多い。鎌倉時代の仏教の祖師《そし》たちも、親鸞《しんらん》が六角堂（京都市の頂法寺）での夢告を得て法然《ほうねん》のもとに赴いたように、各々に重大な夢体験があり、日蓮《にちれん》は夢記の断片を残す。

なかでも明恵における夢の存在は絶大だった。次に掲載した「池の夢」では自らの夢を修行における禅観と根本三昧に解釈して夢解《と》きを行なう。明恵にとって夢は重要な宗教的体験でもあった。もちろん宗教的な夢だけではなく、日常的で猥雑《わいざつ》な夢を淡々と記す箇所も多い。その世界は実に多様であり、一人の人間における一つの鮮やかな現実の形を、私たちの目の前に展開してくれる。

よむ

池の夢 ―禅観《ぜんかん》と根本三昧《こんぽんさんまい》―

一、承久二年二月十四日の夜、夢の中で、一つの池を造る。わずかに二〜三段（約二〇〜三〇ｍ）程度で、十分な水量ではない。雨が急に降ってきて、池に水が溢《あふ》れる。その水は清らかで澄んでいる。その池の傍らに、また大きな池がある。古い河のようだ。この小さな池に水が満ちた時、大きな池との距離は一尺（約三〇cm）程度である。今少し雨が降るならば、大きな池と小さな池の水が通い合うだろう。水がすっかり通ったら、魚や亀などは皆小さな池に通うだろうと思う。心に、今日は二月十五日（釈迦入滅《しゃかにゅうめつ》の日、涅槃会《ねはんえ》）であったと思う。今夜の月がこの池に浮かんで、きっとおもしろいだろうと思う。

案ずるに、小さい池は禅観（座禅して真理を悟ること）である。大きな池は諸々の仏菩薩《ぶつぼさつ》が修行によって得られた根本三昧（心が静かに統一された安らかな状態）である。一つ一つに深い意義がある。これを思うに、水が少ないのは行法を修していない時である。溢れる時は修する時である。今少し信仰が深くなれば大きな池の仏菩薩が小さな池に通うだろう。現在、小さな池に魚がいないのは初発心《しょほっしん》（仏道に入ったばかり）だからである。

原文

一、同二月十四日の夜、夢に云《い》はく、一つの池を構ふ。僅《わづ》かに二三段許《ばか》りにして、水少なくして乏《とも》し。雨、忽《たちま》ちに降りて水溢《あふ》る。其《そ》の水は清く澄めり。其の傍に又大きなる池有り。古き河の如《ごと》し。此《こ》の小さき池に水満つる時、大きなる池を隔つる事一尺許りなり。今少し雨下らば、大きなる池と通《かよ》ふべし。通ひ已《をは》りて、魚・亀等、皆小さき池に通ふべしと思ふ。即ち、心に二月十五日と思ふ。今夜の月此の池に浮かびて、定めて面白かるべしと思ふ。

案じて云はく、小さき池は此《これ》禅観也《なり》。大きなる池は諸仏菩薩所証の根本三昧也。魚等は諸の聖者也。一々に深き義なり。之を思ふに、水少なきは修せざる時也。溢るゝは修する時也。今少し信ぜば諸仏菩薩通ふべき也。当時、小さき池に魚無きは初心也と云々《うんぬん》。

◆夢に毘《び》盧《る》遮《しゃ》那《な》仏《ぶつ》を見る

一、承久二年十一月六日の夜、夢の中で、一つの家屋の中におごそかな美女がいる。衣服などが並外れて美しい。しかし、私は俗人のように妻帯しているわけではない。私は、この貴女（身分の高い女性）と一つ処《ところ》にいる。無情にもこの貴女を捨てると、この女は、私に親しんで遠くへ離れたくない様子である。私はこの女を捨てて去る。決して妻ではないのだ。この女は、一つの鏡を持っている。糸や黄金がさまざまに巻きつけられている。また、この女は大刀《たち》を持っている。

案ずるに、女は毘盧遮那仏である。これはきっと、毘盧遮那仏が、私の定妃《じょうひ》（禅定《ぜんじょう》〈座禅して心を集中する宗教的瞑想〉に関わる仏尊）になられたということだ。この女の夢から覚めて、その日の後夜《ごや》（夜半から朝まで）に禅堂に入り、禅定修行を行なった。この時、座禅の最中、にわかに尊玄僧都《そんげんそうず》が現われた。禅堂の外で、「この禅定の行法には、まことに深い秘密がある。あなたは権機《ごんき》（正しく真理を理解し修行する能力のある人がいない時に、仏が説法を施す次善の人）ではないのだから、必ず、仏法の奥義を会得するだろう」と言う。このことは讃歎《さんだん》すべきことである。

原文

一、同十一月六日の夜、夢に云はく、一屋の中に端厳《たんげん》なる美女有り。衣服等奇妙也。而《しか》るに、世間之欲相に非《あら》ず。予《よ》、此の貴女と一処に在り。無情に此の貴女を捨つ。此の女、予を親しみて遠離せざらむ事を欲す。予之《これ》を捨てて去る。更に世間之欲相に非ざる也。此の女、一つの鏡を持つ。糸金を以て様々にからげたり。又、此の女、大刀を持せり。

案じて云はく、女は毘盧舎那也。即ち是《これ》、定妃《ちやうひ》也。即ち、此の女の夢に驚きて、其の後夜に禅堂に入ると云々。此の時、禅中頓尓《にはか》に尊玄僧都有り。禅堂の外に在りて云はく、「此の禅法は宛《あたか》も深き秘密也。権機《ごんき》に非ずして法を得べし。」之を讃歎す。

50

「他力《たりき》」「悪人往生《あくにんおうじょう》」など、親鸞《しんらん》の教えを伝える仏書

歎異抄《たんにしょう》

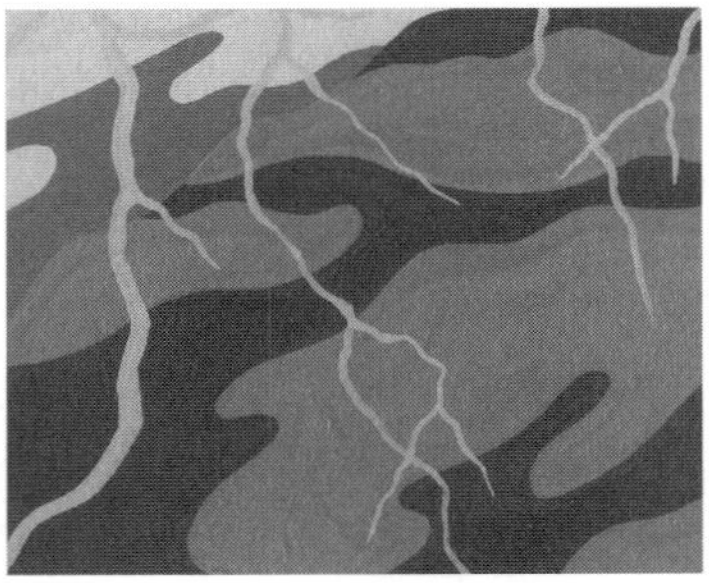

浄土真宗の開祖親鸞《しんらん》の教えと、それに反する異説への批判を、親鸞の死後、直弟子《じきでし》の唯円《ゆいえん》が書き綴った仏書。成立年代は未詳だが、正応元年(一二八八)頃か。『歎異抄』の書名は、「異なることを歎《なげ》く」という意味を持つ。親鸞没後、浄土真宗には多くの異説が広まっていたらしい。そのような現状において、正しい親鸞の教えを残し、後学の者たちを導こうとした唯円の思いが結実した書物である。

内容紹介

浄土真宗の開祖となる親鸞(一一七三～一二六二)は、九歳で天台宗の前大僧正慈円《じえん》について出家し、比叡山延暦寺《ひえいざんえんりゃくじ》で二〇年の間、修行に励んだ。その後、二九歳の折に法然《ほうねん》の弟子となるが、法然と念仏宗の弾圧に伴って、承元元年(一二〇七)、越後《えちご》に流罪。四年後には赦免《しゃめん》されたが、親鸞は越後に留まって布教を続け、のちに関東に移り、二〇余年もの間、精力的に教えを広め、京に戻った。この期間、関東には多くの有力門弟が育ち、『歎異抄』の筆者唯円《ゆいえん》(常陸国《ひたちのくに》河和田出身)もその一人であったと思われる。親鸞の主著『教行信証《きょうぎょうしんしょう》』の初稿は、この東国在住中に完成している。唯円は、ある意味、親鸞が最もエネルギッシュであった時期に、間近で親鸞の教えに接した弟子と言えるかもしれない。

『歎異抄』は、弘長二年(一二六二)の親鸞没後、親鸞とは信心を異にする人々の存在を嘆き、自らが聞き、「耳の底に留」まっている親鸞の教えの趣旨を記すという序文に始まる。全一八章のうち、前半の一〇章は親鸞の遺《のこ》した教えを記す。その中には有名な悪人正機《あくにんしょうき》説(「悪人往生」→よむ)など、親鸞の思想の核心やその体験の様を、親鸞本人の口吻《こうふん》をよみがえらせるような筆致で記すものが多い。後半の八章は、親鸞の教えに非《あら》ざる異議を批判し、親鸞の教説を引きつつ論証する。たとえば一九四頁に掲載した「人千人殺してんや」は、「悪人正機説」に見えるような阿弥陀如来《あみだにょらい》の本願が悪人を救済する趣旨を持つことに驕《おご》り、何をやっても救われるとつけ上がる「本願《ほんがん》ぼこり」の人々への痛烈な批判である。そして最後に、後学の人々が親鸞の信心と同じ心であるよう願い、筆を擱《お》く。のちに『歎異抄』は浄土真宗の重要な聖典となるが、それは、この書物が、師に対する唯円の真摯《しんし》な姿勢と、浄土真宗の行末を案じる痛切な思いに支えられたものであるからだろう。

よむ

◆阿弥陀仏《あみだぶつ》の本願《ほんがん》

一、阿弥陀仏のお立てになった誓願の、人間の思量を越えた、絶対的な力にお助けいただいて、「往生を果たすのだ」と信じて、口に「南無阿弥陀仏《なむあみだぶつ》」という念仏を申そうという心が生ずる時、即座に、阿弥陀仏は一切の衆生《しゅじょう》を受け入れて救い取り、お見捨てにはならないというご利益《りやく》を人にお与えになるのである。この阿弥陀仏の本願においては、老人と若い者、善人と悪人とを区別されることはない。人にとっては、ただその本願への信心だけが必要なのだと心得るべきである。なぜなら、その本願は、犯す罪悪が深くして重く、煩悩《ぼんのう》の力がとても強い衆生をお助けになるためのものだからである。

従って、弥陀の本願を信じようとするに当たっては、ほかの善い行ないも必要ではない。念仏に勝る善い行ないはないからである。また、悪い行ないをも恐れてはならない。阿弥陀仏の本願を妨げるほどの悪い行ないはないのだから。そういう、親鸞聖人のお話である。

原文

一、弥陀《みだ》の誓願《せいぐわん》不思議《ふしぎ》に助けられ参《まゐ》らせて、往生《わうじやう》をば遂《と》ぐるなりと信じて、念仏《ねんぶつ》申《まう》さんと思ひ立つ心の起《おこ》る時、即《すなは》ち、摂取不捨《せつしゆふしや》の利益《りやく》に預《あづ》けしめ給《たま》ふなり。弥陀の本願には、老少・善悪の人を簡《えら》ばれず。ただ、信心を要《えう》とすと知るべし。その故《ゆゑ》は、罪悪深重《ざいあくじんぢゆう》・煩悩熾盛《ぼんなうしじやう》の衆生《しゆじやう》を助けんがための願にまします。

しかれば、本願を信ぜんには、他の善も要にあらず。念仏にまさるべき善なき故に。悪をも恐るべからず。弥陀の本願を妨《さまた》ぐるほどの悪なき故に。と云々《うんぬん》。

◆悪人往生

一、善人でさえ浄土に往生できるのだ。まして、悪人は言うまでもないことだ。それなのに、世間の人はいつも、「悪人でさえ往生する。ましてや、善人は言うまでもないことだ」と言う。この事については、一応は理由があるようだが、本願を他力《たりき》（阿弥陀仏の力）に置くという趣旨に反している。そのわけは、自力作善（自己の力を信じて善事を行なう）の人は、仏の他力をひたすら頼りに思う心が欠けているので、信心を起こして浄土へ生まれようと念仏する一切の衆生を救おうと誓われた阿弥陀仏の本願から外れている。しかし、その自力に頼る心を根本から改め、仏の他力をお頼り申し上げれば、阿弥陀仏の修行に報いて現われた真実の浄土（極楽浄土）への往生を果たすことになるのである。

あらゆる煩悩を備えた私たちは、どのような修行によっても、生《しょう》死《じ》を重ねて六道（地獄・餓鬼・畜生・阿修羅・人間・天）を輪廻《りんね》する迷いの境地を脱け出ることができない。それを不憫《ふびん》に思われ私たちを救い取る本願を起こされた仏のご本心は、善人よりもむしろ悪人が仏と成ることにあるのだから、仏の他力をお頼り申し上げる悪人こそ、本当に往生する可能性を持つ存在なのである。

それゆえに、「善人でさえも、往生するのだ。まして、悪人は言うまでもない」と、親鸞聖人はおっしゃったのでした。

原文

一、善人なほもつて往生を遂ぐ。況《いは》んや、悪人をや。しかるを、世の人常に言はく、「悪人なほ往生す。いかに況んや、善人をや」。この条、一旦《いつたん》、その言はれあるに似たれども、本願、他力《たりき》の意趣《いしゆ》に背けり。その故《ゆゑ》は、自力作善《じりきさぜん》の人は偏《ひと》へに他力を頼む心欠けたる間、弥陀の本願にあらず。しかれども、自力の心をひるがへして、他力を頼み奉れば、真実報土《しんじつほうど》の往生を遂《と》ぐるなり。煩悩具足《ぼんなうぐそく》のわれらは、いづれの行《ぎやう》にても、生死《しやうじ》を離《はな》るることあるべからざるを憐《あはれ》み給ひて、願を起し給ふ本意《ほんい》、悪人成仏のためなれば、他力を頼み奉る悪人、もつとも、往生の正因《しやういん》なり。よつて、「善人だにこそ往生すれ。まして悪人は」と仰せ候《さうら》ひき。

◆人を千人殺せるか

人に善い心の生ずるのも、前世の善い行ないがそのようにさせるからである。悪い事が自然に心に思い浮かび、また実行されるのも、前世の悪行が働きかけるからである。亡き聖人《しょうにん》のお言葉には、「兎《うさぎ》の毛や羊の毛の先についている塵《ちり》ほどの罪でも、前世の行ないに基づかぬことはないと知るべきである」とございました。

また、ある時、聖人から、「唯円房は私の言うことを信ずるか」というお言葉がございましたので、「信じます」と申しましたところ、「それなら、私がこれから言うことに背くまいか」と、もう一度おっしゃいましたので、かしこまって承知したと申し上げましたところ、「ならば、人を千人殺してくれないか。そうするなら往生は確定するだろう」とおっしゃいました時に、「お言葉ではございますが、人一人も、この私の能力では、殺すことができるとも思われません」と申し上げましたところ、「それでは、どうしてこの親鸞が言うことに背くまいと言うのか」と言われ、続けて、「これでわかるだろう。どんなことでも自分の思いどおりになることであるなら、往生のために『千人殺せ』と私が言う時に、即座に殺すことができる。しかしながら、たった一人であっても人殺しをするような前世からの因縁が存在しないことによって、殺さないのだ。自分の心が善いから殺さないのではないのだ。また、殺すまいと思っても、そのような因縁によって、百人、千人を殺すこともあるだろう」というお言葉がございました。それは、私どもが、自分の心が善いことが往生のためには善いと思い、自分の心が悪いことが往生を妨げる悪いことだと思いこんで、阿弥陀仏が本願の不思議な力で私どもをお助けになるということがわかっていないということをおっしゃったのです。

原文

善き心の起るも、宿善《しゆくぜん》の催《もよほ》す故《ゆゑ》なり。悪事の思はれ、せらるるも、悪業《あくごふ》の計《はから》ふ故なり。故聖人の仰せには、「卯毛《うのけ》・羊毛《ひつじのけ》の尖《さき》に居《ゐ》る塵《ちり》ばかりも造る罪の、宿業《しゆくごふ》にあらずといふことなしと知るべし」と候《さうら》ひき。

また、或時《あるとき》、「唯円房《ゆいゑんばう》は、我が言ふことをば信ずるか」と仰せの候ひし間、「さん候《ざうら》ふ」と申し候ひしかば、「さらば、言はんこと違《たが》ふまじきか」と重ねて仰せの候ひし間、慎んで領状《りやうじやう》申して候ひしかば、「例《たと》へば、人、千人殺してんや。しからば、往生は一定《いちぢやう》すべし」と仰せ候ひし時、「仰せにては候へども、一人《いちにん》も、この身の器量にては、殺しつべしとも覚えず候ふ」と申して候ひしかば、「さては、いかに、親鸞が言ふことを違《たが》ふまじきとは言ふぞ」と。「これにて知るべし。何事《なにごと》も心に任せたることならば、往生のために千人殺せと言はんに、即《すなは》ち殺すべし。しかれども、一人にても、叶《かな》ひぬべき業縁《ごふえん》なきによりて、害《がい》せざるなり。我が心の善くて、殺さぬにはあらず。また、害せじと思ふとも、百人、千人を殺すこともあるべし」と仰せの候ひしかば、我等《われら》が、心の善きをば善しと思ひ、悪《あ》しき事をば悪しと思ひて、願の不思議にて助け給ふといふことを知らざることを、仰せの候ひしなり。

51

正法眼蔵随聞記《しょうほうげんぞうずいもんき》

仏道修行の覚悟や修行のあり方を説く、道元《どうげん》の法談

曹洞《そうとう》宗の開祖である道元の法談を、弟子である懐奘《えじょう》(永平寺《えいへいじ》の第二世)が記録したもの。道元は宋で修行を積んだ後、帰国し、京都深草に興聖寺《こうしょうじ》を開き、禅の修行道場とした。この寺において、道元が嘉禎年間(一二三五〜一二三八)に門下の僧たちに示した、仏道修行に志すものの用心や覚悟・修行生活のあり方などの教えが集録される。道元の口述や問答をそのままに記録し、わかりやすく説く。

内容紹介

道元(一二〇〇〜一二五三)は、内大臣 源 通親《みなもとのみちちか》という高位の貴族の子として京に生まれた。しかし、父母を亡くした彼は、十三歳で周囲の制止を振り切って出家、延暦寺と園城寺《おんじょうじ》に学ぶ。後に建仁寺《けんにんじ》で禅を修め、貞応二年(一二二三)、二十三歳で入宋し、天童寺《てんどうじ》の如《にょ》浄《じょう》の法統を受け継いで四年後に帰国、建仁寺に滞在した。その間の寛喜元年(一二二九)、三十二歳の懐奘《えじょう》は三十歳の道元の名声を聞いて建仁寺を訪れ、対談している。翌年、道元は京都の南郊にある深草に移ったが、彼を訪ねる人は跡を絶たず、天福元年(一二三三)には興聖寺を開創、僧団を形成していった。そこには、五年の待機を経て道元の弟子となった懐奘もおり、彼が興聖寺時代に筆録した道元の教えが『正法眼蔵随聞記』である。

本書は、口述筆記のごとくに道元の説示を記録し、道元の心情や思想を私たちの目の前に示してくれる。道元が最も重要視した「只《し》管打坐《かんたざ》」(ひたすらの坐禅)については、坐禅に一事専心し、「発病して死ぬべくとも、なほ、ただ、これを修《しゅ》すべし」と決死の覚悟での実行を説く。→よむ　そこには、自らの意志で出家し、修行のために波濤を越えて宋へ赴くような、道元の強い覚悟と精神力が感じ取れよう。しかし、本書が伝えるのは、道元の強さだけではない。彼は弟子たちを励まし、決心して坐禅《ざぜん》を行なえば皆が悟りを得ると説く。それは、修行道場に入れば必ず仏になれると諭す「竜門《りゅうもん》のたとえ」(→よむ)にも通じる柔らかさであろう。このような剛柔を備えた道元の自在な教えを、その口吻《こうふん》さながらに伝えてくれるのが、本書の最大の魅力である。

道元に随って二十年、懐奘が師と会わなかったのは十余日だけだったという。この、師への圧倒的な敬慕こそが、本書が、充実した道元の日々と言葉とを伝える大きな要因なのだと思う。

よむ

専心すべき一事《いちじ》とは坐禅

夜話において、道元禅師は次のように言われた。

「俗世間の人であっても、多くのことをさまざま学んだのにどれもうまくできないというより、ただ一事をよく学び、人の前でもやってのけられるくらいに学ぶべきである。ましてや、俗世を脱した仏法というものは、遥《はる》かに遠い昔からこのかた、人が学び習ったことのない道理である。だから今も縁遠いのだ。おまけに、自分の生まれついた素質も劣っている。高く広い仏法の事を、多方面にわたって学べば、一事も成し遂げることはできない。仏法の中の一事に専心して学ぶことでさえ、生まれつき道理に暗く、人より劣った素質では、今生《こんじょう》で極めることも難しい。強いて心を励まして、修行者は一事に専心すべきである」

私(懐奘)はお尋ねして言った。

「もしそうならば、どんなこと、どのような修行を、仏法においては専心して実行すべきでしょうか」

師(道元)は言われた。

「機《き》(自分の心に宿る、仏法の縁に触発されて働く精神的能力)に従い、根《こん》(どこまでもやり抜こうという気力)に従うべきであるけれども、今、禅門において代々受け継ぎ、専一に修行するところは、坐《ざ》禅《ぜん》である。この修行は、あらゆる人々の機となることができ、彼らの生まれつきの素質が上・中・下いずれであっても実行できる教えである。私が、大宋国《だいそうこく》の、亡き天童如浄禅師《てんどうにょじょうぜんじ》(中国禅宗五山の一つ、天童寺の住持)に教えを受けていた時、この道理を聞いてから後は、昼も夜も坐禅に専念した。ところが酷暑や極寒の時季には、このままでは病気になると、多くの僧が皆、坐禅を疎《おろそ》かにした。私はその時思ったのだ、『たとえ発病して死のうとも、やはり、ひたすら坐禅を実行しよう。病になってもいないのに修行しないならば、この身を労《いたわ》ったとしても何のためになるか。病になって死ぬなら本望だ。大宋国の善知識《ぜんちしき》(高僧)に教えを受けて、修行中に死し、立派な僧たちに死後のことを取りはからってもらえれば、それは何よりも来世に成仏する機縁を作ることになる。日本で修行中に死んでも、これほどの僧に、仏門の法式どおりに葬儀を取り計らってもらうことなどあり得ないだろう。坐禅を修行して、いまだ悟りを開かない前に死ぬのならば、それが来世に仏法と縁を結ぶ種となって、来世では仏門に生まれるだろう。坐禅の修行をしないでこの身を長く保持しても、無益なことだ。それが何のためになるか。まして身体を十全に保って病気にもなるまいと思っているうちに、思いがけなく海に落ちたり、突然の災難で死んだりすることもある。そういう時はどんなに後悔するだろう』と。このように考え続け、決心を固めて、昼も夜も正しく坐禅したところ、まったく病にはならなかった。今や各自もひたすら決心して坐禅を実行してみよ。十人なら十人ともに、悟りを得ることができるのだ。亡き天童如浄禅師の励ましは、このようなものであった」。

原文

夜話《やわ》に云《い》はく、世間の人も、衆事《しゆじ》を兼《か》ね学《がく》して、いづれもよくせざらんよりは、ただ、一事をよくして、人前《ひとまへ》にしてもしつべきほどに学すべきなり。況《いは》んや、出世《しゆつせ》の仏法は、無始《むし》より以来《このかた》、修習《しゆじふ》せざる法《ほふ》なり。故《ゆゑ》に、今も疎《うと》し。我が性《しやう》も拙《つたな》し。高広《かうくわう》なる仏法の事を、多般《たはん》を兼ぬれば、一事をも成すべからず。一事を専《もつぱ》らにせんすら、本性《ほんしやう》昧劣《まいれつ》の根器《こんき》、今生《こんじやう》に窮《きは》め難《がた》し。つとめて、学人《がくにん》、一事を専らにすべし。奘《じやう》問うて云はく、「もし然《しか》らば、何《なに》事《ごと》、いかなる行《ぎやう》か、仏法に専ら好み、修《しゆ》すべき」。

師の云はく、機《き》に随《したが》ひ、根《こん》に順《したが》ふべしといへども、今、祖席《そせき》に相伝《さうでん》して、専らにするところは、坐禅《ざぜん》なり。この行《ぎやう》、能《よ》く衆生《しゆじやう》の機を兼ね、上《じやう》・中《ちゆう》・下《げ》根等《こんとう》、修《しゆ》し得《う》べき法なり。我《わ》が、大宋《だいそう》、天《てん》童先師《どうせんじ》の会下《ゑげ》にして、この道理を聞いて後《のち》、昼夜《ちうや》に定坐《ぢやうざ》しき。極《ご》熱《ねつ》・極寒《ごつかん》には発病《ほつびやう》しつべしとて、諸僧ことごとく怠《おこた》れり。我、その時思はく、「たとひ、発病して死ぬべくとも、なほ、ただ、これを修すべし。病まずして修せずは、この身いたはり用ひて、何の用ぞ。病んで死せば、本意《ほんい》なり。大宋国の善知識《ぜんちしき》の会下にて修し死《じに》して、能僧《のうそう》にさばくられたらんは、先づ結縁《けちえん》なり。日本にて死せば、これほどの人に、如法《によほふ》、仏家《ぶつけ》の儀式にて沙汰《さた》すべからず。修行して、未《いま》だ契悟《かいご》せざらん先に死せば、結縁として、生《しやう》を仏家にも受くべし。修行せずして、身を久しく持《たも》ちても、詮無《せんな》きなり。何の用ぞ。況《いは》んや、身を全うし、病起らじと思はんほどに、知らず、また、海にも入《い》り、横死《わうし》にも逢《あ》はん時は、後悔如何《いかん》」。かくの如《ごと》く案じ続け、思ひ切りて昼夜端坐《たんざ》せしに、一切に病起らず。今、各《おのおの》も、一向《いつかう》に思ひ切りて修して見よ。十人は十人ながら得道《とくだう》すべきなり。先師天童の勧め、かくの如し。

◆竜門のたとえ

道元禅師は、皆に教えを説いて、次のように言われた。

「海の中に、竜門という場所がある。そこでは波がしばしば高くなるのである。すべての魚が、その場所を通り過ぎると、必ず竜となる。だから竜門というのである。

今、ここで思うことを言うと、あの場所は波もほかの場所と違わず、水も同じように塩辛い水である。しかしながら、昔から定まっている不可思議さ(人知を超えた力)によって、魚がその場所を通り過ぎると、魚の鱗《うろこ》も変わらず、体の形ももとのままで、たちまちのうちに必ず竜となるのである。

禅僧のこともまた、同じである。その場所はほかの所と違うわけではないのに、修行道場に入ってしまえば、必ず仏と成り、祖師(一宗一派の開祖)となるのだ。食事も世俗の人と同じようにとり、衣服も同じように着、それによって飢えを去り寒さを防ぐことも同じであるけれども、ただ、髪を剃《そ》り、袈裟《けさ》を四角な形にし、食事を斎《とき》(僧堂で正午以前にとる正式な食事)・粥《かゆ》(斎《とき》を補って早朝に食べる粥)などにすれば、すぐにも僧の形体となるのである。仏と成り、祖師となることを、遠い、遥かなことと思って求めるようではいけない。ただ、修行道場に入るか入らないかであって、それは、魚があの竜門を通り過ぎるか通り過ぎないかということと同じである」。

原文 示して云《い》はく、海中に、竜門と云ふ処《ところ》あり。波頻《しき》りに立つなり。もろもろの魚、かの処を過ぐれば、必ず竜と成るなり。故《ゆゑ》に、竜門と云ふなり。

今云はく、かの処、波も他所に異ならず、水も同じく鹹《しははゆ》き水なり。然《しか》れども、定まれる不思議にて、魚、かの処を渡れば、魚の鱗《うろくづ》をも改《かは》らず、体を変ぜず、乍《たちま》ちに、必ず、竜と成るなり。

衲子《のつす》の儀も、また、かくの如し。所も他所に異ならねども、叢《そう》林《りん》に入りぬれば、必ずしも仏《ぶつ》と成り、祖と作《な》るなり。食《じき》も人と同じく喫《きつ》し、衣も同じく服し、飢ゑを除き、寒を禦《ふせ》ぐことも斉《ひと》しけれども、ただ、髪を剃《そ》り、衣を方《はう》にし、食を斎《さい》・粥《じゆく》にすれば、忽《たちま》ちに僧体と成るなり。仏と成り、祖と作る、遠く求むべからず。ただ叢林に入ると入らざると、かの竜門を過ぐると過ぎざるとなり。

52

宇《う》治《じ》拾《しゅう》遺《い》物語

なつかしい昔話から抱腹絶倒の笑い話まで、説話の玉手箱

鎌倉時代初期に成立した説話集。序によれば平安時代成立の源《みなもとの》隆国《たかくに》編『宇治大納言物語』を増補したものといい、書名はその「のこれるを拾ふ」からとも、正本を相伝した俊貞《としさだ》なる人物が「侍従《じじゅう》」（唐名が拾遺《しゅうい》）であったからとも伝える。一九七話を収め、その編纂《へんさん》態度・配列方法を巡り「雑纂《ざっさん》」か「類纂《るいさん》」かで意見が分かれる。内容は極めて広汎《こうはん》かつ多岐にわたり、幅広い階層の人々に関する話を実にいきいきと伝える。

内容紹介

『宇治拾遺物語』は、説話文学の中でも『今昔物語集』と並んでよく知られたものの一つであろう。文学史的に見れば、ほとんど流布せず、一般には知られることもなかった『今昔』に対し、『宇治拾遺』の方は、南北朝期の『看聞日記《かんもんにっき》』（後崇光院《ごすこういん》・貞成《さだふさ》親王）や室町時代の『実隆公記《さねたかこうき》』（三条西実隆）などの記録にその名が見え、江戸時代初期以降はさらに多くの層に親しまれ、その影響は格段に大きい。またその表現そのものも、他の説話集にはない、一段抜けたおもしろさがある。

最も著名なのは、「鬼に瘤《こぶ》取らるる事」（3→よむ）、「雀《すずめ》報恩の事」（48）、「長谷寺参籠《はせでらさんろう》の男、利生《りしょう》にあづかる事」（96）などで、それぞれ「こぶとり爺《じい》さん」「舌切り雀」「わらしべ長者」として知られる昔話との共通性を持った話であろう。全く同一ではないが、『宇治拾遺』で語られるところと、昔話との違いを読みくらべてみるとおもしろい。芥川龍之介が『芋粥《いもがゆ》』『鼻』『地獄変』などの物語の元としたのが、「利仁《としひと》、芋粥の事」（18）、「鼻長き僧の事」（25）、「絵《え》仏師《ぶつし》良《りょう》秀《しゅう》、家の焼くるを見て悦《よろこ》ぶ事」（38）などの話であったことはよく知られており、「蔵人得業《くろうどとくごう》、猿沢《さるさわ》の池の竜の事」（130）を翻案した『龍』という作品もあるが、これも両者を読みくらべてみると、芥川の手腕が知られると同時に、元の話のおもしろさも併せて味わうことが出来る。

平安時代中期、陰陽師《おんみょうじ》として活躍した安倍晴明《あべのせいめい》についての話（26、126、127、184）や、それに繋《つな》がるものとして、怪異に関わる話が多数収められていることも、特徴として挙げられる。「修行者、百鬼夜《ひゃっきやぎ》行《ょう》にあふ事」（17）、「一条桟敷屋《いちじょうさじきや》、鬼の事」（160）など、人人が京の闇に何を感じ何を見ていたのか知ることが出来る。武勇で鳴らした藤原保昌《やすまさ》に関する逸話がいくつかあるが、関連して、盗人と盗みに関

する話がまとまって見られ(28、33、79、117、123、125、132、135、189、197)、それらが人々の間でどのような関心を持たれていたのか、などについても興味が引かれるものがある。

歴史上の有名人に関する話として、冒頭(1)に登場する和泉《いずみ》式部《しきぶ》と道命《どうみょう》法師をはじめとした、歌人たちの逸話もある(10、34、35、43、50、51、102、149、151、162など)。それらは一般的なイメージとは異なったものが多く、そのまま事実としては受け入れ難いが、逆に言うと、歌人たちのある側面を今に伝える可能性もあり、看過できない。また和歌そのものに関する話題が数多く見られる(40〜42、111、146〜148、150など)のも注意される。絵巻物の優品として知られる『信貴《しぎ》山縁起《さんえんぎ》絵巻』や『伴大納言絵詞《ばんだいなごんえことば》』などと共通する話(4、101、114)もあり、美術面との関わりも興味深い。

そして、最も多いのが「仏教」に関わる説話と民間の説話群である。前者には他の説話集に比べて啓蒙《けいもう》性や教訓性がそれほど強くなく読みやすいところが特徴で、後者のそれには、やや下品で尾籠《びろう》な話題も含まれるが(6、11、34、74、76→よむ、78、143など)、猥雑《わいざつ》ながらユーモラスかつ軽妙な筆致でそれらを描いており、決して人を不快にさせない。そこに存在するのはある種の「笑い」で、当時の人々の真の姿を見る思いがする。

冒頭に置かれた序文によれば『宇治大納言物語』(散佚《さんいつ》)を増補して成立したのが本作品というが、この序文をどう見るかなど、本当のところはよく分かっていない。またその編纂方針も、雑纂と見るか類纂と見るか、意見はさまざまでいまだ定説を見ない。しかしそのバラエティ豊かな内容は、ひと続きに読むにせよ、ある部分だけを取りあげて読むにせよ、読む者を飽きさせない魅力に富んでいることだけは、確かである。

＊文中の算用数字は説話番号

よむ

◆鬼に瘤《こぶ》を取られた話 〔3〕

これも今は昔、右の頬に大きな瘤のある翁《おきな》がいた。大型のみかんほどの大きさである。そのため人と交われず、薪《たきぎ》を採って生計を立てていた。ある日、山へ行ったが、雨風がひどくて帰るに帰れず、しかたなく山の中に泊まった。ほかには一人の木こりもいなかった。その恐ろしさといったらどうしようもない。木の洞穴《ほらあな》にこごんで入って、まんじりともせずにしゃがんでいると、遠くから大勢の人の話し声がして、どやどや近づいてくる足音がする。

山の中に一人きりでいたところに人の気配がしたので、少しほっとして見ると、およそ種々様々な連中が、赤い体には青い着物を着、黒い体には赤いふんどしを締めて、いやはや目一つの者もあり、口のない者など、何ともいえぬ異形《いぎょう》の者が百人ばかり所狭しと集まって、火を太陽のように灯《とも》して、自分のいる洞穴の木の前に、ぐるりと輪になって座った。まるで生きた心地もない。

首領らしき鬼は上座にいる。左右二列に居並んだ鬼は数知れずその姿はどれもこれも言葉では言いあらわせない。酒を勧めて遊ぶありさまはこの世の人間そのままである。たびたび盃《さかずき》が交わされて、首領はしたたかに酔った様子である。末座から若鬼が一人立ち上がり、折敷《おしき》を頭にのせ、何かはわからぬがくどき調子で言って、上座の鬼の前にゆらゆら歩み出てくどき続けているようだ。上座の鬼が盃を左手に持って笑い崩れている様子は、この世の人間そのままである。若鬼は舞い終わって退いた。次々と下座の方から順に出て舞う。下手に舞うのもいれば上手に舞うのもいる。

驚いて見ているうちに、上座に座っている鬼が、「今夜の酒盛りはいつもよりおもしろい。ただ、このうえはいかにも珍しい舞を見たいものじゃ」などと言うので、この翁は何かの霊がとりついたのだろうか、それともそのように神仏が思わせなさったのか、「ああ、走り出て舞いたい」と思う気持ちをとにかく一度は思い返したが、それでも、鬼どもが囃《はや》したてる拍子が調子よく聞こえたので、「えい、ままよ、走り出て舞ってやろう。死ぬならそれまでだ」と心を決めて、木の洞穴から、烏帽子《えぼし》を鼻までたれかけた翁は腰に斧《よき》という木を伐《き》る物をさして、上座の鬼の座っている面前に飛び出した。

鬼どもはびっくりして飛び上がり、「これは何だ」と騒ぎ合った。翁は伸び上がったりかがんだり、ありったけの舞いの手を尽くし、体をひねり、くねらせ、「えい」と掛け声を張りあげて、その場所いっぱいに走り回って舞った。上座の鬼をはじめ、集まっていた鬼どもは、驚きおもしろがった。

上座の鬼が、「長年この歌舞の遊びをしてきたが、このような者には出会ったことがなかった。今からは翁よ、こういう宴席にはかならず参れ」と言う。翁は「仰せにも及びません、参りましょう。このたびは突然のことで舞い納めの手も忘れてしまいました。このようにお目にかないますならば、次はじっくりと舞ってごらんに入れましょう」と言う。上座の鬼は、「よくぞ申した。必ず参らねばならぬぞ」と言う。

奥の座の三番目にいた鬼が、「この翁はこうは申しますが、参らぬこともあるかもしれませんので、質草《しちぐさ》を取ったほうがよいのではないでしょうか」と言う。上座の鬼は「もっともじゃ、もっともじゃ」と言って、「何を取ったらよかろうか」とそれぞれ考えを言い合ったが、上座の鬼が「あの翁の顔にある瘤を取るのがよくはないか。瘤は福の物だから、惜しむにちがいない」と言った。翁が「目や鼻をお取りになろうとも、この瘤だけはお許しいただきとうございます。長年持っておりますものを、いわれもなくお取り上げなさるのは、無茶というものでございましょう」と言うと、上座の鬼は「こんなに惜しがっているのだ。それを取るのがよい」と言う。鬼が寄ってきて、「では取るぞ」とねじって引いたが、少しも痛くはなかった。

そうして「かならず次の宴遊にも参れよ」と念を押し、明け方になって鳥も鳴き始めたので、鬼どもは帰って行った。翁が顔を探ってみると、長年あった瘤が跡形なくぬぐい去ったようにすっかりなくなっていたので、木を伐ることも忘れて家に帰った。妻の老婆が「これはどうしたことか」と尋ねたので、これこれしかじかと語る。「なんとまあ驚いたこと」と言う。

隣に住む翁は左の頬に大きな瘤があったが、この翁の瘤がなくなったのを見て、「これはどんなふうにして瘤をなくなされたのか。どこの医者が取ってくれたのか。私にも教えてください。この瘤を取りたい」と言ったので、「これは医者が取ったのではない。これこれのことがあって鬼が取ったのだ」と言うと、「自分もそのようにして取りたい」と、事の次第を細かに尋ねたので、教えた。隣の翁は教えられたとおり、その木の洞穴に入って待っていると、本当に話に聞いたとおり、鬼どもがやって来た。

ぐるりと車座に座って酒を飲み、歌舞をして、「どこだ、翁は参っているか」と言ったので、この翁は恐ろしいと思いながら、体を震わせて出て行った。鬼どもが「ここに翁が参っております」と申しあげると、上座の鬼が「こちらへ参れ、早く舞え」と言うので、前の翁よりは不器用でおぼつかない感じに舞ったところ、上座の鬼は「このたびは下手に舞ったな。どう見てもよくない。その取っておいた質《しち》の瘤を返してやれ」と言った。そこで末座の方から鬼が出て来て、「質の瘤を返してやるぞ」と言って、もう片方の頬に投げつけたので、左右両方に瘤のある翁になってしまった。だから、物うらやみはしてはならないというわけ。

原文

これも昔、右の顔に大きなる瘤《こぶ》ある翁《おきな》ありけり。大柑子《おほかうじ》の程なり。人に交じるに及ばねば、薪《たきぎ》をとりて世を過ぐる程に、山へ行きぬ。雨風はしたなくて帰るに及ばで、山の中に心にもあらずとまりぬ。また木こりもなかりけり。恐ろしさすべき方《かた》なし。木のうつほのありけるにはひ入りて、目も合はず屈《かが》まりゐたる程に、遥《はる》かより人の音多くして、とどめき来《く》る音す。

いかにも山の中にただ一人《ひとり》ゐたるに、人のけはひのしければ、少しいき出《い》づる心地して見出《みいだ》しければ、大方《おほかた》やうやうさまざまなる者ども、赤き色には青き物を着、黒き色には赤き物を褌《たふさぎ》にかき、大方目一つある者あり、口なき者など、大方いかにもいふべきにあらぬ者ども百人ばかりひしめき集りて、火を天《てん》の目のごとくにともして、我がゐたるうつほ木の前にゐまはりぬ。大方いとど物覚えず。

宗《むね》とあると見ゆる鬼横座《よこざ》にゐたり。うらうへに二ならびに居《ゐ》並《な》みたる鬼、数を知らず。その姿おのおの言ひ尽しがたし。酒参らせ、遊ぶ有様、この世の人のする定《ぢやう》なり。たびたび土器《かはらけ》始《はじま》りて、宗《むね》との鬼殊《こと》の外《ほか》に酔《ゑ》ひたる様《さま》なり。末より若き鬼一人立ちて、折《を》敷《しき》をかざして、何《なに》といふにか、くどきくせせる事をいひて、横座の鬼の前に練り出でてくどくめり。横座の鬼盃を左の手に持ちて笑《ゑ》みこだれたるさま、ただこの世の人のごとし。舞うて入りぬ。次第に下より舞ふ。悪《あ》しく、よく舞ふもあり。

あさましと見る程に、横座にゐたる鬼のいふやう、「今宵《こよひ》の御遊びこそいつにもすぐれたれ。ただし、さも珍しからん奏《かな》でを見ばや」などいふに、この翁物の憑《つ》きたりけるにや、また然《しか》るべく神仏《かみほとけ》の思はせ給《たま》ひけるにや、「あはれ、走り出でて舞はばや」と思ふを、一度《いちど》は思ひ返しつ。それに何《なに》となく鬼どもがうち揚げたる拍子《ひやうし》のよげに聞えければ、「さもあれ、ただ走り出でて舞ひてん、死なばさてありなん」と思ひとりて、木のうつほより烏帽子《えぼし》は鼻に垂《た》れかけたる翁の、腰に斧《よき》といふ木伐《き》る物さして、横座の鬼のゐたる前に躍《をど》り出でたり。

この鬼ども躍りあがりて、「こは何《なに》ぞ」と騒ぎ合へり。翁《おきな》伸びあがり屈《かが》まりて、舞ふべき限り、すぢりもぢり、ゑい声を出《いだ》して一庭《ひとには》を走りまはり舞ふ。横座の鬼より始めて、集りゐたる鬼どもあさみ興ず。

横座の鬼の曰《いは》く、「多くの年比《としごろ》この遊びをしつれども、いまだかかる者にこそあはざりつれ。今よりこの翁、かやうの御遊びに必ず参れ」といふ。翁申すやう、「沙汰《さた》に及び候《さぶら》はず、参り候ふべし。この度《たび》にはかにて納《をさ》めの手も忘れ候ひにたり。かやうに御覧にかなひ候はば、静かにつかうまつり候はん」といふ。横座の鬼、「いみじく申したり。必ず参るべきなり」といふ。

奥の座の三番にゐたる鬼、「この翁はかくは申し候へども、参らぬ事も候はんずらんと覚え候ふに、質《しち》をや取らるべく候ふらん」といふ。横座の鬼、「然《しか》るべし、然るべし」といひて、「何をか取るべき」と、おのおの言ひ沙汰《さた》するに、横座の鬼のいふやう、「かの翁が面《つら》にある瘤をや取るべき。瘤は福の物なれば、それをや惜《を》しみ思ふらん」といふに、翁がいふやう、「ただ目鼻をば召すとも、この瘤は許し給ひ候はん。年比《としごろ》持ちて候ふ物を故《ゆゑ》なく召されん、すぢなき事に候ひなん」といへば、横座の鬼、「かう惜しみ申すものなり。ただそれを取るべし」といへば、鬼寄りて、「さは取るぞ」とてねぢて引くに、大方《おほかた》痛き事なし。さて、「必ずこの度《たび》の御遊びに参るべし」とて、暁に鳥など鳴きぬれば、鬼ども帰りぬ。翁顔を探るに、年比《としごろ》ありし瘤跡なく、かいのごひたるやうにつやつやなかりければ、木こらん事も忘れて家に帰りぬ。妻の姥《うば》、「こはいかなりつる事ぞ」と問へば、しかじかと語る。「あさましきことかな」といふ。

隣にある翁、左の顔に大きなる瘤ありけるが、この翁、瘤の失《う》せたるを見て、「こはいかにして瘤は失せ給ひたるぞ。いづこなる医師《くすし》の取り申したるぞ。我《われ》に伝へ給へ。この瘤取らん」といひければ、「これは医師の取りたるにもあらず。しかじかの事ありて、鬼の取りたるなり」といひければ、「我《われ》その定《ぢやう》にして取らん」とて、事の次第をこまかに問ひければ、教へつ。この翁いふままにして、その木のうつほに入りて待ちければ、まことに聞くやうにして、鬼ども出《い》で来《き》たり。

ゐまはりて酒飲み遊びて、「いづら、翁は参りたるか」といひければ、この翁恐ろしと思ひながら揺《ゆる》ぎ出でたれば、鬼ども、「ここに翁参りて候《さぶら》ふ」と申せば、横座の鬼、「こち参れ、とく舞へ」といへば、さきの翁よりは天骨《てんこつ》もなく、おろおろ奏《かな》でたりければ、横座の鬼、「この度《たび》はわろく舞うたり。かへすがへすわろし。その取りたりし質の瘤返し賜《た》べ」といひければ、末《すゑ》つ方《かた》より鬼出で来て、「質の瘤返し賜《た》ぶぞ」とて、今片方《かたかた》の顔に投げつけたりければ、うらうへに瘤つきたる翁にこそなりたりけれ。物羨《ものうらや》みはすまじき事なりとか。

〔49〕

◆小野篁《おののたかむら》の妙答

今は昔、小野篁(平安前期の漢詩人で歌人)という人がおいでになった。嵯峨《さが》天皇の御時に内裏《だいり》に札を立てた者がいたが、それには、「無悪善」と書いてあった。天皇が篁に、「読め」と仰せられたので、「読むことは読みましょう。しかし、畏《おそ》れ多いことでございますので、あえて申しあげますまい」と奏上すると、「かまわずに申せ」と、たびたび仰せられたので、「『さがなくてよからん』と申しておりまするぞ。すなわち、君を呪い申しているのでございます」とお答え申した。

すると、「おまえ以外に誰が書こうか」と仰せられたので、「それだからこそ、申しあげますまいと申したのでございます」とお答えした。天皇は、「それでは、何でも書いたものなら読めるというか」と仰せられたので、「何にてもお読み申します」と申しあげると、片仮名の「子《ね》」という字を十二お書かせになって、「読め」と仰せられた。

すぐに、「猫の子の子猫、獅子《しし》の子の子獅子」と読んだので、天皇はほほえまれて、何のおとがめもなくてすんだのであった。

原文　今は昔、小野篁《をののたかむら》といふ人おはしけり。嵯峨帝《さがのみかど》の御時に、内裏《だいり》に札《ふだ》を立てたりけるに、「無悪善」と書きたりけり。帝、篁に、「読め」と仰《おほ》せられたりければ、「読みは読み候《さぶら》ひなん。されど恐れにて候へば、え申し候はじ」と奏《そう》しければ、「ただ申せ」とたびたび仰せられければ、「さがなくてよからんと申して候ふぞ。されば君を呪《のろ》ひ参らせて候ふなり」と申しければ、「おのれ放ちては誰《たれ》か書かん」と仰せられければ、「さればこそ、申し候はじとは申して候ひつれ」と申すに、御門《みかど》、「さて何《なに》も書きたらん物は読みてんや」と仰せられければ、「何《なに》にても読み候ひなん」と申しければ、片仮名の子文字《ねもじ》を十二書かせて給《たま》ひて、「読め」と仰せられければ、「ねこの子のこねこ、ししの子のこじし」と読みたりければ、御門ほほゑませ給ひて、事なくてやみにけり。

でたらめな仮名暦《かなごよみ》

〔76〕

これも今は昔、ある人のもとに新参の若い女房がいたが、人に紙をもらって、その家にいた若い僧に、「仮名暦（平仮名で書いた暦）を書いてください」と言ったので、僧は、「おやすいこと」と言って書いてくれた。初めのほうはきちんと、「神事仏事によし」「万事に凶《きょう》の日」「外出や行動を慎しむ日」などと書いていったが、だんだん終りのほうになって、ある日は、「物食わぬ日」などと書き、また「これこれがあればよく食う日」などと書いていった。

この女房は風変わりな暦だなとは思ったが、まさかそんなにでたらめなものとは思いも寄らず、何かもっともなわけがあるのかと思って、そのままそむかず従っていた。またある日は、「大便をするな」と書いてあるので、どうかとは思ったが、何かわけがあるのだろうと、こらえて過ごすうちに、長く続く凶会日のように、「大便をするな」「大便をするな」と続けて書いてあるので、二日、三日まではこらえていたが、とても我慢ができそうもなくなって、両手で尻をかかえて、「どうしよう、どうしよう」と体をひねりくねらせているうちに、思わず粗相をしてしまったという。

原文

これも今は昔、ある人のもとに生《なま》女房のありけるが、人に紙乞《こ》ひて、そこなりける若き僧に、「仮名暦《かなごよみ》書きて給《た》べ」といひければ、僧、「やすき事」といひて書きたりけり。始めつ方《かた》はうるはしく、神、仏によし、坎日《かんにち》、凶会《くゑ》日《にち》など書きたりけるが、やうやう末ざまになりて、ある日は物食はぬ日など書き、またこれぞあればよく食ふ日など書きたり。

この女房、やうがる暦かなとは思へども、いとかう程には思ひよらず、さる事にこそと思ひて、そのままに違《たが》へず。またある日ははこすべからずと書きたれば、いかにとは思へども、さこそあらめとて念じて過《す》す程に、長《なが》凶会《くゑ》日《にち》のやうに、はこすべからず、はこすべからずと続け書きたれば、二日三日までは念じゐたる程に、大方《おほかた》堪《た》ふべきやうもなければ、左右の手にて尻《しり》をかかへて、「いかにせん、いかにせん」と、よぢりすぢりする程に、物も覚えずしてありけるとか。

浄蔵《じょうぞう》の八坂《やさか》の坊《ぼう》に入った強盗

〔117〕

これも今は昔、天暦《てんりゃく》のころ、浄蔵法師のいた八坂の宿坊に、強盗が何人も乱入して来た。ところが、火をともし、太刀《たち》を抜き、目を見開いて、それぞれその場に立ちすくんだまま、いっこうに何もしない。こうして数時間がたった。夜もしだいに明けようとする頃になって、浄蔵は本尊に向かってうやうやしく、「もはやお許しなさってください」と申しあげた。その時になって、盗人どもは何も盗《と》らずに逃げ帰ったという。

原文

これも今は昔、天暦《てんりやく》のころほひ、浄蔵《じやうざう》が八坂の坊に強盗その数入り乱れたり。しかるに、火をともし、太刀《たち》を抜き、目を見張りて、おのおの立ちすくみて、さらにする事なし。かくて数刻を経《ふ》。夜やうやう明けんとする時、ここに浄蔵、本尊に啓白《けいびやく》して、「早く許し遣はすべし」と申しけり。その時に盗人ども、いたづらにて逃げ帰りけるとか。

53

十訓抄《じっきんしょう》

十の徳目を説話をまじえて説く、鎌倉時代の説話集

鎌倉時代の説話集。建長四年（一二五二）十月半ば頃の成立。編者は不明だが、奥書によれば、六波羅《ろくはら》探題府《たんだいふ》（承久の乱後に京都に設置された鎌倉幕府の出張機関）の長官だった北条長時・時重に仕えた「六波羅《ろくはら》二《じ》臈《ろう》左衛門《ざえもん》入道」だという。この人物については、近年、六波羅探題府の中で次席（二臈《じろう》）と目され、左衛門尉《さえもんのじょう》を勤めた佐治重家など、六波羅探題府内の人物が有力な候補者とされている。

内容紹介

『十訓抄』は、その名の通り、「十訓」＝「十項目の教訓」を柱として、その具体的な例を様々な説話で表わした説話集である。

第一は「人に恵みを施すべき事」、人に恩恵を施せというものである。人の上に立つ人物が施すべき恩恵に始まり、動物からの報恩《ほうおん》譚《たん》などが語られるが、第一篇の多くを占めるのは平安時代の風流譚であり、和歌や漢詩を用いた巧みで機知的なやりとりを成立させる心配り・心用意といったものに、編者の大きな関心が寄せられているようだ（→よむ「定家と家隆」）。第二の「驕慢《きょうまん》を離るべき事」は驕《おご》りたかぶることへの戒め、第三の「人倫《じんりん》を侮《あなず》らざる事」は、人を侮ることへの警鐘である。第四の「人の上を誡《いまし》むべき事」は、いわゆる「口は災いの元」だが、武士の女を盗み取ると放言して髻《もとどり》を切られる失態を犯しながら、性懲《しょうこ》りもなく別の相手に喧嘩を売り、放言と失言を繰り返す下級貴族の話など、教訓や徳目といった枠組みを軽々と超えてしまう滑稽《こっけい》さや生き生きとした人々のありさまが面白い。ここまでが上巻となる。

続いて中巻だが、第五は「朋友を撰《えら》ぶべき事」。良き友を選べということで前半は友にまつわる話であるが、後半はそこから理想的な「妻」の話へと発展する。いつの世も、妻選びは重大事であったということか。第六の「忠直を存《そん》ずべき事」、人は忠実・実直であれというものである。理想の忠臣、親への孝行（→よむ「殺生禁断の令」）、妻の貞節、仏神への信心、廉直さを尊ぶなどの説話が収められるが、このような忠節・実直・正直などの徳目は、『十訓抄』が書かれた鎌倉時代前期が求める理想の人間像を象徴していよう。第七は「思慮を専《もっぱ》らにすべき事」、深慮遠謀を尊ぶ話、用心がないゆえの失敗譚を載せる。その中には、用心すべきだとする編者の評語とは裏腹に、盗賊たちの周到な計画と鮮やかな犯行に思わず目が

奪われる話、身分の高い美しい姫君に目がくらんで本妻を離縁したら、年越しの算段を付けるための舞姫たちの結婚詐欺だった話など、謀り事をした側の見事なやり口を鮮やかに描き出したものも多い。このような階層の人々の姿を余すことなく伝える説話もまた、『十訓抄』の大きな魅力であろう。また、この巻七には、平清盛の意外な一面が載せられている。清盛は、朝寝坊した近習の小侍を起こさぬよう、自分はそっと起きだし、彼らを存分に寝かせてやった。身分の低い者も、家族や知人の前では一人前の人物として取り立ててやるため、その者は清盛への恩を忘れないという話だ。『平家物語』で悪逆非道の人とされる清盛ではあるが、同時代を生きた慈円《じえん》の『愚管抄《ぐかんしょう》』では実に慎み深い深慮の人であったとされ、『十訓抄』の清盛像は実像に近いものではないかと思われる。

　最後の下巻であるが、第八「諸事を堪忍《かんにん》すべき事」は、忍耐の美徳を説くもの。第九「懇望を停《とど》むべき事」は願望を抑えることの勧め。『方丈記』の作者である鴨長明《かものちょうめい》の出家をめぐる逸話などがあり、先の清盛の話と同様、少し前の時代を生きた著名人について、『十訓抄』のみが伝える興味深い一面である。第十「才芸を庶幾《しょき》すべき事」は、和歌・漢詩・管絃などの才芸の効用と必要性を説き、十篇のうち、最大の話数を収める。

　『十訓抄』は十の徳目を用意しているが、全篇を通して、思慮深さ・心用意を重視する構えが強い。第十の才芸も、そのために身に付けておくべき素養なのだろう。このような姿勢は、六波羅探題府《ろくはらたんだいふ》の長官や鎌倉幕府の連署を勤めた北条重時《しげとき》（三代執権泰時《やすとき》の弟）が残した家訓とも共通するという。近年、『十訓抄』の編者を六波羅探題府の官人（鎌倉幕府側の人物）と見なす説が有力だが、そうであれば、『十訓抄』とは、日本で最初の、武家の手になる文学作品ということになろうか。実に興味深い一冊である。

よむ

定家《ていか》と家隆《いえたか》　〔第一〕

近年の和歌の名人としては、民部卿《みんぶきょう》藤原定家と宮内卿《くないきょう》藤原家隆の二人が双璧《そうへき》といわれていた。その頃は、「我も、我も」と和歌をたしなむ人も多かったのであるが、誰一人として、この二人に及ぶことはできなかったのである。

　ある時、後京極摂政《ごきょうごくのせっしょう》藤原良経公《よしつねこう》が、その一人の宮内卿家隆を召して、「今の世で、たくさんの歌詠みの中で、どの歌人が一番すぐれているか。心に思っていることを、正直にお話しなされ」とお尋ねがあった。家隆は「どの方にも優劣のつけようがございません」とお答えするものの、心の中に思っていることがあるようだったので、「さあ遠慮なく、遠慮なく」とひたすら摂政殿がお尋ねになったところ、家隆は、何気なく、懐より畳紙《たとうがみ》を落として、そのまま下がっていってしまった。さて、帰っていったあとで、その紙を御覧になると、

　明けばまた秋のなかばも過ぎぬべしかたぶく月の惜しきのみかは

　——今宵《こよい》は中秋、八月十五夜の月。夜が明けると、秋はもう半ばを過ぎてしまう。月が西に傾くことばかりが惜しいのではない。過ぎゆく秋も惜しいのだ。

と書いてあった。

　これは定家の歌である。前々から、こんなお尋ねがあるとは、どうしてわかろう。もともと、この歌を素晴らしい秀歌と思って、紙に書いて持っていたのであろう。

　これらの事柄は、心用意や準備がしっかりしていた例である。

原文 近ごろの歌仙には、民部卿定家《みんぶきやうていか》、宮内卿家隆《くないきやういへたか》とて、一双《いつさう》にいはれけり。そのころ、「われも、われも」とたしなむ人多けれど、いづれも、この二人には及ばざりけり。

ある時、後京極《ごきやうごく》摂政《せつしやう》、宮内卿を召して、「この世に歌詠みに多く聞こゆるなかに、いづれか勝《すぐ》れたる。心に思はむやう、ありのままにのたまへ」と御尋《たづ》ねありけるに、「いづれも分きがたく」と申して、思ふやうありけるを、「いかに、いかに」と、あながちに問はせ給《たま》ひければ、ふところより畳紙《たたうがみ》を落して、やがて罷《まか》り出《い》でけるを、御覧ぜられければ、

明けばまた秋のなかばも過ぎぬべしかたぶく月の惜しきのみかは

と書きたりけり。

これは民部卿の歌なり。かねて、かかる御尋ねあるべしとは、いかでか知らむ。もとよりおもしろくて、書きて持たれたりけるなめり。

これら用意深きたぐひなり。

◆殺生禁断の令

〔第六〕

白河院《しらかわいん》（一〇五三～一一二九）の御代に、天下に殺生《せつしょう》を禁止する御制法が出されたので、国内には魚鳥の類《たぐい》はまったく見えなくなってしまった。その頃、貧しく、年を取った老母をかかえている僧がいた。その母は、魚がないと食べ物を食べなくて、たまたま手に入った食べ物であっても、一切食べなかった。それゆえ、だんだん日数が経《た》つうちに、年老いて体力はますます弱くなり、今はもう、命も危なく見えるほどだった。僧は大変に悲しんで、魚をあちこち尋ね求めたが、どうにも手に入れることができない。思い余って、魚を捕る方法などまったく知らなかったのだけれど、みずから桂川《かつらがわ》の辺りに行き、衣をたすきがけし、魚をねらい、小さい鮠《はや》を一、二尾捕まえ、手に持っていた。

禁令が厳しく行なわれている頃だったので、役人はこの僧を捕《つか》まえて、院の御所へ連れていった。まず、事のわけが問い糺《ただ》された。「殺生禁止の令は世間の津々浦々に知れわたっている。どうしてそのことを知らないはずがあろうか。まして僧侶《そうりょ》のかっこうをし、僧衣を身に着けた姿で、殺生の禁を破るなど、その罪は多岐にわたり、逃れることはできない」と、院がいろいろとおっしゃられると、この僧は涙を流して、こう申すのだった。

「天下にこの禁令が重く、厳しく行なわれていることは、十分知っております。たとえ、この禁令がなかったとしても、法師の身で、こんな振舞《ふるまい》があっていいはずはございません。ただ、私には年老いた母がおります。私一人のみを頼りとしており、そのほかには頼るべき人もございません。年も取り、体も弱り、朝晩の食事も事欠く有様です。私もまた貧乏の身で、財力もありませんので、思うままに母を訪ね、養うこともできません。とりわけ母は魚がないと、食べ物を口にいたしません。世の中すべて殺生の禁令によって、魚も鳥もなくなってしまったので、母の体力は完全に弱りきってしまいました。母を助けるため、もうどうすることもできず、魚を捕る方法などいまだわきまえておりませんでしたが、思い余って、河のそばに行ったのでございます。罪に処せられることも覚悟のうちでございます。逃れようもないことです」。

さらに続けてこう言った。

「ただし、この捕った魚は、すぐに放したとしても、もう生き返ることは、とても難しいことでございます。この身にしばしも暇《いとま》をい

ただくことが叶《かな》いませんならば、この魚を母の所へお届けいただきたく存じます。そして、今一度だけ、新鮮な魚の味わいを母にすすめて、満足して召し上がられたと聞いてから、いかなる罪にも服す所存でございます」。

これを聞いた人は涙を流した。白河院もこの話を聞かれて、孝養の心の篤《あつ》いことに心から感動なされて、様々の物を馬車に積んで、お与えになり、お許しあそばしたのだった。そして、足りない物があったら、また申し出るよう、ねんごろにおっしゃったのだった。

原文

白河院《しらかはゐん》の御時、天下に殺生《せつしやう》を禁制せられたりければ、国土に魚鳥のたぐひ、絶えにけり。そのころ、貧しき僧の、老いたる母を持ちたるあり。その母、魚なければ、ものを食はざりけり。たまたま求め得たる食物も食はずして、やや日数を経《ふ》るままに、老いの力、いよいよ弱りて、今はたのむかたなく見えけり。僧かなしみて、尋ね求むれども、えがたし。思ひあまりて、つやつや魚とる術《すべ》も知らねども、みづから桂川《かつらがは》の辺にのぞみて、衣にたまだすきして、魚をうかがひて、小さきはやを一つ二つとりて、持ちたりけり。

禁制の重きころなれば、官人、これを搦《から》め取りて、院の御所へゐて参りぬ。まづ子細を問はる。「殺生の禁断、世にもるるところなし。いかでかその由《よし》を知らざらむ。いはむや法師の形として、その衣を着ながら、この犯をなすこと、ひとかたならぬ咎《とが》、のがるるところなし」と仰せ含めらるるに、僧、涙を流して申すやう、「天下にこの禁制重きこと、みな承知するところなり。この制なくとも、法師の身にて、この振舞《ふるまひ》あるべからず。ただし、われ、老いたる母を持ちて候ふが、ただわれ一人のほか、頼みたる人なし。よはひたけ、身衰へて、朝夕《あさゆふ》の食《じき》たやすからず。われ、また貧家にして財なければ、心のごとくにとぶらふにあたはず。なかにも魚なければ、ものを食はず。この一天の制によつて、魚鳥のたぐひなきあひだ、身の力、すでに弱りたり。これを助けむがために、心のおきどころなきままに、いまだ魚取る術も知らねども、思ひのあまりに、河のはたにのぞめり。罪を行なはるること、案のうちに侍《はべ》り。遁《のが》るべからず」と申す。

「ただしこのとるところの魚、今は放つとも生きがたし。身のいとまを許《ゆ》りがたくは、これを母のもとへ遣はされて、いま一度、あざやかなる味をすすめて、心安くうけ給ふを聞きて、いかにもまかりならむ」と申す。

これを聞く人、涙を流す。院、聞こしめして、養老《やうらう》の志浅からぬをあはれみ感ぜさせ給ひて、さまざまのものども、馬車に積みて、たまはせて、許されにけり。ともしきことあらば、なほ申すべき由をぞ、仰せ含められける。

54

滑稽《こっけい》な人間模様をいきいきと描く仏教説話集

沙石集《しゃせきしゅう》

鎌倉時代の仏教説話集。著者は臨済《りんざい》宗の僧であった無住《むじゅう》（一二二六〜一三一二）。弘安二年（一二七九）に起筆、四年後に成立を見るが、後に、無住自身が何度も改訂を施した。無住は鎌倉の出身であり、人生の過半を尾張《おわり》の長母寺《ちょうぼじ》で過ごしている。本書には、彼が直接取材した地方的話題・同時代の武士や僧侶の動向を語る説話も多く、鎌倉後期という時代を証言する貴重な作品でもある。

内容紹介

『沙石集』は、全一〇巻から成る仏教説話集である。その巻ごとの主題は、巻一「神仏習合に基づく本地垂迹《ほんじすいじゃく》説話」、巻二「仏菩薩《ぶつぼさつ》の霊験譚《れいげんたん》」、巻三「弁論や問答をめぐる説話」、巻四「遁世者《とんせいしゃ》の説話」、巻五「学僧および和歌や連歌の説話」、巻六「説教師と説法」、巻七「正直・忠孝などの教訓的説話」、巻八「愚か者や欲深い者たちの笑《しょ》話《わ》」、巻九「嫉妬《しっと》や殺生《せっしょう》などの妄念《もうねん》や妄執」、巻十「真の道心者たちと越格《おっかく》」といったところであろう。これらを通して無住が目指したものは、禅宗が重視する「越格」（決まりや法則を身に付けた上で、それに縛られることなく、越えてゆくこと）の境地だった。それは、巻十の「格を越えて格に当たるに、当たらずと云《い》ふ事なし。格の中にして格を出《い》でざるは、ある時は当たり、ある時は当たらず。その故《ゆゑ》は、礼儀を存《そん》して、また折を知り、時に随《したが》ひて礼儀に関《かかは》らざる、これ格を越えたる人なるべし」（格を越えて格に対応するなら、必ずうまくいく。格の中で、その枠を越えられぬままに守るのでは、うまくいく時といかない時がある。その理由は、礼儀を弁えて、状況を知り、時に応じて礼儀に拘泥《こうでい》しないのが上手くいくことであるのと同じだ。これが格を越える人なのだ）という言に明らかである。

　このように述べると、『沙石集』とは高度な仏教論理を展開する近づきがたい説話集のようであるが、本書の魅力は、その論理を説くために無住が示してみせる例話《れいわ》の面白さにある。それは時として滑稽であり、愚かであり、卑近でありと、実に多彩なもので、鎌倉時代後期における様々な階層の人々の生き生きとした姿を、鮮やかに現前させてくれる。たとえば、酒を水増しして売る酒屋の尼に腹を立て、能説房《のうせつぼう》という説教師（教義などの教えを説く僧）が、説経もそこそこに、その罪障を根も葉もないことまで加えてまくし立てたところ、反省したと見えた尼は「酒に水を入れるのが罪であるならば」と水に酒を入れて売ったという話（巻六ノ一一）。僧侶の飲酒は破戒であるのに水増しの酒に腹を立てて大言壮語する生臭《なまぐさ》坊主の能説房と、転んでもただでは起きないような酒屋の尼のやり取りは、秀逸な漫才の掛け合いのようでもあり、どんでん返しの結末が笑いを誘うものとなっている。このようなおかしみは、無住の巧妙な語り口が生み出すものであろう。

加えて、『沙石集』の大きな特徴に同時代性がある。冒頭話に置かれた、天照大神《あまてらすおおみかみ》が自らは三宝（仏・法・僧）を近付けないと誓って、第六天魔王（衆生が仏道に入ることを妨げる魔王）から日本と仏教を守ったという話（「第六天魔王との約束」→よむ）は、当時の神仏習合思想の有り様を示すものであろう。また、「正直者が銀を拾った話」という宋からの帰朝僧の話などは、無住のアンテナの広さと鋭敏さを物語っている。さらに、相手の正しさを素直に認めて自ら裁判に負けることで評価を上げた「裁判に自ら負けた地頭」は、鎌倉時代中後期の御家人の一面を語ると同時に、『十訓抄』同様、同時代に強く求められた正直という美徳が話の根底に横たわっていよう。→よむ　ほかにも、実父の暗殺を企てる母の浮気相手に対し先手を打って殺害する武士の兄弟という、同時期に形成されつつあった武士の倫理観を反映した話もあり、本書は時代の証言者という性質を備えた作品だと言ってよいのではないか。

『沙石集』の書名は、砂や石＝「沙石」のように卑近なことを用いて「金玉」のごとき深遠な仏教教義を説くことを意味する。仏教思想を仏教語のままに理解するのは、実に難しい。しかし、その思想は、私たちの身近な出来事に顕現する。無住の抜群の話術に導かれ、笑い楽しみながら説話を読み進めることこそが、深遠な教理に辿《たど》り着くための近道にして王道なのかもしれない。

よむ

第六天魔王との約束

〔巻一ノ一〕

去る弘長年間（一二六一～六四）に、大神宮（伊勢神宮）に参詣《さんけい》しました折、ある神官が語ったことである。

「当社では三宝《さんぼう》（仏・法・僧）の御名を言わず、御殿の近くは僧であっても詣《もう》でないならわしである。そのわけは、昔、この国がまだ存在しなかった時、大海の底に大日如来《だいにちにょらい》を表わす梵字があったので、天照大神《あまてらすおおみかみ》が御《み》鉾《ほこ》を海中にさしおろしてお探りになった。その鉾の滴りが露のようになった時、第六天の魔王がはるかにこれを見て、『この鉾の滴りが国となって、仏法が流布し、人間が悟りをひらく予兆がある』と言って、それを取り除くために下ってきた。天照大神は魔王に会って、『私は三宝の名をも言うまい、我が身にも近づけまい。だから安心してすぐに天上にお帰り下さい』と、なだめすかしておっしゃったので、魔王は帰ったのである。その御約束に背かないようにと、僧などは御殿近くに参らず、社殿では、経をあらわには持たない。三宝の名も正しく言わない。仏を『立ちすくみ』、経を『染め紙』、僧を『髪長』、堂を『こりたき』などと言って、表向きは仏法をいとわしい事にし、内々には三宝を守りなさることにしていらっしゃる。だから、我が国の仏法は、ひとえに大神宮の御はからいによるのである」（後略）

原文　去《さり》し弘長季中《こうちやうねんぢう》に、太神宮《だいじんぐう》へ詣《まう》で侍《はんべ》りしに、ある神官《じんぐわん》の語りしは、「当社には三宝《さんぼう》の御名《みな》を言はず、御殿《ごてん》近くは僧なれども詣でざる事は、昔この国いまだなかりける時、大海《だいかい》の底に大日《だいにち》の印文《いんもん》ありけるによりて、大神宮御鉾《ほこ》さしくだして探り給《たま》ひける。

その鉾の滴り、露の如《ごと》くなりける時、第六天の魔王遥《はる》かに見て、『この滴り国と成りて、仏法流布し、人、生死《しやうじ》を出《い》づべき相《さう》あり』とて、失はんために下りけるを、大神宮、魔王にあひて、『我《われ》三宝の名をも言はじ、身にも近づけじ。とくとく帰り上《のぼ》り給《たま》へ』とこしらへ仰せられければ、返りにけり。その御約束を違《たが》へじとて、僧なむど御殿近く参らず、社壇《しやだん》にしては経をばあらはには持たず。三宝の名をも正しく言はず。仏をばたちすくみ、経をば染め紙、僧をば髪長《かみなが》、堂をばこりたきなむど言ひて、外には仏法をうときことにし、内には三宝を守り給ふことにて御座《おはしま》す。故《ゆゑ》に我が国の仏法は偏《ひとへ》に大神宮の御方便《はうべん》によれり」（後略）

◆裁判に自ら負けた地頭《じとう》 〔巻三ノ二〕

下総《しもうさ》国に御家人《ごけにん》がいた。その御家人は地頭（荘園の管理権や徴税権を持つ荘官）であったのだが、領家の代官（荘園領主であった代官）と訴訟することがあり、たびたび問答したけれどもらちがあかず、鎌倉幕府で対決した。

北条泰時《やすとき》が執権の時代だったが、その地頭は領家の代官と重ね重ね問答した。領家方が重要な点の道理を申し述べた時、地頭は手をはたと打って、泰時の方を向いて「ああ、負けた」と言った。その座にいた人々は異口同音に「ははっ」と笑ったが、泰時はうなずいて、「みごとに負けられたものですね。この泰時は執権として、長年このように裁決をしてまいりましたが、『ああ負けたなあ』と聞こえた人でも、自分の主張が通らないと、たとえ一言でも釈明を申し立てるもので、周りから負けにされることはあっても、自分から負けた人は、いまだかつて聞いたことがありません。先程の問答は、互いになるほどと聞こえました。今の領家の御代官の申し立ては、重要な点だと聞こえたところ、反論することもなく負けられたのは、返す返す潔く聞こえました。正直な人でおられるのですね」と涙ぐんで讃《ほ》められたので、笑った人々も気まずくなったように思われた。

そして、領家の代官は、「日ごろの道理を聞き分けて下さって…。故意に非道なことを押し通そうとしたのではなかったのですね」と言って、六年間の年貢の滞納のうち、三年分を許したのだった。情けのある人であった。これこそ、負けるが勝ち、という趣きである。

原文

下総国《しもつふさのくに》に御家人《ごけにん》ありけり。領家《りやうけ》の代官《だいくわん》と相論《さうろん》する事あつて、度々問答《たびたびもんだう》しけれども、事ゆかずして、鎌倉にて対決しけり。泰時《やすとき》御代官の時なりけるに、地頭《ちとう》、領家の代官と重々《ちゆうぢゆう》問答して、領家の方《かた》に肝心《かんじん》の道理《だうり》を申し述べたりける時、地頭手《て》をはたはたと打ちて、泰時の方《かた》へ向きて、「あら負けや」と云《い》ひたりける時、座席の人々一同に、「は」と咲《わら》ひけるを、泰時うちうなづきて、「いみじく負け給《たま》ひぬる物かな。泰時御代官として年久しく、かくの如《ごと》く成敗仕《せいばいつかまつ》るに、『あはれ負けぬる物を』と聞く人も、叶《かな》はぬ物ゆゑに、一言も陳《ちん》じ申す事にて、よそよりこそ負けに落とさるれ、我と負けたる人未《いま》だ承《うけたまは》らず。前《さき》の問答は、互ひにさもと聞《きこ》えき。今領家の御代官の申さるる所肝心と聞ゆるに、陳状なく負け給ひぬる事、返す返すいみじく聞え候ふ。正直の人にておはするにこそ」とて、涙ぐみて讃《ほめ》られければ、咲《わら》ひつる人々もにがりてぞ見えける。

さて領家の代官、「日来《ひごろ》の道理を聞きほどき給ひ、ことさらのひが事《ごと》にはなかりけり」とて、六年が未進《みしん》の物、三年をば許してけり。情けありける人なり。これこそ、負けたればこそ勝ちたれの風情《ふぜい》なれ。

◆正直者が銀を拾った話

〔巻七ノ三〕

中国に身分の低い夫婦がいた。餅を売って生計を立てていた。夫が道端で餅を売っていた時、誰かが袋を落としたので、見ると中に銀の軟挺《なんてい》（銀貨）が六つ入っていた。そこで家に持って帰った。妻は素直で欲のない人で、「私たちは商いをして暮らしているので困ってはいません。この銀の持ち主はどれほど嘆いて捜しているでしょう。気の毒なこと。持ち主を捜して返してあげて下さい」と言うので、夫もそのとおりだと思い、この銀のことを言い広めたところ、持ち主と名乗る者が出て来て銀を受け取り、嬉《うれ》しさのあまり「うち三つをさしあげましょう」と言った。しかし、分けようという段になった時、その持ち主は礼が惜しくなったのか思い直して、面倒を引き起こそうとして、「もとは七つあったのに六つしかないのは奇妙なことだ。一つはお隠しになったのですか」と言った。「そのようなことはない。もとから六つだった」と言い合ううちに、ついには国守に、どちらが正しいか判断してもらうことになった。

国守は眼力に勝れており、「銀の持ち主は不実な者。拾った男は正直者」と見抜いたが、不明な部分もあるので、拾い主の妻を召し出して、別所で事情を細かく尋ねると、夫の言い分と少しも食い違いがない。「この妻は極めて正直な者」と見てとって、元の持ち主が不実である事は確かとなったので、その判決に、「この一件は確かな証拠がないので判定しがたい。ただし持ち主も拾い主も、ともに正直者のようである。夫婦の証言は一致し、持ち主の言葉も正直に聞こえるので、持ち主は七つあるという別の銀を捜して取り戻すとよい。これは六つしかないので別人のものだろう」といって、六つの銀全てを、拾い主夫妻に与えられた。

宋朝の人々は素晴しい裁きだと、広くほめ称《たた》えた。心が素直なので自然と天が与えて宝を得たのである。心が曲がっていると冥罰《みょうばつ》を受けて宝を失う。この道理は少しも違うことがない。返す返すも心浄《きよ》らかに素直であるべきである。

原文

唐《もろこし》に賤《いや》しき夫婦《ふうふ》有り。餅《もち》を売りて世を渡りけり。夫《をつと》の道の辺《ほとり》にして餅を売りけるに、人の袋を落としたりけるを見ければ、銀《しろがね》の軟挺六《なんていむ》つ有りけり。家に持ちて帰りぬ。妻《つま》、心素直《すなほ》に欲なき者にて、「我等《われら》は商《あきな》うて過ぐれば、事も欠けず。この主《ぬし》、いかばかり歎《なげ》き求むらん。いとほしき事なり。主を尋《たづ》ねて返し給へ」と云《い》ひければ、「誠に」とて、普《あまね》く触《ふ》れけるに、主と云ふ者出来《いでき》て、是《これ》を得《え》て、あまりに嬉《うれ》しくて「三つをば奉らん」と云ひて、既《すで》に分《わか》つべかりける時、思ひ返して、煩《わづら》ひを出《いだ》さんが為《ため》に、「七《なな》つこそ有りしに、六《む》つあるこそ不思議なれ。一《ひと》つは隠されたるにや」と云ふ。「さる事なし。本《もと》より六つこそ有りしか」と論ずる程に、果《は》ては、国の守《かみ》の許《もと》にして、是を断《ことわ》らしむ。

国の守、眼賢《まなこさか》くして、「この主《ぬし》は不実《ふじつ》の者なり。この男《をとこ》は正直の者」と見ながら、不審なりければ、かの妻《つま》を召して別の所にて、事の子細《しさい》を尋ぬるに、夫が状《じやう》に少しもたがはず。「この妻は極《きは》めたる正直の者」と見て、かの主、不実の事慥《たし》かなりければ、国の守の判《はん》に云はく、「この事、慥かの証拠なければ判じがたし。但《ただ》し、共に正直の者と見えたり。夫妻《ふさい》また詞変《ことばかは》らず、主の詞《ことば》も正直に聞こゆれば、七つあらん軟挺《なんてい》を尋ねて取るべし。是は六つあれば、別の人のにこそ」とて、六つながら夫妻に給はりけり。

宋朝《そうてう》の人、いみじき成敗《せいばい》とぞ、普《あまね》く讃《ほ》めののしりける。心直《なほ》ければ、自《おのづか》ら天の与《あた》へて、宝を得たり。心曲《まが》れば、冥《みやう》のとがめにて、宝を失ふ。この理《ことわり》は少しも違《たが》ふべからず。返す返すも心浄《きよ》くすなほなるべき者なり。

55

相続問題の訴訟のため、鎌倉に下向《げこう》した阿仏尼《あぶつに》の旅日記

十六夜《いざよい》日記

藤原為家《ためいえ》の晩年の妻、阿仏尼が著した紀行文学。弘安二年（一二七九）十月十六日に京を出立し、東海道を下って同月二十九日に鎌倉に到着するまでの旅日記（路次《ろじ》の記）と、翌年秋までの鎌倉滞在記（東日記《あずまにっき》）から成る。時に作者は五十代、夫の死後、先妻の子為氏《ためうじ》と我が子為相《ためすけ》との間に起こった相続問題を幕府に訴訟して解決するためにみずから出立した旅の記録で、京に残した子供たちを思いながら綴《つづ》られている。

あらすじ

作者は鎌倉時代中期の女性歌人、安嘉門院四条《あんかもんいんしじょう》。嘉禄元（一二二五）～一二年頃の生まれで、三十代に入る頃、縁あって藤原為家と恋愛関係になった。為家は五十代後半、定家の子で勅撰《ちょくせん》集撰者を出す歌道家御子左《みこひだり》家の当主である。

作者は為家との間に、三人の男の子（定覚《じょうかく》・為相《ためすけ》・為守《ためもり》）を生み、歌道家の女主人として夫を支えた。為家は為相を鍾愛《しょうあい》し、先妻の子で嫡男の為氏に一度譲っていた播磨《はりま》国細川庄《ほそかわのしょう》を取り返して為相に与えるという譲状《ゆずりじょう》を書いたため、建治《けんじ》元年（一二七五）の為家の没後、出家して阿仏尼となった作者は細川庄の相続権を為氏と争うことになる。阿仏は亡夫の遺言を守り、子を養育し歌道家を盛り立てるため、弘安二年（一二七九）十月、鎌倉に下り幕府に提訴することを決意した。↓よむ

母親との別れにしょんぼりする、まだ十代の為相・為守や、為家と結婚する前に生んだ大人びた娘ら五人の子女と、別れの贈答歌を交わした阿仏は、十月十六日に京を出発、道々の風物に心を動かし和歌を詠みつつ進んでいく。

東国への入口にあたる逢坂《おうさか》の関を越え、近江《おうみ》路《じ》、美濃《みの》路を経て、尾張《おわり》路では熱田神宮に勝訴を祈る歌を奉納し鳴海《なるみ》の干潟を通る。紅葉の三河路を経て、遠江《とおとうみ》路では海の景色に興じつつ浜名の橋を渡り、浜松でかつてこの地に赴任していた父の旧知の人々と再会する。天竜川で旅の先人西行を、大井川を渡り、駿河《するが》国の宇《う》津山《つのやま》では『伊勢物語』を想起し、富士山を仰ぎ見て伊豆国に入り、三島大社に参詣する。箱根路の険しい山を越え、海岸の道を進み、同月二十九日、亡夫や遠ざかる都に思いを馳せつつ鎌倉に到着した。

（以上「路次の記」）

阿仏は翌年秋までの約一年間、鎌倉に滞在し、極楽寺辺りの月影

の谷《やつ》に住んだ。都の娘や旧知の女房歌人たちと消息を交わして、旅宿の孤独を慰める日々である。また為相が五十首の歌を、為守が三十首の歌を送って寄こしたので添削し、成長を喜んでいる。鎌倉での生活や現地の人々への古典指導の様子、幕府との交渉の過程については日記には書かれていない。（以上「東日記」）

裁判は遅滞し、弘安五年（一二八二）の春、阿仏は勝訴を祈る長歌を詠み（『十六夜日記』末尾に付載）、同六年四月八日に没した。鎌倉で客死したとも、京に帰って没したともいう。訴訟は長引いたが、正和二年（一三一三）、為相の勝訴に帰した。為相の子孫、冷泉《れいぜい》家は現代に至るまで和歌の家として存続している。

よむ

◆鎌倉への出発

さてそのうえに、勅撰集を撰《えら》ぶ人はその例も多いけれど、一人で二度も勅命を受け、二代の帝に集を奉るという栄誉をこうむった家（阿仏尼の夫為家は『続後撰《しょくごせん》和歌集』『続古今《しょくこきん》和歌集』の撰者、その父定家は『新古今和歌集』『新勅撰和歌集』の撰者）は、やはり類稀《たぐいまれ》なのではなかろうか。

私はその名誉ある歌道家にかかわりを持って、三人の息子たち（定覚、為相、為守）をもうけ、多数の歌の古い資料類を、どういう縁があったものか、預り管理することになったのだが、夫為家が「歌道を盛り立てよ、子をよく育てよ、私の後世《ごせ》を弔え」と遺言して、わが子為相に固く相続を約束しておかれた遺産である細川庄も、腹違いの長男為氏に理由もなく横領されてしまったので、亡夫の供養のための貯えも、歌道を守り家を継承するための親子の生計も、ともにいつ絶え果てるかわからない歳月を過ごしてきて、あやうく心細い暮しの中に、どうしてまあ平然と今日まで生きてこられたのだろう。

惜しくもない私の身一つは、どうなろうとよいと覚悟はついているものの、子を思う親心の闇は、やはり忍びがたく、歌道の行末を思う不安は晴らしようもなくて、「六波羅《ろくはら》に訴えてもだめだったけれど、やはり鎌倉幕府に訴えて裁断を仰げば、正しい判決が下るかもしれない」と、切実に思いつめた結果、すべての遠慮も外聞も忘れ、わが身を都には無用のものと思い切って、何の用意もないままに、ためらいがちに出る十六夜《いざよい》の月に誘われて、鎌倉に下向しようと決心した。

原文

さても又、集《しふ》を撰《えら》ぶ人は例《ためし》多かれども、二度《ふたたび》勅《ちよく》を受けて、代々《よよ》に聞え上げたる家は、類《たぐひ》なほありがたくやありけむ。

その跡《あと》にしもたづさはりて、三人《みたり》の男子《をのこご》ども、百千《ももち》の歌の古反《ふるほ》古《ぐ》どもを、いかなる縁《え》にかありけむ、あづかり持《も》たる事あれど、「道を助けよ、子を育《はぐく》め、後の世をとへ」とて、深き契《ちぎり》を結びおかれし細河《ほそかは》の流れも、ゆゑなくせきとどめられしかば、跡とふ法《のり》の灯《ともしび》も、道を守り家をたすけむ親子の命も、もろともに消えをあらそふ年月を経て、あやふく心細きながら、何としてつれなく今《け》日《ふ》までながらふらむ。

惜しからむ身一つは、やすく思ひ捨つれども、子を思ふ心の闇は、なほしのびがたく、道をかへりみる恨《うらみ》はやらむ方《かた》なくて、「さてもなほ、東《あづま》の亀《かめ》の鏡にうつさば、曇らぬ影もやあらはるる」と、せめて思ひあまりて万《よろづ》の憚《はばか》りを忘れ、身を要《えう》なきものになしはてて、ゆくりもなく、いさよふ月に誘はれ出でなむとぞ思ひなりぬる。

56

中世和歌の世界に新風を吹き込んだ京極派和歌の金字塔

玉《ぎょく》葉《よう》和歌集

『古今和歌集』からかぞえて、第十四番目の勅《ちょく》撰《せん》和歌集。持明院《じみょういん》統の伏見院《ふしみいん》の下命により京極為兼《ためかね》が撰進《せんしん》し、正和元年（一三一二）奏覧、翌年完成か。歴代勅撰集中、最大の二八〇〇首あまりを収める。第十七番目の『風雅《ふうが》和歌集』とともに、京極派の手になる勅撰集として並び称され、特異で革新的な表現による清新な歌風を示す。『新古今和歌集』以降の十三代集中で、特筆すべき撰集である。

内容紹介

『玉葉和歌集』は、歌道家である御子左《みこひだり》家が二条・京極・冷泉《れいぜい》の三つに分れて拮抗《きっこう》した鎌倉時代後期、京極為兼によって撰《えら》ばれた勅撰集である。その京極為兼の唱えた和歌に対する考え方を支持共有し、新たな歌風を打ち立てた歌人の一団を、京極派と呼ぶ。

その中心的歌人は、為兼のほか、持明院統の中心である伏見院と后妃永福門院《えいふくもんいん》、その父西園寺《さいおんじ》実兼《さねかね》、また、為兼の姉為子《ためこ》をはじめとする、院に仕えた女房や持明院統の廷臣たちであった。

京極派和歌の特徴としては、天象の動きや光の移動などを的確にとらえて表現した清新な叙景歌や、自らの心の中とその動きを、執《しつ》拗《よう》なまでに正確に描写しようとした心理分析的な恋の歌、そして仏教教義の一つである唯識《ゆいしき》説に基づき、この世の事物の本質をとらえ、観念的にそれを表現しようとした歌などが挙げられる。

京極派の歌人たちは和歌を詠む際、自らの「心」を重視し、その動き・働きを出来るだけありのまま、忠実に表現しようとする為兼の主張に従い、伝統的な和歌の詠み方に反して縁語や掛詞《かけことば》をあまり用いず、字余りや句またがりなどによる音律上の破調も厭《いと》わず、限定的な歌ことばの範疇《はんちゅう》を超えた用語や語法を駆使した、他に例を見ない詞続きによる、特異な語句を新たに生み出した。それにより革新的で斬新な表現の和歌が成立したが、それは伝統的で温和な表現を庶幾《しょき》する旧守派の二条派からは、激しく非難・攻撃されることにもなった。しかし京極派は、為兼の理念を継承した花園院《はなぞののいん》や光厳院《こうごんいん》を中心とした活動を続け、もうひとつの勅撰集、第十七番目の『風雅和歌集』をも成立させた。

その後の政治的な動乱に巻き込まれて、京極派は消滅、以後その和歌は永らく異端視されてきたが、近代になり、折口信夫《おりぐちしのぶ》や土岐《とき》善《ぜん》麿《まろ》らによってその魅力が発見・評価され、今日に至っている。

よむ

詞書は現代語訳を掲載した。

花の歌を詠みました中に　　永福門院

木々《きぎ》の心花《はな》近からし昨日《きのふ》今日《けふ》世《よ》はうす曇《ぐも》り春雨《はるさめ》の降る〔春上・一三二〕

木々の心は近いうちに花を咲かせようとしているらしい。昨日今日と、世は薄曇りした中に春雨が降っているよ。

夏の歌の中に　　前大納言為兼

枝に洩《も》る朝日《あさひ》のかげの少なさに涼しさ深き竹の奥かな〔夏・四一九〕

枝から洩《も》れてくる朝日の光が少ないため、それだけに涼しさが一層深く感じられる竹林の奥よ。

「稲妻」を詠まれた歌　　伏見院

宵《よひ》の間《ま》のむら雲つたひ影《かげ》見えて山の端《は》めぐる秋の稲妻《いなづま》〔秋上・六二八〕

宵のほどに、群雲《むらくも》のへりを伝わって光のきらめくのが見えて、山の稜線《りょうせん》をめぐり照らす秋の稲妻よ。

（冬の歌の中に）　　前大納言為兼

閨《ねや》の上は積《つも》れる雪に音《おと》もせで横ぎるあられ窓たたくなり〔冬・一〇一〇〕

寝床の屋根の上は、深く降り積もった雪によって音もしないが、横ざまに吹いてくるあられが激しく窓を叩《たた》くことよ。

「野の夕立」ということを　　従三位為子

雨のあしも横さまになる夕風《ゆふかぜ》にみの吹かせ行《ゆ》く野《の》べの旅人〔旅・一二〇二〕

雨脚も横の方から降ってくるような強い夕風に、蓑を吹かせながら野を歩いて行く旅人よ。

題知らず　　永福門院

思ひけるかさすがあはれにと思ふよりうきにまさりて涙ぞ落つる〔恋三・一五〇八〕

私のことを思っていてくれたのか、やはり愛情があったのだ、と思うとすぐ、恨めしいと感じていた時にもまさって涙が落ちるよ。

57

とはずがたり

退廃的な恋愛遍歴の末に出家した、ある宮廷女性の回想録

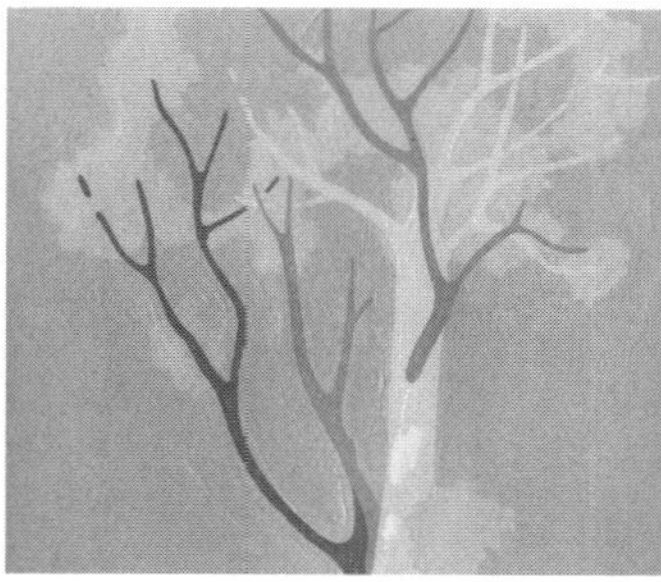

後深草院二条《ごふかくさいんにじょう》の半生を物語的に綴《つづ》った回想自伝。文永八年（一二七一）、作者十四歳の記事から始まり、徳治元年（一三〇六）作者四十九歳の頃の記事で終わる。全五巻のうち、巻一～三の前編は、後深草院の寵愛《ちょうあい》を受けながら廷臣や高僧とも関係をもつ恋愛生活が赤裸々に語られる宮廷編。巻四・五の後編は宮廷を追われて出家した作者の、東国や西国への旅を記した紀行編。自意識の強さと奔放なまでの行動力が特徴。

あらすじ

二歳で母を失い、四歳の時から後深草院の御所に引き取られた作者は、十四歳を迎えた文永八年（一二七一）の春、河崎《かわさき》（京都市上京区）の実家で、意に反して後深草院の愛人とされた。→よむ

翌年、作者の父源雅忠《みなもとのまさただ》が発病し、懐妊した娘の身を案じつつ、身の処し方を教え諭《さと》して亡くなる。父の喪に服していた作者のもとを、以前から作者と慕情を通わしていた「雪の曙《あけぼの》」（＝西園寺実兼《さいおんじさねかぬ》）が訪れ、二人は結ばれる。文永一〇年、作者は無事に院の皇子を出産したが、雪の曙との密会を続け、翌年、彼の子を懐妊、院を偽って女子を出産する。一方、前年生れた皇子は夭折《ようせつ》した。

そのころ、伊勢から前斎宮《さきのさいぐう》が上京してくると、後深草院はこの異母妹に好色心を抱き、作者に手引きさせて逢瀬《おうせ》を遂げるが、あまりにたやすくおちたことに幻滅する。

〔巻一〕

建治元年（一二七五）、作者は後深草院の異母弟にあたる高僧「有《あり》明《あけ》の月」から愛情を告白される。のちに院の病気平癒《へいゆ》の祈禱《きとう》の場で有明の月に抱かれ、彼の執着の強さを恐ろしく思いながらも逢瀬を重ねてしまう。有明の月は作者の冷淡な態度に絶望し、呪いの起請《きしょう》文《もん》を送ってくる。建治三年、後深草院は同母弟の亀山院《かめやまいん》と不和であったが、宥和《ゆうわ》をはかるため蹴鞠《けまり》や小弓《こゆみ》を行ない、その小弓の負けわざとして『源氏物語』若菜下巻に描かれた六条院の女楽《おんながく》の趣向を真似ることになる。作者は身分が劣る明石《あかし》の上に扮《ふん》して琵琶《びわ》を弾くことになったうえ、席次を下げられるなどの屈辱を味わい、抗議の意味をこめて、生涯琵琶を弾くまいと誓い、御所を出奔《しゅっぽん》する。やがて尼僧のもとに身を隠していた作者を後深草院がみずから迎えに来て、作者は御所に帰参する。院の後見役である近衛《このえ》の大殿《おおいどの》（鷹司兼平《たかつかさかねひら》）が作者に懸想し強引に抱くが、院はそれを知りつつ、止めようとしない。

〔巻二〕

作者と有明の月との関係は後深草院の知るところとなったが、院はとがめず、二人の仲を取り持つかと思えば、嫉妬《しっと》する。作者は有明の月の子を身ごもり、男子を出産するが、有明の月は流行病《はやりやまい》にかかって急死する。一方、雪の曙との仲は冷え、この頃、亀山院と作者の仲が噂《うわさ》されたこともあって、後深草院は作者に冷淡になっていく。有明の月の遺児をふたたび出産した作者は、妃の東二条院《ひがしにじょうのいん》の訴えを受け入れた後深草院の意向によって、追われるようにして住みなれた御所を退くことになる。〔巻三〕

出家して尼となった作者は、正応二年（一二八九）二月、東国へ旅立ち、東海道を下って鎌倉に入る。鎌倉では将軍の交代劇を目撃し、幕府の要人たちと知り合い、新将軍（後深草院皇子久明《ひさあきら》親王）を迎える準備に力を貸す。翌年、善光寺や浅草観音に参詣《さんけい》した後、九月に鎌倉を出立、都に戻ってのち、奈良の春日《かすが》大社や中宮寺《ちゅうぐうじ》、当麻寺《たいまでら》などをめぐる。翌正応四年、帰京の途中に参詣した石清水八幡宮《いわしみずはちまんぐう》で出家姿の後深草院と偶然再会、一夜を語り明かし、形見の小袖《こそで》を与えられる。その後、伊勢神宮に参詣し、神官たちと和歌を詠み交わす。帰京した作者は翌年九月、後深草院の召しに応じて伏見御所に参上し、月光の下で院と語り合う。御所を退いた後、多くの男と契りを交したであろうと疑う院に対し、作者は今後は知らず、今までそのようなことはなかったと誓言を立てる。〔巻四〕

西国へ旅立った作者は、厳島《いつくしま》神社に参詣し、四国の讃岐《さぬき》にまで足をのばす。帰京後、後深草院の発病を聞き、わが命に代えてもと延命を祈るが、その甲斐もなく、院は崩御する。作者は院の葬送の車を裸足で追った。嘉元四年（一三〇六）、石清水八幡宮で後深草院の皇女遊義門院《ゆうぎもんいん》の御幸《みゆき》に参り合せた作者は、昔日を思い返し、この縁の不思議をかみしめるのだった。〔巻五〕

よむ

◆後深草院との新枕《にいまくら》 〔巻一〕

わたしは襖《ふすま》の内側の入口の所に置いてある炭櫃《すびつ》に、少しの間寄りかかっていたが、着物を引きかぶって寝てしまって、何も知らずにいるうちに、どれほどたったのか、目を覚ますと、灯火もかすかになり、帳《とばり》なども下ろしてしまったのか、薄暗いなか、襖の奥に寝ているわたしのそばに、さも物慣れた様子で寝ている人（後深草院）がいる。

これはいったいどうしたことかと思って、すぐにわたしは起きて逃げ出そうとした。すると院はわたしを起き上がらせてくださらず、わたしが幼かった昔からいとしいとお見初めになって、十四歳になるまでの月日を待ち暮らしてきたのだ、とか何とか、すっかり書き続けられそうな言葉もないほどにおっしゃるけれども、わたしは耳にも入らず、ただ泣くよりほかにすべもなくて、院の御袂《たもと》まで乾いたところもないほど涙で濡《ぬ》らしてしまったので、院も慰めあぐねられて、さすがに手荒なことはなさらなかったけれど、「あまりに何事もなく、よそよそしい仲のままで年月もたってゆくので、せめてこのような機会にでもと思い立ってやって来たのだ。今は皆も、そなたが私と結ばれたと思ったであろうに、このようにそっけなくては、どうしてこのまま終わってしまえるだろうか」とおっしゃるので、「ああ、そうなのだ。これは他人が知らない秘密の経験ということですらなくて、人々にも知られて、この一夜の夢のような契りのせいで、これからずっと思い悩むのだろうか」などと案じられるのは、こんな状況でもやはり物事を分別する心があったのかと、我ながらあきれてしまう。

「それなら、どうしてこうなるはずだとも前もって伺って、父ともよく相談させてくださらなかったのですか」とか「もう、人に顔を見せることができません」などとかきくどいて泣いていると、院はわたしの幼さをあまりに頼りないとお思いになってお笑いになるのだが、そんな御態度さえ、わたしにはつらく悲しい。

一晩中、ついに一言のご返事すら申し上げずに、夜明けを告げる物音がして、「院のお帰りは今朝ではないのか」などと言う声がすると、院は、「いかにも何事かあった後のような朝帰りだな」と独り言をおっしゃって、起き上がってお出になる時に、「思いがけず意外な冷たいあしらいにあって、振り分け髪の幼い昔から親しんできたそなたとの間柄も、まるで甲斐《かい》のない気持ちがするよ。人からそれほど変だと思われないようにあしらってくれても、よさそうなものだ。あまり奥に引きこもっていたら、人はどう思うだろうか」などと、一方ではわたしを恨み、またお慰めになるけれども、とうとうご返事申し上げないでいると、「ああ、どうにもならないな」と、お起きになって、御直衣《のうし》などをお召しになる。お供の人が「御車を寄せよ」などと言うので、父の声で、「お粥《かゆ》を召しあがるでしょうか」と言うのを聞くにつけても、父がもう顔を合わせることができない人のように思えて、こんなことを知らなかった昨日までが恋しい気持ちがする。

原文

これは障子《しやうじ》の内の口に置きたる炭櫃《すびつ》に、しばしばかり掛かりてありしが、衣《きぬ》引き被《かづ》きて寝《ね》ぬる後《のち》の、何事も思ひわかであるほどに、いつのほどにか寝おどろきたれば、ともし火もかすかになり、引物《ひきもの》もおろしてけるにや、障子の奥に寝たるそばに、馴《な》れがほに寝たる人あり。

こは何事ぞと思ふより、起き出《い》でて去《い》なむとす。起こしたまはで、いはけなかりし昔よりおぼしめし初《そ》めて、十《とを》とて四《よ》つの月日《つきひ》を待ち暮らしつる、何くれ、すべて書きつづくべき言《こと》の葉《は》もなきほどに仰せらるれども、耳にも入《い》らず、ただ泣くよりほかのことなくて、人の御袂《たもと》まで乾く所なく泣き濡らしぬれば、慰めわびたまひつつ、さすが情けなくもてなしたまはねども、「余りにつれなくて、年《とし》も隔てゆくを、かかる便《たよ》りにてだになど思ひたちて。今は人《ひと》も、さとこそ知りぬらめに、かくつれなくては、いかがやむべき」と仰せらるれば、「さればよ。人知らぬ夢にてだになくて、人にも知られて、一夜《ひとよ》の夢の覚《さ》むる間《ま》もなく、物をや思はむ」など案ぜらるるは、なほ心のありけるにやとあさまし。「さらば、などやかかるべきぞともうけたまはりて、大納言をもよく見せさせたまはざりける」と、「今は人に顔を見すべきかは」と、くどきて泣き居《ゐ》たれば、あまりに言ふかひなげにおぼしめして、うち笑はせたまふさへ、心憂《こころう》く悲し。

夜《よ》もすがら、つひに一言葉《ひとことば》の御返事《かへりごと》だに申さで、明けぬる音して、「還御《くわんぎよ》は今朝《けさ》にてはあるまじきにや」など言ふ音《おと》すれば、「事《こと》ありがほなる朝帰りかな」と独りごちたまひて、起き出でたまふとて、「あさましく思はずなるもてなしこそ、振分《ふりわ》け髪《がみ》の昔の契りもかひなき心地《ここち》すれ。いたく人目《ひとめ》あやしからぬやうにもてなしてこそ、よかるべけれ。余りに埋《うづ》もれたらば、人いかが思はむ」など、かつは恨み、また慰めたまへども、つひに答《いら》へ申さざりしかば、「あな力《ちから》なのさまや」とて起きたまひて、御直衣《なほし》など召して、「御車《くるま》 寄せよ」など言へば、大納言の音して、「御粥《かゆ》参らせらるるにや」と聞くも、また見るまじき人のやうに、昨日《きのう》は恋しき心地ぞする。

58

人生とは何かを語りかけてくる、兼好法師の名随筆

徒然草《つれづれぐさ》

鎌倉後期から南北朝期を生きた兼好《けんこう》法師によって書かれた随筆。成立年時は不明である。「つれづれなるままに…」で始まる序段以下、二四三段で構成されている。序段で「心に浮かぶことをとりとめもなく書き留めた」と述べているように、内容は人事や自然から、多岐にわたる。隠遁に憧れながらも、俗世への関心も捨てきれなかった兼好が、多様な筆致で折々の出来事や心情、人生の機微を描いている。

内容紹介

著者は兼好《けんこう》。俗名は卜部《うらべ》兼好《かねよし》。吉田神社の神職を勤める卜部家に生まれた。なお、「吉田兼好」は近世以降の通称である。

生年は弘安六年（一二八三）頃とされている。若い頃は公家社会に交わったが、三十歳頃に出家した。二条家に和歌を並び、歌人、能書家、故実《こじつ》家としても知られている。観応三年（一三五二）に七十歳くらいであったが、その後まもなく没したらしい。

兼好が『徒然草』をいつ執筆したのかは、はっきりとしていない。自らは序段でその執筆態度を、所在のないままに、終日硯《すずり》に向かい、心に浮かんでは消えるとりとめのないことを気ままに書きつけたと述べている。

多才であった兼好の人柄を反映して、著述の対象は自然、恋愛、人の諸々、仏道、住まい、芸能、有職故実《ゆうそくこじつ》など多岐にわたる。

その著述形態も、評論的なもの、回想的なもの、説話・物語的なものまであり、その態度も真摯《しんし》な求道《ぐどう》者でありながら、醒《さ》めた眼を持つ現実家でもあった彼らしく、暖かでありながら時にはシニカルに、真摯《しんし》でありながら時には軽やかに、と心の赴くままに自由である。また、落語にも通じるような軽妙な笑話的な文体から、流麗な物語的文体、緊迫した文体まで、著述の内容に応じた文体の自在さも特徴。

各段ごとの繋《つな》がりについても、兼好の心のうつろいを映し出したような連鎖が感じられる点に味わいの一つがある。

そもそも『徒然草』を二四三の章段に区切って読むスタイルは江戸時代に始まったもので、兼好自身は章段を意識してはいなかった。本書は著名な章段を挙げたものだが、全体を続けて読むことによってさらなる魅力に気付かされる作品である。

よむ

つれづれなるままに

〔序段〕

特にすることもない、所在なさにまかせて、終日、硯に向って、心に浮んでは消えてゆくとりとめもないことを、何ということもなく書きつけていると、不思議なほどもの狂おしい気持ちになる。

原文　つれづれなるままに、日くらし硯《すずり》にむかひて、心にうつりゆくよしなし事《ごと》を、そこはかとなく書きつくれば、あやしうこそものぐるほしけれ。

あだし野の露

〔七段〕

あだし野（京都嵯峨《さが》野《の》の奥の地で墓所があった）に置く露が消える時はなく、鳥辺《とりべ》山《やま》（京都東山の火葬地）の煙が立ち去らないでいるように、人間がこの世の中に、いつまでも存在し続ける習わしであったならば、どんなにか情趣もないことであろう。この世は無常だからこそ、すばらしいのだ。

命のあるものを見ると、人間ほど長生きをするものはない。かげろうが朝生れて夕方には死に、夏の蟬《せみ》が春や秋を知らないということもあるのだ。しみじみと一年を過ごすならば、その間だけでも、このうえもなくゆったりとしたものであるよ。いつまでも満足せず、惜しいと思うならば、千年を過ごしたとしても、一夜の夢のように短い気持ちがするだろう。

永久に住みおおせることのできないこの世に、醜い姿を保って生きながらえて、何のかいがあろうか。命が長ければ、それだけ恥をかくことが多い。長くても四十に足らぬくらいの歳で死ぬことが、見苦しくないだろう。その時期を過ぎてしまうと、容貌《ようぼう》のおとろえを恥ずかしく思う心もなく、人なかに立ち交わることを願い、夕日が傾きかけたような老齢の身で、子や孫をかわいがり、彼らが立身出世してゆく将来を見とどけるまでの長命を期待し、ただやたらに俗世間のあれこれをむさぼる心ばかりが深くなって、この世の情趣もわからなくなってゆくのは、あさましいことだ。

原文　あだし野の露きゆる時なく、鳥部山の烟《けぶり》立ちさらでのみ住みはつるならひならば、いかにもののあはれもなからん。世はさだめなきこそいみじけれ。

命あるものを見るに、人ばかり久しきはなし。かげろふの夕《ゆふべ》を待ち、夏の蟬の春秋《はるあき》を知らぬもあるぞかし。つくづくと一年《ひととせ》を暮らすほどだにも、こよなうのどけしや。あかず惜《を》しと思はば、千《ち》年《とせ》を過ぐすとも一夜《ひとよ》の夢の心地《ここち》こそせめ。

住み果てぬ世に、みにくき姿を待ちえて何かはせん。命長ければ辱《はぢ》多し。長くとも四十《よそぢ》に足らぬほどにて死なんこそ、めやすかるべけれ。そのほど過ぎぬれば、かたちを恥《は》づる心もなく、人に出《い》でまじらはん事を思ひ、夕《ゆふべ》の陽《ひ》に子孫を愛して、栄《さか》ゆく末《すゑ》を見んまでの命をあらまし、ひたすら世をむさぼる心のみ深く、もののあはれも知らずなりゆくなん、あさましき。

ひとり灯の

〔一三段〕

ただ一人、灯火《ともしび》のもとに書物をひろげて、見ることのない昔の人を友とすることこそ、何にもまして心が慰められる。

書物は、『文選《もんぜん》』（中国、梁《りょう》の昭明太子撰《せん》の詩文集）の感銘深い巻々、

『白氏文集《はくしもんじゅう》』(唐の白楽天の詩文集)、『老子《ろうし》』や『荘子《そうじ》』などがすばらしい。わが国の博士《はかせ》たちの書いたものも、昔のものには感銘の深いことが多いものだ。

原文 ひとり灯《ともしび》のもとに文《ふみ》を広げて、見ぬ世の人を友とするぞ、こよなう慰むわざなる。

文は文選《もんぜん》のあはれなる巻々《まきまき》、白氏文集《はくしもんじふ》、老子《らうし》のことば、南華《なんくわ》の篇《へん》。此《こ》の国の博士《はかせ》どもの書ける物も、いにしへのは、あはれなること多かり。

◆九月《ながつき》二十日の頃

〔三二段〕

九月二十日の頃、ある方からお誘いをいただいて、夜が明けるまで月を見て歩くことがございましたが、その方がふと思い出された所があって、そこへ寄って取次ぎを乞《こ》わせてお入りになった。荒れた庭は露がしきりに置いていて、わざわざ薫《た》いたわけではない香《こう》の匂いがしっとりと薫《かお》って、世を忍んでいる様子が、まことに情趣深く感ぜられる。

よい頃あいで、その方はお出になったけれども、私はなお、この家に住む方の様子が優雅に思われて、物陰からしばらく見ていたところ、その家の人は送り出したあとの妻戸《つまど》をもう少し押し開けて、月を見ているらしい。すぐ戸締りをして中に入ったならば、残念なことであっただろう。立ち去ったあとまで自分を見ている人がいるとは、どうしてわかるだろうか。気づかなかっただろう。このようなことは、まったく、ふだんの心がけによるものであろう。その女の人は、まもなく亡くなってしまったと聞きました。

原文 九月廿日《ながつきはつか》の比《ころ》、ある人に誘はれ奉りて、明《あ》くるまで月見《み》歩《あり》く事侍《はべ》りしに、思《おぼ》し出《い》づる所ありて、案内《あない》せさせて入《い》り給《たま》ひぬ。荒れたる庭の露しげきに、わざとならぬ匂ひ、しめやかにうちかをりて、忍びたるけはひ、いとものあはれなり。

よきほどにて出《い》で給ひぬれど、なほ事ざまの優《いう》におぼえて、物のかくれよりしばし見ゐたるに、妻戸をいま少しおしあけて月見る気色《けしき》なり。やがてかけこもらましかば、口惜《くちを》しからまし。あとまで見る人ありとは、いかでか知らん。かやうの事はただ朝夕《あさゆふ》の心づかひによるべし。その人、ほどなくうせにけりと聞き侍りし。

◆家のつくり方

〔五五段〕

家のつくり方は、夏を主とするのがよい。冬は、どんな所にも住むことができる。暑い時分に、住みにくい住居は我慢できないものである。深い鑓水《やりみず》は涼しい趣がない。浅くてよく流れている水の方が、ずっと涼しい感じがする。(文字などの)細かいものを見るときに、引き戸のある部屋は、蔀《しとみ》(上下開閉の戸)の部屋よりも明るい。天井の高い部屋は冬寒く、灯火が暗いものだ。家のつくりは、とくに必要のない所をつくっておくのが、見てもおもしろく、いろいろ役に立ってよいと、人々が話し合って共感しました。

原文 家の作りやうは、夏をむねとすべし。冬はいかなる所にも住まる。暑き比《ころ》わろき住居《すまゐ》は、堪《た》へがたき事なり。深き水は涼しげなし。浅くて流れたる、遥《はる》かにすずし。こまかなる物を見るに、遣戸《やりど》は蔀《しとみ》の間《ま》よりも明《あか》し。天井《てんじやう》の高きは、冬寒く、灯《ともしび》暗し。造作《ざうさく》は、用なき所をつくりたる、見るも面白く、万《よろづ》の用にも立ちてよしとぞ、人の定めあひ侍《はべ》りし。

◆筑紫《つくし》の押領使《おうりょうし》の話　〔六八段〕

筑紫国(九州)に、何某《なにがし》という押領使(凶徒を逮捕する役人)などというような役目の男がいたが、大根を、すべてによく効く薬だといって、毎朝二つずつ焼いて食べることが長年の習慣になっていた。

ある時、館の中に人がいない隙《すき》をねらって敵が襲いかかって来て、館を囲んで攻めたときに、館の中に勇士が二人現われて来て、命を惜しまず戦って、敵をみな追い返してしまった。男はたいそう不思議に思って、「日頃ここにおいでなさるとも見えない人々なのに、こんなに戦ってくださるのは、いったいどういうお方ですか」と尋ねたところ、「長年あなたが頼みにして、毎朝召しあがっていた大根たちでございます」と言って消え失せてしまった。

深く信じきっていたからこそ、このようなご利益もあったのだろう。

原文

筑紫《つくし》に、なにがしの押領使《あふりやうし》などいふやうなるもののありけるが、土大根《つちおほね》を万《よろづ》にいみじき薬とて、朝《あさ》ごとに二つづつ焼きて食ひける事、年久《としひさ》しくなりぬ。

ある時、館《たち》の内に人もなかりける隙《ひま》をはかりて、敵《かたき》襲ひ来《きた》りて囲み攻めけるに、館の内に兵《つはもの》二人出《い》で来て、命を惜しまず戦ひて、皆追ひかへしてげり。いと不思議におぼえて、「日比《ひごろ》ここにものし給《たま》ふとも見ぬ人々の、かく戦ひし給ふは、いかなる人ぞ」と問ひければ、「年来《としごろ》頼みて、朝な朝な召しつる土大根らにさぶらふ」といひて失《う》せにけり。

深く信《しん》をいたしぬれば、かかる徳もありけるにこそ。

◆小野道風《おののとうふう》筆とやらを　〔八八段〕

ある人が、小野道風が書いた『和漢朗詠集《わかんろうえいしゅう》』(藤原公任撰《きんとうせん》の詩歌集)だといって持っていたのを、別のある人が、「ご先祖代々のお言い伝えは根拠のないことではないのでしょうが、公任卿が編纂《へんさん》されたものを、(公任卿が生まれた年に亡くなった)道風が書くというのは、年代が合わないのではないのでしょうか。何とも不審です」と言ったところ、「さようでございますから、世にも珍しいものなのでございます」と言って、ますます大切に扱ったということである。

原文

或者《あるもの》、小野道風《をののたうふう》の書ける和漢朗詠集とて持ちたりけるを、ある人、「御相伝《ごさうでん》、浮《う》ける事には侍《はべ》らじなれども、四条大納言《しでうのだいなごん》撰《えら》ばれたる物を、道風書かん事、時代やたがひ侍らん。覚束《おぼつか》なくこそ」と言ひければ、「さ候《さうら》へばこそ、世にありがたき物には侍りけれ」とて、いよいよ秘蔵《ひさう》しけり。

◆木登りの名人　〔一〇九段〕

木登りの名人といわれた男が、人を指図して、高い木に登らせて、梢《こずえ》を切らせたときに、とても危なく見えた間は、何も言うことはなかったが、下りる時に軒の高さくらいになったところで、「けがをするな。用心して下りろ」と、言葉をかけましたので、「これくらいになれば、飛び下りても下りられるだろう。どうしてそんなことを言うのか」と申しましたところ、「そのことでございます。目がくらむ高さで、枝が危うく折れそうな間は、本人が恐れておりますから申しません。けがは、安全な所になって、必ずいたしますのでございます」と言う。

身分の低い者であるが、その言葉は、聖人《せいじん》の訓戒に合致している。蹴《け》鞠《まり》も、むずかしいところをうまく蹴り上げた後、もう安心だと思うと、必ず失敗して、落ちる、と道の教えにあったように思います。

原文　高名《かうみやう》の木登りといひしをのこ、人をおきてて、高き木に登《のぼ》せて、梢《こずゑ》を切らせしに、いと危《あやふ》く見えしほどは言ふ事もなくて、おるるときに軒長《のきたけ》ばかりになりて、「あやまちすな。心しておりよ」と言葉をかけ侍《はべ》りしを、「かばかりになりては、飛びおるるともおりなん。如何《いか》にかく言ふぞ」と申し侍りしかば、「その事に候《さうらふ》。目くるめき、枝危きほどは、おのれが恐れ侍れば申さず。あやまちは、やすき所になりて、必ず仕《つかまつ》る事に候」といふ。

あやしき下﨟《げらふ》なれども、聖人《せいじん》の戒めにかなへり。鞠《まり》も、難《かた》き所を蹴《け》出《いだ》して後《のち》、安く思へば、必ず落つと侍るやらん。

◆よき友、わろき友

〔一一七段〕

友とするのによくない者が七つある。第一には身分が高貴な人。第二には若い人。第三には無病で身体の強い人。第四には酒好きの人。第五には勇猛な武士。第六には嘘《うそ》をつく人。第七には欲の深い人。

よい友には次の三つがある。第一には物をくれる友。第二には医師。第三には知恵のある友。

原文　友とするにわろき者、七つあり。一つには、高くやんごとなき人。二つには、若き人。三つには、病《やまひ》なく身《み》強《つよ》き人。四つには、酒を好む人。五つには、猛《たけ》く勇《いさ》める兵《つはもの》。六つには、虚言《そらごと》する人。七つには、欲深き人。

よき友三つあり。一つには、物《もの》くるる友。二つには、医師《くすし》。三つには、智恵ある友。

◆鎌倉《かまくら》の鰹《かつお》

〔一一九段〕

鎌倉の海にいる鰹という魚は、あの地方では類《たぐい》のないものとして、この頃もてはやすものである。それも、鎌倉の古老が申しましたことには、「この魚は、私どもが若かった頃までは、立派な人の前へ出ることはございませんでした。頭は、身分の低い者でも食べずに切って捨てたものです」とのことでした。このような物も、世も末になると、上流社会にまで入り込む次第でございます。

原文　鎌倉の海に鰹《かつを》といふ魚《うを》は、かの境《さかひ》にはさうなきものにて、この比《ごろ》もてなすものなり。それも、鎌倉の年寄《としよ》りの申し侍《はべ》りしは、「この魚、おのれら若かりし世《よ》までは、はかばかしき人の前へ出《い》づる事侍らざりき。頭《かしら》は下部《しもべ》も食はず、切りて捨て侍りしものなり」と申しき。かやうの物も、世の末になれば、上《かみ》ざままでも入《い》りたつわざにこそ侍れ。

◆改めても益なき事

〔一二七段〕

改めても利益がないことは、改めないことをよしとするものである。

原文　あらためて益《やく》なき事は、あらためぬをよしとするなり。

◆芸能を身につけるなら

〔一五〇段〕

芸能を身につけようとする人は、「まだうまくできないうちは、なまじっか人に知られまい。ひそかによく習得してから人前に出るのが、まことに奥ゆかしいことだろう」と、いつも言うようだが、このように言う人は、一芸も習得することはない。

まだまったく未熟なうちから、上手な人達にまじって、けなされても笑われても恥ずかしいと思わずに、平然とそのまま稽古に励む人は、生まれついての才能がなくても、中途で停滞することなく勝手気ままにせずに年月を過ごせば、天分はあっても励まない人よりは、最後には上手といわれる域に達して、人望も十分に備わり、人に認められて、比類のない名声を得ることになる。

天下の名人といっても、初めは下手だという評判もあり、ひどい欠点もあったものである。けれども、その人が芸道の掟《おきて》を正しく守り、これを重んじて気ままにふるまうことがなければ、世の権威となり、万人の師匠となることは、どの道でもきっと変わることはない。

原文

能をつかんとする人、「よくせざらんほどは、なまじひに人に知られじ。うちうちよく習ひ得《え》てさし出《い》でたらんこそ、いと心にくからめ」と常に言ふめれど、かく言ふ人、一芸も習ひ得《う》ることなし。

いまだ堅固《けんご》かたほなるより、上手《じやうず》の中にまじりて、毀《そし》り笑はるるにも恥ぢず、つれなく過ぎて嗜《たしな》む人、天性《てんせい》その骨《こつ》なけれども、道になづまず、みだりにせずして年を送れば、堪能《かんのう》の嗜まざるよりは、終《つひ》に上手の位にいたり、徳たけ、人に許されて、双《ならび》なき名を得《う》る事なり。

天下のものの上手といへども、始めは不堪《ふかん》の聞こえもあり、無《む》下《げ》の瑕瑾《かきん》もありき。されども、その人、道の掟《おきて》正しく、これを重くして放埒《ほうらつ》せざれば、世の博士《はかせ》にて、万人《ばんにん》の師となる事、諸道かはるべからず。

◆時機を知ること

〔一五五段〕

世の中に順応して生きようとする人は、まず時機を知らなくてはならない。折にあわぬ事柄は、人の耳にもさからい、心にもそむいて、成就しない。そのような時機を心得ねばならない。ただし、病気・出産・死ということだけはこちらの事情をおしはからずにやって来るので、時機が悪いからといって止めにすることはない。

生《しょう》・住《じゅう》・異《い》・滅《めつ》（発生・存続・変化・滅亡）の四相《そう》が移り変わってゆくという真の大事は、水勢のはげしい河がみなぎって流れるようなものだ。少しの間も停滞することなく、たちまち実現となってゆくものである。だから、仏道修行でも世俗の事でも、必ず成し遂げようと思うことは時機を問題にしてはならない。あれこれと準備などせず、足を踏みとどめたりしてはならないのである。

春が暮れてのち夏になり、夏が終わって秋が来るのではない。春は春のままで夏の気配をはらみ、夏のうちから既に秋の気配がやって来て、秋はすぐに寒くなり、陰暦十月には小春日和《こはるびより》があり、草も青くなり、梅もつぼみをつけてしまう。木の葉が落ちるのも、まず葉が落ちて、その後に芽を出すのではない。下から新しい芽が芽生えてくる力に堪えられなくて、古い葉が落ちるのである。新しい変化を迎える気力が木の中に準備されているので、待ちうけて交替する次第がたいそう早いのだ。

生・老・病・死が代わるやってくることは、また、四季のそれ以上に早い。四季の移ろいには、それでも一定の順序がある。しかし、死期は順序を待たない。死は前から来るとは限らず、いつの間にか後ろに迫っているものだ。人はみな、死があることを知っている。しかし、死を待つ覚悟が切迫していないうちに、死は思いがけずにやってくる。沖の干潟《ひがた》は遥か遠く隔たっているのに、たちまち足もとの海岸から潮が満ちてくるようなものである。

原文　世に従はん人は、先《ま》づ機嫌《きげん》を知るべし。ついで悪《あ》しき事は、人の耳にもさかひ、心にもたがひて、その事ならず。さやうの折節《をりふし》を心得《こころう》べきなり。但《ただ》し、病をうけ、子うみ、死ぬる事のみ、機嫌をはからず、ついで悪しとてやむことなし。

生・住・異・滅の移りかはる、実《まこと》の大事は、たけき河のみなぎり流るるが如《ごと》し。しばしもとどこほらず、ただちに行《おこ》なひゆくものなり。されば、真俗《しんぞく》につけて、必ず果たし遂げんと思はん事は、機嫌をいふべからず。とかくのもよひなく、足をふみとどむまじきなり。

春暮れてのち夏になり、夏果てて秋の来《く》るにはあらず。春はやがて夏の気を催《もよほ》し、夏より既《すで》に秋は通ひ、秋は則《すなは》ち寒くなり、十月は小春《こはる》の天気、草も青くなり梅もつぼみぬ。木の葉の落つるも、先づ落ちて芽ぐむにはあらず。下よりきざしつはるに堪《た》へずして落つるなり。迎ふる気、下に設けたる故《ゆゑ》に、待ちとるついで甚《はなは》だはやし。

生・老・病・死の移り来《きた》る事、又これに過ぎたり。四季はなほ定まれるついであり。死期《しご》はついでを待たず。死は前よりしも来《きた》らず、かねて後ろに迫れり。人皆死ある事を知りて、待つこと、しかも急ならざるに、覚えずして来《きた》る。沖の干潟遥《はる》かなれども、磯《いそ》より潮《しほ》の満つるが如し。

◆八つになった年に　〔二四三段〕

八つになった年に、父に尋ねて、「仏とは、どのようなものでございましょうか」と言った。父が答えて、「仏とは人間がなったものだ」と言った。

また尋ねて、「人間はどうやって仏になるのでしょうか」と言った。父はまた、「仏の教えによってなるのだ」と答えた。

そこで、また尋ねて、「その教えてくださった仏は、何が教えたのでしょうか」と言う。父はまた、「それもまた、前の仏の教えによって仏におなりになったのだ」と答えた。

そこで、また尋ねて、「その教えを始められた最初の仏は、どのような仏だったのでしょうか」と言ったところ、父は「天から降って来たのであろうか、土から湧《わ》いて来たのであろうか」と言って笑った。

「問いつめられて、答えられなくなってしまいました」と、父は人々に語っておもしろがった。

原文　八《やつ》になりし年、父に問ひて言はく、「仏は如何《いか》なるものにか候《さうら》ふらん」といふ。父が言はく、「仏には人のなりたるなり」と。又問ふ、「人は何《なに》として仏には成《な》り候ふやらん」と。父又、「仏の教へによりてなるなり」と答ふ。

又問ふ、「教へ候ひける仏をば、なにが教へ候ひける」と。又答ふ、「それも又、さきの仏の教へによりて成り給ふなり」と。

又問ふ、「その教へ始め候ひける第一の仏は、如何なる仏にか候ひける」といふ時、父、「空よりやふりけん、土よりやわきけん」といひて、笑ふ。

「問ひつめられて、え答へずなり侍《はべ》りつ」と諸人《しょにん》に語りて興じき。

59

太《たい》平《へい》記《き》

動乱の世の中を描きつつ天下太平の世を願う軍記物語

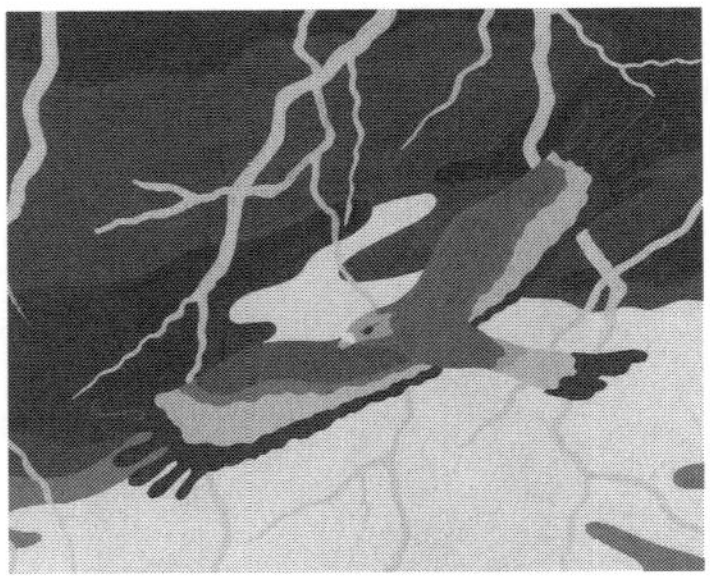

日本文学史上、最大の軍記物語。全四〇巻。後《ご》醍醐《だいご》の即位に始まり全体は三部に分かれるが、恵鎮・玄恵・小嶋法師など複数の人の手により増補改訂しつつ書き継がれ、約四十年の混乱の時代をそれに雁行《がんこう》するように描いた。成立は一三七〇年前後と推定され、書名の「太平」には、世を寿《ことほ》ぎつつ、裏に鋭い批判精神を潜ませる。江戸時代「太平記読み」と呼ばれる講談・講釈師たちにより語られ、広く一般に享受された。

あらすじ

◆巻一～巻二一

鎌倉時代末期、鎌倉では北条一門の家長・北条高時《ほうじょうたかとき》が威を振るっていた頃、京都では後醍醐《ごだいご》天皇が即位した。

後醍醐は政務に取り組む一方、皇室の悲願であった鎌倉幕府打倒を、近臣日野《ひの》資朝《すけとも》・俊基《としもと》らと計画する。正中元年(一三二四)九月、計画は露顕。関係者は誅殺《ちゅうさつ》・捕縛されてしまう(正中の変)。

その七年後。後醍醐は再び倒幕計画を進めるが、またしても露顕。日野資朝は佐渡に、俊基は鎌倉に護送され(↓よむ)、それぞれ処刑される。

後醍醐は元弘元年(一三三一)八月、笠置《かさぎ》山《やま》(京都府笠置町)に立てこもった(元弘の変)。そこで後醍醐は夢想により楠木正成《くすのきまさしげ》の存在を知る。笠置に招かれた正成は、天皇の勝利を予告して立ち去った。

やがて笠置は幕府軍の攻撃によって陥落。後醍醐は捕縛され、同年十月、光厳《こうごん》天皇が幕府の支持を得て践祚《せんそ》する。

後醍醐方として挙兵した正成は、河内国赤坂《かわちのくにあかさか》(大阪府南河内郡千早赤阪村)に籠城《ろうじょう》して幕府の大軍を翻弄させていたが、兵粮《ひょうろう》に窮し、自ら城に火を放って姿をくらませた。

翌年三月、後醍醐は隠岐《おき》に流される。

光厳天皇が即位したが、さまざまな怪異が続き、鎌倉では北条高時の宴席に天狗《てんぐ》が出現するという事件が起こる。一方、後醍醐の皇子大塔宮《おおとうのみや》護良《もりよし》親王は紀州(和歌山県)熊野《くまの》から吉野にかけて遍歴し、倒幕活動を展開した。

楠木正成も天王寺《てんのうじ》(大阪市)で幕府軍を退ける。幕府軍は赤坂城・吉野城を攻め落とすが、正成の籠もる千《ち》早《はや》城(大阪府南河内郡)では数々の奇策に悩まされた。

その頃、播磨《はりま》(兵庫県南部)の赤松円心《あかまつえんしん》をはじめ、各地の勢力が倒幕をめざして蜂起する。後醍醐も隠岐より伯耆《ほうき》(鳥取県西部)に逃れ、名和《なわ》長年《ながとし》に迎えられ、円心・長年らは京都を攻略する。

幕府は足利高氏《あしかがたかうじ》・名越《なごえ》高家《たかいえ》を派遣するが、正慶二年(一三三三)四月、高氏は丹波国篠村《たんばのくにしのむら》(京都府亀岡市)で反旗を翻す。高氏ら後醍醐方は六波羅《ろくはら》探題《たんだい》館を攻撃し、敗れた北条仲時《なかとき》は近江《おうみ》国番場《ばんば》(滋賀県米原市)まで逃れ、自害する。

関東では上野《こうずけ》国(群馬県)の新田《にった》義貞《よしさだ》が幕府に離反。義貞軍はたちまち大軍となって鎌倉を攻略し、五月二十五日、高時以下北条一門を自害に追い込む。

六月、後醍醐は都に還幸した。

◆巻十二～巻二十

鎌倉幕府滅亡後、後醍醐天皇は建武新政を開始する。だが、恩賞支給は滞り、天皇の近臣ばかりが厚遇される有様だった。

護良親王は倒幕に功あった足利高氏に対し、敵意を抱いていた。護良は征夷大将軍の地位を得るが、高氏は後醍醐の寵姫《ちょうき》阿野《あの》廉子《れんし》を通じて、護良に叛心《ほんしん》ありと讒奏《ざんそう》する。護良は捕らえられ、鎌倉に幽閉される。

建武二年(一三三五)七月には北条高時の遺児時行《ときゆき》が信濃《しなの》で蜂起(中先代《なかせんだい》の乱)し、鎌倉へ迫った。防備していた足利直義《ただよし》(尊氏の弟)は遁走《とんそう》する折、護良を殺害する。やがて高氏の加勢により、乱は鎮圧される。関東に下向する尊氏に、後醍醐は自らの諱《いみな》「尊治」の一字を授け、名を「尊氏《たかうじ》」と改めさせた。

護良殺害の報が京都に達すると、朝廷は新田《にった》義貞《よしさだ》を尊氏追討のために派遣する。官軍は東海道の足利軍を撃破し、箱根に迫った。

直義は後醍醐への敵対を嫌う尊氏を説き伏せ、出陣を促す。足利軍は官軍を箱根・竹下(神奈川県南足柄市)の合戦に破り、建武三年一月、入京するが、北畠顕家《きたばたけあきいえ》の加勢を得た後醍醐方の攻勢で京都を退去、二月には九州へ落ちのびた。

九州へ下った尊氏は体勢を立て直して京都をめざし東上した。朝廷では足利軍の進撃を阻止するため、楠木正成を兵庫に下し、新田義貞とともに防衛にあたらせる。

五月二十五日、激戦の末、正成は湊川《みなとがわ》(神戸市中央区)で自害する。義貞は後醍醐とともに比叡山《ひえいざん》に逃れた。入京した尊氏は光明《こうみょう》天皇を践祚《せんそ》させ、十月には和睦《わぼく》が成立した。

義貞は後醍醐の命を受けて越前《えちぜん》(福井県)に下った。この年の冬、後醍醐は幽閉されていた花山院《かざんいん》御所を抜け出し、吉野《よしの》に遷幸する。

暦応元年(一三三八)、尊氏は征夷大将軍に任命される。奥州の国司北畠顕家は大軍を率いて京都をめざすが、摂津国《せっつのくに》安部野(大阪市阿倍野区)で討死《うちじに》する。また、新田義貞も足利高経《たかつね》のこもる足羽《あすわ》城(福井市)攻略の際、流れ矢にあたり命を落とす。

◆巻二一～巻四〇

暦応二年八月十六日、後醍醐は吉野で五十二歳の生涯を終える。都では足利方の武士の風紀が乱れ、佐々木道誉《ささきどうよ》は妙法院門跡の御所を焼き討ちにし、高師直《こうのもろなお》は塩冶《えんや》高貞《たかさだ》の妻に横恋慕して高貞を自滅に追い込む。一方、南朝方の残党は滅亡する。

その頃、伊予では楠木正成らの怨霊《おんりょう》が出現したが、大般若経《だいはんにゃきょう》講読の功力によって退散させられる。康永四年(一三四五)八月、後醍醐の菩提《ぼだい》を弔うために天龍寺が創建された。

貞和二年(一三四六)七月、ある僧が仁和寺《にんなじ》で、天狗《てんぐ》となった南朝の怨霊《おんりょう》が世上を争乱に陥れる謀議を行なうさまを目撃する。楠木正成の遺児正行《まさつら》は河内《かわち》で挙兵したが、貞和四年一月、高師直・師泰《もろやす》兄弟に敗れた。

師直はますます奢侈《しゃし》を極め、時の政務担当者、直義と対立する。この時期、羽黒山伏雲景《はぐろやまぶしうんけい》は愛宕山《あたごやま》の天狗太郎坊《てんぐたろうぼう》から直義・師直の運命、北朝・南朝の盛衰について聴聞し、未来記《みらいき》として著した。

貞和五年八月、ついに師直は直義のこもる尊氏邸を包囲。直義は失脚し、尊氏の子義詮《よしあきら》が政務を執行する。

西国では直義の養子直冬《ただふゆ》(尊氏の庶子)が反師直派として活動を開始した。直義も大和(奈良県)へ逃れて南朝に投降し、勢力の回復を図った。

観応二年(一三五一)一月、直義は尊氏・義詮を破って京都へ侵攻する。二月、師直・師泰は摂津《せっつ》国小清水《しみず》(兵庫県西宮市)で直義方に敗れ、松岡《まつおか》城に逃げこもった。尊氏と直義は和睦《わぼく》したが、師直一族は直義方の武士たちに誅殺《ちゅうさつ》されてしまう。

その後、直義は政務の実権を回復するが、尊氏との確執がつづいた。観応二年七月、直義は再び京都を逐電したが、駿河《するが》国薩埵山《さったやま》(静岡県)で尊氏軍に捕らえられ、観応三年閏二月、鎌倉で毒殺される。ここに観応擾乱《じょうらん》は終わる。

都では、義詮が南朝と和睦(正平一統《しょうへいいっとう》)。しかし後村上《ごむらかみ》天皇の軍が都を奪還、崇光《すこう》天皇を廃したが、三月、近江より軍を進めた義詮に攻め落とされる。

都では、幕府の手によって、後光厳《ごこうごん》天皇が帝位につけられた。佐々木道誉と対立した山名時氏《やまなときうじ》は、足利直冬を大将に迎え、南朝に投降、文和四年(一三五五)一月、直冬と山名父子は京都を陥れる。だが、義詮は神南山《じんなんやま》(大阪府高槻市)で山名師義を破り、尊氏は京都東寺《とうじ》に立てこもる直冬らを攻撃し、陥落させた。

延文三年(一三五八)四月、尊氏《たかうじ》が五十四歳で死去する。地方の南朝方の活動はなお活発で、中でも関東の新田義興《にったよしおき》の動きが目立っていたが、関東執事畠山道誓《どうせい》の命を受けた竹沢右京亮に、矢口の渡《やぐちのわたし》(東京都大田区)で謀殺された。関東を平定した畠山《はたけやま》は、南朝掃討作戦を主導する。

その頃、吉野の後醍醐天皇陵に参詣《さんけい》した南朝方の武士が、義興ら南朝方の怨霊たちが、足利方の有力大名を滅ぼす画策をしていることを夢に見る。果たして幕府執事仁木義長《にきよしなが》は畠山道誓・佐々木道誉と対立して本国伊勢《いせ》(三重県)に下り、南朝方となり、八月には仁木排斥運動の責めを負って畠山が京都を退去した。

康安元年(一三六一)九月、佐々木道誉の手によって失脚させられた執事細川清氏《きようじ》が、南朝に帰順して京都へ侵攻、義詮は近江へ逃れるが、再び京都を取り戻す。清氏は南朝軍の一翼として讃岐《さぬき》(香川県)へ渡るも、細川頼之《よりゆき》の策にはまり、白峯《しらみね》城(香川県坂出市)で討死する。

このように世上が治まりを見せないなか、日野僧正頼意《ひののそうじょうらいい》が北野天満宮(京都府上京区)へ参詣すると、遁世者《とんせいしゃ》・殿上人《てんじょうびと》・法師が政道を談義している場に出会う。彼らは日本・中国・インドの故事を引いて、理想の政治と将来の展望について語り合うのであった。

その後、南朝方に転じていた有力大名たちが次々に幕府に帰参する。しかし、貞治五年(一三六六)八月、幕府の実力者斯波道朝《しばみちあさ》が佐々木道誉らと対立する。

高麗《こうらい》からは和寇《わこう》の取り締まりを求める使者が来朝し、政情の不安はもはや国内にとどまるものではなかった。

貞治六年に入ると足利基氏《もとうじ》の死、園城寺《おんじょうじ》と南禅寺《なんぜんじ》の対立など、不穏な出来事がつづいた。

そして十二月、将軍義詮が死去する。そうした中、幕府の新たな指導者として細川頼之が管領《かんれい》に就任し、新将軍義満《よしみつ》を補佐して、平穏無事の世が訪れた。

よむ

◆日野俊基の東下《あずまくだ》り

〔巻二〕

桜吹雪に道踏み迷う交野《かたの》の春の花見や、散る紅葉が錦《にしき》の上着となる嵐山の秋の夕暮れなど、たとえ一夜でもよそで寝るのは物憂きものの、ましてや年久しく住みなれた花の都を後にして、愛して止《や》まぬ妻子を残し、先の知れない旅に出る、そのお心の哀れさよ。

関の此方《こなた》の都が朝霧でかすむ中を出発し、行く人も帰る人もここでは皆、旅人であり、逢坂《おうさか》の関をこうして越えて、打出《うちで》の浜から沖合《あい》はるかに見渡すと、塩焼かぬ近江《おうみ》の湖《うみ》をあこがれて出て行く舟が見える、その浮舟の浮き沈みに我が身を合わせ、粟津野《あわづの》を行くはかない我が身の行く末を思い、駒《こま》だけが勢いよく、瀬田《せた》の橋を渡ることだ。野路《のじ》の玉川には波が高く、時雨《しぐれ》も激しい守山《もりやま》を通り、露置く篠原《しのはら》の、小竹《ささ》分けがたい道を問いながら、鏡の山にいざ立ち寄らん。年をとってしまったのだろうかと、鏡をつくづくと眺め、物を思うと一夜のうちに老いるという、老蘇《おいそ》の森の木陰を駆け行くと、涙をとどめる袖《そで》もない。

我が身と同じく流された昔の人が詠み置いた、その言《こと》の葉《は》に逢《あ》う近江路や、世を憂しと鶴《たづ》鳴き、はるかな空を恋うるように、今こそ都暮しを懐かしむ。宇禰野《うねの》も明けて、番場《ばんば》、醒井《さめがい》、柏原《かしわばら》と落涙のうちに過ぎ、不破《ふわ》の関屋は荒れ果てて、漏るは月の光にも袖がぬれる。日を重ね、野上《のがみ》の露を分けて泊まるも旅の道、いずれ果つべき我が身でも、熱田《あつた》の社《やしろ》を伏し拝み、折しも潮引く鳴海潟《なるみがた》、傾く月に行《ゆ》く方《かた》問えば、なお行く先遠い遠江《とおとうみ》、浜名の橋の夕波に、引く人もなく漂う小舟、捨て小舟に東下りの我が身なので、哀れと言いかける人もない。こうして入相《いりあい》の鐘の鳴るころに、やっと池田の宿《しゅく》(静岡県磐田市)にお着きになる。

原文

落花の雪に道迷ふ、交野《かたの》の春の桜狩り、紅葉《もみぢ》の錦を着て帰る、嵐の山の秋の暮《くれ》、一夜《いちや》を明す程だにも、旅寝となれば物うきに、年比《としごろ》栖み馴《な》れし九重《ここのへ》の、花の都をば、これを限りとかへりみて、恩愛の道浅からぬ、古郷《ふるさと》の妻子をば、行末《ゆくへ》も知らず思ひ置き、思はぬ旅に出《い》で玉《たま》ふ、心の中こそ哀れなれ。

関《せき》の此方《こなた》の朝霧に、都の空を立ち別れ、行くも帰るも旅人に、逢坂《あふさか》越えて、打出《うちで》の浜より奥を見渡せば、塩焼かぬ海にこがれ行く、身は浮舟《うきふね》の浮き沈み、水の上なる粟津野《あはづの》の、哀れはかなき身の行末《ゆくすゑ》を、思ひぞ渡る瀬多《せた》の橋、駒《こま》も轟《とどろ》に打ち過ぎて、野路《のぢ》の玉川浪《なみ》越ゆる、時雨《しぐれ》もいたく守山《もりやま》の、篠《しの》に露散る篠原《しのはら》や、小竹《ささ》分けわぶる道問ひて、いざ立ち寄らん鏡山《かがみやま》、老やしぬると打ち詠《なが》め、物を思へば夜の間にも、老蘇《おいそ》の森のかげ行けば、泪《なみだ》を留《と》むる袖《そで》ぞなき。

さても我身の類《たぐひ》かや、古人《いにしへびと》の云《い》ひおきし、その詞葉《ことのは》に近江路《あふみぢ》や、世を宇禰野《うねのの》に鳴く鶴《たづ》も、さこそ雲井《くもゐ》を恋《した》ふらめ。番場《ばんば》、醒井《さめがゐ》、柏原《かしはばら》、はらはらと落つる泪こそ、不破《ふは》の関屋《せきや》の月にだに、袖泄《そでも》る雨となりにけれ。

旅衣《たびごろも》、野上《のがみ》の露の置き分けて、暮るれば泊まる旅の道、いつか我身の尾張《をはり》なる、熱田《あつた》八剣《やつるぎ》伏し拝み、塩干《しほひ》に今や鳴海潟《なるみがた》、傾《かたぶ》く月に宿問へば、なほ行末《ゆくすゑ》は遠江《とほたふみ》、浜名の橋の夕塩《ゆふしほ》に、引く人もなき捨て小舟《をぶね》、沈みはてぬる身にしあれば、誰か哀れと夕暮《ゆふぐれ》の、入逢《いりあひ》なれば今はとて、池田の宿《しゆく》にぞ着き給《たま》ふ。

60

とんちの一休《いっきゅう》さんのモデルになった風狂の禅僧の詩

狂《きょう》雲《うん》集《しゅう》

室町時代の禅僧、一休宗純《いっきゅうそうじゅん》の詩集。風狂の生活を営んだ禅僧が自在に詠んだ詩の世界が味わえる。一休の生前から編集が始められ、没後、弟子たちによって増補されたと考えられている。諸本を合わせると、千首を超える作品が残されている。詩の内容としては、純粋に禅の世界を究めようとする一方、破戒的な態度を示そうとする、その両者の共存しているありかたをじっくりと味わいたい。

詩人紹介

一休宗純は、応永元年（一三九四）に生まれた。後小松《ごこまつ》天皇の皇子と伝えられる。最初、京の安国寺で学び、そののち近江国《おうみのくに》に赴き、臨済《りんざい》宗華《か》叟宗曇《そうそうどん》に師事した。激しい求道精神を持ち、禅宗の腐敗を批判した。

文明六年（一四七四）、八十一歳の時、勅命により、大徳寺住持《じゅうじ》となるよう求められたが、入寺しなかった。堺の豪商尾和四郎左衛門《おわしろうざえもん》の援助によって、法堂を建立するなど、大徳寺の復興につとめている。その人柄を慕って、連歌師の宗長《そうちょう》、能の金春禅竹《こんぱるぜんちく》、茶の湯の村田珠光《じゅこう》らが参禅した。

晩年は、盲目の森侍者《しんじしゃ》を側女とし、愛欲に溺《おぼ》れたことも詩に詠んだ。次の詩がよく知られている。

夢は迷ふ　上苑　美人の森
枕上の梅花　花信の心
満口の清香　清浅たる水
黄昏　月色　新吟を奈《いか》んせん

（夢の中で、天子の庭園にある美人の森に迷ってしまった。枕元に漂ってくる梅の花の香は、花が咲き春が到来したという便りを知らせてくれる。口いっぱいに清らかな香りの姪水を含み込み、たそがれ時の月に照らされて、どんな新しい詩を歌おうか）

奇行も多く、江戸時代の文芸の中で、多彩な一休像が形成され、今日に至っている。寛文八年（一六六八）刊の『一休咄《いっきゅうばなし》』巻一「一休和尚いとけなき時、旦那と戯れ問答の事」には、「此はしを渡る事かたく禁制なり」とあるのを見て、一休が「真中を御渡りあれ」と言ったという有名な逸話が載せられている。

文明十三年（一四八一）に、八十八歳で没している。

よむ

訓み下しを掲げ、その後に現代語訳を示した。

偶作《ぐうさく》

昨日《きのふ》は俗人《ぞくじん》　今日《けふ》は僧《そう》
生涯《しやうがい》胡乱《うろん》なるは　是《こ》れ吾《わ》が能《のう》
黄衣《くわうえ》の下《もと》　名利《みやうり》多《おほ》し
我《われ》は要《もと》む　児孫《じそん》の大灯《だいとう》を滅《めつ》せんことを

昨日は俗人だったかと思うと今日は僧、
一生いい加減に生きるのが私の本性《ほんしょう》だ。
僧衣をまといながら名利に明け暮れる者が多い世の中。
子孫はそんな腐った禅門を改革してほしいものだ。

自賛《じさん》

風狂《ふうきやう》の狂客《きやうかく》　狂風《きやうふう》を起《お》こす
来往《らいわう》す　婬坊《いんばう》酒肆《しゆし》の中《うち》
具眼《ぐげん》の衲僧《なふそう》　誰《たれ》か一捴《いつさつ》せん
南《みなみ》を画《くわく》し北《きた》を画《くわく》し　西東《せいとう》を画《くわく》す

風流で物狂いに興じる狂客の私は世間を騒がせて生きている。
遊里や酒屋などの歓楽の巷《ちまた》に出没している。
見識のある高僧で私とまともに問答できる者がどこにいよう。
ここと思えばまたあちら、自由気ままに生きている。

偶作《ぐうさく》

臨済《りんざい》の門派《もんぱ》　誰《たれ》か正伝《しやうでん》す
風流《ふうりう》愛《あい》すべし　少年《せうねん》の前《まへ》
濁醪《だくらう》一盞《いつさん》　詩《し》千首《せんしゆ》
自《みづか》ら笑《わら》ふ　禅僧《ぜんそう》禅《ぜん》を識《し》らずと

臨済《りんざい》一門の、誰がその法灯を正しく伝えているであろうか。
私は少年を相手に風流を愛して生きている。
どぶろくを一杯飲みつつ、漢詩を千首も作っては、
この禅僧は禅を知らぬと、我ながらおかしくなってくる。

＊最後に『続狂雲詩集』より一首を載せる。

破戒《はかい》　三首《さんしゆ》。一《いつ》を選《せん》す

漂零《へうれい》の狂客《きやうかく》　也《ま》た何《いづ》くにか之《ゆ》く
十字街頭《じふじがいとう》　笛一枝《ふえいつし》
多病《たびやう》の残生《ざんせい》　気力《きりよく》無《な》く
新吟《しんぎん》慚愧《ざんき》す　老来《らうらい》の詩《し》

落ちぶれた風狂の私はどこへ行くのか。
賑《にぎ》やかな街頭で一管の笛を吹いている。
病気がちで余生を生きる気力もなく、
詩を作って吟ずるたびに、老いぼれの詩を恥ずかしく思うばかりだ。

61

室町時代、当時最先端の文化を誇った五山《ござん》禅僧による最高の詩文集

蕉《しょう》堅《けん》藁《こう》

室町時代の禅僧、絶海中津《ぜっかいちゅうしん》による詩文集。鎌倉から室町にかけて、禅僧（おもに臨済《りんざい》宗）が漢詩文を制作した営みを五山文学と称する。五山僧侶たちは、明《みん》へ渡り、外交官のような役割も果たしており、当時の最先端の文化を日本に輸入した人々でもあった。なかでも、絶海中津は、義堂周信《ぎどうしゅうしん》とともに、最も優れた詩作者とされている。格調高い写生の中に深遠な真理が隠された滋味あふれる詩境を、じっくりと味わいたい。

詩人紹介

著者の禅僧、絶海中津は、建武三年（一三三六）、土佐に生まれた。十三歳の時に、やはりすぐれた五山文学の担い手であった夢窓疎石《むそうそせき》に仕え、受戒する。京都・鎌倉の五山で修行したのち、応安元年（一三六八）に、中国・明《みん》に渡った。

明での有名な逸話がある。ある時、絶海は、明の太祖洪武帝《こうぶてい》から、熊野に渡ったとされる徐福《じょふく》の祠のことを尋ねられた。徐福とは、古代中国で秦《しん》の始皇帝の命を受け、東海（東シナ海）の三神山に不死の薬を求めに行ったという伝説の人物で、日本に渡り、熊野もしくは富士山に住んだとも言われていた。絶海はこの問い掛けに対し、「熊野の峰前　徐福の祠／満山の薬草　雨余に肥ゆ／只今海上　波濤穏やかなり／万里　好風須《すべから》く早く帰るべし（日本の熊野山の前に徐福の祠がある。山いっぱいの薬草が雨の後で豊かに繁茂している。徐福よ、現在の帝のすばらしい治世によって、今は海上も穏やかなのだから、万里までも吹き渡る順風に従って、早く皇帝のもとへ帰るべきであろう）」とみごとな詩を詠みあげ、洪武帝もそれに唱和したという。

永和三年（一三七七）に帰国した後、甲斐慧林寺、京都鹿苑院《ろくおんいん》、阿波宝冠寺、京都等持寺《とうじじ》、相国寺《しょうこくじ》などに住した。応永十二年（一四〇五）に七十歳で没している。日本で詠んだ詩ではとくに、「野古島（博多湾内の能古島）の僧房の壁に題す」という五言律詩がよく知られていよう。

江戸時代の漢学者江村北海《えむらほっかい》は、その著『日本詩史』の中で、絶海中津と義堂周信は五山文学における双璧《そうへき》であり、よきライバルであって、学問の素養という点では義堂がまさり、詩才という点では義堂は絶海には及ばないとし、江戸時代のすぐれた詩人たちも絶海にはかなわないとも賞賛している。

よむ

訓み下しを掲げ、その後に現代語訳を示した。

古寺

古寺《こじ》　門《もん》は何《いづ》くにか向かふ
藤蘿《とうら》　四面《しめん》深し
簷花《えんくわ》　雨を経《へ》て落ち
野鳥《やてう》　人に向かつて吟《ぎん》ず
草《くさ》は没す　世尊《せそん》の座《ざ》
基《もとゐ》は消す　長者《ちやうじや》の金《きん》
断碑《だんぴ》　歳月《さいげつ》無く
唐宋《たうそう》　竟《つひ》に尋《たづ》ね難《がた》し

ここに、ひとつの古い寺がある。その門はどちらに向いているのだろう。藤《ふじ》かずらが周囲を深々と覆っている。軒先の花が雨に打たれて落ち、野鳥は私に向かって語りかけるようにさえずる。伸びほうだいの草々は釈迦《しゃか》像の台座を埋め尽くし、創建時に莫《ばく》大《だい》な寄進をしたであろう開基である長者のことも、今ではすっかりわからない。壊れた石碑に刻まれていたはずの年月の刻字も消え、唐宋いずれの世のものかもついにわからなくなっている。

——明の古寺を訪ねた折の作。

春日《しゅんじつ》、北山《ほくざん》の故人《こじん》（友人）を尋ぬ

一曲《いつきよく》　寥寥《れうれう》たり太古《たいこ》の琴《きん》
百年未《いま》だ知音《ちいん》有《あ》るを見ず
行《ゆ》きて北嶺《ほくれい》を過《よぎ》り　襟期《きんき》合《あ》ひ
為《ため》に中腸《ちゆうちやう》を説きて　感慨《かんがい》深し
万畳《ばんでふ》の晴巒《せいらん》　客眼《きやくがん》に清く
一泓《いちくわう》の新水《しんすい》　人心《じんしん》を照らす
偶《たまたまおな》同じく手を携《たづさ》へて　須《すべか》らく行楽《こうらく》すべし
桃李《たうり》明朝《みやうてう》　緑陰《みどりかげ》を作《な》さん

一曲、さびしげに聞こえてくるのは、太古の琴の調べである。あなたの悟りの境地を伝えているかのようなその曲の趣を、理解する真の友は、長い間いなかった。私はここ北山を訪れて心の底からの友に出会い、胸襟を開いて感慨深く話し合った。万畳《ばんじょう》と連なる晴れあがった山並みは、旅人である私の眼にすがすがしく映り、深く澄みきった清い春の水は、人の心を明るく照らしてくれる。この日に行き会ったわれわれは、ともに手を取り合って、すばらしい日の行楽を楽しもう。唐の宰相であった狄仁傑《てきじんけつ》のもとに天下の秀才が集まるさまを「桃李門に満つ」と呼んだように、この明の世に優れた人材があなたの門下から輩出し、まさに桃李が緑陰をなすがごとくとなることだろう。

——杭州《こうしゅう》にある中国五山第二の北山景徳霊隠禅寺を訪ねた折の作。

62

鉢《はち》を被《かぶ》った姫君がいじめられた末に幸せをつかむお伽話《とぎばなし》

鉢《はち》かづき

継子《ままこ》いじめを素材にした長谷《はせ》観音の霊験譚《れいげんたん》。江戸中期に大阪の書肆《しょし》が刊行した『御伽草子《おとぎぞうし》』二十三篇の一。他に「物くさ太郎」「一寸法師」など。この二十三篇に類する、室町時代から江戸初期にかけて流行した短編の物語を「お伽草子」と総称し、多くは絵をともなう。動乱の世相と武家や庶民など新しい読者の台頭を反映して、教訓性や啓蒙性を帯び、公家、僧侶、武家、庶民、異国、異類等、テーマは多岐にわたる。

あらすじ

河内国《かわちのくに》に備中守《びっちゅうのかみ》さねたかという人がいた。長く子供ができず、長谷の観音に祈ったところ、女の子を授かった。姫君が十三歳の時、病に臥《ふ》した母は、姫君の頭に重い手箱を乗せ、大きな鉢をかぶせて亡くなった。鉢は姫君の頭に吸いついて取れなくなった。やがて父君が再婚すると、継母《ままはは》は鉢かづきの姫君の姿を憎み、父君をだまして追い出してしまう。鉢かづきは途方に暮れて川へ身を投げるが、鉢が浮かんで死ねない。さまよう鉢かづきは、国司の山蔭三位《やまかげのさんみの》中将殿に拾われ、中将殿の邸《やしき》の湯殿で火《ひ》焚《た》きとして働くことになった。

さて、中将殿の四男、宰相殿《さいしょうどの》は、二十歳で妻はなく、優雅で美しい貴公子だった。ある夜、鉢かづきに背中を流してもらった宰相殿は、鉢かづきのたおやかな美しさに驚き、かきくどいて契りを結ぶ。それを知った両親は二人の仲を認めず、鉢かづきを追い出そうと、兄弟四人の妻を一座に集めて披露する嫁くらべを思い立つ。そして嫁くらべの前夜、二人が邸を出ようと決意したその時、鉢かづきの頭から鉢が落ちた。その顔は十五夜の月のように美しく、手箱からは数々の宝がこぼれ出た。→よむ

夜が明けて嫁くらべの当日。長男、次男、三男の嫁はとりどりに美しく、豪華な衣裳《いしょう》を身につけて、引き出物を披露する。ところが、そこに登場した鉢かづきは天女のような美しさで、衣裳も引き出物も豪奢《ごうしゃ》の極み。悔しがる兄嫁たちは和琴《わごん》を弾け、和歌を詠めと迫るが、鉢かづきはいずれもみごとにこなしてしまう。中将殿は感嘆し、宰相殿と鉢かづきに財産のほとんどを譲ることを決める。二人は結ばれて幸せに暮らし、子宝にも恵まれた。

一方、鉢かづきの父君は、無慈悲な後妻を捨てて修行者となり、長谷の観音で娘との再会を祈っていた。そこに、大和《やまと》・河内・伊賀《いが》の三国を帝から賜わった宰相殿がお礼参りに訪れる。鉢かづきは父

君との再会を果たし、父君は河内国に、宰相殿は伊賀国に住んで、子孫まで栄えた。これもみな長谷の観音の御利益《ごりやく》ということである。

よむ

◆鉢かづきの鉢が割れる

そうして、ともかく時は経っていき、嫁くらべの日になったので、宰相殿が鉢かづきと二人、どこへなりと出て行こうと思いつめてらっしゃる様子はあわれであった。

（中略――宰相殿は住みなれた家を出て父母と別れる名残を惜しみ、鉢かづきは私一人が出て行けばと言う。二人は互いを思う歌を詠み交わす）

しかし、いつまでもそうしているわけにもいかず、夜もしだいに明けてきたので、急いで出発しようと思って、涙ながらに二人連れ立って出ようとなさった、まさにその時、姫君が頭にいただく鉢が、かぱっと前に落ちたのだった。

宰相殿が驚かれて、姫君のお顔をつくづくとご覧になると、まるで十五夜の月が雲間から現われたよう、髪の様子もみめかたちも、たとえようもない美しさである。宰相殿はうれしくお思いになって、落ちた鉢を取り上げてご覧になると、二つ懸子《かけご》のその下に、金の盃、銀の小さな銚子、砂金で作った実の三つなった橘《たちばな》、銀で作ったけんぽの梨の実、十二単《ひとえ》のお小袖《こそで》、鮮やかな紅に染めた袴《はかま》などなど、数々の宝物が入れられていた。

姫君はこれをご覧になって、亡き母上が長谷の観音を信心なさったご利益《りやく》とお思いになると、うれしさにも悲しさにも、先立つものは涙である。さて、宰相殿はこれをご覧になって、「これほどすばらしい幸運に恵まれてらっしゃるとはうれしいことだ。今はもう、この家を出て行く必要はなくなった」と、嫁くらべの座敷に出る仕度をなさる。

すでにはや夜も明けたので、世間はざわめいていた。人々は、「これほどのお座敷へ、あの鉢かづきが出ようと思い、どこへも逃げないでいるとは不心得者よ」と嘲《あざけ》っている。

原文

さて、とかく過ぎゆくほどに、嫁合《よめあはせ》の日にもなりぬれば、宰相殿《さいしやうどの》、鉢かづきと二人、いづくへも立ち出《い》でんとおぼしめしけるこそあはれなり。（以下、中略）

かくて、とどまるべきにもあらざれば、夜《よ》もやうやう明け方になりぬれば、急ぎ出でんとて、涙とともに、二人ながら出でんとし給《たま》ふ時に、いただき給ふ鉢、かつぱと前に落ちにけり。

宰相殿驚き給ひて、姫君の御顔をつくづくと見給へば、十五夜の月の雲間《くもま》を出づるに異ならず、髪のかかり、姿かたち、何に譬《たと》へん方《かた》もなし。若君嬉《うれ》しくおぼしめし、落ちたる鉢を上げて見給へば、二つ懸子《かけご》のその下に、金《こがね》の丸《まる》かせ、金の盃《さかづき》、銀《しろかね》の小提《こひさげ》、砂金《しやきん》にて作りたる三つなりの橘《たちばな》、銀にて作りたるけんぽの梨、十《じふ》二単《にひとへ》の御小袖《こそで》、紅《くれなゐ》の千入《ちしほ》の袴《はかま》、数の宝物を入れられたり。

姫君、これを見給ひて、わが母長谷の観音を信じ給ひし御利生《りしやう》とおぼしめして、嬉しきにも悲しきにも、先立つものは涙なり。さて、宰相殿、これを見給ひて、「これほどいみじき果報にてましますことのうれしさよ。今はいづくへも行くべきにあらず」とて、嫁合の座敷へ出でんとこしらへ給ふ。

すでにはや夜も明けければ、世間ざざめきける。人々言ひけるは、「これほどの御座敷へ、あの鉢かづきが出でんと思ひ、いづくへも行かぬことの不得心《ふとくじん》さよ」と笑ひける。

63

和歌から派生した寄合《よりあい》文芸の楽しみ。付合《つけあい》の妙を味わう

菟《つ》玖《く》波《ば》集

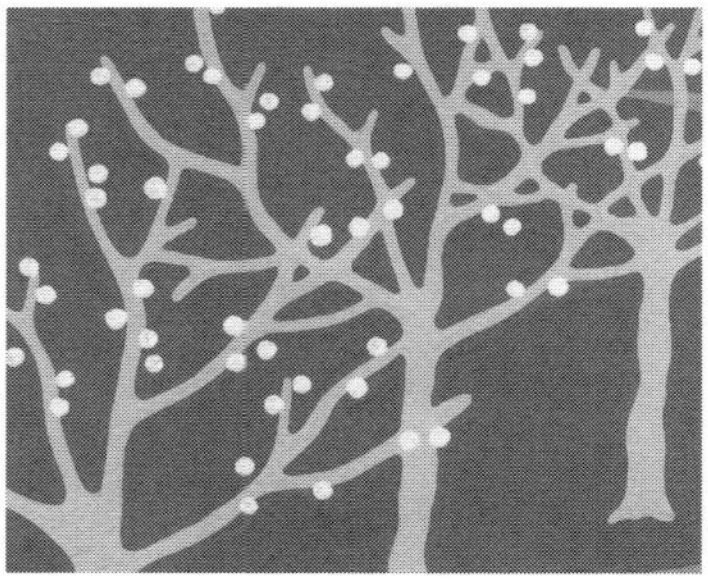

准勅撰《じゅんちょくせん》の連歌集。連歌とは、三十一文字《みそひともじ》を一人が詠む和歌とは異なり、複数の人が、五七五の長句と七七の短句を付けてゆく、寄合《よりあい》の文芸である。『菟玖波集』の撰者は二条良基《にじょうよしもと》で、救《きゅう》済《ぜい》が協力した。成立は延文二年（一三五七）。日《やま》本武尊《とたけるのみこと》の神話の時代から当代までの秀逸な付合が選ばれ、全二〇巻に付合二〇〇〇余と発句一九〇句が収載されている。

内容紹介

古代の連歌は、一人が詠んだ五七五に、もう一人が七七を付けるという短連歌《たんれんが》であったが、平安後期にはさらにまた一人が五七五を付け、また七七を付けることを繰り返す長連歌《ちょうれんが》へと発展した。『新古今集』の歌人たちも長連歌を好んだが、彼らにとって連歌はあくまでもその場限りの娯楽で、詠み捨てられていた。

連歌の地位向上に大きく関わったのが二条良基である。良基は連歌師救済の助力を得て連歌の式目《しきもく》（ルール）を再整備した。また、過去の秀逸な連歌の付合を選出し、四季・恋・雑などに部類して『菟玖波集』全二〇巻にまとめた。『菟玖波集』にしか見られない作品も多く、前句の作者はほとんど不明である。作風はそれぞれの時代を反映して多様であるが、他者の詠んだ前句を踏まえながらも、どのように転じたのか、その付けの巧みさを味わいたい。

よむ

〈前句〉思へば今ぞ限《かぎ》りなりける
〈付句〉雨に散る花の夕《ゆふべ》の山颪《やまおろし》

救済
（春下・一五六）

思えばこの今が最後なのだなあ、と自らの最期を悟る雑《ぞう》の前句に付けて——雨に散らされる花を眺めると、夕暮れ時になり、激しい山颪が吹く。（雨に散る花を賞翫《しょうがん》するが、徐々に暗くなり、山颪がさらに花を散らし、これが最後なのだと花との別れを惜しむ心）

付合の後に部立《ぶだて》・句番号を付した。

〈前句〉時《とき》しも降《ふ》れる夕暮《ゆふぐれ》の雨
〈付句〉佐保姫《さほひめ》や春のかへさを送るらむ

藤原家隆
〔春下・一九八〕

折しも降っている夕暮れ時の雨よ、と詠む前句に付けて――春の女神である佐保姫が、去って行く春を見送っているのだろうか。（前句の「夕暮の雨」を、去りゆく春を惜しむ佐保姫の涙の雨かと取りなした付け）

〈前句〉都を恋ふる袖《そで》や朽《く》ちぬる
〈付句〉霜の後《のち》夢も見《み》果《は》てぬ月の前

藤原定家
〔冬・四九二〕

都を恋しがるうちに私の袖は涙で朽ちてしまった、と望郷の思いを詠む羇旅《きりょ》の前句に付けて――霜の寒夜、夢を見果てぬうちに寝覚めてしまった私は、冴えた月の前にいて。（寝覚めて、霜夜の月光に対する旅の冬の情趣）

〈前句〉罪《つみ》の報《むく》ひはさもあればあれ
〈付句〉月残る狩場《かりば》の雪のあさぼらけ

救済
〔冬・五六二〕

犯した罪の報いが、あるのならそれもかまわない、と詠む前句に付けて――有明《ありあけ》の月が空に残る、雪に覆われた狩場で、ほのかに夜が明けて行く。（狩猟へと向かう、冬の夜明けの冴え冴えとした情景を付け、狩猟による殺生の罪もかまわないと取りなした）

〈前句〉月を待ちしに似ぬ心かな
〈付句〉通《かよ》ひ路《ぢ》を人に見えじと思ふ夜《よ》は

信照法師
〔恋上・七二〇〕

月の出を待っていたというには似ても似つかない心だなあ、と風流のない心を非難する前句に付けて――ふだんは月の出を待つものだが、恋人への通い路を人に見られまいと思う夜は、そうは思わないものだよ。（恋人へ通う道を月に照らされたくない忍ぶ恋の心）

〈前句〉世の中の思ふにたがふ理《ことわり》に
〈付句〉花のころこそ風はなほ吹け

二条良基
〔雑一・一〇五四〕

世の中というものは思ったこととは違ってしまうのが道理であって、と思いのままに行かない人の世の様を詠む雑の前句に付けて――春の花盛りの頃には、風がなおさら吹いてしまうことだよ。（人の世の中での嘆きを、風が花を散らす自然の句へと転じる）

〈前句〉石《いし》の上にてやすらひにけり
〈付句〉双六《すごろく》の手《て》うちわづらふ指の先

救済
〔雑体・一九一二〕

石の上でひと休みしたことだ、と詠む旅の句に付けて――双六で次の一手に困っている指先が、石の駒《こま》の上で止まっていることだよ。（双六の勝負で思案する様へと転じる）

64

能に命をかけた芸人世阿弥《ぜあみ》が残した現存最古の能楽論

風姿花伝《ふうしかでん》

世阿弥が著した最初の能楽論書。全七篇から成り、第一から第三までが応永七年（一四〇〇）に成立、増補・改訂を重ね、全体の完成に二十年近く要した。能の魅力、能役者が観客に与える感動を比喩的に「花」と表現し、いかにして花を咲かせるかをテーマに、稽古・演技・演出の心構えや方法を具体的に説いていく。演劇人世阿弥の経験に裏打ちされた実践的な内容で、現代においても通用する芸術論・教育論である。

内容紹介

序　猿楽《さるがく》の歴史と能役者の心構えを説く。好色・博奕《ばくち》・大酒を禁じ、「稽古は強かれ、情識（慢心ゆえの強情）はなかれ」と言う。

第一　年来稽古条々《ねんらいけいこじょうじょう》　能役者の生涯を七歳の幼年期から老年期まで七つに分け、発達段階に応じた稽古のあり方を説く。声と姿の花やぐ十二、三歳よりを「時分《じぶん》の花」、三十四、五歳を「まことの花」を極め、天下の名声を獲得すべき盛りの絶頂とする。

第二　物学《ものまね》条々　能芸の根本である「物まね」の対象を女・老人・直面《ひためん》（男）・物狂《ものぐるい》など九つに分類し、それぞれいかに似せるべきか、役作りの心得を説く。女は扮装《ふんそう》が重要で、品位ある老人の芸は難しく、「老木に花」が必要など。

第三　問答《もんどう》条々　会場の空気を読む実践的演出論、若い役者の「時分の花」と古参の役者の「まことの花」を対比する演技論、「上手は下手の手本、下手は上手の手本」と説く稽古論、「花」を知ることをこの道の奥義《おうぎ》とし、能芸の数々を鍛錬し尽して工夫を極めてこそ「花」を獲得できると言う「花の段」など、九か条の問答。

第四　神儀《しんぎ》　猿楽の起源説を語る。他篇とは内容も文体も異質。

奥義《おうぎ》　前半は、自身（大和《やまと》猿楽）の芸風を会得した上で、近江猿楽や田楽等、よその座の芸風も含めたすべての風体を習得せよと説く十体論。後半は、貴人だけでなく、一般民衆に愛されること（「衆人愛敬」）が芸術的にも経済的にも重要で、幸福を招くとする寿福論。

花伝《かでん》第六花修《かしゅ》　能の作り方に関する諸問題を四か条に分けて説く。

花伝《かでん》第七別紙口伝《べっしくでん》　世阿弥能楽論の主題である「花」についての考察。草木の花にたとえて、「花」と「面白き」と「珍しき」の三つは同じで、いかにして「珍しき感」を生むかを悟るのが「花を知る」ことだと述べる。役者が「花」を獲得し保つための方法や心得を説き、「花」は秘してこそ効果を発揮すると言う。

→よむ

よむ

◆秘すれば花

一、花は秘密にすべきことを知らねばならない。秘密にしているからこそ花になるのであり、秘密にしないことには花になり得ないのだ。この、花となり、花とならぬ理由を分別することが、花の秘訣なのである。そもそも、世間の一切の諸道・諸芸において、それぞれの専門の家々に秘事と称するものがあるのは、それを秘密にしておくことによって大きな効果があるからである。だから、秘事というものの具体的内容を明らかにしてみると、そう大したことではないのが常である。だからといって、それを「大したことでもないじゃないか」と言う人は、まだ秘事というものの大きな効用を知らないから、そんなことを言うのだ。

早い話が、この花の秘伝の場合も、「要するに珍しさが花なのだ」と万人が知っていると、「きっと何か珍しいことをするだろう」と期待することになり、そうした期待を持っている観客の前では、たとえ珍しいことを演じても、見る人の心には少しも珍しさは感じられないであろう。観客にとって、花というものがあることを知らずにいてこそ、為手《して》（演者）の花となり得るのである。つまり観客は、ただ「意外に面白い上手《じょうず》よ」とばかり感じて、「これは花なのだ」などとは知らずにいてこそ、その時の芸が為手の花になるのだ。換言すれば、人の心に、予期していないための感動を催さしめるやり方が、花になるのである。

たとえば、兵法の戦術でも、名将の計略によって意外な方法で強敵に勝つことがある。これは、負けた側からいえば、珍しさの道理―意外なやり方―に幻惑されて敗北したのではないか。この珍しさの道理こそ、すべての物事や諸道・諸芸において、競争に勝つ原理なのだ。こうした戦術も、事が落着してからかくかくの計略であったよと知ってしまえば、その後は対策もたてやすいが、その時はまだ知らずにいたために負けたのだ。かかる効果があるから、秘事といって、一つのことをわが家に隠しておくのである。

原文

一、秘《ひ》する花を知る事。秘すれば花なり、秘せずば花なるべからず、となり。この分《わ》け目《め》を知る事、肝要《かんえう》の花なり。そもそも一切《いつさい》の事、諸道芸《しよだうげい》において、その家々《いへいへ》に秘事《ひじ》と申すは、秘するによりて大用《たいよう》あるがゆゑなり。しかれば、秘事といふ事をあらはせば、させる事にてもなきものなり。これを、「させる事にてもなし」と言ふ人は、いまだ秘事といふ事の大用《たいよう》を知らぬがゆゑなり。

まづ、この花の口伝《くでん》におきても、「ただめづらしきが花ぞ」と皆人知るならば、「さてはめづらしき事あるべし」と思ひ設《まう》けたらん見物衆《けんぶつしゆ》の前にては、たとひめづらしき事をするとも、見手《みて》の心にめづらしき感はあるべからず。見る人のため、花ぞとも知らでこそ、為手《して》の花にはなるべけれ。されば、見る人はただ思ひの外《ほか》に面白き上手《じやうず》とばかり見て、これは花ぞとも知らぬが、為手の花なり。さるほどに、人の心に思ひも寄らぬ感を催《もよほ》す手立《てだて》、これ花なり。

たとへば、弓矢の道の手立にも、名将《めいしやう》の案・計《はか》らひにて、思ひの外《ほか》なる手立にて、強敵《がうてき》にも勝つ事あり。これ、負《ま》くる方《かた》のためには、めづらしき理《ことわり》に化《ば》かされて破らるるにてはあらずや。これ、一切《いつさい》の事、諸道芸《しよだうげい》において、勝負《しようぶ》に勝つ理《ことわり》なり。かやうの手立も、事落居《ことらつきよ》して、かかる計《はか》り事《ごと》よと知りぬれば、その後《のち》はたやすけれども、いまだ知らざりつるゆゑに負くるなり。さるほどに、秘事《ひじ》とて、一つをば我《わ》が家《いへ》に残すなり。

65

わが子を尋ねてさまよう母親の悲嘆を描く、狂女物の傑作

隅《すみ》田《だ》川《がわ》

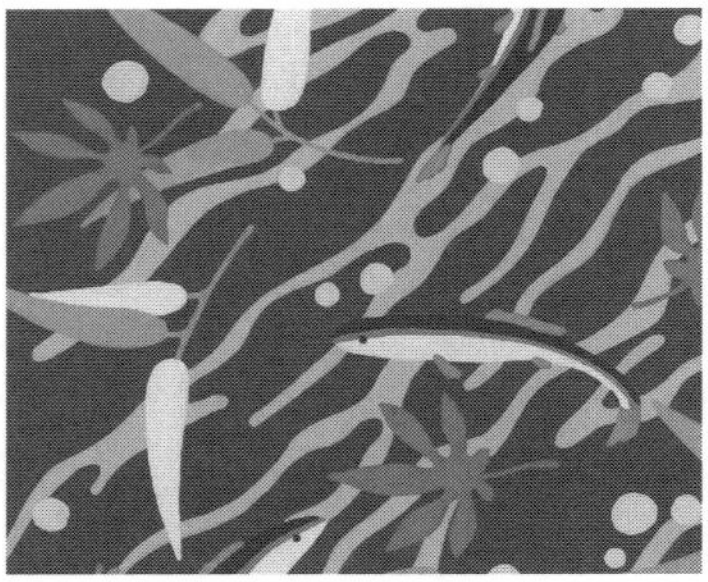

室町時代前期の能役者・観世《かんぜ》元雅《もとまさ》（世阿弥の子）作の謡曲、四番目《よんばんめ》物《もの》。物狂《ものぐるい》の能は通常、最後に愛する者と再会するが、本作は悲劇に終わる異色作。能は中世に猿楽《さるがく》から発展し、観阿弥《かんあみ》・世《ぜ》阿弥《あみ》父子によって大成された、面を用い、謡《うたい》と囃子《はやし》と舞を主体とする歌舞劇。歴史や伝説・物語に題材をとり、演能順と内容から、脇能《わきのう》（神）、修羅《しゅら》物《もの》（男）、鬘物《かずらもの》（女）、四番目物（雑物《ざつもの》、狂）、切能《きりのう》（鬼）に分類される。

あらすじ

ここは武蔵国《むさしのくに》の隅田川の渡し場。渡し守が舟に乗る旅人を待っていると、都から下ってきた旅人が、あとから女物狂《おんなものぐるい》が来ると言う。その女は都の北白河の者で、人買いに連れ去られたわが子を尋ね、物狂いとなって、はるばる東国まで旅して来たのだった。

女は『伊勢物語』の「東下《あずまくだ》り」の段をふまえて渡し守に乗船を願い、在原業平《ありわらのなりひら》の歌「名にし負はばいざ言問《こと》はん都鳥わが思ふ人はありやなしやと」を引いて、隅田川の都鳥にわが子の行方を問いかける。渡し守が女と先ほどの旅人を乗せて舟を出すと、船中から対岸の柳のもとに人が多く集まっているのが見える。旅人が問うと、渡し守は大念仏だと答え、それにまつわるあわれな物語をする。

去年の春、今日と同じ三月十五日に、奥州へ下る人買いが十二、三歳の少年を連れて来たが、長旅の疲れで病気になった少年を無情な人買いは置き去りにした。土地の者たちが看病したが回復せず、名を尋ねると少年は、都の北白河に住む吉田の某《なにがし》の子だが、人買いにかどわかされた、都の人が恋しいので道の傍らに埋葬し、墓標に柳を植えてほしいと言い残して死んでしまった、と。今日は少年の一周忌で、大念仏のために人々が集まっているのであった。↓よむ

話しているうちに舟は対岸に着いたが、物狂いの女は舟から下りず、泣いている。その少年こそ、女が探し求めていたわが子梅若丸《うめわかまる》であった。渡し守が女を少年の墓所に案内すると、女は泣き崩れ、この世の無常をしみじみと嘆く。

やがて渡し守に勧められて、女が鉦鼓《しょうご》を鳴らしながら念仏を唱えると、その声は月の夜に澄みわたり、その声に導かれるようにわが子の声が聞こえ、幻のようにわが子の姿が現われる。しかし手を取ろうとすると、その姿は消え失せてしまう。夜が明けてみると、わが子と思ったのは、塚に茫々《ぼうぼう》と生い茂る草であった。

よむ

◆梅若丸の死を語る

渡し守「さても去年三月十五日、しかも今日がちょうどその日であります。人商人《ひとあきびと》が都から、年の頃十二、三歳くらいの幼い者を買い取って奥州へ下りましたが、この幼い者は慣れない長旅の疲れからか、大変重い病気にかかり、今は一足も歩けないと言って、この川岸に倒れ伏しましたのを、なんとまあ世の中には不人情な者がおりますことか、この幼い者をそのまま路傍に捨てておいて、商人は奥州へ下ったのであります。さてこのあたりの人々が、この幼い者の様子を見ますと、由緒ある者のように見えましたので、さまざまに看病しましたけれども、前世からの宿命でもあったのでしょうか、ただただ弱りに弱って、もはや臨終と思われた時、そなたはどこのどのような人かと父の名字をも故郷をも尋ねましたところ、『わたくしは都の北白河《きたしらかわ》に住む、吉田の某《なにがし》と申した人のただ一人の子でありますが、父には先立たれ、母だけに寄り添い申しておりましたのに、人商人に誘拐されて、このようなことになってしまったのです。ここを通る都の人の手足の影もなつかしく見たいと思いますので、この道のそばに塚を築《つ》いて埋め、墓標《はかじるし》として柳をお植えになってください』と、大人びた態度で申し、念仏を四、五遍唱え、ついに息を引き取ったのであります。なんとまあ、あわれな物語ではありませんか」

（中略——物狂いの女は涙を流し、その子こそ探し求めていたわが子梅若丸だと言う。渡し守は女を墓所に案内する）

地謡(母)〽生き残っていても、生きがいのあるはずのわが子ははかなくなって、生きているかいのあるはずの者は死んでしまって、残っているのは生きがいのないこの母。目の前にわが子の面影は見えたり隠れたりして定めなく、定めないのはこの世の習い、人間界は憂いの花の真っ盛り、無常の嵐が音立てて花を散らし、生死《しょうじ》に迷う人の世の長い夜を照らすべき悟りの月は、定めなく行き交う雲がおおい隠している。まったく憂き世を目前に見る思いだ、まことに目の前に憂き世を見ているようである。

原文

ワキ「さても去年三月十五日《きよねんさんぐわちジふごにち》、しかも今日《こんにち》に相当《あひあた》りて候。人商人《ひとあきびと》の都より、年の程《ほど》十二三ばかりなる幼《をさな》き者を買ひ取つて奥《おく》へ下《くだ》り候ふが、この幼き者いまだ習はぬ旅の疲れにや、以《もツ》ての外《ほか》に違例《ゐれい》し、今は一足《ひとあし》も引かれずとて、この川岸にひれ伏し候ふを、なんぼう世には情《なさけ》なき者の候ふぞ、この幼き者をばそのまま路次《ろし》に捨てて、商人《あきびと》は奥へ下《くだ》りて候。さる間《あひだ》この辺《へん》の人々、この幼き者の姿を見候ふに、由《よし》ありげに見え候ふほどに、さまざまにいたはりて候へども、前世《ぜんぜ》の事にてもや候ひけん、たんだ弱りに弱り、すでに末期《まつご》と見えし時、おことはいづくいかなる人ぞと、父の名字《みやうじ》をも国をも尋ねて候へば、われは都北白河《きたしらかは》に、吉田の何某《なにがし》と申しし人のただ一人子《ひとりご》にて候ふが、父には遅れ母《はワ》ばかりに添ひ参らせ候ひしを、人商人《ひとあきびと》にかどはされて、かやうになり行《ゆ》き候、都の人の足手《あして》影《かげ》もなつかしう候へば、この道のほとりに築《つ》き込めて、しるしに柳を植ゑて賜《たまは》れとおとなしやかに申し、念仏《ねんぶツ》四五遍唱《へんとな》へ、つひに事終《ことをは》つて候。なんぼうあはれなる物語にて候ふぞ。(中略)

地謡〽残りても、かひあるべきは空しくて、かひあるべきは空しくて、あるはかひなき帚木《はワきぎ》の、見えつ隠れつ面影《おもかげ》の、定めなき世の習ひ。人間憂《にんげんうれ》ひの花盛《はなざか》り、無常《むじやう》の嵐音添《おとそ》ひ、生死長夜《しやうじぢやうや》の月の影、不定《ふじやう》の雲覆《おほ》へり。げに目の前の憂き世かな、げに目の前の憂き世かな。

66

山椒《さんしょう》太夫《だゆう》に売られた安寿《あんじゅ》と厨子王《ずしおう》の苦難と復讐《ふくしゅう》の物語

山椒《さんしょう》太夫《だゆう》

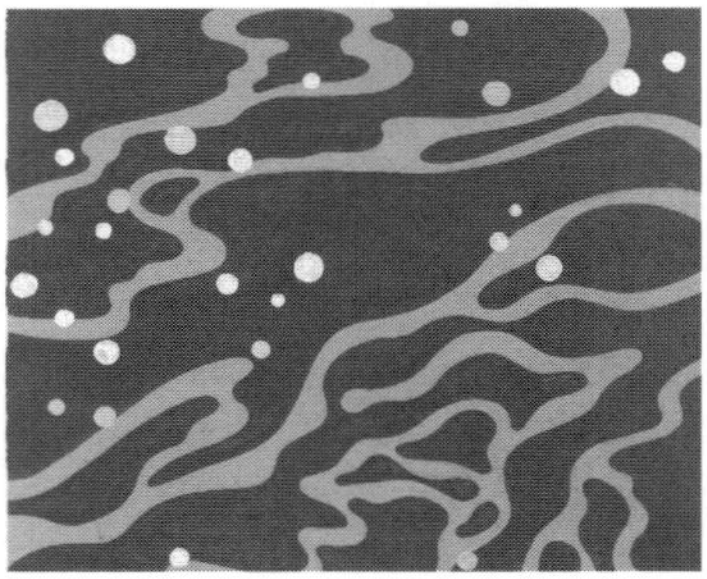

五説経《ごせつきょう》の一。説経とは近世初期を最盛期とする語り物の一種で、神仏の本地《ほんじ》(かつて人間であった時の姿)や霊験《れいげん》を語る宗教性と、下層民の生活を描く悲惨さに特徴があり、行動的で献身的な女性が登場する。本作は丹後国《たんごのくに》の金焼《かなやき》地蔵の霊験譚《れいげんたん》の形式をとり、人買いの横行、土豪の強欲非道といった室町時代の厳しい現実を背景に、親子の別れや安寿と厨子王の姉弟愛を語る。森鷗外《もりおうがい》の小説『山椒大夫』でも著名。

あらすじ

奥州五十四郡の将軍岩城《いわき》判官《ほうがん》正氏《まさうじ》は、勅勘《ちょっかん》により筑紫《つくし》に流罪となった。御台所《みだいどころ》と安寿・厨子王の姉弟は、父の所領安堵《あんど》を請うため、乳母のうわたきを伴い、四人で都へ向かう。ところが越後国直江《えちごのくになおえ》の浦で、人買いの山岡太夫《やまおかだゆう》にだまされ、御台所と乳母、安寿と厨子王は別々の船に売り分けられてしまう。御台所はなすすべなく離れて行く子供たちの船に向って、姉弟が膚《はだ》に掛けているのはお守りの地《じ》蔵菩薩《ぞうぼさつ》と志太玉造《しだたまつくり》の系図だと呼び掛ける。乳母は入水し、御台所は蝦夷《えぞ》が島に売られる。一方、姉弟は丹後国由良《たんごのくにゆら》の港のさんしょう太夫に買われて下人となり、姉は潮汲《しおく》みを、弟は柴刈りを命じられる。慣れない重労働に耐えかねた姉弟は自殺を図るが、同じ下人の伊勢《いせ》の小萩《こはぎ》にひきとめられる。姉弟は別屋に置かれ、屈辱から姉は弟に脱走を勧めるが、太夫の息子の三郎に立ち聞きされて、二人とも額に焼金《やきがね》を当てられ、干し殺されそうになる。

二郎の慈悲で命をつないだ二人は山へ追われるが、気づくと互いの顔から焼金の跡が消えている。膚の守りの地蔵菩薩が身代りに立たれたのだった。安寿は決意して厨子王に地蔵菩薩を与えて脱出させ(→よむ)、自分は太夫の館に戻って残虐な拷問《ごうもん》を受け落命する。追っ手を掛けられた厨子王は国分寺に逃げのび、お聖《ひじり》に皮籠の中にかくまわれる。地蔵菩薩の霊験で危難を切り抜けた厨子王は、お聖に背負われて都に着き、天王寺に至り、霊夢を見た梅津《うめづ》の院に見いだされて養子となる。さらに志太玉造の系図が証《あか》しとなって、奥州五十四郡の主《あるじ》に返り咲き、丹後国も賜わる。

厨子王は丹後に下り、さんしょう太夫と三郎を処刑して復讐を果たすと、蝦夷が島に渡って母を尋ね出し、父を迎えとり、お聖と小萩も連れ、奥州へ下って再び栄えた。守りの地蔵菩薩——金焼地蔵は、安寿の菩提《ぼだい》のため、丹後に堂を建て安置されている。

よむ

厨子王の脱出

（前略――焼金の跡が消えたのを機に逃げよと姉が言うと、弟は、逃げたければ姉上だけ逃げてと言って尻込みする）

姉君はこれをお聞きになって、「まあ、あなたは今度の焼金を姉のおしゃべりゆえに当てられたと思うのですか。そもそもわたしが逃げなさいと申したその折に、あなたがはいと承知していたら、どうして焼金など当てられたでしょう。そういうことなら、今日からは太夫の館の内に姉がいるとは思いなさるな。わたしも弟がいるとも思わないことにしましょう」と言って、手にした鎌《かま》を打ち合わせて誓約を立て、谷底目ざして下《くだ》って行かれる。

厨子王殿はご覧になって、「さてさて怒りっぽい姉上だな。逃げよとおっしゃるなら逃げますよ。お戻りになってくださいな」。姉君はこれをお聞きになって、「逃げようと申すか、それはいい。そういうことなら、別れの杯《さかずき》を交わしましょう」とおっしゃるけれど、酒も肴《さかな》もあるはずがない。谷川の清水を酒と名づけられ、柏《かしわ》の葉を杯にして、姉君がまず一献お飲みになって、厨子王殿におつぎして、「今日はわたしの膚《はだ》につけているお守りの地蔵菩薩も、あなたに差し上げます。もし逃げのびたとしても、短慮な心をお持ちなさるな。短慮はかえって臆病を招くと聞いています。逃げて行ったその先で、人里に出たら、まず寺を尋ねて、ご出家に身をゆだねなさい。ご出家は頼りがいがあると聞きます。さあもう逃げなさい、早く逃げなさい。あなたを見るとわたしの心が乱れるから。そうそう、それから厨子王丸。このように薄雪の降っている折は、足に履いた草鞋《わらじ》を、後先《あとさき》逆さまに履いて、右手に突いた杖を、左手の方へ突き直し、そうすれば、上って行けば下ると見えます。下って行けば上ると見えます。さあもう逃げなさい、早く逃げなさい」と、さらばさらばのいとまごい、姉弟は一時の別れとは思うけれど、今生《こんじょう》の別れになったということだ。

原文　姉御この由《よし》きこしめし、「さて今度の焼き金をば、姉が口故《ゆゑ》に、当てられたと思ふかよ。さて自らが落ちよと申すその折に、おうと領掌《りやうじやう》するならば、なにしに焼き金をば当てらるべきぞ。その儀にてあるならば、けふよりも太夫の内に、姉を持つたと思はいな。弟《おとと》があるとも思ふまい」とて、鎌と鎌とで、金打々《かねちやうちやう》ど打ち合はせ、谷底指《さ》いてお下りある。

つし王殿は御覧じて、「さても腹のあしい姉御やな。落ちよならば落てうまで。おもどりあつてたまはれの」。姉御この由きこしめし、「落てうと申すか、なかなかや。その儀ならば、いとまごひの杯せん」とのたまへど、酒もさかなもあらばこそ。谷の清水を酒と御名付け、柏《かしは》の葉をば杯にて、姉御の一つお参りあつて、つし王殿にお差しあつて、「けふは膚《はだ》の守《まぼ》りの地蔵菩《ぼ》薩《さつ》も、御身に参らする。自然落ちてありけるとも、たんじやうなる心をお持ちあるな。たんじやうはかへつて未練の相と聞いてあり。落ちてゆきてのその先で、在所があるならば、まづ寺を尋ねてに、出家をば頼まいよ。出家は頼みがひがあると聞く。もはや落ちよ、はや落ちよ。見れば心の乱るるに。やあやあ、いかにつし王丸。かやうに薄雪の降つたるその折は、足に履いたる草鞋《わらんぢ》を、あとを先へ履きないて、右についたる杖《つゑ》を、左の方《はう》へつき直し、上《のぼ》れば下《くだ》ると見ゆるなり。下れば上ると見ゆるなり。もはや落ちさい、はや落ちよ」と、さらばさらばのいとまごひ、事かりそめとは思へども、長の別れと聞えける。

67

茶の湯に命をかけた利休《りきゅう》の高弟が残した秘伝書

山《やま》上《のうえの》宗《そう》二《じ》記《き》

茶の湯に純粋に取り組むあまりに豊臣秀吉の怒りを買い、斬刑《ざんけい》に処せられた山上宗二が、自分の体験を残らず書き留めた秘伝書として名高い。「一期《いちご》一会《いちえ》」のもととなった「一期に一度」のほか、人生六十年で盛んなのは二十年なのだからこの道一筋に専念すべき、すべてについて慎み深くあるべき、飲酒は節制せよ、自分より実力が上の人と知り合うべき等、茶道を越えて人生論として傾聴すべき箴言《しんげん》を数多く含んでいる。

内容紹介

山上宗二は、天文十三年（一五四四）生まれ。千利休の高弟であった。豊臣秀吉によって、茶頭《さどう》に取り立てられたが、自負心の強さによって秀吉の不興を買い、浪人となる。一時、前田利家に仕えたものの、また浪人の身となり、そののち小田原北条氏を頼った。

秀吉の小田原攻めの際に、利休のはからいによって再び秀吉と対面したが、そこでも秀吉を怒らせたため、耳と鼻をそがれて、斬刑に処せられた。天正十八年（一五九〇）、四十七歳の時のことであった。この時代、茶の湯を深く探究しようとした人物は、利休にせよ、古田織部《ふるたおりべ》にせよ、悲惨な最期を遂げている。

『山上宗二記』は、利休に仕えていた間に見聞したことが記されている。前半の、自分が見聞きした茶道具、大壺・茶碗・釜・水差・香・墨蹟《ぼくせき》・絵・花入《はないれ》などを具体的に述べるところは圧巻である。続いて「茶湯者の覚悟十体の事」では、茶の湯に生きる者の心がけるべき理念が述べられる。ひとつひとつが今日の私たちの生き方を問いかけるような内容を含み、至言である。→よむ

また、これに付け加えるかたちで記した「また十体の事」の第六条には、一期一会のもととなった「一期に一度」が載る。その現代語訳を以下に記す。これを井伊直弼《いいなおすけ》が『茶湯一会集《ちゃのゆいちえしゅう》』で「一期一会」と改めたことで、今日広く知られる言葉となった。

重要なのは、日常的に付き合いのある間柄であっても、新しい道具を披露する茶会や、新茶の茶壺の口を切る会は言うまでもなく、ふだんの茶会でも、路地に入ってから退出するまで、一生にただ一度の顔合わせのように思って、亭主のすることに心を集中させて、畏れおののくべきである。公の事務的なことや、世間話はすべて無用である。

（「また十体の事」第六条より）

よむ

茶の湯の覚悟十体《じったい》の事

茶湯者《ちゃのゆしゃ》の覚悟十体の事

第一条　自分より身分の高い人には自分を飾らずにし、身分の低い人には丁寧にし、物の道理に外れないようにしなくてはならない。

第二条　すべてについて、つつしみ深くし、また、人に気を遣うこと。

第三条　さっぱりと清らかであることを好むこと。心中はなお一層そうでなくてはならない。

第四条　朝起き、夜の談話会。朝は午前四時頃から茶の湯を用意する。

第五条　飲酒は節制すること。また淫乱も同様である。

第六条　茶の湯では、冬と春は雪を心に思って、昼夜とも行なうべきである。夏と秋は午後八時前後までがちょうどよい。ただし、月の夜は、一人であっても、深夜に及ぶべきである。

第七条　最も重要なのは、自分より実力が上の人と知り合いになることが大切だということである。人と交際して互いに寄り集まることが大事なのである。

第八条　茶の湯に向いているのは、座敷、路地、境地はもちろん、竹や松が植えてある所、また畳を直《じか》に敷くこと、これらが肝要である。

第九条　よい道具を持つこと。ただし、村田珠光《むらたじゅこう》や鳥居引拙《とりいいんせつ》、武野《たけの》紹鷗《じょうおう》、千宗易《せんそうえき》(利休)らが愛好した茶道具を主とすべきである。

第十条　茶の湯をする者は、無能なのが才能であると、武野紹鷗が弟子たちに言った。注解することには、人間は六十歳が寿命とはいっても、そのうち、働き盛りなのは二十年である。茶の湯の道に常に精進する以外に、どの芸道であれ上手になることはできないのに、あれやこれやと嗜《たしな》もうとすれば、残らず下手だという評判を得てしまうにちがいない。ただし、書道だけは心がけなければならない。

原文

茶湯者の覚悟十体の事

一、上をそうに、下を律儀《りちぎ》に、物のはづのちがはぬ様にすべし。

一、万事に、物の嗜《たしな》み、ならびに気遣ひ。

一、きれい数寄《すき》。心の中、なほ以つて専らなり。

一、朝起き、夜放《よばな》し会。朝は寅一天《とらいってん》より茶湯仕懸《しか》くるなり。

一、酒をひかゆる事。また淫乱も同前。

一、茶湯を、冬春は雪を心に、昼夜すべし。夏秋は初夜《しょや》過ぎまで然《しか》るべし。ただし、月の夜は独りなりとも、深更《しんかう》に及ぶべし。

一、第一、我より上なる仁《にん》と知音《ちいん》する事、専らなり。人を見知り寄り合ふべき事、肝要と云々《うんぬん》。

一、茶湯には座敷、路地、境地勿論《もちろん》、竹木、松在《あ》り所《どころ》ならびに畳を直に敷く事、この分、専らなり。

一、善き道具を持つ事。ただし、珠光《じゆくわう》ならびに引拙《いんせつ》、紹鷗《ぜうおう》、宗易《そうえき》、この衆心に懸けらるる茶湯道具専らなり。

一、茶湯者は無能なるが一能なりと、紹鷗、弟子どもにいふ。注にいはく、人間は六十定命《ぢやうみやう》と雖《いへど》も、その内、身の盛んなる事は二十年なり。茶湯に不断《ふだん》、身を染《そ》むるさへ、いづれの道にも上手は無きに、彼是に心を懸くれば、悉《ことごと》く下手の名を取るべし。ただし、物を書く文字ばかりは赦すべしと云々《うんぬん》。

68

外国人宣教師が見た、戦国時代の日本と日本人

日本史《にほんし》

一六世紀後半に日本に滞在したイエズス会の司祭ルイス＝フロイスの著。原文はポルトガル語。フランシスコ・ザビエルが日本に向かった天文十四年（一五四九）から、文禄二年（一五九三）ごろまでの記事が伝わっている。キリスト教の布教活動の記事が軸ではあるが、異国人の目から見た、戦国時代の日本の諸相、織田信長・豊臣秀吉ら戦国武将の様子などが、詳細に描写されている。

内容紹介

著者ルイス＝フロイスは、一五三二年にポルトガルの首都リスボンで生まれた。十六歳でイエズス会に入会し、その年にインドのゴアに赴き、フランシスコ・ザビエルと出会う。早くから文筆の能力を評価され、東アジア各地から届いた報告書を整理してヨーロッパへと送る役を任されていた。

永禄六年（一五六三）に三十一歳で日本に着き、日本語及び風習や宗教を学びながら、翌年に京都に入る。しかし、都は動乱の中で、仏教徒からの妨害もあり、苦難が続いた。永禄十一年に織田信長が入京、翌年に信長とフロイスは対面する。これ以降、信長はフロイスを極めて優遇し、親密な交際をするようになった。

フロイスは、天正五年（一五七七）には豊後《ぶんご》に、同九年には越前《えちぜん》へも赴き、その様子を記している。天正十一年から日本布教史の編纂《へんさん》を命じられ『日本史』の執筆に着手する。天正十四年には信長の後の覇権を握った豊臣秀吉との謁見を許されるが、翌年には伴天連《バテレン》追放令が出されたため九州を転々とし、一旦マカオに赴くが、慶長二年（一五九七）に長崎で六十五歳で没した。

『日本史』はフロイスの晩年、文禄四〜五年（一五九五〜六）頃まで記述された。しかし、上長であるヴァリニャーノは、この著作が余りに冗長で大部であるために、本国へ送付しなかった。

内容はザビエルの来日から約四十年間の、イエズス会の日本での布教史である。主眼はあくまで布教にあり、そこには仏教への偏見も見られる。しかし、ポルトガル人の目から見た、日本各地の文化・習俗・諸々の出来事についても、精密で詳細な筆致で描かれている。とくに織田信長や豊臣秀吉らの戦国大名の動向や人物描写については、後代のイメージとは異なった、同時代人でありつつ異邦人であるフロイスが見た横顔を生き生きと伝えている。

よむ

フロイスの見た信長

信長は尾張の国の三分の二の主君なる殿《トノ》(信秀)の第二子であった。彼は天下を統治し始めた時には三十七歳くらいであったろう。彼は中くらいの背丈で、華奢な体軀であり、髯は少なくはなはだ声は快調で、極度に戦《いくさ》を好み、軍事的修練にいそしみ、名誉心に富み、正義において厳格であった。彼は自らに加えられた侮辱に対しては懲罰せずにはおかなかった。幾つかのことでは人情味と慈愛を示した。彼の睡眠時間は短く早朝に起床した。貪欲でなく、はなはだ決断を秘め、戦術にきわめて老練で、非常に性急であり、激昂はするが、平素はそうでもなかった。彼はわずかしか、またはほとんどまったく家臣の忠言に従わず、一同からきわめて畏敬されていた。酒を飲まず、食を節し、人の取扱いにはきわめて率直で、自らの見解に尊大であった。彼は日本のすべての王侯を軽蔑し、下僚に対するように肩の上から彼らに話をした。そして人々は彼に絶対君主に対するように服従した。彼は戦運が己れに背いても心気広闊、忍耐強かった。彼は善き理性と明晰な判断力を有し、神《カミ》および仏《ホトケ》のいっさいの礼拝、尊崇、ならびにあらゆる異教的占卜や迷信的慣習の軽蔑者であった。形だけは当初法華宗に属しているような態度を示したが、顕位に就いて後は尊大にすべての偶像を見下げ、若干の点、禅宗の見解に従い、霊魂の不滅、来世の賞罰などはないと見なした。彼は自邸においてきわめて清潔であり、自己のあらゆることをすこぶる丹念に仕上げ、対談の際、遷延することや、だらだらした前置きを嫌い、ごく卑賤の家来とも親しく話をした。彼が格別愛好したのは著名な茶《チャ》の湯《ユ》の器、良馬、刀剣、鷹狩りであり、目前で身分の高い者も低い者も裸体で相撲をとらせることをはなはだ好んだ。何ぴとも武器を携えて彼の前に罷り出ることを許さなかった。彼は少しく憂鬱な面影を有し、困難な企てに着手するに当ってははなはだ大胆不敵で、万事において人々は彼の言葉に服従した。

彼の父が尾張で瀕死になった時、彼は父の生命について祈禱することを仏僧らに願い、父が病気から回復するかどうか訊ねた。彼らは彼が回復するであろうと保証した。しかるに彼は数日後に世を去った。そこで信長は仏僧らをある寺院に監禁し、外から戸を締め、貴僧らは父の健康について虚偽を申し立てたから、今や自らの生命につきさらに念を入れて偶像に祈るがよい、と言い、そして彼らを外から包囲した後、彼らのうち数人を射殺せしめた。

彼は好戦的で傲慢不遜であったから、兄が父の相続において自分に優先することが堪えられなかった。そこで目的を果すため病気を装って数日床につき、兄が見舞いに来ないと母親に訴えた。兄は欺瞞を恐れてそうしなかったのであるが、彼の激しい督促によってついに訪問した。その際、彼は脈を見てもらうために左手を差し出し、兄がそれをとった時、彼は大いなる迅速さをもってすでに用意してあった短刀をつかみ、その場でただちに兄を殺した。

安土城に招かれる

(フロイスが司祭に送った書簡より)

私たちが到着しますと、信長はただちに私たちを呼ばせ、私たち、ロレンソ修道士と私は中に入りました。彼は次男に茶を持参するように命じました。彼は私に最初の茶碗をとらせ、彼は第二番目のをとり、第三のを修道士に与えさせました。同所の前廊から彼は私たちに美濃と尾張の大部分を示しましたが、すべて平坦で、山と城から展望することができました。

この前廊に面し内部に向かって、きわめて豪華な部屋があり、すべて塗金した屏風で飾られ、内に千本、あるいはそれ以上の矢が置かれていました。

彼は私に、インドにはこのような城があるか、と訊ね、私たちとの談話は二時間半、または三時間も続きましたが、その間彼は、四大の性質、日月星辰、寒い国や暑い国の特質、諸国の習俗について質問し、これに対して大いなる満足と喜悦とを示しました。

この談話の半ばに、彼は年少の息子を呼び、密かに内に入らせて私たちのために晩餐の仕度をさせましたが、これはなはだ新奇で、彼の性格から特異なことであり、その家臣は一人としてかつてこのようなことを彼がするのを見たことがなかったのです。その後しばらくして彼は立ち上がって内に入り、私はひとり前廊に留まっていました。そこへ彼は思いもよらず自ら私の食膳を持って戻って来、次男はロレンソのために別の食膳を運んで来て、信長は「御身らは突然来られたので、何もおもてなしすることができぬ」と言いました。そして私が彼の手から食膳を受け取って、彼が私に示した親切に対し感謝の意を表してそれを頭上におし戴いたところ、信長は、「汁《シル》〔米飯に添えて食べるスープ〕をこぼさぬよう、真直ぐに持つように」と言いました。まだ幼かった彼の息子たちは不思議に思い、かつて彼らは、彼がしたことがないような特別扱いをするのに接して、じっと眺めていました。

私たちがこの座敷《ザシキ》で食事をしました後、信長がまだ内にいました間、その息子である君は袷《アワセ》と称する絹衣、および他のはなはだ美しい白い亜麻布（帷子）一枚を携えて来て、父君は、貴殿がさっそくこれを着るように申されました、と語り、ロレンソ修道士には別の上等な白衣を贈りました。私たちがそれを着ました時に彼はふたたび自分がいた場所へ私たちを呼びました。そして私たちを見ると非常に満足し、「今や汝は日本の長老のようだ」と言いました。そして彼は息子たちに向かい、「予がこうしたのは、伴天連の信望や名声を高めさせるためだ」と語りました。また私に向かっては、しばしば美濃へ来訪するように、夏が過ぎれば戻るがよいと言いました。そして彼は私たちに別れを告げながら、柴田殿を呼び、私たちに城の全部を見せるように命じましたが、彼はそうしたことを大いなる愛情に満ちた言葉でしたのでした。


『完訳フロイス日本史②信長とフロイス』

（松田毅一・川崎桃太訳　中公文庫　中央公論新社刊）より

神戸市立博物館所蔵「南蛮屏風」右隻部分

第四章

江戸時代

69

好色一途、遊蕩《ゆうとう》一途に生きた男の一代記

好《こう》色《しょく》一《いち》代《だい》男《おとこ》

井原西鶴《いはらさいかく》著。天和二年(一六八二)刊。主人公世之介の好色に生きる人生を描く。全部で八巻五十四章(『源氏物語』五十四帖を当て込む)とし、世之介の色男ぶりを示す話や失敗話、高名な遊女のエピソードや諸国の遊廓《ゆうかく》事情など、色にまつわるあらゆる話題が詰まっている。西鶴四十一歳にして初めての小説で、当時の風俗を活写した本作品は、「浮世草子《うきよぞうし》」というジャンルの出発点ともなった。

あらすじ

但馬《たじま》国生野《いくの》銀山の富豪夢介は、京都の太夫《たゆう》(高級遊女)との間に子をもうけ、世之介と名付ける。世之介は七歳の夏の夜、小用のあとで腰元に戯れかかり、これが恋の始まりとなる。八歳には伯母の娘への恋文を手習いの師匠に代筆させようとし、十歳になると男色に目覚め、十一歳の冬には早くも伏見の遊女を身請けする。以後、畿内の諸所を色事のために渡り歩く。十五歳のとき、後家とわりなき仲となり、子どもが生まれ、世之介はこの子(『諸艶大鑑《しょえんおおかがみ》』の主人公世伝となる)を六角堂に捨てた。

世之介は十八歳になり、商売の修行を命じられて江戸に行くが、そこでも色の道は止まず、親から勘当され出家する。すぐに還俗《げんぞく》して、上方でその日暮らしをしつつ、さまざまな私娼《ししょう》を知る。京都で旅芸人をしているとき、豊前《ぶぜん》小倉の人に誘われ西国に下り、備後《びんご》鞆《とも》や長門《ながと》下関《しものせき》の遊里を訪れ、豊前中津では役者の若女方とのことが元で追い出される。大晦日の夜に京大原の雑魚寝《ざこね》で知り合った女と暮らすが困窮し、女を捨てて佐渡をめざし、越後《えちご》寺泊《てらどまり》の遊女から「こなたは日本の地に居ぬ人ぢゃ」と言われる。出羽《でわ》酒田では諸国廻りの巫女《みこ》に思いを掛け、常陸《ひたち》鹿島《かしま》まで同行し、世之介は神職になる。この時二十七歳。

塩竈《しおがま》明神では舞姫を手込めにしようとして片方の鬢《びん》を剃られ追放、その容貌が怪しまれ、信濃《しなの》で牢屋に入れられてしまった。だが、隣の牢に美女をみつけ、互いに思い合うようになる。世之介は恩赦のため牢を出ることができ、彼女を背負って逃げるが、女は兄弟に連れ去られてしまう。→よむ

最上寒河江《もがみさがえ》から江戸に戻った世之介は、男伊達の唐犬権兵衛《とうけんごんべえ》の居候となるが、富豪の夢山《むさん》の望みで京都に同道し、初めて島原《しまばら》遊廓で遊ぶ。だが、世之介は下級の太鼓女郎にも振られてしまい、一度は

太夫と遊んでやろうと心に決める。

世之介は熊野の高僧を尋ねる途中、紀州加太《かだ》の浦《うら》に至り、土地の女性たちと海に船を漕ぎ出すが、難船し、ようやく堺《さかい》にたどり着く。父の死を知り実家に戻ると、父の遺産二万五千貫目を相続することになった。世之介三十四歳のことである。世之介は島原へ出かけ豪遊し、「大々大尽《だいだいだいじん》」ともてはやされた。

以降は、世之介の話よりも、三都の有名な遊女にまつわるエピソードが中心となる。初めて会う小刀鍛冶《かじ》に、遊里の掟《おきて》を破ってまで思いを遂げさせ、その心意気から世之介の妻に迎えられた吉野、心中立てとして世之介に送ったかもじが動きだし、世之介の眼前に夢まぼろしとなって姿を現わし、ついには出家した島原の藤なみ、尾《お》張《わり》の野暮な大尽が刀づくで脅してもいっこうに驚かず、世之介を思い続ける遊女高橋の話など。また、禿《かむろ》の伊勢参りの話や世之介の取り持ちで僧侶と結ばれた滝井山三郎の話、室津《むろつ》、筑前《ちくぜん》柳町など地方の遊女の話も置かれる。

あらゆる恋をしつくした六十歳の世之介は、六千両を東山の麓に埋め、好色丸という船を作り、強精の品々や責道具を積み込み、仲間七人とともに乗り合わせる。女護島《にょごのしま》の女を目指して旅立ち、行方知れずになったのは、天和二年十月の末であった。

作者である西鶴は、寛永十九年（一六四二）に大坂の町人の子として生まれた。本名は平山藤五《ひらやまとうご》とも言われている。はじめは談林《だんりん》俳諧の指導者として活躍し、句数を競う矢数《やかず》俳諧を好み、貞享元年（一六八四）には一晩で二万三千五百の句を読んでいる。だが以後は俳諧から遠ざかり、浮世草子作者として多くの名作を生んだ。元禄六年（一六九三）、五十二歳で死去。辞世の句は「浮世の月見過《すご》しにけり末二年」。

よむ

◆形見の水櫛《みずぐし》 〔巻四〕

将軍家の御法事だというので、諸国で軽罪囚の特赦が行なわれ、お陰で危ないところを助かり、牢屋で知り合った例の女を背負って千曲川《ちくまがわ》を渡った。大雹《ひょう》など降って心細い夜だった。「藁屋《わらや》の軒を貫くように降っているのは味噌玉《みそだま》か何かか」などと女がひもじがるので、麓《ふもと》に引き捨ててあった柴積車《しばつみぐるま》の上に女をおろしておいて、その村に食べ物をもらいに出かけた。椎《しい》の葉に粟《あわ》の飯を自分で盛りつけ、茄子《なすび》の香《こう》の物まで添えてもらって、心急ぎながらもう二町（約二二〇メートル）ほどのあたりまで引き返して来ると、「世之介様」と泣き叫ぶ女の声がした。

驚いて駆けつけてみると、荒くれ男が四、五人、竹槍《たけやり》、鹿おどしの弓、山朸《やまおうこ》（両端のとがった天秤棒）など振り上げて、「大胆な女め。命が助かったらまっすぐ家《うち》に戻ってくるのがあたりまえなのに、親の家への道を忘れて、どこへどんなやつに連れられて行くのだ。おまえがいなくなると親兄弟にも難儀がかかるのだ。思えば憎い。打ち殺してしまえ」とひしめいている。

世之介が取りすがって詫《わ》びても聞き入れず、「さては此奴《こいつ》だな」と、立ち重なって殴《なぐ》りつけているうちに、荊《いばら》やくちなしの生い茂った所に倒れ伏し、世之介は手足をひきつらせて、息も絶え絶えとなり、あの世へ行くばかりになった。

梢《こずえ》の雫《しずく》が自然と口にはいって正気を取り戻し、「その女やらぬ」と飛び起きたが、あたりに人影もなく、車のみが元のままに、ありし彼女の寝姿を偲《しの》ばせている。「今夜こそは一緒に寝て、天にあらばお月様、地にあらば霰《あられ》を玉の床とも見なし、おれの着物を着せてやって、そうしてからと思ったのに、悲しいことだ、互いに心を通わしたばかりで、肌がよいやら悪いやら、それさえ知らずに惜しいことをした」、と名残《なごり》惜しげにあたりを見回すと、黄楊《つげ》の水櫛《みずぐし》が落ちていた。「油臭いのは女の移り香だ。せめてこれで辻占《つじうら》でも聞きたいものだ」と、懐に入れ、崖伝いに岩陰の道を行くと、鉄砲に雉《きじ》の雌鳥《めんどり》をひっかけた猟師が、「なんとまあ、もろい命だ。雄鳥《おんどり》が嘆くことだろう」と独り言している。

それを聞くと、身につまされて悲しく、それから六、七日も野宿しながら女を尋ね回った。十一月二十九日の月のない夜、自然と心も闇《やみ》となってさまよい歩き、人里離れた薄原《すすきはら》にさしかかると、かすかな篝火《かがりび》の影に何本もの卒塔婆《そとば》が立ち並んでいた。「いったいどんな人たちが亡くなったのであろう。なかにはきっと惜しまれて死んだ人もあるに違いない。竹の囲いをした小さな子供の石塔は、一層あわれである。さぞかしこの下には疱瘡《ほうそう》でとられたり、あるいは疳《かん》の虫で先立ったりして、母親に悲しい思いをさせた子もあるのだろう」と思いながら栴檀《せんだん》の木蔭《こかげ》から見渡すと、土地の百姓らしい者が二人で棺桶《かんおけ》を掘り返していたので、そのあさましい心のほどが読み取れて、思わずぞっとした。足音を聞いて身を隠そうとするのも怪しく、「それは何をしているのだ」と咎《とが》めて近寄ると、当惑して黙っている。

「ありのままに訳を言わなければ、この場を去らせないぞ」と、脇《わき》差《ざし》に反《そり》をうたして怒鳴りつけると、「お許しください。日々の暮らしを立てかねますので、いろいろさもしい了見を起こしまして、ご覧のとおり、美しい女の土葬を掘り出しては黒髪や爪をはぎ取っています」と言う。「何のために」と聞くと、「上方《かみがた》の廓《くるわ》へ、毎年こっそり売りに行きます」と言う。「これを買って何にするのだ」ときくと、「女郎が客への心中立て(真心を示す手立て)に髪を切ったり、爪をはがしたりして相手にやるのに、本物は恋人にやって、外の大《だい》尽客《じんきゃく》へ五人も七人も『あなた様ゆえに切ります』とうれしがらせて、偽物《にせもの》を手紙に包み込んで送りますと、もともと人に隠すことですから、客は守り袋などに入れてひどくありがたがるというわけです。ばかな話じゃありませんか。あなたもそんなときは、ともかく目の前でお切らせなさい」と言う。

世之介もあきれて、「今まで知らなかった。なるほどそんなこともあるだろう」と、足元の死人を見ると、自分の尋ねる女であった。「これは」としがみつき、「こんな辛い目にあうとは、どういう因果の巡り合わせか。あのとき連れて逃げさえしなければ、こんなことにはならなかったのに、みんなおれのせいだ」と涙にむせびながら身もだえすると、不思議なことに女は両眼を見開き、にっこり笑ったかと思うと、また元のようになってしまった。「二十九までの生涯、何も思い残すことはない」と自害しようとするのを、二人の者がいろいろ押し止めて連れ帰った。ここが思案のしどころというものだ。

女の死骸を掘り起こして爪や髪をはぎ取ろうとする者どもを咎める世之介。(版本挿絵より)

原文 御法事《ごほふじ》に付き諸国の籠《らう》ばらひ、有難《ありがた》や、あぶなきこの身をのがれて、かの女を負ひて筑磨川《ちくまがは》わたりぬ。その夜《よ》は大《おほ》雹《あられ》のふりける。

「くず屋の軒につらぬきしは、味噌玉《みそだま》か、何ぞ」と人のひもじがる時、麓引捨《ふもとひきす》てし柴積車《しばつみぐるま》の上におろし置きて、その里にゆきて、椎《しひ》の葉に粟《あは》のめしを手もりに、茄子《なすび》香の物をもらひて、こころの急ぐ道の程、今二丁ばかりになつて、女の声して、「世之介様」となくにおどろき、近く走り着きてみるに、あらけなき男四五人、竹のとがり鑓《やり》、鹿《しし》おどしの弓、山拐《やまあふこ》ふり上げて、「だいたんなる女め。命たすかりなば宿にかへるべきを、親の方《かた》への道を替へて、何国《いづく》へいかなるやつが連れゆくぞ。兄弟にもかかる難儀、おもへば憎し。ただうちころせ」といふ。

世之介取付《とりつ》き、わびてもきかず、「さてはこの男め」と立ちかさなりてうつつほどに、荊《うばら》・梔《くちなし》のぐろのもとにふして、びり〳〵と身ぶるひして、出る息とまつて、入る息次第にたふとい所へまゐるばかりになりぬ。

梢《こずゑ》の雫《しづく》自然の口に入りて、誠《まこと》の気を取直し、「その女はやらぬ」と起きあがれば、影も貌《かたち》もなく、車はありし人の寝すがた。「是《ぜ》非《ひ》今宵《こよひ》は枕《まくら》をはじめ、天にあらばお月さま、地にあらば丸雪《あられ》を玉《たま》の床《とこ》と定め、おれがきる物をうへにきせて、さうしてからと思ひしに、悲しや、互《たがひ》に心ばかりは通はし、肌がよいやら悪いやら、それをもしらず惜しい事をした」と、辺《あたり》を見れば、黄楊《つげ》の水櫛《みづぐし》落ちてげり。「あぶら臭きは女の手馴《てな》れし念記《かたみ》ぞ、これにて辻占《つじうら》をきく事もがな」と、岨《そば》づたひ岩の陰道《かげみち》をゆくに、鉄炮《てつぱう》に雉《きじ》のめん鳥懸《どりか》けて、ひとりごとに、「さてももろき命かな。雄《をんどり》が嘆かう」といふ。

身に引きあてて悲しく、その六七日も野を家となして尋ねけるに、霜月《しもつき》二十九の夜、おのづとこころの闇路《やみぢ》をたどり、人家《じんか》まれなる薄原《すすきはら》に、かがり火の影ほのかに、卒都婆《そとば》の数を見しは、「いかなる人か世をさり、惜しまるる身もありぬべし。竹立ててちひさき石塔なほあはれなり。さぞこのしたには疱瘡《はうさう》の嘆き、あるいは疳《かん》にてさきだち、母に思ひをさせしも」と、せんだんの木陰よりみるに、この所の百姓らしき者のふたりして、埋《うづ》みし棺桶を掘《ほり》返《かへ》す。こころの程のすごくなりぬ。人の足音を聞きて隠るる事のあやしく、「それは」と咎《とが》めて近よる。当惑して返事もせず。

「ありのままにこの事かたらずは、後とはいはじ」と、反《そり》を返していかれば、「御ゆるし候《さうら》へ。月日をおくりかね、さま〴〵のこころになりて、今ここに美しき女の土葬《どさう》を掘返し、黒髪・爪をはなつ」といふ。「何《なに》のために」ときけば、「上方《かみがた》の傾城町《けいせいまち》へ、毎年しのびて売りにまかる」とかたりぬ。「求めてこれを何にする」とききければ、「女郎の心中《しんぢゆう》に髪を切り爪をはなち、さきへやらせらるるに、本《ほん》のは手くだの男につかはし、外《ほか》の大臣《だいじん》へ五人も七人も、『きさまゆゑにきる』と、文《ふみ》などに包みこみて送れば、もとより人に隠す事なれば、守袋《まもりぶくろ》などに入れて、ふかくかたじけながる事の笑《をか》しや。とかく目のまへにてきらし給《たま》へ」と申す。「今までしらぬ事なり。さもあるべし」と、死人《しびと》を見れば我《わ》が尋ぬる女、「これは」としがみ付き、「かかるうきめにあふ事、いかなる因果のまはりけるぞ。その時連れてのかずばさもなきを。これ皆我《わ》がなす業《わざ》」と、泪《なみだ》にくれて身もだえする。不思議やこの女、両《りやう》の眼《まなこ》を見ひらき笑ひ顔して、間《ま》もなく又本《もと》のごとくなりぬ。

「二十九までの一期《いちご》、何おもひ残さじ」と自害をするを、二人の者色々《いろいろ》押しとどめて帰る。分別所《ふんべつどころ》なり。

70

好《こう》色《しょく》五《ご》人《にん》女《おんな》

恋愛のもつれが悲劇を招く。五組の恋人たちの物語

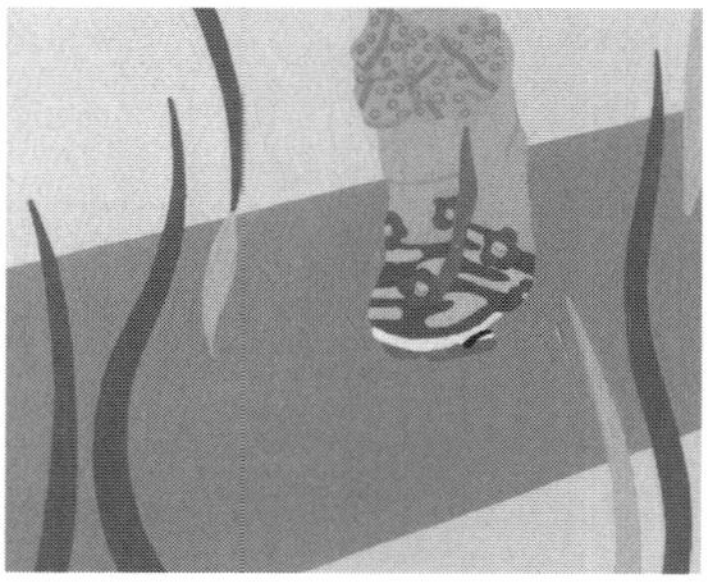

井《い》原《はら》西《さい》鶴《かく》の著わした浮世《うきよ》草子《ぞうし》。貞享三年（一六八六）刊。五巻。商家の娘と手《て》代《だい》あるいは若衆《わかしゅ》との恋、人妻の恋など、当時知られていた五組の男女（一巻につき一組）の恋愛事件を題材にする。いずれも悲劇的結末を迎える（巻五だけはハッピーエンドに変えられる）が、そこにいたるまでに描かれる積極的な男女の姿や、随所に置かれる笑いなど、単なる悲劇とは言いきれないおもしろさがある。

あらすじ

巻一　姿姫路清十郎物語《すがたひめじせいじゅうろうものがたり》　室津《むろつ》の造り酒屋の息子、清十郎は放蕩《ほうとう》が過ぎて勘当され、姫路の但馬《たじま》屋《や》の手代となる。主人の妹お夏と恋に落ち、お夏を盗み出し、船で上方《かみがた》に逃げようとするが捕らえられ、さらに濡れ衣を着せられて処刑されてしまう。子どもの唄から清十郎の死を知ったお夏は狂乱する。

巻二　情《なさけ》を入《い》れし樽屋《たるや》物《もの》がたり　おせんは恋に鈍感な商家の腰元。樽屋《たるや》は彼女に思いを寄せ、夫婦《めおと》池《いけ》のこさんという老婆の仲立ちで結ばれ、二人は結婚する。近所の麹屋《こうじや》の内儀が亭主とおせんの仲を疑い、おせんも意地ずくで麹屋を家に引き込もうとするが、樽屋に見付けられ、彼女は鉋《かんな》で胸を突き自殺する。

巻三　中段《ちゅうだん》に見る暦屋《こよみや》物語　京都大経師《だいきょうじ》の妻おさんは、実家から手伝いに来ている手代茂《も》右《え》衛門《もん》と誤って密通してしまう。おさんは腰元りんの寝所に寝ており、茂右衛門はりんと間違えたのだった。二人は駈け落ちして丹後に隠れ住むが、二人を目撃した栗商人の口から、二人の行方が知れてしまう。

巻四　恋草《こいぐさ》からげし八《や》百《お》屋《や》物語　江戸本郷《ほんごう》にある八百屋の、十六歳になる娘お七は、大火の避難先である駒込吉祥寺《こまごめきちじょうじ》で、美男の若衆吉《きち》三郎《さぶろう》と恋に落ちる。↓よむ　お七が実家に戻ると、なかなか吉三郎に会えないので、お七は火事になればまた会えるかと思い、自宅に放火する。だがすぐに捕らえられ、火刑にされる。お七の百か日に彼女のことを聞いた吉三郎は、出家する。

巻五　恋の山源五《げんご》兵衛《べえ》物語　薩摩《さつま》の源五兵衛は男色専門だが、相手が頓死《とんし》し出家する。琉球屋《りゅうきゅうや》の娘おまんは源五兵衛を好いており、男装して源五兵衛を尋ねる。乗り気の源五兵衛に誓文を書かせ契りを結び、自分は女性だと明かす。二人は夫婦になり、源五兵衛は琉球屋の身代を譲られ金持ちになる。

よむ

◆大節季《おおぜっき》は思いの闇

〔巻四〕

北東風《ならいかぜ》が激しく吹いて、師走《しわす》の空は雲の行き交いさえせわしく、人々は正月の用意をあれこれ取り急ぎ、餅《もち》をつく家の隣では、手に笹竹《ささだけ》を持って煤掃《すすは》きをする家もある。銀貨をはかる天秤《てんびん》の針口をたたく響きも冴《さ》え渡らせながら、大晦日《おおみそか》のお金のやりとりをするが、これも世のきまりなのでせわしいことである。店の軒下を物乞《ものご》いどもが連れ立って、「目の不自由な私にお一文くだされませ」と言う声もやかましく、古札《ふるふだ》納め、雑器《ざっき》売り、榧《かや》・かち栗《ぐり》・鎌倉海老《かまくらえび》を売り歩く声、通町《とおりちょう》には破魔弓《はまゆみ》を売る出店、仕立ておろしの着物・足袋《たび》・雪踏《せった》の店まで並び、「足を空にして」と兼好《けんこう》法師が大晦日のさまを書いているのに思い合わせて、昔も今も世帯を持つ人々の年の瀬はちょっとの暇もないことである。

もはや押しつまった暮れの二十八日の夜中に、火事が起こった。がやがやと、焼ける家々の前を、車長持《くるまながもち》を引いて行く音、葛籠《つづら》や掛《かけ》硯《すずり》を肩にかけて逃げて行く者もある。穴蔵《あなぐら》の蓋《ふた》を取る間も遅しと、絹物類を投げ込むが、それもたちまち煙となって、焼野の雉子《きぎす》が子を思うように、人々は子を思い、妻をあわれみ、老母をいたわりながら、それぞれ縁故を頼って避難していったのは、まったく限りなく悲しいことであった。

ここに、本郷《ほんごう》のあたりに八百屋《やおや》八兵衛という商人があった。昔は素姓《すじょう》も卑しからぬ人で、この人に一人の娘があり、その名をお七といった。年も十六、花にたとえるなら上野《うえの》の桜の花盛り、月ならば隅田川《すみだがわ》に映る月のひかりのように清らかで、こんな美人も世にあるものであろうか、東下《あずまくだ》りの美男業平《なりひら》に時代違いで見せられないのが残念で、この女に思いを寄せない男はなかった。

このお七も火の手が近づいたので、母親に付き添って、かねがね帰依《きえ》していた旦那寺《だんなでら》、駒込《こまごめ》の吉祥寺《きちじょうじ》という寺に行って、さしあたっての難儀をしのいでいた。この人々に限らず、大勢の者がお寺に駆け込んだので、長老様の寝間に赤ん坊の泣く声がするやら、仏様の前に女の腰巻を取り散らかすやら、あるいは主人を踏みこえて行く者もあれば、親を枕《まくら》にして眠る者もあり、ごたごたの中にごろ寝して、夜が明けると、鐃鈸《にょうはち》や鉦《どら》を持ちだして手水盥《ちょうずだらい》の代用にしたり、仏前に供えるお茶湯の天目茶碗《てんもくちゃわん》も当座の仮の飯椀《めしわん》になったり、もったいないことであったが、こんな騒動の中のことであるから、お釈《しゃ》迦《か》様もそこは大目に見てくださるであろう。

お七は母親が大事にして、坊主といっても油断のできない世の中と、万事に気をつけていた。折から冬の夜嵐《よあらし》の寒さをしのぎかねていたところ、住職が慈悲の心から、着替えのある限りを出して皆に貸されたその中に、黒羽二重《くろはぶたえ》の大振袖《おおふりそで》があった。桐《きり》と銀杏《いちょう》の比翼紋《ひよくもん》で、紅絹裏《もみうら》を山道形に裾《すそ》取りし、色めいた小袖《こそで》の仕立てで、たき込めた香の薫《かお》りもまだ残っていて、お七は心をひかれて、「どんなお嬢様が若死になさったのだろう。その形見を見るのもつらいと、このお寺に寄進なさったものだろうか」と、自分の年ごろに思い合わせて、哀れにまたいたましく、見たこともない人のために無常心が起こって、「思えば人の一生は夢のようなもの、何もいらぬこの世の中だ。来世を願うことこそ、人間のまことの道だわ」と、しょんぼり思いに沈み、母親の数珠袋《じゅずぶくろ》をあけて、数珠を手にかけ、口の中でお題目を一心に唱えていた。

そのとき上品な若衆が、銀の毛抜きを片手に持って、左の人さし指に、あるかないかわからぬくらいのとげがささったのが気にかかると、夕暮れ時の障子をあけ、抜きなやんでおられた。お七の母親が見かねて、「抜いて差し上げましょう」とその毛抜きを受け取り、しばらく苦心しておられたが、老眼のためはっきりせず、とげを見つけることができずに困っておられる様子。お七はこれを見たときから、「私なら若くてよく見えるこの目で抜いてあげるのに」と思いながら、近寄りかねてたたずんでいると、母親が呼んで、「これを抜いて差し上げなさい」と言われたのはうれしかった。

その人の御手を取って、難儀を助けて差し上げたところ、この若衆は我を忘れて、私（お七）の手をきつく握りしめられましたので、離れがたく思ったけれども、母親が見ておられるのが気になり、仕方なく別れたが、その際にわざと毛抜きを持って帰り、またそれを返しにゆくといって後を追い、手を握り返したので、これから互いに思い合う仲となったのである。（ここはお七の気持ちを表現）

お七はしだいに恋い焦がれるようになって、「あの若衆様はどういうお方でしょう」と、納所坊主《なっしょぼうず》に尋ねたところ、「あれは、小野《おの》川吉三郎《がわきちさぶろう》殿と申して、ご先祖は由緒《ゆいしょ》正しいご浪人ですが、それはそれは優しくて、情けの深いお方でございます」と話してくれた。お七はいっそう恋心が募って、ひそかに恋文を書き、人目を忍んで届けたところ、今度は恋文の書き手が入れかわって、結局、吉三郎のほうからも、胸の思いを数々書き連ねた文を届けてきた。恋心が互いに入り乱れて、こういうのを相思相愛というのであろう。二人とも相手に返事をするまでもなく、いつとなく、深い恋人・思われ人になり、会うべき機会を待っているが、ままならぬ。これが憂き世というものである。

大晦日《おおみそか》はもの思いの闇《やみ》に暮れ、一夜明けるとあらたまの年の始め、門には門松を女松《めまつ》と男松《おまつ》と並べて飾り、新しい暦を見ても姫始めと書いてあるのがおかしかった。けれども二人はよい機会がなくて、ついに枕《まくら》を交わすこともなく、「君がため春の野に出《い》でて」と歌に詠まれた若菜を祝う七日も終わり、九日、十日も過ぎ、十一日、十二、十三、十四日も夕暮れて、もはや松の内も終わりになって、会うことができないのにつまらぬ浮き名ばかりが高くなったのも空《むな》しいことであった。

吉三郎の指に刺さったとげを抜こうとする母、その様子を見まもるお七。（版本挿絵より）

原文

ならひ風はげしく、師走《しはす》の空、雲の足さへはやく、春の事ども取りいそぎ、餅《もち》突く宿の隣には、小笹手毎《をざさてごと》に煤《すす》はきするもあり。天秤《てんびん》のかねさえて、取りやりも世の定めとていそがし。棚《たな》下《じた》を引連れ立ちて、「こん〳〵小目《こめ》くらに、お一文《もん》くだされませい」の声やかましく、古札納《ふるふだをさ》め、ざつき売《うり》、榧《かや》・かち栗《ぐり》・かまくら海老《えび》、通町《とほりちやう》にははま弓の出見世《でみせ》、新物《しんぶつ》・たび・雪踏《せつだ》、「あしを空《そら》にして」と、兼好《かねよし》が書出しおもひ合せて、今も世帯《せたい》もつ身のいとまなき事にぞありける。

はやおしつめて二十八日の夜半《やはん》に、わや〳〵と、火宅《くわたく》の門《かど》は、車長持《くるまながもち》ひく音、葛籠《つづら》・かけ硯《すずり》、かたに掛けてにぐるもあり。穴蔵《あなぐら》の蓋《ふた》とりあへず、かる物をなげ込みしに、時《とき》の間《ま》の煙となつて、焼野《やけの》の雉子《きぎす》、子を思ふがごとく、妻をあはれみ、老母をかなしみ、それ〳〵とのしるべの方《かた》へ立ちのきしは、さらに悲しさかぎりなかりき。

ここに、本郷《ほんがう》の辺《ほとり》に、八百屋《やほや》八兵衛とて売人《ばいにん》、むかしは俗姓《ぞくしやう》賤《いや》しからず。この人ひとりの娘あり、名はお七といへり。年も十六、花は上野の盛《さかり》、月は隅田川《すみだがは》のかげきよく、かかる美女のあるべきものか。都鳥《みやこどり》その業平《なりひら》に、時代ちがひにて見せぬ事の口惜《くちを》し。これに心を掛けざるはなし。

この人火元《ひもと》ちかづけば、母親につき添ひ、年頃《としごろ》頼みをかけし旦《だん》那寺《なでら》、駒込《こまごみ》の吉祥寺《きちじやうじ》といへるに行きて、当座《たうざ》の難《なん》をしのぎける。この人々にかぎらず、あまた御寺《みてら》にかけ入り、長老様の寝間《ねま》にも赤子《あかご》泣く声、仏前に女の二布《ふたの》の物を取りちらし、あるいは主人をふみこえ、親を枕とし、わけもなく臥《ふ》しまろびて、明くれば、鐃《ねう》鈸《はち》・鉦《どら》を手水《てうづ》だらひにし、お茶湯天目《ちやたうてんもく》も、かりのめし椀となり、この中《うち》の事なれば、釈迦《しやか》も見ゆるし給《たま》ふべし。

お七は母の親大事《だいじ》にかけ、坊主にも油断のならぬ世の中と、よろづに気を付け侍《はべ》る。折ふしの夜嵐《よあらし》をしのぎかねしに、亭坊《ていばう》、慈悲の心から、着替《きがへ》のある程《ほど》出して、かされける中に、黒羽二重《くろはぶたへ》の大ふり袖《そで》に、梧銀杏《きりいちやう》のならべ紋《もん》、紅《もみ》うらを山道《やまみち》のすそ取り、わけらしき小袖《こそで》の仕立《したて》、焼《た》きかけ残りて、お七心にとまり、「いかなる上臈《じやうらふ》か世をはようなり給ひ、形見もつらしと、この寺にあがり物《もの》か」と、我が年の頃おもひ出して、哀れにいたましく、あひみぬ人に無常おこりて、「思へば夢なれや、何事もいらぬ世や、後《ご》生《しやう》こそまことなれ」と、しほ〳〵としづみ果て、母人《ははびと》の珠数袋《じゆずぶくろ》をあけて、願ひの玉《たま》のを手にかけ、口のうちにして題目《だいもく》いとまなき折から、やごとなき若衆《わかしゆ》の、銀《しろかね》の毛貫《けぬき》片手に、左の人さし指にあるかなきかのとげの立ちけるも心にかかると、暮方《くれかた》の障子をひらき、身をなやみおはしけるを、母人見かね給ひ、「ぬきまゐらせん」と、その毛貫を取りてしばらくなやみ給へども、老眼《らうがん》のさだかならず、見付くる事かたくて、気の毒なるありさま、お七見しより、「我なら目時《めどき》の目にて、ぬかん物を」と思ひながら、近寄りかねてたたずむうちに、母人よび給ひて、「これをぬきてまゐらせよ」とのよし、うれし。

かの御手《おて》をとりて、難儀《なんぎ》をたすけ申しけるに、この若衆我をわすれて、自らが手をいたくしめさせ給ふを、はなれがたかれども、母の見給ふをうたてく、是非もなく立ち別れさまに、覚えて毛貫をとりて帰り、又返しにと跡をしたひ、その手を握りかへせば、これよりたがひの思ひとはなりける。

お七、次第にこがれて、「この若衆いかなる御方《おんかた》ぞ」と納所坊《なつしよばう》主《ず》に問ひければ、「あれは小野《をの》川《がは》吉三郎《きちさぶらう》殿と申して、先祖ただしき御浪人衆《ごらうにんしゆ》なるが、さりとはやさしく、情《なさけ》のふかき御かた」とかたるにぞ、なほおもひまさりて、忍び〳〵の文《ふみ》書きて、人しれずつかはしけるに、便りの人かはりて、結句、吉三郎方《かた》より、おもはくかず〳〵の文おくりける。心ざし、互《たがひ》に入乱《いりみだ》れて、これを諸《もろ》思《おも》ひとや申すべし。両方ともに返事なしに、いつとなく浅からぬ恋人・こはれ人、時節をまつうちこそうき世なれ。

大晦日《おほつごもり》はおもひの闇に暮れて、明くれば新玉《あらたま》の年のはじめ、女《め》松《まつ》・男松《をまつ》を立て飾りて、暦《こよみ》みそめしにも、姫はじめをかしかりき。されどもよき首尾なくて、つひに枕も定めず、君がため若菜《わかな》祝ひける日もおはりて、九日、十日過ぎ、十一日、十二、十三、十四日の夕暮、はや松のうちも皆になりて、甲斐《かひ》なく立ちし名こそはかなけれ。

71

大晦日《おおみそか》を舞台に借金回収をめぐる悲喜こもごもの人生模様

世《せ》間《けん》胸《むね》算《さん》用《よう》

元禄五年（一六九二）に刊行された井原西鶴《いはらさいかく》の浮世草子《うきよぞうし》で、全二〇話。副題に「大晦日《おおつごもり》は一日千金」とあるように、ほとんどが一年の収支決算日である大晦日を舞台とし、借金をはじめとした金銭をめぐる町人たちのやりとりを描く。誇張されつつあらわされた人間ドラマは喜劇、悲劇、情感あふれる話など、悲喜こもごも。最後にオチがつく話も多くみられ、その面白さは現在も色あせない。

あらすじ

話の大半を大晦日のこととし、町人間の金銭をめぐるやりとりを記す。裕福な人から貧しい人までが登場するが、とくに中下層の町人を多く取り上げ、金銭の算段や掛け取りとのかけひき、大晦日を迎えるにあたっての心がけなどが描かれ、彼らの哀しさ、たくましさが、笑いや涙を誘いつつ、面白おかしくあらわされる。

全二〇話のうち、次頁の よむ にその一つ、「鼠《ねずみ》の文使い」を掲げたが、そのほか、いくつかの著名な話のあらすじを、以下に紹介する。

巻一の三「伊勢海老《いせえび》は春の栬《もみじ》」 歳の暮れ、大坂では正月の蓬莱《ほうらい》の飾りに用いる伊勢海老《いせえび》の値段が高くなっており、ある町家では張子《はりこ》の海老を作らせて安く仕上げようとする。親父が倹約ぶりを得意がっていると、隠居している母親が、値が上がるのを見込んで十二月の中ごろに伊勢海老を安く手に入れていたと言う。親子でも勘定はきっちり済ますべきであると、母親は牛蒡《ごぼう》五把《わ》と伊勢海老とを交換する。

巻二の四「門柱《かどばしら》も皆《みな》かりの世《よ》」 大晦日のこと、長年借金に慣れている男が、庖丁《ほうちょう》をいじりまわして自殺を思い詰めている顔をし、掛け取りをみんな帰してしまう。その中で堀川の材木屋の丁稚《でっち》だけは男の芝居に引っかからず、門柱の代金を払わないのなら、と門柱を抜いて持ち帰ろうとしたので、男はしかたなく代金を払った。この丁稚は男のやり方を古いと言い、夫婦喧嘩《ふうふげんか》によって掛け取りを逃れる新しい方法を教える。すると、男は早速その夜ふけからこの手を使って、借金の返済を切り抜け、後に「大宮通りの喧嘩屋」と呼ばれるようになる。

巻三の三「小判《こばん》は寝姿《ねすがた》の夢《ゆめ》」 一気に金持ちになろうと思っていた貧乏な男が、江戸駿河町《するがちょう》の両替店で金がそのまま山のように積んであるのを見て、忘れられずにいる。男の妻が大晦日の明け方にその小判の山の夢をみるが、自分たちは大晦日も満足に越せない境遇、男は無間地獄《むけんじごく》に落ちても良いから無間の鐘をついて裕福になりたいと悪心が生じる。妻はそれを諫《いさ》め、赤子を置いて乳母《めのと》奉公に出る。その夜、無常を感じた男は、隣家の内儀から、妻の奉公先の主人が綺麗《きれい》な女性を使うのが好きで、妻が奉公先の亡くなった奥方に似ていると聞かされる。慌てて貰っていた前金を返して妻を取り戻し、涙ながらに年を越す。

巻四の三「亭主《ていしゅ》の入替《いれかわ》り」　大晦日前夜の淀川《よどがわ》下り船の中、客の一人が、人は淀の川瀬の水車のようにせわしなく稼ぐべきだと言うと、他の客はそれぞれ金策の不首尾話をする――毎年無心を頼んでいた伯母に今年は断られた話、弟を役者にしそこねて給銀《きゅうぎん》の前借りができなかった話、日蓮自筆の曼荼羅《まんだら》を売ろうとしたが相手が改宗したため売れなかった話、代金は三月払いで京都の織物屋仲間に例年貸し付けている米を、今年は断られた話――。するとある男が、仲の良い亭主同士が互いに入れ替わり、掛け取りのふりをする、という新案の掛け取り対策を教える。

巻五の三「平太郎殿《へいたろうどの》」　大晦日と重なった節分の晩、浄土真宗の寺で行なわれる、平太郎殿（親鸞《しんらん》上人の弟子）の法談には、男二人と老婆一人しか参詣人が無かった。灯明の油代にもならぬと住職が三人を帰そうとすると、老婆は掛け取りを逃れようとする息子に頼まれ、行方不明ということにするべく寺に来たと告白し、一人の男は婿入り先で商売に失敗し、故郷に金を工面に行ったがうまくいかずに戻り、妻や周囲から家を追い出されたと言う。もう一人の男も掛け取りから逃れる身であり、履き物泥棒のために寺に来たと打ち明ける。これらを聞いて人間界のありさまをしみじみ感じていた住職もまた、俗世間の雑事に翻弄され、暇なく過ごす。

よむ

◆鼠《ねずみ》の文《ふみ》づかい

〔巻一の四〕

毎年、煤払《すすはら》いは十二月十三日と決まっているので、菩提寺《ぼだいじ》の笹竹《ささだけ》を祝儀物だといって、月の数の十二本もらって、煤払いをしたあとは板葺《いたぶき》屋根の押え竹に使い、枝は束ねて箒《ほうき》に作らせ、塵《ちり》も埃《ほこり》も捨てないという、ずいぶん倹約な人があった。

去年は十三日は忙しかったので、大晦日に煤掃きをして、年に一度の風呂を沸かしたが、五月の粽《ちまき》の節句に作った殻《から》、盆に使った蓮《はす》の葉までも次々にためておいて、これを薪《たきぎ》がわりにして、これでも湯の沸くのに違いはないと、小さなことに気をつけて、世の中の無用の出費をいちいち穿鑿《せんさく》して、人よりも賢いという顔つきをする男がいた。

同じ屋敷の裏に、隠居所を建てて母親が住んでおられたが、この男を生んだ母親であるから、そのけちなことは大変なものであった。塗下駄《ぬりげた》の片方を風呂の下へ燃やす時に、つくづくと昔を思い出して、「ほんとにこの木履《ぼっくり》は、私が十八歳でこの家に嫁入りした時、雑長持《ぞうながもち》（雑具を入れる長持）に入れて持って来て、それから雨の日も雪の日も履いて、歯がちびただけで、五十三年になった。私一代はこの一足ですまそうと思っていたのに、惜しいことに片方は野良犬めにくわえられて半端になり、しかたなく今日燃やしてしまうことよ」と、四、五度も愚痴《ぐち》をこぼして、その後釜《かま》の中へ投げ込み、もう一つ何やら物思いの様子で、涙をはらはらとこぼし、「世の中で月日の過ぎるのは、夢のように早い。明日で一年目になるが、惜しいことをしました」と、しばらく悲しみもやみがたい状態であった。折から近所の医者が、「まずもって、めでたい年の暮れであるから、悲しむのはおやめなさい。そしてそれは、元日にどなたがお亡くなりになったか」と尋ねられたところ、次のようなことを言った

「いくら私が愚かだといっても、人の生死をこれほどまでに嘆くことではございません。私の惜しむのは、今年の元日に堺《さかい》の妹が年始に来て、お年玉の銀《かね》一包みをくれたので、どれほどか嬉《うれ》しく思い、恵方棚《えほうだな》へあげておきましたのに、その夜、盗まれました。そもそも、勝手を知らない者の盗むことではありません。その後、いろいろの祈願を諸神にかけましたが、その甲斐《かい》もありません。また、山伏《やまぶし》に祈禱《きとう》を頼みましたところ、『この銀が七日以内に出ますなら、護摩《ごま》壇《だん》の上の御幣《ごへい》が動き出し、お灯明《とうみょう》がしだいに消えます。これが大願成就したしるしです』と言いました。そのとおり、祈禱の最中に御幣が動き出し、お灯明が小さくなって消えました。これは神仏の霊《れい》験《げん》あらたかなしるし、まだ末世《まっせ》ではない。ありがたいことと思い、奮発してお賽銭《さいせん》百二十文《もん》をあげて、七日待ちましたが、この銀は出ません。ある人に話しましたら、『それは盗人に追銭《おいせん》というものだ。このごろは仕掛山伏《しかけやまぶし》といって、いろいろと護摩壇に仕掛をし、白紙の人形《ひとがた》に土佐踊《とさおどり》をさせなどするが、これはこの前、松田という手品師がやって見せたことなのに、みな賢すぎて、結局、何でもないことにだまされるのだ。その御幣が動き出すのは、御幣を立てておく台座に壺《つぼ》が仕掛けてあって、その中にどじょうを入れておくのだ。数珠《じゅず》をさらさらと押しもんで、東方に、西方にと呪文を唱えながら、独鈷《とっこ》・錫杖《しゃくじょう》で仏壇を荒々しく打つと、どじょうがこれに驚き、上を下へと騒いで、御幣の串に当たるので、しばらく動いて、知らぬ目から見れば恐ろしく見える。また灯明の消えるのは、台に砂時計を仕掛けて、油を抜き取るのだ』と言われました。この話を聞いたので、いよいよ損の上の損をしたことがわかりました。私はこの年になるまで、銭一文落とさずに生きてきましたのに、今年の大晦日はこの銀が見あたらないので、胸算用が違って、気がかりな正月を迎えますので、何もかもおもしろくありません」と、世間の外聞もかまわないで、大声をあげて泣かれたので、一家中しらけた気分となり、「私どもが疑われるのは迷惑だ」と、めいめいの心中で、諸神に祈願をしたのだった。

おおよそ煤掃きも終わって、屋根裏まで捜した時、棟木《むなぎ》の間から杉原紙《すぎはらがみ》の一包みを捜し出し、よくよく見ると、隠居が尋ねておられる年玉の銀包みに間違いない。

「人の盗まぬ物は出ますよ。さてさて憎い鼠め」と言うと、お婆《ばば》はなかなか納得されず、「これほど遠歩きする鼠を見たことがない。頭の黒い鼠の仕業、これからは油断のできないことだ」と、畳を叩《たた》いてわめかれたので、医者が風呂よりあがり、「このようなことは、古代にも先例がありますよ。人皇《にんのう》三十七代の孝徳天皇の御代《みよ》、大化元年十二月晦日《つごもり》に、大和国《やまとのくに》岡本の都を、難波《なにわ》長柄《ながら》の豊碕《とよさき》にお移しになった時、大和の鼠もそれにつれて宿替えをし、それぞれの世帯道具を運んで行ったのがおかしかった。巣の穴をつくろった古綿、鳶《とび》から隠れる紙蒲団《かみぶとん》、猫の見つけぬための守り袋、鼬《いたち》の通路をさえぎるとがり杭《ぐい》、升落《ますおと》しの支え、油火を消すための板ぎれ、鰹節《かつおぶし》を引く時の梃子枕《てこまくら》、その他嫁入りの時の熨斗《のし》、ごまめの頭、熊野参りに行くときの小米苞《こごめづと》まで、二日の道のりがあるところをくわえて運んだのですから、まして隠居所と母屋はわずかの距離、鼠が引いて行かないものでもありません」と、年代記を引用して言ったが、なかなか納得されない。

「口賢くはおっしゃいますが、目前に見ないことには本当のことになりません」と言われる。どうにもしかたなく、ようよう考えついて、長崎水右衛門が仕込んだ鼠つかいの藤兵衛《とうべえ》を雇いにやって、藤

兵衛が、「ただ今あの鼠が、人の言うことを聞いて、さまざまの芸尽しをします。若い衆に頼まれて、恋の文使い」と言うと、封をした手紙をくわえて、前後を見回し、人の袖口から手紙を入れた。また銭一文を投げて、「これで餅を買って来い」と言うと、銭を置いて、餅をくわえて戻る。「どうですか。もう強情はおやめなさい」と言うと、「これを見ると、鼠も包み金を引かないものでもない。さてようやく疑いは晴れました。しかしながら、このような盗み心のある鼠に宿を貸しておいた不運に、私がまる一年この銀《かね》を遊ばせておいた利息を、必ず母屋から返済なされ」と言いがかりをつけ、年利一割五分の利息で、十二月晦日《みそか》の夜に受け取り、「これで本当の正月をする」といって、この婆はひとり寝をされた。

大晦日、隠居の婆さまの沸かした風呂に入る医者。鼠を煤竹(すすたけ)で追う男たち。(版本挿絵より)

原文

毎年煤払《まいねんすすはらひ》は極月《ごくげつ》十三日に定めて、旦那寺《だんなでら》の笹竹《ささだけ》を、祝ひ物とて月の数《かず》十二本もらひて、煤を払ひての跡を取葺屋根《とりぶきやね》の押へ竹につかひ、枝は箒《はうき》に結はせて、塵《ちり》もほこりもすてぬ、随分《ずいぶん》こまかなる人ありける。

過ぎし年は十三日にいそがしく、大晦日《おほつごもり》に煤はきて、年に一度の水風呂《すいふろ》を焼《た》かれしに、五月の粽《ちまき》のから、盆の蓮《はす》の葉までも段々にため置き、湯のわくに違ひはなしとて、こまかな事に気をつけて、世のつひえぜんさく人に過ぎて、利発顔《りはつがほ》する男あり。

同じ屋敷の裏に、隠居たてて母親の住まれしが、この男うまれたる母なれば、そのしわき事かぎりなし。塗下駄《ぬりげた》片足《かたし》なるを水風呂の下へ焼く時、つくぐ〵むかしを思ひ出し、「まことにこの木《ぼく》履《り》は、われ十八の時この家に嫁入《よめり》せし時、雑長持《ざふながもち》に入れて来て、それから雨にも雪にもはきて、羽のちびたるばかり、五十三年になりぬ。我一代《われいちだい》は、一足《そく》にて埒《らち》を明けんとおもひしに、惜しや片《かた》足《し》は野ら犬めに喰《く》はへられ、はしたになりて、是非もなく、けふ煙《けむり》になす事よ」と、四五度《ど》もくりごとをいひて、その後、釜《かま》の中へ投げ捨てられ、今ひとつ、何やら物思ひの風情《ふぜい》して、泪《なみだ》をはらく〵とこぼし、「世に月日のたつは夢ぢや。明日《あす》はそのむかはりになるが、惜しい事をしました」と、しばしなげきのやみがたし。

折ふし、近所の医者水風呂《すいふろ》にいられしが、「まづ以《もつ》て目出たき年のくれなれば、御なげきをやめさせ給へ。してそれは、元日《ぐわんじつ》にどなたの御死去《ごしきよ》なされた」と尋ねられしに、「いかに愚智《ぐち》なればとて、人の生死《しやうじ》をこれ程になげく事ではござらぬ。わたくしの惜しむは、去年《きよねん》の元日に堺《さかひ》の妹《いもと》が礼に参つて、年玉銀一包《としだまがねひとつつみ》くれしを、何ほどかうれしく、元方棚《えはうだん》へあげ置きしに、その夜《よ》盗まれました。そもや、勝手しらぬ者の取る事ではござらぬ。その後色々の願《ぐわん》を諸神《しよじん》にかけますれども、その甲斐《かひ》もなし。又山伏《やまぶし》に祈りを頼みましたれば、『この銀《かね》七日のうちに出ますれば、壇《だん》の上なる御幣《ごへい》がうごき、御灯《みとう》が次第に消えますが、大願《だいぐわん》の成就《じやうじゆ》せししるし』といひける。あんのごとく、祈り最中《さいちゆう》に御幣ゆるぎ出、ともし火《び》かすかになりて消えける。これは神仏《かみほとけ》の事末世《まつせ》ならず、ありがたき御事と思ひ、お初尾《はつお》百二十上げて、七日待てどもこの銀《かね》は出ず。さる人に語りければ、『それは盗人《ぬすびと》に追ひといふ物なり。今時は仕かけ山伏とて、さま〲ごまの壇にからくりいたし、白紙人形《しらかみひとがた》に土佐踊《とさをどり》さすなど、この前《まへ》松田といふ放下師《ほうかし》がしたる事なれども、皆人賢《みなひとかしこ》過ぎて、結句《けつく》近き事にはまりぬ。その御幣《ごへい》のうごき出《い》づるは、立置《たてお》きたる岩座《いはざ》に壺《つぼ》ありて、その中に鯲《どぢやう》を生置《いけお》きける。珠《じゅ》数《ず》さら〱と押揉《おしもん》で、東方《とうばう》に西方《さいばう》にと、とつかう・錫杖《しやくぢやう》にて仏壇《ぶつだん》をあらけなくうてば、鯲《どぢやう》がこれにおどろき、上を下へとさわぎ、幣串《へいぐし》にあたれば、しばらく動きて、しらぬ目からはおそろし。又灯明《とうみやう》は、台に砂時計をしくはし、油をぬき取る事ぞ』と。この物語を聞くから、いよ〱損のうへの損をいたした。我《われ》この年まで、銭一文落《おと》さずくらせしに、今年の大晦日《おほつごもり》は、この銀《かね》の見えぬゆゑ胸算用《むなざんよう》ちがひて、心がかりの正月をいたせば、よろづの事おもしろからず」と、世の外聞《ぐわいぶん》もかまはず、大声あげて泣かれければ、家内《けない》の者ども興をさまし、「我々疑はるる事の迷惑」と、心々に諸神に祈誓《きせい》をかけける。

大方《おほかた》煤もはき仕回《しま》ひて、屋根うらまであらためける時、棟木《むなぎ》の間《あひ》より杉原紙《すぎはらがみ》の一包《ひとつつみ》をさがし出し、よく〱見れば、隠居《いんきよ》の尋ねらるる年玉銀《としだまがね》にまぎれなし。

「人の盗まぬものは出ますするぞ。さるほどに憎い鼠め」といへば、お祖母《ばば》なか〱合点せられず、「これほど遠ありきいたす鼠を見た事なし。あたまの黒いねずみの業《わざ》、これからは油断のならぬ事」と、畳《たたみ》たたきてわめかれければ、薬師《くすし》水風呂よりあがり、

「かかる事には古代にもためしあり。人皇《にんわう》三十七代孝徳天皇の御《おん》時《とき》、大化元年十二月晦日《つごもり》に、大和《やまと》の国岡本の都を難波長柄《なにはながら》の豊崎《とよさき》に移させ給へば、和州《わしう》の鼠もつれて宿替《やどがへ》しけるに、それ〲の世《せ》帯道具《たいだうぐ》をばはこぶこそをかしけれ。穴をくろめし古綿、鳶《とび》にかくるる紙ぶすま、猫の見付けぬ守り袋、鼬《いたち》の道切るとがり杭《ぐひ》、桝《ます》おとしのかいづめ、油火を消す板ぎれ、鰹節《かつおぶし》引くてこまくら、その外娌入《ほかよめり》の時の熨斗《のし》、ごまめのかしら、熊野《くまの》参《まゐ》りの小米《こごめ》づとまで、二日路《ふつかぢ》ある所をくはへてはこびければ、まして隠居と面屋《おもや》わづかの所、引くまじき事にあらず」と、年代記を引いて申せど、中々《なかなか》同心いたされず。

「口がしこくは仰せらるれども、目前に見ぬ事はまことにならぬ」と申されければ、何ともせんかたなく、やう〱案じ出し、長崎水右衛門がしいれたる鼠づかひの藤兵衛《とうべゑ》をやとひにつかはし、「只今《ただいま》あの鼠が、人のいふ事を聞入《ききい》れてさま〲の芸《げい》づくし。若い衆《しゅう》にたのまれ恋の文《ふみ》づかひ」といへば、封《ふう》じたる文《ふみ》くはへて、跡先《あとさき》を見回し、人の袖口《そでぐち》より文《ふみ》を入れける。又銭一文なげて、「これで餅《もち》かうてこい」といへば、銭を置いて餅くはへて戻る。「何と〱我《が》を折り給へ」といへば、「これを見れば、鼠も包みがねを引くまじきものにあらず。さてはうたがひはれました。さりながら、かかる盗み心のある鼠を宿《やど》しられたるふしやうに、まん丸《まる》一年、この銀《かね》をあそばして置きたる利銀《りぎん》を、急度《きつと》面屋《おもや》からすまし給へ」といひがかり、一割半の算用にして、十二月晦日《つごもり》の夜請《うけ》取《と》り、「本《ほん》の正月をする」とて、この祖母《ばば》ひとり寝《ね》をせられける。

72

落語なども大きな影響を与えた、江戸時代の笑話集

醒《せい》睡《すい》笑《しょう》

京都の僧安楽庵策伝《あんらくあんさくでん》によって作られた仮名草子《かなぞうし》の笑話集。京都所司代板倉重宗《いたくらしげむね》の勧めもあり、元和九年(一六二三)に八冊にまとめられ、寛永五年(一六二八)に重宗に献呈された。小僧の時から書きとどめた(説教の場で用いるためであったか)という笑話は千三十あまり(後に出版された本は話数を三百程度まで整理される)を数える。現代の落語の源流のひとつともいうべき本。

内容紹介

収められている笑話は、たとえば『宇治拾遺物語』のような中世説話に拠《よ》っている話があったり、先行笑話である『寒川入道《さむかわにゅうどう》 筆記《ひっき》』、『戯言養気集《ぎげんようきしゅう》』、『きのふはけふの物語』などと共通する話があったりするなど、すべてが策伝による創作というわけではなく、書承や口承で伝わる話も含まれる。

話数は千三十あまりを数え、それらは「謂《い》えば謂わるる物の由来」(こじつけた語源話や由来話)、「鈍副子《どんふうす》」(間抜けな副子〈禅寺の出納役〉)、「祝い過ぎるも異な物」(縁起かつぎの過ぎる話)、「躻《うつけ》」(愚か者の話)、「不文字《ふもじ》」(文字知らずの話)、「恋の道」、「悋気《りんき》」(恋愛における嫉妬を笑う話)、「推は違うた」(推量違いによる笑い話)、「うそつき」、「廃忘《はいもう》」(失敗を取り繕おうとしてなお失敗する話)、「頓作《とんさく》」(頓智話)、「祝い済まいた」(慶事におけるめでたい笑話)など、全部で四十二に分類される。

これらは、おろか話やとんち話、失敗話、人の性癖を笑う話、好色話などさまざまな話を含んでおり、中には京都所司代板倉伊賀守《いがのかみ》勝重《かつしげ》(重宗の父)の名裁判話(いわゆる「板倉政談」)が述べられる章(「聞こえた批判」)や、謡曲や幸若舞《こうわかまい》の文句をもじったような話を集める章(「謡」「舞」)もある。

笑話には、笑いを引き起こす部分が狂歌を詠むことであらわされているものも多く、この時代の笑話の特徴を感じ取ることができる。話に登場する人物は町人のほか、寺院の僧侶や公家・大名といった貴人もいて、こういった登場人物や話の題材をみると、策伝の、僧として育った出自や京都誓願寺《せいがんじ》五十五世法主として経験した貴人や文化人との交流関係、それらを通じて養われてきた学問や芸事への造詣がうかがえる。

だじゃれの歌

〔「落書《らくしょ》」より〕

誓願寺はもと上京《かみぎょう》(京都市上京区)にあったが、天正二年(一五七四)の戦で炎上した。その時、近くの戒光寺《かいこうじ》の釈迦堂《しゃかどう》を無理に借りて仮屋にせよと、乱暴にも取り壊してきて、仮の御堂を作って本尊阿弥陀如来《あみだにょらい》を据えた。このことを聞いた山科言継卿《やましなときつぐ》がおっしゃった。

釈迦《しやか》むりに弥陀《みだ》に御堂《みだう》をとられけり阿難《あなん》むざうや何とかせうと

——釈迦牟尼《しゃかむに》様はむりやりに、阿弥陀如来様に御堂を取られてしまい、釈迦十大弟子の阿難《あなん》様や迦葉《かしょう》様とが、こんなふうに嘆いたことだよ。「あなん(ああ)、無残な、何とかしょう(どうしようか)」

原文　上京《かみぎやう》に誓願寺《せいぐわんじ》のありし時、事の悪縁《あくえん》によりて炎上せらる。戒光寺《かいくわうじ》の釈迦堂《しやかだう》押し借りて、仮屋《かりや》にせよやと毀《こぼ》ちとりて、弥陀《みだ》を置きたりし時、前の山科殿《やましなどの》、

釈迦《しやか》むりに弥陀《みだ》に御堂《みだう》をとられけり阿難《あなん》むざうや何とかせう

と

蛸《たこ》は消化が悪い

〔「自堕落」より〕

坊主たちと俗人たちが、同じ座敷で一緒に雑談を楽しんでいたところ、ある坊主が急に咳《せき》をして、のどから痰《たん》のかたまりのようなものを吐き出した。そばにいた男がそれを手に取ってみると、蛸だった。「これは妙な物が出た」と、みなが口をそろえて言ったので、坊主が言うには、「これはさてさて、喝食《かっしき》(寺の稚児《ちご》)の時に食った蛸が今、口から出たのだ。蛸は消化がわるいというが、まったく本当だなあ」。

原文　僧俗ともに交はり語りなぐさむ座敷にて、ある坊主、急に咳《すはぶき》をしけるが、喉《のど》より痰《たん》のかたまりたるやうなる物を吐《い》き出だしたり。そばにゐたる男の取りて見れば、蛸《たこ》なり。「これは異な物が出た」と、口を揃《そろ》へていひければ、「されば喝食《かっしき》の時くうてあつたが、今出た。つねに蛸は消えかぬるといふが、誠ぢゃよ」。

開き直って居留守《いるす》

〔「そでない合点」より〕

借金を催促するため何度人を遣わしても返さない。それならばと、貸した本人が直接出向いた。「こちらの亭主の道善《どうぜん》に会いたい」と言ったところ、亭主が出てきて、「道善は留守でございます」と言った。「いやいや、そちは道善ではないか」と言ったところ、主人が答えた返事といったら……。

「さてさて、この人はなんとひどいことを。亭主の道善が直に会って留守だと言っているのを、お疑いになるのか」。

原文　借銭《しゃくせん》を乞《こ》ひに、幾度《いくたび》人を遣はせども、なすことなし。さらばとて直《ぢき》に行き、「これの亭主道善《だうぜん》に逢《あ》はむ」といふ。亭主出《い》でて、「道善は留守に候《さうらふ》」といふ。「いや、そちは道善ではなきか」。

「さてここな人は。亭主の道善が、直に逢うて留守といふを、疑はるるかや」。

73

おくのほそ道

北関東・東北・北陸への旅を、発句と文章で綴《つづ》る名紀行文

元禄二年(一六八九)に江戸を出発し、北関東・東北・北陸を旅した体験に基づいて、芭蕉《ばしょう》が没する元禄七年まで推敲《すいこう》を重ねて成った、江戸時代はもとより日本古典文学を代表する紀行文。旅で出会った自然や人間との関わり、過去へと遡る思いに基づき、人間とはなにかを探究する名著。「夏草や兵《つはもの》どもが夢の跡」「閑《しづ》かさや岩にしみ入る蟬《せみ》の声」「荒海や佐渡に横たふ天の河」など名句も数多い。

あらすじ

芭蕉(一六四四～九四)はいうまでもなく日本を代表する俳人であり、古典文学の作者としても屈指の存在である。生活と旅の厳しさを自己に科し、そのなかで生み出された作品の数々は、「古池や蛙《かはづ》飛びこむ水のをと」「山路来て何やらゆかしすみれ草」をはじめとして、今でも多くの人々によって愛されている。『おくのほそ道』のあらすじに入る前に、俳諧史における芭蕉と、芭蕉の人生について記しておきたい。

室町時代、五七五に七七を付け、さらに五七五を付けていく連歌が盛んになった。江戸時代に入ると、その第一句目、すなわち発句《ほっく》に独立した価値が広く認められるようになる。この発句を、自立性の高い文芸へと高からしめたのが、芭蕉であった。

まず江戸時代初頭には、松永貞徳《まつながていとく》(一五七一～一六五三)が主導した縁語、掛詞《かけことば》を用いる温雅な句風の貞門《ていもん》俳諧が流行する。さらにそれに飽き足らない西山宗因《にしやまそういん》(一六〇五～八二)を中心とした人々によって、より自由に言語的実験を試みる談林《だんりん》俳諧が台頭する。

この貞門俳諧と談林俳諧のよさを統合し、高い次元に押し上げるような存在として登場してくるのが芭蕉なのである。

俳諧を詩的に高めた芭蕉の門下には、其角《きかく》、嵐雪、許六《きょりく》、去来、凡兆、野坡《やば》、支考ら多くの優れた俳人が集まってきた。この一門を蕉門と称する。蕉門俳諧の頂点にある句集が『猿蓑《さるみの》』である。

芭蕉は発句のみならず、多くのすぐれた俳文・日記・紀行を遺した。その紀行の代表作が『おくのほそ道』である。この傑作を生んだ背景には、旅と切っても切れない、彼の人生がある。

芭蕉は、寛永二十一年(一六四四)、伊賀国《いがのくに》(三重県)に生まれた。藤堂《とうどう》藩伊賀付の侍大将、藤堂新七郎の子良忠《よしただ》(俳号、蟬吟《せんぎん》)の近習《きんじゅう》であった芭蕉は、良忠が北村季吟《きたむらきぎん》門下の俳人であった縁で、俳諧の道

に入る。寛文六年(一六六六)に良忠が二十五歳の若さで没したため、二十三歳だった芭蕉もまもなく藤堂家を退いた。そして、延宝二年(一六七四)の冬か、翌年初めには江戸へ向かったらしい。

江戸での修業の甲斐あって、延宝五年もしくは翌年には俳諧宗匠になるものの、延宝八年冬、三十七歳の時に、深川に移り住む。俳諧宗匠としての安定した職業生活を捨てて、厳しい暮らしの中に身を投じ、文学性を純粋に追究しようとしたのだとされている。

こののち、芭蕉は旅に出て活路を開こうとする。貞享元年(一六八四)の『野ざらし紀行』の旅を皮切りに、『鹿島詣《かしまもうで》』『笈《おい》の小文《こぶみ》』『更科《さらしな》紀行』の旅を経て、元禄二年に『おくのほそ道』の旅に赴いたのである。芭蕉四十六歳の時のことだった。

『おくのほそ道』の六か月の旅を終えて伊賀上野へ帰郷したのち、滋賀の幻住庵《げんじゅうあん》、京都の落柿舎《らくししゃ》などと居を移しながら、蕉門門下生たちと『猿蓑《さるみの》』を編纂《へんさん》した。

『おくのほそ道』は推敲に推敲を重ね、旅から五年が経った元禄七年に完成、しかしその年の十月、旅先の大坂で、「旅に病んで夢は枯野をかけ廻《めぐ》る」の句を残し、芭蕉は五十一歳で没した。

では、『おくのほそ道』のあらすじを、本文に掲載できなかった名句を交えて解説していこう。

元禄二年三月末に、見送りに来てくれた人々と別れを惜しみながら、江戸を発つ。もしかしたら、もう戻ってくることはできないかもしれない。そんな覚悟を心の内に秘めての旅立ちだった。

行《ゆ》く春や鳥啼《な》き魚《うを》の目は泪《なみだ》

同行するのは門人の曾良《そら》のみの二人旅である。千住から草加へ進み、日光(栃木県日光市)の東照宮に参拝する。

あらたうと青葉若葉の日の光

那須周辺の名所・旧跡を探訪し、白河の関(福島県白河市)を越え、いよいよ東北地方へと入る。たくさんの島々が浮かぶ松島では、感動のあまり、句を詠むことができなかった。→よむ

平泉では、義経追討の合戦に思いを馳せて人間の営みのはかなさを実感する一方、自然の悠久さに心を奪われてしまう。→よむ

立石寺では、蟬の声に深遠さを感じ(→よむ)、最上川に至る。

五月雨《さみだれ》をあつめて早し最上川

月山《がっさん》に登って、清浄な心境を得たあと、日本海側に至り、象潟《きさかた》まで足を伸ばして、その美しい光景を味わった。

象潟や雨に西施《せいし》がねぶの花

越後路に入って、持病が出てしまうものの、佐渡が島をながめやることで名句が生まれる。→よむ

日本海に面した難所、親知らず・子知らずを越えて、市振《いちぶり》(新潟県糸魚川市)では、新潟の遊女に出会った。

一《ひとつ》家《いへ》に遊女も寝たり萩と月

金沢(石川県金沢市)では、一笑という若い俳人の死を知る。

塚も動け我が泣く声は秋の風

多太《ただ》神社(石川県小松市)では、源平の合戦で討ち死にした斎藤別当実盛《さねもり》を追懐する。

むざんやな甲《かぶと》の下のきりぎりす

山中温泉では、曾良が腹をこわし、離脱してしまう。→よむ

福井、敦賀と旅を続け、終着地の大垣(岐阜県大垣市)に着いた時には、秋の暮れになっていた。途中別れた曾良もやって来て、ほかにも門人たちが訪れ、旅の終結を祝ったのだった。

蛤《はまぐり》のふたみにわかれ行く秋ぞ

よむ

百代《はくたい》の過客《かきゃく》

月日は永遠に旅を続けていく旅人であり、来ては去り去っては来る年々も、また同じように旅人である。舟の上で働いて一生を送り、旅人や荷物を乗せる馬を引いて年をとり老年を迎える者は、毎日の生活が旅であって、旅そのものを自分のすみかとしている。風雅の道の古人たちも、たくさん旅中に死んでいる。

　私もいつのころからか、ちぎれ雲を吹きとばす風に旅心をそそられて漂泊の思いが止《や》まず、近年は、海辺の地方をさまよい歩き、去年の秋、隅田川《すみだがわ》のほとりの破れ家にもどり、蜘蛛《くも》の古巣を払って、住んでいるうち、しだいに年も暮れたのだった。

が、新しい年になると、春霞《はるがすみ》の立ちこめる空のもとに白河《しらかわ》の関を越えたいと、そぞろ神が私にとりついて心を狂わせ、道祖神の旅へ出てこいという招きにあって、取るものも手につかない。股引《ももひき》の破れをつくろい、笠《かさ》の緒をつけかえて、三里に灸《きゅう》をすえると、もう心はいつか旅の上——松島の月の美しさが何より気になって、二度と帰れるかどうかもわからない旅であるから、いままで住んでいた芭蕉庵は人に譲り、杉風《さんぷう》の別荘に移ったが、

草《くさ》の戸《と》も住替《すみかは》る代《よ》ぞ雛《ひな》の家《いへ》

——わびしい草庵も自分の次の住人がもう代わり住んで、時も雛祭のころ、さすがに自分のような世捨人《よすてびと》とは異なり、雛を飾った家になっていることよ

と詠んで、この句を発句にして、面八句をつらね、草庵の柱に掛けておいた。

原文

月日《つきひ》は百代《はくたい》の過客《くわかく》にして、行《ゆき》かふ年も又旅人《たびびと》也《なり》。舟の上に生涯をうかべ、馬の口とらへて老《おい》をむかふるものは、日々旅にして旅を栖《すみか》とす。古人も多く旅に死せるあり。

予《よ》もいづれの年よりか、片雲《へんうん》の風にさそはれて、漂泊《へうはく》のおもひやまず、海浜《かいひん》にさすらへて、去年《こぞ》の秋江上《かうしやう》の破屋《はをく》に蜘《くも》の古巣をはらひて、やゝ年も暮《くれ》、春立《たて》る霞《かすみ》の空に、白川《しらかは》の関こえむと、そゞろがみの物につきてこゝろをくるはせ、道祖神《だうそじん》のまねきにあひて、取《とる》もの手につかず。もゝ引《ひき》の破《やぶれ》をつゞり、笠《かさ》の緒《を》付《つけ》かへて、三里《さんり》に灸《きう》すゆるより、松嶋《まつしま》の月先《まづ》心にかゝりて、住《すめ》る方《かた》は人に譲りて、杉風《さんぷう》が別墅《べつしよ》に移るに、

草《くさ》の戸《と》も住替《すみかは》る代《よ》ぞ雛《ひな》の家《いへ》

面《おもて》八句《はちく》を庵《あん》の柱に懸置《かけおく》。

松島

宮城県塩竈市

松島のことをいまさら述べるのは、言いふるされているようだが、さてもこの松島はわが国第一のよい風景であって、中国の洞庭湖《どうていこ》や西湖《せいこ》に比べても決して劣ることはない。

　東南から海が陸に入りこむように湾をつくっていて、湾の中は三里四方、中にはあの浙江《せっこう》の潮《うしお》のような漫々たる潮が満ちている。無数の島々が点在していて、高くそびえている島は天を指さし、低く横たわる島は波の上に腹ばいになっているようだ。ある島は二重に、またある島は三重に重なりあっており、左の方の島は離ればなれかと思うと、右の方の島は横に続いており、小さな島を背負ったようなものや抱いたようなものもあって、それらは、子や孫が仲良くす

るさまにも似ている。松の緑が濃く、枝葉は潮風に吹き曲げられて、その曲がった枝ぶりは自然に生じたものながら、ことさら曲げ整えたようにいい格好である。

このような松島の景色は見る人をうっとりさせるような美しさで、蘇《そ》東坡《とうば》の詩にあるように、美人がその顔に化粧したような趣がある。神代の昔、大山祇《おおやまつみ》の神がつくりなしたわざなのだろうか。自然をつくりたもう神のはたらきの見事さを、人間の誰が絵画や詩文に十分に表現できよう、とてもできるものではない。

原文

抑《そもそも》事《こと》ふりにたれど、松島は扶桑《ふさう》第一の好風《かうふう》にして、およそ洞庭《とうてい》・西湖《せいこ》を恥《はぢ》ず。東南より海を入《いれ》て、江《え》の中《うち》三里、浙江《せつかう》の潮《うしほ》をたゝふ。嶋々《しまじま》の数を尽《つく》して、欹《そばだつ》ものは天を指《ゆびさし》、ふすものは波に匍匐《はらばふ》。あるは二重《ふたへ》にかさなり、三重《みへ》に畳《たたみ》て、左《ひだ》りにわかれ、右につらなる。負《おへ》るあり、抱《いだけ》るあり、児孫《じそん》愛すがごとし。松のみどりこまやかに、枝葉《しえふ》汐風《しほかぜ》に吹《ふき》たわめて、屈曲《くつきよく》おのづからためたるがごとし。其景《そのけ》色《しき》窅然《えうぜん》として、美人の顔《かんばせ》を粧《よそほ》ふ。千《ち》早振《はやふる》神の昔、大山《おほやま》ずみのなせるわざにや。造化《ざうくわ》の天工《てんこう》、いづれの人か筆をふるひ、詞《ことば》を尽さむ。

◆雄《お》島《じま》の磯《いそ》

宮城県塩竈市

雄島の磯は、陸から地続きで海に突き出た島である。雲居《うんご》禅師《ぜんじ》の別室の跡や、坐《ざ》禅石《ぜんせき》などがある。また、松の木陰に出家隠遁《いんとん》している人も少しはいるらしく、落葉や松笠などを焼く煙が立ちのぼる草《そう》庵《あん》に、ひとり静かに住んでいる様子で、どんな人かはわからないが、なんとなく心ひかれるので、近くに立ち寄って様子をうかがっていると、折から出た月が海に映って、昼の眺めとはまた変わった趣になった。海岸にもどって宿をとると、その宿屋は、窓を海上に向かって開けた二階造りで、自然の風光のただ中に旅寝をするような気分になり、不思議なほどよい心持ちがするのであった。曾良《そら》は、

松《まつ》島《しま》や鶴《つる》に身《み》をかれほとゝぎす　曾良

——この松島に来てみると、いかにも壮大秀麗な風景である。古人は、千鳥が鶴の毛衣《けごろも》を借りることを歌に詠んでいるが、今は千鳥の季節ではなく、ほととぎすの鳴く季節。ほととぎすよ、白い鶴に身を借りて、この松島の上を鳴き渡れ

という句を作った。

私は、このすばらしい景色に向かっては句を案ずるどころではなく、句作をあきらめて眠ろうとするのだが、といって眠るに眠られない。芭蕉庵を立ち出《い》でる時、素《そ》堂《どう》が餞別《せんべつ》に松島の漢詩を作ってくれ、原安適《はらあんてき》が松が浦島の和歌を贈ってくれた。眠られぬままに、頭《ず》陀袋《だぶくろ》の口を解いてこれらの詩歌を取り出し、今晩のさびしさを慰める友とした。このほか、袋の中には松島を詠んだ杉風《さんぷう》や濁子《じょくし》の発句も入っていた。

原文

雄《を》嶋《じま》が磯は地つゞきて、海に成出《なりいで》たる嶋也《しまなり》。雲居《うんご》禅師《ぜんじ》の別室の跡、坐《ざ》禅石《ぜんせき》など有《あり》。将《はた》松の木陰《こかげ》に世をいとふ人も稀々《まれまれ》見え侍《はべ》りて、落穂《おちぼ》・松笠《まつかさ》など打煙《うちけぶり》たる草の庵閑《いほりしづか》に住《すみ》なし、いかなる人とはしられずながら、先《まづ》なつかしく立寄《たちよる》ほどに、月《つき》海に移りて、昼のながめ又あらたむ。江上《かうしやう》に帰りて宿を求《もとむ》れば、窓を開《ひらき》二階を作《つくり》て、風雲《ふううん》の中《うち》に旅寐《たびね》するこそ、あやしきまで妙《たへ》なる心地《ここち》はせらるれ。

松《まつ》島《しま》や靏《つる》に身《み》をかれほとゝぎす　曾良

予《よ》は口をとぢて、眠らむとしていねられず。旧庵《きうあん》をわかるゝ時、

素堂《そだう》松嶋の詩有《あり》。原安適《はらあんてき》松がうらしまの和歌を贈らる。袋を解《とき》てこよひの友とす。且《かつ》、杉風《さんぷう》・濁子《ぢよくし》発句《ほつく》有り。

◆平泉《ひらいずみ》

岩手県西磐井郡平泉町

藤原氏三代の栄華も、長い歴史から見れば、邯鄲《かんたん》の一睡《いっすい》の夢のようなはかないもので、平泉一円はいまは廃墟《はいきょ》と化していて、平泉の館《たち》の大門の跡は、一里ほど手前にある。秀衡《ひでひら》の館《やかた》の跡は田野になり、庭の築山《つきやま》にあたる金鶏山《きんけいざん》だけが昔の形を残している。

まず、義経の居館であった高館《たかだち》に登ると、北上川が眼前に流れているが、この川は南部地方から流れてくる大河である。衣川《ころもがわ》は和泉《いずみ》が城《じょう》のまわりを流れて、この高館の下で北上川に流れこんでいる。泰衡《やすひら》ら藤原一族の旧跡は、衣が関を間に置いた向こうにあって、南部口を抑えて蝦夷《えぞ》の侵入を防ぐためのようにみえる。

それにしても、義経が忠義な臣下をえりすぐってこの高館にこもり、華々しく戦ったのだが、その功名も、思えばただ一時の短い間のことで、いまはその跡はただ草むらと化している。「国破れて山河あり、城春にして草青みたり」という杜甫《とほ》の詩を思い、笠を敷き腰をおろして、いつまでも懐旧の涙にくれていた。

夏《なつ》艸《くさ》や兵《つはもの》共《ども》が夢の跡

——いま見れば、このあたりは、ただ夏草がぼうぼうと生い茂っているのみだが、ここは昔、義経の一党や藤原氏の一族らが、あるいは功名を夢み、あるいは栄華の夢にふけった跡である。だが、そんな功名・栄華もむなしく一場の夢と化して、いまはただ夏草が無心に茂っているばかりである

卯《うの》花《はな》に兼《かね》房《ふさ》みゆる白《しら》毛《が》かな　曾良

——このあたりには、真っ白い卯の花が咲いているが、卯の花を見るにつけ、白髪の兼房が義経の最期にあたり、奮戦しているさまがしのばれて、哀れを催すことだ

かねてから話に聞いただけでも驚嘆していた経堂・光堂《ひかりどう》の二堂が開かれていた。経堂には清衡《きよひら》・基衡《もとひら》・秀衡《ひでひら》三代の将軍たちの像があり、光堂にはこの三代の棺《ひつぎ》を納め、そのほかに弥陀《みだ》・観音・勢至《せいし》の三尊の像が安置してある。

かつて柱や梁《はり》などにちりばめられていた七宝は散り失せ、珠玉を飾った扉も長い間の風に傷み、金箔をおした柱も霜や雪のために朽ちて、何もかも崩れ落ちて、むなしい草むらとなってしまうところを、四方を新しく囲い、屋根に瓦を葺《ふ》いて鞘堂《さやどう》を造って風雨をしのぐことになり、しばらくの間は、千年の昔の記念をそのままに残すことになったのである。

五月雨《さみだれ》の降《ふり》残《のこ》してや光堂

——毎年の五月雨も、さすがにこの光堂にだけは降らなかったのだろうか。あたりの人工的なものは皆朽ち崩れているのに、この光堂だけが華やかな昔のさまを残しているのは

原文

三代の栄耀《ええう》一睡《いつすい》の中《うち》にして、大門《だいもん》の跡は一里こなたに有《あり》。秀衡《ひでひら》が跡は田野《でんや》になりて、金鶏山《きんけいざん》のみ形を残す。先《まづ》高館《たかだち》にのぼれば、北上川南部より流るゝ大河也《なり》。衣川《ころもがは》は和泉《いづみ》が城《じやう》をめぐりて、高館の下にて大河に落入《おちいる》。泰衡《やすひら》等が旧跡は、衣が関を隔《へだて》て南部口をさしかため、夷《えぞ》をふせぐと見えたり。扨《さて》も義《ぎ》臣《しん》すぐつて此城《このじやう》に籠《こも》り、巧名《こうみやう》一時《いちじ》の草村《くさむら》となる。国破れて山河あり、城《じやう》春にして草青みたりと、笠打敷《かさうちしき》て時のうつるまでなみだを落《おと》し侍《はべ》りぬ。

夏艸《なつくさ》や兵《つはもの》共《ども》が夢の跡

卯《う》の花《はな》に兼房《かねふさ》みゆる白毛《しらが》かな　曾良

兼《かね》て耳驚《おどろか》したる二堂開帳《にだうかいちやう》す。経堂は三将《さんしやう》の像を残し、光堂《ひかりだう》は三代の棺《ひつぎ》を納め、三尊《さんぞん》の仏を安置《あんぢ》す。七宝散《ち》りうせて玉の扉風にやぶれ、金《こがね》の柱霜雪《さうせつ》に朽《くち》て、既頽廃空《すでにたいはいくう》虚の草村となるべきを、四面新《あらた》に囲《かこみ》て、甍《いらか》を覆《おほひ》て風雨を凌《しのぎ》、暫時《しばらく》千歳《せんざい》の記念《かたみ》とはなれり。

五月雨《さみだれ》の降《ふり》残《のこ》してや光堂

◆立石寺《りゅうしゃくじ》

山形県山形市山寺

山形領に立石寺という山寺がある。慈覚《じかく》大師の開かれた寺で、とりわけ清閑《せいかん》の地であるからちょっと見ていったらと、人々が勧めるので、尾花沢《おばなざわ》から逆行して立石寺へ行ったが、その間七里ばかりである。

着いた時は、日がまだ暮れていなかった。麓《ふもと》の坊に宿を借りておいて、山上の本堂に登った。岩の上にさらに岩が重なって山をなしており、生い茂る松や檜《ひのき》も老木で、土や石も古びて苔《こけ》がなめらかにおおっている。岩の上に建てられた十二院は、いずれも扉を閉じていて、物音一つ聞こえない。崖のふちをめぐり、岩の上を這《は》うようにして、仏殿に参拝したが、すぐれた風景がひっそりと静まり返っていて、心も澄みわたるようである。

閑《しづか》さや岩にしみ入《いる》蟬《せみ》の声

——夕暮れの立石寺の全山は、物音一つせず静まりかえっている。そのむなしいような静寂の中で、ただ蟬の鳴き声だけが、一筋、岩にしみ透るように聞こえる

原文

山形領《やまがたりやう》に立石寺《りふしやくじ》と云山寺有《いふやまでらあり》。慈覚《じかく》大師の開基にして、殊清閑《ことにせいかん》の地也《なり》。一見すべきよし、人々のすゝむるに仍《より》て、尾花沢《をばねざは》よりとつて返し、其間《そのあひ》七里計《ばかり》なり。日いまだ暮《くれ》ず。麓《ふもと》の坊に宿かり置《おき》て、山上の堂に登る。岩に巌《いはほ》を重《かさね》て山とし、松栢《しやうはく》年ふり、土石老《おい》て、苔《こけ》なめらかに、岩上《がんしやう》の院々扉を閉《とぢ》て、物の音きこえず。岸をめぐり岩を這《はひ》て、仏閣を拝し、佳景寂寞《かけいじやくまく》として、こゝろすみ行《ゆく》のみ覚ゆ。

閑《しづか》さや岩にしみ入《いる》蟬《せみ》の声

◆越後路《えちごじ》

酒田の人々との惜別に日を過ごしながら、やがて旅立って行く北陸道の空のかなたを遠く眺めやる。これから、はるばると越えて行く道中の艱難《かんなん》に、胸痛む思いで、加賀《かが》の国府金沢までは百三十里もあるという話を聞くのであった。出羽国《でわのくに》と越後国《えちごのくに》との境にある鼠《ねず》の関《せき》を越えると、ここからは越後国に歩みを進めることになり、ついで越中国《えっちゅうのくに》の市振《いちぶり》の関に至った。それまでの九日の間は、暑気や雨天の辛労に心を悩まし、病気になったりしたので、それらを書くことはしなかった。

文月《ふみづき》や六日《むいか》も常《つね》の夜《よ》には似《に》ず

——もう初秋七月の季節となり、七夕《たなばた》を明夜に控えることとなった。明晩が七夕の夜だと思うと、今夜六日の夜も、ふだんの夜とは違っているような気がする

荒《あら》海《うみ》や佐《さ》渡《ど》によこたふ天《あまの》河《がは》

——目の前にひろがる日本海の暗い荒海のかなたには佐渡が島

がある。その佐渡が島へかけて、澄んだ夜空をかぎって、天の川が大きく横たわっている

原文　酒田《さかた》の余波《なごり》日を重《かさね》て、北陸道《ほくろくだう》の雲に望《のぞむ》。遥々《えうえう》のおもひ胸をいたましめて、加賀《かが》の府まで百三十里と聞《きく》。鼠《ねず》の関をこゆれば、越後《ゑちご》の地に歩行《あゆみ》を改《あらため》て、越中《ゑつちゆう》の国一《いち》ぶりの関に至る。此間九日《このかんここのか》、暑湿《しよしつ》の労《らう》に神《しん》をなやまし、病《やまひ》おこりて事をしるさず。

文月《ふみづき》や六日《むいか》も常《つね》の夜《よ》には似《に》ず

荒海《あらうみ》や佐渡《さど》によこたふ天河《あまのがは》

山中温泉

石川県加賀市

曾良《そら》は腹の病気になって、伊勢国長島《いせのくにながしま》という所に縁者がいるので、そこへ一足先に行くことになり、

ゆき〳〵てたふれ伏《ふす》とも萩《はぎ》の原《はら》　　曾良

——これから私は師に別れて先に旅立って行くのだが、病身のことではあり、歩いた末に野たれ死にをするかもしれない。だが、そこは折から季節の萩の花の咲いている美しい野原であろうから行き倒れになっても本望というものだ

という句を私に書き残して立って行った。先に行く者の悲しみ、残された者の残念さ、何につけても行をともにしてきた二羽の鳧《けり》が、一羽一羽に別れて雲間に迷うようである。そこで私も次の一句を詠んだ。

けふよりや書付《かきつけ》消さん笠《かさ》の露《つゆ》

——旅の門出にあたって、笠の裏に「同行二人《どうぎようににん》」と書いて名を記したが、今日から一人で旅をしなければならないのだから、一人旅の笠に置く露で、その書付を消さなければなるまい

原文　曾良《そら》は腹を病《やみ》て、伊勢《いせ》の国長嶋《くにながしま》と云《いふ》所にゆかりあれば、先立《さきだち》て行《ゆく》に、

ゆき〳〵てたふれ伏《ふす》とも萩《はぎ》の原《はら》　　曾良

と書置《かきおき》たり。行《ゆく》もの丶悲しみ、残るもの丶うらみ、隻鳧《せきふ》のわかれて、雲にまよふがごとし。予《よ》も又、

けふよりや書付《かきつけ》消さん笠《かさ》の露《つゆ》

「こよひ誰」句　芭蕉坐像図

白鴎画・渓斎賛　江東区芭蕉記念館蔵

句は「こよひ誰よし野の月も十六里」

74

帰郷と関西遊歴の旅を記した、芭蕉《ばしょう》初の俳諧《はいかい》紀行文

野ざらし紀行

貞享元年(一六八四)八月から翌年四月にかけての関西遊歴の旅に基づく、芭蕉初の俳諧紀行文。芭蕉自画自筆の巻子が伝存。大垣《おおがき》を境として前半と後半に分けられ、前半が漢詩文調の破調で悲愴《ひそう》感が漂うのに対し、後半は句が主体で、穏やかな中に風狂の気分を湛《たた》える。この紀行には、句の照応や二部構成など、後の『おくのほそ道』に通じる芭蕉の紀行文のスタイルや、新風への萌芽もみられる。

あらすじ

貞享元年(一六八四)八月、四十一歳の芭蕉は、門人の千里《ちり》を伴い江戸深川の草庵を出立する。旅立ちにあたり、芭蕉は「野ざらしを心に風のしむ身哉《かな》」という、旅の中での死も覚悟した悲愴な決意を滲《にじ》ませる句を詠み、この紀行文の冒頭に掲げている。↓よむ

旅の前半の基調となる悲愴感や緊迫感は、天和(一六八一〜八四)期の芭蕉の句風である漢詩文調が色濃く表われた地の文と発句と、中秋から冬へと向かう季節とが相俟《あいま》って作り出されている。

東海道を上り、富士川の河原では、三歳あまりの捨て子に遭遇し、袂《たもと》から食べ物を投げてやり、天命の拙《つたな》さを思いやり、伊勢《いせ》では江戸での知友・風瀑《ふうばく》のもとを尋ね、西行谷《さいぎょうだに》に立ち寄っている。

この旅の目的の一つに、前年に亡くなった母の墓参がある。延宝四年三十三歳の時以来、八年ぶりに伊賀上野の地に帰省した芭蕉は、母の遺髪を手に取り慟哭《どうこく》している。「手にとらば消《きえ》んなみだぞあつき秋の霜」は、八・七・五の破調の句であるが、そこに芭蕉の感極まった心情が表れていよう。↓よむ

その後、大和《やまと》、山城《やましろ》を経て近江路《おうみじ》に入り、美濃《みの》大垣の木因《ぼくいん》を訪問。ここで、冒頭の句と照応する、安堵と自嘲の込められた「死にもせぬ旅寝の果《はて》よ秋の暮」の句を詠み、前半が締めくくられる。

さらに、桑名《くわな》、熱田《あつた》を経て、名古屋に到着し、この地で荷兮《かけい》らと連句『冬の日』五歌仙を興行し、郷里で越年。奈良、京都、伏見、大津を経て、ふたたび尾張《おわり》に至り、さらに甲斐《かい》を経て、初夏、江戸に帰着。「夏衣いまだ虱《しらみ》をとりつくさず」で締めくくられる。

後半は、地の文が少なくなり、ほぼ句だけで構成され、「山路きて何やらゆかしすみれ草」のような穏やかな句が詠まれている。

東海道や関西の歌枕・名所を訪ね、門人を拡大し、旅の中で蕉風開眼へとつながる新たな句風を開拓する、俳諧行脚《あんぎゃ》の旅であった。

よむ

発端

前途遥《はる》かな千里の旅に出るにあたって、道中の食糧を準備することもせず、「真夜中の月光を浴びながら理想郷に入る」と言った昔の人の言葉に旅の歩みを助ける杖《つえ》のようにすがって、貞享元年甲子《きのえね》の年の秋八月、隅田川《すみだがわ》のほとりにある、あばら家のような草庵を出ようとする時、風の音にも何となく寒々しいものが感じられる。

野ざらしを心に風のしむ身哉《みかな》

――旅の途中、行き倒れになって白骨を野辺にさらすことも覚悟して、旅立とうとする今、ひときわ秋風が身にしみることであるなあ

秋《あき》十《と》とせ却《かえっ》て江戸を指《さす》故郷《こきよう》

――江戸に住みなれてはや十年、故郷へと向う旅でありながらも、かえって江戸を離れがたく、こちらのほうが本当の故郷のように思われることだ

箱根の関を越える日は雨が降っていて、全山、雲に隠れていた。

霧《きり》しぐれ富士《ふじ》をみぬ日ぞ面白《おもしろ》き

――霧雨が降って煙っているので、晴れていればここから見えるはずの富士の山容も隠れて見えない。だが、富士が見えないというのもまた面白いことではないか

原文 千里に旅立《たびだち》て、路粮《みちかて》をつゝまず、「三更月下《さんかうげつか》無何《むか》に入《いる》」と云《いひ》けむ、むかしの人の杖《つゑ》にすがりて、貞享《ちやうきやう》甲子《きのえね》秋八月、江上《かうしやう》の破屋《はをく》をいづる程《ほど》、風の声、そゞろ寒気《さむげ》也《なり》。

野ざらしを心に風のしむ身哉《みかな》

秋《あき》十《と》とせ却《かえっ》て江戸を指《さす》故郷《こきやう》

関《せき》こゆる日は雨降《ふり》て、山皆雲《やまみなくも》にかくれたり。

霧《きり》しぐれ富士《ふじ》をみぬ日ぞ面白《おもしろ》き

郷里へ帰る

九月の初め頃、故郷伊賀上野《いがうえの》に帰り着いたが、母も亡くなって久しく、居室の庭の萱草《わすれぐさ》も霜に枯れ果て、今は跡さえ留めていない。万事が昔とは変わってしまい、兄弟姉妹たちの鬢《びん》は白くなり眉《まゆ》のあたりには皺《しわ》が寄っていて、ただ「お互い今までよく生き長らえて」とだけ言って次の言葉も出なかったが、兄が守り袋の紐《ひも》を解いて開け、「母上の白髪《しらが》を拝みなさい。長く故郷を離れていたお前にとっては浦島の子の玉手箱のようなものだろう。お前の眉もだいぶ白く老いたものだなあ」と互いにしばらく涙にくれて、

手にとらば消《きえ》んなみだぞあつき秋の霜

――母の白い遺髪を手に取ると、思わず流れ落ちた私の熱い涙によって、はかなく消えてしまいそうだ。この秋の霜のような母の一房の白髪は

原文 長月《ながつき》の初《はじめ》、古郷に帰りて、北堂《ほくだう》の萱草《けんさう》も霜枯果《しもがれはて》て、今は跡だになし。何事も昔に替《かは》りて、はらからの鬢《びん》白く眉皺寄《しわより》て、只《ただ》「命有《あり》て」とのみ云て言葉はなきに、このかみの守袋《まもりぶくろ》をほどきて、「母の白髪《しらが》おがめよ、浦島の子が玉手箱《たまてばこ》、汝《なんぢ》がまゆもや、老《おい》たり」と、しばらくなきて、

手にとらば消《きえ》んなみだぞあつき秋の霜

75

俳諧《はいかい》の「古今集」と評価された俳書。芭蕉《ばしょう》七部集の一つ

猿蓑《さるみの》

芭蕉七部集(冬の日、春の日、曠野《あらの》、ひさご、猿蓑、炭俵《すみだわら》、続猿蓑)の第五集。芭蕉一門(蕉門)による俳諧のアンソロジーで、去来《きょらい》・凡兆《ぼんちょう》によって撰《えら》ばれ、元禄四年(一六九一)に刊行された。蕉門俳人の三百八十二句、連句四巻、芭蕉の俳文「幻住庵記《げんじゅうあんのき》」を収録。編集作業の一端は『去来抄《きょらいしょう》』によって知られる。さび・しをり・細みなど蕉風俳諧固有の清雅幽寂の世界が結実し、蕉風俳書の中でも特に高く評価された。

内容紹介

『去来抄』に、「猿蓑は新風の始め、時雨《しぐれ》はこの集の美目《びもく》」とあるように、冒頭には時雨の秀句十三句を配置し、構成も四季順ではなく、冬・夏・秋・春と変則的。当時の蕉門俳人をほぼ網羅する集で、入集数は、芭蕉、編者の凡兆・去来に加え、其角《きかく》が上位を占める。

集の名は、芭蕉の「初しぐれ」の句(→よむ)による。

其角の「此木戸《この》や」の句(→よむ)は、当初「柴の戸や」と誤って解釈され、出版作業が進められていたが、芭蕉の強い意向で急ぎ改められたことが『去来抄』にある。なお、木戸の解釈に城門説と、保安、取締りのために設けられた木戸説との二説がある。『おくのほそ道』の旅を経て体得した句風や、芭蕉が晩年目指した「かるみ」につながる要素のある句(特に春の部)など、蕉門の新風を明確に世に示した作品集である。

よむ

冬(巻之一)

初しぐれ猿も小蓑《こみの》をほしげ也《なり》　芭蕉

故郷・伊賀上野へと帰る山越えの道で、初時雨が降ってきた。ふと見やると、猿が時雨を眺めている。猿も自分の身にあった小さい蓑を着て、この初しぐれの中、風雅を気取って歩いてみたそうな様子に見えることだ。季語は「初しぐれ」(冬)。

この木戸や鎖《じやう》のさゝれて冬の月　其角

夜もふけ人通りも絶えた時刻。この大木戸の門は、すでに錠が

さされ閉ざされていて、寒々とした夜空には冬の月が皓々《こうこう》と冴《さ》え渡っている。季語は「冬の月」(冬)。

◆夏(巻之二)

蛸《たこ》壺《つぼ》やはかなき夢を夏の月　芭蕉

前書《まえがき》「明石夜泊《あかしのやはく》」。明石の浦(兵庫県明石市)に旅寝をしていると、明けやすい夏の月が夢幻の光を投げかける。海底では、人間の仕掛けた蛸壺に入ってしまった哀れな蛸が、今夜限りの命ということも知らず、儚《はかな》い夢を結んでいる。季語は「夏の月」(夏)。

蛍火《ほたるび》や吹《ふき》とばされて鳰《にほ》のやみ　去来

前書「膳所曲水之楼《ぜぜきょくすいのろう》にて」(膳所は琵琶湖南岸の地)。さっきまで無数の蛍が闇《やみ》の中で光をゆらめかせ、明滅しながら飛びかっていたのに、夜風に吹きとばされてしまったのだろうか、琵琶湖には深い闇ばかりが広がっている。季語は「蛍火」(夏)。

◆秋(巻之三)

がつくりとぬけ初《そむ》る歯や秋の風　杉風

初めて、老いのためにがっくりと歯が抜けてしまった。急に老いが切実なものとしてこの私に迫ってきて、ひどく落胆した身に秋風がしみてくる。季語は「秋の風」(秋)。

病《やむ》鴈《かり》の夜さむに落《おち》て旅ね哉《かな》　芭蕉

前書「堅田《かただ》にて」(堅田は琵琶湖南西岸の地)。秋も深まり、夜の寒さがしんしんと身に迫ってくる夜更け、病にかかったのだろうか、弱った雁《かり》の声がどこからともなく聞こえてくる。近くに降りたらしい、あわれな雁の存在を感じながら、同じように孤独で病身の自分も、秋の長い夜をわびしく旅寝の床で過ごしている。季語は「夜さむ」「鴈」(秋)。

◆春(巻之四)

草臥《くたびれ》て宿《やど》かる比《ころ》や藤の花　芭蕉

前書「大和行脚《やまとあんぎゃ》のとき」。晩春の一日、大和路を歩き疲れて、ようやく今日の宿へとたどり着く夕暮れ時の景色の中、咲きこぼれる藤の花房が、旅の愁いと春の終わりの切なさを慰めてくれることだ。季語は「藤の花」(春)。

行春《ゆくはる》を近江《あふみ》の人とをしみける　芭蕉

前書「望湖水惜春《こすいをのぞみてはるををしむ》」。琵琶湖の美しい風光の中、今年の春がもう去って行こうとしている。この湖水の地で、風雅を愛する近江の人々とともに春を惜しんでいる。季語は「行春」(春)。

76

お初《はつ》と徳兵衛《とくべえ》の心中事件を描く名調子の世話物浄瑠璃《じょうるり》

曾根崎心中《そねざきしんじゅう》

人形浄瑠璃。近松門左衛門《ちかまつもんざえもん》作。元禄十六年（一七〇三）五月大坂竹本座初演。同年四月に曾根崎天神の森で起きた、お初と徳兵衛の心中事件をもとに脚色。時代物が主流であった浄瑠璃界に、庶民社会を題材にした世話物という新ジャンルを確立させた意義は大きい。社会の枠組みの中で心中を選ばざるを得ない二人の心の葛藤が巧みに描かれ、特に美しい名調子の道行文は観客の心をとらえ、当時の流行語にもなった。

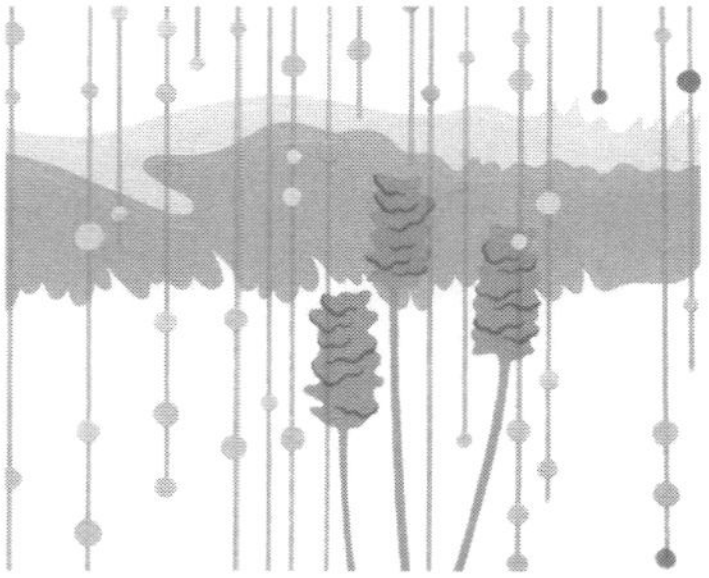

あらすじ

観音めぐり　大坂蜆川《しじみがわ》（堂島新地の遊廓《ゆうかく》）にある天満屋《てんまや》の遊女お初は、客の田舎《いなか》大尽《だいじん》と大坂の三十三観音を巡っている。すべてをまわればこの世の罪障が消滅するといわれ、天満の大融寺にはじまり、長福寺、法住寺、法界寺などを経て、最後の札所の御霊《ごりょう》神社まで参詣した。

生玉社の場　観音めぐりをすませたお初は、生玉《いくだま》神社（現大阪市天王寺区）で偶然、得意先をまわる徳兵衛に出会う。大坂内本町（現大阪市中央区）の醤油《しょうゆ》屋平野屋の手代《てだい》である徳兵衛は、お初といいかわした仲。お初は田舎大尽の目を盗んで徳兵衛を茶屋の中に呼び入れ、なかなか会いにきてくれないことをなじる。徳兵衛は、叔父でもある主人からその妻の姪との縁談を勧められていたこと、取り合わないでいるうち主人が徳兵衛の継母に持参金を渡してしまったこと、さらには縁談を断ったためにその金を四月七日までに主人に返し、店を出て行かなければならなくなったことをお初に話す。そして、強欲な継母からやっとのことで取り戻した金だが、友達の九平次《くへいじ》に四月三日までには返すと頼み込まれて貸したことも明かす。叔父に返す七日の期限は明日に迫っている。この三、四日、九平次から音沙汰《おとさた》がないが、自分の窮地を知る九平次がよもや返さないはずがないと、徳兵衛は心配するお初に言って聞かせる。

そこへ、九平次が仲間五人連れでやって来る。徳兵衛が金の返却を求めると、九平次はそんな金を借りた覚えはないと答える。徳兵衛は九平次が書いた借金の証文を見せるが、そこに押された印判はなくしたもので、徳兵衛こそ証文を偽造したと言い返される。だまされたとわかった徳兵衛は、金を取り返そうと九平次と喧嘩《けんか》となる。関わり合いになりたくないお大尽は、お初をむりやり駕籠《かご》にのせて連れ去る。多勢に無勢で打ちのめされた徳兵衛は、髪もほどかれ帯も解け、さんざんな姿となる。明日までに金がないと死なねばならないと述べ、身の潔白を証明するため自害をほのめかす徳兵衛は、周りの目に耐え切れずその場を立ち去る。

蜆川新地天満屋の場　天満屋に連れ戻されたお初が昼間の一件を案じているところへ、人目を忍んで徳兵衛が現われる。お初は裲襠《うちかけ》の裾《すそ》に隠して徳兵衛を店の中に引きいれ、縁の下にしのばせる。そこへ九平次が現れ、仲間と徳兵衛の悪口を言いたてる。九平次の雑言にたまりかね、縁の下から飛び出そうとする徳兵衛を、お初は足で制する。お初が独り言にみせかけて徳兵衛に死ぬ覚悟を問うと、徳兵衛はお初の足首を自分の咽《のど》にあてて自害する意思を伝える。お初も忠兵衛と死ぬ決心をする。それを聞いた徳兵衛は、縁の下でお初の足に抱きついてむせび泣くのであった。お初のただならない様子に気味が悪くなった九平次は、その場を後にする。

やがて店中の明かりが消え、常夜灯だけがともる真夜中、白無垢《しろむく》の死装束《しにしょうぞく》に黒小袖をまとったお初は、縁の下に隠れていた徳兵衛と手を取り合って、死出の旅に出る。

徳兵衛お初道行　七つ(午前四時頃)の鐘を聞きながら梅田橋を渡る二人。→よむ　この夜だけは長くあってほしいと願うが、鶏の声が聞こえはじめる頃、曾根崎天神の森にたどりつく。

曾根崎天神の森の場　死に場所を探すお初と徳兵衛。やがて松と、一つの根元から二つの幹に分かれた棕櫚《しゅろ》が枝を交わしているのを見つけ、男女の深い情愛を示す連理の枝に見立て、それぞれの木に二人の体を結ぶ。

徳兵衛がお初を刺し、同時に息を引き取ろうと自らの咽も掻《か》き切って、二人はあの世へと旅立った。二人の心中は、恋の手本として語り継がれたのであった。

よむ

道行《みちゆき》

この世との別れが近づく、最後の夜も残りわずかとなった。死にに行く身をたとえると、あだしが原(墓所)への道の霜が一足踏むごとに消えていくようなもので、一歩一歩命が消えていく。それは夢の中で見る夢のように、はかなく哀れである。あれ、数えると、暁の七つ(午前四時頃)を告げる鐘が六つ鳴って、残る一つがこの世での鐘の音の聞き納めだ。二人の耳には寂滅為楽《じゃくめついらく》(煩悩《ぼんのう》から解放されて初めて、真の安楽が得られるという仏教語)と響いている。鐘の音ばかりか、草も木も、空も見納めと思って見上げると、雲は無心に浮かび、水も無心に音をたてて流れている。北斗星は冴《さ》えて水面に影を映し、この蜆川はまさに牽牛星《けんぎゅうせい》と織女《しょくじょ》星が妹背《いもせ》を契る天の川のようだ。ならばここに架かる梅田の橋を、二星を逢わせるために渡される鵲《かささぎ》の橋に見立てて夫婦の契りをこめ、いつまでも私とあなたは夫婦星《めおとぼし》ですよ、必ずそうなって添い遂げようとすがり寄り、二人の間を流れ落ちる涙で、川の水かさも増すであろう。

原文　この世のなごり、夜《よ》もなごり。死にに行《ゆ》く身をたとふれば、あだしが原の道の霜、一足づゝに消えてゆく、夢の夢こそあはれなれ。あれ数《かぞ》ふれば、暁の、七つの時が六つ鳴りて、残る一つが今生《こんじやう》の、鐘の響きの聞き納め、寂滅為楽《じやくめつゐらく》と響くなり。鐘ばかりかは、草も木も、空もなごりと見上ぐれば、雲心なき、水の音、北斗《ほくと》は冴《さ》えて影映る、星の妹背《いもせ》の天《あま》の川《がは》、梅田《むめだ》の橋を鵲《かささぎ》の橋と契《ちぎ》りて、いつまでも、我とそなたは女夫星《めをとぼし》、かならずさうと縋《すが》り寄り、二人がなかに降る涙、川の水嵩《みかさ》も増さるべし。

77

恋と義理と金に絡めとられた男女の破滅的な逃避行

冥途《めいど》の飛脚《ひきゃく》

人形浄瑠璃。近松門左衛門《ちかまつもんざえもん》作。全三巻。正徳元年(一七一一)七月以前に大坂竹本座初演。遊廓《ゆうかく》に通い詰めて客の為替《かわせ》の金を横領した飛脚忠兵衛《ちゅうべえ》の実話を脚色。遊女梅川《うめがわ》を身請《みう》けするため、客の金の封印を切り、身の破滅へと堕《お》ちていく忠兵衛の心の変化が見事に描かれる。父と子が温かくも切ない情を交わす最後の場面は、観る物の心をうつ。近松六〇歳、円熟期に手掛けた世話物の傑作で、後代への影響も大きい。

あらすじ

上之巻《じょうのまき》(飛脚屋亀屋《かめや》の場)　大和国新口村《やまとのくににのくちむら》(現奈良県橿原《かしはら》市)の大百姓勝木孫右衛門《かつぎまごえもん》の一人息子忠兵衛は、大坂淡路《あわじ》町(現大阪市中央区)の飛脚問屋亀屋の養子となっていた。

忠兵衛は大坂新町遊廓《ゆうかく》の槌屋《つちや》の遊女梅川《うめがわ》にいれあげ、金に困っている。飛脚問屋は為替(両替屋で現金化する手形)や大金を扱うが、亀屋の後家で、忠兵衛の養母妙閑《みょうかん》は、為替の催促を受ける回数が増えたことや、忠兵衛の落ち着かない様子を心配している。忠兵衛は、友達の丹波屋八右衛門《たんばやはちえもん》に渡すべき、江戸からの為替の金五十両を使い込んでしまう。

催促に来た八右衛門に対し、忠兵衛は梅川の身請けの一部として使ってしまったことを正直に告白し、返済を待ってくれるように頼み込む。八右衛門は忠兵衛の話に驚きながらも、金の返済を待つことを承諾する。だがその話を聞きかじった妙閑は、今すぐ八右衛門に返さねばならないと、忠兵衛を叱責する。困った忠兵衛は納戸の棚の中にあった鬢水入れ《びんみずい》(調髪用の油を入れる小判型の器)を紙に包み、八右衛門に五十両だといって渡す。すべてを承知している八右衛門は、確かに五十両受け取ったとその場をとりつくろい、文字の読めない妙閑の前で偽の証文を書き、忠兵衛を助ける。

八右衛門は、今晩忠兵衛と廓《くるわ》の越後屋《えちごや》で会うことを約束して、去っていく。そこに江戸から別口の為替三百両が届く。忠兵衛はその金を届けるために店を出るが、足は梅川のいる廓に向かう。

中之巻(新町《しんまち》越後屋の場)　越後屋へやってきた梅川は二階で女郎衆《じょろう》を相手に雑談をしている。そこへやって来たのは八右衛門。八右衛門に会いたくない梅川は女郎衆だけを下へやり、自分は下の様子をうかがう。そうとは知らず、忠兵衛が金に詰まったこと、梅川を身請けするには悪いことでもしなければならなくなるだろうなどと話す八右衛門。さらに、忠兵衛を思うなら忠兵衛を廓によせつけるな、梅川も別の客に身請けされたらよいとまで言い、その証拠が五十両にみせかけたこの鬢水入れだと、投げ出してみせる。

この様子を外で立ち聞きしていた忠兵衛は、怒りのあまり飛び出して八右衛門に反論する。生来短気な忠兵衛は、八右衛門と言い合ううち、八右衛門に借りた五十両をこの場で返さなければ面目が立たぬといって、懐にある客の金三百両を取り出し、その封印を切ってしまう。封印を切ってしまえば、公金横領の罪に問われる。そのうちの五十両を包み八右衛門に投げつける忠兵衛。→よむ 梅川が必死にとりなすのもきかず、もはや死を決意した忠兵衛は梅川の身請けの残り金も支払い、借金の精算をすませる。

晴れやかに見送られて廓を出たいという梅川をせかし、忠兵衛はその手を引いて廓を抜け出す。そして梅川に公金横領の真実を告げ、二人は死出の旅に向かう。

下之巻（道行《みちゆき》―忠兵衛・梅川 相合《あいやい》駕籠《かご》、新口村《にのくちむら》の場） 廓を抜け出した忠兵衛と梅川は、大坂と大和を逃げ回り、金も底をつきる。死ぬ前に一目父孫右衛門に会いたいと、忠兵衛の故郷の大和新口村へ逃れて来るが、すでに追っ手の手配がなされており、二人は小作《こさく》の忠三郎の家に隠れ、説教の道場から帰って来る村の人びとをのぞき見る。そこに孫右衛門が歩いてくる。孫右衛門が溝に足をとられて転ぶと、梅川は思わず飛び出し、切れた下駄の鼻緒を直す。舅《しゅうと》に似ていると言われた孫右衛門は、この女性が息子の忠兵衛と逃げている梅川であり、忠兵衛も近くにいることを悟る。→よむ 親子の名乗りをしたい気持ちをおさえ、孫右衛門はいくばくかの金を梅川にわたし、それとなく逃げ道を教えて親子の別れをする。

忠三郎に促されて裏道を逃げきったかに見えた二人だが、捕らえられ、その哀れな姿に孫右衛門は気が遠くなるのであった。

よむ

〔中の巻〕

◆封印切《ふういんぎり》

忠兵衛は生来の短気の虫をおさえきれずにずっと出て、八右衛門の膝《ひざ》にぐぐっと詰めより、「これ丹波屋の八右衛門殿、常々の口癖だけあってオオ男じゃ、立派じゃ。三人集まれば世間というが、そんな中で忠兵衛の身上《しんしょう》の欠点を言い立ててくれるとは、ありがたいわ。コリャこの鬢水《びんみず》入れも、男同志として『母の気持ちを落ち着かせるために受け取ってくれるか』とほのめかして渡したのに、この忠兵衛が五十両の損をかけるのではと気に病んで、廓界隈《くるわかいわい》まで言いひろめ、男の面目をつぶすのか。それともまた、梅川に言い寄る島《しま》屋《や》の客から賄賂をもらって梅川をそそのかし、あちらへ身請けさせようということか。やめてくれ、ご心配は無用。五十両や百両の金、友達に損をさせる忠兵衛ではござらぬ。アア八右衛門様、八右衛門め、サア金を渡すから、手形を返せ」と、金を取り出し包みを解こうとするのを、八右衛門は押しとどめ、「こりゃ待て、やい忠兵衛、馬鹿なこともいいかげんにしろ。そんな心の内を知っているからこそ意見をしても聞き入れまいと思い、廓の皆にお願いしてこちらから避けてもらったら、根性も取り戻し、分別ある人間にもなろうかと、男気にかけての友達のよしみからやったまでのこと。五十両が惜しいのなら、母御《ははご》の前で言うわいやい。ふざけた手形を書き、字の読めぬ母御をとりなしてやったが、これでも八右衛門の気持ちが通じぬか。その金も包みの大きさから三百両くらいか。手持ちの金であろうはずもない。きっとどこかへの支払金。その金に手をつけたら、八右衛門にしたように、鬢水入れを返すのではすまないぞ。それとも代わりに首をやるか。のぼせあがる暇があったら、その金を届ける所へ届けてしまえ。エエ性根《しょうね》のすわらぬ阿呆《あほう》め」と、噛《か》んでふくめるように言い聞かせて叱っても忠兵衛は、「いやいやもっともらしいことを言うのはやめてくれ。この金をよその金とは……。この忠兵衛に三百両を持てないことがあろうか。女郎衆の前といはいえ、身代《しんだい》を侮りみられて、なおのこと返さねば面目が立たぬ」と、包みをほどき、十両、二十両、三十両、四十両、結句やりくりのつかぬ五十両をくるくると引き包み、「これ、亀屋忠兵衛が人に損をかけぬ証拠、サア受け取れ」と、八右衛門に投げつける。「男の顔へなんということをする。『かたじけない』と礼を言って、返し直せ」と、八右衛門も投げ戻す。「おまえになんの礼など言おう」と、また投げつけると、投げ返し、腕まくりしてもみ合う。

原文 忠兵衛、元来《ぐわんらい》悪い虫押へかねて、ずんど出て、八右衛門が膝《ひざ》にむんずとゐかゝり、これ、丹波屋の八右衛門殿、常々《つねづね》の口ほどあつて、オ、男ぢや、見事ぢや。三人寄れば公界《くがい》、忠兵衛が身代の棚卸《たなおろ》ししてくれる、忝《かたじけな》い。コリヤこの水入れも男同士《どし》、母の心を安めるために請け取つてくれるかと、謎をかけて渡したを、この忠兵衛が五十両、損かけうかと気遣ひさに、廓三界《くるわさんがい》披露して、男の一分捨てさする。たゞしまた、島屋の客に賄《まひなひ》取りて、梅川に藁《わら》を焚《た》き、あちらへやらうといふことか。おいてくれ、気遣ひすな。五十両、や百両、友達に損かける忠兵衛ではごあらぬ。ア、、八右衛門様、八右衛門め、サア銀《かね》渡す、手形戻せと、銀《かね》取り出し、包みを解かんとするところを、八右衛門押へて、こりや待て、やい、忠兵衛、よつぽどの戯気《たはけ》を尽せ。その心を知つたる故、意見をしても聞くまじと、廓の衆《しゆう》を頼んで、こちから避《よ》けてもらうたらば、根性《こんじやう》も取り直し、人間にもならうかと、男づくのねんごろだけ、五十両が惜しければ、母御の前で言ふわいやい。転合《てんがう》な手形を書き、無筆の母御を宥《なだ》めしが、これでも、八右衛門が届かぬか。その銀嵩《かねがさ》も三百両。手銀《てがね》のあらうやうもなし。さだめてどこぞの仕切銀《しきりがね》、その銀《かね》に疵《きず》をつけ、八右衛門したやうに、鬢水入《びんみづい》れでは済むまいぞ。たゞし、かはりに首やるか。上《のぼ》り詰《つ》めるその手間《てま》で、届ける所へ届けてしまへ。エ、性根《しやうね》のすわらぬ気違ひ者と、割《わ》つつ砕《くだ》いつ叱《しか》れども、いや〳〵仁義立《じんぎだ》ておいてくれ、この銀《かね》を余所《よそ》のとは、この忠兵衛が三百両持つまいものか。女郎衆の前といひ、身代を見立てられ、なほ返《かや》さねば一分立たぬと、包みほどいて十、二十、三十、しゞふつまらぬ五十両、くる〳〵と引つ包み、これ、亀屋忠兵衛が人に損をかけぬ証拠、サア請け取れと、投げつくる。男の面《つら》へなんとする。忝《かたじけな》いと礼言うて、返し直せと、投げ戻す。おのれになんの礼言はうと、また投げつけつ、投げ返し、腕まくりして軋《ぎし》み合《あ》ふ。

◆新口村

〔下の巻〕

「あれあれ、あそこに見えるのが親仁様《おやじさま》」「あの綟《もじ》の肩衣《かたぎぬ》を着たのが孫右衛門様か。ほんに目元が似ていること」「それほどよく似た親と子が言葉さえ交わされぬとはこれも親の罰であろうよ。お年もとり、足元も弱った。これがこの世でのお別れ」と、忠兵衛が手を合わせれば梅川は、「見始めの見納め、私は嫁でございます。私たち夫婦は、今をもわからぬ命ですが、百年の御長寿を全うされてのち、あの世でお目にかかりましょう」と口の中で独り言。二人はともに手を合わせ、むせび泣いて嘆くのであった。

孫右衛門は年寄りの弱足のこと、休み休み門口《かどぐち》を過ぎ、田圃《たんぼ》の端の溝が凍りかけた水たまりで、滑るのを止めようとしたはずみに高《たか》下駄《げた》の鼻緒が切れて横むけに泥田の中へがばと倒れこんだ。「ハア悲しい」と忠兵衛は身をもがきあわてふためくが、わが身の上を気にかけて出られずにいると、梅川があわてて走り出て、抱き起こして孫右衛門の裾《すそ》をしぼり……

（中略――梅川は孫右衛門を介抱しながら、「あなた様は私の舅《しゅうと》に似ている」と言う）

「ムムあなたの舅にこの爺《じい》が似ているということでの孝行ですか。嬉《うれ》しいうちにも腹が立つ。年のいった倅《せがれ》を、わけあって縁を切り、大坂へ養子に出したのに、根性に魔がさして、ずいぶん他人の金を使い込み、あげくにそこを逃げ出して、この村まで取り調べの手が及んでいる。誰のせいかと言えばそれは嫁御《よめご》のため、まことにおろかなことであるけれど、世の諺《ことわざ》に言うとおり、盗みを働く子は憎くなく縄をかける人が恨めしいというのは、まさにこのことです。縁を切った親子であれば、善いにつけ悪いにつけ関わりないこととはいうものの、大坂へ養子に行き、利口で器用で身持ちもよく持って、財産も築きあげた、あのような子を勘当した孫右衛門は愚か者、馬鹿者と言われても、それはどんなに嬉しいことでしょう。今にも捜し出され、縄にかかって引かれていく時、よい時に勘当して孫右衛門はよくやった、幸せじゃとほめられても、その悲しさはいかほどでしょう。今からその時のことが思いやられて、一日も先に死なせてくだされと、拝み願うのは、今から参る道場の御本尊阿弥陀如来《あみだにょらい》と、ご開山《かいさん》の親鸞聖人《しんらん》。仏に嘘《うそ》はつかぬぞ」と、地面にどうと平伏《ひれふ》して、声をかぎりに泣くと、梅川も声をあげて泣き、忠兵衛が障子の間から手を出して、伏し拝み、身もだえして泣きくれたのはいかにももっともなことであった。

原文 あれ〳〵、あれへ見えるが親仁様《おやぢさま》、あの綟《もぢ》の肩衣《かたぎぬ》が孫右衛門様か。ほんに目元が似たわいの。それほどよう似た親と子の、言葉をも交されぬ、これも親の御罰《おんばち》ぞや。お年も寄る、足元も弱つた、今生《こんじやう》のお暇《いとま》と手を合《あは》すれば、梅川は、見始めの見納め。私《わたし》は嫁でござんする、夫婦は今をも知らぬ命、百年の御寿命《ごじゆみやう》過ぎて後《のち》、未来でお目にかゝりましよと、口のうちにて独《ひと》り言《ごと》。もろともに手を合せ、咽《むせ》び、入《い》りてぞ嘆きける。孫右衛門は老足《らうそく》の、休み〳〵門《かど》を過ぎ、野口《のぐち》の溝の水氷《みづごほり》、滑るを止《とま》る高足駄《たかあしだ》、鼻緒《はなを》は切れて、横さまに泥田《どろた》へがばとこけこんだり。ハア悲しやと、忠兵衛もがけども、騒げども、身をかへりみて出もやらず、梅川あわて走り出《い》で、抱き起《おこ》して裾絞り……

（中略）

ム、こなたの舅にこの爺《ぢい》が、似たというての孝行か。嬉《うれ》しいうちに腹が立つ。年たけた倅《せがれ》を、子細あつて久離《きうり》切り、大坂《おほざか》へ養子に遣はせしに、根性《こんじやう》に魔がさいて、大分《だいぶん》人の銀《かね》をあやまり、あげくに所を走つて、この在所まで詮議の最中《さいちゆう》、誰《たれ》故なれば嫁御《よめご》故、ちかごろ愚痴なことなれども、世の譬《たと》へにいふとほり、盗みする子は憎からで、縄かくる人が恨めしいとはこのことよ。久離切つた親子なれば、善いにつけ悪いにつけ、構はぬことゝはいひながら、大坂へ養子に行《い》て、利発《りはつ》で、器用で、身を持つて、身代《しんだい》も仕上げたあのやうな子を勘当《かんだう》した、孫右衛門は戯気者《たはけもの》、阿呆者《あはうもの》と言はれても、その嬉しさはどうあらう。今にも捜し出され、縄かゝつて引かるゝ時、よい時に勘当して、孫右衛門は出かした、仕合《しあは》せぢやと、褒められても、その悲しさはどうあらう。今から思ひ過《すご》されて、一日も先に往生《わうじやう》させてくだされと、拝み願ふは、今参る如来様《によらいさま》、御開山《ごかいさん》、仏《ほとけ》に嘘《うそ》はつかぬぞと、土にどうど平伏《ひれふ》して、声を、はかりに、泣きければ、梅川も声をあげ、忠兵衛は障子《しやうじ》より、手を出し、伏し拝み、身を揉《も》み嘆き沈みしは理《ことわり》とこそ聞《きこ》えけれ。

78

主人公和藤内《わとうない》が明国《みんこく》と日本を舞台に繰り広げる大活劇

国性爺合戦《こくせんやかっせん》

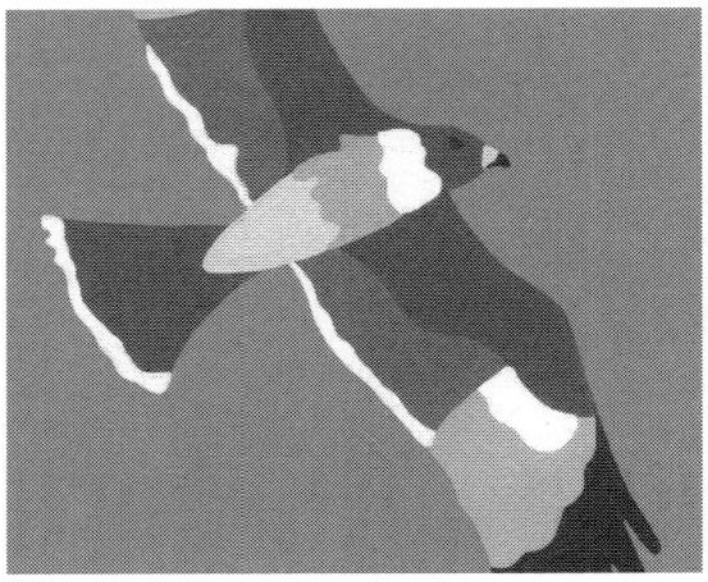

人形浄瑠璃《じょうるり》。近松門左衛門《ちかまつもんざえもん》作。全五段。正徳五年（一七一五）十一月大坂竹本座初演。主人公和藤内は、寛永元年（一六二四）に明国の父と日本の母の間に生まれ、明・清抗争期に活躍した鄭《てい》成功《せいこう》がモデル。日本と中国を舞台にした壮大な構想の時代物で、三年越し十七か月の記録的ロングランとなった。鎖国下での外国への意識もうかがえる作品。歌舞伎では二代目市川團《だん》十郎《じゅうろう》が和藤内を荒事《あらごと》の役に仕立て上げた。

あらすじ

第一　栄華をきわめ歌舞遊宴を好む大明国十七代思宗烈《しそうれつ》皇帝は、寵《ちょ》姫華《うきか》清《せい》夫人の懐妊を喜び皇子の誕生を望んでいる。隣国である韃靼《だったん》国の使者海勒王《かいろくおう》は、帝の胤《たね》を絶やす目的で、華清夫人を韃靼王の后《きさき》に申し受けたいと申し出る。右軍将李蹈天《りとうてん》は忠義を装い、夫人に代わり自分の左眼をえぐり取って韃靼王に献上、帝の危機を救ったが、韃靼国に内通し大明国を売り渡そうとする策略であった（南京城皇帝御座所）。女官たちの花軍《はないくさ》の結果、帝は妹の梅檀《せんだん》皇女を李蹈天にめあわせようとするが、皇女は承知しない。忠臣呉三桂《ごさんけい》は、李蹈天と韃靼との陰謀をあばき、帝に諫言《かんげん》する。そこへ、海勒王率いる韃靼軍が攻めて来る。呉三桂はわずかな手勢とともに応戦するが、帝は李蹈天に首をはねられる。呉三桂は妻柳歌君《りゅうかくん》に皇女を落ち延びさせ、王位の証《あかし》の即位の印綬《いんじゅ》を持って立ち退くが、后は敵弾に倒れる（梅檀皇女御殿）。呉三桂は后の遺骸から胎児（皇子）を取り出して落ちて行く。柳歌君も深手を負いながら、皇女を舟に乗せて出立させる（海登の港）。

第二　かつて思宗烈帝に諫言《かんげん》して追放された明の忠臣鄭芝竜《ていしりゅう》は、日本に渡って老一官《ろういっかん》と名乗り、浦人と契り息子和藤内をもうけた。和藤内と小睦《こむつ》夫婦が平戸の浜で貝を拾っていると、梅檀皇女を乗せた舟が流れ着く。皇女から大明国の危難を聞いた和藤内と老一官夫婦は、大明国に渡り韃靼国と戦う決意を固め、小睦に皇女を預けて舟出する（平戸の浦）。明には老一官が残してきた娘の錦祥女《きんしょうじょ》がおり、今は獅子《しし》が城《じょう》の主五常軍甘輝《ごじょうぐんかんき》の妻となっている。錦祥女を頼り甘輝を味方に付けるため、老一官は出立（唐土の浜）。和藤内は千里が竹で虎と死闘を繰り広げるが、母のかざす伊勢大神宮の神譜に虎はしずまる。和藤内は、虎を追ってきた韃靼勢を撃破し、その配下の唐人を帰順させる働きを見せる（千里が竹）。

第三　錦祥女は形見の姿絵により訪ねてきた老一官を父と確認するが、韃靼王の掟《おきて》によって三人を城内に入れることができない。錦祥女の義母にあたる和藤内の母は、甘輝に意思を伝えるため、虜囚として入城しようと自ら縛に就く。錦祥女は、願いがかなえば白粉《おしろい》を溶いて黄河に通じる泉水に流し、かなわなければ紅《べに》を溶いて流すと和藤内に伝える(獅子が城楼門)。韃靼王から和藤内討伐を任ぜられた甘輝が帰ってくる。明を救うために味方になってほしいとの母の頼みを甘輝は快諾するが、女房の縁に引かれて味方したといわれては末代までの恥辱と、錦祥女を殺そうとする。母は、義理の娘を見殺しにしては日本の恥、殺すなら自分を殺して欲しいと哀願するが、結局、甘輝は拒否する。願いのかなわぬ印に錦祥女が流した紅を見た和藤内は、城に飛び帰り母の縄を解き、味方に付けと甘輝に迫る。争う二人の間に入った錦祥女が紅の水上はここと胸を開くと、胸元は血に染まっている。→よむ　錦祥女は自害したのであった。甘輝はその志を汲《く》んで味方になり、和藤内に国性爺《こくせんや》鄭成功《ていせいこう》の名を贈る。母は娘だけを死なせるわけにいかないと、錦祥女の懐剣を取って自害する(獅子が城内)。

第四　住吉神社の加護を受けて、小睦は皇女を連れて明に渡る(松浦住吉大明神社頭・梅檀女道行)。五年の歳月が流れ、呉三桂は九仙山で皇子を育て、二人の老翁から、韃靼国と連戦する和藤内の活躍ぶりを聞く。呉三桂は、皇女と小睦を伴った老一官と再会、一同は皇女を追ってきた梅勒王の軍勢を打ち倒す(九仙山)。

第五　皇子は印綬を受けて即位し、永暦皇帝となる。李蹈天との一騎打ちを望む老一官は、韃靼勢のいる南京《なんきん》城に踏み込むが生け捕りにされ、人質となる。韃靼王と李蹈天は人質をたてに和藤内に降伏をせまるが、呉三桂と甘輝の活躍で形勢は逆転、韃靼王は捕えられ、李蹈天は討たれる(龍馬が原・南京城外)。

よむ

〔第三〕

◆錦祥女《きんしょうじょ》の自己犠牲

「慈悲を大事とする神国日本に生まれたこの母が、娘が殺されるのを見物してどうして生きられましょうか。願わくば私を縛ったこの縄が、日本の神々の注連縄《しめなわ》となり、私を今絞め殺して死骸は異国にさらすとも、魂は日本に導き給え」と声を上げて泣く。道理も情けも含んだ哀れのこもったくどき泣きに、錦祥女はすがりつく母の袂《たもと》に共に涙をこぼし、甘輝ももっともな道理と納得し、とめどない涙にくれる。

(中略——甘輝《かんき》は承知せず、錦祥女は合図の紅粉を流す)

和藤内《わとうない》は岸頭に蓑《みの》を被って座り込み、赤白二つ、いずれの川水かと気をつけて水面を見ていたが「しまった。紅《べに》が流れる。さては望みはかなわなかったか。味方もしない甘輝などに母を預けてはおけない」と、早足で歩み出して、その急流の元を求めてたどっていく。堀を飛び越え、塀を乗り越え、籬《まがき》や透垣《すいがき》(竹の垣根)を踏み破り、甘輝の城の奥庭にある泉水へと行き着く。

「ともかく、母が無事でよかった」と、縁に飛び乗り縛った縄を引きちぎって甘輝の前に立ちはだかり、「五常軍《ごじょうぐん》甘輝という髭唐人《ひげとうじん》はお前だな。天にも地にもたった一人の母に縄をかけたのは、お前をひとかどの人物と敬って、味方に頼むためのこと。人をおだてればきりがない。味方にならないのはこの大将に不足があるのか。第一女房の縁もあり、そちらから従ってくるのが当然だろう。サア、日本無双の和藤内がじかに頼むのだ、返答しろ」と、刀の柄《つか》に手をかけて立つ。

「オオ、女房の縁というならばなおのこと味方はできぬ。貴様が日本無双ならば、我は唐土稀《もろこしき》代《たい》の甘輝。女の縁に引かれて味方するような勇士ではない。しかし女房を離縁する理由もなく、病死するまでいつまでも待つこともできまい。追い風が吹いたら早々に日本へ帰れ。それとも、置き土産にその首を置いていきたいか」「いいや、日本への土産におまえの首を」と二人が刀を抜こうとするところへ、錦祥女が声をかけ、「アアアア、これあなた。病死を待つまでもありません。ただ今流した紅の水の源を御覧ください」と着物の胸元を押し開くと、九寸五分《くすんごぶ》の懐剣が乳の下から胸の中心まで横に貫き通してある。血に染まったその有様に、母は「これは」としか言葉もなく、がばと倒れ伏して気を失った。和藤内も動揺し、妻を殺す覚悟を決めた夫でさえ突然のことに驚くばかりである。

錦祥女は苦しそうに「母上は日本の恥とお思いになり、私を殺させまいとなさいますが、私も命を惜しんで親兄弟に尽くさなければ、唐土の恥になるのです。こうして私が自害した以上、女の縁で味方したとの非難はもはやないでしょう。もし、甘輝殿、私の親兄弟に味方して力になって下さい。父にもそのように伝えて下さい。もう、ものを言わせないで下さい。苦しいのです」と言うばかりで、今にも命が消え入りそうな様子である。

原文 慈悲もつぱらの神国に生《しやう》を請けたこの母が、娘殺すを見物し、そも生きてゐられうか。願はくはこの縄が日本の神々の注《しめ》連《なは》と顕《あらは》れ、我を今締め殺し、屍《かばね》は異国にさらすとも、たましひは日本に導き給へと声を上げ、道もあり情けもあり、哀れもこもるくどき泣き、錦祥女《きんしやうぢよ》はすがりつく母の袂《たもと》の諸涙、甘輝《かんき》も道理に至極してそゞろ涙にくれける。

（中略）

和藤内《わとうない》は岸頭《がんとう》に蓑《みの》打ちかづき座をしめて、赤白《しやくびやく》二つの川水に心を付けてみづの面、南無《なむ》三宝《さんぼう》紅粉《べに》が流るゝ。さては望みは叶《かな》はぬ。味方もせぬ甘輝めに母は預けおかれずと、踏み出す足の早瀬《はやせ》川《がは》流れを尋《と》めて行く先の、堀を飛び越え塀《へい》を乗り越え、籬透垣《まがきすいがき》ふみやぶり、甘輝が城の奥の庭、泉水にこそ着きにけれ。

先《ま》づ母は安穏《あんをん》嬉《うれ》しやと飛び上がり、縛《いまし》めの縄引きちぎり、甘輝が前に立ちはだかり、五常軍《ごじやうぐん》甘輝といふ髭唐人《ひげたうじん》はわぬしよな、天にも地にもたつたひとりの母に縄かけたは、おのれをおのれと奉つて、味方に頼まん為《ため》なるに、もつてうずれば方図《はうづ》もない。味方にならぬはこの大将が不足なか。第一女房の縁《えん》といひ、そつちから随《したが》ふ筈《はず》。サア日本無双《ぶさう》の和藤内が直付《ぢきづけ》に頼む返答せいと、柄《つか》に手をかけつゝ立つたり。

オヽ女房の縁といへば猶《なほ》ならぬ。御辺《へん》が日本無双なれば我は唐《もろ》土希《こしき》代《たい》の甘輝。女にほだされ味方する勇士にあらず。女房を去る所もなし、病死するまでべん〳〵とも待たれまい。追風次第に早《はや》帰れ。但《ただ》し置土産《おきみやげ》に首が置いていきたいか。イヤサ日本の土産にうぬが首をと、両方抜かんとする所を、錦祥女声をかけ、ア、〳〵これなう〳〵。病死を待つまでもなし、只今《ただいま》流せし紅の水上を見給《たま》へと、衣装の胸を押し開けば九寸五分の懐剣《くわいけん》、乳《ち》の下より肝先《きもさき》まで横に縫うて刺し通し、朱《あけ》にそみたるその有様。母はこれはとばかりにて、かつぱと臥《ふ》して正体なし。和藤内も動転し、覚悟を極《きは》めし夫さへ、そゞろに、驚くばかりなり。

錦祥女苦しげに、母上は日本の国の恥を思《おぼ》し召し、殺すまいとなさるれど、我《われ》命を惜しみて親兄弟を貢がずば、唐土の国の恥と、かうなる上《うへ》は女に心ひかさるゝ、人の謗《そし》りはよもあるまじ。なう甘輝殿、親兄弟の味方して、力ともなつてたべ。父にもかくと告げてたべ。もう物言はせて下さるな。苦しいわいのとばかりにて、消え〴〵、とこそなりにけれ。

79

菅《すが》原《わら》伝《でん》授《じゅ》手《て》習《ならい》鑑《かがみ》

菅原道真《すがわらみちざね》の伝説を背景に、親子の情や忠節を描く名浄瑠璃《じょうるり》

人形浄瑠璃。二世竹田出雲《たけだいずも》・三好松洛《みよししょうらく》・並木千柳《なみきせんりゅう》・竹田小出雲《たけだこいずも》作。全五段。延享三年（一七四六）八月、大坂竹本座初演。菅原道真の大宰府《だざいふ》配流《はいる》や天神伝説をもとに、別々の主人に仕えた三つ子の悲劇を織り交ぜた時代物。好評を博し八か月の続演となった。通しでの上演も多いが、二、三、四段目に親子の別れの場面を設けるなど見せ場が多く、特に子供の身替りを描いた四段目「寺子屋」は人気が高い。三大名作の一。

あらすじ

第一　延喜帝《えんぎのみかど》の御代、唐土《もろこし》僖《き》宗《そう》皇帝の使者として渤海《ぼっかい》国の僧天蘭敬《てんらんけい》が来朝し、帝の絵姿を写したいと望むが、左大臣藤原時《し》平《へい》は帝の病気を理由に、自分の姿を描かせようとして、右大臣菅丞相《かんしょうじょう》（菅原道真）に諫《いさ》められる。丞相の発案で、仮に天子の装束をつけた弟宮の斎世《ときよ》親王の絵姿が描かれる。丞相は菅原の筆道を後世に伝えるよう、勅命を受ける（大内）。帝の病気平癒祈願で加茂神社への参詣の日、斎世親王の舎人《とねり》の桜丸《さくらまる》は、親王と丞相の養女苅屋《かりや》姫《ひめ》との仲を取り持つが、見とがめられた二人は書き置きを残して逃げ落ちる（加茂堤）。丞相は、不義の咎《とが》で追放中の旧臣武部源蔵《たけべげんぞう》を呼び寄せ、筆法を伝授する。丞相を妬む時平により、斎世親王を帝位につけて苅屋姫を后にしようと企《たくら》んでいると讒言《ざんげん》された丞相は、無実の罪で筑紫へ配流されることとなる（丞相館）。

第二　飴《あめ》売りとなった桜丸は、親王と苅屋姫を荷箱に隠し、逃げ行く途次に丞相の配流を知り、安井の浜で日和《ひより》待ちする丞相のもとに向かう（道行詞甘替《ことばのあまいかい》）。丞相は、警護の役人判官代輝国《はんがんだいてるくに》の情けで、河内国道明寺《かわちのくにどうみょうじ》の伯母覚寿《かくじゅ》（苅屋姫の実母）のもとに暇乞《いとまご》いすることを許される。そこに到着した桜丸は、親王と苅屋姫を丞相に合わせようとするが、果たせない（安居）。覚寿の長女立田《たつた》の前夫宿禰太郎《すくねたろう》は、時平方と内通し、父土師兵衛《はじのひょうえ》と丞相暗殺を企てる。一番鶏の声を合図に迎えが来るため、鶏を早く鳴かせて丞相を連れ去ろうとするが、それを悟った立田を殺害する。丞相は、自作の木像が身替りになるという奇跡によって難をまぬがれ、宿禰親子は成敗される。丞相は、覚寿や苅屋姫との別れを惜しみつつ、旅路につく（道明寺）。

第三　佐太《さた》村の百姓四郎九郎《しろくろう》は、丞相に格別の恩を受けており、三つ子の兄弟はそれぞれ、梅王丸《うめおうまる》が丞相の、松王丸《まつおうまる》が時平の、桜丸が

斎世親王の舎人となっている。

時平の企みで主家が没落した梅王丸と桜丸は、時平の吉田社参詣の車に狼藉《ろうぜき》をしかけるが、松王丸がこれに対抗、時平の威になすすべなく失敗する（車引）。

四郎九郎は七十歳の賀の祝いに、丞相より賜わった白太夫《しらたゆう》の名を名乗る。兄弟もそれぞれ妻をともなって祝いに駆けつけるが、梅王丸は丞相のもとに行くため暇を乞い、松王丸は勘当を受け、桜丸は斎世親王と苅屋姫の恋をとりもった責任を負って切腹して果てる。白太夫は、筑紫《つくし》の丞相の許《もと》へ旅立つ（佐太村）。


第四　丞相の配所に近い安楽寺《あんらくじ》に、丞相の愛樹の梅が飛来する。梅王に都の状況を聞いた丞相は、時平の謀反の企みを知る。怒りに燃えた丞相は、帝を守護すべく祈誓をかけて天拝山《てんぱいざん》に駆け上り、生きながら雷神となる（天拝山）。

北嵯峨《きたさが》に隠れ住む丞相の御台所《みだいどころ》は時平方に襲われ、桜丸の女房八《や》重《え》はその命を守って果てる。そこに現われ、御台所を救った山伏は、じつは松王丸であった（北嵯峨）。

時平はさらに、芹生《せりょう》の里で寺子屋をいとなむ武部源蔵夫婦に丞相の若君菅秀才《かんしゅうさい》の首を討てと命じ、若君の顔を知る松王を首実検の使者に遣わす。源蔵はその日入塾してきた寺子の首を討ち、身代りにする。意外にも松王丸はその首を若君と認めて帰る。じつはその子こそ松王丸と女房千代《ちよ》の子の小太郎《こたろう》で、夫婦は丞相の恩に報いるためにわが子を身替りにしたのであった。→［よむ］　松王丸は子を失った悲しみを述べ、時平の手から救い出した御台所と若君を対面させる（寺子屋）。

第五　雷神となった丞相の怨念《おんねん》により、天変が相つぐ。時平は桜丸夫婦の死霊に苦しめられ、ついに菅秀才と苅屋姫に討たれる。菅秀才は菅家相続を許され、無実の罪が晴れた丞相は天満宮大自在天神と崇《あが》められる（大内・天満宮）。

よむ

◆身代わりになった小太郎

武部《たけべ》源蔵《げんぞう》は姿勢を正し、「挨拶は後にして、今まで敵と思っていた松王の打って変わった行動はどうしたことか。合点がゆかぬ」と尋ねると、「オオご不審なのはごもっとも。ご存じのとおり我々兄弟三人は別々に奉公し、情けなくもこの松王は時平公に従い、親兄弟とも肉親の縁を切り、ご恩を受けた丞相様へ敵対する身。主命とはいえ、これはすべて私の因果。どうにかして主従の縁を切ろうと仮病を装い暇乞《いとまご》いをしたところ、菅秀才の首を検分したら暇をやろうと今日の役目を命じられた。よもや貴殿が若君を討ちはすまい。さりとて身代わりの子がいなければどうするか。ここが菅公のご恩に報いる時と、女房の千代と相談し、我らの倅《せがれ》を先に行かせて、身代わりにした次第。机の数を調べたのも、わが子が来たかどうかを確かめるため。菅丞相は私の性根を見込まれて「どうして松が不人情であろうか、そうではない」とのお歌を詠まれたのに世間では、松王は不人情だと噂《うわさ》される悔しさ。お祭しあれ源蔵殿。倅がなければいつまでも人でなしと言われたであろうに、持つべきものは子でござるな」と言うので、千代はますますしゃくりあげ、「草葉の陰で小太郎が聞いて嬉《うれ》しく思いましょう。持つべきものは子であるとは、あの子のためによい手向《たむ》けになりましょう。思えば先刻別れた時、いつになく母の後を追ったのを叱った時のあの悲しさ。冥途《めいど》へ向かう寺入りと、早くも虫が知らせたのでしょうか。隣村へ行くと言い、途中まで行ってはみたものの、子を殺されるためによこしながら、どうして家へ帰れましょう。せめて死に顔だけでも今一度見たさに戻って来たのを、なんと未練な、と笑ってくださいますな。寺入りに包んだ祝儀はあの子の香典となりました。四十九日に供える蒸し物の菓子までも持参で寺入りさせるとは、これほど悲しいことがほかにありましょうか。育ちも生まれも低ければ身代わりに殺す心も起こるまいに、早く死ぬる子は器量よしというとおり見目よく生まれたのが、かわいそうに、その身の不幸となりました。せっかく疱瘡《ほうそう》も無事にすんだというのに、今になって死ぬとは何の因果か」とむせ返り、がばと伏して泣くので……

（中略——松王は小太郎の最期の様子を源蔵に尋ねる）

「いいや、若君菅秀才殿の御身代りだと言い諭《さと》したところ、潔く首をさし出しました」と源蔵。「あの、逃げも隠れもせずに？」「にっこりと笑って」「むむ、よくでかしおった。賢いやつ、立派なやつ、健気《けなげ》なやつじゃ。八つや九つで親に代わってご恩返し。お役に立つとは孝行者、手柄者と思うにつけても、思い出すのは桜丸。ご恩も返さず先だってしまったが、さぞかし草葉の陰から小太郎を羨ましく、ねたましく思っているだろう。倅を思うにつけ桜丸が思い出されることよ」と、さすがに同腹の兄弟を忘れられずに悲嘆の涙。「のう、その伯父様に冥途で小太郎が逢いますよ」と夫にとりついて、千代はわっと泣きくれる。

原文

武部源蔵異義《ゐぎ》を正し、一礼は先づ跡の事。是迄《これまで》敵と思ひし松王、打て変《かは》つた所存はいかに、訝《いぶか》しさよと尋《たづ》ぬれば。ヲ、御不審尤《もつと》も。存知《ぞんぢ》の通り我々兄弟三人は、めい〱に別れて奉公。御情けなや此《こ》の松王は、時平公に随《したが》ひ、親兄弟共肉縁切り、御恩請《う》けた丞相様へ敵対。主命とは云《い》ひながら、皆是《これ》此の身の因果。何とぞ主従の縁切らんと、作病構へ暇《いとま》の願ひ。菅秀才の首見たらば暇やらんと今日の役目。よもや貴殿が討ちはせまい。なれ共《ども》身代《みがは》りに立つべき一子なくば如何《いかが》せん。爰《ここ》ぞ御恩報ずる時と、女房千代と云ひ合はせ、二人の中の世倅《せがれ》をば、先へ廻《まは》して此の身代り。机の数を改めしも、我が子は来たかと心の著《めど》。菅丞相には我が性《しやう》根《ね》を見《み》込給《こみたま》ひ、何とて松のつれなからふぞとの御歌を松はつれない〱と、世上の口にかゝる悔しさ。推量あれ源蔵殿。世倅《せがれ》がなくばいつ迄も人でなしと言はれんに、持つべき物は子なるぞやと、言ふに女房猶《なほ》せき上げ。草葉の陰で小太郎が聞いて嬉《うれ》しう思ひましよ。持つべき物は子成るとはあの子が為によい手向《たむけ》。思へば最前別れた時、いつにない跡追ふたを、呵《しか》つた時の其の悲しさ。迷《めい》途《ど》の旅へ寺入りと早《はや》虫が知らせたか。隣村へ行くと言ふて、道迄往《い》んで見たれ共《ども》、子を殺さしにおこして置いて、どふマア内へ往《い》なるゝ物ぞ。死顔成り共《とも》今一度見たさに未練と、笑ふて下さんすな。包みし祝義はあの子が香奠《かうでん》。四十九日の蒸物迄《むしものまで》持つて寺入りさすといふ、悲しい事が世に有らふか。育ちも生れも賤《いや》しくば、殺す心も有るまいに、死ぬる子は媚《みめ》よしと美しう生《うま》れたが、可愛《かはい》や其の身の不仕合《ふしあはせ》。何の因果に疱瘡《はうさう》迄、仕舞《しま》ふた事じやとせき上げてかつぱと、伏して泣きければ。

（中略）

イヤ若君菅秀才の御身代りと云ひ聞かしたれば、潔《いさぎよ》う首指延《さしの》べ。アノ逃げ隠れ致さずにナ。につこりと笑ふて。ム、、、、、でかしおりました。利口なやつ、立派なやつ、健気《けなげ》な八つや九つで、親に代つて恩送り。お役に立つは孝行者手柄者と思ふから、思ひ出すは桜丸。御恩も送らず先達《さきだち》し嘸《さぞ》や草葉の陰よりも、羨《うらや》ましかろけなりかろ。世倅《せがれ》が事を思ふに付け思ひ出《いだ》さる、〱と、流石《さすが》同腹同性《しやう》を忘れ兼ねたる悲歎の涙。なふ其の伯父御に小太郎が、逢《あ》ひますわいのと取り付いてわつと計《ばかり》に、泣き沈む。

80

平家の武将の後日譚《ごじつたん》と狐の親子の情愛を描く人気浄瑠璃《じょうるり》

義経千本桜《よしつねせんぼんざくら》

人形浄瑠璃。二世竹田出雲《たけだいずも》・三好松洛《みよししょうらく》・並木千柳《なみきせんりゅう》作。全五段。延享四年(一七四七)十一月大坂竹本座初演。「判官びいき」の言葉にも象徴される悲劇の武将 源義経《みなもとのよしつね》を中心にすえ、知盛《とももり》や維盛《これもり》、教経《のりつね》ら平家の武将の苦悩、ならず者いがみの権太《ごんた》の改心、狐の情愛などを盛り込んだ時代物。源平の合戦後も知盛や安徳《あんとく》帝が生き続けたという巧みな設定、華やかな舞台演出など、多くの要素で観客を魅了する。三大名作の一。

あらすじ

第一 平家追討で功をあげた義経は、後白河《ごしらかわ》法皇から初音《はつね》の鼓《つづみ》を与えられ、兄頼朝《よりとも》を討てと謎をかけられる(大内)。平維盛を探す御台所《みだいどころ》若葉《わかば》の内侍《ないし》と若君六代《ろくだい》は、主馬小金吾《しゅめのこきんご》を供に高野山へ向かう(北嵯峨庵室)。頼朝の上使《じょうし》川越太郎から三か条の難題を示された義経は、兄との和解の難しさを察し、都を落ちる(堀川御所)。

第二 義経は愛妾静御前《あいしょうしずかごぜん》に初音の鼓を預け、源九郎《げんくろう》の名を与えた佐藤忠信《さとうただのぶ》に託す(伏見稲荷)。九州を目指す義経は大物浦《だいもつのうら》で船を調達。船宿の主人渡海屋《とかいや》銀平《ぎんぺい》は、じつは源平合戦を生き延びた幼い安徳帝を守る平知盛。義経を海上で討とうとするが見破られ、義経に安徳帝を預け、碇《いかり》をかついで海に沈む(渡海屋・大物浦)。

第三 小金吾は鎌倉方に襲われ、若葉の内侍と六代は助かる(椎の木)。弥助《やすけ》と名乗らせ平維盛をかくまう鮨屋弥左衛門《すしややざえもん》は、小金吾の首を持ち去り鮨桶《すしおけ》に隠す。維盛は詮議の梶原景時《かじわらかげとき》が来ると聞き、再会した妻子とともに逃れる。弥左衛門の息子で無頼漢のいがみの権太が後を追い、内侍と六代を連れ戻し、維盛の首を梶原の実検に供する。怒った弥左衛門に刺された権太は、自身の妻子を身替りに立てたこと、維盛の首も小金吾の首だと告白する(鮨屋)。

第四 静と忠信が吉野へ道行《みちゆき》(道行初音旅)。吉野一山の衆徒横川覚《よかわのか》範《くはん》らは義経討伐の評議を行ない、河連法眼《かわつらほうげん》を怪しむ(吉野蔵王堂)。その法眼にかくまわれる義経の許《もと》に、奥州から佐藤忠信が戻る。静静御前に遅れもう一人の忠信も到着するが、初音の鼓を用いて詮議した結果、鼓の皮に張られた親狐《おやぎつね》を慕う子狐とわかる。↓よむ 義経はその心情を哀れみ、鼓を与える。狐は法師どもが攻め来ることを知らせ、通力で彼等を追い払う。覚範を平教経と見破った義経は、

第五 佐藤忠信は狐の通力を借り、兄の仇《かたき》教経を討つ(吉野山)。

よむ

鼓《つづみ》になった親狐を慕う子狐

静御前はさすがに女性らしく、狐忠信の気持ちに眼もうるみ、一《ひと》間《ま》の方に向かい、「わが君さま、そこにいらっしゃいますか」と尋ねる間に障子が開き、義経は「オオ、話は聞き届けた。さては人ではなかったか。先程までこの義経も狐とは知らなかった。不憫《ふびん》な心根の者だ」と述べる。忠信は頭をうなだれお辞儀をし、義経をふし拝みつつ座を立って、鼓を懐かしそうに見返り、行くともなく消えるともなく、あたりにたなびく春霞のようにおぼろげに見えなくなった。義経は哀れにお思いになり「あの狐を呼び戻せ、鼓の音を聞けばまた戻って来るだろう。鼓、鼓を打て」と言う。静はまた鼓を取り上げて打つが、不思議にも音は出ない。「これはこれは」と取り直して打てども、どうしたことか「ちい」とも「ぽう」とも音がしない。「ハア、さては狐の魂を宿すこの鼓は、親子の別れを悲しんで音を止めたに違いない。人ならぬ身でもそれ程に、子供のことを大事に思うのでしょうか」と打ちひしがれると、義経は、「オオ、私も生き物が肉親の情愛ゆえに義理を通す姿に心打たれる。一日も孝行できなかった父義朝《よしとも》を長田《おさだ》荘司忠致《ただむね》に討たれ、日陰の身として鞍馬《くらま》山《やま》で育ち、せめて兄頼朝の役に立ちたいと西海での平家との戦いに身を投じたが、その忠勤に励んだことが仇《あだ》となり憎まれることになった。親代わりの兄に見捨てられたこの義経が名を譲った源九郎狐は、前世の業(人に仇《あだ》をなすと狐に生まれるという)を負い親子の別れにも苦しみ、私も親子の縁が薄いという業《ごう》を背負っている。そもそも源九郎と自分はいつの世からの強い結びつきで、このような業因の深さに苦しむのであろうか」と身につまされて涙を流すその姿に、静もわっと泣きだす。源九郎は姿を見せずに庭先にとどまっていたが、大将義経が自分の身の上と重ねて語るのを聞き、勿体《もったい》なさに涙にくれ「わっ」と叫ぶと、通力で体を包んでいた春霞《はるがすみ》が晴れて、次第に姿を現わした。

原文 静は遖《さすが》、女気《をんなぎ》の、彼《かれ》が誠に目もうるみ、一間《ひとま》の方に打ち向かひ。我が君それにましますかと、申す内より障子を開き。ヲ、委《くは》しく聞き届けし。さては人にてなかりしな。今までは義経も、狐とは知らざりし。不便《ふびん》の心と有りければ、頭《かうべ》をうなだれ礼《らい》をなし、御大将を伏し拝み〳〵、座を立ちは立ちながら、鼓の方をなつかしげに見返り、見返り行くとなく、消ゆるともなき春霞《はるがすみ》、人目朧《ひとめおぼろ》に見へざれば、大将哀れと思《おぼ》し召し。アレ呼び返せ鼓打て、音《ね》に連れ又《また》も帰りこん。鼓々とありけるにぞ。静は又も取り上げて打てば不思議や音《ね》は出《い》でず。是は〳〵と取り直し、打てども〳〵こはいかに、ちつともぽうとも音せぬは。ハアさては、魂残す此の鼓。親子の別れを悲しんで、音《ね》を留めたよな。人ならぬ身もそれ程に、子故《ゆゑ》に物を思ふかと打ちしほるれば義経公。ヲ、我とても生類《しやうるい》の、恩愛《おんあい》の節義《せつぎ》身にせまる。一日の孝もなき父義朝を長田《をさだ》に討たれ、日かげ鞍馬《くらま》に成長《ひととなり》、せめては兄の頼朝にと、身を西海の浮き沈み、忠勤仇《あた》なる御憎しみ。親とも思ふ兄親《あにおや》に見捨てられし義経が、名を譲つたる源九郎は、前世の業《ごふ》、我も業、そもいつの世の宿酬《しゆくしう》にて、かゝる業因なりけるぞと身につまさるゝ御涙に、静はわつと泣き出だせば、目にこそ見えね庭の面《おも》、我が身の上と大将の、御身の上を一口には、勿体《もつたい》なみだに源九郎、たもち兼ねたる大声に、わつと叫べば我《われ》と我《わが》、姿を包む春霞《はるがすみ》晴れて、形を顕《あら》はせり。

81

仮名手本《かなでほん》忠臣蔵《ちゅうしんぐら》

赤穂浪士《あこうろうし》の仇討《あだう》ちを題材に、浪士たちの悲劇を描く大作

人形浄瑠璃《じょうるり》。二世竹田出雲《たけだいずも》・三好松洛《みよししょうらく》・並木千柳《なみきせんりゅう》作。全十一段。時代物。寛延《かんえん》元年（一七四八）八月大坂竹本座初演。元禄十四年（一七〇一）に起きた浅野内匠頭《あさのたくみのかみ》の刃傷《にんじょう》事件と翌年の四十七士の仇討ちを題材にし、事件から四十七年目に上演。幕府をはばかり実名を用いず、人物名や世界は『太平記《たいへいき》』に拠《よ》る。仇討《あだう》ちに至るまでの苦労や悲劇が多彩に表現される。最多の上演記録を誇る人形浄瑠璃の最高傑作。三大名作の一。

あらすじ

第一　鶴岡《つるがおか》の饗応《きょうおう》（兜《かぶと》改め）　鎌倉鶴岡八幡宮の造営が成就し、将軍足利尊氏《たかうじ》の代参として弟の足利左兵衛督直義《さひょうえのかみただよし》が鎌倉に下向、打ち滅ぼした新田義貞《にったよしさだ》の兜の奉納について執事高武蔵守師直《こうのむさしのかみもろなお》（史実の吉《き》良上野介《らこうずけのすけ》）と桃井若狭之助安近《もものいわかさのすけやすちか》が口論となるが、元兵庫司《ひょうごづかさ》の女官で塩谷判官高定《えんやはんがんたかさだ》（史実の浅野内匠頭）の妻顔世《かおよ》御前が兜の鑑定を命じられる。直義らが兜奉納に座を立った後、高師直は顔世に艶書を渡して口説く。困惑する顔世を立ち去らせた若狭之助は、怒った師直に罵倒され、恨みをつのらせる。

第二　諫言《かんげん》の寝刃《ねたば》（松伐り）　若狭之助家老の加古川本蔵《かこがわほんぞう》は、妻戸無瀬《となせ》と娘の小浪《こなみ》に、昨日の若狭之助と師直の口論について尋ねられる。そこへ、小浪の許婚《いいなづけ》の大星力弥《おおぼしりきや》が、判官の使者として来訪し、明朝の登城時刻を打ち合わせる。若狭之助は本蔵を呼び、師直から受けた侮辱に耐えきれない、家断絶を覚悟で明日、師直を討つ覚悟だ、と語る。本蔵は腰刀で松の枝を伐《き》って同意を示した後、馬を引き出し一目散に駆けていった。

第三　恋歌の意趣（館騒動）　翌日、大手馬場先で待ちうけた本蔵は、師直に賄賂を贈る。続いて塩谷判官が早野勘平《はやのかんぺい》を伴って登城。腰元お軽は、恋人の勘平逢《あ》いたさに顔世の師直への返書を持参し、勘平に渡す。師直の家来でお軽に横恋慕する鷺坂伴内《さぎさかばんない》をかわし、勘平とお軽は密会する。一方、御殿内では、師直が若狭之助に上機嫌で接し、若狭之助は拍子抜けして師直を討てない。そこに来た判官は、顔世からの返書の入った文箱を師直に渡す。顔世の拒否の返書に怒った師直は、さんざんに判官をののしる。堪えかねた判官は師直に斬りつけるが、本蔵に抱き止められとどめを刺すことができない。裏御門では、恋にかまけ大事の場に居合わせなかった勘平が駆けつけるが、中に入ることもできない。切腹しようとする勘平をお軽が

止め、二人は逃げ落ちる。

第四　来世の忠義（判官切腹）　閉門の沙汰を受けた判官は、石堂《いしどう》、薬師寺《やくしじ》という二人の上使より切腹を命じられる。国家老大星由良之《ゆらの》助《すけ》（史実の大石内蔵助《おおいしくらのすけ》）の到着を待ち、時をかせぐ判官だが、刀を腹に突きつけたところへ由良之助が駆けつける。由良之助は形見の九寸五分の刀に仇討ちを誓う。同じ家中の斧九太夫《おのくだゆう》、定九郎《さだくろう》親子が去った後、由良之助は同志と仇討ちの盟約をして城を明け渡す。

第五　恩愛の二つ玉（山崎街道）　お軽の実家に身を寄せる勘平は、猟師となっている。雨中猟に出て、塩谷家中の千崎弥五郎《せんざきやごろう》に再会し、仇討ちへの参加を願い、亡君の石塔建立の御用金を届けると約束する。金を工面するため、お軽は勘平に内緒で祇園《ぎおん》に身売りを決め、父与市兵衛《よいちべえ》がその半金の五十両を懐に帰る途中、斧定九郎に惨殺され、金を奪われる。その定九郎も、勘平が猪に放った鉄砲玉に当たって死ぬ。暗闇を駆けつけた勘平は、人を打ち殺したことに驚くが、手に触れた金財布をとって去る。

第六　財布の連判（与市兵衛住家）　与市兵衛の帰りを待ちわびるお軽と母。訪れた祇園一力茶屋の亭主は、半金を確かに与市兵衛に渡したと述べ、お軽は祇園へと向かう。勘平は、死骸から抜き取った縞の財布が、亭主が与市兵衛に貸したものと分かり、舅《しゅうと》を殺したと早合点する。与市兵衛の死骸が運び込まれ、姑《しゅうとめ》に責められる勘平。訪れた同志の原郷右衛門《はらごうえもん》、弥五郎にも不義の金と罵られ、勘平は腹を切り申し開きする。だが弥五郎が改めた与市兵衛の傷は刀傷で、勘平が実は舅の敵《かたき》をとっていたと判明する。許された勘平は、仇討ちの連判状に血判を押して果てる。

第七　大尽の錆刀《さびがたな》（一力茶屋）　祇園一力茶屋で放蕩《ほうとう》する由良之助のもとへ、師直の密偵となった斧九太夫が訪れる。亡君の逮夜（命日の前日）で精進潔斎すべきところ、由良之助に蛸肴を食わせ、またすっかり錆びついた刀を見て、九太夫は由良之助の遊蕩《ゆうとう》は本物であると確信する。だが由良之助は、力弥が届けた顔世からの書状を縁先で真剣に読み始める。二階からは酔い覚ましをしていたお軽が延べ鏡に映し、縁の下では居残っていた九太夫に読まれてしまう。それに気付いた由良之助はお軽を身請けしようと言い出す。お軽に再会した兄寺岡平右衛門は、足軽の身分ながら仇討ちに加わりたいと願っている。お軽から書状の内容と由良之助の本心を聞き、お軽を身請けした後に口を封じようという意図を悟る。↓よむ妹を討ち、功をあげようとする平右衛門の忠誠に感じた由良之助は、平右衛門の帰参を許す。お軽には、亡夫勘平に代わり、与市兵衛の敵で定九郎の父、九太夫を討たせる。

第八　道行旅路の嫁入り　戸無瀬と小浪母娘の山科《やましな》までの道行。

第九　山科の雪転《ゆきこかし》（山科閑居）　廓《くるわ》から朝帰りの由良之助は雪転をして、雪玉は日陰に置けば解けぬ、せくことはないと力弥を諭す。妻のお石《いし》は、訪れた戸無瀬と小浪に力弥との祝言を拒む。死を決意した小浪を、尺八の音が止める。お石は、祝言承諾の代わりに、亡君判官の恨みある本蔵の首を所望する。最前の尺八は、虚無僧姿の本蔵の奏でたものだった。力弥の槍《やり》にかかった本蔵は、婿《むこ》への引出物にと師直邸の絵図面を贈り、娘を託して果てる。

第十　発足の櫛笄《くしこうがい》（天河屋）　堺《さかい》の廻船問屋《かいせんどんや》天河屋義平《あまかわやぎへい》は、妻を離縁して使用人に暇を出し、浪士のために討入の道具をととのえる。そこへ捕手を装った由良之助の部下が押し入り、義平を試す。彼の心に感じ入った由良之助は、「天」「河」を討入の合言葉とし、義平と妻との復縁を策して鎌倉へ向かう。

第十一　合印《あいじるし》の忍兜《しのびかぶと》（討入り）　浪士たちは鎌倉稲村《いなむら》が崎《さき》に勢揃《せいぞろ》いする。師直邸に討入り本懐を遂げた由良之助らは、亡君の菩提所光明寺へ引き上げる。

お軽《かる》と由良《ゆら》之助《のすけ》

〔第七〕

辺りを見回し、由良之助が釣灯籠《つりとうろう》の灯に照らして読む長文は、御《み》台所《だいどころ》(顔世御前)からの敵《かたき》の様子を細々とつづった手紙で、女の手紙ゆえに前後がととのっておらず「参らせ候《そろ》」の丁寧な文章も多く、読むのもはかどらない。上の二階で酔いざましをしていたお軽は、手紙を恋文と思い、他人の恋よとうらやましく見下ろしていたが、夜目の上に遠いことでもあり、文字の形もぼんやりしているので、思いついて懐中鏡を取り出して、その文章を映して読みとる。さらに縁側の下からは九太夫《くだゆう》が、由良之助が読み進め繰り降ろされる手紙を、月の光にすかして読んでいるとは、神ならぬ身の由良之助が知る由もない。ゆるみかけたお軽の簪《かんざし》がばったりと落ちたので、下では由良之助がはっと見上げて、手紙を後ろへ隠す。縁の下では手紙を読むことができた九太夫がほくそえみ、上の二階では鏡の光を隠すお軽の姿。「由良さんか」。由良之助は「お軽か。そなたはそこで何をしているか」と答える。「わたしゃお前に酔いつぶされ、あんまりの苦しさに酔いざましに、風に吹かれていたのですよ」「ウン、ハテなあ。よう風に吹かれているのじゃな。イヤ軽。少し話したいことがある。屋根越しで遠く離れた天の川のようでは、ここからは話ができぬ。ちょっと下りてくださらぬか」

(中略――由良之助はお軽を問い詰め、手紙を見たことを知ると、身請けしようと言う。一人になったお軽のところに兄の平右衛門が来合わせ、由良之助による身請けの話を知る)

「それではお前を早野《はやの》勘平《かんぺい》の女房と知ってのことか」「イエ知らずにお話があったのです。親や夫の恥ですから、どうして打ち明けて言いましょう」「ウン、それでは由良之助殿は芯《しん》からの遊蕩者で主君の敵を討つ考えはないと決まったな」「イエイエ、これ兄さん。あります、あります。声高には言えませんが、コレこうこう」とささやくと、「ウン、ではその手紙を確かに見たな」「残らず読んだ。その後で互いに見合す顔と顔。それからは色っぽくふざけ出して、すぐに身請けの相談」「アノ、その手紙を残らず読んだ後でか」「ハイナ」「ウン、それでわかった――。妹よ、とても逃れられぬ命、このおれにくれよ」と刀を抜くなりはっしと切りつけると、お軽はさっと飛び退き、「コレ兄さん、わたしに何の落ち度がありますか。勘平という夫もあり、きちんと二親がいる以上は、あなたの自由にもなるまい。由良之助様に身請けされ、その上で親と夫に逢おうと楽しみにしています。どんなことでも謝ります。許してください。許して」と手を合せると、平右衛門は、抜いた刀を捨ててどっと伏し、悲嘆の涙にくれていたが、「かわいそうな妹、なんにも知らぬのだな。親の与市兵衛《よいちべえ》殿は六月二十九日の夜、人に切られてお亡くなりになられた」「ヤアそれはまあ」「コリャ、まだ驚くのは早い。身請けされてから連れ添おうと思う勘平も、腹を切って死んだわいな」「ヤアヤアヤア、それはまあ本当かいなあ。コレなあなあ」と取りついて、わっと声をあげ泣きくれる。「オオ、もっともなこと、もっともなこと。様子を話せば長くなるが、おいたわしいのは母上じゃ。言い出しては泣き、思い出しては泣き、娘の軽に聞かせたら、泣き死にするであろう、決して言うてくれるなとのお頼み。言うまいと思っていたが、そなたの命はもう逃れられないから話すのだ。その理由は、忠義一途《いちず》に凝り固まった由良之助殿が、勘平の女房と知らなければ身請けする義理もない。はなから色事に少しもおぼれてはいない。見られた手紙が一大事のため、身請けして刺し殺し口を封じる、それが由良之助殿の本心とはっきりとわかった。もしそうでなくても、壁に耳ありで、どこから秘密が洩《も》れるかわからず、ほかから洩れてもそなたの罪じゃ。密書をのぞき見したのが間違いで、それゆえ殺さなければならない。人の手にかけて殺すより、一大事を知った女はたとえ妹といえども許されぬ、我が手に掛けてそれを手柄に連判状の人数に入れていただきお供に立つつもりじゃ。身分も禄も低い小身者の悲しさは、人よりすぐれた本心を見せなければ人数に入れてもらえぬこと。聞きわけて命をくれ。死んでくれ、妹」と、筋道たてた兄の言葉である。

原文 あたり見回し、由良之助、釣灯籠《つりとうろう》のあかりを照らし、読む長文《ながふみ》は御台《みだい》より敵《かたき》の様子。細々と、女子《をなご》の文《ふみ》の後《あと》や先、参らせ候《そろ》で、はかどらず。よその恋よとうらやましく、お軽《かる》は上より見おろせど、夜目遠目なり、字性《じしやう》もおぼろ、思ひついたるのべ鏡、出して映して、読み取る文章。下屋《したや》よりは九太夫が、繰りおろす文、月影に、すかし読むとは、神ならず。ほどけかゝりしお軽が簪《かんざし》、ばつたり落つれば、下にははつと見上げて、後ろへ隠す文。縁の下にはなほ笑《ゑ》壺《つぼ》。上には鏡の影隠し、由良さんか。お軽か、そもじはそこに何してぞ。わたしやお前にもりつぶされ、あんまり辛さに酔《ゑ》ひさまし、風に吹かれてゐるわいな。ムウ、ハテなう、よう風に吹かれてぢやの。イヤ軽、ちと話したいことがある。屋根越しの天の川で、こゝからは言はれぬ。ちよつと下りてたもらぬか。

（中略）

「さてはその方《はう》を、早野勘平《はやのかんぺい》が女房と。イエ知らずぢやぞえ。親、夫の恥なれば、明かしてなんの言ひませう。ムウすりや本心放埒《はうらつ》者《もの》、お主の仇《あた》を報ずる所存はないに極《きは》まつたな。イエ〳〵、これ兄《あに》さん、あるぞえ〳〵。高うは言はれぬ、コレ、かう〳〵とさゝやけば、ムウすりや、その文をたしかに見たな。残らず読んだ。その後《あと》で、互ひに見合ふ顔と顔。それからじやらつき出して、つい身請けの相談。アノ、その文残らず読んだ後で。アイナ。ムウ、それで聞《きこ》えた。妹、とてものがれぬ命、身どもにくれよと、抜き討ちにはつしと切れば、ちやつと飛び退き、コレ兄さん、わしには何あやまり、勘平といふ夫もあり、きつと二親あるからは、こなさんのまゝにもなるまい。請け出されて親夫に、逢《あ》はうと思ふがわしや楽しみ。どんなことでも謝らう、許してくだんせ、許してと、と手を合《あは》すれば、平右衛門、抜き身を捨てて、どうど伏し、悲嘆の、涙にくれけるが。可哀《かはい》や妹、なんにも知らぬな。親与市《よいち》兵《べ》衛殿は六月二十九日の夜、人に切られてお果てなされた。ヤアそれはまあ。コリヤ、まだびつくりすな。請け出され、添はうと思ふ勘平も、腹切つて死んだわやい。ヤア〳〵〳〵、それはまあほんかいの。コレなう〳〵と、取りついて、わつとばかりに泣き沈む。オ、道理〳〵。様子話せば長いこと、おいたはしいは母者《ははぢや》人《ひと》、言ひだしては泣き、思い出しては泣き、娘軽《かる》に聞かしたら、泣き死にするであろ、かならず言うてくれなとのお頼み。言ふまいと思へども、とても逃れぬそちが命。そのわけは、忠義一途《いちづ》に凝《こ》りかたまつた由良之助殿、勘平が女房と知らねば、請け出す義理もなし。もとより色にはなほふけらず。見られた状《じやう》が一大事。請け出し刺し殺す、思案のそことたしかに見えた。よし、さうなうても壁に耳、ほかより洩《も》れてもその方《はう》が科《とが》、密書をのぞき見たるが誤り。殺さにやならぬ。人手に掛きよより、わが手に掛け、大事を知つたる女、妹とて許されずと、それを功に連判《れんぱん》の、数に入つてお供に立たん。小身者《せうしんもの》の悲しさは、人にすぐれた心底を、見せねば数には入れられぬ。聞きわけて命をくれ。死んでくれ妹と、事を分けたる兄の言葉。

82

夫に憤死させられたお岩《いわ》が幽霊となって祟《たた》る傑作歌舞伎《かぶき》

東《とう》海《かい》道《どう》四《よつ》谷《や》怪《かい》談《だん》

歌舞伎。四世鶴屋《つるや》南北《なんぼく》作。全五幕。世話物。文政八年(一八二五)七月江戸中村座初演。「仮名《かな》手本忠臣蔵《でほんちゅうしんぐら》」の二番目として上演、人物設定もそれに拠《よ》りながら、江戸四谷左門町の御先手同《おさきてどう》心田宮又左衛門《しんたみやまたざえもん》の娘お岩《いわ》が婿伊右衛門《むこいえもん》に虐待され、後に怨霊《おんりょう》になって関係者を苦しめたという事件を脚色。不忠義の塩冶《えんや》家浪人伊右衛門の悪人ぶりがリアルに描かれ、お岩の幽霊の出る仕掛けなど演出にも趣向を凝らした傑作。

あらすじ

初演では「忠臣蔵」と組み合わせて二日で完結するよう上演された。初日は「忠臣蔵」大序から六段目、「四谷怪談」序幕から三幕目、後日(二日目)は「四谷怪談」三幕目、「忠臣蔵」七段目、九段目、十段目、「四谷怪談」四幕目、五幕目、「忠臣蔵」十一段目。

序幕　塩冶浪人四谷左門《よつやさもん》にはお岩とお袖《そで》の二人の娘がいる。お岩は夫民谷《たみや》伊右衛門の不行状を理由に実家に連れ戻されている。

生活が苦しく楊枝店《ようじみせ》で働くお袖は、夜は按摩宅悦《あんまたくえつ》の営む地獄宿(私娼窟《ししょうくつ》)に出ており、主君塩冶判官の仇討《あだう》ちのため小間物屋に身をかえた夫与茂七《よもしち》に出会う。お袖に横恋慕《よこれんぼ》する薬売りの直助《なおすけ》は、与茂七と誤って旧主の奥田庄三郎《おくだしょうざぶろう》を殺してしまう。その同じ場所で、四谷左門は娘お岩との復縁を願う伊右衛門の旧悪を暴き、伊右衛門に討たれてしまう。

直助と伊右衛門の二人は、駆けつけたお岩と妹お袖をだまし、敵《かたき》討《う》ちの助太刀《すけだち》を約束する(浅草境内の場・同裏田圃《うらたんぼ》の場)。

二幕目　伊右衛門が傘貼りの内職で糊口《ここう》をしのぐ苦しい生活の中、産後の肥立ちが悪いお岩のもとへ、隣家の伊藤喜兵衛《いとうきへえ》から血の道の薬が贈られる。じつは面体《めんてい》が崩れるおそろしい毒薬で、それを飲んだお岩の顔は醜く変わってしまう。伊右衛門に恋心を抱く孫娘お梅の願いを叶《かな》えようと、伊右衛門を婿に迎えるため喜兵衛が画策したのであった。

仕官に目がくらんだ伊右衛門は、顔の変わったお岩と離縁することを決め、按摩《あんま》の宅悦《たくえつ》にお岩と不義を働くように迫り、祝言《しゅうげん》の金をつくるため赤子の蚊帳《かや》まで質草に持っていき、お岩を邪険に扱う。宅悦に言い寄られたお岩は、伊藤家からの薬が毒薬であること、伊右衛門が心変わりしたことを聞きだす。喜兵衛に一言いわずにおれないと、お岩は身仕度をするためお歯黒をつけ、髪を梳《す》くが、ごっそり抜け落ちた毛から生血がしたたる。→よむ　変わり果てたお岩は、恨みを抱えたまま亡くなってしまう。

伊右衛門は、「ソウキセイ」という唐薬を盗んだ雇い男小仏小平《こぼとけこへい》をお岩の間男《まおとこ》に仕立てて惨殺し、お岩と小平の二人を戸板の裏表に釘打ちにして神田川へ流した。その夜、お岩と小平の霊に取りつかれた伊右衛門は錯乱し、嫁入りしたお梅と喜兵衛を斬ってしまう（雑司ヶ谷四谷町の場）。

三幕目　伊右衛門の母お熊は、息子が妻や伊藤喜兵衛らを惨殺したとの噂《うわさ》を聞き、探索の手を避けるため息子の卒塔婆《そとば》を建て、亡くなったように見せる。釣りをする伊右衛門の前に戸板が流れ着き、引きあげるとお岩の死霊が出て恨みを述べ、裏返すと小平の死霊となる〈戸板返し〉。与茂七、鰻掻き権兵衛となった直助、伊右衛門のだんまりになる（十万坪隠亡堀《じゅうまんつぼおんぼうぼり》の場）。

四幕目　お袖は宅悦からお岩の死を知らされる。身寄りのなくなったお袖は、直助と敵討《かたきう》ちの助太刀を条件に枕をともにする。そこに、亡くなったと思っていた与茂七が義士の廻文状《かいぶんじょう》を求めて訪れる。

夫を裏切ったことを悔いたお袖は自害、直助も旧主奥田庄三郎を殺害したこと、お袖が実の妹であったことを知り、自ら命を断つ（深川三角屋敷の場）。小平の死霊のもたらした「ソウキセイ」で、古主小塩田又之丞《おしおだまたのじょう》の難病は治る（小塩田隠れ家の場）。

五幕目　鷹狩《たかがり》の殿様姿の伊右衛門が美しい田舎娘《いなかむすめ》と出会うが、娘は一変し恨みを述べ、お岩の幽霊の姿となる。じつは、お岩の怨霊に苦しめられ弱っている伊右衛門が見た夢の情景であった（夢の場）。

病鉢巻《やまいはちまき》をした伊右衛門の前に、提灯《ちょうちん》の中からお岩の亡魂が現われる〈提灯抜け〉。抱いていた赤子を伊右衛門に渡すと石地蔵に変わり、自在に跳梁《ちょうりょう》するお岩は伊右衛門の仲間を取り殺し、半狂乱となった伊右衛門は与茂七に討たれる（蛇山庵室《へびやまあんじつ》の場）。

よむ

お岩、伊右衛門の真意を知る

お岩　なに、私の顔が？　さきほど熱気とともに急に痛みが。もしやあの時……。

宅悦　さあ、そのへんがあなたもやはり女だなあ。喜兵衛殿から届いたのが血の道の薬とは、ありゃみな嘘《うそ》さ。人の顔を変える薬よ。それを飲んで、あなたの顔は世にも醜い醜女の面。それをお前はご存じないのか。疑うならほれ、ここの〈と、櫛《くし》などを入れてある畳紙《たとうがみ》から鏡を出して〉、これでお顔をご覧なさいよ〈と鏡を手に持たせて見せる。お岩は自分の顔を見て〉

お岩　ああ。着物の色合いといい髪型といい、たしかに私。でも、これはこれ、本当に私の顔がなんでまあこのように醜くなったのか、コリャ私か、本当に私の顔か〈と様々に思いを巡らす〉

宅悦　さあさ、それには黒幕がいるのです。それが隣家の喜兵衛様よ。孫のお梅殿の婿に伊右衛門様をもらいたいと思ったが、女房持ちときた。伊右衛門様も、いくら向こうは金持ちとはいえ少しはあなたに義理もあるから断ったのを向こうは面白く思わなかった。血の道の薬と嘘をつき、あなたに飲ませて顔を変えさせ、亭主に愛想を尽かそうという魂胆よ。そうとは知らずうっかりと一杯喰《く》わされたお岩様。何ともまったく気の毒千万〈とすべてを白状する。そのうちお岩も次第に怒りが込み上げてきて、鏡にうつる自分の顔をつくづく見て〉

お岩　そうとは知らずに隣家の伊藤が私の所へ毎日心づけの品を届けてくれるのを本当にありがたいと思ったからこそ、乳母や女中に対しても、つい先ほども、この身を破滅させる薬と知らず両手をついて礼をしたとは、思い返せば恥ずかしい。さぞかし笑っているることだろう、ああ悔しい、ああ口惜しい！〈と泣き伏す。宅悦はにじり寄り〉

宅悦　伊右衛門様もあなたに愛想尽かして伊藤の婿になるから、手を切るために、何としても女房と密通しろと私に頼むので、いやだといったら刀を抜く始末、仕方なしにさっきの戯れ事をしたまで。あなたの着物などを情け容赦なく剝いだのも、つまりは今夜すぐに内祝言で、その婿仕度の工面に質屋に持って行ったのさ。さらにあなたに言い寄って、一緒に逃げろと私に頼むのは、つまり嫁をこの家へ連れてくるのにあなたが邪魔だから。そのため私に間男しろと言うのだが、そのご面相ではその気にもなれませんよ。いやごめんだ、ごめんだ。

お岩　〈これを聞き、決然として〉こうなったからには、やきもきしながら死ぬことになろう。せめて息のあるうちに、喜兵衛殿にこの礼を〈とよろめきながら行こうとするのを宅悦は止めて〉

宅悦　そのお姿で行かれては、気が違ったかと思われる。着物もみすぼらしい上に、お顔もただならぬのに。

お岩　〈お岩は鏡を取ってよくよく眺め〉髪もおそろしく乱れたこの姿。せめて女の身だしなみとして、お歯黒をつけ、髪も梳《す》き、喜兵衛親子にこの恨みの礼を言わねば……〈と思い直し〉、ほれ、お歯黒道具を一式ここへ。

宅悦　子を産んだばかりで、お歯黒をつけて大丈夫か……。

お岩　さしつかえない。さあさあ、早く。

宅悦　では、どうしてもか。

お岩　ええい、持って来いと言うに〈といらいらして言う。宅悦は驚き、はいと返事。ここから独吟の唄となる。宅悦はお歯黒道具を運び、蚊いぶし火鉢にお歯黒をかけ、みすぼらしい角盥《つのだらい》や粗末な道具でお岩がお歯黒をつけていると、赤ん坊が泣くので宅悦はかけ寄ってあやす。この場面で唄が終わる。お岩は例の櫛を取ってじっと見つめる〉母の形見のこの櫛も私が死んだらどうか妹へ渡してほしい。ああ、そうはいってもこの形見の櫛の歯に、せめてもつれた髪を通そう、おおそうじゃそうじゃ〈ここでまた唄になり例の櫛で髪を梳く。赤子が泣くが宅悦が抱いてあやす。お岩が髪を梳くと抜け毛が山のように積もる。それを見て、落ちた毛と櫛を一緒に持ち〉命も知れぬ私が死ねば、その娘とすぐにでも祝言をあげるでしょう。ただただ恨めしいのは伊右衛門殿。喜兵衛一家の者どももどうして無事におられようか。思えば思うほど、ええい恨めしい〈と抜け毛と櫛を一つかみにつかんで、きっとねじ切る。髪の毛からは血がだらだら滴り、前に倒れている白地の衝立に落ちるのを宅悦は見て〉

宅悦　うわあ。あの落ち毛から滴る生血は何だ！〈と震えだす〉

お岩　この一念を果たさずにおくものか〈と言ってよろよろと立ち上がり、花道の方を見つめて息を引き取る様子であった〉

原文

お岩　なに、わしが面《おもて》が。さつきのやうに、熱気と共に俄《には》かの痛み。もしやあの時。

宅悦　サ、そこがお前はさすがは女義、喜兵衛殿から参つたる、血の道の薬は、アリヤ皆うそ。人の面を変へるの良薬、それをあがつてお前の顔は、世にも醜い悪女の面《おもて》。それをお前は御存じないか。うたがはしくば、コレ〳〵こゝの〈ト櫛畳紙《くしたとう》の内より、鏡を出し〉これでお顔を御覧《ごらう》じませ〈ト持ち添へて鏡を見せる。お岩、わが顔の映るを見て〉

お岩　ヤ、。着類《きるい》の色やい、頭《つむり》の様子。コリヤコレほんまに、わしが面がこのやうな、悪女の顔になんでまあ、コリヤわしかい

の〳〵。わたしがほんまに顔かいなう〈トいろ〳〵、思ひ入れ〉

宅悦 サヽ、それにも外に作者がござるは。すなわち隣家の喜兵衛様。手前の孫のお梅殿、あの子の聟に伊右衛門様を貰ひたいにも女房持ち。さすが向《むか》ふは金持ちでも、ちつとはお前に義理もあり、断らしつたを曲事《くせごと》と、血の道薬と偽つて、お前に飲ませて顔を変へ、亭主に愛想を尽かさす工面。さうとは知らいでうか〳〵と、一盃《いつぱい》参つたお岩さま。近頃以《もつ》て、気の毒千万〈ト残らず口走る。このうち、お岩、段々に腹の立つ思ひ入れにて、鏡に映る顔をよく〳〵見て〉

お岩 さうとは知らず隣家の伊藤、わしが所へ心づけ、日毎におくる真実は、忝けないと思ふから、乳母やはしたへ最前も、この身をはたす毒薬を、両手をついての一礼は、今々思へば恥づかしい。さぞや笑はん、悔しいわいの〳〵〈ト泣き伏す。宅悦、さし寄り〉

宅悦 愛想を尽かして伊藤の聟様、お前と手を切るそのために、どうぞ手前は女房と、間男いたせとお頼みを、ならぬと申すとすつぱ抜き、よん所なう今の戯れ。お前の着類をそのやうに、支度の入替《いれかへ》に、もつてござつたお前の代物《しろもの》。そのうへお前を私非道に剝いでござつたも、ありやうはすぐに今夜が内祝言、聟に、色を仕かけて逃げてくれろとお頼みは、すなはち嫁をこの内へ、つれて来るにもお前が邪魔。それ故《ゆゑ》私を頼んだ間男、そのお顔ではどうして色に。いや、ご免だ〳〵。

お岩 〈トこれ聞き、お岩、きつとなつて〉もふこの上は気をもみ死に。息あるうちに喜兵衛殿、この礼言ふて〈トよろめき〳〵行かうとする。宅悦、止めて〉

宅悦 そのお姿でござつては、人が見たなら気違ひか、形《なり》もそぼろなその上に、顔のかまへもたゞならぬ。

お岩 〈ト言はれ、お岩、鏡を取つてよく〳〵見て〉髪もおどろのこの姿。せめて女の身だしなみ、鉄漿《かね》などつけて髪梳《す》きあげ、喜兵衛親子に詞《ことば》の礼を〈ト思ひ入れあり〉コレ、鉄漿《おはぐろ》道具拵《こしら》へてこゝへ。

宅悦 産婦《さんぷ》のお前が鉄漿《かね》つけても。

お岩 大事ない。サヽ、早う。

宅悦 スリヤ、どうあつても。

お岩 ヱヽ、持たぬかいの〈トじれて言ふ。宅悦びつくりして、ハイと思ひ入れ。これより独吟になり、宅悦、鉄漿《かね》つけの道具を運ぶ事。蚊いぶし火鉢へ鉄漿《おはぐろ》をかけ、山水《さんすい》なる半挿《はんざふ》、粗末なる小道具よろしく、鉄漿《かね》つけあつて、件《くだん》の赤子の泣くを、宅悦かけ寄りいぶりつける。この内、唄一ぱいに切れる。お岩、件の櫛を取つて、思ひ入れあり〉母の形見のこの櫛も、わしが死んだらどうぞ妹へ。アヽ、さはさりながら、お形見のせめて櫛の歯を通し、もつれし髪を。オヽ、さうぢや〈トまた唄になり、件の櫛にて髪を梳く事。赤子泣く、宅悦、いぶりつける。お岩は梳きあげし落ち毛、前へ山のごとくにたまるを見て、櫛も一ツにもつて〉、今をも知れぬこの岩が、死なばまさしくその娘、祝言さするはこれ眼前、たゞ恨めしきは伊右衛門殿。喜兵衛一家の者共も、何安穏《あんをん》におくべきや。思へば〳〵、ヱヽ、恨めしい〈ト持つたる落ち毛、櫛もろとも一ツにつかみ、きつとねぢ切る。髪の内より血たら〳〵と落ちて、前なる倒れし白地の衝立へ、その血かゝるを、宅悦見て〉

宅悦 ヤヽヽ。あの落ち毛から滴る生血は〈ト震へ出す〉

お岩 一念とほさでおくべきか〈トよろ〳〵と立ちあがり、向ふを見つめて立ちながら息引き取る思ひ入れ〉

83

勧《かん》進《じん》帳《ちょう》

弁慶《べんけい》の忠誠心、富樫《とがし》の懐の深さに心打たれる名作歌舞伎《かぶき》

歌舞伎。三世並木五瓶《なみきごへい》作、四世杵屋六三郎《きねやろくさぶろう》作曲。長唄《ながうた》舞踊。天保十一年（一八四〇）三月江戸河原崎座初演。七代目市川團十郎《いちかわだんじゅうろう》が制定した家の芸「歌舞伎十八番」の一。主人公弁慶《べんけい》は初代團十郎もつとめたが、本作は七代目の工夫で能「安宅《あたか》」を題材に舞台や演出も能を意識した松羽目《まつばめ》物《もの》として上演された。兄頼朝《よりとも》にうとまれた義経《よしつね》を無事逃すため力を尽くす、弁慶の活躍を描く。常に人気演目の上位にランクされる名作。

あらすじ

ここは加賀《かが》国の安宅の関。関守の富樫左衛門《とがしのさえもん》は、兄源頼朝に疎まれ北国落ちの旅を続ける源義経の詮議を行う旨を述べる。山伏に身をやつした義経一行が花道から登場する。亀井六郎《かめいろくろう》、片岡八郎《かたおかはちろう》、駿《する》河次郎《がのじろう》、常陸坊海尊《ひたちぼうかいそん》は力で関所を破ろうと意見を出すが、それを制した武蔵坊《むさしぼう》弁慶は、義経を荷物持ちの強力《ごうりき》に見せかけて関所に入り、東大寺の勧進僧だと身分をいつわる。

だが義経一行が山伏《やまぶし》姿に身を変えたとの情報を得ていた富樫は、関所の通過を認めない。弁慶は最後の勤行《ごんぎょう》をして素直に殺されようと、亀井、片岡、駿河、常陸坊とともに殊勝に祈念した。その様子に感じ入った富樫は、東大寺建立のために諸国を勧進する僧であれば、勧進帳を読めと命じる。機転をきかせた弁慶は、笈《おい》の中から巻物を取出し、勧進帳に見せかけて朗々と読み上げる〈読み上げ〉。まことの山伏と信じる富樫であったが、なおも山伏のいわれや心得などについて問いただすと、比叡山《ひえいざん》の遊僧であった弁慶は淀《よど》みなく答え〈山伏問答〉、富樫は一行に関所の通行を許し勧進の布施物《ふせもつ》まで与えた。だが関を通り過ぎようとした時、番卒に最後尾の強力が怪しいと見とがめられてしまう。気色ばむ亀井たちを抑え、弁慶は強力の至らなさからあらぬ疑いをかけられたと金剛杖《こんごうづえ》で強力を打ちすえる。そのさまにすべてを悟った富樫は、弁慶の主君を思う気持ちに打たれ、通行を許可する。↓よむ

一行は無事関所を通過したが、主人を打ったことを詫《わ》び涙する弁慶に、義経は温かい言葉をかけるのであった。そこに来たのは関守の富樫。先ほどの無礼を詫びたいと弁慶に酒を勧める。盃《さかずき》を受けて豪快に飲み干した弁慶は、返礼に「延年の舞」を披露し、一行を急ぎ出立させた。富樫に別れを告げ、大急ぎで義経の後を追いかける弁慶は、飛《と》び六方《ろっぽう》の勇壮な姿を見せるのであった。

よむ

弁慶、義経を杖《つえ》で打つ

弁慶 言語道断。判官《ほうがん》殿（義経）に見間違えられた強力め、一生の思い出ぞ。ええい腹が立つ。まだ日が高いので、能登国《のとのくに》まで行かれると思っていたのに、わずか笈《おい》一つ背負っただけで後ろに下がるから、人も怪しむのだ。だいたい、もしや判官殿かと怪しまれるのは、お前の行ないが悪いからだ。ううむ、思えば思うほど憎いやつ。なんと憎いことか。いざ物見せてくれよう〈と思い入れ〉

〽金剛杖をやにわ取って、さんざんに打ちすえる。

弁慶 〈弁慶、金剛杖にて義経を打ちすえた後〉通りおれ。

〽通れと、大声で言い立てる。

富樫 まことどのように申し開きしようと、通すこと。

軍兵三人 まかりならぬ。

弁慶 や、笈に目をつけなさるとは、まるで盗人のようだな。

（中略――互いに激しく詰め寄る）

弁慶 まだこの上にもお疑いがおありなら、この強力めを、頂戴《ちょうだい》した布施物と一緒にお預け申す。どのようにもお調べになるがよい。それとも強力をこの場で打ち殺し申そうか。

富樫 これは先達をつとめられる貴殿の、あまりの荒々しさよ。

弁慶 それなら、ただいまお疑いあったのはどういうことだ。

富樫 士卒の者が私へ訴えたまでのこと。

弁慶 御疑念を晴らすため、打ち殺して見せ申そうか。

富樫 お早まりなさるな。番卒どもの根拠もない見間違いのせいで判官殿でもない人を疑ったからこそ、このように折檻《せっかん》をなさったのだろう。今は疑いは晴れ申した。早く早くお通りなされよ。

原文

弁慶 言語道断。判官《はうぐわん》殿に似たる強力《がうりき》め、一期《いちご》の思ひ出な。エ、腹立ちや。日高くば能登の国まで越さうずると思へるに、僅《わづ》かの笈《おひ》一つ背負うて後に下がればこそ、人も怪しむれ。総じて、この程より、ややもすれば判官殿よと怪しめらるるは、おのれが仕業《しわざ》のつたなきゆゑなり。ム、、思へば憎しや、憎しく。イデもの見せん。〈ト思ひ入れ〉

〽金剛杖をおつ取つて、さんぐに打擲《ちやうちやく》す。

弁慶 〈ト弁慶、金剛杖《こんがうづゑ》にて義経を打つことよろしくあつて〉通り居らう。

〽通れとこそは、罵《ののし》りぬ。

富樫 いかやうに陳ずるとも、通すこと。

軍兵三人 まかりならぬ。

弁慶 ヤ、笈に目をかけ給《たま》ふは、盗人ざうな。

（中略）

弁慶 まだこの上にも御疑ひの候《さうら》はば、この強力め、荷物の布施物もろともにお預け申す。いかやうとも糺明《きうめい》なされい。たゞしこれにて打ち殺し申さんや。

富樫 こは先達《せんだち》のあらけなし。

弁慶 しからば、只今《ただいま》疑ひありしはいかに。

富樫 士卒の者が我への訴へ。

弁慶 御疑念晴らし、打ち殺して見せ申さんや。

富樫 早まり給ふな。番卒どものよしなき僻目《ひがめ》より、判官殿にもなき人を、疑へばこそ、かく折檻もし給ふなれ。今は疑ひ晴れ候。疾《と》くく誘《いざな》ひ通られよ。

84

宮本武蔵《みやもとむさし》が人生哲学にも通ずる兵法の極意について論じる

五輪書《ごりんのしょ》

二天一流《にてんいちりゅう》の祖として有名な剣豪、宮本武蔵によって記されたとされる兵法書。武蔵の兵法に対する考え方や他流の評を述べつつ、実戦における技術について論じている。本文冒頭によれば寛永二十年（一六四三）十月、武蔵六十歳の時に書き出したとする。地、水、火、風、空の五輪に基づいて巻を五つとしており、書名（当初から付いていたわけでなく後人の名づけたもの）もそれによる。

あらすじ

地《ち》の巻　はじめに六十歳になった武蔵が、これまでの自分の兵法者としての歩みを振り返りつつ、この書を記すにいたった事情を述べる。ちなみに兵法の真髄にいたったのは五十歳のころとしている。

　これ以下、兵法の道のあらましや自身の二天一流に対する考え方を述べる。全体を総括する巻。次巻以降は具体的な実践論になる。

水《すい》の巻　心の持ち方にはじまり、戦闘時の姿勢や目つき、太刀《たち》の持ち方、太刀筋、足遣い、構え方、打ち方など、二天一流の要点が書かれる。

　たとえば、姿勢においては顔をうつむかず、とか、首は後の筋をまっすぐにしてうなじに力をいれる、など、かなり詳しい。

火《か》の巻　実戦での戦術について述べる。場所の選び方、相手への攻撃の仕方など。声のかけ方を例にみると、集団戦では初、中、後と三種類あり、はじめは相手を威圧させるよう大きく、戦闘中は低く、腹の底から出るように、勝利後は大きく強くかけるとし、一対一の立ち合いでも、はじめ大きく声を上げて打つと見せかけ、わざと遅らせて太刀を出し、その後勝ちを知らせる声をあげる（「先後の声」）というふうである。

風《ふう》の巻　この巻は、他流の兵法を挙げて二天一流の優位性を述べるという、他流批判がされる。たとえば、他流における奥（奥義）と表（入口）に対し、実戦の場に表も奥も無いとして、二天一流は学ぶ者の技量に応じて柔軟に教えると言う。

空《くう》の巻　この巻だけは、各巻の前書きに相当する短文のみしかない。「空」とはどのような状態かが述べられており、武士における「空」は修行し心の迷いを払って到達するものであり、「空」が真の（兵法の）道であるとする。

よむ

◆心の持ち方

〔水の巻〕

兵法の道において、その心の持ち方は、平常心と変わってはならない。日常の時でも戦時でも、少しも変わらないようにして、心を広くまっすぐに持って、緊張させないようにし、かといって少しもたるませないようにし、偏らないように心を真ん中に置いて、静かに揺るがせて、その揺るぎが一瞬でも止むことのないように、じゅうぶんに注意しなければならない。(以下略)

原文　兵法の道に於《おい》て、心の持ちやうは、常の心に変はる事なかれ。常にも兵法のときにも、少しも変はらずして、心を広く直《すぐ》にして、きつくひつぱらず、少しもたるまず、心のかたよらぬやうに、心を真中におきて、心を静かにゆるがせて、其《そ》のゆるぎのせつなも、ゆるぎやまぬやうに、能々《よくよく》吟味すべし。(以下略)

◆空《くう》

〔空の巻〕

二天一流の兵法の道を、空の巻として書きあらわす。空というその真の意味は、物事が存在しないこと、知ることができないことを「空」と見立てるのである。

(中略)

世の中において、間違った見方では、物事をわきまえないことを「空」と見るようだが、これはまことの「空」ではない。みな迷いの心である。兵法の道においても、武士として道を行なうのに、武士の法を知らないことは「空」ではなく、いろいろと迷いがあって判断できないのを「空」というようだが、これはまことの「空」ではないのである。

武士は兵法の道をしっかりと習得し、そのほかの武芸もよく励み、武士の行う道にしっかり通じており、心の迷うところもなく、つねに修行をおこたらず、心と意の二つの心をみがき、観と見の二つの目を研ぎ澄まし、少しも曇りなく、迷いの雲の晴れた状態こそ、まことの「空」であると知るべきである。

(中略)

空の心には善があって悪はない。智恵を備え、道理を持ち、道があり、そして心は空となるのである。

原文　二刀一流の兵法の道、空《くう》の巻《まき》として書き顕《あら》はす事。空《くう》と云《い》ふ心は、物毎《ものごと》のなき所、知れざる事を、空と見立つる也《なり》。

(中略)

世の中に於《おい》て、あしく見れば、物をわきまへざる所を空と見る所、実《まこと》の空《くう》にはあらず、皆迷ふ心なり。此《こ》の兵法の道に於ても、武士として道をおこなふに、士の法を知らざる所、空にはあらずして、色々迷ひありて、せんかたなき所を、空と云《い》ふなれども、是《こ》れ実の空にはあらざる也。

武士は兵法の道を慥《たし》かに覚え、其の外《ほか》、武芸を能《よく》つとめ、武士のおこなふ道、少しもくらからず。心の迷ふ所なく、朝々時々におこたらず、心意二つの心をみがき、観見《かんけん》二つの眼をとぎ、少しも曇りなく、迷ひの雲の晴れたる所こそ、実の空としるべき也。

(中略)

空は善有り悪無し、智《ち》は有《う》也、利《り》は有《う》也、道《どう》は有《う》也、心《しん》は空《くう》也。

85

貝原益軒《かいばらえきけん》の理論と実践に基づく、一般向けの健康指南書

養生訓《ようじょうくん》

儒学者、本草《ほんぞう》家で、庶民教育にも尽力した貝原益軒（寛永七年〈一六三〇〉生、正徳四年〈一七一四〉没。八十五歳）が、八十三才の時に著わした啓蒙書《けいもうしょ》（刊行は翌年）。心身の養生法を、中国の思想書や、本草学の知識、自らの実践的体験をもとに、一般向けに平易で具体的に説く。総論と、各論（飲食・飲酒・飲茶と、煙草・慎色欲・五官・二便・洗浴・慎《シム》レ病《ヲ》・択《ブ》レ医《ヲ》・薬用・老養・育レ幼・鍼《はり》・灸《きゅう》）の全八巻から成る。

あらすじ

本書は、八十三歳にして、細かい字を読み書きし、歯も一本も抜け落ちることのなかった著者が、自らの理論と実践を開陳《かいちん》し、養生の道を説くことで、多くの人々を教え導こうとする啓蒙の書である。

総論では、人間一人一人の体は、父母、ひいては天から授かった賜物《たまもの》であるから、父母・天地に孝を尽くすためにも、また、何より人生を楽しむためにも、養生の方法を知り、何事も慎んで怠らず、長寿を保つ事が大切であると説き起こし、若いときからの養生を勧める。→よむ

人は五十歳ぐらいにならないと、本当の意味での人生の道理や楽しみを知ることが出来ないから、長生きが必要なのである。養生の方法として、最も根本的なことは、我が身を損なう要因となる、内《ない》欲《よく》（身のうちから起こる欲望。飲食の欲や性欲、喜び・怒り・憂いなどの七情の欲など）を抑え、外邪《がいじゃ》（風・寒さ・暑さ・湿気）を防ぐことである。→よむ

内欲を抑えること、すなわち、心気を養い、心を穏やかにして怒りや欲を抑制することで、「元気」が強くなって、外邪に冒されることを防ぐことができる。養生には畏《おそ》れ慎むということが肝要なのだと、健康維持への自己による主体的努力の必要性を力説する。

各論は、たとえば飲食では、食事が「元気」「生命」を保つ源と説きつつ、一方で「食欲」という内欲に対して、満腹や暴飲暴食を避けよとし、各食品の食べ方や適切な調理の仕方など、紙数を割いて具体的に解説する。「飲食」から「洗浴」までが、主に予防医学の観点から記されているのに対し、「病ヲ慎シム」「医ヲ択《えら》ブ」「薬ヲ用《もち》フ」「鍼」「灸」は、病気に罹《かか》ってしまってからの対処を、実践的な方法で説くとともに、「病は気から」の言葉通り、心の養生も肝要であり、思い悩むことの害と無益さを説く。→よむ

よむ

◆養生の心がけ

〔巻二〕

何事についても、勤勉に努力をすれば、必ず効果があるものだ。たとえるならば、春に種を播《ま》いて、夏の間にきちんと育ててよく養えば、秋になったときに必ずたくさんの収獲がある。人の健康についても同じことが言える。もし養生の手段をきちんと学んで、継続して実行していけば、体は頑健になり、病になることもなく、天から授かった寿命を保ち、長生きができて、人生を長く楽しめるのは必然のことであろう。この自然の摂理を疑ってはならない。

原文　万《よろづ》の事努《つと》めてやまざれば、必ずしるしあり。たとへば、春種をまきて夏よく養へば、必ず秋ありて、なりはひ多きが如《ごと》し。もし養生の術を努め学んで、久しく行なはば、身つよく病なくして、天年《てんねん》をたもち、長生を得て、久しく楽しまん事、必然のしるしあるべし。此《こ》の理《ことわり》うたがふべからず。

◆内欲と外邪を防げ

〔巻二〕

養生の手段の第一は、我が身を損なうものを排除することにある。身を損なうものとは、自分の中から生じる欲望「内欲」と、外部からの害悪「外邪」である。内欲とは、飲食の欲、好色の欲、睡眠の欲、慎むことなく放言する欲、そして、喜び、怒り、憂い、思い、悲しみ、恐れ、驚きの七情の欲をいう。外邪とは自然の四つの気、つまり、風、寒さ、暑さ、湿気をいう。そこで自分の内から生ずる欲望を辛抱して少なくし、外部からの害悪を畏《おそ》れて防ぐ。こうすれば、元気を損なうことなく、病に罹《かか》ることもなく、天から与えられた命を永く保つことができるのである。

原文　養生の術は、先《ま》づわが身をそこなふ物を去るべし。身をそこなふ物は、内欲と外邪となり。内欲とは飲食の欲、好色《かうしょく》の欲、睡《ねぶり》の欲、言語をほしいままにするの欲と、喜怒憂思悲恐驚の七情の欲を云《い》ふ。外邪とは天の四気なり。風寒暑湿を云ふ。内欲をこらへて、すくなくし、外邪をおそれてふせぐ、是《これ》を以《もつ》て、元気をそこなはず、病なくして天年を永くたもつべし。

◆病を思い悩むな

〔巻六〕

病人は、養生の道を厳しく守り、病についてくよくよと思い悩んではいけない。思い悩み苦しめば、気持ちもふさがってますます病が重くなる。病が重くても、きちんと養生を続けていけば、思い悩んでいるよりも早く病が治るものである。病を思い悩んで得ることなど何もない。ただ養生の道を守ることにこそ得ることがある。もしそれが死に至る病であれば、それこそ天命により決まったことであり、悩んでも仕方なかろう。人知のおよばないところであるのに、憂慮して心を苦しめるのは愚かというものだ。

原文　病ある人、養生の道をばかたく慎《つつし》みて、病をば憂ひ苦しむべからず。憂ひ苦しめば、気ふさがりて病加はる。病おもくても、よく養ひて久しければ、思ひしより、病いえやすし。病を憂ひて益なし。只《ただ》、慎むに益あり。もし必死《ひつし》のやまひは、天命の定《さだ》まれる所、憂ひても益なし。人を苦しむるは、おろかなり。

86

葉《は》隠《がくれ》

江戸時代には禁書にもなった、武士の理想を説いた書

十一巻。肥前国《ひぜんのくに》鍋島《なべしま》(佐賀)藩士山本常朝《やまもとつねとも》(一六五九～一七一九)の談話を基に田代陳基《たしろつらもと》が編集したと言われている。成立は享保元年(一七一六)頃か。常朝は九歳から二代藩主光茂《みつしげ》に仕え、その死に際して、殉死《じゅんし》の心を示すべく出家をした。当時はすでに禁じられていたからである。常朝の語る武士道や、鍋島家の主従の言行が記されている本書は、江戸では禁書扱いであったが、戦前岩波文庫版となり、広く読者を得た。

あらすじ

『葉隠聞書《はがくれききがき》』とも、鍋島藩士が常に味読すべき書として『鍋島論《なべしまろん》語《ご》』の異名もある。一説に、西行《さいぎょう》の「葉隠れに散りとどまれる花のみぞ忍びし人に逢《あ》ふ心地《ここち》する」(山家集《さんかしゅう》)に由来すると言う。

山本常朝は、幕府が文治政治を展開し、産業経済の発達、華美な元禄文化が花開いた時代に生き、武士のあり方に堕落を感じていたのだろう。「武士道といふは死ぬ事と見つけたり」という文言があまりにも有名である。武士の理想を生命の執着すら越えた私心のない純粋さに見て、その極みが死ぬこと、即ち常に死を覚悟した身として生きることにあるとした。

死身に徹することで他者にひけをとらない閑《しず》かな強みが生まれるという。また、主君に対する忠誠心も、一生焦がれる思いを口に出さない「忍ぶ恋」になぞらえ、あくまで私利私欲を退ける精神的高みを求めた。

本書は主観的な心情のありように武士の倫理を表しているが、それは江戸時代に一般的だった人倫の道の指導者として生きるための儒教的士道論と大きく違っている。

聞き書きをしたのは、十歳下の藩士、田代陳基。三代鍋島綱茂《つなしげ》の御側役《おそばやく》をしていたが、それを免じられていた。数年の歳月をかけて筆録され、内容は以下のように整理された。

夜陰の閑談　七度までも鍋島藩士に生まれて自分一人で担う覚悟を持て。武士道に遅れをとらない、主君の役に立つ、親孝行、人のためになる、という四つの誓願を毎朝神仏に祈ること。

聞書一・二　常朝による教訓。→よむ

聞書三　鍋島藩の藩祖である鍋島直茂《なおしげ》(一五三八～一六一八)にまつわる話。

聞書四　初代藩主である鍋島勝茂《かつしげ》(一五八一～一六五七)と嫡男忠直《ただなお》

にまつわる話。

聞書五　常朝が仕えた鍋島光茂、三代綱茂、従兄弟の直之《なおゆき》、姫たちにまつわる話。

聞書六　鍋島藩の古来からの国ぶり。

聞書七・八・九　鍋島藩士の武勇や奉公ぶり。

聞書十　他藩や武之評判や由緒など。

聞書十一　その他、書き漏らしたことなど。

よむ

◆武士と武士道　〔聞書一〕

一、武士たる者は、武士道を心がけねばならないことは、至極当然のことだが、誰もが油断していると思える。

詳しく言えば、「武士道の意味するところは、何とお心得になるか」と問いかけた時に、言下に答えられる人は稀《まれ》だ。かねがね胸に落ちて納得するものがないからである。それで、武道を心にかけていない事が知られるのだ。油断甚《はなは》だしいことである。

一、武士道というのは、死ぬことだと思い至った。二つに一つを選ぶ場で、真っ先に死ぬ方に向かうだけなのだ。ほかに何の仔細もない。胸を据《す》えて進む、ただそれだけだ。

一大事に際して、狙い通りに事が運ばなければ犬死にだなどと言うのは、上方《かみがた》風の思い上がった武士道であろう。二者択一を迫られた場面で、思い通りに事が運ぶか的確に判断することなど、とてもできることではない。誰しも、生きる方を好み望むだろう。おそらく誰もが己《おのれ》が好む方に理由をつけてそれが正しいと思うことだろう。もし、もくろみがはずれて意に沿わぬまま生きながらえたら、腰抜けというほかない。この判断がとても難しい所なのだ。もくろみがはずれて死んだならば、犬死にの物狂いと断じられても仕方がないけれど、生き恥を晒《さら》すことはない。これが、武士道を全うする堅実な方法なのだ。

毎朝毎夕、時を改めては死に、改めては死にと、常日頃から死を覚悟した身になっている時は、武士道のままに行動できる状態となり、一生落ち度がなく、家職を勤め果たすことができるのだ。

原文

一、武士たる者は、武道を心懸《こころか》くべき事、珍しからずといへども、皆人油断と見へたり。其《そ》の子細《しさい》は、「武道の大意は何と御心得《こころえ》候や」と問ひ懸《か》けたる時、言下に答ふる人稀也《まれなり》。兼々《かねがね》胸に落ち着きなき故《ゆゑ》也。偖《さ》ては武道不心懸の事知られ申し候。油断千万の事也。

一、武士道と云《い》ふは死ぬ事と見付けたり。二つ〳〵の場にて、早く死ぬかたに片付く計《ばか》り也。別に子細なし。胸すわつて進む也。図にあたらぬは犬死《いぬじに》など云ふ事は、上方風の打上りたる武道成るべし。二つ〳〵の場にて、図にあたる様にわかる事は及ばぬ事也。我人、生きる方が数寄《すき》なり。多分数寄のかたに理が尽くべし。

若し図に迦《はづ》れて生きたらば腰抜け也。此《こ》のさかひ危き也。図に迦れて死にたらば犬死気違也。恥にはならず。是《これ》が武道に丈夫也。

毎朝毎夕改めては死に〳〵、常住死身に成りて居る時は、武道に自由を得、一生落度なく家職を仕課すべき也。

87

本《もと》居《おり》宣《のり》長《なが》が著わした、初心者への国学の入門書

うひ山《やま》ぶみ

寛政十年（一七九八）、大著『古事記伝《こじきでん》』を書き終えた本居宣長が、門人たちの要望に応えて執筆した国学の入門書。翌年五月刊行。論の概要を述べた総論と、総論で概説的に述べた事柄について詳しく解説した各論の二部構成を取る。古学を学ぶための心構えや、契沖《けいちゅう》から始まる実証的古学の学統とその史的意味、古学の目的、研究方法などを、平易な文章で教え諭《さと》した書である。

内容紹介

本居宣長は、享保十五年（一七三〇）、伊勢国松坂《いせのくにまつざか》（現在の三重県松阪市）に生まれた。二十三歳の宝暦二年（一七五二）、医学修業のため京都に上り、漢学者堀景山《ほりけいざん》に入門。景山を通して荻生徂徠《おぎゅうそらい》と契沖の学問に触れ、特に契沖の実証的な古典学に大きな影響を受け、国学への道を歩むこととなった。宝暦七年、松坂に戻り医師として開業するかたわら、国学研究を本格化し、門人の教育にも従事した。宝暦十三年、『冠辞考《かんじこう》』などの著書を通じて尊敬の念を抱いていた賀茂真淵《かものまぶち》が松坂に立ち寄った際に、生涯にただ一度の対面を遂げ（いわゆる「松坂の一夜」）、翌年の明和元年（一七六四）真淵に正式に入門、その後『古事記』を中心とする上代《じょうだい》の文献に関心を持ち、入門直後から『古事記伝』の執筆に取りかかる。約三十五年を費して、六十九歳の寛政十年に完成した。享和元年（一八〇一）七十二歳で没。多くの門人を育て、著作も、『源氏物語』研究を通して「もののあはれ」を知る説を展開する『石上私淑言《いそのかみのささめごと》』などの文学研究、『詞《ことば》の玉緒《たまのお》』などの言語学研究、『古事記伝』を筆頭とする古道研究など多岐にわたる。

『うひ山ぶみ』は、諦めずねばり強く書物を熟読することを説き、古人の心を知るために歌を詠むことを勧めるなど、初学者に対して心構えや態度を丁寧に説き、四十年あまりに及ぶ研究を通じて得られた宣長の学問観が述べられているところに特徴が見られる。

↓よむ　学問とは「道」を学ぶものであり、古学を学ぼうとする後進に対して、人の道を知るために力を尽くさねばいけないとし（↓よむ）、天地の中で、優れた本当の道が伝わっているこの国に、外来の思想が入ってくる前の、本来の姿を伝える『古事記』『日本書紀』を学ぶことを力説する。また、古学研究の一環として、『万葉集』をよく学び、自らも歌も詠むことを勧めている。

よむ

◆勤勉のすすめ

〔総論〕

つまるところ学問というものは、ただ長い年月、飽くことなく、怠けることなく、励み勤勉に学ぶことこそが肝要なのであって、学び方はどのようであってもよく、さほどこだわることはない。どれほど学び方がよくても、努力を忘れれば、成果を得られない。また、人によっては才のあるなしによって、その成果はずいぶんと異なってくるが、才は生まれついてのことであるから、どうしようもない。しかし大方の場合は、才がなくても、怠けることなく学び続ければ、それに匹敵する成果は得られるものである。また、年をとってから学び始めた人も、勤勉に学べば、思いのほか成果を得られることがある。また、忙しくて時間のない人も、案外、暇な人よりも成果をあげるものなのだ。

したがって、才能がないからとか、学び始める時期が遅れたからとか、時間がないからとかいう理由で、落胆して学問を途中で止めてしまってはならない。ともかくも、勤勉に学びさえすれば、志を果たすことができるのだと心得るべきである。とにかく途中で挫折することこそが、学問にとって最もいけないことなのだ。

原文

詮《せん》ずるところ学問は、ただ年月長く倦《う》まず怠らずして、はげみつとむるぞ肝要にて、学びやうは、いかやうにてもよかるべく、さのみかゝはるまじきこと也《なり》。いかほど学びかたよくても怠《おこた》りてつとめざれば、功はなし。又、人々の才と不才とによりて、其《そ》の功いたく異なれども、才・不才は、生れつきたることなれば、力に及びがたし。されど大抵は、不才なる人といへども、怠らずつとめだにすれば、それだけの功は有るもの也。又、晩学の人も、つとめはげめば、思ひの外《ほか》、功をなすことあり。又、暇《いとま》のなき人も、思ひの外、暇多き人よりも、功をなすもの也。

されば才のともしきや、学ぶ事の晩《おそ》きや、暇のなきやによりて、思ひくづをれて止《や》むることなかれ。とてもかくても、つとめだにすれば、出来るものと心得《こころう》べし。すべて思ひくづをるゝは、学問に大《おほい》にきらふ事ぞかし。

◆道を学べ

〔各論〕

道を学ぶことを本旨とすべき理由は、今さら口に出して説明する必要もないことであるが、あえて言うならば、まず人として、人の道とはどのようなものか、ということを知らないでいることはあってはならないからである。もちろん学問の志を持たない者は、論外である。しかし、いやしくも学問の志を持つような者は、同じことであるなら、道のためにその力を用いるべきである。

それなのに、根幹となる道のことをなおざりに差し置いたまま、ただ枝葉末節《しようまっせつ》の些細《ささい》な事にのみ関わっているというのは、学問の本意ではないのである。

原文

道を学ぶを主とすべき子細は、今さらいふにも及ばぬことなれども、いさゝかいはば、まづ人として、人の道はいかなるものぞといふことを知らで有るべきにあらず。学問の志なき者は、論の限りにあらず。かりそめにもその志あらむ者は、同じくは道のために力を用ふべきこと也。

然《しか》るに、道のことをばなほざりにさしおきて、ただ末《する》の事にのみかゝづらひをらむは、学問の本意にあらず。

88

有名な牡丹灯籠《ぼたんどうろう》を収録、近世怪異小説の出発点

伽婢子《おとぎぼうこ》

寛文六年(一六六六)に刊行された仮名草子《かなぞうし》の怪異小説集。作者は浅井了意《あさいりょうい》。「伽婢子」とは幼児を守る人形のこと。全十三巻六十八話。そのほとんどは『剪灯新話《せんとうしんわ》』や五朝小説など、先行の中国怪異小説を典拠とするが、舞台を日本に移し、和歌を駆使するなどして日本風にあらためた手腕はみごとである。従来の説話の怪談とは異なる幻夢的な要素が色濃く、近世怪異小説の始発とも言える作品。

あらすじ

全六十八話の中から、代表的な話を紹介する。

真紅の撃帯《うちおび》　天正(一五七三〜一五九二)の頃、越前敦賀《えちぜんつるが》の檜垣平次《ひがきへいじ》はある女を許嫁《いいなずけ》にするが、戦乱でこの地を逃れ音信不通になる。五年後に戻ると許嫁は亡くなっていた。平次は許嫁の妹と契りを結び駆落《かけお》ちする。一年後、平次が彼女の実家に駆落ちを謝罪に行くと、妹はずっと病床にあったという。姉の霊が妹に取り憑《つ》いていたのだった。霊は平次に妹と結婚するように頼み成仏する。

牡丹灯籠　天文十七年(一五四八)、京都に住む荻原新之丞《おぎはらしんのじょう》は、牡丹の灯籠を童女に持たせた美女に魅了され、契りを結ぶ。女は毎夜通って来るが、隣家の老人が、荻原が髑髏《しゃれこうべ》と向き合っているのを見てしまい、女は幽霊だったと荻原も悟ったのだった。→よむ　荻原は、験者《げんじゃ》に札をもらい女を寄せ付けなくするが、酒に酔った夜、女の家に行ってしまい、墓に引き込まれて殺されてしまう。

梅花の屏風《びょうぶ》　天文の末頃、戦乱のため周防《すおう》山口の大内家にいる中納言藤原基頼は、大内氏が陶《すえ》氏に滅ぼされたため船で逃れる。だが船人に襲われ基頼は海中へ落ちてしまった。北の方は、船人の息子の嫁にさせられそうな所を逃げ出し、尼寺で出家する。山口から持ち出した梅花の絵が檀家の施物にあり、彼女はそこに夫との再会を願う歌を記す。この絵は京都山名家の家臣にもらわれる。基頼は難を逃れ、山名家におり、梅花の絵と妻の筆跡を見たところから、北の方と再会する。

蜘蛛の鏡　永正(一五〇四〜一五二一)の頃、越中《えっちゅう》砺波山《となみやま》の麓に住む男が山で大きな鏡を見つけ、ひと儲《もう》けをたくらむ。妻が諫《いさ》めても聞かず、翌朝男は鏡を取りに出かける。男は鏡に近づくと、悲鳴を上げ絶命し、後を追ってきた妻が見ると、鏡の正体である巨大な蜘蛛《くも》が、男に取りついていた。

よむ

◆牡丹灯籠——その正体は幽霊

荻原の家の隣に住んでいた、道理をよく知る老人が、「荻原の家から異様なことに若い女の声がして、毎夜毎夜歌をうたい、遊び笑うのはどうも怪しい」と思って、壁の隙間からのぞいてみたら、一体の骸骨と荻原とが、灯火のもとに向かい合って座っていた。

荻原が語りかけると、その骸骨の手足が動いて髑髏《しゃれこうべ》がうなずいて、口と思われる所から声が響き出て話をする。老人は大いに驚いて、夜の明けるのを待ちかねて荻原を呼び寄せ(略)、「お前には必ず禍《わざわい》が訪れるだろう。何を隠そう、昨晩壁からのぞいたら、これこれこうだったのだ。およそ人として生きていた間は、陽の気が盛んで清いが、死んで幽霊となれば、陰の気が激しくなり邪《よこしま》になるものだ。だから人が死ぬと深く忌むのだ。いまお前は、陰気の幽霊と一緒に座っていても気づかない。穢《けが》れて邪な化け物と共寝してもわかっていない。これではたちまちに真精の気力を消耗し尽くして精力を奪われ、禍が襲い来ることだろう。病になっても、薬石《やくせき》や鍼灸《しんきゅう》の出る幕はない。肺病にかかって、萌《も》え出《い》ずる若草のごとき青春の時期であるのに、長生きすることもできずに、あっという間に黄泉《よみ》の国へ行き、苔《こけ》の下に埋もれるだろう。まことに悲しいことではないか」と言うので、荻原は初めて驚いて、恐ろしく思う心が湧き上がり、ありのままを語る。老人はそれを聞いて、「万寿寺《まんじゅじ》のほとりに住むというなら、そこを探してみるがよい」と教えた。

(中略——荻原が万寿寺に赴くと、古びた霊屋《たまや》があった)

近寄ってみると、棺の表に「二《に》階堂左《かいどうざ》衛門尉《えもんのじょう》 政宣《まさのぶ》の息女弥子《いやこ》、吟松《ぎんしょう》院冷月禅定尼《いんれいげつぜんじょうに》」と記されている。その傍には古い伽婢子《とぎぼうこ》(子供のお守り人形)があった。その背に「浅茅《あさじ》」と書かれている。棺の前には、牡丹花の描かれた古びた灯籠が掛けられていた。

原文

隣《となり》の家によく物に心得たる翁《おきな》のすみたるが、「荻原が家にけしからずわかき女のこゑして、夜ごとに歌うたひ、わらひあそぶ事のあやしさよ」と思ひ、壁《かべ》のすき間《ま》よりのぞきてみれば、一具《ぐ》の白骨と荻原と、灯《ともしび》のもとにさしむかひて座したり。

荻原ものいへば、かの白骨《はっこつ》手あしうごき髑髏《しやれかうべ》うなづきて、口とおぼしき所より声ひゞき出《いで》て物がたりす。翁大《おほき》におどろきて、夜のあくるを待《まち》かねて荻原をよびよせ、(略)「荻原はかならずわざはひあるべし。何をかつゝむべき。今夜かべよりのぞき見ければ、かうかう侍《はべ》り。およそ人として命生《いき》たる間は、陽分《やうぶん》いたりて盛《さかり》に清《きよ》く、死《し》して幽霊《いうれい》となれば、陰気《いんき》はげしくよこしまにけがるゝ。此故《このゆゑ》に死《し》すれば忌《いみ》ふかし。今汝《なんぢ》は幽陰気《いういんき》の霊《りやう》とおなじく座して、これをしらず。穢《けがれ》てよこしまなる妖魅《ばけもの》とともに寝《ね》て悟《さとら》ず。たちまちに真精《しんせい》の元気《げんき》を耗《へら》し尽《つく》して性分《せいぶん》を奪《うば》はれ、わざはひ来《きた》り。病《やまひ》出侍べらば、薬石鍼灸《やくせきしんきう》のおよぶ所にあらず。伝尸癆瘵《でんしらうさい》の悪証《あくしやう》をうけ、まだもえ出《いづ》る若草の年を老《おい》さきながく待《また》ずして、にはかに黄泉《よみぢ》の客《きやく》となり、苺《こけ》の下に埋もれなん。諒《まこと》に悲しきことならずや」といふに、荻原はじめておどろき、おそろしく思ふ心つきて、ありのまゝにかたる。おきな聞《きき》て、「万寿寺《まんじゅじ》のほとりに住《すむ》といはば、そこにゆきて尋ねみよ」とをしゆ。

(中略)

さしよりてみれば、棺《くわん》の表《おもて》に、二《に》階堂左《かいだうざ》衛門尉《ゑもんのじよう》 政宣《まさのぶ》が息女弥子《そくぢよいやこ》、吟松院冷月禅定尼《ぎんしようゐんれいげつぜんぢやうに》とあり。傍らに古き伽婢子《とぎばふこ》あり。後ろに浅茅《あさぢ》といふ名を書《かき》たり。棺の前に牡丹花《ぼたんくわ》の灯籠《とうろう》の古きをかけたり。

89

雨《う》月《げつ》物語

人間の執念を描く、上田《うえだ》秋成《あきなり》の幻想に満ちた傑作怪異小説

上田秋成著の怪異短編小説集。読本《よみほん》(前期読本)というジャンルに属する。安永五年(一七七六)の出版だが、序文によると明和五年(一七六八)には成立していたらしい。左のあらすじに挙げた九つの怪異譚から成り、中国や日本の古典・伝承を大小さまざまなレベルで利用しつつ、幻想的な作品世界を構築している。描かれる怪異を通じて、人間の「性《さが》」を克明に描き出しており、日本の怪異小説を代表する傑作と言える。

あらすじ

白峯《しらみね》　西行法師は崇徳院《すとくいん》のよすがを求め、讃岐国《さぬきのくに》白峯にある荒れ果てた御陵《ごりょう》に行き、夜通し回向《えこう》する。すると、崇徳院の亡霊が現われ、保元《ほうげん》の乱が起こったいきさつや、平家や宮中への恨みを語る。西行は院を諫《いさ》め成仏させようとするが、院は聞かず、平家を皆殺しにすることを予言して消えてゆく。

菊花の約《ちぎり》　播磨国《はりまのくに》加古《かこ》に住む学者丈部《はせべ》左門《さもん》は、旅人赤穴《あかな》宗右衛門《そうえもん》と義兄弟の契りを結ぶ。宗右衛門は本国出雲《いずも》に帰らねばならず、九月九日重陽《ちょうよう》の日に戻ってくると約束する。当日の夜、左門の前に現われたのは、約束を守るために自害した宗右衛門の霊であった。左門は急ぎ出雲に向かい、宗右衛門の自害のもととなった赤穴《あかな》丹治《たんじ》を殺害する。

浅茅《あさぢ》が宿　下総国《しもうさ》真間《まま》の農夫勝四郎《かつしろう》は、妻宮木《みやぎ》に、「秋に帰る」と約束して京都に上り、ひと稼ぎする。時は戦乱の世、帰郷の途次、盗人に荷物を奪われた勝四郎は上方《かみがた》に戻る。近江《おうみ》で七年過ごすが、妻を心配して国に戻る。家は残り、宮木も夫を待っていた。二人は一夜を共にするが、翌朝目覚めると、家は崩れていて宮木の姿も見えず、勝四郎は妻が死んでいることを思い知る。

夢応の鯉魚《りぎょ》　三井寺《みいでら》の僧興義《こうぎ》は、病死するが三日後に蘇生し、檀家の平《たいら》の助《すけ》に自分のもとに来るよう使いを出す。膾《なます》を肴《さかな》に酒宴中だった平の助の家の者たちはすぐに出向く。興義は彼らに、自分が鯉《こい》になって琵琶湖《びわこ》を泳ぎ、釣り上げられて平の助の家で膾にされるべく切られた時に目が覚めたと話す。

仏法僧《ぶっぽうそう》　伊勢《いせ》国相可《おうか》の夢然《むぜん》という隠居が末子作之治《さくのじ》とともに高野山の灯籠堂《とうろうどう》で通夜を行なっていると、貴人たちがやってきて酒宴となる。夢然らは呼ばれ、貴人が豊臣秀次《とよとみひでつぐ》の霊であることを知り、あやうく修羅道《しゅらどう》に連れて行かれそうになる。

吉備津《きびつ》の釜《かま》　吉備国井沢家の息子正太郎《しょうたろう》は吉備津神社の神主香央《かさだ》家の娘、磯良《いそら》を嫁に迎える。吉備津神社の釜占いで不吉な結果が出たにもかかわらず、磯良は正太郎と仲良く暮らすが、正太郎は遊女の袖《そで》となじみ、播磨国へ逃げてしまう。磯良は恨みから床につき、その怨念《おんねん》は袖を殺し、磯良の死後、その死霊は正太郎に取り憑《つ》き、ついに命を奪ってしまう。→よむ

蛇性の婬《いん》　紀伊《きい》国熊野《くまの》の網元大宅《おおや》家の二男豊雄《とよお》は真女児《まなご》という美しい未亡人に出会う。翌日、彼女の家を訪れると、豊雄は求婚され、前夫の形見という刀をもらうが、このことから役人の詮議を受けてしまう。豊雄は真名児から逃れるべく、大和《やまと》石榴市《つばいち》に移るも、真名児がまたも現われ、再び愛するようになる。吉野に出かけたとき、大和神社の神官が真名児の正体を蛇と見破り、豊雄に雄々しい心で邪神を鎮めるよう諭す。豊雄は実家に帰り、芝庄司《しばのしょうじ》の娘と結婚するが、そこでまた真名児が現われる。豊雄は道成寺《どうじょうじ》の法海和尚《ほうかいおしょう》から借りた袈裟《けさ》で真名児を押さえつけ、蛇となった真名児を和尚が鉄鉢に封じ込める。

青頭巾《あおずきん》　下野《しもつけ》国富田《とみた》の里にある大平山大中寺《おおひらさんだいちゅうじ》の住職は、人肉を喰《く》う鬼となっていた。旅の途中に立ち寄った快庵禅師《かいあんぜんじ》は、住職を教化《きょうげ》するため、自分の青頭巾を彼に被《かぶ》らせ、禅の本義を説く句を与える。鬼は二度と出なくなる。一年後、快庵が寺を訪れると、男が句を唱えている。快庵が一喝《いっかつ》して杖《つえ》で打つと、男の体は消え、そこには青頭巾と白骨だけが残されていた。

貧福論　蒲生《がもう》家に仕える岡左内《おかさない》は、金を愛すること、家中から奇人扱いされるほどであった。ある夜、金銭の化身が現われ、左内と金銭や貧福について歓談する。話題は時の武将へと移り、豊臣秀吉に続く天下人として、徳川家康をほのめかすようなめでたいことばを残し、化身は消える。

よむ

吉備津の釜——冒頭とクライマックス

「嫉妬《しっと》深い女ほど手に負えないものはないが、それでも年老いてみればそれなりの良さやありがたさがわかる」というが、ああ、いったい誰がこんな愚かなことを言ったものか。その害がそれほど酷《ひど》くなくてさえ家業を妨げ、物をこわし、隣近所の悪口を免れがたいのだが、その害が大きい場合は家を破滅させ国を滅し、長く天下の笑いものになるのである。昔から、妬婦《とふ》の毒に苦しんだ者は限りなく多かった。嫉妬のあまり、死後に大蛇になり、あるいは雷電を鳴らして男に恨みを報いる類の女は、その身を切り刻んで塩漬けにしても飽きたりないほどだが、さすがにそれほどひどい例は少ない。男が自ら行ないを正しくし、女をよく教え導くならば、このような害も自然と避けられるのに、ちょっとした浮気ごとから、女の嫉妬深い本性を募らせ、わが身の災いを招き寄せるものなのである。「樹上の鳥を射すくめるのは気合である。妻を制するのはその夫の男らしさにある」といわれているが、まことにそのとおりである。

（中略）

陰陽師は占って判断し、「あなたの災厄は既にせっぱつまっており、容易なことではない。先に女の命を奪って、まだ怨《うら》みは尽きず、あなたの命も今夜か明朝かというほど差し迫っている。この死霊が世を去ったのは七日前だから、今日から四十二日の間は、戸をかたく閉めて、重い物忌みに籠《こも》らなくてはならぬ。私の戒めを守るなら九死に一生を得て生き永らえるかもしれぬ。わずかでも違えると死を免れることはできない」と、きつく教えて、筆を取って正太郎の背から手足に至るまで隙間なく、古代漢字のような文字を書きつけ

た。更に朱で書いた護符をたくさんくれ、「この護符をすべての戸口に貼り付け、神仏を念ずるのだ。やりそこなって命を奪られてはならぬぞ」と教えるのを、正太郎は恐れおののきつつ、一方ではありがたくも思って家に帰り、さっそく護符を門に貼り、窓に貼り、厳重な物忌みに籠った。

その夜、真夜中を過ぎて、恐ろしい声で、「ええ憎らしや。ここへ尊い護符を貼りおったな」とつぶやくのが聞こえたが、それきり何の音もしない。あまりの恐ろしさに正太郎は生きた心地もなく夜の長さを嘆いた。まもなく夜が明けたので生き返った思いで、急いで彦六の家の壁をたたいて、昨夜のことを語った。それを聞いて彦六も初めて陰陽師の予言を不思議なお告げと認め、自分もその夜は眠らず三更(午後十一時~午前一時)の頃を待ち暮らした。松に吹きつける風が物を吹き倒すかと思われるほど激しく、雨さえ降りまじって、ただ事ならぬ夜の様子だったが、壁越しに声を掛け合って、どうやら四更の頃になった。突然、この荒れ家の窓にさっと赤い光が差して、「えい憎らしや。ここにも護符が貼ってあるよ」と言う声、この深夜にはひときわ恐ろしく、髪も身の毛も総毛立って、二人ともしばらくは気を失ってしまった。朝になれば前夜の恐ろしさを語り、日が暮れればひたすら夜明けを待ち望み、この数十日の間は千年の月日の経つよりも長く思われた。あの死霊も毎夜、あるいは家の周囲をめぐり、あるいは屋根の棟で怒り叫んで、その憤りの声は一夜ごとに凄まじさを増した。

こうして陰陽師に告げられた四十二日目のその夜がやって来た。今はあと一夜ですべて終わるわけで、特に慎んで一夜を過し、ようやく五更(午前三時~午前五時)の空もしらじらと明けてきた。

長い長い夢が覚めたようで、さっそく彦六を呼ぶと、彦六は壁に近づいて「どうかね」と答える。「重い物忌みもとうとう終わりました。長い間、あなたの顔を見ていません。懐かしさもあり、またこの数十日の苦しさ恐ろしさを、存分に話して気を晴らしたい。目を覚ましてください。私も外へ出ます」と言った。彦六も慎重さの足りない男だったから、「今は何事があろう。さあ、こちらへ来るがよい」と、戸を半ばほども開けたその時、隣家の軒先から「うわっ」と叫ぶ声が耳をつんざいて、思わず尻餅をついた。

「これは正太郎の身の上に何かあったにちがいない」と、斧《おの》をひっさげて表通りへ飛び出してみると、明けたはずの夜は実はまだ闇《くら》くて、月は中空にかかってぼうっと朧《おぼろ》な影を見せており、風は冷たく、さて正太郎の家を見ると、戸を開け放したままで、彼の姿は見えない。内へ逃げ込んだのかと、走り入って見まわしたがいない。どこに隠れるというほどの住居ではないから、表通りに倒れているのかと探したが、そのあたりには何も見あたるものがない。「どうしたのであろう」と、あるいは不思議に思い、また一方では恐れおののきながら、灯火をかかげて、あちらこちら見歩くと、開け放たれた戸の脇の壁になまなましい血がそそぎ流れて、地にしたたり落ちている。しかし、死体も骨も見えない。

目をこらして月明りで見ると、軒の先に何か物が下がっている。灯火をかかげて照らしてよく見ると、男の頭髪の髻《もとどり》だけがぶら下がっていて、ほかには何もない。呆《あき》れ返りながらもその恐ろしさは、筆に書き尽くせそうもない。

夜が明けて近所の野山を探し求めたけれど、とうとうそれらしき痕跡さえ見出だすことができなかった。

原文

「妬婦《とふ》の養ひがたきも、老《おい》ての後其《そ》の功《こう》を知る」と、咨《ああ》これ何人の語《ことば》ぞや。害《わざはひ》ひの甚しからぬも商工《わたらひ》を妨げ物を破りて、垣の隣の口《そしり》をふせぎがたく、害ひの大なるにおよびては、家を失ひ国をほろぼして、天が下に笑を伝ふ。いにしへより此《こ》の毒にあたる人幾許《いくばく》といふ事をしらず。死《しし》て蟒《みづち》となり、或《あるい》は霹靂《はたたがみ》を震《ふる》うて怨《うらみ》を報ふ類《たぐひ》は、其の肉を醢《ししびしほ》にするとも飽《あく》べからず。さるためしは希《まれ》なり。夫《をつと》のおのれをよく脩《をさ》めて教へなば、此の患《うれひ》おのづから避《さく》べきものを、只《ただ》かりそめなる徒《あだ》ことに、女の慳《かだま》しき性《さが》を募《つの》らしめて、其の身の憂《うれひ》をもとむるにぞありける。「禽《きん》を制するは気にあり。婦《ふ》を制するは其の夫の雄《を》々《を》しきにあり」といふは、現《げ》にさることとぞかし。

（中略）

陰陽師《おんやうじ》占《うら》べ考《かうが》へていふ。「災《わざはひ》すでに窮《せま》りて易《やす》からず。さきに女の命をうばひ、怨《うら》み猶《なほ》尽《つき》ず。足下《そこ》の命も旦夕《あさゆふ》にせまる。此《こ》の鬼、世をさりぬるは七日前《さき》なれば、今日より四十二日が間、戸を閉《たて》ておもき物斎《ものいみ》すべし。我が禁《いま》しめを守らば九死を出《い》でて全《まつた》からんか。一時を過《あやま》るともまぬがるべからず」と、かたくをしへて、筆をとり、正太郎が背より手足におよぶまで、篆籀《てんりう》のごとき文字を書く。猶朱符《しゆふ》あまた紙にしるして与へ、「此の呪《じゆ》を戸毎《とごと》に貼《おし》て神仏を念ずべし。あやまちして身を亡ぶることなかれ」と教ふるに、恐れみかつよろこびて家にかへり、朱符を門《かど》に貼《おし》、窓に貼て、おもき物斎にこもりける。

其の夜三更《さんかう》の比《ころ》おそろしきこゑして「あなにくや。ここにたふとき符文《ふもん》を設《まうけ》つるよ」とつぶやきて復《ふたた》び声なし。おそろしさのあまりに長き夜をかこつ。程なく夜明けぬるに生《いき》出でて、急ぎ彦六が方《かた》の壁を敲《たた》きて夜《よべ》の事をかたる。彦六もはじめて陰陽師が詞《ことば》を奇なりとして、おのれも其の夜は寝ずして三更の比を待ちくれける。松ふく風物を僵《たふ》すがごとく、雨さへふりて常《ただ》ならぬ夜のさまに、壁を隔《へだて》て声をかけあひ、既に四更《しかう》にいたる。下屋《しもや》の窓の紙にさと赤き光さして、「あな悪《にく》やここにも貼《おし》つるよ」といふ声、深き夜にはいと凄《すざま》しく、髪も生毛《うぶけ》もことごとく聳立《そばたち》て、しばらくは死に入りたり。明くれば夜《よべ》のさまをかたり、暮るれば明くるを慕ひて、此《こ》の月日《つきひ》頃《ごろ》千《ち》歳《とせ》を過ぐるよりも久し。かの鬼も夜ごとに家を繞《めぐ》り或《ある》は屋の棟に叫びて、忿《いか》れる声夜ましにすざまし。

かくして四十二日といふ其の夜にいたりぬ。今は一夜にみたしぬれば、殊《こと》に慎みて、やや五更の天《そら》もしらじらと明けわたりぬ。長き夢のさめたる如《ごと》く、やがて彦六をよぶに、壁によりて「いかに」と答ふ。「おもき物いみも既に満《みて》ぬ。絶《たえ》て兄長《このかみ》の面《おもて》を見ず。なつかしきに、かつ此の月頃の憂怕《うきおそろ》しさを心のかぎりいひ和《なぐ》さまん。眠《ねふり》さまし給《たま》へ。我も外《と》の方に出でん」といふ。彦六用意なき男なれば、「今は何かあらん。いざこなたへわたり給へ」と、戸を明くる事半《なか》ばならず、となりの軒に「あなや」と叫ぶ声耳をつらぬきて、思はず尻居《しりゐ》に座す。こは正太郎の身のうへにこそと、斧《をの》引提《さげ》て大路に出づれば、明けたるといひし夜はいまだくらく、月は中空《なかぞら》ながら影朧々《ろうろう》として、風冷《ひや》やかに、さて正太郎が戸は明けはなして其の人は見えず。内にや逃げ入りつらんと走り入りて見れども、いづくに竄《かく》るべき住居にもあらねば、大路にや倒れけんともとむれども、其のわたりには物もなし。いかになりつるやと、あるいは異《あや》しみ、或は恐るおそる、ともし火を挑《かか》げてここかしこを見《み》廻《めぐ》るに、明けたる戸《と》腋《わき》の壁に腥々《なまなま》しき血灌《そそ》ぎ流《ながれ》て地につたふ。されど屍《しかばね》も骨も見えず。月あかりに見れば、軒の端《つま》にものあり。ともし火を捧《ささ》げて照《てら》し見るに、男の髪の髻《もとどり》ばかりかかりて、外には露ばかりのものもなし。浅ましくもおそろしさは筆につくすべうもあらずなん。夜も明けてちかき野山を探しもとむれども、つひに其の跡さへなくてやみぬ。

90

銭湯の雑談で庶民の暮らしを活写、滑稽《こっけい》本の代表作

浮世風呂《うきよぶろ》

『諢話《おどけはなし》 浮世風呂』。式亭三馬《しきていさんば》作、北川美丸《きたがわよしまる》・歌《うた》川国直《がわくになお》画。文化六年（一八〇九）から同十年まで、四編が西村源六《にしむらげんろく》らによって刊行された。前編・四編が男湯、二・三編が女湯の話。寛政六年（一七九四）に黄表紙《きびょうし》で作者を始め、洒落本《しゃれぼん》などでも活躍していた三馬が、十返舎一九《じっぺんしゃいっく》の『道中膝栗毛《ひざくりげ》』の成功に刺激をうけ、同じ洒落本の表現様式を用いて江戸に生きる人々の雑談を活写した。滑稽本《こっけいぼん》の代表作。

あらすじ

銭湯という江戸の庶民的な社交場に定点カメラを設置して、人々の生態を写し取ったかのように見せる作。

銭湯を舞台にした伊藤単朴《いとうたんぼく》の談義本『銭湯新話《せんとうしんわ》』（宝暦四年〈一七五四〉）、山東京伝《さんとうきょうでん》の黄表紙『賢愚湊《けんぐいりこみ》 銭湯新話』（享和二年〈一八〇二〉）を参考に、三笑亭可楽《さんしょうていからく》の落話《おとしばなし》（今の落語）も素材にしている。

式亭三馬自身にも、文化三年に『戯場粋言幕之外《げじょうすいげんまくのそと》』、『酩酊気質《なまえいかたぎ》』という、歌舞伎の観客や酔っ払いを活写した作があり、その成功の上に本作は成っている。いずれも、三馬の芝居と落語に対する造詣の深さが創作の重要な基盤になっている。

同じ滑稽本で並び称される十返舎一九の『道中膝栗毛』との違いは、一九が江戸以外の場所に目を向け普遍性に富んだ作にしたのに対し、三馬は江戸に舞台を定め、江戸の常識に基づいた作にしたことだろう。江戸の中心で自分の店を構え、江戸っ子の自負がある三馬だからこそできたことだと言える。

三馬はあくまで人々の生態を戯画化して滑稽な本を書いた。故にドキュメンタリーでは決してないのだが、日常語を残した資料が少ないため、日本語研究の上でも度々俎上《そじょう》にのせられている。

この作風は後に文化十年（一八一三）初編刊行の『浮世床《うきよどこ》』に継承された。

以下、四編の内容。物語はなく、面白い話が次々展開する。

前編―男湯　［朝湯の光景《ありさま》］中風《ちゅうふう》病《や》みの豚七《ぶたしち》が湯屋《ゆや》の戸を叩いて幕が開く。おしゃれに邁進《まいしん》する若者。七十歳ほどの隠居たちの昨日の地震の話。湯屋の門前の光景。子ども連れの会話。隠居と医者の話。零落《れいらく》した地主の噂《うわさ》。山芋が鰻《うなぎ》になったと話す田舎言葉の三助《さんすけ》。豚七、のぼせて大騒ぎ。

［昼時の光景］風呂の湯をうめるには。江戸の勝手を知らず間違え

て褌《ふんどし》で顔を洗う西国者《さいごくもの》とそれを笑う上方者《かみがたもの》。

［午後の光景］手習いから帰ってきた子どもたちの様子。番頭を困らせる酔っ払い。二階の情景。傘屋の葬式の話をする人、将棋《しょうぎ》をさしている人。将棋を指していた太吉の母親が怒鳴り込む。仙台浄瑠《じょうる》璃《り》を風呂で歌う座頭《ざとう》連中。座頭と酔っ払い、勇み肌の男との喧嘩《けんか》。義太夫《ぎだゆう》語りや他の連中の話。

二編―女中湯　［朝湯より昼前の光景］物貰いの話。若い女たちの話。二人の娘を連れた母親。三人の母親の話。老婆の愚痴。お屋敷奉公をしている娘の話。上方言葉・江戸言葉の優劣。脱衣所で遊ぶ子ども。夫婦喧嘩の話。子どもの喧嘩が大人に飛び火。姑を大事にする嫁。夫を選ぶ心得、芝居の話。病と信心。奉公先の主人の悪口。子守りの争い。簪《かんざし》・古着・笄《こうがい》の話。高慢な女房。

三編―女湯之遺漏　湯屋の新年の光景。芸者たちの話。寺子屋通いの女の子の話。↓よむ　中年女房と老婆。四つ過ぎ、主人の悪口を言う下女。九つ過ぎ、ひょうきんな女房が皆を笑わせる。三歳児の母の話。大声で歌う田舎者の女中。髪の毛が薄い女房たち。着物の流行の話。八つ過ぎ、源氏物語の話をする女たち。身持ちの悪い息子の泣き言をいう老婆。お屋敷奉公の娘の話。上方言葉にかぶれた義太夫語りの女房。

四編―男湯再編　秋。盆踊りと風俗。越後《えちご》の雪の嘘話《うそばなし》、雪女の話。隠居の金銭浪費の戒め。俳諧《はいかい》と地口《じぐち》について。若い男達の近況と放《ほう》蕩《とう》の話。上方くだりのけち兵衛のけち話。からかわれる豚七。流行《はやり》唄《うた》のこと。馬鹿丁寧な言葉で話す男たち。風呂で新内《しんない》や謡《うたい》をうなる者たち。父と子の会話。老人の昔自慢、芝居の今昔、年始の風俗、江戸のありがたさについて。声色を使う座頭。狂歌のこと。舞茸《まいたけ》中毒で踊る苦九郎《にがくろう》。

よむ

江戸娘の教育ママ談義

〔三編〕

＊以下は、年の頃十か十一のこまっしゃくれた小娘お角とお丸が、着物を着ながらする会話の抜粋。お正月休みが終わり憂鬱な二人。お丸はお屋敷奉公をする伯母さんからお年玉に鞠《まり》をもらった。

お角「お前の伯母さんはよい伯母さんだね。そして、お前のおっ母《か》さんも気がよいからよいがね、私のおっ母さんはきついから、むやみにお叱りになるよ。まあお聞きな。朝、私はむっくり起きると手習いのお師匠さんへ行って机を出してきて、それから三味線のお師匠さんの所へ朝稽古《あさげいこ》に参ってね。うちへ帰って朝ご飯《まんま》を食べて、踊りの稽古からお手習いへ廻《まわ》って、お八《や》つ(二時頃)に帰ってからお湯屋へ行ってくると、すぐにお琴のお師匠さんへ行って、それから帰って三味線や踊りのおさらいさ」

と、これを息を切らずに、すうすうと言いながら続けて話す。

これ即ち、小娘の話し癖である。

お角「そのうちに、ちぃっとばかり遊《あす》んでね。日《し》が暮れるとまた、琴のおさらいさ。それだから、さっぱり遊ぶ暇がないから、いやでいやでならないわな。わたしのお父《と》っつぁんは、本当にかわいがってくれて、気がよいからね。おっ母さんが、『お稽古をさらえさらえ』とお言いだと、『何のそんなにやかましく言うことはない、あの子の気ままにさせておいても、どうやらこうやら覚えるから、うっちゃって置くがいい。御奉公に出るための稽古だから、ちっとばかし覚えればいい』とお言いだけれどね。お母っさんはきついからね。『なに稽古する位なら、身にしみて覚えねえじゃぁ役に立ちません。女の子は、私の受け持ちだから、お前さんはお構いなさいますな。あの子が大きくなったとき、後悔とやらをいたします。お前さんがそんな事をおっしゃるから、あの子が私を馬鹿にして、言う事を聞きません』——なんのかのとお言いだよ。そしてね。おっ母さんは、小さい時から無筆《むしつ》とやらでね。字はさっぱりお知りではないはな。あのね、山だの海だのある所の、遠くの方でお生まれだから、お三味線やなにもかもお知りでないのさ。それだから、『せめてあの子には芸を仕込まなけりゃなりません』と、おっ母さん一人で我を張っておいでだよ。ああ、ほんとうに」

お丸「ほんにかえ。わっちのおっ母さんは何でも知っておいでだから、ちっとでも三味線の弾きようが違うと、すぐにお叱りだよ。私のおっ母さんは七つの歳に、踊りで受かってお屋敷の御奉公にお上がりだと。それだからね。地赤だの地白だの地黒だの、紫縮緬《むらさきちりめん》の裾模様《すそもよう》だの、惣模様《そうもよう》だの、大振袖だの、帯は黒天鵞絨《びろうど》のや、厚板のや、何もかも、お長持《ながもち》に入れてたんと持ってお屋敷からお下がりになったけれど、私のお父っつぁんが道楽者だからね、みんなおなくしになったとさ。ああ、おばあさんがわたしにお話しだよ（以下略）」

原文

角「おまへの伯母《をば》さんは能《いゝ》伯母さんだね。そしておまへのおツかさんも気がよいからよいがね、わたしのおツかさんはきついからむせうとお叱りだよ。まアお聴《きゝ》な。朝むつくり起《おき》ると手《て》習《なれへ》のお師《し》さんへ行《いつ》てお座《ざ》を出して来て、夫《それ》から三味線《しやみせん》のお師さんの所《とこ》へ朝稽古《あさげいこ》にまゐつてね、内へ帰《かへ》つて朝飯《あさまんま》をたべて踊《をどり》の稽古からお手習へ廻《まは》つて、お八《や》ツに下《さが》つてから湯《ゆ》へ行《いつ》て参ると、直《すぐ》にお琴《こと》の御師匠《おつしやう》さんへ行て、夫から帰つて三味線や踊のおさらひさ。ト此内いきをきらずにスウ〳〵といひながらつゞけてはなす。これすなはち小娘の詞《ことば》くせなり 其内《そのうち》にちイツとばかりあすんでね、日が暮《くれ》ると又《また》琴のおさらひさ。夫《それ》だからさつぱり遊《あす》ぶ隙《ひま》がないから、否《いや》で〳〵ならないはな。わたしのおとつさんは、いつそ可愛《かはい》がつて気がよいからネ、おつかさんがさらへ〳〵とお云《い》ひだと、何《なん》のそんなにやかましくいふ事はない。あれが気儘《きまゝ》にして置《おい》てもどうやら斯《かう》やら覚《おぼえ》るから打遣《うつちやつ》て置くがいゝ。ご奉公に出る為《ため》の稽古だから些《ちつ》と計覚《ばかしおぼえ》れば能《いゝ》とお云ひだけれどネ、おつかさんはきついからね、なに稽古する位《くらゐ》なら身に染《しみ》て覚ねへぢやア役に立《たち》ません。女の子は私のうけ取《とり》だから、おまへさんお構ひなさいますな。あれが大きくなつたときとうかい（後悔）とやらをいたします。おまへさんがそんな事をおつしやるから、あれがわたしを馬鹿《ばか》にしていふ事をきゝませんと、なんのかのとお云ひだよ。そしてね、おつかさんは幼《ちひさ》い時からむしつ（無筆）とやらでね、字はさつぱりお知《しり》ではないはな。あのネ、山だの海だのとある所の遠《とをヲく》の方でお産《うまれ》だから、お三絃《しやむせん》や何角《なにか》もお知《しり》でないのさ。夫《それ》だから、せめてあれには芸を仕込《しこま》ねへぢやアなりませんと、おツかさん一人でじや〳〵ばつてお出《いで》だよ。ア、ほんとうに」丸「ほんにかへ。わつちのおツかさんは何でも知《しつ》てお出《いで》だから、些《ちつと》でも三絃の弾様《ひきやう》が違ふと直《ちき》にお叱りだよ。わたしのおツかさんは七《なゝつ》の歳に踊《をどり》でお屋敷へお上《あが》りだと。それだからネ、地赤だの地白だの地黒だの紫縮緬の裾模様だの惣《そう》模様だの大振袖だの、帯は黒天鵞絨《くろびらうど》のや厚板のや、何角《なアにか》をお長持《ながもち》に入《いれ》て、たアんと持《もつ》てお下《さが》りだけれど、わたしのおとつさんがどうらくだからネ、皆《みんな》お亡《なくし》だとさ。ア、、お婆さんがわたしにお話しだよ（以下略）」

91

御誂染《おんあつらえぞめ》長寿小紋《ちょうじゅこもん》

マンガのDNAはここにあり、笑って命を延ばす黄表紙《きびょうし》の本領

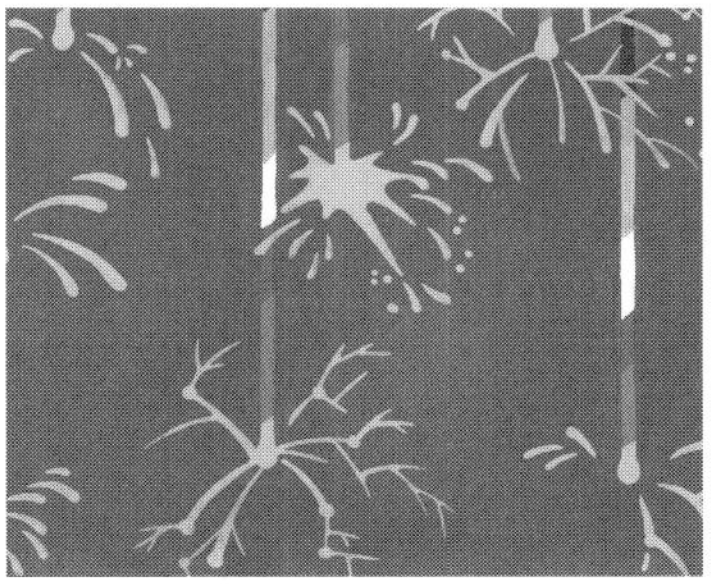

山東京伝《さんとうきょうでん》作・喜多川歌麿《きたがわうたまろ》画、享和二年（一八〇二）年刊。京伝は『御存商売物《ごぞんじのしょうばいもの》』で大評判をとって以来、黄表紙や洒落本《しゃれぼん》の名手として活躍したが、寛政二年（一七九〇）の出版統制に抵触、本作の版元である蔦屋重三郎《つたやじゅうざぶろう》とともに処罰された。心機一転、実業としての商売を始め、本格的な時代小説の読本、研究に基づいた考証随筆や、教化に準じた黄表紙を書き始める。本作も十九世紀初頭に好まれた教訓的作の一つ。

あらすじ

題名の「長寿小紋」は「丁子小紋《ちょうじこもん》」の洒落で、「命」の文字をデザイン化し、それにふさわしい場面を見立てていくという趣向。庶民教化が草双紙《くさぞうし》に求められた時代の作で、表面的な文言は至って真面目で理屈臭いが、黄表紙としてのおもしろさは、視覚的なところにある。見えない「命」が棒状になったり傘型になったり、壁にかけられたりと、黄表紙らしいとぼけた発想を楽しみたい。

序文に曰《いわ》く、誰にとっても大切なのは命。命あっての物だね、金より命を延ばすが得策。この草紙を見て笑って命を延ばして下さい。

――描かれる場面は次の通り。

冒頭、作品の口切りとして神様たちが命を扱う場面が描かれる。

①天地造化の神（天道様）が、神代から今に至る全ての命の棚卸しをする。②命の問屋に、守り本尊（八幡大菩薩《はちまんだいぼさつ》や普賢菩薩《ふげんぼさつ》など）が預かり子にふさわしい命を買いに来る。

以下は、命に関わる語を用いた場面が列挙される。

③命は大事の道具。剣のように使い方を間違えれば命を失う。④命を延ばす、縮めるの塩梅《あんばい》。初鰹《はつがつお》で命を延ばそうと命と思う袷《あわせ》を質に入れる。⑤金と命は釣り替え（引き替え）。⑥女は男の命とり。⑦酒で命を削る、女で命を削る。⑧命を捨てに行く、心中者。⑨唐辛子売りに辛くも命を拾われる。⑩露命をつなぐ浪人。⑪遊廓《ゆうかく》で命の洗濯をする。→よむ ⑫命の洗濯をしすぎて借金が増え、命が縮む。原因が女、食べ物など主因によって命の縮み方もいろいろ。⑬助けてくれた命の親に恩返し。⑭恋に命をかける。⑮侍の重い忠義と軽い命。⑯金銀より大事な命を証文もなく医者に預ける世の中。⑰身投げをした女、命を釣り人にすくわれる。⑱命あっての物種。大事なことは命が長くないと成し難い。⑲松の木のように命を養う。⑳笑いこそ、命の薬。

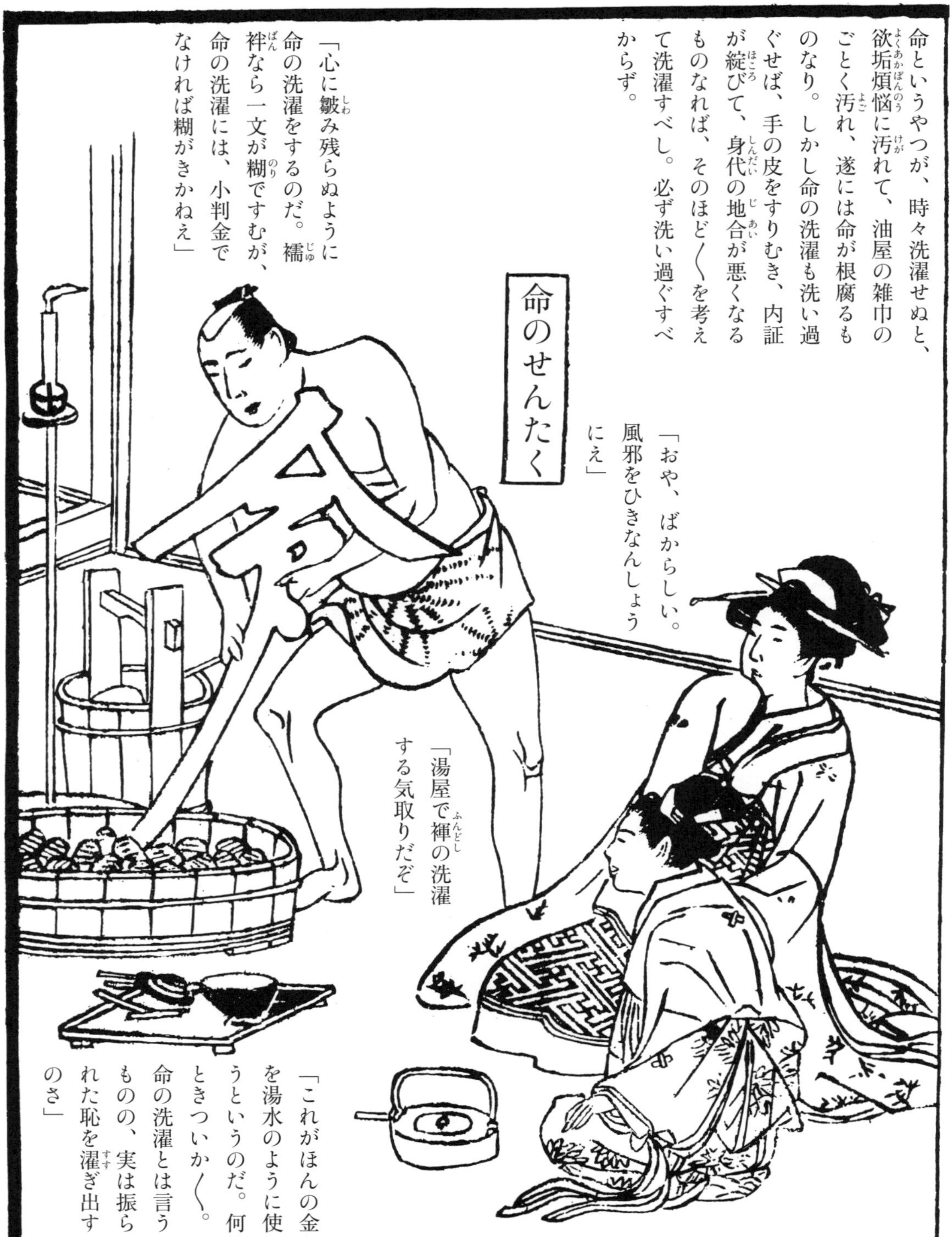
命というやつが、時々洗濯せぬと、欲垢煩悩《よくあかぼんのう》に汚《けが》れて、油屋の雑巾のごとく汚《よご》れ、遂には命が根腐るものなり。しかし命の洗濯も洗い過ぐせば、手の皮をすりむき、内証が綻《ほころ》びて、身代《しんだい》の地合《じあい》が悪くなるものなれば、そのほど〳〵を考えて洗濯すべし。必ず洗い過ぐすべからず。

命のせんたく
「心に皺《しわ》み残らぬように命の洗濯をするのだ。襦《じゅ》袢《ばん》なら一文が糊《のり》ですむが、命の洗濯には、小判金でなければ糊がききかねえ」

「おや、ばからしい。風邪をひきなんしょうにえ」

「湯屋で褌《ふんどし》の洗濯する気取りだぞ」

「これがほんの金を湯水のように使うというのだ。何ときついか〳〵。命の洗濯とは言うものの、実は振られた恥を濯《すす》ぎ出すのさ」

歌
♪「さても見事や、振りもよし、裸すがたのかわゆらし、様《さま》のしめたる褌は、何と申す褌ぞ」
♪「ちりから〱すた〱坊主」

版本の文字を活字にし、その仮名遣いを、歴史的仮名遣いから現代仮名遣いに変更しました。

92

現代にも生き続けるヤジさんキタさんの珍道中

東《とう》海《かい》道《どう》中《ちゅう》膝《ひざ》栗《くり》毛《げ》

寛政の改革で衰退した洒落本《しゃれぼん》の表現様式を使った滑稽本。十返舎一九《じっぺんしゃいっく》作・画。享和二年（一八〇二）から文化十一年（一八一四）に全九編が刊行される。最後が現在の翻刻（活字本）の冒頭にある「発端」。作者の悪ふざけで、ヤジキタの二人が衆道《しゅどう》の仲だと設定される。ぜひ最初に書かれた初編から読んでほしい。このヒットによって一九は続編や類作を作る。後続の道中記物のほか、広重の東海道の浮世絵にも影響した。

あらすじ

ヤジキタ（弥次郎兵衛《やじろべえ》・北八《きたはち》）の道中記は、続編を含めて二十年に及ぶ連作。二人は人気故に旅の続行を余儀なくされ、長らく江戸に帰ってくることができなかった。自身の類作はもちろん、多くの模倣作が江戸、地方を問わず続出した。一九の死後も仮名垣魯文《かながきろぶん》の『西洋道中膝栗毛』などヤジキタの活躍は続き、現在まで映画やマンガにと多様な形でリメイクされている。文学史的にも、中本型（およそB6サイズ）「滑稽本」の第一歩という、後期江戸戯作のジャンル形成において大きな足跡を残した。しかしながらこのヒット作は、狙って作られたものではない。十返舎一九は、武士・浄瑠璃《じょうるり》作者・蔦屋重三郎《つたやじゅうざぶろう》の食客などを経て、江戸戯作《げさく》で活躍を始めた人物だが、本作が制作される前年、後家の入り婿《むこ》という安定した生活が瓦解して（狂歌や吉原に熱中して離縁になった）、旅へと出かけ、筆で生活するため作を量産した。本作の版元は草双紙《くさぞうし》中心に制作していた村田屋で、一九に縁があった蔦屋ではないところをみると、出版の難航すら想像され、ある意味やぶれかぶれの挑戦の一つが、大きなヒットとなったと言える。

一九はおそらく、箱根までの読み切りを念頭に出発した。旅物語を続けたのは、読者の希望にほかならない。ちょうど文学が田沼時代の江戸至上主義から地方へと眼が向く転換期であった。『都名所《みやこめいしょ》図会《ずえ》』のような地誌が注目され、旅行ブームの兆しが見えるのもこの頃である。物語が江戸を離れるにつれ、ヤジキタの舞台になることを喜ぶ地方の人々が読者として取り込まれていき、キャラクターもそうした熱の中で形成されていった。市場経済の商品として、作者と読者が一つの作品を作り上げていく——現代の連載マンガなどでは当たり前のことだが、そうした事象の先駆けとなった作と言える。ヤジキタの持つ普遍的魅力は、そうした共同性にも由来するのかもしれない。

以下、制作年に従ってあらすじを紹介する。

初編 冒頭は『古今和歌集』のパロディ。目次も凡例も、正統的古典文学を供する書物の様式を模倣する。ここに膝栗毛の本質がある。神田八丁堀《かんだはっちょうぼり》(実在せず、変なキャラクターの住所)の裏店に住む栃面《とちめん》屋《や》弥次郎兵衛と居候《いそうろう》北八は、借金を踏み倒して出る気ままな二人旅を、狂歌・狂詩を詠みながら始める。その後も名所で名物に触れ、出来事に臨むたびに狂歌が詠まれていく。出来事と詠歌という形式は、『伊勢物語』や『おくの細道』に等しく、ヤジキタの行動がどれほど滑稽で尾籠《びろう》であろうとも、単なる馬鹿話ではなく、古典文学の伝統を踏まえて物語が作られている。

二人は高輪《たかなわ》、品川から東海道に入り、戸塚や小田原に泊まる。小田原では、東西の風呂文化の違いで大失敗。→よむ

尾籠《びろう》・卑猥《ひわい》な失敗や笑いを含みつつ、二人は箱根へ。

二編 箱根から三島へ。ごまの灰(街道の盗人)十吉に有り金を盗まれる二人。色気にまけて失敗、府中で弥次郎兵衛の親戚に金をかり、安倍川《あべかわ》の遊廓《ゆうかく》に出かけ、岡部で大井川の川止めにあう。

三編 藤枝《ふじえだ》から日坂《にっさか》へ。大井川を渡り、褌《ふんどし》で縛った壊れた駕籠《かご》に乗る弥次郎兵衛。口寄せの巫女《みこ》をめぐる一夜。座頭《ざとう》を騙《だま》して塩井川を渡ろうとして罰《ばち》が当たる、狂言「丼礑《どぶかっちり》」の一幕。浜松で幽霊騒ぎ。新居《あらい》までの海上一里、船中で蛇が逃げ出す。

四編 新居から桑名へ。道々の楽しい会話。坊主持ち(次の僧尼に逢うまで荷物を持つ旅の遊び)。弥次郎兵衛が北八を化け狐《ぎつね》と疑う。赤坂で新婚の新枕《にいまくら》を覗《のぞ》き襖《ふすま》ごと倒れる。北八が茶屋の娘に手を出し一騒動。道々の買い物。鳴海《なるみ》で、按摩《あんま》に揉まれつつ瞽女《ごぜ》の伊勢音頭、按摩の甚句《じんく》を聞く。瞽女の夜這いに失敗する弥次郎兵衛。船中、小便用竹筒の使い方を間違えて、船が尿まみれに。

五編 桑名《くわな》から山田へ。桑名の焼蛤《やきはまぐり》。四日市《よっかいち》で夜這いに失敗。蛸薬《たこやく》師《し》の行列。追分で饅頭《まんじゅう》大食いの一幕。借金取りに逃げる馬から落ちる北八。弥次郎兵衛は狂歌師に名前を聞かれて十返舎一九と偽称、雲津で地元狂歌師たちの歓待にあって露見する。上方者《かみがたもの》との文化交流。

五編追加 伊勢参宮へ。江戸で借金を踏み倒した米屋と遭遇。夜、古市の遊廓へ。座敷遊びと弥次郎兵衛の汚い褌の一幕。翌朝、真面目に御本社へ参宮。腹痛の弥次郎兵衛、藪医者《やぶいしゃ》に会う。

六編 奈良街道を経て伏見から淀川へ。船中で役者談義、弥次郎兵衛の溲瓶《しびん》騒動。雪隠《せっちん》を借りに下船、船を間違えて伏見に戻る。方広寺大仏の穴から出られなくなる弥次郎兵衛。都の喧嘩《けんか》。肥取り、相撲取りなどとの問答。五条新地の遊廓で、遊女に着物を貸した北八が、その遊女の駆け落ちを助けたと疑われる。

七編 京見物。裸の北八、古着屋との一幕。祇園《ぎおん》の芝居小屋へ。京の商人にしてやられる。無理矢理買わされた梯子《はしご》で一騒動。寺社仏閣のほか壬生寺《みぶでら》の私娼、島原なども見学し、大坂へ。

八編 大坂見物。日本橋の宿で、女たちにしてやられる。丹波者《たんばもの》の妻の遺骨を菓子と間違えて食べる。酒屋の雪隠の扉を壊す。坐摩《いかすり》神社の百両の当たりくじを拾う。前祝いに路用を使い果たして豪遊するが、勘違いだと気がつく。宿屋主人に気に入られ、助けられて大坂逗留《とうりゅう》を楽しみ、諸国を巡って帰国しようと出発する。

発端 八編刊行から五年、金比羅《こんぴら》・宮島・伏見・大津から中山道で江戸へ向かう続編の途中、ヤジキタの素性を知りたいという読者に応えて制作された。駿河《するが》府中の大店の息子弥次郎兵衛が、旅役者の北八(鼻之介)に入れあげて駆け落ち。月日が流れ、北八を手代奉公に出し弥次郎兵衛は誠実な妻を迎えたが、北八が女性問題を起こして一悶着。最後に二人だけが残って、運直しに伊勢参宮へ。

◆小田原宿 〔初編〕

やがて宿屋へ着いたので、亭主が先に駈《か》けだして入りながら、

亭主「さあお泊まりだよ。おさん、おさん、お湯をとってあげろ」

宿の女房「お早うございます」

と、お茶を二つ汲んで持ってくる。このうちに、下女はたらいに湯を入れて持ってくると、弥次郎兵衛は女の顔を横目にちらりと見て、小声で北八によびかける。

弥次「見ろよ。まんざらでもねえな」

北「あいつ、今宵、一発決めてやるか」

弥次「ふてえことぬかすな。俺がやってやるぜ」

北「おい、お前《めえ》、草鞋《わらじ》も脱がずに足を洗うのか」

弥次「おやっ、ほんとだ。ハハハハハ」

北「ええぃ台無しだ、湯が真っ黒になった」

と、小言を言いながら足を洗い、すぐに座敷へ通ると、女が柳《やなぎ》行李《ごうり》と三度笠を持ってきて、床《とこ》の間に置く。

北「これこれ、女中。煙草盆に火を入れてきてくんな」

弥次「おや、てめえもとんだことを言うもんだ」

北「なぜなぜ」

弥次「煙草盆《たばこぼん》へ火を入れたら焦げちまわあ。煙草盆の中にある火入れの内へ火を入れてこいと言うもんだ」

北「ええぃ、お前も言葉咎《とが》めをするもんだ。それじゃあ日の短い時にゃあ、煙草を飲まずにいにゃあならねえ」

弥次「時に、腹がぺこぺこだ。今、飯を炊くみたいだ。これじゃ埒《らち》があかねえ」

北「これ弥次さん。おいらよりお前は学が無えな」

弥次「なぜ」

北「飯を炊いたら粥《かゆ》になっちまう。米を炊くと言えばいいに」

弥次「バカぬかせ。ハハハハハ」

と、このうち女が煙草盆を持ってくる。

北「もし、あねさん、湯が沸いたら入《へえ》りやしょう」

弥次「そりゃ、人のことを言うくせに、うぬは何にも知らねえな。湯が沸いたら、熱くて入られるものか。それも、水が湯に沸いたら入りやしょうと、ぬかしおれ」

このうちに、また、

宿の女「もし、お湯が沸きました。どうぞお入りくださいませ」

弥次「ほい、水が沸いたか。どれはいりやしょう」

と、すぐに手ぬぐいを下げ、風呂場へ行ってみると、この宿の亭主は上方者《かみがたもの》と見えて、風呂の形が上方で流行る五右衛門風呂というものだった。左にあらわす図のごとく、土で釜《かま》を造り、その上へ菓子屋がどら焼きを焼くようなうすっぺらな鍋をかけて、それに水風呂桶《すいふろおけ》を置き、湯が漏らないように周りを漆喰《しっくい》で塗り固めている。これに湯を沸かすと薪があまり要らず、効率第一の風呂だ。近江《おうみ》の草津・大津あたりから西はみなこの風呂を使っている。全てこの風呂には、蓋《ふた》というものがなく、底板が上に浮いているので、それが蓋の代わりにもなり、早く湯が沸くというわけである。湯に入る時は、底を下へ沈めて入る。弥次郎兵衛はこの風呂の勝手を知らないので、底が浮いているのを蓋だと思って、何とも思わず取ってのけると、ずっと片足を踏み込んだところが、釜が直に触るので大いに足を火傷《やけど》し、びっくりして、

弥次「あつつつつつつ、こいつはとんだ水風呂だ」

と、いろいろ考え、これはどうやって入るのだなどと人に聞くのも馬鹿々々しいので、外で体を洗いながらあたりを見れば、便所のそばに下駄があるので、「こいつは面黒《おもくろ》い(面白い)」と、その下駄を履いて湯の中に入って洗っていると、北八が待ちかねて湯殿をのぞき見たので、ゆうゆうと浄瑠璃を、

弥次「お半涙の露塵《つゆちり》ほどもぉ」

北「ええぃあきれらぁ。道理で長湯だと思った。いいかげんにあがらねえか」

弥次「これ、ちょっと、俺の手をいじってみてくれろ」

北「なぜに」

弥次「もう茹《ゆ》だったかしらん」

北「いい気なもんだぜ」

と、座敷へ入る。そのうち弥次郎兵衛が湯から上がり、例の下駄を物陰へ隠して、素知らぬ顔で、

弥次「さあ、入《へえ》らねえか」

北「おっと、しめた」

と、早々に裸になり、一目散に風呂へ片足を突っ込む。

北「あつつつつつつ。弥次さん、弥次さん、大変だ。ちょっと来てくんな」

五右衛門風呂。画中の賛は「旅籠屋の湯風呂にうかむ落葉かな　十返舎」(版本挿絵より)

弥次「騒々しい、何だ」

北「これ、お前、この風呂へはどうやって入った」

弥次「馬鹿め。風呂へ入るのに別に入りようが有るものか。まず外で金玉をよく洗って、足から先へどんぶりこすっこっこ」

北「ええぃ洒落《しゃれ》るんじゃねえ。釜が直に触って、これが入られる代物か」

弥次「入られりゃあこそ、手前《てめえ》が見ての通り今まで俺が入ってた」

北「お前、どうやって入った」

弥次「はてしつこい男だ。風呂へ入るのにどうやって入ったとは、何の話だ」

北「はて面妖《めんよう》な」

弥次「難しいこたあねえ。初めのうち、ちっと熱いのを辛抱すると、後にはよくなる」

北「馬鹿ぁ言いなせえ。辛抱しているうちにゃあ、足が真っ黒に焦げちまわぁ」

弥次「ええ埒のあかねえ男だ」

と、心の内はおかしさ応えられず、座敷へ帰る。北八はいろいろと考え、あたりを見回し、弥次郎兵衛が隠しておいた下駄を見つけて「ははぁ読めた」と心でうなずき、すぐにその下駄を履いて風呂の中へ入り、

北「弥次さん、弥次さん」

弥次「何だ、又呼ぶか」

北「なるほど、お前の言う通り、入り馴れてみると熱くはねえ。あああいい気持ちだ。憐《あわ》れなるかな石童丸《いしどうまる》は、ズレレンズレレン」

この時、弥次郎兵衛があたりを見ると、隠しておいた下駄がないので、「さてはこいつ、見つけたな」とおかしく思っている

うち、北八はさすがに尻が熱く、立ったり座ったりいろいろして、あまり下駄でガタガタと踏み散らし、遂に釜の底を踏み抜いて、べったりと尻餅をついたので、湯は皆流れて、シウシウシウ………。

北「やあい、助け舟、助け舟」

弥次「どうした、どうした。ハハハハハハハ」

宿の亭主、この音に驚き、裏口から湯殿へきて肝をつぶし、

亭主「どうなさいました」

北「いやもう、命に別状はねえが釜の底が抜けて。アイタタタタ」

亭主「これは又、どうして底が抜けました」

北「つい、下駄でガタガタやったから」

と言うので、亭主は不思議そうに北八の足を見る。すると下駄を履いているので、

亭主「いやぁ、お前は途方もないお人だ。風呂へ入るのに下駄を履いて入るということがございますか。埒《らっち》もないことだ」

北「いやわっち《(私)》も初手は裸足で入ってみたがあんまり熱いから」

亭主「いやはや、苦々しいことじゃ」

と、大いに腹を立てる。北八も気の毒に思い、こそこそと体を拭いていろいろ言い訳をする。弥次郎兵衛も気の毒に思って中に入り、釜の直し代として南鐐《なんりょう》一片(二朱銀、一両の八分の一)を渡し、やっとのことで詫《わ》び言《ごと》をして、いつもの歌。

水風呂《すいふろ》の釜《かま》をぬきたる科《とが》ゆへにやど屋の亭主尻《ていしゅしり》をよこした

――水風呂の釜を抜いた罪故《ゆえ》に、宿の亭主が責任をとれと請求書を寄越した――「釜を抜く」には男色の性交渉の意をかける。その意味で、尻はお釜の縁語。

原文

やがてやどやへつきければ、ていしゆさきへかけだして、はいりながら「サアおとまりだよ。おさんく、お湯《ゆ》をとつてあげろ 宿の女ぼう「おはやうございます ト茶をふたつくんでもつてくる。此内下女たらゐに、ゆをいれてもつてくると、弥二郎女のかほをよこめに、ちらと見て、小ごへに北をよびかけ 弥二「見さつし。まんざらでもねへの 北「あいつ今宵《こよい》ぶつてしめよふ 弥二「ふてへことをぬかせ。おれがしめるは 北「ソレおめへ、わらぢもとかずに足《あし》を洗《あら》ふか 弥二「ヲヤほんに ハ、、、、 北「ヌ、でへなしに、湯《ゆ》をまつくろにした トこゞとをいゝながら、あしをあらひ、すぐにざしきへとふると、女柳ごりさんどがさをもちきたり、とこの間におく 北「コレく女中《ぢよちう》、たばこぼんに火《ひ》をいれてきてくんな 弥二「ヲヤてめへもとんだことをいふもんだ 北「なぜく 弥二「たばこぼんへ火をいれたらこげてしまはア。たばこ盆《ぼん》の中《なか》にある、火入のうちへ、火をいれてこいといふもんだ 北「ヌ、おめへも、詞咎《ことばとがめ》をするもんだ。それじやア日の短《みじか》い時にやア、たばこをのまずにゐにやアならねへ 弥二「ときに腹《はら》がきた山だ。今飯《いまめし》をたくよふすだ。埒《らち》のあかねへ 北「コレ弥次さん、おいらよりやアおめへ文盲《もんもう》なもんだ 弥二「なぜ 北「めしをたいたら、粥《かゆ》になつてしまうわな。米《こめ》を焚《たく》といへばい、に 弥二「ばかアぬかせハ、、、、 ト此内女たばこんをもつてくる 北「モシあねさん、湯《ゆ》がわいたらへへ《這入》りやせう 弥二「ソリヤ人のことをいふ、うぬがなんにもしらねへな。湯《ゆ》がわいたらあつくてはいられるものか。それも、水が湯にわいたら、へへりやしやうとぬかしおれ 此内又やどのおんな「モシおゆがわきました。おめしなさいませ 弥二「ヲイ水がわいたかドレはいりやせう トすぐに手ぬぐひをさげ、ふろばへゆきて見るに、このはたごやのていしゆ、かみがたものとみへて、すいふろおけは、上がたにはやる五右衛門風呂といふふろなり。左にあらはす図のごとく、土をもつてかまをつきたて、そのうへゝ、もちやのどらやきをやくごときの、うすぺらなるなべをかけて、それにすいふろおけをきけ、まはりをゆのもらぬよふに、しつくひをもつて、ぬりかためたる風呂なり。これゆへ湯をわかすに、たきゞ多分にいらず、りかただいいちのすいふろなり。くさつ大津あたりより、みな此ふろ也。すべて此ふろには、ふたといふもののなく、底板うへにうきているゆへ、ふたの

かはりにもなりて、はやくゆのわくりかた也。湯に入ときは、底を下へしづめてはいる。弥二郎このふろのかつてをしらねば、そこのういているを、ふたとこゝろへ、何ごゝろなくとつてのけ、ずつとかたあしをふんごんだところが、かまがじきにあるゆへ、大きにあしをやけどして、きもをつぶし 弥二「アツ、、、、こいつはとんだすいふろだ トいろ〳〵かんがへ、これはどふしてはいるのだと、きくもばか〳〵しくそとであらひながら、そこらを見れば、せつちんのそばに、下駄があるゆへ、こいつおもくろいと、かのげたをはきて、ゆのなかへはいり、あらつていると、北まちかねてゆどのをのぞきみれば、ゆふ〳〵とじやうるり 弥二「おはんなみだのつゆちりほどもア。どうりで長湯《ながゆ》だとおもつた。いゝ加減にあがらねへか 北「ヱ、あきれら「コレちよつと、おれが手をいぢつて見てくれろ 北「なぜに 弥二「もふゆだつたかしらん 北「いゝきぜんな トざしきへはいる。此内弥次ゆからあがり、かのげたをかたかげへかくし、そしらぬかほにて 弥二「サアへへ《這入》らねへか トそう〳〵はだかになり、いちもくさんに、すいふろへかたあしつゝこみ 北「ヲツトしめた「アツ、、、、、弥次さん〳〵、たいへんだちよつときてくんな 弥二「そう〴〵しい、なんだ 北「コレおめへこの風呂《ふろ》へは、どふしてはいつた 弥二「馬鹿《ばか》め、すいふろへはいるに、別《べつ》にはいりよふが有ものか。先《まづ》そとで金玉《きんたま》をよくあらつて、そして足《あし》からさきへ、どんぶりこすつこつこ 北「ヱ、しやれなんな。かまがじきにあつて、これがはいられるものか 弥二「はいられりやアこそ、手めへの見たとふり、今までおれがはいつてゐた 北「おめへどふしてはいつた 弥二「ハテしつこいおとこだ。水風呂へはいるのに、どふしてはいつたとはなんのことだ 北「ハテめんよふな 弥二「むつかしいこたアねへ。初《はじ》めの内ちつとあつゐのを、しんぼうすると、後《のち》にはよくなる 北「ばかアいゝ、なせへ。しんぼうしてゐるうちにやア、足がまつくろにこげ《焦》てしま《仕廻》はア 弥二「ヱ、埒《らち》のあかねへ男だ ト心の内はおかしさ、こたへられず、ざしきへかへる。北八いろ〳〵とかんがへ、そこらを見廻し、弥二郎がかくしておいたる下駄を見つけて、ハ、アよめたと、心にうなづき、すぐにその下駄をはいて、すいふろのうちへはいり 北「弥次さん〳〵 弥二「なんだ

又呼《よぶ》か 北「なるほどおめへのいふとふり、入しめて見るとあつくはねへ。ア、いゝこゝろもちだ。あはれなるかな石どう丸は、ヅレレン〳〵 此内弥二郎あたりをみれば、かくしておいたる下駄がなきゆへ、さてはこいつ見つけたなと、おかしくおもつているうち、北八はさすがにしりがあつく、たつたりすわつたりいろ〳〵して、あまり下駄にてぐはた〳〵とふみちらし、つゐにかまのそこをふみぬき、べつたりとしりもちをつきければ、湯はみなながれてシウ〳〵〳〵 北「ヤアイたすけぶね〳〵
〳〵ハ、、、、、、 弥二「どふした やどのていしゆこのおとにおどろき、うら口よりゆどのへまはりきもをつぶし 亭主「どふなさいました 北「イヤモウ命《いのち》に別条《べつじやう》はねへが、かまのそこがぬけてアイタ、、、、 てい主「コレハ又どふしてそこがぬけました 北「ツイ下駄で、ぐはた〳〵やつたから トいふにていしゆはふしぎそふに、北八があしをみれば、下太をはいているゆへ てい「イヤアおまいは、とほうもないお人だ。すいふろへはいるに、下駄をはいてはいるといふ事があるものでございますか。らつち《埒》もないこんだ 北「イヤわつち《私》も、初手《しよて》ははだしではいつて見たが、あんまりあついからさ てい「イヤはやにが〳〵しいこんだ ト大きにはらをたてる。北八もきのどくさ、こそ〳〵とからだをふいていろ〳〵いゝわけする。弥次郎きのどくにおもひければ、中へはいり、かまのなをしちん、なんりやう一ぺんつかはし、やう〳〵とわびごととして

水風呂《すいふろ》の釜《かま》をぬきたる科《とが》ゆへにやど屋の亭主尻《ていしゆしり》をよこした

93

とくに女性の間で大人気を博した、為永春水《ためながしゅんすい》の恋愛小説

春色《しゅんしょく》梅児誉美《うめごよみ》

為永春水によって著わされた人情本。初編と二編は天保三年(一八三二)に、三編と四編は翌四年に刊行された。米八《よねはち》、お長《ちょう》、仇吉《あだきち》の三人の女性と主人公丹次郎《たんじろう》との恋を、会話描写を中心に濃厚に描く。婦女子に大好評で、丹次郎は色男の代名詞となった。本作によって以後の人情本の様式が定着し、続編『春色辰巳園《たつみのその》』『春色恵《めぐみ》の花《はな》』『春色英対暖語《えいたいだんご》』『春色梅美婦禰《うめみぶね》』も作られた。

あらすじ

人物関係が複雑にからみあうので、整理しつつ述べる。

丹次郎《たんじろう》は鎌倉恋ヶ窪《こいくぼ》(=吉原)の遊女屋、唐琴屋《からことや》の養子。養父母の死去後、別家に養子に出されるが、それは番頭鬼兵衛《きへえ》と養子先の番頭松兵衛《まつべえ》の策略だった。この家もすぐに破産、さらに畠山《はたけやま》家の残月の茶入れの代金(松兵衛が持ち逃げする)も肩代わりさせられ、本所中《ほんじょなか》の郷《ごう》にわびしく暮らしている。唐琴屋の芸者米八《よねはち》は丹次郎と恋仲であり、唐琴屋のおいらん此糸《このいと》と客の千葉の藤兵衛《とうべえ》のはからいで、婦多川《ふたがわ》(=深川)の芸者となって丹次郎に貢ぐ。此糸は別の客半兵衛となじむが、半兵衛は後に家督を継ぎ千葉半之丞として此糸を妻に迎える。

丹次郎の許嫁《いいなずけ》である唐琴屋娘お長《ちょう》は家を逃げ出し、途中で危難に遭うところを、小梅の髪結いお由《よし》に救われ、彼女の家で暮らす。その間様々な痴話喧嘩も。↓よむ

丹次郎が畠山家中本田次郎《ほんだじろう》から、茶入れ代の内金を持参するよう言われ、難渋するところを、お長は竹蝶吉《たけちょうきち》という浄瑠璃語《じょうるりがた》りとなって丹次郎に貢ぐ。いっぽう、丹次郎は深川芸者仇吉《あだきち》とも恋仲となり、仇吉もまた丹次郎に貢ぐ。

藤兵衛は、蝶吉が親分のお熊《くま》にいじめられているのを助け、お由の家に送る。藤兵衛とお由はかつて契りを結んだ仲であり、のちに二人は夫婦になる。また、藤兵衛は本田次郎の命により、畠山家中榛沢六郎《はんざわろくろう》の隠し子を捜していたが、それが丹次郎であるとわかる。藤兵衛は仇吉と丹次郎を手切れさせ、お由の妹と判明した米八を丹次郎に添わせる。

丹次郎は本家に戻ることになる。お長は本田次郎の娘であることがわかり、丹次郎の本妻となり、米八が妾《めかけ》となる。鬼兵衛、松兵衛らはそれぞれ悪事があらわれ捕らえられ、お熊はフグに当たって死亡、悪は滅びてめでたい結末となる。

よむ

◆お長との仲直り

丹次郎が「お長、お前はなぜ泣き顔で歩くんだ？　おいこれ、機嫌を直しなよ」と言うと、お長は周囲を見回し、丹次郎の顔をながめてぶらさがるようにその左手に自分の両手をかけて、しっかりと引っぱって「お兄《あに》いさん」。「え？」「お前さんこそなんて憎らしいんだろうネ」「なんで？」「なんでって、さっきも米八さんのことを言ったら素知らぬ顔をしておいでなすって、いつの間にか夫婦になっておいでじゃないですか」「なに、そういうわけでもないが、おいらが浪人して困ってて、しかも病気の最中に来てあれこれ世話をしてくれたから、つい何したのさ」「つい夫婦におなりかい」「なに夫婦になるものか」「それでも最後は一緒になる約束じゃあないの？」「なあに夫婦なんかにゃなりゃあしねえよ」「じゃあ誰をおかみさんになさるのだえ？」「おかみさんは米八より十段もきれいでかわいい娘がいますよ」「おや、どこに？」「ほら、ここにさ」と丹次郎は言いながら、お長をしっかり抱き寄せて歩く。お長はうれしく、すがった手に力をいれて、二の腕をそっとつねって、眼のふちをすこし赤くして、につこりと笑うその笑顔の愛らしさ。幸い人通りもないから、いちゃいちゃ話をしながら行く道の、横小路から出し抜けに、「鍋ー、釜ー、いかけー」の呼び声。二人はびっくりして早足に左右に分かれる本所割下水《ほんじょわりげすい》、誓いも堅い石橋を、渡れば春の薄氷、解けてうれしき縁ぞと、思う妹背《いもせ》の中の郷、粋な小梅の隠れ家へ、心で手と手を取り交わし、柾《まさき》の垣根藪畳《やぶだた》み、寄れば人目のはね釣瓶《つるべ》、覗《のぞ》かれるかと離れれば、すぐそこの軒に鶯《うぐいす》のホーホケキョも、我らを笑う鳥の音と恥ずかしく、たどりたどりて帰りゆく。

原文

丹「お長、おめへなぜ泣皃《なきがほ》をして歩く。ヱヱこれさ機嫌を直しなよ」トいへば、お長は前後《あとさき》を見まはし、丹次郎の顔をながめて、釣《つ》るさがるやうに左の手に両方の手をかけて、しつかりと引かれながら 長「お兄《あに》イさん」丹「ヱ」長「おまへさんは誠に憎らしい」丹「なぜ」長「なぜといつて、先刻《さつき》も米八つあんのことをいつたら、知らぬ皃をしてお出《い》でなすつて、いつの間にか御夫婦になつておいでなさるじやア有りませんか」丹「ナニそういふわけもないが、おいらが浪人してこまつて居《ゐ》て、殊《こと》に病気の最中《さいちう》来て、彼是世話《かれこれせわ》をしてくれたからツイ何《なん》したのだ」長「ツイ夫婦におなりか」丹「ナニ夫婦になるものか」長「それでも末には一所《いつしよ》になるといふ約束じやアありませんかへ」丹「ナニ〳〵夫婦にはなりやアしねへヨ」長「そして、だれをおかみさんになさるのだへ」丹「おかみさんは米八より十段もうつくしいかわいらしい娘がありやす」長「ヲヤ何処《どこ》にヱ」丹「これ爰《こゝ》にさ」トいひながら、お長をしつかり抱き寄せて歩く。お長はうれしく、すがりし手に力をいれて、二の腕の所をそつとつめり、眼のふちをすこしあかくして、につこりとわらふゑがほのあいらしさ。幸ひ往来《ゆきき》も絶《たえ》たれば千話《ちわ》をしながら行く道の、横小路より出し抜けに「鍋ヱ、釜ア、いかアけヱ」二人はビツクリ、早足に左右へわかる割下水《わりげすい》、誓《ちかひ》もかたき石橋を、渡れば春の薄氷《うすごほり》、とけてうれしき縁《えに》しぞと、思ふ妹背《いもせ》の中《なか》の郷《がう》、粋《すい》な小梅の隠れ家へ、心で手と手とりかはし、柾《まさき》の垣根藪《やぶ》だゝみ、寄れば人目のはね釣瓶《つるべ》、覗《のぞ》かるゝかと隔たれば、此方《こなた》の軒に鶯《うぐひす》のほうほけきやうも、我《わが》うへをわらふ鳥の音《ね》はづかしく、たどり〳〵て帰りゆく。

94

江戸戯作《げさく》の人気者、山東京伝《さんとうきょうでん》が風俗を考証した入魂の随筆

骨《こっ》董《とう》集《しゅう》

三巻四冊。近世のさまざまな風俗における起源や沿革を調査した考証随筆。岩瀬醒《いわせさむる》の筆名で、黄表紙《きびょうし》等で有名な戯作者山東京伝が著わし、喜多武清《きたぶせい》・歌川豊広《うたがわとよひろ》・岩瀬京山《いわせきょうざん》らが挿絵を描く。上編上・中・下巻が文化十一（一八一四）、同十二年に丁子屋平兵衛《ちょうじやへいべえ》から刊行された。中・下編の構想があったが、京伝が没したため未刊。弟の京山は残った草稿を火災から命がけで守り、続編刊行に意欲的だったが、果たせなかった。

あらすじ

江戸時代初期の風俗について考察をまとめた考証随筆『近世奇跡《きんせいきせき》考《こう》』（文化元年）に続く作。本作もまた、古今の数百に及ぶ書から多くの言説を引用し、かつ古図を模写して、身近に残る風俗や習慣について、その起源や沿革を考証したもので、いずれも実証的な調査による成果が、今日でも有益なものとして評価が高い。

天明時代、黄表紙や洒落本《しゃれぼん》で人気を博していた京伝だったが、寛政改革の出版統制で処罰された後、文人として様々な道を模索、庶民教化による好学の機運を反映して、風俗の考証に没頭した。

こうした傾向は京伝一人のみならず、曲亭馬琴《きょくていばきん》、柳亭種彦《りゅうていたねひこ》といった当時一流の戯作者たちにもみられ、好古的な調査研究を随筆としてまとめるだけでなく、自らの作に反映させて、伝奇的作品世界を豊かにしていた。

見出しには、上巻二十七、中巻二十六、下巻は前冊二十五、後冊三十四の項目が掲げられている。主な内容は次の通り。

上巻　好事《こうず》の心得、昔の風俗（人心、竹馬、冑人形《よろい》→よむ、旧吉原、浮世袋など）、風呂のさまざま（銭湯、行水、石榴《ざくろ》風呂、伊勢風呂吹など）、名物や食べ物（豆腐紅葉、米饅頭《よねまんじゅう》など）、珍商売（耳垢取《みみあかとり》、猫の蚤取《のみとり》など）、古句・古図（初雪、灯籠踊《とうろうおどり》など）

中巻　諸道具（名古屋帯、炬燵《こたつ》、提灯《ちょうちん》、笠《かさ》、重箱、三味線など）、食べ物（蒲焼《かばや》きなど）、意匠（大津絵、丸尽くしの模様など）

下巻前冊（本）　風俗（鞠杖《ぎっちょう》、ぶりぶり、羽子板、雛祭《ひなまつり》に関するさまざま──雛遊びの起源、調度、古製雛など）

下巻後冊（末）　古図（勧進比丘尼《かんじんびくに》、後妻打《うわなりうち》、於国歌舞伎《おくにかぶき》など）、子どもの遊び（酸漿《ほおずき》、子どもをばぁとあやす、隠れ遊びなど）、既出項目の再考（菖蒲冑、銭湯、提灯、行灯、打ち出の小槌《こづち》など）

よむ

冑人形

〔上巻〕

『増鏡《ますかがみ》』の内野《うちの》の雪の条に「五月五日、所々から御冑に飾る花や薬《くす》玉《だま》などいろいろ多くやってくる、云々」とある。これは、第八十八代後深草《ごふかくさ》天皇が即位されてまだ幼くいらっしゃった建長三年(一二五一)五月五日の記事である。『南畝叢書《なんぽそうしょ》』に載るある随筆では、この『増鏡《ますかがみ》』の文を引いて、「冑花《かぶとの》は紙で冑を作り、その上にさまざまな花をかたどったものや、紙で作った人形などを作って据えるなどして、子供たちの玩具とするものだという。今の端午の菖蒲《あやめ》冑《かぶと》は、この名《な》残《ごり》なのに違いない」といっている。この説からふと思いついて、『日本歳時記』(貞享五年刊行)の中の絵を見てみると、冑の上に人形を作って据えた図があった。これをもって考えると、冑人形という名前は、もともと冑の上に人形を作って据えたからそう呼んだものであったが、後に冑と人形が別物になって、人形だけを冑人形といい、略して冑というだけになったのだろう。即ち右の随筆で、冑の花は冑の上に、紙で人形を作って据えるものだという説によく合い、冑人形が冑の花の名残であることは疑いないことだろう。冑人形という名称の意味も、これで明らかである。左(ここでは下)に模写した図を見て考えてほしい。

原文

『増鏡』うちの、雪の条《くだり》に「五月五日所々より御かぶとの花、くす玉など色々におほくまゐれり云々《しかじか》」とあり。かくいへるは、八十八代　後深草院《のちのふかくさのゐん》　位につかせ給《たま》ひて、いとけなくおはしましし、建長三年辛亥五月五日の事なり。『南畝叢書』に載る某《それ》の随筆に、右の『増鏡』の文を引《ひき》て云《いは》く、「冑花《かぶとのはな》は紙をもて冑をつくり、其《その》上にさま〴〵の花をかたどり、あるひは紙にて人形をつくりすゑなどして、わらはべのもてあそびにするとなり。今の端午《たんご》の菖蒲冑《あやめかぶと》は此遺制《このゐせい》なるべし」といへり。おのれ此説《このせつ》により、ふとこゝろつきて、『日本歳時記』〔貞享五年印本〕のうちの絵を見るに、冑の上に人形をつくりすゑたる図あり。これをもておもふに、冑人形といふ名目《みやうもく》は、原《もと》冑の上に人形をつくりすゑたるゆゑにしかいひしを、後《のち》に冑と人形と別の物になりて、人形ばかりをも冑人形といひ、略して冑とばかりもいひたるなるべし。然《しかれば》則《すなは》ち右の随筆に、冑の花は冑のうへに、紙にて人形をつくりすゑなどするといへる説によく合《あひ》、冑人形は冑の花の遺制なること疑ひなからん。冑人形といふ義も、これにてあきらかなり。左《さ》に摸《うつ》しあらはす図を見て考へおもふべし。

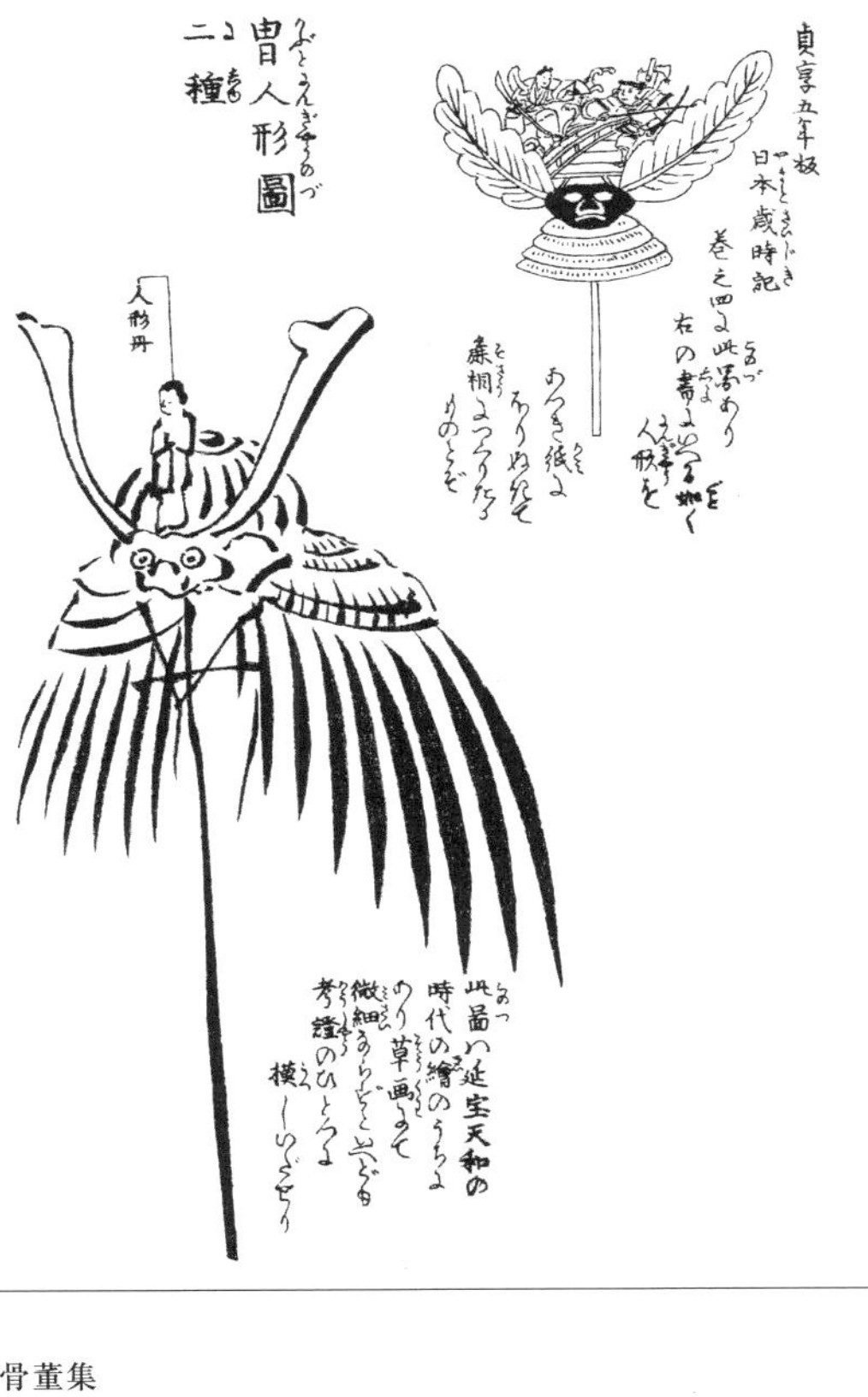

95

怪談奇談をも収録した蕪村《ぶそん》の俳諧《はいかい》句文集

新《しん》花《はな》摘《つみ》

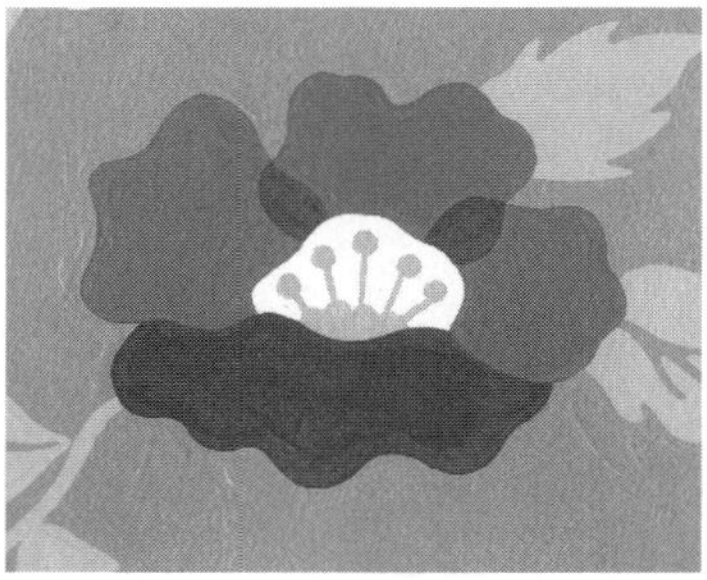

蕪村の俳諧句文集で、寛政九年(一七九七)刊。月渓《げっけい》の絵入り。其角《きかく》の『花摘』に倣《なら》い、亡き母の追善のための企画と推測される。安永六年(一七七七)四月八日から一日十句の夏行《げぎょう》を課したが、二十三日目で中絶(句数は百三十五句)、余白に諸国放浪時代の見聞を回想した随筆十余編を記したもの。随筆には、狐狸《こり》の怪談や、其角の逸話、蕪村の物にこだわらない性格がかいま見られるものなど多岐にわたる。

作者紹介

蕪村は享保元年(一七一六)生、天明三年(一七八三)没、享年六十八歳。主に京都で活躍した俳人であり、画家である。幼少期については不明な点が多いが、摂津国《せっつのくに》東成《ひがしなり》郡《のこおり》毛《け》馬《ま》村《むら》(現在の大阪市都島区毛馬町)の出身と自ら述べている。二十歳前後で江戸に下向し、二十三歳頃、江戸の俳諧師巴人《はじん》に入門し、「宰町《さいちょう》」の号を用いた。寛保二年(一七四二)に師の巴人が没すると、北関東を巡りその地の俳人らと交流、寛保四年、二十九歳の時、宇都宮で歳旦帖《さいたんじょう》を刊行し、蕪村と号を改める。翌年、結城《ゆうき》の早見《はやみ》晋我《しんが》の死を悼んで、俳詩「北《ほく》寿老仙《じゅろうせん》をいたむ」を作った。以降は、東北行脚の旅に出たり、三十歳で出家したり、丹後《たんご》に画家としての修業に赴くなどし、四十五歳で還俗《げんぞく》するまで、各地を放浪して後年に完成する南画と俳画の基礎を作る一方で、それぞれの地で俳人たちとの交流を持ったようである。

還俗後は、京都に定住し、与謝《よさ》の姓を名乗り、結婚して子をもうけ、南画家として大成する一方で、俳諧活動も本格化する。現在知られる蕪村の句は約三千句あるが、ほとんどが京都に定住した四十五歳以降の句である。

六十一歳の頃から売り絵としての俳画を書き始め、六十二歳の時、「春風馬堤曲《しゅんぷうばていきょく》」を収録した春興帖《しゅんきょうじょう》『夜半楽《やはんらく》』を刊行。この年、四月に『新花摘』を書き始めた。→よむ

芭蕉《ばしょう》復興の風潮の中、複数の芭蕉像や『おくのほそ道』絵巻を描き、金福寺《こんぷくじ》の芭蕉庵再建に尽力するなど芭蕉を追慕した。

句風は想像性豊かなもので、多種多様な句が詠まれているが、物語的な句や古典文学を思わせる浪漫的な句に特徴がある。

春の海終日《ひねもす》のたり〳〵哉《かな》

菜の花や月は東に日は西に

猿どの、夜寒《よさむ》訪《とひ》ゆく兎かな

よむ

◆発句

灌仏《くわんぶつ》やもとより腹はかりのやど

釈迦《しゃか》の生誕を祝う灌仏会《かんぶつえ》。お釈迦様も女人の腹を借りてお生まれになったが、「腹は借り物」ならぬ仮の宿、はかない現世を象徴するものであることだ。季語は「灌仏」(春)。

金《きん》屏《びやう》のかくやくとしてぼたんかな

広間には金屏風《きんびょうぶ》がまばゆいばかりに光り輝く。その庭前には、妍《けん》を競うかのように、初夏の花である牡丹《ぼたん》が、今をさかりと咲き誇っている。季語は「ぼたん」(夏)。

鮒《ふな》ずしや彦《ひこ》根《ね》の城《しろ》に雲《くも》かゝる

琵琶湖《びわこ》の名物、鮒ずしを味わいつつ、ふと顔を上げると、彼方に見える彦根城に一片の雲がかかっているのが見えた。季語は「鮒ずし」(夏)。

◆俳文「狐《きつね》の怪異」

ある夜のこと、正月の支度に、美しい着物を裁《た》ち縫っていたところ、夜がたいそうふけてしまったので、下男下女たちはみな仕事を免じて寝かせてやった。自分一人が一室に引きこもって、至る所すみずみの戸をしめ、隙をねらわれるようなすきまも少しもなくして、灯火を明るくしたまま、心静かに縫い物をしていた。水時計の音が聞こえ、ようやく丑三《うしみ》つごろ(午前二時から二時半ごろ)であろうかと思ったちょうどそのとき、年をとってよぼよぼになった狐が、ゆらゆらと尾を引いて、五匹、六匹と連れだって、膝《ひざ》のあたりを通り過ぎていく。言うまでもなく妻戸《つまど》や障子は堅く締め切ってあるので、ほんの少しの隙間すらないから、どこからも穴を開けてぐりこむことなどできないのだ。たいへん不思議に思われて、目を離すことなく見守っていると、狐は広い野の、何もさえぎるものもない所を悠々と行き来するような様子であったが、ほどなくしてかき消すように出て去ってしまった。阿満《おみつ》はそれほどおそろしいこととも思わず、それまで同様に縫い物を続けたということだ。

原文 ある夜、春のまうけに、いつくしききぬをたち縫ひて有りけるが、夜いたくふけにたれば、けごどもはみなゆるしつ、ねぶらせたり。我ひとり一間《ひとま》に引きこもり、くまぐまかたがたとざし、つゆうかゞふべき瑕《か》隙《げき》もなくして、灯火《ともしび》あきらかにかゝげつゝ、心しづかにもの縫ひて有りけり。漏刻《ろうこく》声したゝり、やゝうしみつならんとおもふをりふし、老いさらぼひたる狐《きつね》の、ゆらゆらと尾を引きて、五つ六つうちつれだちて、ひざのもとを過ぎ行く。もとより妻戸《つまど》・さうじかたくいましめあれば、いさゝかの虚白《きよはく》だにあらねば、いづくより鑚《きり》入《い》るべき。いとあやしくて、めかれもせずまもりゐたるに、ひろ野などの碍《さゆ》るものなきところをゆきかふさまにて、やがてかきけつごとく出《い》でさりぬ。阿満はさまでおどろしともおぼえず、はじめのごとく物縫うて有りけるとぞ。

96

愛娘《まなむすめ》さとへの思いが込められた一茶《いっさ》晩年の句文集

おらが春《はる》

文政二年(一八一九)、一茶五十七歳の元旦から歳末に至る一年間の見聞や出来事を、発句と俳文とによって綴《つづ》った、一茶晩年の代表的な句文集。長女さとへの深い愛情、継子《ままこ》として育った自らの境涯、浄土真宗の他力信心への自覚の三点をテーマとして盛り込む。生前、出版を目論《もくろ》み、挿絵も自ら準備したが果たせず、一茶の没後二十五年を経て、嘉永五年(一八五二)に信濃国中野の一之《いっし》により自費出版された。

作者紹介

小林一茶は、宝暦十三年(一七六三)、信濃国柏原《しなののくにかしわばら》(長野県上水内郡信濃町柏原)の農家の長男として生まれた。三歳の時に実母と死別、祖母に愛育されたが、八歳の時に家に入った継母とは、終生不和が絶えず、一茶の句にもしばしば追憶として登場する。

十五歳の春、江戸へ奉公に出て、奉公先を転々として苦労を重ねるなか、二十歳頃から俳諧に手を染める。葛飾《かつしか》派の竹阿《ちくあ》・素丸《そまる》に師事し、三十歳から七年間、俳諧修行のため、畿内から九州の諸地方を行脚し、各地の俳人たちと交流した。江戸帰着後、竹阿の後継者として名跡を継ぐが、宗匠《そうしょう》として活躍できず、生活は困窮を極めた。

三十九歳の夏、久しぶりに帰省した折、父が病に臥《ふ》し、一月ほどで世を去った。看病の様子や父への心情、継母・異母弟との対立と葛藤が、手記『父の終焉《しゅうえん》日記』には記される。以降、父の遺産分配をめぐる抗争が長年続くが、五十歳の時に和解が成立し、郷里に定住することとなる。その感慨は、

これがまあつひの栖《すみか》か雪五尺　〔七番日記〕

の句に表わされている。以降、俳諧では信濃俳壇に根ざして、熱心に指導に当たった。私生活では、帰郷の翌年、初めて結婚し、三男一女をもうけるが、次々に他界。特に愛娘・さとへの深い愛情と死の悲しみは『おらが春』の主題となっている。その後、十年連れ添った最初の妻に先立たれ、再婚に失敗し、三度目の妻を迎えるも、文政十年(一八二七)、柏原の大火で家を焼失、焼け残った土蔵の中で、脳卒中の発作のため六十五歳で没した。家族の愛情に恵まれず、江戸や農村の厳しい現実を肌で体感した一茶の句は、強烈な自我、弱者へのまなざし、飽くことのない人間生活への関心など独自の句風を形成し、生涯に二万句を詠んだ。

痩せ蛙《がへる》負けるな一茶これにあり　〔七番日記〕

よむ

目《め》出《で》度《た》さもちう位《ぐらゐ》也《なり》おらが春

世間並みの用意もなしに迎える正月で、めでたいといってもいい加減な、中途半端のもの。おのれはおのれなりの、あるがままの姿で新年を迎えよう。季語は「おらが春」(新年)。

這《は》へ笑へ二ツになるぞ今朝からは

さあ這《は》い這《は》いをしてごらん、笑ってみせてごらん、さと、おまえは今朝から二歳になるんだよ。季語は「今朝の春」(新年)。

我《われ》と来て遊べや親のない雀《すずめ》

巣から落ちて、親と離ればなれになってしまい鳴いている子雀よ。「親のない子はどこでも知れる、爪を咥《くわ》えて門《かど》に立つ」と子どもらに囃《はや》し立てられる者同士、私と一緒にこちらに来て遊ぼうではないか。季語は「雀の子」(春)。

麦《むぎ》秋《あき》や子を負《おひ》ながらいわし売《うり》

麦の穂が黄金《こがね》色に熟した見渡す限りの麦畑の中、行商姿をした鰯売《いわしう》りの女が歩いている。背中には子どもを負ぶって、重い荷を携えて。季語は「麦秋」(夏)。

寝並んで遠《とほ》夕《ゆふ》立《だち》の評議哉《かな》

夏の夕方、にわかに涼しい風が吹き始め、遠くの空には雨雲が現れ稲光が見える。あの雲の下は急な夕立に大あわてしていることだろうと、縁先に寝ころんだ男たちがのんびりと品定めしていることだ。季語は「遠夕立」(夏)。

秋風やむしりたがりし赤い花

路傍《ろぼう》の赤い花が、秋風の中に揺れている。死んだ子がよく目をつけて、むしりたがった花だ。こんなに早くいなくなってしまうのなら、咎《とが》めたりせずに好きにさせてやればよかったなあ。季語は「秋風」(秋)。

椋《むく》鳥《どり》と人に呼《よば》る、寒《さむ》さ哉《かな》

江戸へと向かう道すがら、江戸に着けば、田舎からやってきた椋鳥だと、人々に嘲りの言葉を投げつけられることだろうと思うと、背中がなにやらうそ寒く感じられ、歩みも遅くなることだ。季語は「寒さ」(冬)。

ともかくもあなた任《まか》せの年の暮《くれ》

とにもかくにも、もうただただ阿弥陀《あみだ》様にお任せするしかない年の暮れであるのだ。季語は「年の暮」(冬)。

97

川柳の誕生。江戸時代の人々の日常が五七五に浮かびあがる

誹風柳多留《はいふうやなぎだる》

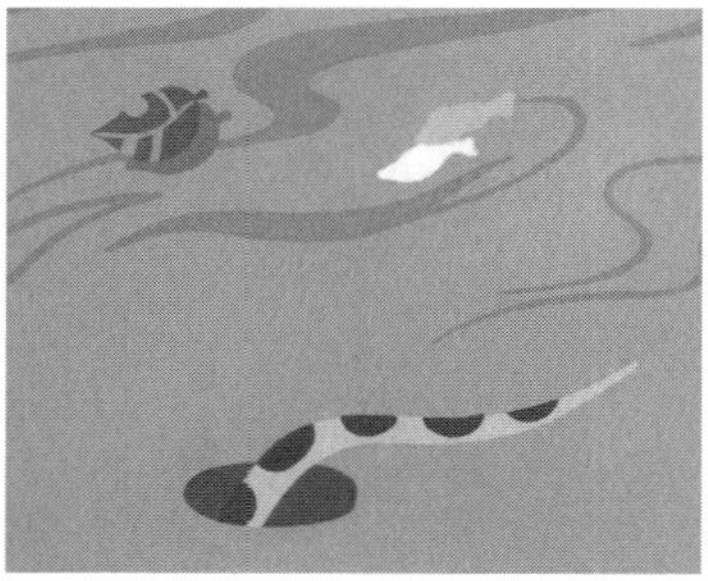

一六七冊。明和二～天保十一年（一七六五～一八四〇）刊。浅草近辺の名主だった柄井川柳《からいせんりゅう》は、宝暦七年（一七五七）に「川柳評万句合《まんくあわせ》」を出して、前句《まえく》附《づけ》点者となった。「賑《にぎ》やかな事〱」といった題につける句を投稿して景品をもらう遊戯である。高まる人気に明和二年、前句が無くても句意がわかる好評なものを集めた『誹風柳多留』が出版された。これが今日に至る川柳という文芸の起点となった。

内容紹介

川柳の作法上の制約は十七音におさめるだけ。人事、世相、風俗を切り取った句からは、江戸時代に生きた人々の日常が鮮やかに浮かんでくる。詠みぶりも笑いを誘うもの、文芸的なものと様々だ。ただし、作法は自由でも、江戸時代には表現の自由は無かったことから、『柳多留』では人や世相の穴を穿《うが》って笑うが、政治は笑わない。こうした笑い、すなわち当時江戸文芸に流行していた「穿ち」の態度は、社会悪を批判的に暴露しようとする社会諷刺《ふうし》とは一線を画している。むしろ、社会的制限のある中でこれだけ多様な視点を見出したことを驚きたい。なお、庶民の文芸と言われる川柳だが、裏長屋の無学な人々をイメージしてはいけない。作句者には大名をはじめ多くの武士が参加していた。故《ゆえ》に、多様な教養が盛り込まれている句も多数あり、読解には風俗と学問の知識が必要となる。

よむ

宝船《たからぶね》逆艪《さかろ》にしても同じ歌　〔四十九〕

正月二日、宝船の絵を枕に敷いて寝ると良い初夢を見るという。縁起物の七福神《しちふくじん》が乗る宝船には、「なかきよのとおのねふりのみなめさめなみのりふねのおとのよきかな」という回文（上下どちらから詠んでも同じ文字）の歌が書かれていた。

行水《ぎやうずい》へ瓜《うり》の匂ひをどぶりうめ　〔十五〕

行水の湯を近くにあった水でうめようとしたら、冷やしてあったらしい瓜の香りがふわりとした。冷たい瓜も夏の風景。

秋茄子《あきなす》は姑《しうと》の留守にばかり食い　〔三十二〕

秋茄子は嫁に食わすなという諺《ことわざ》による句。秋茄子は体が冷えて毒、秋茄子は種が少なく子宝が減るという説もある。

黒犬を挑灯《ちやうちん》にする雪の道　〔初〕

雪で埋もれた道を、夜道の提灯《ちょうちん》のように黒犬に先導させて安全に歩く。白黒逆転させた、視覚的効果がおもしろい。

ほうろくの間《ま》にあいかねる壇《だん》の浦　〔八十七〕

壇ノ浦の戦いで、女官の多い平家には、女性用の便器が不足しただろう。源平合戦に限らず、和歌・物語・芸能・歴史といった古典文学の素養をもとにした川柳はとても多い。

石塔《せきとう》も無腰《むごし》では居ぬ四十七《しじふしち》　〔五十七〕

四十七といえば、忠臣蔵。赤穂《あこう》浪士の墓は泉岳寺《せんがくじ》にあるが、大石以下義士の戒名には刃剣の文字が入っている。

鹿《か》の子餅《こもち》釈迦《しやか》のあたまの後ろ向き　〔一〇二〕

小豆《あずき》のつぶが餅の周りにつく鹿の子餅は、仏様の頭のよう。

田《でん》楽《がく》で帰るが本《ほん》の信者なり　〔四〕

味噌《みそ》田楽《でんがく》は、真崎稲荷《まさきいなり》境内の茶店が有名。参詣《さんけい》は口実で、真の目的が近くの吉原という人も多い。吉原の周囲には、男たちの目くらましに使われる寺社仏閣が方々にあった。

藍《ある》嶋《じま》のかた身涙《なみだ》の辛子味噌《からしみそ》　〔六十九〕

鰹《かつお》はその模様から藍縞の魚といった。江戸っ子が好んだ初鰹はとても高値で、大切な着物を質に入れて鰹を買う句が多い。この作者も意気がって着物を質に入れて鰹の半身を買った。その事が、薬味の辛子味噌の辛さと共に涙を呼ぶのだ。

置く霜の白さは見せぬ日本橋　〔一四〇〕

「道のりの総元〆《そうもとじめ》は日本橋」（一四三）と、日本橋は五街道の起点。商業の中心地日本橋には、今は築地にある魚河岸《うおがし》もあった。朝早くから人通りの多さも、江戸っ子の誇りだったのだろう。

是《これ》小判たつた一晩《ひとばん》いてくれろ　〔初〕

「江戸者の生まれそこない金をため」（十一）と威勢のいい句もあるが、気前の良さが自慢の江戸っ子も、本音は違う。

大《おほ》詰《づ》めに仙女もいづる草双紙《くさざうし》　〔一一六〕

仙女は「仙女香《せんによこう》」、名女形三世瀬川菊之丞《せがわきくのじよう》にちなんだ南伝馬《みなみでんま》町坂本屋のおしろい。草双紙《くさぞうし》は、江戸っ子の娯楽として広く読まれていた絵入り本。この広告が頻繁に見られるようになるのは十九世紀初頭からで、この頃から錦絵《にしきえ》の表紙がつき、役者似顔絵などを用いた華やかな物語を展開させていた。女性の識字率の上昇がしのばれる句。

98

山陽詩鈔《さんようししょう》 山陽遺稿《さんよういこう》

歴史と風景と母を詠んだ、江戸時代最高の詩人、頼山陽《らいさんよう》

江戸時代には数多くの詩人が世に出たが、そのなかでも頼山陽は最高の存在と言ってよい。主な作品は『山陽詩鈔』と、門人がまとめた『山陽遺稿』に収められている。前者は六六八首を収め、山陽の没した一年後の天保四年（一八三三）に刊行され、後者は五三〇首を収め、同十二年に刊行されている。「詩人紹介」で指摘したような山陽詩の特質から、できれば音読して、そのリズムの心地よさを体感してほしい。

詩人紹介

頼山陽は、安永九年（一七八〇）、安芸国《あきのくに》広島藩儒頼春水《らいしゅんすい》の長男として、大坂に生まれた。母は、梅颸《ばいし》（静子）。梅颸は、五十八年間書き続けた日記があることがよく知られている。幼時より叔父の頼杏坪《らいきょうへい》に学んだ。寛政九年（一七九七）、十八歳の時に江戸に出て、尾藤二洲《びとうじしゅう》の指導を受けるが、翌年帰郷。精神的な疾患に侵され、同十二年に脱藩するものの、連れ戻されて座敷牢に幽閉される。その際、『日本外史』の草稿を執筆した。

文化六年（一八〇九）、備後国《びんご》神辺《かんなべ》の菅茶山《かんちゃざん》に招かれ、その塾の塾頭となる。同八年には、京都で私塾を開いた。文政元年（一八一八）には、西国を巡る旅に出た。代表作「天草洋《あまくさなだ》に泊《はく》す」（→よむ）「阿嵎《あく》嶺《ね》」も、その折の作である。

文政十年には松平定信に『日本外史《にほんがいし》』を献上する。天保三年、五十三歳で喀血《かっけつ》し、没した。

歴史上の人物や事件を詠んだ作品にもすぐれたものが多く、「不《ふ》識庵《しきあん》、機山《きざん》を撃《う》つ図《ず》に題《だい》す」（→よむ）は人口に膾炙《かいしゃ》し、詩吟《しぎん》の代表作として名高い。ナポレオンを詠んだ「仏郎王《ふつろうおう》の歌《うた》」という詩もある。また、『日本楽府《がふ》』という、聖徳太子から豊臣秀吉まで、日本史上の出来事を詩に詠んだ書もある。

母を詠んだ多くの詩があり、また弟子である女流詩人江馬細香《えまさいこう》との交流が知られるなど、女性との関わりが深いのも、山陽の詩の特徴の一つである。細香が四十六歳の時に師の山陽は没しているのだが、その彼女も六十八歳の時に動脈硬化のために血を吐き、「只《た》だ憐む　病状先師に似たるを」と詠んで、追慕している。

山陽の詩は、訓読した時に日本語としての美しさが際立ち、内容も雄渾《ゆうこん》でかつ抒情的であり、ことばと内容の両面から日本人の心を打つものとなっている。

よむ

訓み下しを掲げ、その後に現代語訳を示した。

不識庵《ふしきあん》（上杉謙信）、機山《きざん》（武田信玄）を撃つ図に題す

鞭声《べんせい》　粛粛《しゆくしゆく》　夜《よる》　河《かは》を過《わた》る
暁《あかつき》に見る　千兵《せんぺい》　大牙《たいが》を擁《よう》するを
遺《ゐ》恨《こん》なり　十年《じふねん》　一剣《いつけん》を磨《みが》き
流星光底《りうせいくわうてい》　長蛇《ちやうだ》を逸《いつ》す

馬にあてる鞭《むち》の音もひっそりと静かに、上杉謙信《うえすぎけんしん》の軍勢は夜の間に千曲川《ちくまがわ》を渡り、夜が明けてみると、数千の兵士が大将旗を守るのが見えた。じつに無念なのは、十年の間ひたすら剣を磨いてきて、振り下ろした刀の光がきらめくなかで、長蛇のような武田信玄《たけだしんげん》を取り逃したことである。

〔山陽詩鈔〕

天草洋《あまくさなだ》に泊《はく》す

雲《くも》か　山《やま》か　呉《ご》か　越《ゑつ》か
水天《すいてん》　髣髴《はうふつ》　青一髪《せいいつぱつ》
万里《ばんり》　舟《ふね》を泊《はく》す　天草洋《あまくさなだ》
烟《もや》は篷窓《ほうさう》に横《よこ》たはりて　日《ひ》漸《やうや》く没《ぼつ》す
瞥見《べつけん》す　大魚《たいぎよ》の波間《はかん》に跳《をど》るを
太白《たいはく》　船《ふね》に当《あ》たりて　明《あき》らかなること月《つき》に似《に》たり

あれは雲か、山か、それとも中国の呉の地か、越《えつ》の地か。海と空が接するあたり、ひとすじの青い髪の毛のようにかすかに見える。はるばると万里も旅をしてきて、いま船泊まりをしているのは、天草の大海である。船窓に夕靄《ゆうもや》がたちこめ、日はようやく没していく。大きな魚が波間に飛び跳ねるのがちらっと見え、宵の明星は船の正面に月のように明るく輝いている。

〔山陽詩鈔〕

遂《つひ》に奉《ほう》じて芳野《よしの》（奈良の吉野）に遊《あそ》ぶ四首《よんしゆ》　の中から一首

輿《よ》に侍《じ》して阪《さか》を下《くだ》れば　歩《あゆ》むこと遅遅《ちち》として
鶯語《あうご》　花香《くわかう》　別離《べつり》を帯《お》ぶ
母《はは》は已《すで》に七旬《しちじゆん》　児《じ》は半百《はんぴやく》
此《こ》の山《やま》に重《かさ》ねて到《いた》るは　定《さだ》めて何《いづ》れの時《とき》ならん

母が乗った駕籠《かご》のお供をして、坂をゆっくり歩きながらくだっていく。鶯《うぐいす》のさえずる声にも、そして花の香りにも、お別れをする悲しみがこもる。母上はもう七十で、息子の私も五十となった。この山を再び訪れるのは、いったいいつのことであろうか。

〔山陽遺稿〕

99

仁・義・礼・智・忠・信・孝・悌。今も人気の壮大な伝奇ロマン

南《なん》総《そう》里《さと》見《み》八《はっ》犬《けん》伝《でん》

九輯《しゅう》 九十八巻。読本《よみほん》の一大傑作。文化十一年（一八一四）から天保十三年（一八四二）に至る二十八年もの間、度重なる版元の交代や自身の失明などを乗り越えて書き継いだ、曲亭馬琴《きょくていばきん》のライフワーク。中国の『水滸伝《すいこでん》』をもとに『三《さん》国志演義《ごくしえんぎ》』や、日本の『里見九代記』など戦記や地誌など大量の資料を使用して、勧善懲悪の理想を描く。大流行となり、当時から現代まで演劇・小説・絵画・商品などが多数制作される。

あらすじ

《発端》

肇輯《じょうしゅう》 嘉吉《かきつ》元年（一四四一）、室町幕府将軍足利義教《よしのり》に反旗を翻した鎌倉公方足利持氏《かまくらくぼうあしかがもちうじ》に従った里見季基《すえもと》は敗戦、嫡子義実《よしさね》は安房《あわ》に落ちる。滝田城主神余光弘《じんよみつひろ》は、愛妾玉梓《たまずさ》と逆臣山下定包《やましたさだかね》に殺され、義実は国主の遺臣金碗八郎《かなまりはちろう》と逆臣を討つ。処刑される玉梓は里見の子孫を畜生道に落とすと呪いの言葉を吐く。

長禄元年（一四五七）、里見義実は館山城主安西景連《あんざいかげつら》に攻められ、万策尽きて、娘伏姫《ふせひめ》の愛犬八房《やつふさ》（体に牡丹模様が八つある）に景連を噛み殺したら伏姫を与えると戯れに言う。八房は景連の首を咥《くわ》えて帰ってくる。伏姫は運命だと八房に従う。

二輯 伏姫は八房と富山《とみやま》に籠もると月経が止まる。金碗八郎の一子で姫の婿候補だった**大輔《だいすけ》**が八房を銃撃、弾が八房を貫通して伏姫に当たる。瀕死の姫は、大輔と父に、八房の胤《たね》を受けてはいないと身の潔白を示すため、自ら切腹。切口から白気が立ち、伏姫の水晶の数珠が天に昇り、「仁義礼智忠信孝悌《じんぎれいちちゅうしんこうてい》」の八字を持つ玉が、光を発して飛び散った。

大輔は出家し、丶大《ちゅだい》と名を変え、散った玉を探しに出る。

《第一部　犬士列伝》

（一、六犬士の登場と離散）

信乃《しの》は、武蔵国《むさしのくに》大塚の郷士大塚番作《おおつかばんさく》の子。番作は鎌倉公方の敗戦の際、宝刀「村雨丸」を託されて落ち延びたが、家督は非道な義理の姉亀篠《かめささ》・蟇六《ひきろく》夫婦に奪われ、その村雨丸も狙われる。信乃は犬塚と名を改めた父の遺言で、村雨丸を守り、成人の後に滸我《こが》にいる主家に返して家名を挽回することを志す。蟇六に虐待され瀕死《ひんし》となった飼い犬の与四郎を苦痛から救おうと村雨丸で斬ると、切り口から「孝」の字の白玉が現われ、信乃に牡丹のような痣《あざ》が出現する［**犬**

塚信乃」。大塚家の下僕額蔵《がくぞう》も、「義」の玉と痣を持つことを相知り、義兄弟となる［**犬川荘助**《いぬかわそうすけ》］。

三輯　大塚家の養女浜路《はまじ》は、蟇六夫婦の思惑で信乃と婚約していた。大塚の領主大石家の陣代簸《ひ》上宮六《かみきゅうろく》が浜路を見初め、蟇六は宮六と結婚させようとするが、浜路は拒む。蟇六は浜路を慕う網乾左母二郎《あぼしさもじろう》に村雨丸をすり替えさせ、信乃に偽村雨丸を滸我へ持って行くように勧める。信乃の出発前夜、浜路は信乃の部屋を訪れ同行したいと口説くが、身を律する信乃はそれを拒む。

宮六との婚礼の夜、左母二郎は浜路を奪って逃げる。浜路は左母二郎が持つ真の村雨丸を奪おうとして斬られる。その時、一人の行者が現われ、左母二郎を討つ。行者の正体は浜路の異母兄。浜路は村雨丸を信乃に渡すよう頼んで死ぬ。村雨丸を取り戻そうと荘助が道節と斬り合う。荘助の手に道節の牡丹模様の瘤《こぶ》を斬って出てきた「忠」の玉が残り、道節は行方をくらます［**犬山道節**《いぬやまどうせつ》］。また蟇六夫婦は浜路を失い、宮六に殺される。来合わせた荘助が宮六を斬るが、蟇六夫婦殺しまで罪を着せられる。

信乃は滸我成氏《しげうじ》に村雨丸を奉る日を迎えるが、持参した刀が偽物だったため間者と疑われ、芳流閣《ほうりゅうかく》の屋根に追い詰められる。

四輯　投獄されていた見八が捕り手として派遣され、屋根の上で死闘を繰り広げ、二人は真っ逆さまに楼閣の横を流れる坂東太郎《ばんどうたろう》（利根川）の急流に落ちて行方知れずになる。↓よむ　信乃・見八は行徳に流れ着き、旅籠屋の古那屋文吾兵衛《こなやぶんごべえ》に救われる。信乃は、見八が大塚家の隣に住んでいた糠助《ぬかすけ》の遺児玄吉だと知る。玄吉は牡丹の痣と「信」の玉を持っていた［**犬飼現八**《いぬかいげんぱち》］。さらに文吾兵衛の息子が牡丹の痣と「悌」玉を持つことが判明［**犬田小文吾**《いぬたこぶんご》］。信乃は破傷風に苦しみ、捕り手の前に危機に陥る。小文吾の義弟山林房八が、神余光弘を殺した祖父の汚名をそそぐため、わざと小文吾に殺され、自分の首を信乃として差し出せと頼む。房八の手元が狂った刃に倒れた妻のぬいと房八の血が、信乃の破傷風を治す薬となる。古那屋に宿泊していた丶大が名乗り出、犬士の由来を話す。房八とぬいの子大八の手の中から「仁」の玉が、また体に牡丹の痣が出現する［**犬江親兵衛**《いぬえしんべえ》］。

信乃らが荘助に会いに行く間、房八の母妙真をめぐる事件が起きる。その危機に親兵衛が神隠しにあう。

五輯　信乃たちは、蟇六一家殺害の罪で処刑される荘助を救出、追っ手に追われて上野荒芽山へ逃走する。しかし、扇谷定正《おうぎがやつさだまさ》を主君の仇として狙っていた道節の一味と間違えられて苦戦、落ち延びさせてくれた漁師猟平《やすへい》（姨雪《おばゆき》世四郎）の妻音音《おとね》のもとへ。音音は道節の乳母。道節はここに匿《かくま》われていた。五犬士がここに集い、村雨丸も信乃の元に戻った。しかし定正方の軍勢に取り囲まれる。

（二、七犬士の集合）

六輯　五犬士はそれぞれ落ちる。小文吾は武蔵国阿佐谷村で狩人並四郎・**船虫**《ふなむし》夫婦に騙《だま》され、千葉家の宝を盗んだと疑われるが、潔白を証明する。並四郎夫婦に盗みをさせた千葉家の奸臣馬加常武《まくわりつねたけ》は、千葉家を我が手にする謀略のため、小文吾を軟禁し宴でもてなし味方にしようとするが失敗、刺客を送る。それを女田楽の**旦開野**《あさけの》が助ける。旦開野は対牛楼で自身の仇である馬加一味を皆殺しにした。その正体は、「智」の玉を持つ千葉家家老粟飯原胤度《あいはらたねのり》の息子であった［**犬坂毛野**《いぬさかけの》］。二人は館を脱出するが荒川で生き別れる。

犬士仲間の行方を尋ねていた現八は、化け猫を射て、それに食い殺された赤岩一角の霊に会う。化け猫が一角に化け息子角太郎を苦境に陥れているという。現八は、密通を疑われた身重の女が泣いて夫に無実を訴えるのを聞く。その夫が角太郎で、犬士であることを知る［**犬村大角**《いぬむらだいかく》］。

七輯　大角の継母船虫と偽一角は、偽一角が怪我した眼を治すため胎児の生胆と母親の心臓の血が欲しいと、大角夫婦に強要。雛衣は密通の疑いを晴らすために自害、その腹から「礼」の玉が飛び出し、偽一角を倒す。現八は一角の髑髏《しゃれこうべ》を示して大角に真の父の話をし、妖怪一味を倒す。船虫の命を許して二人は旅立つ。

信乃は、甲斐で四六城《よろぎ》木工作《むくさく》の家に逗留、亡き浜路の魂魄が乗り移った木工作の養女浜路と出会う。木工作の妻夏引と間男の泡雪奈四郎に陥れられたが、丶大や道節によって助けられる。浜路は二歳の時に鷲に攫われた里見義成《よしなり》(義実の嫡子)の娘だった。信乃らは浜路姫を安房へ送り届ける。

八輯　小文吾は、越後小千谷《えちごおぢや》で闘牛大会の猛牛を鎮めて感謝される。

小文吾は盗賊の妻となっていた船虫に、亡夫の復讐のため狙われるが、荘助と共に盗賊を退治する。毛野は諏訪《すわ》の社頭で馬加常武らを討ち、父ゆかりの名刀を手にする。小文吾・荘助と巡り会うが、父の仇を追うと別れる。

大角と現八は雛衣法要の後、武蔵千住で賊に会う。穂北の氷垣夏行に盗賊と間違われるが、娘重戸に助けられ、信乃・道節と共に真の盗賊を捕らえて疑いを晴らす。

道節は、敵の扇谷定正を偵察、丶大は武蔵麻布で妖賊鵞《が》鱓坊《ぜんぼう》を滅ぼす。毛野は湯島で扇谷定正の忠臣河鯉守如《かわこいもりゆき》に認められ、奸臣竜山免太夫(籠山逸東太《こみやまいつとうだ》)討伐を頼まれる。毛野は、竜山こそ父の敵籠山なので、応諾。

賊婦船虫は、武蔵芝浜で辻君をし、客を殺して金を奪っていた。甲斐から帰る小文吾につかまった所へ、不思議と荘助・現八・大角・信乃・道節が来合わせる。六犬士は、船虫と夫となった強盗を牛に何度も串刺しにさせて処刑する。

九輯　毛野は小文吾・荘助の助力を得て籠山を討つ。寵臣《ちょうしん》を殺されて激怒した扇谷定正は出陣。定正を敵と狙う道節に現八・大角が助勢、道節は定正の兜《かぶと》を射落とす。定正は辛《かろ》うじて逃げる。信乃は、定正の居城を攻略。氷垣夏行らがこれを助けた。犬士らは氷垣のいる穂北へ凱旋《がいせん》、七犬士が集合した。

(三、親兵衛の活躍、八犬士の集結)

館山城主**蟇田素藤**《ひきたもとふじ》は妖術を使う**妙椿**《みょうちん》(玉梓の怨霊《おんりょう》が乗り移った八房を育てた狸の化身)にそそのかされ、里見の浜路姫に求婚、拒否されて嫡男義通《よしみち》を捕らえ反乱を起こす。安房の山で伏姫神に養育された親兵衛が人間界に送り込まれ、素藤と妙椿を退治する。

七犬士は嘉吉の戦いがあった結城で五十年忌を行うが、結城方に攻められる。親兵衛が、丶大らを救い、八犬士が勢揃いする。

《第二部　京都における親兵衛の活躍と里見家の栄光》

八犬士は里見家に士官する。丶大の金碗を名乗らせる勅許を請うため、親兵衛を正使として、京に上らせた。上洛した親兵衛は細河《ほそかわ》正元《まさもと》に引き留められるが、妖虎退治をした功で、従六位上と兵衛《ひょうえの》尉《じょう》を賜わって安房へ帰る。

扇谷定正は里見家の拡大や八犬士に恨みを抱き、同じ管領の山内《やまのうち》顕定《あきさだ》らと手を組んで里見を攻める。八犬士は海陸の大戦で存分に力を発揮、里見方の大勝利となり、里見義成は敵味方の菩提を弔う。蟹崎照文《あまさきてるふみ》が両管領家の非道を朝廷に訴え、和睦の勅使が派遣される。義成や犬士たちにそれぞれ官位が下賜される。八犬士は御礼のために上洛、昇殿を許される。

八犬士は一城の主となり、義成の娘と紅い紐《ひも》のくじ引きで妻を決める。丶大は、八犬士の霊玉を国土の四隅に埋めて守りとし、伏姫の岩室に隠棲する。八犬士も富山に隠棲、ついに仙術を得る。

＊最後に「作者の意衷を述」べる「回外剰筆《かいがいじょうひつ》」がついている。

よむ

芳流閣《ほうりゅうかく》の戦い 〔四輯〕

憐れ犬塚信乃は、親の遺言と主家伝来の宝刀の事だけを心に据え、刀と共に艱難辛苦の年月を経た。絶好の機会を得、はるばる許我《こが》へ村雨丸を届けて名を揚げ家の再興を叶えるはずが、その福《さいわい》は禍と転じ、村雨丸はすり替えられて、我が身を引き裂き滅ぼすはめになった。その無念を釈明することもできず、事態は急変。辛うじて一時だけ縄目の恥辱を避けようと思ったばかりに、大勢に囲まれた窮地を切り開いて、芳流閣の屋根の上によじ登ったが、とにかく脱出する道がなく、ここで決死の覚悟を決めた。その心の内はいかばかりか。想像するだに痛ましい。

さてまた犬飼見八信道は、犯した罪もなく何か月も獄舎に繋《つな》がれた。その禍は今、恩赦という福となったが、代わりに与えられたのは、自分を縛っていた縄を人にかける捕り手の役目。「犬飼信乃を搦《から》め捕れ」と無理に選び出され、人の不幸で我が身の面目を回復して今更取り立てられるのは嫌だと思うが、拒んで許されるはずがない。君命は重い。芳流閣はいよいよ高い。

その楼閣は三層《じゅう》の屋根を構える。二層の檐《のき》上まで身を隠しながら登って見れば、足下は遠く、雲は近く、照る日は激しく、耐え難い。時は六月二十一日。昨日も今日も日照りで蒸し暑く、火照りわたる敷き瓦は凸凹《うねり》隙間なく波濤《なみ》に似て。下には滔々《とうとう》たる大河。生死の海へと逆巻く溯洄《ながれ》は、その名も高き坂東太郎。水際の小舟が楫を失したように、進退はすでに窮まった敵だから、何としても捕《つか》まえてみせると、見八は鼯《むささび》が木を伝うかのように、さらさらと登りつめる。三層の屋根に隠れる場所はない。互いに相手の隙をうかがいつつ睨みあって立つ光景は、あたかも仏塔の上にある鸛《こうのとり》の巣を巨蛇が狙うのに似ていた。

広庭には成氏《なりうじ》朝臣が、横堀史在村《ふひとありむら》など老党若党が取り囲んだ床几に浅く腰かけ、「勝負はいかに」と見上げている。また閣の東西には、鎧を腹に巻いた大勢の士卒が槍や長刀をきらめかし、矢を背負い、弓を杖《つえ》にするように突き立て、組み合って落ちれば撃ち留めてやると、項《うなじ》を反らして二人の姿を観る。その上外側には、連綿とはるかなる河水が楼閣を囲み軒下の石を浸すほどだから、たとえ信乃が武芸に長じて体力も損なわずうまく見八に勝ち得ても、墨子《ぼくし》の木の鳶《とび》を借りなければ虚空を翔《かけ》られない。魯般《ろはん》の雲に届く梯子《はしご》がなければ、地上に降りることもかなわない。信乃は鳥ならぬ身だが、羅《あみ》にかかってしまった。獣ならぬ身で、狩り場に追い詰められている。喉元三寸の呼吸が止まれば、すべてが終わる。脱出不可能と思われた。

その時信乃が思うには、「初層・二層の屋根の上まで追い登ろうとした兵士達を斬り落とした後は、全く誰も近づいてこなかったのに、今ただ一人登ってくるのは、たいそう覚えのある力量なのだろう。こいつには、膳臣巴提便《かしわでのおみはてべ》が虎を手討ちにした勇気があるか。また富田三郎《とみたのさぶろう》が鹿の角を裂いた力があるのか。それでもいい、たった一人の敵だ。引き組んで差し違えて死ぬのに難しいことがあるか。よい敵ではないか、さあ来い、目に物見せてやる」と、血刀を袴《はかま》の股立《ももだ》ちで押し拭《ぬぐ》い、高瀬舟のような大きい箱棟に立ったまま、寄せる敵を待つ。

見八もまた思うには、「あの犬塚の武芸は勇ましく強い。元来、大勢で撃ちかかってもかなわない敵だ。しかし捕まえ損ねて他人の助けを借りることになったら、獄舎の中からこの役目に選ばれた甲《か》斐《い》がない。からめ捕《と》るとも、撃たれるとも、勝負を一気に決そう」。

見八は些《いささ》かもためらわず「ご命令だ」と呼びかけて手の十手を閃《ひらめ》かせ、飛ぶが如くに箱棟の左側から進み登り組もうとするが、信乃は寄せ付けず「心得たり」と鋭い太刀風を起こして撃つ。見八がはっしと受け留め払えば、信乃はすかさず切り込む。切っ先を支えて受け流す刀の打ち合い。すべる甍《いらか》に踏み留まり、頻りに進んで捕り手の秘術。他方も劣らぬ手練の働き。高みより落とす太刀筋を、あちこち外し、互いに隙をつき、堅守をさけて渡り合う。なおも勝負はつかず、広庭の主従士卒は誰もが手に汗握り、瞬きもせず、意気こんで、はるか上の戦いを見つめる。

さて犬塚信乃は、侮りがたい見八に武芸の好敵手を得たと思うと、勇気が大きくわきあがる。切っ先から火花が散るほど寄せては返す戦いの、大きな太刀音とかけ声。両虎深山に対峙《たいじ》する時錚然《しょうぜん》として風が起こり、二龍が深き淵で争う時沛然《はいぜん》として雲が起こるというが、まさにその光景だった。春ならば峰の霞《かすみ》か、夏ならば夕べの虹かと見まがうばかりの高閣《たかきや》の棟に、命をかけた決死の戦い。未曾有の晴業だから、見八は着込みの鎖帷子《くさりかたびら》や肱当《こて》の端を突き通すほどに切り裂かれても大刀を抜かなかった。信乃の刀は刃が保たず、初めに負った浅傷が次第に痛くなったが、足場を確かめたゆまず逃げず、太刀で畳みかけて撃つ。見八は右手に受け流して、返す拳につけ入り「ヤッ」と声を出し、信乃の眉間《みけん》を狙ってはったと打ち込む。その十手をガッと受け留めた信乃の刃は鍔際《つばぎわ》から折れて遥《はる》かに飛び失せた。

見八が「得たり」とむんずと組みつくのを、そのまま信乃は左手に引きつける。互いに利き腕をしっかと掴んでねじ伏せるべく「えい」「やっ」と声が重なる。押し押されて踏ん張る足。二人は共に滑らせて、転覆した車の俵が坂を落ちるように、河へところころと転がった。高低激しい崖造り、削り出したような甍の急勾配、勢いが止まるはずはないが互いに掴《つか》んだ拳を緩めず、幾十尋《ひろ》もの高さの屋根の上から、遥か下の河へ。水底には入らずちょうど水際につながれた小舟の中へ、うち重なってどうっと落ちれば、傾く舷《へり》と立浪に、ざぶんと音を上げる水烟《みずけむり》。纜《ともづな》がぴんっと張り切れて、船は射った矢の如く、急流の真中へ吐き出される。それどころか、追風《おいて》と虚《ひき》潮《しお》に連れ去られ、行方が知れなくなってしまった。

原文 憐むべし犬塚信乃は、親の遺言《ゆいげん》、紀《かたみ》の名刀《めいたう》、心に占《し》めつゝ、身に傅《つ》けつ、艱苦《かんく》の中《うち》に年を経て、得かたき時を得てしかば、はる〴〵滸我《こが》へ齎《もたら》して、名を揚げ、家を興すべかりし、その福《さいはひ》は、禍《わざはひ》と、ふりかはりたる村雨《むらさめ》の、刃《やいば》は旧《もと》の物ならで、わが身を劈《つんざ》く讐《あた》とぞなりし、憾《うらみ》をこゝに釈《とく》よしもなく、綷《こと》急にして意外にあり。僅《はつか》に当座の辱《はづかしめ》を、避けばやと思ふばかりに、夥《あまた》の囲《かこみ》を殺開《きり》きて、芳流閣《はうりうかく》の屋《や》の上に、攀登《よぢ》れども左右《とにかく》に、脱去《のがれ》るべき道のなければ、其処《そこ》に必死を究めたる、心の中《うち》はいかなりけん、想像《おもひや》るだにいと痛まし。

されば又、犬飼見八信道《いぬかひけんはちのぶみち》は、犯せる罪のあらずして、月来《つきごろ》獄舎《ひとや》に繋《つなが》れし、禍《わざはひ》は今恩赦の福《さいはひ》、我が縛《いましめ》の索《なは》解けて、人にぞかゝる捕手《とりて》の役義《やくぎ》、「犬塚信乃を搦《から》めよ」とて、慭《なまじひ》に択出《えらみいだ》されつ、「他《よそ》の憂《うれひ》を自《み》の面目《めんもく》に、今更用ひられん事、願《ねがは》しからず」と思へども、推辞《いなみ》て許さるべくもあらぬ、君命《くんめい》重く、弥高《いやたか》き、彼《かの》楼閣は三層《ちゆう》なり、その二層なる檐《のき》の上まで、身を霞《かすま》せて登りて見れば、足下遠く、雲近く、照る日烈《はげ》しく、堪《たへ》かたき、頃は六月《みなつき》廿一日、きのふもけふも乾蒸《からむし》の、歊熱《ほてり》をわたる敷瓦《しきかはら》は、凸凹《うねり》隙《ひま》なく、波濤《なみ》に似て、下には大河滔々《たう〳〵》たる、こゝ生死の海に朝《い》る、溯洄《ながれ》は名に負ふ坂東《ばんどう》太郎《たらう》。水際《みきは》の小《を》舟楫《ふねかぢ》を絶えて、進退既に谷《きはま》りし、敵にしあれば、いかでわれ、繋留《つなぎとめ》んと鼯《むさゝび》の、樹《こ》伝ふ如くさら〳〵と、登《のぼり》果てたる三層の、屋背《やね》には目柴翳《まぶしさす》よしもなく、迭《かたみ》に透《すき》を窺《うかゞ》ひつゝ、疾視《にらまへ》あふて立《たつ》たる形勢《ありさま》、浮図《ふと》の上なる鵤《かう》の巣を、巨蛇《おろち》の寃《ねら》ふに似たりけり。広庭《ひろには》には成氏朝臣《なりうぢあそん》、横堀史在村《よこほりふひとありむら》等の、老党若党囲繞《ゐにゆう》せし、床几《せうぎ》に尻をうち掛けて、「勝負怎生《いかに》」と向上《みあげ》たる。亦只閣《またたゞかく》の東西には、身甲《はらまき》したる許多《あまた》の士卒《しそつ》、鑓長刀《やりなぎなた》を晃《きらめ》かし、或《ある》は箭《や》を負ひ、弓杖《ゆんづゑ》突立《つきたて》、組んで落《おち》なば撃留《うちとめ》んとて、項《うなぢ》を反らしてこれを観る。

加旃外面《しかのみならずとのかた》は、綿連《めんれん》として杳《はるか》なる、河水《かはみづ》遶《めぐ》りて砌《みぎり》を浸せば、借使《たとひ》信乃、武事《ぶじ》長《たけ》、膂力《ちから》衰へず、よく見八に捷得《かちう》るとも、墨氏《ぼくし》が飛鳶《ひゑん》を借らざれば、虚空を翔《かけ》るべくもあらず、魯般《ろはん》が雲梯《くものかけはし》なければ、地上《ちせう》に下《くだ》るべくもあらず。渠《かれ》鳥ならずも、羅《あみ》に入りぬ。獣ならずも、狩場に在り。三寸《さんすん》息絶《たゆ》れば、綷《こと》みな休《やま》ん。脱《のが》れ果てじと見えたりける。

当下《そのとき》信乃おもふやう、「初層《しよぢゆう》二層の屋の上まで、追登《おひ》らんとせし兵等《つはものら》を、砍落《きりおと》しつる後《のち》は、絶《たえ》て近づくものもなきに、今只《たゞ》ひとり登《のぼり》来ぬるは、よにおぼえある力士《りきし》ならん。這奴《しやつ》は是《これ》、膳臣巴《かしはでのおみは》提便《てべ》が、虎《とら》を暴《てうち》にする勇あるか。又、冨田三郎《とみたのさぶらう》が、鹿角《しかのつの》を裂く力あるか。遮莫《さもあらばあれ》一個《ひとり》の敵なり。引組《ひきくん》で刺迭《さしちが》へ、死するに難《かた》きことやはある。よき敵にこそ、ごさンなれ。目に物見せん」と血刀《ちかたな》を、袴《はかま》の稜《そば》もて推拭《おしぬぐ》ひ、高瀬《たかせ》の如き方桴《はこむね》に、立《たつ》たる儘《まゝ》に寄するを俟《まて》ば、見八も亦《また》思ふやう、「彼《かの》犬塚が武芸勇悍《ゆうかん》、素《もと》より万夫無当《ばんふぶたう》の敵なり。然《さり》とても搦《からめ》かねて、他《ひと》の援《たすけ》を借ることあらば、獄舎《ひとや》の中《うち》よりこの役義に、択出《えらみいだ》されし甲斐《かひ》もなし。搦捕《からめ》るとも、撃《うた》るゝとも、勝負を一時《いちじ》に決せんものを」とおもひにければ、些《ちつと》も擬議《ぎぎ》せず、「御諚《ごぢやう》ざふ」、と呼《よび》かけて、拿《もつ》たる十手《じつて》を閃《ひらめ》かし、飛《とぶ》が似《ごと》くに方桴《はこむね》の、左のかたより進《すゝみ》登りて、組まんとすれども寄《よせ》つけず、「こゝろ得たり」と鋭《ときた》大刀《ち》風《かぜ》に、撃《うつ》を発石《はつし》、と受留《うけとめ》て、払へば透《すか》さず数刀尖《こむきつさき》を、拄《さゝえ》て流す一上一下《いちぜういちげ》、辷《すべ》る甍《いらか》を踏駐《ふみとめ》て、頻《しきり》に進む捕《とり》手《て》の秘術。彼方《かなた》も劣らぬ、手煉《しゆれん》の働き、岌《かさ》よりおとす大刀筋《たちすぢ》を、あちこち外《はづ》す、虚々実々《きよくくじつく》。いまだ勝負を判《わか》ざれば、広庭なる主従士卒は、手に汗握《にぎら》ざるもなく、瞬きもせず気を籠《こめ》て、見るめもいとゞ迴《はるか》なる。

さる程に、犬塚信乃は、侮《あなどり》かたき見八が武芸に、「敵を得たりけり」と思へば勇気弥倍《いやまし》て、刀尖《きつさき》より火出るまで、寄《よせ》ては返す、大刀《たち》音被声《おとかけこゑ》、両虎《りやうこ》深山に挑むとき、錚然《しやうぜん》として風発《おこ》り、二龍《じりやう》青潭《たん》に戦ふ時、沛然《はいぜん》として雲起るも、かくぞあるべき。春ならば、峰の霞か、夏なれば夕の虹か、と見る可《ばかり》なる、いと高閣《たかきや》の棟にして、死を争ひし為体《ていたらく》、よに未曽有《みぞうう》の晴業《はれわざ》なれば、見八は被籠《きごみ》の鏁《くさり》、肱当《こて》の端《はづれ》を裏欠《かく》までに、切裂《きりさか》れしかど、大刀を抜かず、信乃は刀の刃も続かで、初《はじめ》に浅痍《あさて》を負ひしより、漸々《しだい》に疼《いたみ》を覚《おぼゆ》れども、足場を揣《はかり》て、撓《たゆ》まず去らず、畳《たたみ》かけて撃《うつ》大刀を、見八右手《めて》に受《うけ》ながして、かへす拳《こぶし》につけ入りつゝ、「ヤッ」、と被《かけ》たる声と共に、眉間《けん》を望《のぞみ》て礉《はた》と打つ。十手《じつて》を丁《ちやう》と受留《うけとむ》る、信乃が刃《やいば》は鍔除《つばきは》より、折れて遥《はるか》に飛《とび》失せつ。

見八「得たり」と無手《むづ》と組むを、そが随《まゝ》左手《ゆんで》に引著《ひきつ》けて、迭《かたみ》に利腕《きゝうで》楚《しか》と拿《と》り、捩《ねぢ》倒さん、と曳声《ゑいこゑ》合して、揉《もみ》つ揉《もま》る、ちから足、此彼《これかれ》斉一《ひとしく》踏辷《ふみすべら》して、河辺のかたへ滾滾《ころころ》と、身を輾《まろば》せし覆車《ふくしや》の米苞《たわら》、坂より落すに異《こと》ならず、高低《かうべりけは》険しき桟閣《がけつくり》に、削成《けづりなし》たる甍《いらか》の勢ひ、止《とゞま》るべくもあらざめれど、迭《かたみ》に拿《とつ》たる拳《こぶし》を緩《ゆる》めず、幾十尋《いくとひろ》なる屋の上より、末遥《はるか》なる河水の底には入《い》らで、程《ほど》もよし、水際《みきは》に繋《つなげ》る小舟《こふね》の中《うち》へ、うち累《かさな》りつゝ、撐《だう》と落《おつ》れば、傾《かたぶ》く舷《へり》と、立浪《たつなみ》に炎《ざんぶ》と音す水烔《みづけぶり》、纜《ともづな》丁《ちやう》と張《はり》断《きり》て、射る矢の如き早河《はやかは》の、真中《たゞなか》へ吐出《はきいだ》されつ、介《しか》も追風《おひて》と虚潮《ひくしほ》に、誘ふ水なる迴舟《くだりふね》、往方《ゆくへ》もしらずなりにけり。

100 江戸時代後期・幕末の個性的な歌人二人をその歌で紹介

良寛《りょうかん》と橘曙覧《たちばなのあけみ》

江戸時代は、古典的な和歌が権威を保つ一方で、和歌を詠む層が大きく拡大し、和歌の詠み振りも多様化した。和歌革新の風潮が活発化し、江戸では賀茂真淵《かものまぶち》が万葉調を重視し、京都で活動した小沢蘆庵《おざわろあん》は「ただこと歌」を唱え、香川景樹《かがわかげき》は「調べ」を重視した。後期から幕末期には、地方の庶民層にも歌が浸透していき、良寛や橘曙覧の活躍した時代は、大隈言道《おおくまことみち》や、大田垣蓮月《おおたがきれんげつ》など、個性的な歌人が多く輩出された。

作者紹介

◆良寛

良寛は、宝暦八年(一七五八)、越後国出雲崎《いずもざき》(新潟県出雲崎町)の名主の家に生まれる。二十二歳の時、出家し、備中玉島《びっちゅうたましま》(岡山県倉敷市)の円通寺《えんつうじ》国仙和尚《こくせんおしょう》のもとで修行、諸国を放浪し、三十九歳の頃に帰郷、国上山《くがみやま》の五合庵《ごごうあん》などに住み、天保二年(一八三一)七十四歳で没した。自撰《じせん》家集『布留散東《ふるさと》』、貞心尼《ていしんに》編『はちすの露』のほか、自撰・他撰の複数の歌集が伝わるほか、漢詩集『草堂集』や発句の作例もあり、遺墨類も多い。子どものような純真で清らかな良寛像を印象づける、手毬《てまり》や托鉢《たくはつ》の時に持つ鉢の子を詠んだ歌、宗教者としての詠、晩年に仏道を通して親しく交流した貞心尼との唱和(→よむ)など、独特の題材と歌風が、その人物像と相俟《あいま》って、良寛の和歌を作り上げていると言えよう。

◆橘曙覧

橘曙覧は、文化九年(一八一二)、越前国福井(福井県福井市)の紙商の家に生まれる。学問に熱心に取り組み、飛騨《ひだ》高山の国学者、田中大秀《おおひで》に指導を受けるなどし、二十八歳の時、弟に家業を譲る。国学者、歌人として、貧しい生活を送りながらも、学問研究に打ち込み、歌に心を尽くし、勤王の志を持ち続けた。慶応四年(一八六八)、五十七歳で没。福井藩主松平春嶽《まつだいらしゅんがく》らの庇護《ひご》を受け、地方では名の知れた存在であったが、没後に、家集『志濃夫廼舎《しのぶのや》歌集』が刊行され、後に正岡子規《まさおかしき》が高く評価したことで、全国的に知られるようになった。歌は、「たのしみは」で始まり「時」でおわる「独楽吟《どくらくぎん》」五十二首や、鉱山での採掘作業などの連作に特徴があり、自らの身辺での出来事を平易な言葉で詠んだ。→よむ

よむ

良寛

霞《かすみ》立《た》つながき春日《はるひ》を子どもらと手まりつきつゝこの日暮《く》らしつ

〔はちすの露〕

霞がたちこめる、おだやかで春の長い一日を、村の子どもたちといつものように手鞠《てまり》をつきながら、ただそれだけでこの日を過ごしたことだ。

墨染《すみぞめ》の我《わ》が衣手《ころもで》のゆたならばうき世の民《たみ》におほはましものを

〔はちすの露〕

僧侶である私の墨染の衣の袖がゆったりと大きいものであれば、世間の人々を覆ってやれるのになあ。私の僧としての力が足りないばかりに多くの人々を救うことができないことだ。

久方《ひさかた》の月《つき》の光《ひかり》の清《きよ》ければ照《て》らしぬきけり唐《から》も大和《やまと》も昔《むかし》も今《いま》も嘘《うそ》も誠《まこと》も

〔はちすの露〕

月の光は、清く美しく澄んでいるので、すべてを照らしぬいているのです。中国も日本も、昔も今も、嘘も、誠も。貞心尼よ、あなたにも真如の月の光は届いていますよ。

橘曙覧

春もまだむ月の中のうぐひすは面《おも》えりしつゝ鳴くにやあるらむ

〔志濃夫廼舎歌集〕

春もまだ初めの睦月《むつき》で、生まれたばかりの、襁褓《むつき》（おむつ）に包まれたような幼い鶯《うぐいす》は、人見知りをしつつ鳴くのだろうか。私には鳴いてくれないよ。

たのしみは朝おきいでて昨日までなかりし花の咲けるみる時

〔志濃夫廼舎歌集〕

私の楽しみは、朝、起き出して、庭に目をやると、昨日まではなかった花が、咲いているのを見る時である。

たのしみはまれに魚烹《に》て児等《こら》皆がうまし〳〵といひて食《く》ふ時

〔志濃夫廼舎歌集〕

私の楽しみは、貧しいのでごくたまにではあるが、魚を煮て、子供たち皆がうまいうまいといって食べるのを眺める時である。

歌よみて遊ぶほかなし吾《われ》はたゞ天《あめ》にありとも地《つち》にありとも

〔志濃夫廼舎歌集〕

私はひたすら歌を詠んで心を開放するほかに、遊ぶ方法を知らないのである。たとえ天に召されても、このまま永らえて地にあったとしても。

底本・参考文献一覧

＊本書の底本および参考文献とした書籍、また、読者が各作品を原文で読むときに参考となる書籍を記した。
＊『新編日本古典文学全集』（小学館刊）は発行元を省略し、作品名が書名に含まれているものは巻数のみを掲載した。
＊他の全集でも書名に作品名が含まれ、巻数でわかるものは巻数のみ記した。

古事記　『新編日本古典文学全集1』（山口佳紀・神野志隆光校注訳）、『古事記全訳注　上・中・下』（次田真幸校注訳　講談社学術文庫）、『新版　古事記　現代語訳付き』（中村啓信訳注　角川ソフィア文庫）

日本書紀　『新編日本古典文学全集2〜4』（小島憲之・直木孝次郎・西宮一民・蔵中進・毛利正守校注訳）、『日本書紀1〜5』（坂本太郎・井上光貞・家永三郎・大野晋校注　岩波文庫）

風土記　『新編日本古典文学全集5』（植垣節也校注訳）、『日本古典文学大系2』（秋本吉郎校注　岩波書店）、『出雲国風土記』（荻原千鶴校注訳　講談社学術文庫）

万葉集　『新編日本古典文学全集6〜9』（小島憲之・木下正俊・東野治之校注訳）、『新日本古典文学大系1〜4』（佐竹昭広・山田英雄・工藤力男・大谷雅夫・山崎福之校注　岩波書店）、『和歌文学大系1〜4』（稲岡耕二著　明治書院）

日本霊異記　『新編日本古典文学全集10』（中田祝夫校注訳）、『新日本古典文学大系30』（出雲路修校注　岩波書店）、『日本霊異記1〜3』（多田一臣校注訳、ちくま学芸文庫）

竹取物語　『新編日本古典文学全集12』（片桐洋一校注訳）、『新日本古典文学大系17』（堀内秀晃校注、岩波書店）、『竹取物語全訳注』（上坂信男校注訳　講談社学術文庫）、『新版竹取物語』（室伏信助訳注、角川ソフィア文庫）

古今和歌集　『新編日本古典文学全集11』（小沢正夫・松田成穂校注訳）、『古今和歌集』（高田祐彦訳注　角川ソフィア文庫）、『古今和歌集』（小町谷照彦訳注　ちくま学芸文庫）

伊勢物語　『新編日本古典文学全集12』（福井貞助校注訳）、『新日本古典文学大系17』（秋山虔校注　岩波書店）、『伊勢物語』（石田穣二訳注　角川ソフィア文庫）

大和物語　『新編日本古典文学全集12』（高橋正治校注訳）、『日本古典文学大系9』（阿部俊子・今井源衛校注　岩波書店）、『大和物語全訳注　上・下』（雨海博洋・岡山美樹校注訳　講談社学術文庫）

落窪物語　『新編日本古典文学全集17』（三谷栄一・三谷邦明校注訳）、『新日本古典文学大系18』（藤井貞和校注　岩波書店）、『新版落窪物語上・下』（室城秀之訳注　角川ソフィア文庫）

うつほ物語　『新編日本古典文学全集14〜16』（中野幸一校注訳）、『日本古典文学大系10〜12』（河野多麻校注　岩波書店）、『うつほ物語』（室城秀之編　角川ソフィア文庫）

枕草子　『新編日本古典文学全集18』（松尾聰・永井和子校注訳）、『新日本古典文学大系25』（渡辺実校注　岩波書店）、『枕草子　上・中・下』（上坂信男等訳注　講談社学術文庫）、『枕草子―付現代語訳　上・下』（石田穣二訳注　角川ソフィア文庫）

源氏物語　『新編日本古典文学全集20〜25』（阿部秋生・秋山虔・今井源衛・鈴木日出男校注訳）、『新日本古典文学大系19〜23』（柳井滋・大朝雄二・藤井貞和・室伏信助・鈴木日出男・今西祐一郎校注　岩波書店）、

狭衣物語　『新編日本古典文学全集29〜30』（小町谷照彦・後藤祥子校注訳）、『狭衣物語　上・下』（鈴木一雄校注　新潮日本古典集成）

堤中納言物語　『新編日本古典文学全集17』（稲賀敬二校注訳）、『新日本古典文学大系26』（大槻修校注　岩波書店）、『堤中納言物語』（三角洋一校注訳　講談社学術文庫）

とりかへばや物語　『新編日本古典文学全集39』（石埜敬子校注訳）、『新日本古典文学大系26』（今井源衛・森下純昭・辛島正雄校注　岩波書店）、『とりかへばや物語』（鈴木裕子編　角川ソフィア文庫）

浜松中納言物語　『新編日本古典文学全集27』（池田利夫校注訳）、『日本古典文学大系77』（松尾聰校注　岩波書店）

夜の寝覚　『新編日本古典文学全集28』（鈴木一雄校注訳）、『日本古典文学大系78』（阪倉篤義校注　岩波書店）

土佐日記　『新編日本古典文学全集13』（菊地靖彦校注訳）、『新日本古典文学大系24』（長谷川政春校注　岩波書店）、『土佐日記・貫之集』（木村正中校注　新潮日本古典集成）

蜻蛉日記　『新編日本古典文学全集13』（木村正中・伊牟田経久校注訳）『新日本古典文学大系24』（今西祐一郎校注　岩波書店）『蜻蛉日記　1・2』（川村裕子訳注　角川ソフィア文庫）

紫式部日記　『新編日本古典文学全集26』(中野幸一校注訳)、『新日本古典文学大系24』(伊藤博校注　岩波書店)、『紫式部日記』(山本淳子訳注　角川ソフィア文庫)

更級日記　『新編日本古典文学全集26』(犬養廉校注訳)、『新日本古典文学大系24』(吉岡曠校注　岩波書店)、『更級日記』(原岡文子訳注　角川ソフィア文庫)

讃岐典侍日記　『新編日本古典文学全集26』(石井文夫校注訳)、『讃岐典侍日記』(森本元子校注訳　講談社学術文庫)、『讃岐典侍日記全注釈』(岩佐美代子　笠間書院)

本朝文粋　『日本古典文学大系69』(小島憲之校注　岩波書店)、『新日本古典文学大系27本朝文粋』(大曾根章介・金原理・後藤昭雄校注　岩波書店)、『漢文名作選2集5』(國金海二著　大修館書店)

菅家文草・菅家後集　『新編日本古典文学全集86日本漢詩集』(菅野禮行校注訳)、『日本古典文学大系72』(川口久雄校注　岩波書店)

和漢朗詠集　『新編日本古典文学全集19』(菅野禮行校注訳)、『日本古典文学大系73』(川口久雄校注　岩波書店)、『和漢朗詠集』(大曾根章介・堀内秀晃校注　新潮日本古典集成)

往生要集　『日本思想大系6源信』(石田瑞磨校注　岩波書店)、『往生要集上・下』(石田瑞磨訳注　岩波文庫)、『往生要集一・二』(石田瑞磨訳　東洋文庫　平凡社)

今昔物語集　『新編日本古典文学全集35～38』(馬渕和夫・国東文麿・稲垣泰一校注訳)、『新日本古典文学大系33～37』(今野達・小峯和明・池上洵一・森正人校注　岩波書店)、『今昔物語集　本朝部(上・中・下)、天竺・震旦部』(池上洵一編　岩波文庫)

将門記　『新編日本古典文学全集41』(柳瀬喜代志・矢代和夫・松林靖明校注訳)、『将門記一・二』(梶原正昭訳注　東洋文庫　平凡社)

大鏡　『新編日本古典文学全集34』(橘健二・加藤静子校注訳)、『日本古典文学大系新装版 大鏡』(松村博司校注　岩波書店)、『大鏡 全現代語訳』(保坂弘司校注訳　講談社学術文庫)

栄花物語　『新編日本古典文学全集31～33』(山中裕・秋山虔・池田尚隆・福長進校注訳)、『日本古典文学大系新装版 栄花物語上・下』(松村博司・山中裕校注　岩波書店)

御堂関白記　『藤原道長「御堂関白記」上・中・下』(倉本一宏校注訳　講談社学術文庫)、『御堂関白記全註釈(全16冊)』(山中裕編　思文閣出版)

後拾遺和歌集　『新日本古典文学大系8』(久保田淳・平田喜信校注　岩波書店)、『後拾遺和歌集一～四』(藤本一恵校注訳　講談社学術文庫)、『後拾遺和歌集新釈上・下』(犬養廉・平野由紀子・いさら会校注訳　笠間書院)

俊頼髄脳　『新編日本古典文学全集87歌論集』(橋本不美男校注訳)

梁塵秘抄・閑吟集　『新編日本古典文学全集42』(新間進一・外村南都子・徳江元正校注訳)、『梁塵秘抄』(榎克朗校注　新潮日本古典集成)、『梁塵秘抄』(西郷信綱校注　ちくま学芸文庫)

新古今和歌集　『新編日本古典文学全集43』(峯村文人校注訳)、『新日本古典文学大系11』(田中裕・赤瀬信吾校注　岩波書店)、『新古今和歌集全注釈』(久保田淳、角川学芸出版)『新古今和歌集』(久保田淳校注、角川ソフィア文庫)

古来風躰抄　『新編日本古典文学全集87歌論集』(有吉保校注訳)、『歌論歌学集成7』(渡部泰明校注　三弥井書店)

山家集　『山家集』(後藤重郎校注　新潮日本古典集成)、『日本古典文学大系29』(風巻景次郎校注　岩波書店)、『和歌文学大系21』(西澤美仁校注　明治書院)

金槐和歌集　『新編日本古典文学全集49中世和歌集』(井上宗雄校注訳)、『新潮日本古典集成44』(樋口芳麻呂校注　新潮社)、『金槐和歌集』(斎藤茂吉校注　岩波文庫)

小倉百人一首　『光琳カルタで読む 百人一首ハンドブック』(久保田淳監修　小学館)、『百人一首』(島津忠夫校注、角川ソフィア文庫)、『百人一首』(有吉保校注　講談社学術文庫)、『百人一首を楽しく読む』(井上宗雄　笠間書院)

明月記　『明月記研究1～13』(明月記研究会編　八木書店)、『定家明月記私抄・続篇』(ちくま学芸文庫)、『訓注明月記1～8』(稲村榮一校注　松江今井書店)

保元物語・平治物語　『新編日本古典文学全集41』(信太周・犬井善壽校注訳)、『新日本古典文学大系43』(栃木孝惟・日下力校注　岩波書店)

平家物語　『新編日本古典文学全集45・46』(市古貞次校注訳)、『新日本古典文学大系44・45』(梶原正昭・山下宏明校注　岩波書店)、『平家物語　上・中・下』(水原一校注　新潮日本古典集成)

建礼門院右京大夫集　『新編日本古典文学全集47』(久保田淳校注訳)、『建礼門院右京大夫集』(久松潜一・久保田淳校訂　岩波文庫)、『建礼門院右京大夫集 全訳注』(糸賀きみ江校注　講談社学術文庫)

曾我物語　『新編日本古典文学全集53』(梶原正昭・大津雄一・野中哲照校注訳)、『日本古典文学大系新装版 曽我物語』(市古貞次・大島健彦校注　岩波書店)

義経記　『新編日本古典文学全集62』(梶原正昭校注訳)、『日本古典文学大系新装版 義経記』(岡見正雄校注　岩波書店)、『義経記』(佐藤謙三・小林弘邦訳　東洋文庫　平凡社)

無名草子　『新編日本古典文学全集40』(久保木哲夫校注訳)、『無名草子』(桑原博

史校注　新潮日本古典集成）

方丈記　『新編日本古典文学全集44』（神田秀夫校注訳）、『方丈記』（浅見和彦校訂訳　ちくま学芸文庫）、『鴨長明』（三木紀人　講談社学術文庫）

夢記　『明恵上人集』（岩波文庫）、『明恵　夢を生きる』（河合隼雄　講談社プラスアルファ文庫）、『明恵上人』（白洲正子　講談社文芸文庫）

歎異抄　『新編日本古典文学全集44』（安良岡康作校注訳）、『歎異抄』（梅原猛訳注　講談社学術文庫）、『新版歎異抄』（千葉乗隆　角川ソフィア文庫）

正法眼蔵随聞記　『新編日本古典文学全集44』（安良岡康作校注訳）、『正法眼蔵随聞記』（和辻哲郎校注　岩波文庫）、『正法眼蔵随聞記全訳注』（山崎正一訳注　講談社学術文庫）

宇治拾遺物語　『新編日本古典文学全集50』（小林保治・増古和子校注訳）、『新日本古典文学大系42』（三木紀人・浅見和彦校注　岩波書店）、『宇治拾遺物語』（中島悦次校注　角川ソフィア文庫）

十訓抄　『新編日本古典文学全集51』（浅見和彦校注訳）、『十訓抄』（永積安明校訂　岩波文庫）

沙石集　『新編日本古典文学全集52』（小島孝之校注訳）、『日本古典文学大系85』（渡辺綱也校注　岩波書店）

十六夜日記　『新編日本古典文学全集48中世日記紀行集』（岩佐美代子校注訳）、『十六夜日記・夜の鶴全訳注』（森本元子校注訳　講談社学術文庫）、田渕句美子『物語の舞台を歩く　十六夜日記』（山川出版社）

玉葉和歌集　『新編日本古典文学全集49中世和歌集』（井上宗雄校注訳）『玉葉和歌集全注釈』（岩佐美代子校注　笠間書院）

とはずがたり　『新編日本古典文学全集47』（久保田淳校注訳）、『新日本古典文学大系50とはずがたり・たまきはる』（三角洋一校注　岩波書店）、『とはずがたり全訳注　上・下』（次田香澄校注訳　講談社学術文庫）

徒然草　『新編日本古典文学全集44』（永積安明校注訳）、『新日本古典文学大系39』（久保田淳校注　岩波書店）、『徒然草』（木藤才蔵校注　新潮日本古典集成）、『徒然草全訳注　一～四』（三木紀人校注訳　講談社学術文庫）

太平記　『新編日本古典文学全集54～57』（長谷川端校注訳）、『日本古典文学大系新装版 太平記1～3』（後藤丹治・釜田喜三郎・岡見正雄校注　岩波書店）、『太平記　一～五』（山下宏明校注　新潮日本古典集成）

狂雲集　『新編日本古典文学全集86日本漢詩集』（菅野禮行校注訳）、『狂雲集』（柳田聖山訳　中公クラシックス）

蕉堅藁　『新編日本古典文学全集86日本漢詩集』（菅野禮行校注訳）、『蕉堅藁全注』（蔭木英雄校注　清文堂出版）

鉢かづき　『日本古典文学全集36御伽草子集』（大島建彦校注訳　小学館）、『御伽草子』上・下（市古貞次校注　岩波文庫）、『おとぎ草子』（桑原博史全訳注　講談社学術文庫）

菟玖波集　『日本古典文学大系39連歌集』（伊地知鐵男校注　岩波書店）、『日本古典全書　菟玖波集』（福井久蔵校注、朝日新聞社）、『菟玖波集の研究』（金子金治郎　風間書房）

風姿花伝　『新編日本古典文学全集88能楽論集』（表章校注訳）、『世阿弥芸術論集』（田中裕校注　新潮日本古典集成）、『風姿花伝・三道』（竹本幹生　角川ソフィア文庫）

隅田川　『新編日本古典文学全集59謡曲集2』（小山弘志・佐藤健一郎校注訳）、『新日本古典文学大系57謡曲百番』（西野春雄校注　岩波書店）

山椒大夫　『説経集』（室木弥太郎校注　新潮日本古典集成）『新日本古典文学大系90古浄瑠璃説経集』（信多純一・阪口弘之校注　岩波書店）、水上勉『説経節を読む』（岩波現代文庫）

山上宗二記　『山上宗二記　付茶話指月集』（熊倉功夫校訂　岩波文庫）

日本史　『信長とフロイス――織田信長篇Ⅱ』（松田毅一・川崎桃太訳　中公文庫）、『日本史1～5』（柳谷武夫校注訳　東洋文庫　平凡社）

好色一代男　『新編日本古典文学全集66井原西鶴集1』（暉峻康隆校注訳）、『好色一代男』（横山重校訂　岩波文庫）、『好色一代男』（松田修校訂　新潮日本古典集成）

好色五人女　『新編日本古典文学全集66井原西鶴集1』（東明雅校注訳）、『好色五人女』（東明雅校注　岩波文庫）、『新版　好色五人女』（谷脇理史訳注　角川ソフィア文庫）

世間胸算用　『新編日本古典文学全集68井原西鶴集3』（神保五彌校注訳）、『日本古典文学大系48西鶴集　下』（野間光辰校注　岩波書店）、『世間胸算用』（金井寅之助・松原秀江校注　新潮日本古典集成）

醒睡笑　『醒睡笑上・下』（鈴木棠三校注　岩波文庫）、『醒睡笑――戦国の笑話』（鈴木棠三訳　東洋文庫　平凡社）

おくのほそ道　『新編日本古典文学全集71松尾芭蕉集2』（井本農一・久富哲雄校注訳）、『芭蕉　おくのほそ道―付　曾良旅日記・奥細道菅菰抄』（萩原恭男校訂　岩波文庫）

野ざらし紀行　『新編日本古典文学全集71松尾芭蕉集2』（井本農一・久富哲雄校注訳）、『芭蕉紀行文集―付　嵯峨日記』（中村俊定校注　岩波文庫）、『野ざらし紀行

評釈』（尾形仂著　角川叢書）

猿蓑　『新日本古典文学大系70芭蕉七部集』（白石悌三・上野洋三校注　岩波書店）

曾根崎心中　『新編日本古典文学全集75近松門左衛門集2』（山根為雄校注訳）、『新日本古典文学大系91近松浄瑠璃集　上』（井口洋校注　岩波書店）、『曾根崎心中　冥途の飛脚　心中天の網島』（諏訪春雄校注　角川ソフィア文庫）

冥途の飛脚　『新編日本古典文学全集74近松門左衛門集1』（阪口弘之校注訳）、『曾根崎心中・冥途の飛脚　他五篇』（祐田善雄校訂　岩波文庫）、『曾根崎心中　冥途の飛脚　心中天の網島』（諏訪春雄校注　角川ソフィア文庫）

国性爺合戦　『新編日本古典文学全集76近松門左衛門集3』（大橋正叔校注訳）、『近松門左衛門集』（信多純一校注　新潮日本古典集成）、『国性爺合戦・鑓の権三重帷子』（和田万吉校訂　岩波文庫）

菅原伝授手習鑑　『日本古典文学全集45浄瑠璃集』（横山正校注訳　小学館）、『日本古典文学大系99文楽浄瑠璃集』（祐田善雄校注　岩波書店）、『菅原伝授手習鑑』（守随憲治校訂　岩波文庫）

義経千本桜　『新日本古典文学大系93竹田出雲・並木宗輔浄瑠璃集』（角田一郎・内山美樹子校注　岩波書店）、『義経千本桜』（守随憲治校訂　岩波文庫）、『校注義経千本桜』（景山正隆著　笠間書院）

仮名手本忠臣蔵　『新編日本古典文学全集77浄瑠璃集』（長友千代治校注訳）、『浄瑠璃集』（土田衛校注　新潮日本古典集成）、『仮名手本忠臣蔵』（守随憲治校訂　岩波文庫）

東海道四谷怪談　『歌舞伎オン・ステージ18』（諏訪春雄編著　白水社）、『東海道四谷怪談』（郡司正勝校注　新潮日本古典集成）、『東海道四谷怪談』（河竹繁俊校訂　岩波文庫）

勧進帳　『歌舞伎オン・ステージ10勧進帳、毛抜、暫、鳴神、矢の根』（服部幸雄編著　白水社）、『日本古典文学大系98歌舞伎十八番集』（郡司正勝校注　岩波書店）、『勧進帳』（守随憲治校訂　岩波文庫）

五輪書　『日本思想大系61近世芸道論』（渡辺一郎校注　岩波書店）、『五輪書』（大河内昭爾訳　教育社新書）、『五輪書』（渡辺一郎校注　岩波文庫）、『五輪書』（鎌田茂雄校注　講談社学術文庫）

養生訓　『養生訓』（伊藤友信訳　講談社学術文庫）、『養生訓・和俗童子訓』（石川謙校訂　岩波文庫）

葉隠　『葉隠上・中・下』（和辻哲郎・古川哲史校訂　岩波文庫）、『葉隠』（小池喜明校注　講談社学術文庫）

うひ山ぶみ　『本居宣長全集1』（大野晋・大久保正編集校訂、筑摩書房）、『うひ山ぶみ』（白石良夫訳注、講談社学術文庫）、『うひ山ふみ　鈴屋答問録』（村岡典嗣校訂　岩波文庫）

伽婢子　『新日本古典文学大系75』（松田修・花田富二夫・渡辺守邦校注　岩波書店）、『伽婢子　一・二』（江本裕校訂　東洋文庫）、『伽婢子――近世怪異小説の傑作』（教育社新書）

雨月物語　『新編日本古典文学全集78』（高田衛校注訳）、『雨月物語上・下』（青木正次訳注　講談社学術文庫）、『雨月物語』（高田衛・稲田篤信校注　ちくま学芸文庫）、『改訂　雨月物語』（鵜月洋訳注　角川ソフィア文庫）、『雨月物語』（田中康二・木越俊介・天野聡一編　三弥井古典文庫）

浮世風呂　『新日本古典文学大系86』（神保五彌校注　岩波書店）、『深読み浮世風呂』（青木美智男著　小学館）

御誂染長寿小紋　『江戸戯作草紙』（棚橋正博校注　小学館）、『山東京傳全集4――黄表紙4』（ぺりかん社）

東海道中膝栗毛　『新編日本古典文学全集81』（中村幸彦校注）、『東海道中膝栗毛上・下』（麻生磯次校注　岩波文庫）

春色梅児誉美　『日本古典文学大系64』（中村幸彦校注　岩波書店）

骨董集　『日本随筆大成15』（日本随筆大成編輯部編　吉川弘文館）

新花摘　『新編日本古典文学全集72近世俳句・俳文集』（山下一海・松尾靖秋校注訳）、『蕪村全集7編著・追善』（丸山一彦・山下一海校注、講談社）

おらが春　『父の終焉日記・おらが春他一篇』（矢羽勝幸校訂　岩波文庫）

誹風柳多留　『誹風柳多留（川柳集成）一〜八』（山澤英雄・千葉治校訂　岩波文庫）、『柳多留名句選　上・下』（山沢英雄選・粕谷宏紀校注　岩波文庫）、『誹風柳多留一〜三』（山澤英雄校訂　岩波文庫）

山陽詩鈔・山陽遺稿　『新日本古典文学大系66菅茶山　頼山陽詩集』（頼惟勤・直井文子校注　岩波書店）、『頼山陽詩選』（揖斐高訳注　岩波文庫）

南総里見八犬伝　『南総里見八犬伝』（浜田啓介校注　新潮日本古典集成別巻）、『南総里見八犬伝一〜一〇』（小池藤五郎校注　岩波文庫）、『南総里見八犬伝　名場面集』（湯浅佳子編　三弥井古典文庫）

良寛と橘曙覧　『和歌文学大系74　布留散東・はちすの露・草径集・志濃夫廼舎歌集』（鈴木健一・進藤康子・久保田啓一校注　明治書院）、『校注良寛全歌集』（谷川敏朗著　春秋社）、『橘曙覧全歌集』（水島直文・橋本政宣編注　岩波文庫）

執筆者一覧（掲載順）

執筆者名の下に所属、専攻分野、主著あるいは主論文、次行に本書の担当作品を示した。

中嶋真也（なかじま・しんや）　駒澤大学准教授、古代文学。『大伴旅人』（笠間書院　二〇一二）
古事記、日本書紀、風土記、万葉集、日本霊異記

吉田幹生（よしだ・みきお）　成蹊大学准教授、古代文学。「『竹取物語』難題求婚譚の達成」（『古代中世文学論考』一〇集、新典社　二〇〇三）
竹取物語、落窪物語、源氏物語、堤中納言物語、浜松中納言物語、将門記、大鏡、栄花物語、御堂関白記

鈴木宏子（すずき・ひろこ）　千葉大学教授、平安文学。『古今和歌集表現論』（笠間書院　二〇〇〇）『王朝和歌の想像力』（笠間書院　二〇一二）
古今和歌集、伊勢物語、大和物語、土佐日記、後拾遺和歌集、俊頼髄脳、山家集

室田知香（むろた・ちか）　群馬県立女子大学専任講師、平安文学。「『源氏物語』鈴虫巻」（『鳥獣虫魚の文学史　虫の巻』三弥井書店）
うつほ物語、枕草子、狭衣物語、とりかへばや物語、夜の寝覚

吉野瑞恵（よしの・みずえ）　駿河台大学教授、平安文学。『王朝文学の生成—『源氏物語』の発想・「日記文学」の形態—』（笠間書院　二〇一一）
蜻蛉日記、紫式部日記、更級日記、讃岐典侍日記、往生要集、今昔物語集

君嶋亜紀（きみしま・あき）　大妻女子大学助教、中世文学、和歌文学。「異端の勅撰集——『新葉集』とは何か」（『文学』一一巻一号、二〇一〇・一）
梁塵秘抄・閑吟集、古来風躰抄、十六夜日記、とはずがたり、鉢かづき、風姿花伝、隅田川、山椒太夫

鈴木健一（すずき・けんいち）　学習院大学教授、近世文学、詩歌史。『江戸詩歌史の構想』（岩波書店 二〇〇四）『江戸古典学の論』（汲古書院 二〇一一）
本朝文粋、菅家文草・菅家後集、和漢朗詠集、狂雲集、蕉堅藁、山上宗二記、おくのほそ道、山陽詩鈔・山陽遺稿

石澤一志（いしざわ・かずし）　目白大学専任講師、中世文学。『京極為兼』（笠間書院　二〇一二）
新古今和歌集、小倉百人一首、保元物語・平治物語、平家物語、宇治拾遺物語、玉葉和歌集、太平記

山本啓介（やまもと・けいすけ）　新潟大学准教授、中世文学。『詠歌としての和歌』（新典社　二〇〇九）
金槐和歌集、明月記、建礼門院右京大夫集、曾我物語、義経記、徒然草、菟玖波集、日本史

木下華子（きのした・はなこ）　ノートルダム清心女子大学専任講師、中世文学。「『方丈記』が我が身を語る方法」（『国語と国文学』八九号、二〇一二・五）
無名草子、方丈記、夢記、歎異抄、正法眼蔵随聞記、十訓抄、沙石集

菊池庸介（きくち・ようすけ）　福岡教育大学准教授、近世文学。『近世実録の研究—成長と展開』（汲古書院　二〇〇八）
好色一代男、好色五人女、世間胸算用、醒睡笑、五輪書、伽婢子、雨月物語、春色梅児誉美

田代一葉（たしろ・かづは）　日本学術振興会特別研究員、近世文学。「清水浜臣主催泊洦舎扇合」（『文学』一三巻三号、二〇一二・五）
野ざらし紀行、猿蓑、養生訓、うひ山ぶみ、新花摘、おらが春、良寛と橘曙覧

藤澤　茜（ふじさわ・あかね）　学習院大学非常勤講師、近世文学。『歌川派の浮世絵と江戸出版界』（勉誠出版　二〇〇一）
曾根崎心中、冥途の飛脚、国性爺合戦、菅原伝授手習鑑、義経千本桜、仮名手本忠臣蔵、東海道四谷怪談、勧進帳

津田眞弓（つだ・まゆみ）　慶應義塾大学教授、近世文学。『山東京山年譜稿』（ぺりかん社　二〇〇四）『江戸絵本の匠山東京山』（新典社　二〇〇五）
浮世風呂、御誂染長寿小紋、東海道中膝栗毛、骨董集、誹風柳多留、南総里見八犬伝

千年の百冊

あらすじと現代語訳でよむ　日本の古典１００冊スーパーガイド

二〇一三年　四月　八日　初版第一刷発行
二〇二三年　六月一一日　第四刷発行

編　者　鈴木健一
発行者　吉田兼一
発行所　株式会社 小学館
〒一〇一−八〇〇一　東京都千代田区一ツ橋二−三−一
電話　編集 〇三−三二三〇−五一七〇　販売 〇三−五二八一−三五五五

印刷所　大日本印刷株式会社
製本所　株式会社若林製本工場

　ISBN 978-4-09-388276-7

図版製作／須貝 稔
編集／土肥元子
校正／松本 堯・兼古和昌
制作／速水健司・森 雅彦・坂野弘明
宣伝／荒木 淳
販売／岡本みどり